中国の歴史12

日本にとって中国とは何か

尾形 勇　鶴間和幸　上田 信
葛 剣雄　王 勇　礪波 護

講談社学術文庫

目次

日本にとって中国とは何か

第一章　大自然に立ち向かって

第二章　中国文明論

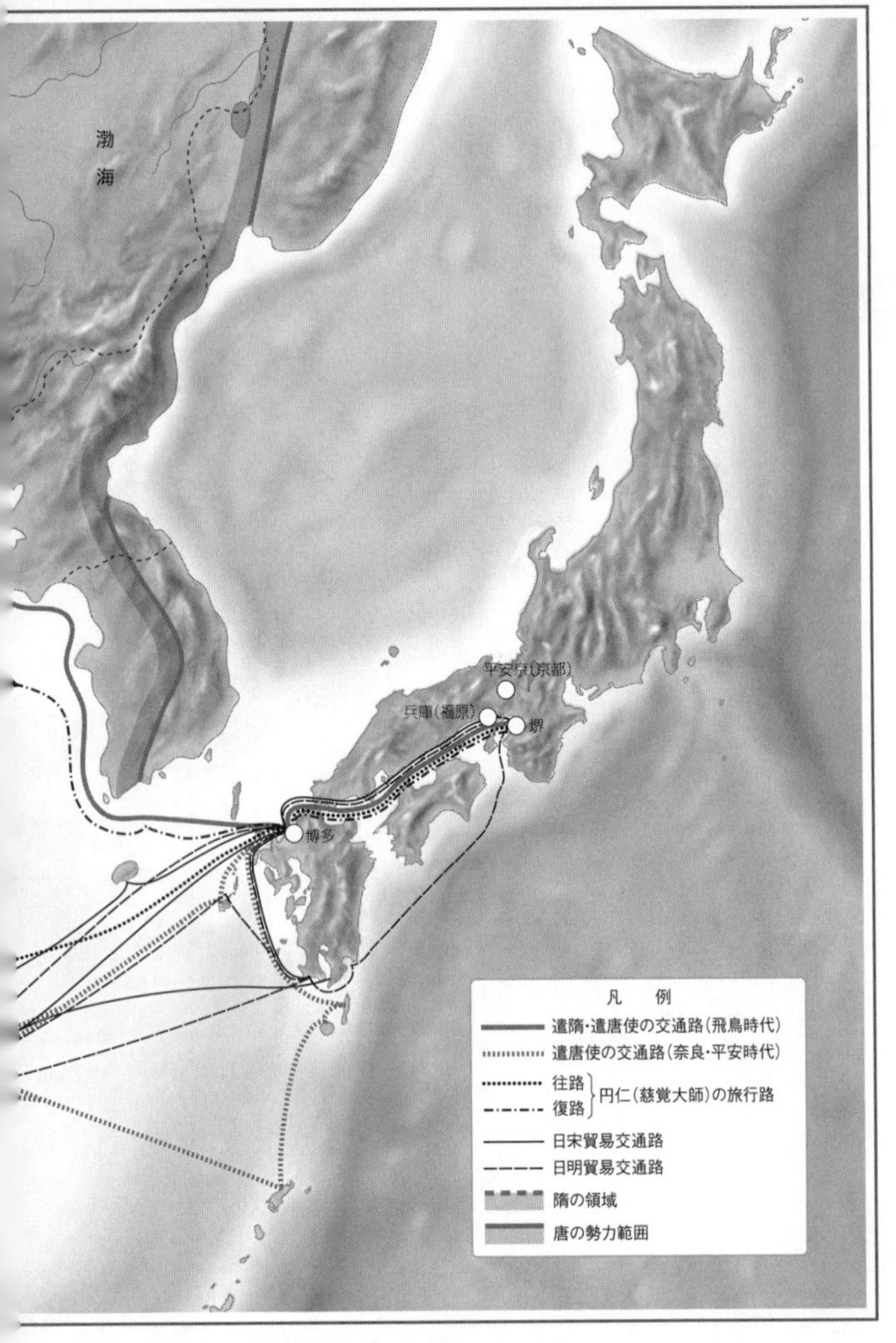
渤海
平安京(京都)
兵庫(福原)
堺
博多
凡例
遣隋・遣唐使の交通路(飛鳥時代)
遣唐使の交通路(奈良・平安時代)
往路
復路
円仁(慈覚大師)の旅行路
日宋貿易交通路
日明貿易交通路
隋の領域
唐の勢力範囲

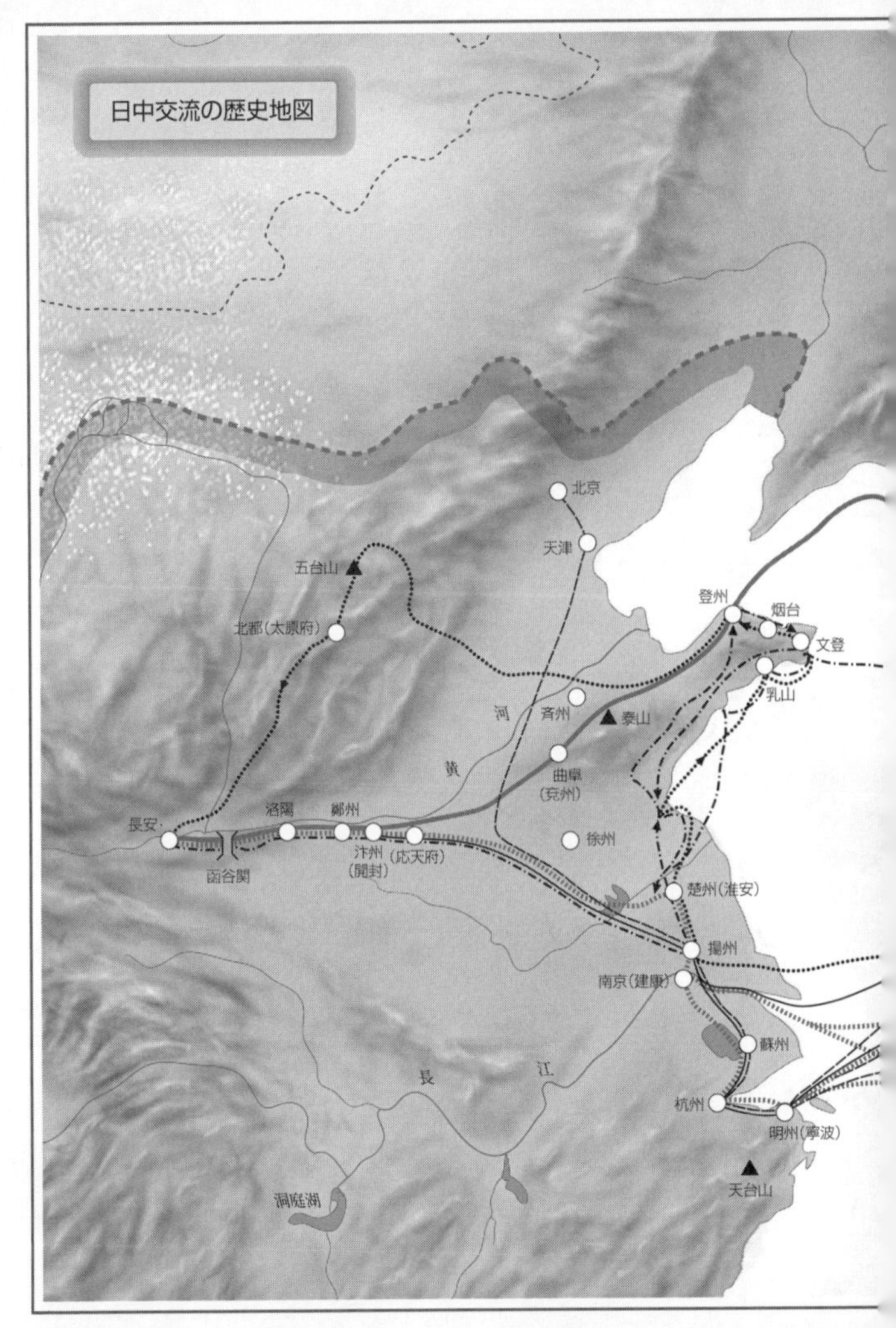
日中交流の歴史地図
北京
天津
五台山
北都(太原府)
登州
烟台
文登
乳山
斉州
泰山
河
黄
曲阜
(兗州)
長安
洛陽
鄭州
汴州
(開封)
(応天府)
函谷関
徐州
楚州(淮安)
揚州
南京(建康)
蘇州
長
江
杭州
明州(寧波)
天台山
洞庭湖

地図・図版作成
さくら工芸社
ジェイ・マップ

中国の歴史　12

日本にとって中国とは何か

第一章　大自然に立ち向かって

——環境・開発・人口の中国史

尾形　勇

はじめに

日中間の国交が回復して四年後、その一九七六年は、まさに激動の辰年であった。正月に周恩来が、七月に朱徳が、九月には毛沢東が相次いで世を去った。同年の七月には、死者二四万人余という唐山の大地震が起こった。私が初めて中国を訪ねたのはこの年の八月下旬。当時は江南にあっても、地震が起こるというデマに怯えて、人々が街路で夜を過ごすという騒然とした雰囲気にあり、もちろん文化大革命の嵐が絶頂期を迎えていた時期でもあった。

この年以来、長短あわせて三十数回、毎年のように私の中国の旅は続く。この間、単なる旅行者の眼を通してではあったが、まるで黄河の流れのように、時として九〇度にも曲がる幾度かの政治路線の転換、それに相応する中国社会の変貌を目のあたりにすることができた（拙著『中国歴史紀行』角川選書、一九九三年、参照）。

最初に見た上海は、黄浦江に無数のジャンク（戎克）やサンパン（舢板・三板）が行き交う、戦時中の絵葉書どおりの景観であったが、いまや市場経済政策の導入によって、そのような長閑さはすっかり姿を消した。かつては一面が畑であり、農民と下層労働者の地味な住宅地でもあった浦東地区とは、黄浦江を貫く幾本もの巨大な吊り橋と地下道によって結ばれ、両岸に乱立する高層ビルとその間を蛇行する高速道路が、上海の、いや中国の急速な経済成長をまざまざと見せ付ける（左写真）。

　しかし、日本の敗戦を子供なりに体験し、青春期を高度成長の時代に過ごし、近年には〝バブルの崩壊〟を目のあたりにした私には、現今の〝素晴らしい中国の発展〟を賛美する素直さは無いし、日中間の将来を楽観することもできない。本稿の筆をとりながら、つい頭を過るのは、メディアを通してライブで知りえた一九八九年の「六・四運動」（第二次天安門事件）、その際の中国の若者の姿であり、そこに「六〇年安保」の折の〈わが闘争〉を重ね合わせつつ、数日眠り得ないままに悲憤慷慨した――という思い出である。あの当時の感慨からすれば、最近の「抗日愛国」を叫ぶ若者には少しも共感を覚えない。もはや時代遅れなのかもしれないが、体制や権力や権威とは直接対決せず、誰かが用意したとも猜疑できる無防備な「仮想敵」を相手にするのみの、卑怯な暴動としか見えてこないからである。

黄浦江昨今　上は無数のジャンクが行き交う1979年の黄浦江の風景。下は高層ビルが林立する2005年の黄浦江沿岸部（いずれも筆者撮影、以下の写真も同じ）

　そもそも私の中国の旅は、史跡や遺構をたどることを目的としていたので、旅程は思わぬ奥地にまで及び、おかげで煌びやかな大都市の光景に幻惑されることなく、経済成長には常に乗り遅れる宿命にある農村地区の、おそらくは昔ながらの〝慎ましい生活情況〟を垣間見ることができた。後にも述べるように、中国は農業大国であり、約八〇パーセントが農民である。この事情は今も昔も変わらない。中国の歴史、それも古い時代の歴史を学ぶ者として、私の〈歴史を見る眼〉は、ついつい悠久の時空を生き抜いてきた農民たちに焦点が絞られる。そしてその〈眼〉は、これまた悠久なる「伝統中国」の方へと向かう。かくて私の書くものは、本稿でもそうであるが、いつしか都市ではなくて農村に、そして「老百姓」と呼ばれる普通の農民たちを主役としてしまう。

今日、都市と農村の格差は、誰しも指摘し語るところであり、農村・農民・農業における多くの矛盾点は、「三農問題」として、中央政府もまた、解決すべき最大の懸案であると認めるところである（本シリーズ第一一巻、天児慧『巨龍の胎動』参照）。よって本稿でも、あくまでも〈歴史を見る眼〉からではあるが、この問題に意図して立ち入ることになるであろう。

中国、現在から過去へ

超大国としての中華人民共和国

中国の総面積は日本の二五倍強の約九六〇万平方キロ。ロシア連邦、カナダ、アメリカ合衆国に次いでの世界第四位を誇る。人口は約一二億六五八三万人（『中国二〇〇〇年人口普査資料』中国統計出版社、二〇〇二年)。その人口は「一人っ子政策」という国家の強権の発動にもかかわらず、とくに農村部において漸増しており、未登録者も多数かくされているはずであり、総人口は一三億をすでに突破しているとの推定も可能である。ともあれ、地球上の人類の五〜六人に一人が中国人であるという現況、この一点からしても、中国は畏怖すべき超大国である。

しかも解放軍二五〇万強、原子力潜水艦などで編制される強力な海軍をも擁し、かつ自衛の立場からではあろうが、ミサイル搭載の核兵器を多数保有しているアジア最強とみなすべき軍事大国でもある。

ただ、日本人一般が、世襲制による古典的独裁者を戴く某国の〈危なさ〉に比べると、日本に対する中国からの軍事攻撃はまず無いものとする通念を共有しているのは、むしろ不思議とさえ言える。その背景には、第一に日本側には、かつて無謀な侵略を犯した冷厳な歴史があり、いっぽう中国からの日本列島への直接的な侵攻は、これまでに無かった、というあと一つの歴史があるからであろう。

ここで改めて歴史を繙けば、中国大陸と日本との間には、一筋の帯のような水域があるのみ(一衣帯水)といわれ、『漢書』地理志に「楽浪海中に倭人あり。分かれて百余国をなす。歳時を以て来り献見すと云う」とあるように、日本が「倭人の国」として中国の正史に登場して以来、両国の間には二〇〇〇年以上の交流の歴史があった。

かといって、両国が古来より一貫して友好な関係を保ってきたとはいえない。元寇のことはさておくとしても、唐朝や明朝の時代には、朝鮮半島をめぐって、確執や衝突や侵攻の歴史があったことが想起される。とくに、つい前の世紀には、日清戦争、ついで日露戦争と、いずれも清朝の領土内で戦闘が行われ、やがてすでに触れた一五年にわたる「不幸な時代」があり、両国の交流史において、日本側がどのように糊塗し、言い訳をしようとも、消し去ることのできない「原罪」のごとき暗い影を残している。

日本人は瑞穂の国の清流を享受してきたためか、どうも〈水に流す〉ことを得意としているが、侵略された方は、そうはいかない。ここに中国のみならず、東アジア諸国が日本に対して執拗にせまる「歴史認識」の問題が起こる。

「歴史認識」の問題

日中不再戦という原則を承知しているほとんどの日本の普通の人々の「歴史認識」は、日本の歴史学のプロたちの多くが首をかしげ、近隣諸国が危惧するような個性豊かな一教科書の検定合格くらいで、揺らぐものではあるまい。この一教科書も含めて、さまざまな史観を以てする歴史教科書が登場すること、それ自体は、民主主義体制のもとでは容認しなければならないからである。

ついでに我田引水しておけば、中国は、欧米の場合とよく似て、古来「公と私の分」に敏感な国柄である。目下の「経熱政冷」における「政冷」の核心をなすのが、いまだにくすぶる例の「靖国神社公式参拝問題」である。「公」権を代表する宰相の立場にある者が、「私」情や、あるいは何だかはっきりしない「私」的シガラミを理由にして、あの「合祀」を止めることはできないとする一宗教法人の社殿に詣でて、しかも「公」式に参拝する——このようなことには、憲法上の違反を問われかねない疑念を、私は持っている。近い将来に宰相の公式参拝が中止、または延期、または自粛されたとしても、相手側には、本心と口先とが違う虚仮であると見破られるだけであろう。何処の国が、如何なる理由で、何故にしつこく「歴史認識の問題」を日本に突き付けてくるのか、その理由も自ら追究せず、分かろうともしないし、分かる能力もないままでの「適切な判断」では、同類の外交カードが、今後も幾枚も切られるのは、間違いない。

「漢族」を中心とする多民族国家

一九四九年一〇月に成立した中華人民共和国は、近年、積極的に市場経済政策を導入し、資本主義諸国を凌駕する勢いで経済的な発展をとげている。しかし国家の政体そのものは、何よりも「皇軍」を駆逐する功績をあげたとも誇る中国共産党が、内政・外政のすべてを独裁的に指導する社会主義国であることに変わりはない。また多彩な民族と文化を内包した多民族国家たることを標榜するが、現実は、あくまでも「漢族を中心とした国家」であることを失念すべきではない。

　ここで「漢族」とは、中華・中原・中夏、そして中国などと総称される黄河文明発祥の地、先進的な文明を育ててきたその地域の民族（華夏人）を起源とし、その呼称は、北方の「夷狄」の匈奴が、華夏人を「秦人」と称していたことからすれば、少なくとも漢帝国成立以降に定着した「漢人」に由来する。

「漢族・漢人」たるの〈標準〉は、華夏人の文明を構成する風俗・習慣・言語・信仰・食生活といった最大公約数的要素に一にかかっており、この標準をおおむね受け容れると、どの民族であれ、「夷狄」を脱して「漢族」になる。民族の区別を、出自や血統ではなくて文化・文明に置くという融通性こそが、中華・中国という大国を継続・発展させてきたと言えるのである。

ただし漢字や漢語を使う漢族ではあっても、イスラーム教の信仰とそれに基づく日常生活を堅固に遵奉する者は、今日「回族」として明快に区別されている。ちなみに回族は、少数ながら全国に散らばっており、例えば豚肉を忌避する「清真食」を遵守している。回族が比較的多いのは、やはり寧夏回族自治区であるが、そこでも回族は、漢族の〇・五パーセントにすぎないのであり、これでは自治区の看板が泣くというものである。

事実、多民族といっても、漢族が総人口の九〇パーセント以上であり、残る五五の民族は、一・三パーセントのチワン（壮。旧称では僮）族を最多として、すべて一パーセント未満の、まさに少数民族である。中国政府は、少数民族に対して、チワン族を除いて「一人っ子政策」を適用しない等々の優遇政策を実施しているが、区別が差別に陥る危険性が拭いさられてはいない。

行政区画において、北京・天津・上海・重慶の四直轄都市、香港・マカオの両特別行政区に加えて、内蒙古・広西チワン族・寧夏回族・西蔵（チベット）・新疆ウイグルの五つの自治区を設けているのも、解放後に実現した少数民族優遇政策の、その一環である。

しかし、広西チワン族自治区にしても、区内でのチワン族は三二パーセント、漢族は六二パーセントと比率は逆転している。新疆ウイグル自治区ではウイグル族が四五パーセント強を占めているが、最近、ウイグル語教育は禁止の方向に向かっている、とも聞く（写真）。

すでにその事情の一部は、日本では報道されていることであり（『ＡＥＲＡ』二〇〇二年二月二五日号、参照）、しかも間接的ながら私の教え子の一人であったので、敢えて言及せざるをえないが、日本の大学院博士課程に留学・在学中のウイグル族の若き学徒が、帰国中に突然拘束され、「国家分裂扇動罪」および「外国人のために国家秘密を刺探した罪」により、有期懲役一一年・政治権利剥奪二年なる判決をもって収監中である。中国の内政に干渉するつもりはないが、彼の冤罪を確信しつつ大学をあげて復学を認めるよう要請し続けても（『東京大学学報』二〇〇三年四月二三日号、参照）、今もって中国側からは梨の礫である。このままでは、これこそが「多民族の社会主義国家」の真骨頂、との誤解を招いても仕方あるまい。

ウイグル族の少女　新疆ウイグル自治区ホータン市にて。1994年撮影

いっぽう西蔵自治区では、八六パーセントがチベット族である。ところが年ごとに増大する漢族の進出にともない、都市の風景にしても、内地なみに〈文化的〉に改装された街となっているという。情報は断片的ながら、チベット高原に入り込んだ漢族は、政治・軍事・交易の主要部を握り、さらにチベット族伝来の宗教・風俗・言語などに干渉し、これ

に地下資源の問題がからまり、漢族対少数民族、あるいは地方対中央の対立・抗争の火種が、消しようもなくある、と聞こえてくる。

農業国家としての中国

あの広大な中国ではあっても、黄河と長江の中流域をタテに切る線を境界として、人口の九六パーセントが、東シナ海沿岸部へと通じる東半分（東部）の五〇パーセントの地域で、生活の維持をしている。一般に「沿岸部一〇パーセントの地域に人口の九〇パーセントが住んでいる」と言われるが、この表現はかなり当たっている。

国内総生産の一六パーセントは、第一次産業、とりわけて農業であり、直轄市は別にして、どの省、どの自治区をとりあげても、農業人口は七〇パーセントを超える。総生産高に比して農業人口が圧倒的に多いということは、沿岸部の都市近郊の農家は別としても、とくに内陸部の一般の農家・農民の生活が、それだけに厳しいことを意味しよう。

一九九八年ころから、低迷する農村・農民・農業の「三農問題」が表面化した。次のような話がある。二〇〇二年の春、湖北（こほく）省のある村の幹部から、国務院に報告書が届いた。そこで「三農」は、「農村真窮、農民真苦、農業真危険」（農村はまことに窮まっている、農民の生活はまことに苦しい、農業はまことに危機にある）」という三句に置き換えられていた。当時の国務院総理は、返事を書いた。「これは重大な問題だ。私のところへは良いニュースばかりしか届かないのでね」。そして改革に取り組んだ。その改革は、次の総理に受け継がれた（陸学芸『「三農」新論――当前中国農業・農村・農民問題研究』社会科学文献出版社、二〇〇五年、参照）。

しかし実際は、三農問題は未だに深刻化し続けている、と見るべきである。陳桂棣・春桃という二人の作家が安徽省の農村に入り、農民の実態を調査した報告書『中国農民調査』（人民文学出版社、二〇〇四年）によれば、この地方の農民は、一口で言って「赤貧洗うが如し」であった。具体的に村々で起こった事件を、幾つも掘り起こして記録したこの書からは、経済成長の著しい超大国の〈危うい底〉が見えてくる。

第一次産業従事者と、第二・第三次産業のそれとの収入の格差は、広がる一方であると伝えられ、繁栄を謳歌する都市の姿と、活気を失い素朴な生活を残したままの農村の風景との対比、とりわけ都会に出稼ぎをするのみならず、隙あらば都市に、さらには国外へと移住・永住せんとはかる農民や郷村に生きる人々のウネリにも似た巨大な〈流れ〉、そして大都市の駅頭などにたむろする職を求めて上京した「待業者」（失業者）の群れ、ホームレスや物乞いの存在を、私のような、たまたま訪ねる旅行者の眼にも、しかと認めることができる。前掲『中国農民調査』によれば、北京でようやくアルバイト先にありついた「民工」のうち、四人に一人は賃金をもらえず、働けても一六パーセントが一日一四時間労働を強いられている。そして教育や医療の恩典も受けられない。これは首都北京での話である、と。

生活の糧を得るために、三々五々と、あるいは組織的に、畑を捨て村を見捨てて異境へと動く農民の〈流れ〉は、いわば万古よりの現象であり、万単位の、いや一〇万、一〇〇万単位での強いられた移住の多くの実例は、「流民・流氓・窮民・徙民」、そして国際的には「華僑」（華人）等々の用語をもって、史書に横溢している。いま読み返せば、時に首をかしげる部分もあるが、パール・バックの小説『大地』にみる王龍一家の流亡のさまは、今日でも、その残滓が無いとはいえない。

中国史の特質としての王朝交替

交替する諸王朝

流民発生や移住への〈流れ〉は、まずは各種の戦乱や動乱、ついで、それぞれが大陸的規模での水害・旱魃・蝗害などの自然災害、第三に「苛政は虎よりも猛し」（『礼記』檀弓下）という歴代王朝、とくにその末期における苛酷な人民収奪、第四に中央・地方の官僚や郷紳層の腐敗――等を契機とする（江立華・孫洪濤『中国流民史・古代巻』安徽人民出版社、二〇〇一年、参照）。しかし、右の自然災害の場合、「備えあれば憂いなし」であり、それが直ちに農民たちの困窮に結びつくわけではない。たしかに歴代の王朝国家は、それはそれなりに〈備え〉を怠らないようにし、災害が起これば、「救荒・荒政」という救援や復興に努力した。その面でのいわば「危機管理」が出来ることが、王朝の存在理由ですらあったからである。

しかし現実は、「集中した権力は必ず腐敗する」との格言どおり、国家に課せられた役目をないがしろにする事態が起こる。すでに本シリーズの各巻で述べられているので、ここに具体例をいちいち挙げないが、困窮した農民は、あるいは信仰を共有することで結束して、王朝国家に歯向かい、生活の復興を託することができる新たな政権の樹立を要求した。

そもそも原野や荒蕪地に治水・灌漑の手を加えて、国家事業として広大な農耕地をつくり、全国の食い詰めた流浪の民をその地に招いて、生活の面倒を見るというのが、中国に専制主義体制をもたらし、それを二千余年も継続させたとするウィットフォーゲルや、この影響のもとに具体的な解明を行った木村正雄氏の学説は、最近、批判的検討もなされているとはいえ、いまもって中国の重要な特質を語るに相応しい卓論である。とくに、王朝権力が治水・灌漑の事業、とりわけ灌漑水路の管理・修復を怠ったために、国家の手で造成された田畑が荒蕪地と化し、困窮した農民大衆が武装蜂起し、ついには王朝交替に至る——という木村氏のスケールの大きい見通し（『中国古代農民叛乱の研究』東京大学出版会、一九七九年）は、誰もが知る王朝交替期ごとに大規模な反乱が勃発する中国前近代史の一つのパターンを、見事に読み解いたものとして評価しておきたい。

こうした面に着目すると、中国史における止むことなき王朝交替は、皇帝を頂点とする中央集権的専制支配そのものの再生と継続を保障するパラドックス的「安定システム」であるとも言える。つまり王朝の交替は、舞台における幕や場の転換に過ぎず、中国の前近代史を語る髷物は、場面を幾度も替えつつラスト・エンペラーの没落まで続くわけである。あるいはこうとも言える……一つの王朝の滅亡は、既定のプログラムに従って不要な細胞を自己破壊させる「アポトーシス」の仕組みである、と。

古来、王朝には寿命（暦数）がある、と多分に経験則によって考えられ、王朝交替の際にはこの主張が表面化し、機能した。後漢から曹魏への禅譲を是とする立場の言として、次のような一文がある（『三国志』魏書、注引「献帝伝に載せる禅代衆事」）。

臣聞く、帝王とは五行の精なりと。易姓の符、代興の会は、七百二十年を以て一軌となす。有徳者なればこれを過ぎて、千八百〔年〕に至る。無徳者は及ばずして、四百載（年）に至る。ここを以て周家（周王朝）は八百六十七年、夏家（夏王朝）は四百数十年。漢は夏正（夏の暦）を行い、今に至るまで四百二十六歳。……天の暦数は、まさに以て尽終んとす。

要するに、中国史を「単なる王朝交替史である」とする見方では、中国の歴史の大きい流れは語り尽くせないのである。

王朝の正統性と交替の意義

王朝が交替する際には、新王朝の正統性を世に訴えるために、当時のさまざまな政治論と旧来の歴史知識を動員して、新しい政治制度を作り、また天帝よりの「天命」のありかを確認するための諸々の儀式を催す必要があった。

とりわけ農作業の段取りに直接かかわる「暦」については、『史記』暦書に「王者は姓を易え命を受け、必ず始初を慎み、正朔を改む」とある通り、暦の歳首（正月）と月初（ついたち）の「正朔」を新たに定めることができるのは、天命を得たとする者の特権と義務であった。秦の始皇帝による度量衡の統一にしても、それは七国があい競う時代の終焉を告げる意義をもつ。いっぽう、尺寸の長さや分銅の重量や升目の大小が、穀物や布帛の徴収の多寡に直接関係することからすれば、新しい度量衡の公布は、新王朝のいわば施政方針の表明でもあった。つまり「このたび升目の大きさが変わるそうだ、大きくなると租税も上がるのだろうか」といったことにおいて、新王朝の創立は、当時の人々の生活に直接ひびく重大事であった。

ここで「尺」だけを取り上げてみると、『史記』律書の冒頭に「王者が事を制し物をたてるとき、その物度軌則は、いつに六律よりさずか

時代（王朝）	一尺	一升	一両
換算値	センチ	リットル	グラム
殷（商）	15.9	——	——
周	——	1.98（東周）	12.6（東周）
戦国	23.1	1.75（趙）	15.6（楚・趙・魏・韓）
		2.25（楚）	
		2.25（魏）	15.8（秦）
秦	23.1	2.00	15.8
前漢	23.1	2.00	15.5
新	23.1	2.00	14.9
後漢	23.75	2.00	13.8
三国	24.2	2.055	13.8（魏）
西晋	24.2	2.055	13.8
東晋・十六国	24.5	2.055	
南北朝	29.6	2.00（斉）	13.8（梁・陳）
		3.00（梁）	～37.8（北周）
			＊一斤の重量から推定
隋	29.6	6.00（大升）	41.3（大両）
		2.00（小升）	13.8（小両）
唐	30（小尺）	6.00（大升）	41.3
	36（大尺）	2.00（小升）	
宋（遼・金・西夏）	31.2	6.70	40
元	31.2?	9.50	40
明	34（裁衣尺） 32.7（量地尺） 32（営造尺）	10.0	36.9
清	35.5（裁衣尺） 34.5（量地尺） 32（営造尺）	10.0	37.3
中華民国	33.33	10.0	31.25
中華人民共和国	33.33（市尺）	10.0	50（市両）

度量衡の変遷の概略表
『漢語大詞典』（漢語大詞典出版社、1994年）付表に従う。表中の破線で、本シリーズの各巻があつかう時代を、大まかに示しておいた

る。六律は万事根本たり」とあるとおり、新王朝に相応しいとされる宮廷音楽で、楽器の弦の長さがメートル原器のごとく決定され、この規準に基づいて尺寸もまた定められ、これに応じて田畑の大きさも変わった。前頁に掲げる表は、各王朝が定めた度量衡の基準値を一覧表にしたものであるが、王朝ごとに微妙に異なる点を取り上げてみても、王朝の交替を、「単なる」として見過ごすことはできなくなろう。余計なことながら、蜀漢の劉備玄徳は身長七尺五寸（『三国志』蜀書、先主伝）とあるが、後漢尺で換算すれば一七八センチ。長身ではあっても驚くほどではない。

本シリーズにおいて、王朝名を軽視することなく歴史の変遷を述べるという方法をとっているのも、右のような事情を勘案してのことであり、便宜上のことなどではない。

「公」権としての王朝国家

王朝交替について、ことさらに多くを述べてきたのは、とくに日本の前近代史と比較した場合、このことが際立って中国という世界を特徴づけていると認められるからである。日本では、侵攻した他民族による全列島支配が無かったという事情はともかくとして、いわば「一方の安定システム」としての天皇制という装置によって、天皇・朝廷の存在と機能が、前近代を通して一貫しており、将軍家の交替はあっても、中国のように主権者が総崩れになる「交替」は巧みに避けられてきた。このいわゆる「万世一系」なる思想は、「万民はみな天皇の赤子」という「家族国家」としての国体論を生み出し、戦時中に国家権力によって強調・教育され、結局は軍国主義を支えるに至った。

たしかに中国でも、それぞれの王朝国家を一つの「家族国家」とみなす見方があった。先に「夏家・周家」という用語を瞥見したように、例えば、劉邦の創った漢王朝ないし漢帝国の別称は「漢家」であり、李淵や李世民が樹立した唐帝国は「唐家」と呼び慣わされていた。この事は「天下一家」たることの証左となる。しかし、ここで留意すべきは、創立者一族の家名（姓）をそのまま採って、王朝国家全体を「劉家」とか「李家」とは呼ばなかったことである。これは「国家は一姓の有には非ず」という政治思想が、少なくとも漢代以降において確実な地位を占めていたことによる。この政治論は、おそらくは儒教の、とりわけ公式の経典（経書）の裏面に秘められたもう一つの経典（緯書）で説かれたものに違いない。ともあれこの主張の背後には、現実の政権を握った劉氏一族や李氏一族という「私家」が独善的な支配をすることを掣肘する狙いがある。

ここに詳述する暇はないが、王朝の創立者一家も、その政権の樹立を支えた功臣諸家も、さらに庶民の家々にいたるまで、すべての各自の大切な家族や家庭（これを「私家」という）を抜け出す（これを「出身」「起家」という）という形をとった上で、創立者を「君」、諸他の個人を「臣」とするという君臣関係で結びつき、ここに国家が構築される——というのが、王朝国家樹立の際の前提的な〈手続き〉であったと理解できる。こうした手続きを経たのちに、自他ともに「公」と認められる、よって「劉家」でも「李家」でもない〝ニュートラルな姿をとった一家〟として、各王朝が成立するのであり、こうした擬制的な構造を通して、王朝創立者は「公」権を手中に収め、「公」の立場から堂々と人民支配ができることになったわけである（拙著『中国古代の「家」と国家』岩波書店、一九七九年、参照）。

ここで興味深いのは、先の「漢家・唐家」の同義のものとして、別に「漢氏・唐氏」という用語が普段に使われていることである。「〜氏」の形式で表現されるその「〜」の部分は、「家」の名称である「姓」（苗字）に当たる。とすれば、「漢」とか「唐」という王朝名は、「公」の一家として成立する〈国家の姓〉ということになろう。例えば隋王朝から唐王朝への交替は、もちろん〝楊氏から李氏へ〟の「易姓」であるが、それと同時に、むしろこの方が正解と考えるが、〝隋氏から唐氏へ〟の「易姓」でもあった。そもそも王朝交替は、天命が革まることで実現する。この「革命」が「易姓革命」とも称されるのは周知のところであろうが、その用語の背景には、右のような「公権としての国家の交替成立」という中国独自の思想が秘められているのである。

以上、ややウルサイことを述べてしまったが、要は、一般常識で即断すると現れてこないさまざまな「秘密」を、中国の歴史は沢山かかえているということである。

中国史の時代区分

中国、四〇〇〇〜五〇〇〇年の歴史は、中国人民が創意と工夫を武器として大自然と戦いつづけ、またさまざまな形で攻撃してくる「外圧」を乗り越えてきた過程であった。よって「発展」と呼ぼうが「進化」と呼ぼうが、中国社会はたしかに「変化・変動」してきている。これまでの歴史学や歴史叙述は、その変化した部分に注目し、照明をあて、分析・整理することに、もっぱらエネルギーが費やされてきた。とりわけ、中華人民共和国の成立に至るまでには、マルクス主義の史的唯物論（唯物史観）が、国民国家の形成と国内近代化におけるモメントとして、またバックボーンとして大きな役目を果たしてきたのであり、相当に中国化されたとはいえ、このマルクス主義が武器となって「救国」が達成された。このことを振り返れば、その発展段階論は、学界内に限定されない政治に直結した大問題であった。よって段階を踏んで社会主義へと上昇する「発展」の歴史理論は、今日においても、無下に捨て去ることはできない意義を持っている。

発展の段階をどのように区切るかの時代区分（分期）の問題については、戦前から内外における長く厳しい論争があった。日本の学界では、この区分の仕方をめぐって研究が深化し、新しい史実が発現されるという成果を獲得することができた（谷川道雄編著『戦後日本の中国史論争』河合文化教育研究所、一九九三年、参照）。しかし今日では、発展段階論一般の凋落に合わせるかのように、分期問題は、歴史学界の本舞台から姿を消しつつある。

ただし、これまでの諸成果のおかげをもって、ある時代を「古代」と呼ぶか「中世」と呼ぶかといった解釈の違いはあるものの、中国前近代史には、春秋戦国期、唐末五代期、明末清初期という三つの時期に、大きい時代の〈節目〉があることが、大方の了解事項となった。とりわけ唐末五代期、つまり大唐帝国が滅び、五代十国が乱立し、最後に宋朝によって専制支配体制が再編されるという一定の時代が、政治・経済・社会上の一大変動期として、いまもって共通の関心と注目とを集めている。以下の本稿でも、この〝唐から宋へ〟という変動期を頭に置きつつ、話を進めて行くことになろう。蛇足を承知で述べれば、市場経済政策を取り入れることで経済の活況を取り戻したいわゆる「鄧小平路線」は、イメージとしては、この〝唐から宋へ〟という変革期を思い起こさせる。

風土と文明――歴史の舞台としての自然環境

風土に根ざす文化、風土を超える文明

「愛国無罪」と「企業風土」は、二〇〇五年前半の新聞紙上にたびたびとりあげられた用語だった。前者は一部の者に無分別な「抗日」の暴挙を起こさせ、後者は電車転覆という大惨事を生み出したが、それを起こしたその企業の「風土」は、なかなか変わるものではあるまい。

ところで「愛国無罪」は、私の不確かな記憶では、すでに五・四運動（一九一九年）のデモ隊の横断幕に現れている。この訴えは、第一次大戦のどさくさのなかで、一九一五年に日本が押しつけた中国側には国辱的な要求（対華二十一ヵ条）への反発に起因し、パリ講和会議でもその撤回が認められず、ついに山東省済南や北京で学生達が立ち上がった反日運動であった。よって、その時の「愛国無罪」は、理由のある崇高な理念を示していたし、もともと「愛国」そのものには、権力者が上から押しつけないかぎり、最初から罪はない。このたびの「抗日・日貨排斥」をうたった暴徒は、この点で巧妙であった。これに味をしめて「愛国」の二字は、国家の弾圧を逃れるために苦心の免罪符として、今後もさまざまな局面で登場し続けるであろう。

さて「風土」は、地勢や気候や地味などを土台として作り上げられる。そして、その風土に根ざした「文化」（風俗・習慣・儀礼……）が醸し出される。風土がもたらした諸々の文化は、時代の流れに沿って一つの「文明」へと成長を遂げる。やがてこの「文明」は、何よ

りも高度な利便性をもっていたことから、風土の異なる他の地域に向かって伝播し拡大し、ときには政治的・軍事的な圧迫を通して、その異境に押し付けられる。ここに、より巨大化され、より広域を包摂する一大文明、ないしは「文明圏」を成立させる。

同時に、このような「文明圏」自体も、その拡大過程を通して、別様の「風土」が生み出した別種の文化を組み入れながら、自らをさらに成長させていった。先に述べた「漢族」の拡大は、「華夏族の文明」の拡張にほかならないが、周辺諸民族それぞれの文化を適宜吸収することによって、自らの回生をとげた過程でもあった。

かつて戦国時代にあって、趙の武霊王（在位、前三二四―前二九八）が、北方騎馬民族の「胡服騎射」の戦法を導入し、趙国の軍事力を一気に伸ばしたことも、異文化の導入の好例であり、秦の兵馬俑の兵士の精悍な顔つきは、それまでの「漢族」にはなかった西方異境の民族の気概を彷彿させる。また本シリーズの第五巻、川本芳昭『中華の崩壊と拡大』で語られるところであるが、華北全体を政権下においた北魏王朝の「新しい中華文明」は、五胡の民族が持ち前にしていた諸文化の大融合の産物であり、その一環として実施された「均田制」という北方系の文化は、隋唐帝国の土地政策の基本として、受け継がれることになった。さらに、その隋・唐両王朝の皇族の出自は、前代の北周からの突厥系の胡族であることは、よく知られているところであり、王朝の変遷史は、とりわけて北方から吹き寄せる〝新しい風〟という栄養分を補給しながら生き長らえた「華夏文明」と見るべきであろう。

しかし文化・文明・文明圏のそれらの性格は、もともと一つの独特な「風土」が核（コア）となって構成されたものであったがために、とんでもない天変地異の打撃を受けることでもなければ、そう簡単に変わるものではない。

いわゆる「発展史観」は、常道かつ正統な方法論ではあっても、風土に根ざした変わらぬ中国の姿、言い換えれば「中国の特質」を棚上げにしてしまった感がある。かくて本稿では、〝中国はやっぱり中国〟という特質を探る試みを強行することになる。その際には、越し方を確認して行く末を展望する、という歴史学の基本を踏み外さないように注意しながらも、これまでもそういう書き方をしてきたが、過去と現在とを交錯させた〝行きつ戻りつ〟の、いわば変幻自在な叙述になるはずである。

まずは、悠久なる中国の歴史の舞台となる、その場の「風土」について、その概要をまとめておく。そして、その〝変わりそうもない〟中国の大自然が、農民を主体とする中国の大衆の果敢な挑戦によって、少しずつ克服されてゆき、同時に、この過程でさまざまな矛盾が露呈するという現実と、さらに近未来像とに迫ってみることにする。

さまざまな景観

中国大陸は、西端のヒマラヤ・崑崙・天山の山系を頂点として、ゆるやかな右肩さがりで東方の海に及んでいる。その地形に応じて、巨大な二筋の河が、西より東へと蛇行しながら東シナ海に注ぐ。黄河と長江である。

平原……黄河の中・下流域を中心として、北は北京市を包み込む河北省から、南は江蘇省を経て長江下流域にまでおよぶ一帯では、泰山がそそり立つ山東半島を除いて、山らしい山を認めることができない。華北平原である。また長江の上流に位置する四川盆地は、『三国志演義』でお馴染みの蜀の政権が栄えたところであるが、盆地とはいえ、日本の本州がすっぽりと収まるほどの広さがある。かつて日本の植民地「満州」であった東北部にもまた、東北平原と総称される広大な平野がある。この平原の西方には大興安嶺が南北に走る。地勢図によれば、そこは嶮岨な山脈のごとくであるが、ユルユルと横断する鉄道に乗ってみると、いつ登って、いつ下ったかも分からぬ丘陵のような印象しか残らない。要するに、山脈の底辺が大き過ぎるのである。

　しかし、こうした中国大陸の平野や盆地は、全土の三分の一足らずであり、残りは山地・高原・丘陵地帯なのである。それほどに中国の大地は奥行きが深く、広く旅をすれば、それぞれの地で、我が島国では味わえない様々な景観を楽しむことができる。

草原……中国の最北辺には、かつての栄光を秘めたモンゴルの大草原が横たわる。このモンゴル高原こそは、古来、羊の群れを率いた騎馬遊牧民族の活躍の舞台であり、同時に「草原の道（ステップ・ロード）」という東西交易路の走っていたところである。年間平均気温は〇～六度、平均降水量は三〇〇～六〇〇ミリの亜寒冷地である。かつてはシベリアの「タイガ」に連なっていたはずの針葉樹の森林は、部分的に残るのみ。解放後の内蒙古自治区の主要生産は、林業が東北部を中心として二七パーセント前後であり、残りの五〇パーセント以上が農業、牧畜は六～七パーセントであって、この数値は解放後を通してほとんど動いていない。かつて私が初めて訪ねた一九八七年当時、区都のフフホト市北郊の高原は、まるで砂礫だらけのゴビ砂漠のごとく、草もまばらな原野が見渡すかぎり広がるのみであった（三六頁写真①）。モンゴル族の友人によれば、この地域の草原は、文化大革命期の「下放」

③

①

【中国のさまざまな景観】 写真＝尾形 勇

②

④

①草もまばらな原野が広がるモンゴル高原　内蒙古自治区フフホト市北郊にて。1987年撮影　②モンゴル大草原での牧牛　内蒙古自治区ハイラル市北郊にて。1990年撮影　③崑崙山脈の雪解け水を利用した水田　新疆ウイグル自治区ホータンにて。奥のポプラ並木の向こう側にタクラマカン砂漠が迫る。1994年撮影　④重畳たる秦嶺の山並み　谷間に白く見えるのは陝西省鳳県。2004年撮影　⑤長陵（前漢・劉邦の陵）と火力発電所　西安市北郊にて。2002年撮影

⑤

⑥

⑥終南山を望む　西安市南郊にて。1987年撮影　⑦黄土台地の一風景　山西省南部にて。段々畑のある丘陵頂上に村落がある。2002年撮影　⑧二期作が行われている江南の水田　安徽省黄山市潜口村にて。手前がほぼ実った稲田、中央左側には早苗があり、右側では田植えをしている。1996年撮影　⑨淮河の風景　安徽省蚌埠市郊外にて。1999年撮影　⑩黄土大地と洞窟住居　山西省延安にて。2006年撮影　⑪「蜀の桟道」　四川省広元県の北方にて。秦嶺山脈は難所であり、嘉陵江上流域の岩壁には、このような架け橋（復元）がかかる。2000年撮影

⑦

⑧

⑨

⑩

⑪

以来、漢民族の流入が盛んとなり、彼らが中高地に大規模に農耕地を開拓したために、一円の気象が一気に変化して荒廃した、という。

この説は別として、同時期から、遊牧民の定住化が政府の方針として推進され、羊の飼育が遊牧から牧畜へと転換されたことに着目すれば、草地の消耗はこの点に起因するとも思われる。羊を一定地に留めると、草の根までも喰い尽くすからである。一方、自治区の中・東部では、まさに絨毯を敷き詰めた如き大草原を堪能することができる（三六頁写真②）。この地域にも漢民族が進出し、彼らは牛の放牧を事とする。牛は草の茎の部分を舌で巻き取って食するので、定住の場合でも草地の荒廃には及ばない。よって蒙古族にも牧牛が導入されつつある。

砂漠……内蒙古自治区の西端から甘粛省、新疆ウイグル自治区にかけての地域は、年間降水量が二五〇ミリ以下、ゴビ・タクラマカン砂漠に代表される極度の乾燥地帯である。そこに点在するオアシスに人々は定住し、湧水の規模に応じてオアシス国家群も登場した。農耕地には制限があっても、「陸の船」のラクダの隊商によって、オアシスからオアシスへと結ばれる東西交易が可能であり、また発展してきた。この交易路はリヒトホーフェンにより「絹の道」と名付けられたが、これは西方からの見方であり、中国側からすれば「玉の道」と呼ぶべきであるとされる。

中国には葡萄のほか、様々な物産とそれに伴う諸文化がもたらされた。ちなみに「胡」の字のつく植物類（胡麻・胡瓜・胡桃・胡蒜……）は、いずれも西方からの到来物である。当初は中国の精巧な陶磁器も運ばれたが、このほうは重量物の大量運輸に相応しい南海の「海の道」に役目を譲った。オアシスの水、また山脈からの雪解け水を利用し、ペルシア語で「カレーズ」、アラビア語で「カナート」（灌漑用地下水路）という手法によって、砂漠の中にも小麦（春小麦）の畑が開拓され、また唐代からといわれるが、天山・崑崙山脈の麓では、雪解け水を直接利用しての稲田も開かれ、今日に至っている（三七頁写真③）。

不毛に似たこの地域の特色は、豊かで多彩な鉱物資源に恵まれていることである。タリム盆地に眠る石油・天然ガスの資源は経済発展上の必需品であり、中央の直接指導のもとに、採掘とパイプラインの建設が急ピッチで進められている。

高地……青海省から西蔵（チベット）自治区の地域は、「青蔵高原」と称される海抜四〇〇〇メートル以上、面積二三〇万平方キロの一大高地である。チベット高原には、唐代に仏教国「吐蕃」が栄え、一時はいまの新疆ウイグル自治区まで勢力を伸ばしたが、紆余曲折を経て、解放後に中国によって武力併合された。この高原は、東西地区で数値はややことなるが、平均気温は一～一四度、年間降水量は五〇～三〇〇ミリ程度の寒冷・乾燥地であり、主食のパンの一種（ツァンパ）の原料としての大麦の変種（チンコー）が主な栽培穀物であり、最近は春小麦のほかに、冬小麦・ソバ・トウモロコシの栽培も増えている。牧畜ではヤク・羊・山羊。区都ラサを中心に工業化が進められ、空路に加えて、青海、四川省両方面からの鉄道・高速道路で中央部との直結がはかられつつある。また辺境の省・区の例にもれず、豊富な地下資源が中央部には魅力であり、一九五九年のダライ・ラマの亡命以降、宗教をめぐる確執と反抗運動が続き、反対に、和解と従属の道を探る模索がされているらしいが、先に触れたとおり、情報は未だ統制下にあり、詳細は知り得ない。

【華南の沿岸部】……上海の南、杭州湾を隔てた浙江省から、はるか彼方に台湾を望む福建省にかけての一帯は、「浙閩丘陵」がそのまま東シナ海へと落ち込む山地である。よって穀物栽培に適した平野部に乏しく、茶畑がこの地方の農業生産を支えた。また丘陵から駈け落ちる多数の河川は、沿岸部に大小の湾を削りだし、そこに天然の良港を恵んだ。寧波・温州・福州・泉州・厦門などは、古くは漢代より、新しくも唐代から歴史に名を留める港市であった。

この地区の生産活動の特色は、漁撈と海上交易であり、人々の眼は常に海洋に向けられ、さまざまな事情で困窮した者、あるいは野心のあるアブレ者が、古くから海の彼方に生活の場を求めて乗り出した。「華人（華僑）の故郷」と呼ばれる所以である。この沿岸部は、かつて「倭寇」の跳梁したところでもあり、明朝は「北虜」に対する「南倭」として、その対策に苦慮した。この一帯を荒らした後期の倭寇には、倭人は少なかったとされる。

浙江・福建省のさらに南側が、南シナ海に沿う広東省となる。省都の広州は、唐代に海洋貿易の管理事務所たる市舶司が初めて置かれたところである。全省の三分の一が「両広丘陵」と総称される山地であるが、中国南部の最大の河川、珠江が作る三角洲を始めとする平野部も大きい。気候は亜熱帯〜熱帯区に属し、降水量は年間一六〇〇ミリを越える。水資源の豊かさでは中国屈指の省であり、三期の稲作が可能な豊かな風土を誇る。広州湾の入り口の両端には、かつてイギリスとポルトガルの租借地であった香港とマカオがあり、広東省の西に広西チワン族自治区、南にあの南沙諸島まで領域であると中国が主張する海南省があるが、ここでは多くを述べる暇がない。

風土を大別する「北」と「南」

黄河と長江の間に、やはり東西に流れる大河、淮河がある（三八頁写真⑨）。淮河の下流は人工的に直線に改修され、かつての面影はないが、洪沢湖以西は、大小の支流を集めて華北平原を潤している。淮河の水源一帯には、西は甘粛省東南部〜陝西省南部〜河南省西部に連なる一大山脈が横たわる。この秦嶺山脈は、二〇〇〇〜三〇〇〇メートルの山岳が重なり、その南北では気候に格段の差がある。例えば秦嶺の北側、かつて長安の都が置かれた渭水（渭河）盆地は、半乾燥地帯であり、年間平均降水量は五〇〇〜六〇〇ミリ程度である。終南山と称される秦嶺の北側部（三八頁写真⑥）を越えると漢中盆地に入る。この地は漢の劉邦が漢中王に封じられたところであり、漢王朝の「漢」はこの地名に由来する。

この盆地から南は、比較的緩やかになるとはいえ、山岳と丘陵が連なり、やがて四川盆地に至る。漢中盆地以南は降水量も一〇〇〇ミリ以上に増え、秦嶺の南北では平均気温に一〇度もの差がある。陝西省の西安（長安）から四川省の省都・成都に至るには、途中、桟道にたよるしかない嶮岨な道をたどらねばならず（三九頁写真⑪）、蜀漢の諸葛亮が北伐のために何度も往復し、唐の玄宗皇帝が安史の乱のために南に逃れたのも、この桟道をたどってのことであった。

淮河の南北では、歴然とした気候の差が認められ、降水量で約七〇〇ミリ、平均気温で一〇度前後という区切りをつけることができる。日本からの一般の訪中者にとっては、北側では喉が渇いてしようがなく、冬は厳寒、春先には黄土の粉塵が舞い、油断すると風邪を引きそうな乾燥地帯であるのに対して、「南」は、ほぼ日本同様の湿潤で温暖な地帯であり、一息つける思いがするはずである。

かくて淮河から秦嶺山脈へと東西に伸びる線は、まずは気候の点で、中国の主要部を南北に分かつ境界であり、私は以北を「北」の世界、以南を「南」の世界と呼んで、この境界に注目するのが中国史を理解する上でのコツである、と機会あるたびに強調してきたものである。政治的な紛争の場合にも「南・北」の差が認められる。試みに中国が南北に分裂した時代の対立図を見ると、三国時代の魏と蜀・呉が、五胡十六国と東晋が、また金と南宋が対抗して、互いに領域を争ったのが、この秦嶺―淮河の線となっているのは興味深い。

「南・北」の植生

「南・北」の差異は、気候に基づく風土、そして食文化の相違ともなる。まず植生では、「北」がアワ（粟）やキビやソバ、そしてムギ（冬小麦）、東北部ではコウリャン（高粱）が主要な栽培穀物である。これに対して、「南」は稲作によるコメの世界である。よって「北」の主食は、そのままで食べられないこともないが、穀類をいったん粉にして、麵や饅頭、または餃子のような「包子」に加工する粉食が中心であった。

いっぽう「南」では米飯が主食となる。安徽省南部からは、水稲の二期作が可能であり（三八頁写真⑧）、かくて「南」は、後述するとおり、明清時代から中国の穀倉地帯となり、「北」の食糧を現在に至るまで支え続けることになる。なお、今でこそ「北」でも米飯を普段に食べ、外来作物であるトウモロコシやジャガイモの栽培が幅を利かしており、「南」では、甘藷（サツマイモ）の栽培も盛んであるが、このような事情の変化は、より後代のことである。また「北」の世界でムギ（大麦・小麦）の栽培が今日のように普及し、アワ類よりも重視されたのは、歴史的にはそう古いことではなく、西嶋定生氏の名篇「碾磑の彼方」（『中国経済史研究』東京大学出版会、一九六六年、所収）によれば、唐代も中期以降のことである。

トウモロコシといえば、この作物は、アワなどに代わるムギの裏作として、「北」では猛烈に普及してきている。中国の友人に「何でこう沢山作るのか？」と聞くと、「みんな酒にするのサ」と答えた。一瞬本気にしたが、これは冗談。実際は主食の代用物であり、また家畜の飼料として作られ、飼料としてのそれは、重要な輸出品目でもある。栽培は比較的容易であるが、旱魃に弱く、素人眼にも品種も良くない。よって最近では、どうやら頭打ちの様子である。

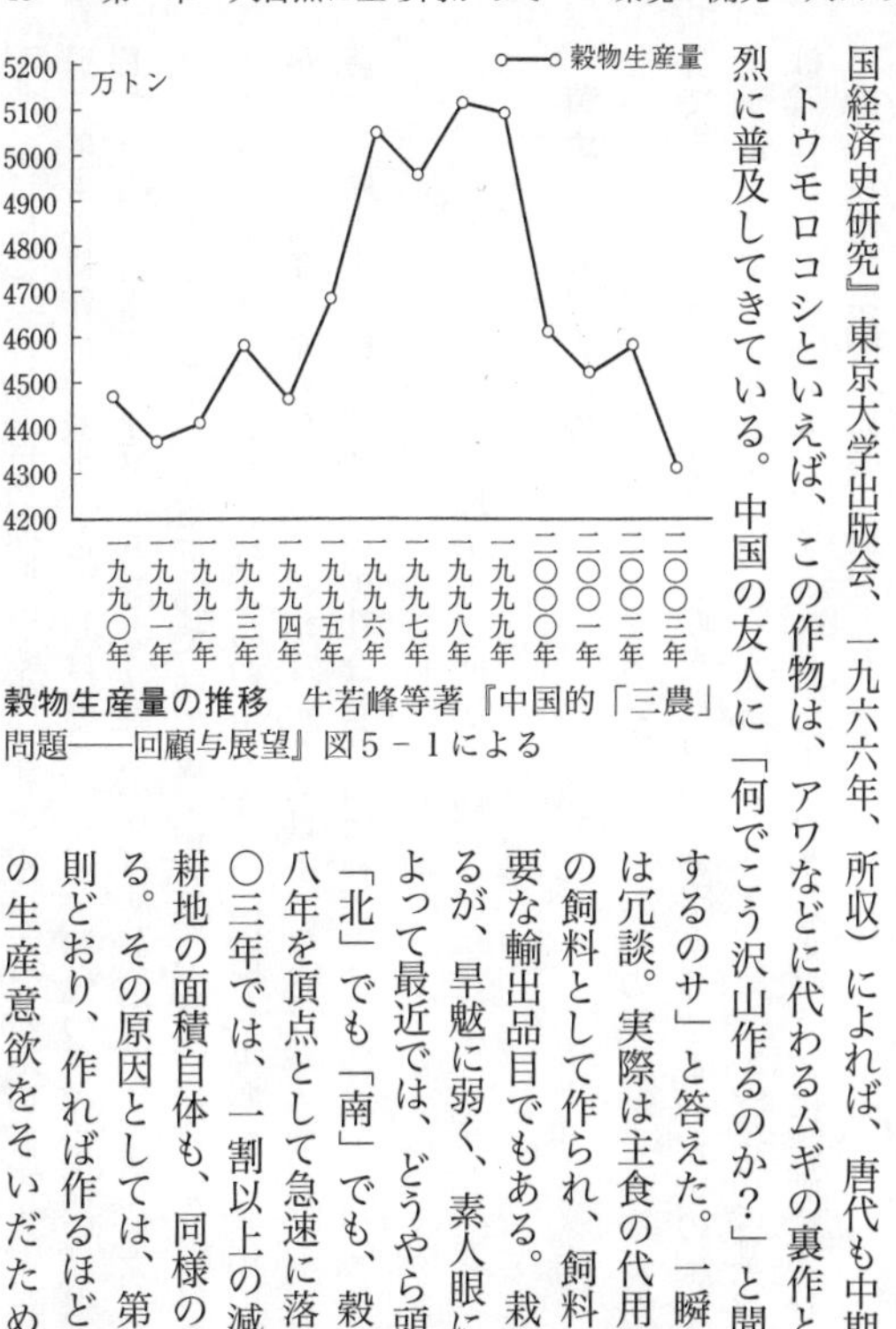

穀物生産量の推移　牛若峰等著『中国的「三農」問題——回顧与展望』図５－１による

「北」でも「南」でも、穀類の生産は、一九九八年を頂点として急速に落ち込んでいる。二〇〇三年では、一割以上の減である（上図）。農耕地の面積自体も、同様の流れで減少しつつある。その原因としては、第一に、資本主義の原則どおり、作れば作るほど価格が下がり、農民の生産意欲をそいだため。第二は、とくに

「北」の世界における自然環境の悪化（耕土の流失、耕地の砂漠化、森林の乱伐、草地の後退）による耕作地の減少、ないしは廃棄、そして農民の耕作意欲の減退。第三に、住宅地・工場用地・道路等の建設にともなう農地の他目的転用による耕作地の減少。第四に、「南・北」ともにであるが、都市近郊では、蔬菜類などの商品作物に作付けを転換していること――等々が挙げられる。これらの理由のうち、環境と生態系の変化にともなう第二の事情が、最も大きく深刻なものとされている（以上、牛若峰・李成貴・鄭有貴等著『中国的「三農」問題――回顧与展望』中国社会科学出版社、二〇〇四年、参照）。

「北」の自然環境と文明の形成

黄土高原の過去と現在

いわゆるスギ花粉のために、マスク姿が日本の春の風物詩であったが、中国の「北」の世界でも、春はマスクの季節。黄塵を避けるためである。この粒子の細かい砂塵は、日本にまで飛散して来る。季語の一つに「黄砂」があるのは、この現象に基づく。日本では、黄砂は、五月ころの強い紫外線をさえぎってくれる、とプラスに評価するむきもあるが、薄黄色に曇った空が鬱陶しいことに変わりはない。

中国、とりわけ北京あたりの黄塵は、年を追って激しくなっている。地球規模での気象の変化のためか、それとも農耕地開拓の結果か、理由は定かではないが、西北方の乾燥化、ひどいところでは砂漠化の進行によるのは確かであり、中央政府も、さすがに北京に首都を置

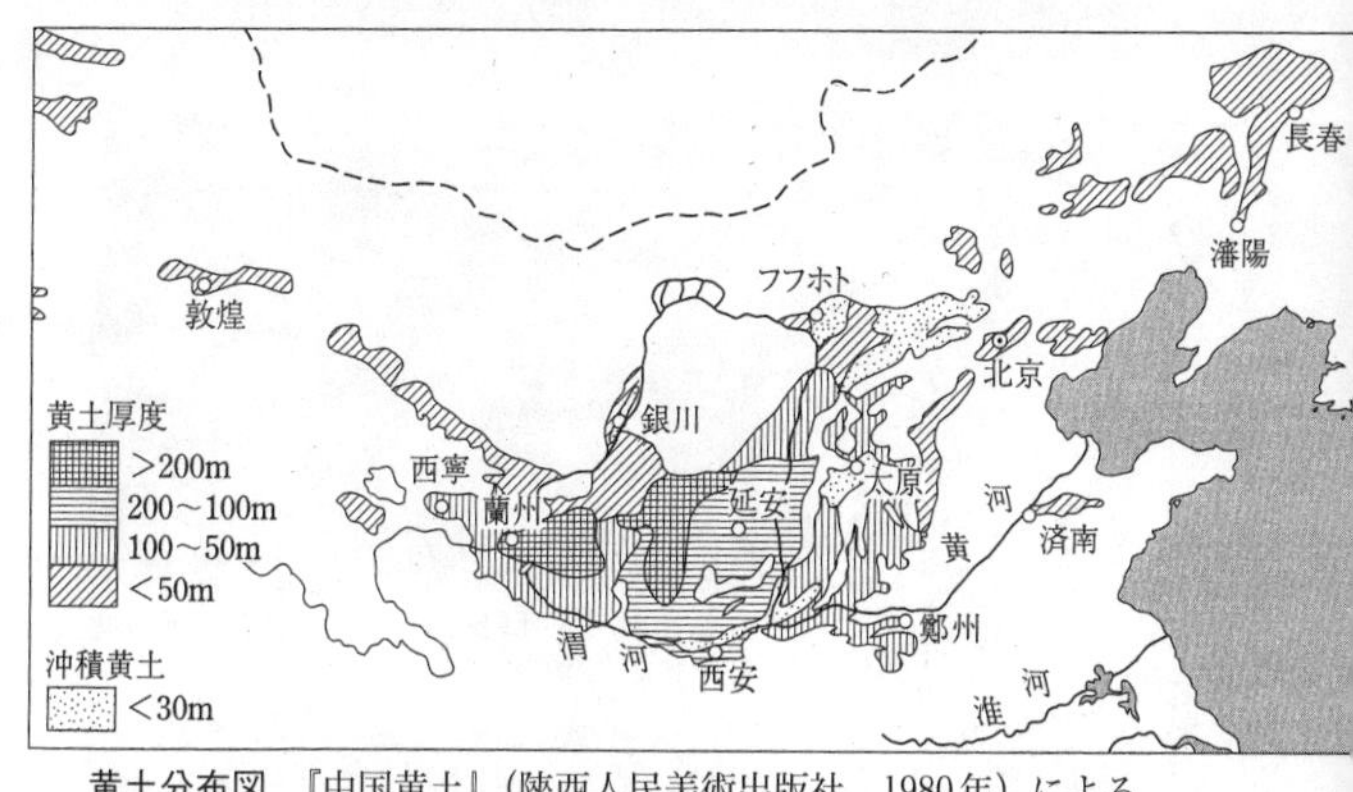

黄土分布図　『中国黄土』（陝西人民美術出版社、1980年）による

くだけに、黄塵禍対策のために重い腰を上げ、泥縄式ながら、植樹などの対策を始めている。

黄河流域を中心とする華北一帯は、こうした黄塵として舞い上がる「黄土（こうど）」という独特な土壌でおおわれている。何万年もかけて内陸乾燥地帯から偏西風に乗って運ばれてきた黄土は、積もり積もって、いわゆる黄土地帯を形成した（上図）。黄土の堆積は通常二〇〜四〇メートル。とくに黄河の上・中流の北側では、最大二〇〇メートル余りの厚い黄土層となり、甘粛（かんしゅく）省の南部、寧夏（ねいか）回族自治区、陝西省中部、河南省の一部にかけての一帯は、黄土層を網目のように流れる細い河川によって、そこかしこで深く浸食され、その泥土は、さらに下流へ下流へと押し流されて行く。

黄土高原から流出する黄土の量は、一平方キロあたり五〇〇〇トン、浸食される区域の面積は一四・四万平方キロにも及ぶ。一九三三年の計測では、河南省三（さん）門峡（もんきょう）市付近で浚渫（しゅんせつ）した泥土は一六億トン、それでも下流に流された泥土は三九・一億トン、九〇パーセントは黄土高原を削った黄土であった。このため、洪水防

黄土台地にうねる長城　北京市北郊八達嶺。1987年撮影

渇水時の黄河「龍門」　2002年撮影

止を主目的とする多目的で大規模な三門峡ダムが、ようやく一九六〇年に完成したが、竣工直後から大量の土砂がそこに堆積し、ダムの崩壊かと危ぶまれた。そこで二度の改修により、土砂を抜く改造がはかられ、何とか維持されている。

　高原から流された黄土は、黄河最大の支流の一つ、渭河流域にまずは沖積し、関中平野、さらには華北平野が形成される。

　黄河の氾濫は歴代王朝の悩みであり、防災の手立てを可能なかぎり尽くしている。上古の堯・舜・禹が治水に意を注ぎ、「登龍門」で名高い龍門は、禹帝が黄河の上流の岩礁を切り開いて水流を通した——といった伝説がある。この登龍門では、かねて岩壁の間を激流が流れていると聞いていたが、二〇〇二年に行ってみると、河水はチョロチョロ、すぐ下流の一気に河幅を広げたところにしても、そこは一面、泥土の堆積地であり、羊飼いが悠々と放牧をしているだけであった。まさに最近の黄河の渇水の有り様を身近に感じたものである（写真下）。

変貌する黄河流域

黄河の水は、増えれば水害であるが、減れば旱魃を招く（左図）。流域での旱魃による災害は、紀元前一八世紀半ばから一九四四年までの間、記載のあるものだけで一〇七〇回。清朝の一九世紀後半には、山東・河南・河北・山西の四省で三年連続の大日照りとなり、餓死者一三〇〇万人、一九二〇年には黄河の全流域で旱魃となり、被災者は三四〇〇万人。一九四二―四三年の河南・河北・安徽の大旱魃では餓死者は数百万に達した。

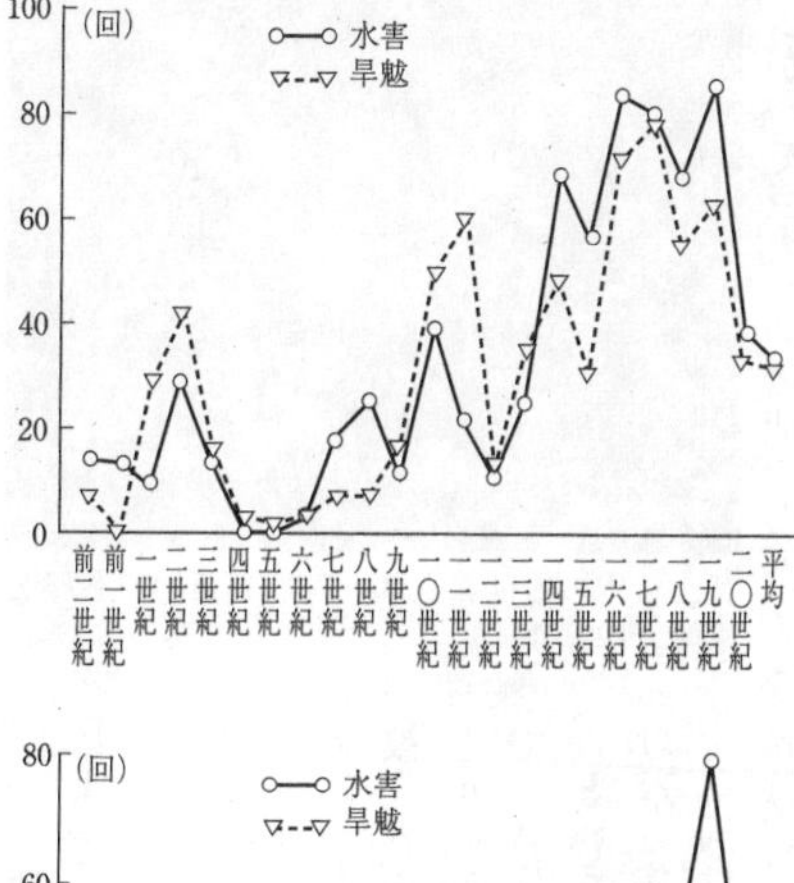

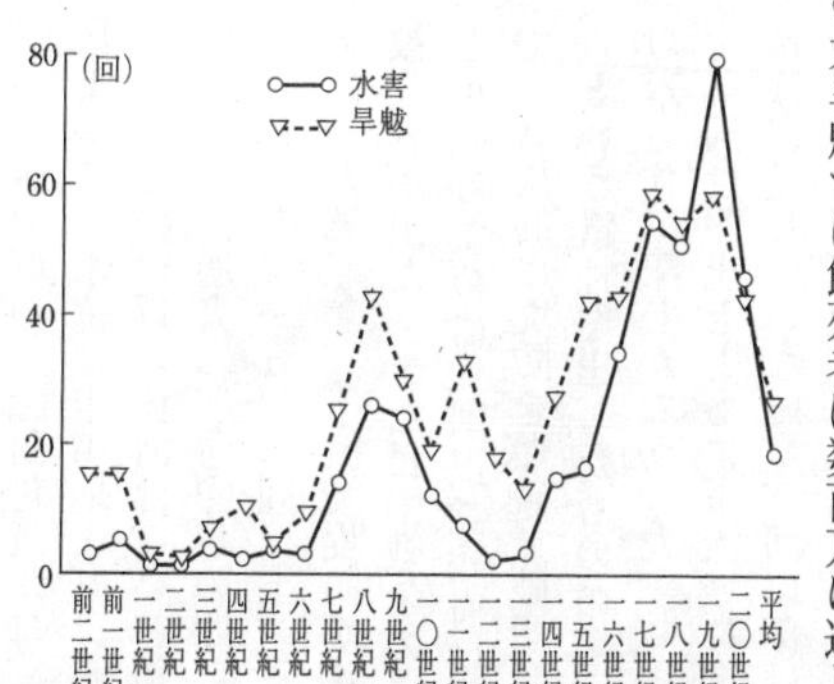

黄河流域の水害と旱魃数　上は河南省一帯（中流域――淮河以北）、下は陝西省一帯（上流域――陝北台地と関中平野）。銭林清主編『黄土高原気候』（気象出版社、1991年）付表より

黄土台地の峻険な谷間　陝西省黄河の右岸を俯瞰。1987年撮影

中流域の鄭州—開封付近では、嵩上げをしてきた堤防によって、水位は市街地よりはるかに高くなっている。つまりこの付近の黄河は、いわゆる天井川である。統計によると、過去二〇〇〇年の間に堤防を破って水害をもたらしたのは一五〇〇回以上。その災害の大きさは、例えば一九三三年、下流で堤防が決壊し、三六〇万以上の被災者が出た。また日中戦争のさなか、「皇軍」の進撃を止めるために、国民党政府は、鄭州の北の花園口にて、戦術的に堤防を爆破・破壊した。溺死する者八九万人という犠牲を出したものの、「皇軍」の進撃を少しだけ遅らす効果しかなかった。

　黄河は泥土とともに下流域に向かい、そこで三角状に広がって巨大な沖積地を形成する。私は実見していないが、河口部は一面の平野であり、そこでは黄河の流れは無い、という。つまり黄河は伏流して海に注いでいるのであり、よって限界が来れば、黄河は海への出口を変えるかもしれない。ちなみに黄河は、記録によるかぎり二六回、そのうち、山東半島の北側の海（渤海湾）から南側の海（黄海）へと、七度も河口を極端に変えている。

　現在の黄土高原は、樹木のおおう地域は三パーセントという、ほとんど完全な裸山であるが、太古には樹木が高原をおおっていたはずである。ちなみに西安や洛陽の郊外に点在する漢・唐の歴代皇帝陵は、大半は人工的に築かれた高大な土盛りであるが、造営当時は、すべてに樹木が植えられて、その崩壊を防いでいた。自然の山岳を利用した唐の太宗・李世民の陵墓（昭陵）にしても、今や周辺は見渡すかぎりの畑地となっているが、例えば杜甫の詩によれば（「行次昭陵」「重経昭陵」）、山手線の内側ほどの面積をもつその陵園は、当時は一面が松柏の森であったらしい。

樹木の茂る黄河流域

一般に黄土地帯には、寒冷地に相応しい落葉性広葉樹、乾燥に適応する硬葉性の樹林が繁茂していたのは確かであり、また伸びやかな草原も各所にあったとされる。したがって、その時代、落ち葉と草を動物の糞類とまじえて、いったん堆肥とした上で、それを利用すれば、実のなる禾本科植物のための栄養分が補われたはずである。ただし降水量が少なく、普段は自然の降水にたよるのみであり、黄土に住む人々は、深い谷間から人力で水を運びあげて灌水したり、漢代には、畦をつくって畦の間に種を蒔き、翌年は畦の部分を交替して連作を回避するなどの農法（代田法）が工夫され、水と地味の有効利用が図られた。重なる丘陵の各々の頂上に至るまで、幾層にも積み上げられた段々畑が、今日の黄土高原の一般的な風景であるが、これこそ、第一に、乏しい降水を何とか有効に利用し尽くそうとする、第二に、土壌の流失をくい止めるための、永年にわたる農民の智恵と努力の成果であることを物語る（三八頁写真⑦および五〇頁写真）。

古来、こうした勤勉な集約労働によって、黄土に生きる人々は苦心してアワやキビを作

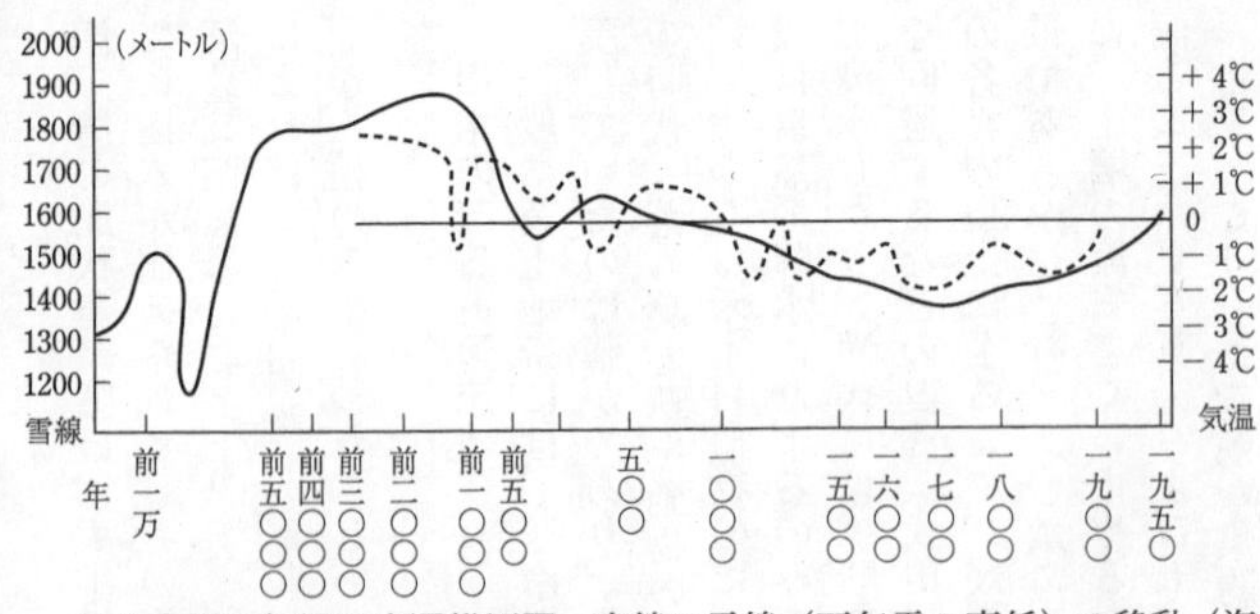

黄土高原の気温の変遷推測図　実線は雪線（万年雪の高低）の移動（海抜メートル）、点線は気温の上昇、下降傾向（℃）を示す。銭林清主編『黄土高原気候』（気象出版社、1991年）付表より

り、水害を避ける黄土台地において、森林に囲まれた広場を中心とする集落を作った。陝西省の半坡遺跡や姜寨遺跡がこれを物語る。この時代の集落遺跡（のちに「邑」と総称される）は、黄河やその大支流である渭水のそのまた支流に沿った小高い台地に、点々と存在している。これは水害を避け、外敵や野獣の侵入を防ぐためであったと考えられる。ちなみに、中国の気象学者の推測による前一万年頃からの気象の変化図によれば、とりわけ「北」では、新石器時代の集落の出現期が気温の上昇期であるのは興味深い（上図）。

土壌としての黄土には、豊富な炭酸カルシウム、カリウム、リン、マンガン、ホウ素等々が含まれるが、少なくとも現在の土壌にあっては、窒素分が乏しい。これに対して、含有される多量の炭酸カルシウムのために、堆積した黄土は浸食に弱い。時として一気に降る雨水は、高原の黄土を削り、苦労して畑にした表土をも流し取った。かつて樹木が生い茂っていた時代には、流土もそれほどには激しくはなく、邑の周囲の森は狩猟場として、生活の一部であったはずである。その森からは、炊事(すいじ)や暖房や土器を焼くための薪(まき)を取り、掘っ建て小屋の僅かな柱材を切り出し、家畜の囲いを作ることもできた。これが、新石器時代の集落の基本的な姿であったろう。

黄土高原に限らず、黄河上・中流域一円において、樹林の茂った環境が破壊へと向かったのは、およそ戦国時代ころからと推定されている。都市の建設と、城壁内の御殿や官衙(かんが)や一般家屋の建設、また弓矢を作り、攻城のための大仕掛けな道具を造る。とりわけ青銅器の鋳造、冶鉄、製鉄・鍛鉄には、大量の木炭を必要とした。戦国君主は「山林藪沢」を独占することで保護を加えた面もあったが、秦漢時代には、木材の消費が急激に高まり、関中平野では秦嶺山脈の北面にまで乱伐の手が及び、森林地帯の後退を推進する結果となった（袁清林著、久保卓哉訳『中国の環境保護とその歴史』研文出版、二〇〇四年、参照）。こうなると、黄土高原からの黄土流出は止めようがなくなり、丁度、気温の全般的下降期に入ったこともあって（前頁の図参照）、森林資源もまた危機的状況に陥った。この森林破壊によって、宋代以降になると、黄河流域の諸河川の水流も安定しなくなり、これら河川を繋(つな)ぐ水運にも支障が出ることになった。

黄土は肥沃な土壌か

最近、「黄土は肥沃な土壌であった」との通説に疑問を呈し、実地調査の裏付けのもとに、改めてこの面の文献史料を読みなおし、「肥沃とは言えない」という立場での研究を精力的に進めた原宗子氏の成果（とくに近刊の『「農本」主義と「黄土」の発生——古代中国の開発と環境2』研文出版、二〇〇五年）は、学界の〈常識〉に対して、新たな一石を投じた先駆的な業績として評価しなければならない。確かに、いまの黄土高原の土壌は、素人眼ながらも明らかに痩せている。作物の生育が必ずしもよくないのは、干害のせいだけではないようである。いっぽう黄土が沖積した平野部での麦作は、近年の灌漑設備の充実によるものか、あるいは化学肥料の施肥が潤沢であるためか、作柄はかなり順調であると見てとれる。

　では、この「肥沃でない土壌」論をもってするとき、中華文明が他ならぬ黄河流域に芽生えたことは、どのように上手く説明できるのであろうか。また漢代の人口分布図（次頁図）を一見して分かるとおり、黄土高原はともあれ、黄河中流から、とりわけて黄河下流域では、当時の人口の大半、概算では四〇〇〇万前後の人々が生活を送っていた。それらの人々を養っていたのが、当時の主食であるアワ類であり、それを生み出したのが、他ならぬ黄土という土壌ではなかったのか。

　このような面を改めて思い起こすとき、黄土はやはり、アワ類や後代のムギ類を何とか育てるだけの養分をもった土壌であった——と見なしてもよいのではないかと思う。むしろ、連作による地味の低下、それを補うために必要とされる草や落ち葉の不足に、現今の高原に見られる〝痩せ衰えた土壌〟の起因を求めてよいとも考えられる。

　丘陵の頂上まで丹念に造られた段々畑については先に触れたが、このような苦心の営為のもう一つの理由として、未活用・未使用の土壌を求めて、上へ上へと新たな畑を開拓しなければならなかった、という事情も加えてよいかもしれない。というのは、道路工事によって新たに崖から切り崩された土壌を、リヤカーつきの耕耘機（こううんき）でセッセと客土（きゃくど）として己（おの）が畑まで

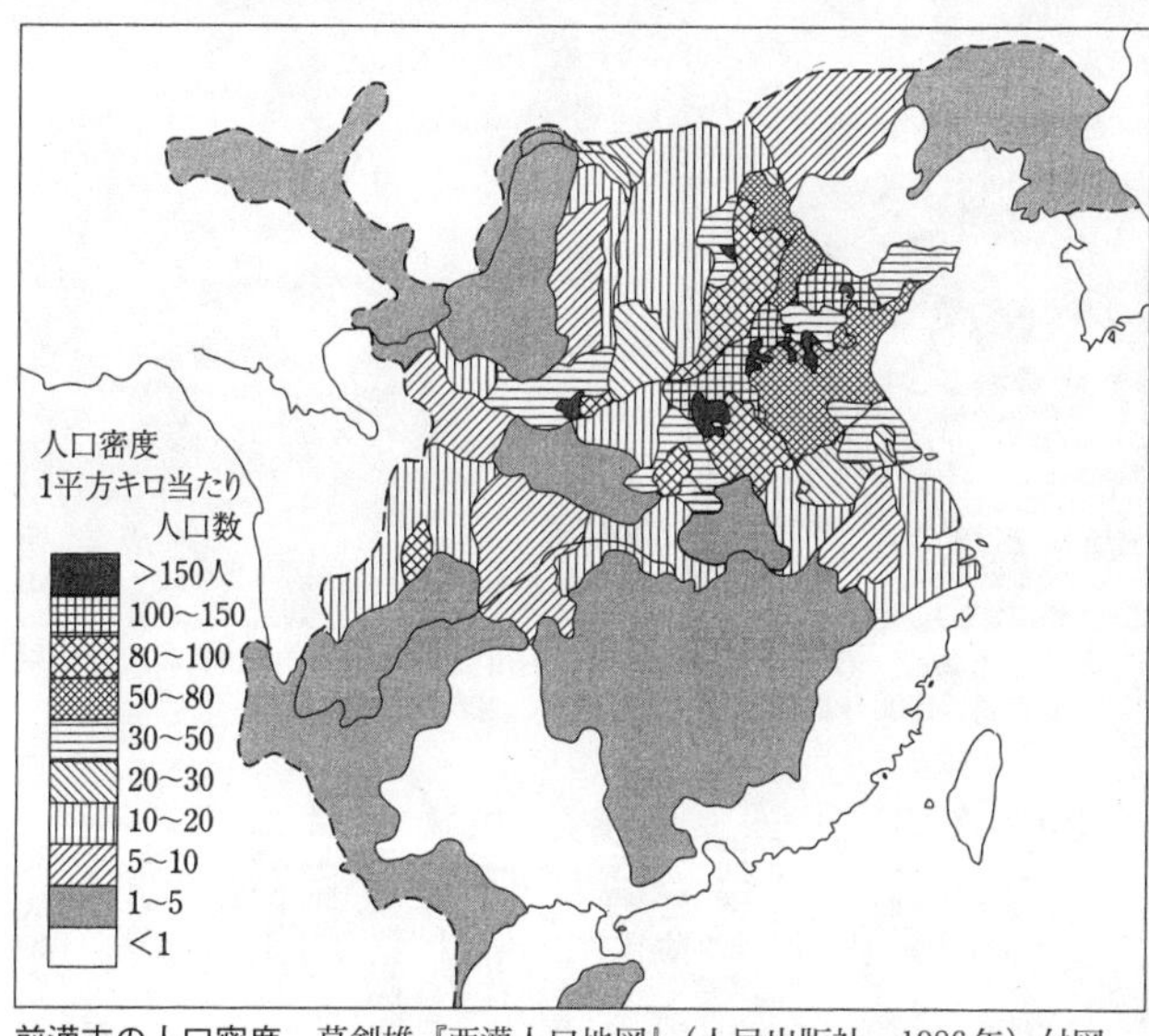

前漢末の人口密度　葛剣雄『西漢人口地図』（人民出版社、1986年）付図による

運ぶ農夫たちの姿を、思い出すからである。

平野部での地味の不良化は、黄河が上流より絶え間なく運ぶ新しい土壌の沖積によって、救われたはずである。それでも足りない場合には、高原と同じく、未使用の土壌を求めることになる。化学肥料は、文字通り「金肥」であるからである。最近の黄河の恒常的な渇水は、流域の各所に泥土の溜まった広々とした河川敷（かせんじき）を造成する。人々が、これこそ未使用の、それだけに地味の豊かな土地を見逃すはずがない。どうやら不許可で未申告の土地であるようであるが、そこを蔬菜やトウモロコシの畑として活用している（次頁写真右）。

削られた城壁　漢魏洛陽城の東北隅。1990年撮影

黄河の河川敷　陝西省と山西省の境界の風陵渡にて。2002年撮影

原氏の新説の反証になるかどうか、これらに関わると思われる私の見聞をさらに少々列記してみよう。

まず始皇帝陵の頂上から南方の終南山を望むと、山肌にいく筋もの段々畑を認めることができる。洛陽北郊の邙山に点在する後漢の皇帝陵には、階段状に切り崩されて、僅かながらの畑地が開拓されているものがある。洛陽東郊の「漢魏洛陽城」の遺跡では、現在、城壁の上はすべて蔬菜や豆類の畑である。一九六二年の考古学者による調査のときには、確かにあったはずの多くの「馬面」（突出し堡塁）は、ことごとく壊されて畑にされ、城壁の一部もまた、所によっては紙のように薄く削り取られていた（上写真左）。

河南省安陽市郊外の「殷墟」では、新しく発見され埋め戻された古墳の残土を、付近の農夫が客土として運ぼうとし、文物管理所の研究員に叱られていた。この古墳こそは、殷墟遺跡の目玉となっている「婦好墓」である（次頁写真）。河南省臨潁県にある後漢末の三つの祭壇のうち二つは、大躍進の時代に、崩されて平地にされてしまった。

いずれの場合も、その周囲は無辺の畑地であり、これらの取り崩しは、単に耕地面積を広げることを目的・動機としたものとは、理解できかねるのである。

一般に黄土地帯といっても、原氏の指摘するとおり、堆積に厚薄の差があり、本来の土壌が露出していたり、それが黄土とない交ぜになっていたりするのだから、地区ごとの土壌の差異があるのは自明のことである。ちなみに中国の土質研究者の研究成果たる様々な種類の土壌分布図を見ても、華北はまさに〝色とりどり〟である。

ここで、その方法の困難さを百も承知の上で言えば、今後は原氏の所説を土台に、可能なかぎり多くの典型的な地区を選択し、その地点において、表土だけでなく、より深い下層にわたる土壌を採取し、あるいは水質を分析して「作物にとって肥沃か否か」を問う成分の全面的かつ科学的調査が、強く期待されるのである。これこそ二一世紀の、あるいは日中共同での学際的な調査研究に相応しいはずである。が、すでに「老頭子（ラオトウズ）」の執筆者には、気力も体力もない……。

殷墟（河南省安陽市）の婦好墓　上は殷墟博物館にて（1988年）。下は発掘直後の光景（1981年）

「南」の開発と環境破壊

長江と「江南」

はるか青蔵高原に源を発する長江。日本では、揚子江と呼び習わしているが、これは遣唐使が往来したころの下流の一地区での名称に基づく。ともあれ長江は全長六四〇〇キロ、世界第三の大河である。この長江の南岸一帯だけでなく、淮河以南の長江流域一帯を歴史的・文学的に総称して「江南」と呼ぶ。

その江南は、温帯から亜熱帯の気温、年平均の降水量は一〇〇〇〜一六〇〇ミリ、ほとんど日本と差異を覚えない風土の地である。江南からさらに南方の華南は、気温も降水量も漸増する熱帯地域に行きつく。上流では四川省の岷江などの諸河、中流では南流する漢水、南からの湘江を集め、江蘇省の南京以南では、北方からの多くの河川の流れを吸収し、さらに淮河の水が大運河（京杭運河）を通して長江に流れ込むため、河幅も大幅に増し、年間推計も九〇〇〇億立方メートルに達する水量を海に注いでいる。つまり江南は、全体として水に恵まれ、大小の河川・湖・沼沢が織りなす水郷であって、山間部と平地とを問わず、丹念に拓かれた一大稲作地帯である。

それだけに洪水の被害も甚だしく、文献の記録によれば、前漢の前一八五年から清末の一九一一年に至るまで、大小の水害は二〇〇〇回以上。なかでも一九世紀中葉の四回、二〇世紀に入ってからの五回の大洪水、とりわけ一九三一年の水害では、被水した農田三四〇〇万ヘク

溢れる長江　武漢市付近にて。1991年撮影

タール、被害者二八〇〇万人以上であった。一九九一年七月の洪水、このときには下流の蘇(そ)州(しゅう)あたりまで浸水が及んだが、その直後、私自身も未だ水の引きやらぬ武漢(ぶかん)付近での大規模な洪水の跡を、上空から目撃したものである（上写真）。

解放後には、溢水(いっすい)対策のために、堤防の延長と強化に政府は力を注いだものの、一九九八年の「長江大洪水」の際は、解放軍をも投入するという国家的な救済策が発動され、このニュースは映像を以て日本にも広く伝えられた。しかし長江の洪水は、黄河の場合と同じく、いわば宿命的な面があり、これが巨大過ぎる「三峡(さんきょう)ダム」の建設を急がせた。

ここで注意すべきは、長江の水害は、少なくともその被災面積において、ほぼ宋代より激増していることである。この背景には、「北」と同じく、長江を安定させていた周辺の森林が伐採され、多数の湖や沼沢が干拓によって埋め立てられ、このために遊水池が失われてしまうという人為的な自然環境の破壊があった。また時代とともに被災者が多数に上った理由には、長江流域に住む人々が急速に増大したこともある。ちなみに、現在の長江は黄河同様の濁流であるが、例えば唐詩の表現によれば、遊泳する魚や水底を透かして見ることができるほどに澄み切っていたし、また長江中流まで海潮が波及し、その清流を補完していた（北田英人「唐代江南の自然環境と開発」『シリーズ世界史への問い1』岩波書店、一九八九年、参照)。

湖沼の開発・干拓と環境破壊

安徽省の淮河の南側、今の寿県南郊の「芍陂」は、すでに春秋時代に造成された人工の湖であり、これにより六六七万平方キロという当時としては先進的な平野部での灌漑水田が拓かれていた。三国時代には屯田が行われ、その生産力は、次の司馬氏政権の経済を支えるほどであった。ところが唐代から湖を埋め立てて稲田をつくる動きが始まり、宋代以降そうした干拓が急速化し、明代には、この湖面は完全に消滅した。

浙江省の紹興市付近にあった「鑑湖」(南湖)は、後漢期の会稽太守馬臻の指導の下で、塘(堤防)を築いた貯水湖が造られ、稲田が開拓された。南朝宋の時代まで、その開発は継続されて「歳に水旱(洪水と旱魃)無く、民は衣食するに足る」ほどになった。唐代には山陰・会稽両県の一四の郷村において、九〇〇〇頃(約五万四〇〇〇ヘクタール)にも及ぶ水田を潤すことができたという。ところが、宋代には湖中に中州ができ、塘堤でかこんだ「囲田」が出現し、宋代にはその方式での水田開発が一段と進行した(以上、前掲『中国の環境保護とその歴史』等を参照)。唐宋八大家に数えられる北宋・曽鞏は、鑑湖の現状を憂えてこう記す(「越州鑑湖図の序」)。

> 宋の興りてより、民の始めて湖を盗みて田をつくる者あり。……三司転運司(財務関係の官庁)は猶書(通達)を下して、しきりに州県を責め、田を復して湖となさしむ。……

しかれども、これより吏は益々法をおこたり、奸民（かんみん）ようやく起こる。治平の間（一〇六四—一〇六七年）に至りては、湖を盗んで田をつくる者、およそ八千余戸、田となすこと七千余頃にして、湖の廃することほとんど尽きたり。

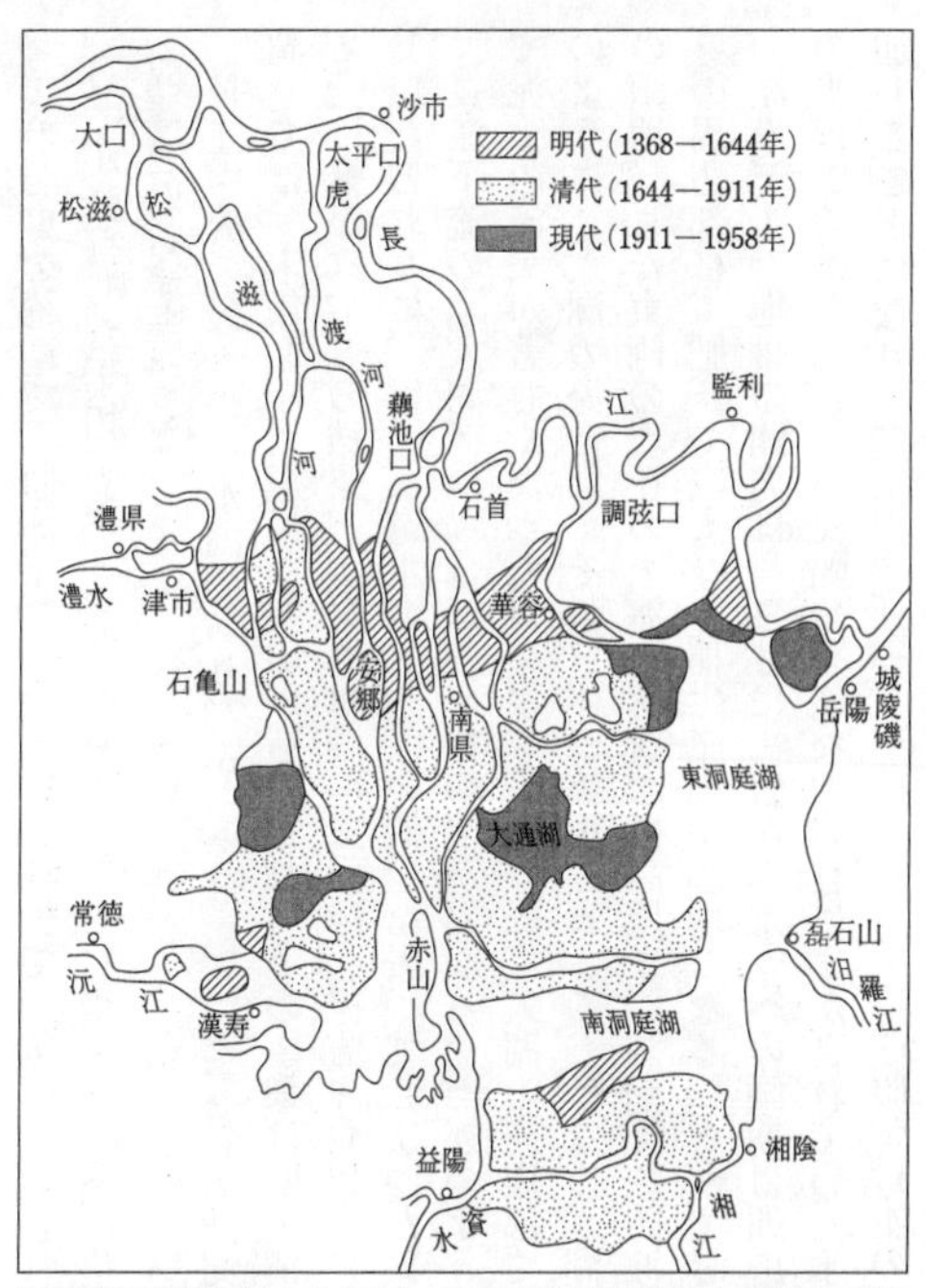

洞庭湖の囲堤による干拓　長江流域規画弁公室編・高橋裕監修・鏑木孝治訳『長江水利史』（古今書院、1992年）所載付図28による

この記事を読んで、通称ギロチンという鉄板で一気に仕切られた、あの長崎県諫早湾での「官」が強行した干拓事業（一九九七年）を思い起こすのは、私だけではあるまい。まさに「殷鑑遠からず」である。

長江中流の最大の淡水湖であり、かつては総面積一万七九〇〇平方キロもあった「洞庭湖」では、宋代から大規模な囲田が造成され、その事業は明・清の時代に、さらには現代まで受け継がれ、この結果、洞庭湖は湖面三〇〇〇平方キロ以下になってしまい、先に触れておいたとおりに、巨大な遊水池としての機能を失ってしまった（前頁図）。

長江下流の「太湖」の場合は、やや事情が異なる。前述のように長江上流部の開発が進んで泥土の流失が著しくなったために、唐代以降、太湖の周辺部での沖積が急速に進んだ。このように、太湖の場合は、それ自体が縮小されることはなく、湖周辺の湿地帯、西側の古来の山地、また東側の現在の上海市を含む微高地に、防潮堤や防波堤（塘路）が造成されて、その周辺部は、肥沃で広大な水稲生産の中心地となることができた（六四頁図）。

江南デルタ地帯の開発は、まさに〝唐から宋〟への画期に即応するものであり、一一世紀の半ばからは、それまで民間や有能な地方官にまかされていた水利事業に、国家の手が直接加わることになり、「囲田・圩田」が造られ、また灌漑や排水のためのクリークが修復ないし新造され、長江下流域の新たな水田は、約六五万五〇〇〇ヘクタールにも達した。かくして、この地域から穫れるようになった大量の米穀は、大運河を通して「北」にもたらされた。

同じ長江下流域の水利の便が悪い台地や砂丘地帯では、明代から換金作物としての綿花の栽培が取り入れられ、またトウモロコシ・甘藷・落花生（ピーナッツ）・馬鈴薯（ジャガイモ）等々の栽培とあいまって、長江下流域（江浙・蘇湖）と、やや遅れて成長した中流域（湖広）が、現在に至るまで、中国全土の農業生産を支える穀倉地帯としての地位を得ることになった（前後、渡部忠世・桜井由躬雄編『中国江南の稲作文化』日本放送出版協会、一九八四年、参照）。

長江流域の風土と文化

かつて長江流域は、気候からすれば、照葉樹林が繁茂する一帯であり、唐代には長江下流沿岸は、見渡すかぎり落葉樹の楓林も連なっていた（前掲、北田氏論文）。ともあれ上古の「南」は、未知の病気が猖獗を極め、なかなか人を寄せ付けない、まるで今日のアマゾン川流域のような景観であったはずである。ちなみに前漢の武帝は、「西南夷」と総称される江西・広東・雲南省付近にまで出兵したが、「道は通ぜず、士卒は飢餓によって疲れ、暑気と湿度に直面して死者は甚だ多く、西南夷もまた度たび反撃してきて、兵を発しても、消耗するだけで効果がなかった」（『漢書』西南夷伝）といった状況に直面している。

こういう風土であったから、人々が住み着くことができた場所は極めて限定的にならざるを得なかった。新石器時代の遺跡にしても、「北」では〝仰韶文化から龍山文化へ〟という一連の文化圏として括ることができる性格のものであり、その遺跡の数も無数といってよい。これとは対照的に「南」では、少なくともこれまでに発現した事例からいえば、独特で貴重な遺跡が、それぞれ脈絡もなく出現している。詳細は本シリーズ第一巻、宮本一夫『神話から歴史へ』に譲るが、河口部の浙江省（余姚市）発現の「河姆渡集落遺跡」では、稲田

唐代の太湖周辺の開発　北田英人「唐代江南の自然環境と開発」（『シリーズ世界史への問い 1』岩波書店、1989年）所載の地図 1 による

が拓かれていることを示す稲籾と骨製の鋤などが発見され、高床式の建物の遺構まで残っている。また杭州市近郊（余杭市）の「良渚遺跡群」では、稲田の遺構のほか驚くべき緻密な細工が施された各種の玉器があふれ、付近には祭壇遺跡も発見されている。さらに、長江上流の四川省広漢市では、巨大かつ一種異様な造形の青銅器が出土した。「三星堆遺跡」である。これらはいずれも、「北」とは相当に異質の〈文化遺産〉であり、そうした「文化」の存在は、中華文明の形成を語る上で看過できない。とくに河姆渡遺跡の場合、「北」の仰韶文化の発生期よりも約一〇〇〇年も古いことには、驚かされる。

しかしながら、河姆渡や良渚遺跡に見られるような水稲文化が、長江を遡って、または「北」へと伝播したかというと、少なくとも現在のところ、それを証拠だてる遺跡や遺構は見当たらない。そもそも淮河以北の地は、水稲栽培を可能とする風土ではなかったのであって、当然といえば当然である。また良渚文化は、おそらく大洪水によると推定されているように、突然、その個性ある姿を消している。この良渚文化については、太陽神に関わる祭祀が遡上したとして、江蘇省北部の大汶口文化を経由して、山東龍山文化にまで影響を与えたという説もあり、興味は尽きない。しかし、これら諸文化を、それぞれの風土・自然環境が育てた「文化」であると認めることには、やぶさかではないが、「北」の黄河文明に匹敵する一括りの「長江文明」として認知することには、躊躇を覚える。

「北」から「南」への人口移動

すでに触れておいたように、戦国時代から秦漢時代にかけて、関中平野でも北方の黄土高原でも、また疎林の残る草原でも、さらには西北の乾燥地帯におけるオアシスを水源とした川沿いにおいても、灌漑水路を造成しながらの農地の造成と開拓が進んだ。秦と前漢の時代には、軍事力で匈奴を追い払った北辺の地には郡・県が拡張設置され、多くの「漢族」が移住し、移住させられた。すでに秦の始皇帝は、黄河がゆるやかに湾曲して流れる上流域（オルドス）の、その一見砂漠のごとき黄土地帯に、黄河から水路を導き、広大な農耕地を造成した。寧夏回族自治区の銀川市の南方一帯は、この歴史に由来する農耕地帯である。現在は、さらに上流に建設された青銅峡ダムによって、より大規模な灌漑用の大小の水路が配置され、始皇帝の遺産は無辺の小麦畑として引き継がれているが、灌漑が及ばないその周辺部は、不毛のまま。水のあるところと無いところ、という両者の差異は、上空から見ると際立

灌漑農地と砂漠との対決　銀川市（寧夏回族自治区）付近の上空より。1987年撮影

っている（上写真）。こうして「北」の世界では、新しい農耕地が戦国時代には各国の君主の指導のもとで、新しい農耕地が拓かれたが、秦漢時代からは、統一国家によって、その開拓事業は大規模なものに発展し、それに応じて人々の生活の場も、とりわけて北方・北西方へと広がった。このように、国家権力の直接的な関与によって新たに造成された農耕地を、木村正雄氏は「第二次農地」と名付け、専制支配の基礎条件をこれに求めた（『中国古代帝国の形成――特にその成立の基礎条件』不昧堂、一九六五年、新訂版、東洋比較文化研究所、二〇〇三年）。

この第二次農地は、国家の手厚い管理によって維持されていただけに、中央政府が弱体化して、その管理を怠るような事態になると、現今でも認められるところであるが、灌漑水路は、土砂が堆積して使いものにならなくなり、また冠水させた地面ではいつしかアルカリ塩が地表をおおい、再び「斥鹵（せきろ）」と言われる不毛の地に戻ってしまう〝危うい農地〟でもあった（左頁写真）。前漢に比べて皇帝権力が弱体化した後漢の時代には、北方一帯の農地の維持が難しくなり、この地方に住み着いた人々は生活の場を失うことになった。ここに、南へ南へと逃れる多くの人々の移動が始まり、その移動は淮河を越え、さらに江南へと向かった。

いっぽう「南」の世界では、中国史の時代区分上、最初の画期とされる春秋戦国時代か

塩分が地表をおおう斥鹵（せきろ）の地　銀川市（寧夏回族自治区）郊外にて。1987年撮影

灌漑水路に溜まる泥土　銀川市（寧夏回族自治区）郊外にて。1987年撮影

ら、鉄製の道具の普及もあって、鬱蒼（うっそう）とした樹林地帯に踏み込んでの開拓が進んでいた。この開拓は、パイオニアによる自主的な苦労の産物であって、山あいに焼き畑を拓き、堰を築いて貯水池を造り、稲の生育と除草のために定期的に水を引く（火耕水耨（かこうすいどう））といった素朴な形から始まる水稲栽培であった。こうした水田の開発は、秦漢時代以降も引き継がれ、稲田は、当初の山間部から平地部へと広がった。「北」の人々を迎え入れたのは、こうした自主的・自立的な稲作地帯であり、五胡十六国の時代からの南北対立期には、「北」から雪崩のごとく逃れて来る多くの人々を「南」は受け入れ、その労働力の増加を得て、稲作生産は一段と発展することになった。

江南の開発と人口の増大

文献に残されている歴代王朝の戸口統計によると、前漢末から唐代にかけての人口は、四〇〇〇万〜六〇〇〇万程度であった。ただ王朝交替期には総人口が一〇〇〇万ほどにも急速に減少していることからも分かるように、こうした人口は、あくまでも国家の戸籍に登載され、それを通して国家からの徴税・徴発をうける人々の数であって、実質の人口数とは区別しなければならない。しかし戸口数の目安としては、とくにその増減の趨勢・推移を知る上では、充分に参考になる。もっとも、こうした統計から実質に迫る数値を浮かび上がらせるためには、さまざまな考証が必要であり、論者によって数値には差異が生じる。

ともあれ、これまでの考証によれば、宋代には一億人を突破しており、この増大こそは江南の開発によるものとみてよい。その江南の人口を支えたのが、他ならぬ稲作地帯であった。こうして江南が、新たな穀倉地帯として発展することにともない、「北」と「南」との戸口数の比率にも変化が生じ、華北の金朝や元朝の場合には問題が残るが、ともあれ一一世紀ころから、「南」が総戸口数の六〇〜七〇パーセントを占めることになったことには、異論がない（左頁図）。人口密度もまた、当然のことながら「南」へと濃度が移動する（七一頁図）。

清朝の乾隆期からは、戸口数が一挙に二億に、さらに清末には四億近くに急激に増加したが、これは、康熙帝が人頭税（丁税）を負担する成人（壮丁）の数を一七一一年の段階で固定し、これ以降に増加した者には、皇帝の恩恵をもって丁税を免除する（盛世滋生人丁）としたので、人々が安心して戸口登録に応じたからである、とされる。

清朝の版図が極大となった道光三〇年（一八五〇）、人口も四億三〇〇〇万余りとなり、これを頂点として、世は近代へと移る。その後の辛亥革命から内戦への時代、人口の伸びは止まり、一九三六年の内務部統計では約四億七九〇〇万、解放後の第一回全国戸口調査（普査）では、台湾を除いて五億八三六〇万余……となった（鄒逸麟主編『中国歴史人文地理』

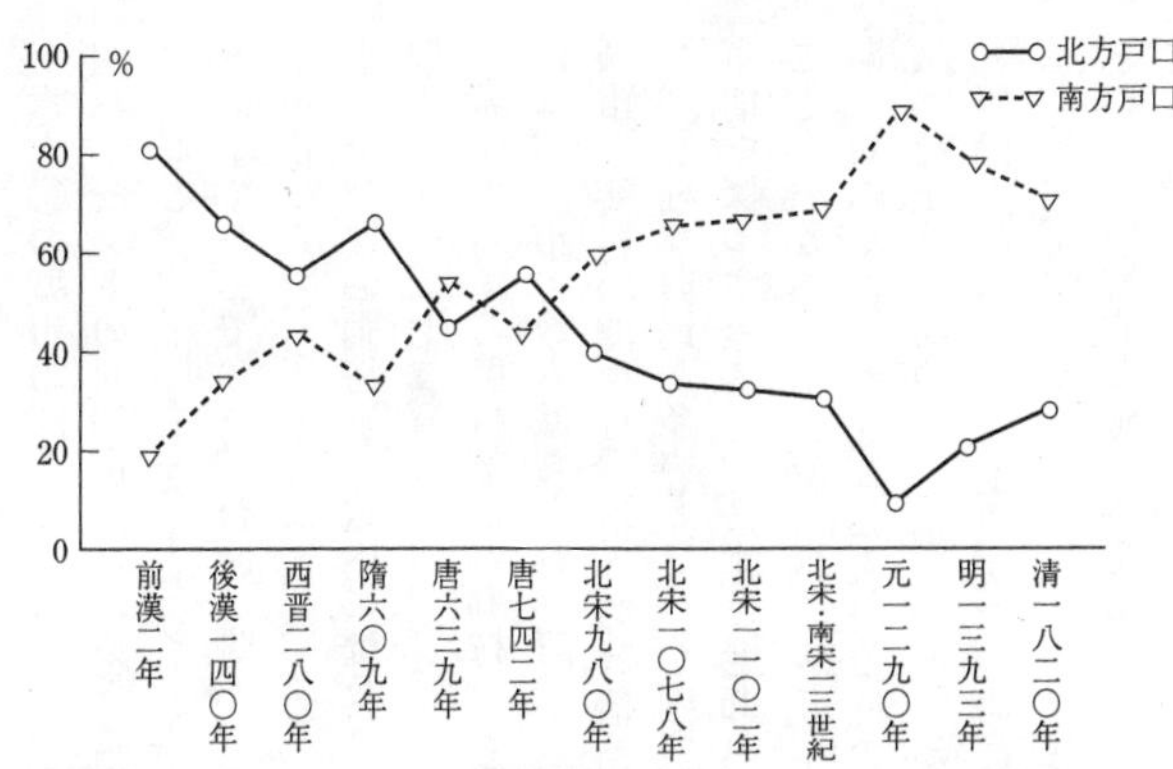

「北」と「南」の戸口数比率の推移　鄒逸麟主編『中国歴史人文地理』（科学出版社、2001年）表５－２による

科学出版社、二〇〇一年、による）。以降、今日に至るまで、何が決め手でそうなったのかを特定することは困難であるが、ついに一三億人（以上か）にまで、人口は爆発増大したのである。

「都市化」をめぐる諸矛盾

日本の現状と同じく、中国の農村は過疎化の時代を迎えている。農民は、より容易に現金収入を得ることができる都会へと流れる。中国で「都市化」と称されるこの問題もまた、中国政府が抱える懸案の一つである。この場合の「都市」とは、「城市（じょうし）」または「城鎮（じょうちん）」と総称されるマチであり、一〇万以上といった人口数では定義されず、「農業生産に従事しない人々が多く常住し、一定の区域での政治・経済・科学・文化・教育・情報の中心」が、その「都市」に当たり、現在六六〇が「城市」として指定されている（前後、『二〇〇四　中国城市発展報告』中国統計出版社、二〇〇五年、による）。

六六〇の城市の四三パーセントが東部の沿岸地方にあり、四〇〇万以上の大都市のうち六四パーセントの七都市もまた東部にある。さらに東部の北京・上海・天津だけで国内総生産（GDP）の五四・七パーセントを担う。すでに都市への人口集中は総人口の八〇パーセントにまで及んでおり、台湾を除く二三省の場合、沿岸部の江蘇・浙江・福建・山東省では、都市化は六〇パーセント前後となっており、全国の平均値を押し上げる四つの直轄市や香港・マカオの両特別行政区には及ばないものの、これら各省の常住民のGDPは高く、また収入も多い（七二頁上図）。

城市に対する農村部は「郷村」と総称される。いわゆる「大躍進」の失敗後の一九六一年には、城市の数も減らされ、三〇〇〇万もの城市住民が、郷村へ強制的に帰されたように、城市と郷村の関係は、折々の政治路線の変更に連動している。いま典型的な黄土地帯に属し、零細な農民が多いとされる山西省の場合を取り上げ、ややデータは古いが、その連動の事情を探ってみると、まずは一九八三―八四年の段階で、「都市化」が劇的に進行していることが分かる（七二頁下図）。この変化は、まさに市場経済が国家政策として導入された時期に対応する。ちなみに人民公社の解体が決定されたのが一九八二年、鄧小平が「郷鎮企業」を正式に認め、「一国二制度」を提唱したのが一九八四年のことである。

農民人口の比率に変更がないのに、郷村に住む農民が極端に減少していることについては、農村部に新しい「鎮」を造り、近郊の農民をその「文化的」な城市へと移住させる――といった国家的な施策が想定できる。が、ここに多くを述べる紙幅は無い（拙稿「山西省雁北の小城」、『立正大学人文科学研究所年報』別冊一五号、二〇〇三年、参照）。

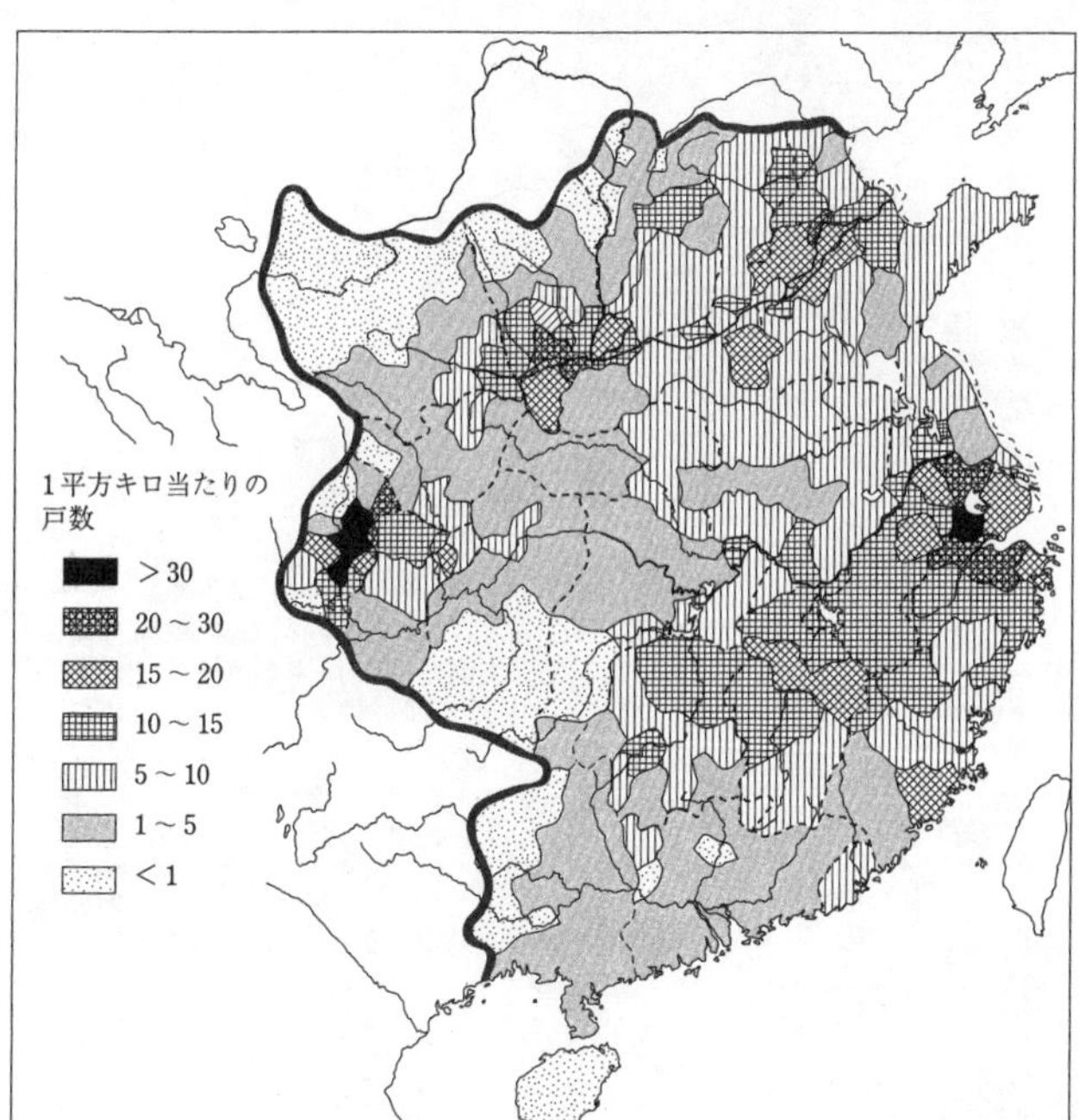

北宋期の人口密度　陳正祥編著『中国歴史・文化地理図冊』（原書房、1982年）より

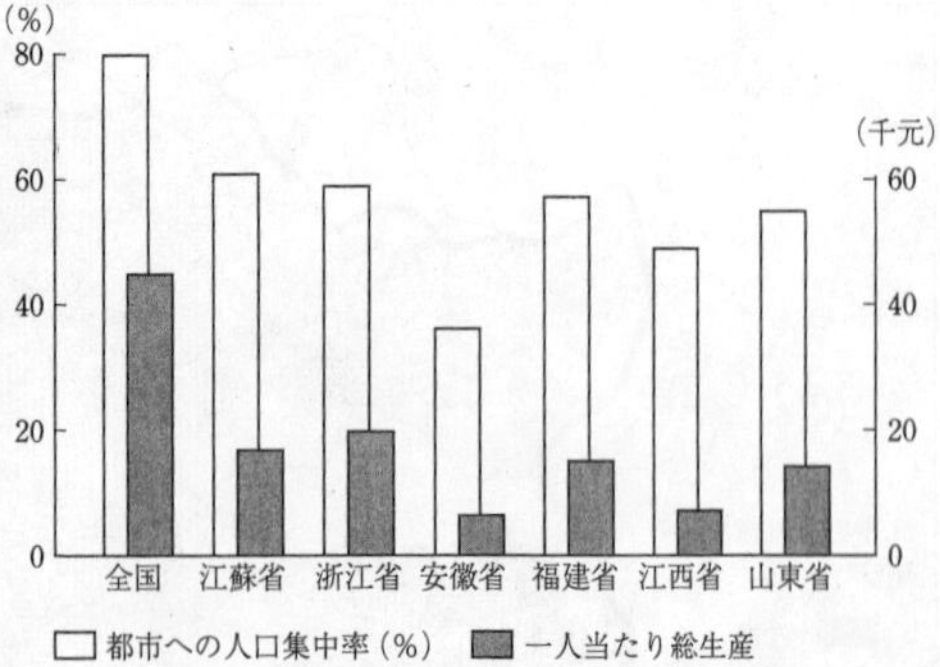

(%) 80 60 40 20 0
(千元) 60 40 20 0
全国 江蘇省 浙江省 安徽省 福建省 江西省 山東省
□ 都市への人口集中率（%） ■ 一人当たり総生産

都市化の趨勢（%）と城市居留民の総生産値　一人当たり総生産は、国内総生産（GDP）÷城市常住民数、単位：千元。『2004 中国城市発展報告』（中国統計出版社、2005年）より

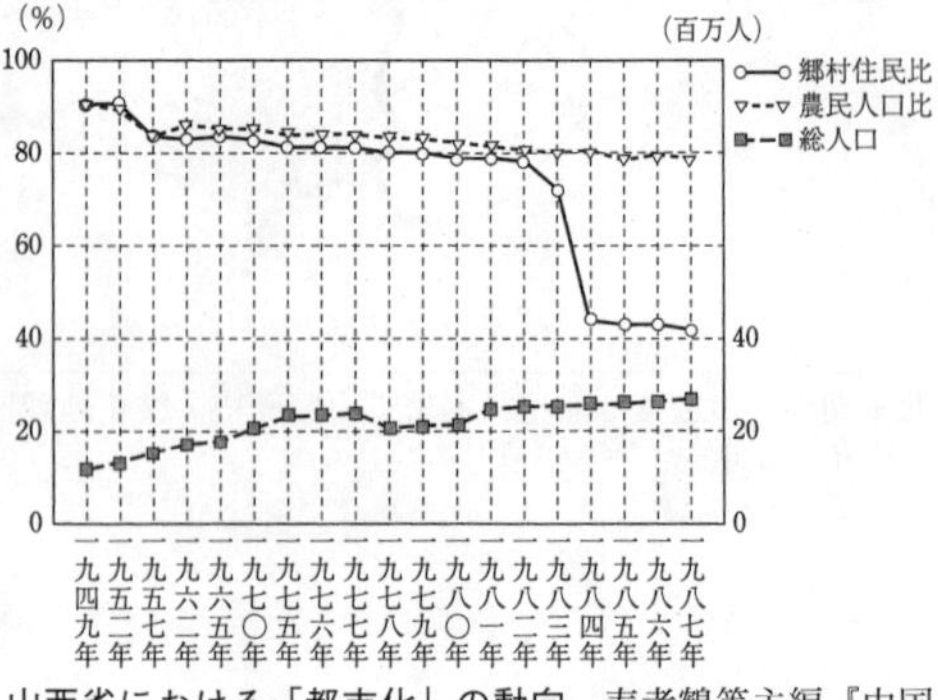

(%) 100 80 60 40 20 0
(百万人) 40 20 0
○—○ 郷村住民比
▽--▽ 農民人口比
■–■ 総人口
九四九年 九五二年 九五七年 九六二年 九六五年 九七〇年 九七五年 九七六年 九七七年 九七八年 九七九年 九八〇年 九八一年 九八二年 九八三年 九八四年 九八五年 九八六年 九八七年

山西省における「都市化」の動向　寿孝鶴等主編『中国省市自治区資料手冊』（社会科学文献出版社、1990年）による

城市でも郷村でも同様であるが、そこでの政治の一切は、党の役人（幹部）が取り仕切る。この官僚制による統治形態もまた、「伝統中国」が生み出した遺産であって、この政体こそは、あの大陸を効率よく統治するために案出された〝中国人の知恵〟の所産であった。

官僚と「三農問題」に関しては、「漢朝では八〇〇〇人が、唐朝では三〇〇〇〇人が、清朝では一〇〇〇人が、それぞれ一人の官吏を養った。ところが現在（一九九八年）、四〇人が一人の公務員を養っている」という指摘がある（前掲『中国農民調査』）。中央・地方の官僚の資質の優劣が、人々の生活をモロに左右する点は、歴代、少しも変わっていない。地方公務員の場合、市長や村長（党書記）等々の「幹部」の権限は、それぞれ非常に大きい。それだけに、彼らの専横や汚職は、日本とは比較にならないほどの被害を人民に及ぼす。今の中国は、「愛国」の精神で統一された人民共和国であり、多民族国家であり、巧みに「一国二制度」を取り入れて、急速な成長を遂げつつある経済大国……であるが、党独裁の一大官僚国家であることも、頭の中に留めておいてよい。

おわりに——中国とどう付き合うか

かつて私は、たまたま入手した陸軍恤兵部（じゅっぺい）発行の『支那事変 戦跡の栞（しおり）』（一九三八年刊）を取り上げ、中国に侵略した将兵には、将校と兵卒との間に厚薄の差こそあれ、押し並べて中国の歴史や地理についての相当の知識が共有されており、それぞれが、中国の文化と文明に対する限りなき憧憬を持っていた、ということを知り、意表を突かれたような驚きと怖れを覚えたものである。そこで「『知』の皇軍——憧憬と侵略——」と題する短いコラムを書き、この印象を紹介してみた（『史学雑誌』一〇五—七、一九九六年）。これに対して、「侵略とは何事か」という某氏からのお叱りを受けたが、なんの、侵略は侵略である。

そもそもこの小文の目的は、上記の将兵たちと同類とは言わぬが、それほど程度の差のない「知」と「情」をもってすれば、中国との友好的な付き合いができると思い込む善意の方々に垣間見られる、敢えていえば〝能天気な認識〟に対して、ささやかな警句を吐くことにあった。例えば、漢詩や漢文や歴史故事に造詣が深いと自ら誇る人士こそ、中国はよく分かっている、とする思わぬ陥穽が待ち構えているのではないか——と恐れたのである。そう、むかしの将軍たちも同様だった。彼らにもまた、〝漢詩大好き人間〟が多かった。

要するに「分かったつもり」ということが、いちばん危ない。かえって「知」の深化を、いつしか自ら怠ってしまうからである。その間に、ひょっとすると、相手の都合のいい知識や情報のみを、教えられていたりするからである。

いっぽう、中国側の良き友人との交流を通して、はたまた大陸の美しい景観に接して、心から沸き起こる「情」は、それぞれが国益を考える「国家対国家」の場では、正常なる交渉を阻害しかねない。日中間の恒久的友好を願うのであれば、そのような方向からの「情」は、方法論として、いったん捨て去ったほうが、むしろよい。

優れたジャーナリストであった石橋湛山は、古きことながら、一九三一年の『東洋経済新報』の社説「満蒙問題解決の根本方針如何」でこう述べている。「戦の要道は、敵を知り、我れを識るにあるといわれる。これは平和の交際においても同様だ。しかるに我が国民の支那に対するや、彼を知らず、我れをも識らず、ただ妄動しているのである」（松尾尊兊編『石橋湛山評論集』、岩波文庫）。むかし読んだJ・R・キップリングではないが、やっぱり「ああ、東は東、西は西、両者の出会うことあらず……」（中村為治訳『キップリング詩集』、岩波文庫）なのである。

一般常識とは違うかもしれないが、正直言って、「一衣帯水」の中国こそ、付き合いが古くて、長くて、深いことで、かえって「知り、識る」ことが難しい国のように、私には思えてくる。

中国はやはり外国である。異国である。そもそも風土が、今でも大きく異なる。もちろん歴史の歩み方も違う。それだけに、彼我と相互間の「歴史」に対して「認識」にズレがあったとしても、むしろ当然である。もともと「情」に溺れやすいと自認しているだけに、この点を、私は私自身に、つねに言い聞かせている。中国の過去と現在について、分からぬことは分からぬとして、安易で短絡的な、ましてや感情的な結論を出さない、という冷静な「知」の地平に立つことこそ、中国との付き合いを〈本物〉で〈長続きするもの〉にできるのではないだろうか。中国を学ぶこと、また中国から学ぶことは、まだまだ多いのである。

【学術文庫版への付記】

本章で話題にするのは、変転する政治体制や、入り乱れて活躍する様々な人物、といった躍動する歴史事象そのものではなく、これら事象を支え、育んだ「土台」、言い換えれば、数多の演者が自在に動き回る「舞台」のことである。

すでに詳述しておいたとおり、世界各地に成立した色々な文明が、それぞれに個性豊かであったのは、地域ごとの広義の「自然環境」の相異に起因する。つまり「風土」のちがいによる。この異なる風土があってこそ、幾星霜変わることなく、例えば「中国は中国！」であり続けた。

ところが、周知のとおり、「中国は中国！」とは言っていられないヘンなことを中国は起こし続けている。まずはウイグル族抑圧・香港併合等の国際的に衝撃を与えた暴挙。もちろん筆頭にあげられるべき大問題は、新型コロナウイルス感染症のこと。このことで我田引水すれば……「大自然に立ち向かって」きた中国の勇敢な歩みのなかで、うっかり「パンドラの箱」を開けてしまったのが発端なのではあるまいか。それにしても、その震源を求めてのWHO調査団の動きは巧妙にイナされたようである。

しかしながら、中国に限らず、歴史上のある地域の、ある「舞台」で演じられる、ある権力や、その愚行や蛮行なんぞは、百年単位でみれば、いや十年単位でも、「大自然」へと回帰し、単なる歴史上の一コマとなるに違いあるまい。中国なら中国の、その基盤たる「風土」は、それほどに強い——というのが、本章のささやかな主張である。

第二章　中国文明論——その多様性と多元性

鶴間和幸

はじめに——過去への評価と現代に対する無理解

中国にどのようなイメージをもっているのかと筆者の講義を取っている文学部の学生に尋ねてみた。二〇〇五年五月末のことである。大多数は史学科の二、三年生であり、中国への関心が高い学生である。戦後六〇年、反日デモ、靖国神社問題など日中関係が緊迫したなかでの質問だけに、反応は敏感だった。回答は三種類に分かれた。好意的なプラスイメージと、嫌悪的なマイナスイメージと、両者を組み合わせたイメージが見られた。

『三国志演義』の古代の豪傑たちの世界、仁義を重んずる任侠の世界、豊かな食文化、悠久の歴史と文明、広大な大地と大河というスケールの大きさ、日本に多大な影響を与えた国というのがプラスイメージであった。これに対して、すさまじい権力闘争、貧富の格差、環境汚染、他国を見下す中華思想、熱狂しやすく感情表現が激しい、反日感情が高いというのがマイナスイメージであった。この両者を共存させているのも特徴である。偉大な文明と強烈な愛国主義、裕福な沿海部と未発展な地域、悠久の文化ときびしい政治、豊かな自然と都会の喧噪などの意見がそうだ。ある学生は「黄河の激しさと長江の大きさ」と表現した。かつて和辻哲郎（わつじてつろう）が『風土』のなかで、黄河と長江の相異なる風土が共存する中国を描いたことを思い起こす。

受講している学生には、回答の結果を分析して解説した。日本人は近代以降、過去の文明中国を評価する一方で、眼前の現代中国に対しては無理解のままマイナスイメージをもってきた。文明中国と現代中国は、日本人にとって古典漢語と現代漢語の違いでもあった。漢字を受容した日本人は、古典漢語を外国語と意識せずに読みこなせる。返り点を打ち、日本の文語読みで書き下す方法だ。書物を通して文明中国を尊敬しながら、近代以降西欧文明の価値基準で中国を見はじめてからは、現実の侵略戦争のなかで現代中国を低く見ていった。その構図は二五年前に大学で教鞭をとったときに接した学生のものとそう変わっていなかった。

文明中国と現代中国

中華文明への反省

中国人自身のなかでも、文明中国と現代中国はときに一体化し、ときに分離する揺れを見せてきた。筆者がそのことを知ったのは、一九八八年に『河殤（かしょう）』というドキュメンタリー番組と出会い、そのシナリオを翻訳したときであった（蘇暁康編・鶴間和幸訳『黄河文明への挽歌』学生社、一九九〇年）。NHKの大黄河の番組を制作した中国側のスタッフが、膨大なフィルムを再編集して別の番組を作った。このときの中国の人々はテレビの前に群がり、熱く歴史を語り合った。河殤の河は黄河文明、殤は『楚辞』の国殤からとった夭折（ようせつ）の意味のことばである。過去の黄河文明が早熟でその瀕死の身体が生きながらえてきたことに、現代中国の遅れの原因を求めた。文明の遺産が考古学的に発見されれば、現代中国人の慰めになるとか、過去の文明の遺産はヨーロッパのように近代の工業文明の発展に結びつかなかったとか、農業文明、内陸文明を否定的に見て中国がいま変わるべきと主張した。長城は外に出て行く機運をとどめてしまった悲劇的な記念碑とまで表現した。これほど中華文明に自己反省をこめた社会現象はなかった。

二一世紀に入り、「経済中国」の勢いは加速し、過去の中華文明の自己主張の強さにたいする自省は見えなくなってしまった。中華主義、「巨龍中国」が動き出した。そのようななかで、私たちも旧態依然の中国観にとどまってはならず、現実の動きを見据えながら、中国を理解する新たな方法をさぐっていかなければならない。

『河殤』のなかでは「龍の伝人」という歌が紹介されていた。

古老的東方有一条龍、它的名字就叫中国。
　歴史の古い東方に一頭の龍がいる。その名を中国と呼んでいる。
古老的東方有一群人、他們全都是龍的伝人。
　歴史の古い東方に一群の人々がいる。かれらはみな龍の伝人。
巨龍脚底下我成長、長成以後是龍的伝人。
　巨龍のあしもとで成長した私、大きくなってからは龍の伝人。
黒眼睛黒頭髪黄皮膚、永永遠遠是龍的伝人。
　黒い眼、黒い髪、黄色い肌、永遠に龍の伝人。

龍の伝人とは、龍を伝える子孫、中国人のことをいう。中国大陸を故郷にもつ台湾、香港、東南アジアの華人（現地の国籍を取得した中国人）や華僑（中国籍を保持した人々）の間にヒットし、中国でも歌われた。最後はつぎの歌詞で終わる。

巨龍巨龍你擦亮眼、永永遠遠地擦亮眼。

巨龍よ、巨龍よ、もっとよく見つめよ、永遠によく見つめよ。

その緩やかなリズムに乗ったメロディの美しさは親しみやすい。しかし歌詞の意味は中国人でなければ心動かされるものではない。その巨龍中国がいままさに胎動している。

現代のネットワーク

中国は日本の二六倍もの面積をもつ巨大な体軀を大きく動かし始めた。現代では巨大な交通や情報のネットワークが出来つつある。道路を走れば、高速道路網が全国に広がる。インターネットとモバイル（携帯）による情報ネットワークの発展はめざましい。中国語でインターネットは、互聯網（フーリエンワン）、網絡（ワンルオ）といい、携帯電話は手機（ショウチー）という。

これらの情報産業を推進しているのは、中国電信（チャイナ・テレコム）、中国移動通信（チャイナ・モバイル）、中国聯通（チャイナ・ユニコム）、中国網通（ＣＮＣ、二〇〇八年に中国聯通が吸収合併）という企業である。全国ブランドを示す中国ということばを冠したあらたな情報企業が中国を覆い尽くそうとしている。ＣＮＣの宣伝に「中国網、寛天下」ということばを街で見つけた。「中国のネットワークは天下（世界）のどこでも通じる」という意味だ。中国国内ばかりか、全世界を視野に入れている。かつての天下は地球に広がった。二〇〇五年四月、インターネットのサイトが若者たちを反日のデモに駆り立てた。北京、上海、深圳、香港、瀋陽と各地に広がった。中国九一八愛国網というサイトも、「中国」を冠したネットであり、デモへの呼びかけが行われ、そのメールは携帯に広がった。携帯を手にした中国の若い世代は、広大な中国を瞬時に情報が行き来する時代のなかにどっぷりとつかろうとしている。

　車社会も急激な勢いで進んでいる。アメリカのＧＭ（上海汽車）、フォード（長安汽車）、ドイツのフォルクスワーゲン（第一汽車・上海汽車）、ダイムラークライスラー（北京汽車）、日本のトヨタ（広州汽車・第一汽車）、ホンダ（東風汽車・広州汽車）、マツダ（第一汽車・長安汽車）などとの合弁の車が走っている。外資単独の車には抵抗がある。街にも中国石油（ペトロ・チャイナ）、中国石化（シノペック）のスタンドが立ち並ぶ。中国石化のスタンドは農村にも入り込んでいる。

　こうした最先端のネットワークにも、よく見れば中国的な特徴が備わっている。二〇〇五年に発表された整備計画では、高速道路はまずは首都北京から放射状に幹線が七本延びている。しかしこの放射状の幹線だけでは中国全土を覆いきれるものではない。地方都市間の高速道路がこれを支える。南北方向に走るものが九本、東西方向に走るものが一八本加わり、中国全土を覆う。たとえば北京・鄭州（ていしゅう）・武漢（ぶかん）・広州（こうしゅう）・香港をつなぐ道路はＧ４、包頭・西安・重慶・桂林・茂名を結ぶ南北線はＧ65などと番号が割りふられて、計三四本が中国全土を覆っている。

　高速鉄道の計画も進んでいる。北京と上海間の全長一三〇〇キロメートルを最高時速二五〇～三〇〇キロのスピードで四、五時間で結ぶ計画だ（二〇一一年開通）。上海の浦東国際空港から市内の龍陽路駅まで三〇キロメートル、磁浮列車（リニアモーターカー）はわずか七分二〇秒で結んだ。時速は四三〇キロまで急加速する。地上を浮きながら滑るように走る列車の勢いが、中国をグローバルな場に引き出していくように感じた。グローバルとは中国語では全球化（チュエンチウホア）という。現代の天下は地球だ。

中国移動通信の店舗　北京市内

日本と中国の合弁車のタクシー　上海市内

中国石化のスタンド　山東省済南付近

古代のネットワークとしての道路網

全国をめぐるネットワークはいまに始まったことではない。時間を二二〇〇年前にもどそう。前二二一年、始皇帝が戦国六国を滅ぼし、全国を統一したときのことだ。現在の中国の広大な領土がそのまま古代にさかのぼってあてはまるわけではない。いまから二二〇〇年前に秦がはじめて全国を統一した時点の帝国の面積は、約二七〇万平方キロメートル、今の中国の国土の三〇パーセント程度で、日本の約七倍にすぎない。人口も推定では二〇〇〇万程度にすぎない。おそらく紀元前三世紀末の世界においては、この数値でも大きな帝国であっただろう。しかし私たちはいままであまりにも、明清時代の近世の大きな中華帝国から古代の帝国を見過ぎていたのであった。いちどその偏見を捨て去る必要があろう。

それでも当時としては巨大な帝国の情報ネットワークの構築が試みられた。戦国七国の国境の壁、それを乗り越えていこうという動きが、秦の主導のもとで進んだ。統一貨幣の宣言はないが、実質秦の半両銭を基準に、一半両銭を一銭とする銭通貨体制が確立した。人頭税も銭で徴収され、官吏の俸給も銭で支給された。道路網は都咸陽から地方へと放射状に一級道路の馳道が走り、北の長城には直道という軍事道路が整備された。従来の七国の国境の枠を越えた人と物の移動が可能になった。戦国各国が国境に築いていた長城は無用のものとして廃棄された。戦国各国の国都の城郭も壊された。車は舗装道路を効率よく走れるように車軌を統一規格にした。高度な装備の車は始皇帝陵から出土した銅車馬を見るとよい。戦国時代の七国の国境を越える大きな動きが始まった。

しかし中国史上最初の中央集権的なネットワークもけっして一律な社会を生み出すことは

なかった。人も物も動く体制は、やすきところに集中し、むしろ地域格差をますます助長することになった。都咸陽を中心とした旧秦国の領地には、モノとヒトが全国から集まった。逆に秦に征服された旧六国の国都は破壊され、一期間それぞれの地域の中核都市が機能しなくなった。

巨龍中国を象徴するもの

古代から現代まで続く巨龍中国とは、その悠久な歴史、広大な国土、膨大な人口、そして強大な権力を象徴するいいかただ。中華三〇〇〇年、四〇〇〇年、あるいは五〇〇〇年ともいわれる歴史の長さ、また日本の二六倍九六〇万平方キロメートルに及ぶ国土、そして世界の人口六〇億の二二パーセントに相当する一三億の人口（二〇二〇年現在では一四億）という数字を挙げるだけでも、巨龍すなわち「大きな中国」の体軀は想像がつく。

龍はすでに新石器時代に創造された動物であった。河南省濮陽（ぼくよう）市では一九八七年に被葬者の両脇に貝殻で虎と龍を描いた遺跡が発見された。いまから六四〇〇年もさかのぼる。「中華第一龍」と騒がれ、二〇〇〇年には「龍文化と現代文明」の学術討論会が開催された（中華炎黄文化研究会・

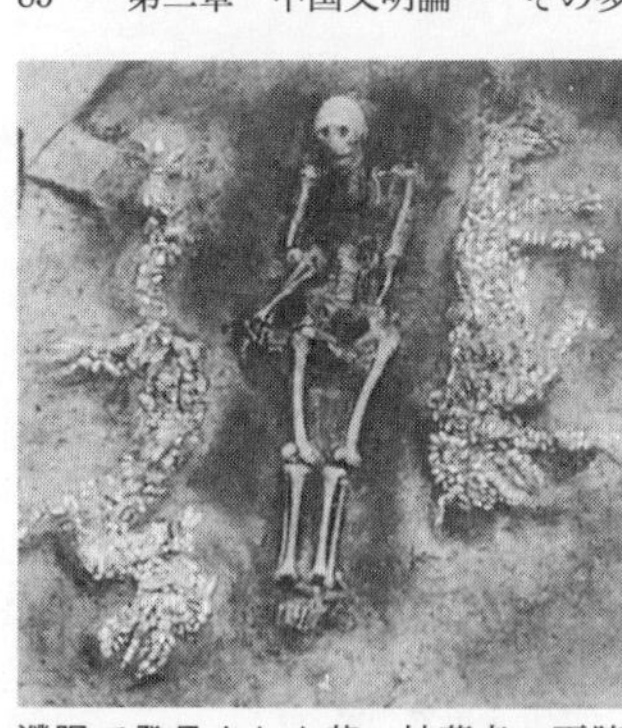
濮陽で発見された龍　被葬者の両脇に貝殻で描かれた虎と龍（左）

河南省炎黄文化研究会・濮陽市人民政府『二〇〇〇濮陽　龍文化與現代文明学術討論会論文集(二)』中国経済文化出版社、二〇〇三年)。被葬者の身長一・八四メートルよりも若干小さく、一・七八メートルの小さな龍である。濮陽には現在の黄河は流れていないが、前漢以前にはここを流れ、洪水をしばしば起こした場所である。傾斜のほとんど感じられない大平原を湾曲して流れる黄河の姿から生み出されたのかもしれない。遼寧省の紅山文化の遺跡からは玉製の龍も出土している。龍は始皇帝や劉邦のときになって皇帝の姿に重ねられた。始皇帝の死の予言に「祖龍死す」ということばが残っており、劉邦も龍を見て身ごもった母親から生まれたという伝説が作られた。新石器時代の小さな動物が、皇帝権力と結びつくことによって巨大な龍となった。オリエントやヨーロッパのドラゴンが退治すべき対象であったのと異なる。

龍には鹿のような角があり髭もある。口には舌があり、肌は魚のような鱗があって四本の足には爪がある。翼もあり、空中を舞うことができる。この姿が天と地の間を自由に徘徊する。漢代には龍は虎、鳳凰、玄武(蛇と亀)とともに四神となった。東西南北二八の星宿のうち、それぞれの方角の星宿を七つずつ組み合わせると、東方の青龍、西方の白虎、北方の玄武、南方の朱雀となる。魏晋南北朝以降は地上に降りてきて、都市や墓地を守る地形を象徴する四神となった。東方の稜線がうねるような丘陵が青龍である。

龍のほかにも「大きな中国」を象徴するものは多い。巨大な始皇帝陵、一人の帝王の死後を守るために埋められた八〇〇〇体にもおよぶ秦兵馬俑群、五〇〇〇キロにも連なる歴代の万里の長城、一〇〇万の国際都市として繁栄した唐長安城、一七〇〇キロメートルを北京から杭州まで縦断する京杭大運河などの古今の建造物を挙げることができる。現在の中国でも、三峡(さんきょう)ダムの建設（二〇〇九年完成）や南水北調（長江の水を黄河に流す。東線は二〇一三年、中央線は二〇一四年に完成）の計画など、大土木工事の伝統を引き継いでいる。黄河、長江、黄土高原、青蔵高原、華北平原、四川盆地、タリム盆地といった自然の地形も、またその雄大さを感じさせる。

中国に旅行に出かければ、山稜を龍のようにくねって連なる長城の雄大さに感動し、黄河と長江という大河は見るたびに、気持ちがゆったりと大きくなる。しかしこうした悠久で「大きな中国」というイメージばかりが先行すると、中国の真の理解を妨げることも事実である。さきの学生たちは、「大きな中国」のプラスイメージとマイナスイメージを率直に語っていた。

小さな中国の競合でできた大文明

こうした「大きな中国」の背景に、「小さな中国」があることに気づく人はそう多くない。ここでいう歴史概念としての中国は、中華人民共和国の略称とは違うことをまず説明しておかなければならない。中国ということばには、現在の中華人民共和国の略称のほかに、歴史的に使われてきた地域名称がある。もともとはまさに小さな中国であった。周の時代は青銅器の銘文にもあるように洛陽周辺を中国といった。もともとはまさに小さな中国であった。国というのは四角い城壁に囲まれた都市を表す。天下に広がる広大な国はありえない。中国は戦国時代には中原にまで広がった。中原とは黄河中下流域の華北を指した。秦漢時代には王朝の領域とは別に黄河と長江流域を含む地域名称が中国であった。時代とともに拡大しながら、つねに中央を指す名称であった。

その小さな歴史的な中国を数字で示してみよう。中国の地形図を見ると、中国の面積のうち平原の割合はわずか一二パーセントにすぎない。残る面積のうち丘陵は九・九パーセント、山地、高原は五九・三パーセントも占める。一八・八パーセントの盆地も、タリム盆地など大部分の地では生活空間には適していない。このわずか一二パーセントの平原の土地を取り出せば、日本の面積の約三倍強にすぎない。ここに膨大な人口と耕地がひしめき合ってきたといってもよい。土地利用図を見ると、陸田、水田など耕地面積の割合はさらに低く、わずか一〇パーセントにすぎない。大きな中国よりも、この相対的に「小さな中国」を中心に古代文明が生まれ、古代帝国が形成されてきたのである。

黄河と長江の下流域には広大な平原がある。その全体の名称はないので、東方大平原と呼ぶことにしている。ここに黄河文明でもなく長江文明でもない、中国文明が生まれた。中国では中華文明とか、華夏（かか）文明とか呼ばれているが、外の人間、とくに漢字文化圏の周縁にいる日本人から見れば、中国と中華の違いははっきりしている。中国人には中華思想も中国思想も同じ意味であるという。日本人から見れば、中華には華夷思想の意味がどうしてもつきまとう。

二〇〇〇年前の漢代と現代の人口分布図を比較してみると、歴史的にもこの平原にいかに人口が密集し、その比重が次第に南に移っていったかがわかる。二〇〇〇年前の人口は五九〇〇万、現在の人口は一四億、いずれも均一に分布していたわけではない。降雨量も気温も適度な気候風土の適した住みやすい場所に集中する。二〇〇〇年前の前漢末には、黄河下流域の大平原に人口が集中していた。長江流域は過疎地帯である。しかし中国史の流れのなかで、黄河下流域から長江下流域の江南へと人口の南北の移動が行われてきた。もちろん北方の人口も減ったわけではないが、人口の過密地帯は内陸から沿海地区へ広がった。

「小さな中国」は、けっして否定的なものではない。「小さな中国」で人々が密集し競合しあうことで、新たな文化が創造され、人間の智恵が研ぎ澄まされる。その「小さな中国」が集合したのが「大きな中国」であり、「小さな中国」の間のバランスをとる。その「小さな中国」がお互いに葛藤する生みの苦しみの歴史を見ないで、統一された「大きな中国」にだけ目を奪われてはならない。「小さな中国」の上に「大きな中国」の枠組みを作ってきた歴史を振り返って見なければならない。

その小さな中国の競合によってできた大きな中国の文明は、その意味で実にエネルギッシュであり、日本のような静や恥の文化とはまったくことなっていることに気づく。自己主張しなければ相手に通じない文化のなかに入ると、正直疲れることもあるが、そこに中国研究をする魅力がある。中国の学会に参加すると、まさに百家争鳴の議論が繰り広げられる。百家とは戦国時代の諸子百家のことであり、多くの学者が自由に議論することをいう。焦って結論を出さなくても、議論し合う過程に意味を見いだす。私たちも外国語の壁を越えながら、その仲間入りを目指す。中国人の考古学者と現地で会うと、夜には一緒に酒を酌み交わしながらたちまちのうちに議論になる。一人の外国人の研究者をいつでも迎え入れて、いろいろな情報を教えてくれる器量の大きさ、中国文明とのふれあいのなかで、筆者自身も鍛えられ、成長してきた。

大きな長城と小さな長城

北京郊外の明代の長城は観光地化した八達嶺だけではない。近年は慕田峪（北京市懐柔区）、古北口（北京市密雲区）、金山嶺（河北省灤平県・北京市密雲区）などが整備され、自由に訪れることができる。観光客の人混みの行列に慣れた八達嶺と違って、自然のなかに広がるこうした長城はゆったりと歩くことができ、その景観にはたびたび足を止めてしまう。中国人にとってこの巨大建築物は、中華民族の繁栄の象徴として位置づけられることが多い。一九八七年、泰山・故宮・敦煌莫高窟・始皇帝陵・周口店とともに中国で最初の世界遺産に登録されたのは、大きな中国を象徴する史跡であるからだ。長城は英語ではGreat Wallと訳される。

明代の長城をさかのぼること一八〇〇年、秦の始皇帝の時代にいわゆる万里の長城が築かれた。甘粛省の臨洮から遼東半島まで東西に連綿と続く古代の大きな長城は、一部分しか残っていないので、秦の万里の長城を説明するときには、明代の長城の写真で代替することが多い。明代の長城だけは、焼いた煉瓦を積み重ねた強固なものだ。この統一を象徴する古代の大きな万里の長城の陰にも、さらに一五〇〇年も前の戦国時代の小さな長城が競い合っていたことを忘れてはならない。

戦国時代の長城は各国の国境線に作られた。現在でもその遺跡が部分的に残されている。河北省張家口には燕や趙の長城が残っている。蔚県には石積みの趙の長城が残っている。秦や魏の長城は陝西省や寧夏回族自治区に残っている。寧夏固原県には版築（土を叩いて固めたもの）の長城がきれいに残っていた。楚（河南省）や斉（山東省）もそれぞれの国境に長城を築いている。戦国各国が国境に長城を競って築いたのは、戦国時代に採用された騎馬戦術からの防衛にあった。馬が越えられない程度の幅と高さがあればよかった。戦国時代の長城は、正方形の城にたいして、たんにLong Wall（長い壁）というものであった。

秦の統一時の長城は、燕、趙、秦三国の戦国の北方の長城をもとに築かれた。小さな中国の北方の長城を組み合わせて、大きな中国の長城としたのである。そのほかの小さな長城は廃棄した。黄河がもっとも北を流れる地域には石積みの秦の万里の長城が残っているが、その西の部分は黄河に沿って築かれたのか、あるいは黄河と賀蘭山脈という自然の要塞があって築く必要がなかったという説もある。現在砂漠が黄河に迫っているが、秦の時代には草原であったという自然環境の変化も考慮して見ていく必要がある。漢代の対匈奴戦のことを記した石碑が砂のなかから発見されたことから、長城も砂のなかに埋もれている可能性もある。長城学の権威の羅哲文氏は「漢代の長城は敦煌の玉門関で終わるとされていたが、新疆のロブノール、楼蘭まで長城があった」と発言している。まだまだ大きな長城の全貌はわからない。

古典を現代中国語で読む

文明中国と現代中国の間の距離をつなげて中国を理解させる努力は筆者自身いろいろと試みている。文明はけっして過去の中国の専有物ではなく、現代中国にも文明的な視点でせまることができる。大学での演習では、中国正史の筆頭にあげられる前漢司馬遷の『史記』を伝統的な文語書き下し文で読むと同時に、現代中国語の発音で読んでいる。本来であれば、二〇〇〇年前の上古の漢語音で読むのが理想であるが、それはそう簡単ではない。私たちの知っている七―九世紀唐代の都長安の漢字音の漢音、五―六世紀の六朝時代の江南地方の呉音といった中古漢語よりもずっと古い音であるからだ。

私たちは呉音を取り入れたにもかかわらず、漢音の世界に慣れているのは、遣唐使以後の唐文化へのあこがれによる。仏典以外の漢籍の発音は大唐帝国の都の発音に統一された。したがって今でも、秦はジン（呉音）よりもシン（漢音）、始皇帝はシオウタイ（呉音）よりもシコウテイ（漢音）、劉邦もルホウ（呉音）よりもリュウホウ（漢音）、項羽はゴウウ（呉音）よりもコウウ（漢音）、史記はシコ（呉音）ではなくシキ（漢音）、司馬遷もシメセン（呉音）ではなくシバセン（漢音）、その父司馬談はシメダン（呉音）ではなくシバタン（漢音）の方が慣れてしまった。私たちはいかに唐代の中古音のしかも日本人なまりの漢音の世界から、さらに八〇〇年も前の秦漢の時代を見てきたかがわかる。

上古音の難しさ

さらに古い上古音は『詩経』の詩の押韻規則と形声（諧声）文字の同音原則から復元されてきた（藤堂明保・加納喜光編『学研漢和大字典』学習研究社、二〇〇五年）。後者について見てみよう。現代中国語を学ぶときに、私たちは日本の漢字音のほかに四声という音の抑揚つきの現代音を覚えていかなければならない。そのときに形声文字の意符ではなく声符が共通であれば同音であろうと推測することが多い。たとえば豆のトウという音を覚えれば、餖、逗、脰、痘の漢字も豆が声符になっているので、トウであろうと推測できる。しかし短（タン）はトヮン、裋（ジュ・シュ）はシュと、この原則に合わない。しかし上古の音ではこれらがすべて豆の音トウに従うというのだから、なんと覚えやすいではないか。そもそも意符と声符を組み合わせて、漢字の数は増えてきた。

しかし復元された上古音を発音するのは難しい。秦はジン、始皇帝はタック・ホァン・テックといまはなき末尾のg音を二つ発音する。g音はp、t、kという入声（子音で終わる音）の語よりも弱いので、唐代には消えてしまった。劉邦リオック・プック、史記シック・キックと末尾のg音を連発し、司馬遷はシック・マック・チェン、司馬談はシック・マック・ダムとなる。文字では親しんできた『史記』も、音声は未知の世界となる。唐代よりも八〇〇～六〇〇年前の世界のことだ。日本の万葉仮名には上古音の名残が少しある。意はイ（呉音・漢音）ではなくオ、支はシ（呉音・漢音）ではなくケ、居はコ（呉音）キョ（漢音）ではなくケとなる。始皇帝の始の音は台の字に従うから、漢音のシよりも台の音ダイ、タイに近かった。

現代音で読む

二〇〇〇年の時間をへていても現代中国音で読むと、その文章の調子が音として伝わってくる。本シリーズ第三巻でも取り上げた、ファーストエンペラー始皇帝に項羽と劉邦がそれぞれ出会う場面がある。このとき皇帝を遠くから見て発したことばが『史記』に残っている。

項羽のことばは「彼可取而代也」、叔父の項梁は口を塞いで「毋妄言、族矣」と告げた。書き下し文では「彼に取って代わるべきなり」「妄りに言う毋れ、族せられん」となる。これを現代中国語で発音すれば、

Bǐ kě qǔ ér dài yě.　ピーカーチュイ　アルタイイェ
Wú wàng yán, zú yǐ.　ウーワンイェン　ズーイー

劉邦も咸陽で始皇帝を見かけた。そのときにため息混じりに「嗟乎、大丈夫当如此也」ということばを発した。書き下し文では「ああ、大丈夫、まさにかくの如くなるべきなり」となる。現代中国語では、

Jiēhū, dàzhàngfū dāng rú cǐ yě.
チエフー　ターチャンフ　タンルーツーイェ

となる。中国語ではすべての漢字をそのまま発音するので、その音がリズムとして残る。文末の助詞は、中国語としてのリズムをそえるから日本語の書き下しで読まなくても省くわけにはいかない。四声という抑揚がまたそのリズムを増幅する。しかし日本人が書き下した場合にはそれらが無視されるので、中国語の音の連鎖の勢いがとぎれてしまう。漢文として読めても、古典漢語という外国語は読めていないことになる。助動詞の可や断定助詞の也に

こめられた項羽の権力を奪おうという決意の強さ、矣にこめられた「そんなことを言ったら一族皆殺しにあうぞ」という仮定完了の助詞の意味、可にたいする当の助動詞には、みずからの状況を客観視した劉邦の発言のニュアンスが出ている。「男子たるものあのようになりたいものだ」というのが劉邦の気持ちであった。

中国を理解するには、古典にも現代中国語のように外国語である自覚をもち、一字一句にこめられた意味を見過ごしてはならない。漢字文化圏のなかで安易に漢文読みに終始しているわけにはいかない。

中国文明の多様性と多元性

多元一体の中華民族

中国歴史地図集を編纂した歴史地理学者の譚其驤（たんきじょう／タンチーシアン）氏は「中国文化的時代差異和地区差異」（『復旦学報』第二期、一九八六年、『長水粋編』二十世紀中国史学名著、河北教育出版社、二〇〇〇年）のなかで、中国文化の変化と地域による差異を強調している。かれは、中国人自身も中国文化を古来不変で全国的なものだと誤解しているという。時代と地域の差異のうえで、なおかつ共通性があるという。国家による統一はあっても文化の統一はできないという。その共通性とはなんであろうか。

また社会学者の費孝通（ひこうつう／フェイシアオトン）氏は、一九八八年に「中華民族の多元一体の格局」という持論を発表した（『中華民族多元一体格局』中央民族学院出版社、一九八九年）。中華民族とは現在中国で認定されている五六の民族を指す。ひとつひとつは漢族、壮族（チワン族）、満族、回族、ミャオ族、ウイグル族などという民族に区別されていながら、中華民族と総称する。私たちにとって費氏のいう「多元一体の格局」ということばは、「多元一体の構造」と訳してもすっきりしないわかりにくさがある。「構造」も中国語であるから、費氏は使い分けていたはずだ。中国語の「構造」は、日本語の構造よりも軽い意味をもつ。まさに鉄筋構造の意味で、骨組みをさす。日本語では骨組みも含めた全体を指す。微妙なニュアンスが「格局」にこめられている。

費氏は、一九世紀後半以降、西洋諸国との接触を経るなかで、近代と伝統の接触によって中国社会が直面した社会変化を、正面から分析してきた。『郷土中国』（上海観察社、一九四九年。邦訳は西澤治彦訳、風響社、二〇一九年）のなかでは、欧米社会とは異なる中国のコミュニティ社会の特性が描かれている。中国社会には時代によって変容した部分と不変の部分とがある。伝統的な中華と夷狄という区分、近代的な民族区分、その絡み合いのなかで中国社会が変容してきた。その絡み合いが多元一体の格局である。格とは窓の格子であるから、格局とは窓の枠組みをいい、将棋や囲碁の盤のような格子状のものもいう。国家による統一体ではなく、個の集合である文化的な一体感とでもいえるかもしれない。この格局は外から見ると一つの物体として見える。しかし近づいて見ると、ひとつひとつが格子状に連なっている。費氏は中華民族は歴史的に形成されてきたという。その中核にあったものが漢族であり、中原という空間であった。中国の考古学者はこの多元一体という便利な概念を頻繁に使い始めた。

「中国文明展」と「四川文明展」

二〇〇〇年に筆者が監修した「中国文明展」では、一二一点の展示品で多様な中国文明の姿を紹介した（『世界四大文明　中国文明展』ＮＨＫ、ＮＨＫプロモーション編、二〇〇〇年）。南北の二つの大河流域に芽生えた中国文明の全貌を、新石器時代から隋唐時代までの遺跡を中心に展示した。従来日本では古代中国の展覧は数多く行われてきたが、自然と共生しながら多くの知恵を生み出してきた中国文明という見方は新たなテーマであった。両大河流域に農業が生まれ、都市が形成され、やがて多くの人口を擁する帝国の時代へと展開していく歴史をわかりやすく学べるような工夫を試みた。会場の横浜美術館の三つの展示室のなかで、農業文明（新石器時代）、都市青銅器文明（夏殷周時代）、中華帝国文明（秦漢・隋唐時代）の展開を縦軸に、黄河・長江流域という文明の舞台を横軸に配列した。主な展示品は、三峡出土文物、夏代二里頭青銅器、殷墟出土文物、殷周春秋戦国青銅器、戦国楚墓出土絹織物・鎮墓獣、秦始皇帝陵兵馬俑および新出土石製鎧、前漢景帝陽陵の陶俑、長沙馬王堆漢墓出土漆器・帛書、漢代画像石、そして唐代壁画など日本未公開の最新国宝級一級文物も数多く陳列した。

一九八六年、四川省の省都成都の北四〇キロメートル、広漢市郊外の三星堆で発見された独特の青銅大仮面は、大きな中国文明のなかに多様な中国文明があったことを物語ってくれた。小さな二つの坑に破壊されて投げ入れられた青銅器群のなかに、両手を広げたほどの大きな青銅器があった。瞳が突起し、牛のような大きな耳をもち、横に裂けた口に高い鼻、異様な仮面は殷周青銅器の常識からは逸脱していた。古代の蜀の人々は、殷周交代期の戦争に参加していたから、中国とは異世界の人々の産物ではない。仮面といっても、人間がかぶるものではなく、祭壇などの神聖な場所に置き、邪気を祓おうとしたものだ。視力、聴力、触覚の超能力をそなえた姿を表現した。

二〇〇〇年の「中国文明展」でも、この三星堆の銅縦目面具（瞳が突起した青銅製の仮面）と金面人頭像二件を含めた。しかし、二〇〇四年に開催した「よみがえる四川文明展」では、中国文明の多様性よりも、多元的な文明から成っていることを強調した（『よみがえる四川文明　三星堆と金沙遺跡の秘宝展』共同通信社、二〇〇四年）。

この展覧では一一〇点もの出土品によって、古代四川の文明の精粋を展示した。このとき四川文明ということばを使用した。多様な中国文明が地域と結びついたときに、多元的な中国文明となることをいいたかった。四川文明と中国文明は抵触するものではない。四川文明とは古代の巴蜀に根ざした文明であり、中国文明とはそうした地域文明の集合をいう。四川の研究者からは、積極的に支持された。

四川に芽生えた文化は、「巴蜀文化」「古蜀文明」「三星堆文化」「南方文明」と呼ばれてきた。巴蜀文化の概念は、一九四〇年代から特殊な青銅製武器をもとに提出されていたが、五〇年代には独特の船棺葬遺跡の発見によってさらに強調されていった。元四川大学歴史系教授の童恩正氏は一九八九年九月東京国立博物館で行われた講演会で、「失われた文明」と題して三星堆遺跡を紹介した。古代の蜀は、前三一六年、秦に滅ぼされた。秦人の移住とともに文明の独自性も失われていった。四川文明といういいかたは、四川文化の独自性を強調し

金面人頭像　広漢市三星堆遺跡『中国文明展』より

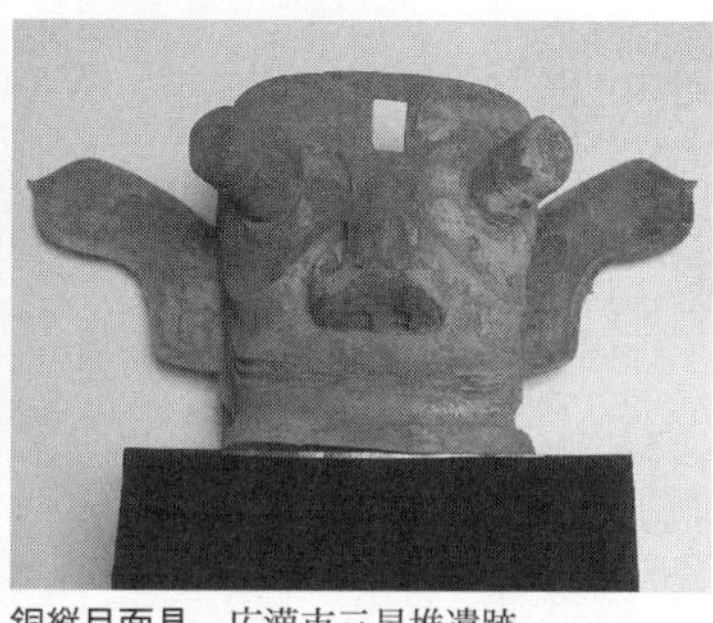

銅縦目面具　広漢市三星堆遺跡

たものだ。展覧会のタイトルを「よみがえる四川文明」としたのも、明るさを出したかったからだ。二〇〇一年にアメリカのシアトル・アート・ミュージアムで行われた展覧では、Ancient Sichuan Treasures from a Lost Civilization すなわち「古代四川　失われた文明の秘宝」というタイトルであった。

二〇二一年三月、三五年ぶりに三星堆遺跡から新たに六つの祭祀坑が発見されたことが発表された。ふたたび四川文明が脚光を浴びている。

多元的な中国文明

近年の中国の考古学の学界では、中国文明の発生を黄河文明一元論としてとらえてきた立場を反省し、新たに黄河流域以外、とくに長江流域や東北地方の遼河流域から発見された新石器時代遺跡の地域的特徴に注目して、中国文明は多元的に誕生したという見方が盛んに主張されている。黄河流域に中国文明が生まれたというのは、中国古代王朝の政治の中心が長安や洛陽など黄河流域の北方にあったために生まれた考え方であった。また二〇世紀の考古学が黄河流域中心に進められてきたこととも関係がある。

近年では長江流域の発掘が進み、北方とは異なる文明の様子がうかがわれるようになった。古代の長江は、上流から中流、下流まで、それぞれ巴蜀・荆楚・呉越と独自の地域に分断されていた。下流域の浙江省で発見された河姆渡遺跡は、北方の農業文明と同水準の文化の存在を示していた。多湿の風土に適した高床式の木造建築遺構や、大量のインディカ種・ジャポニカ種の米が発見され、水稲技術の東アジアへの伝播を考える意味でも重要な遺跡である。同じ浙江省の良渚遺跡では、多くの玉器が出土し、何らかの宗教的な行事を執り行っていた階層の存在がうかがえる。良渚文化は一九三六年に初めて黒陶などが発掘され、『良渚』という報告書を出版したのに始まり、一九五九年夏鼐氏によって良渚文化と名付けられた。今から五三〇〇～四〇〇〇年前に長江下流域太湖周辺に広がる新石器文化である。何といっても独特な玉器の副葬品で有名であり、現在では墓地、祭壇、村落など複合遺跡であることがわかった。一つの前国家的集団があった。浙江省博物館と浙江省文物考古研究所には大型の玉器三点が展示されている。緑色の細長い玉琮と平たい重量感のある玉璧、そして刻鳥紋玉璧というものだ。最後のものは直径二六センチメートルほどの大型で、縁に刻紋がある。

中国料理の多様な味覚と一体化

古代の文明だけでなく、身近な食生活にも多様な中国がある。たとえば中国料理、中華料理の特徴を一言でまとめることができないのは、これらは中国各地方の料理の総称であるからだ。四大料理といわれる山東料理、上海料理、広東料理、四川料理はそれぞれ北方、東方、南方、西方を代表する独特な味付けの特徴があり、それらの集合はありえても、四で割った平均値という中国料理などありえない。地域に密着して見れば、気候風土に合った多様な料理がいくらでもある。一般には北方は塩辛く、南方は甘く、西方は辛く、東方は酸味が特徴である。

中国語では咸（シェン、鹹の簡略体）、甜（ティエン）、辣（ラー）、酸（スァン）の味に苦（クー）を入れて五味という。木火土金水の五要素から万物の生成や変化を説く五行思想では、この五味を方角に配当している。それによれば北の寒冷地は塩辛く、南の高温多湿では苦く、東の沿海は酸っぱく、西の内陸は辛く、中央が甘い味を好むことになる。これはある程度は気候の寒暖乾湿に適合したものであろう。しかしあくまでも、五味のバランスの上にたったうえで、どの味に傾倒しているかというものである。

人間の味覚のメカニズムは、舌の細胞が受け皿となって神経を通して脳で感知する。舌の先端で甘味、塩味、舌の側縁部では塩味、酸味、舌根部で苦味を感じる。辛味は味覚ではなく神経を拡張させる痛覚であるという（都甲潔『味覚を科学する』角川選書、二〇〇二年）。中国医学では味覚は脳ではなく、五臓で感知するという。苦味は心臓、酸味は肝臓、甘味は脾臓、辛味は肺臓、鹹味は腎臓に対応する。五味はけっしてお互いに排他的なものではなく、組み合わせると、相乗や相殺の効果がある。ちょうど五行相剋説で火に水が勝つような、相生説で水から木が生まれるようなものだ。塩を加えて甘味を増したり、酢に砂糖や塩を加えて中和させたりする。酸味と辛味を混ぜた酸辣（スァンラー）は、独特の味わいになる。四川料理の山椒で舌の感覚が麻痺したときに、黒酢を飲むとたちまちのうちに解消されるのも、一種の相殺効果であろう。

中国料理の調味料は多様だ。塩、各種の醤（ペースト）、豆豉（発酵大豆の塩漬け）、酢、甘草、蜂蜜、葱、生姜、韮、大蒜、桂皮、花椒（イヌザンショウかトウザンショウ）、これらの伝統的な調味料に、明代一七世紀になると、トウガラシが加わっていく。調味料は食材自体のもつ味と合わさって独特の風味を生み出していく。中国文明の多様性も中国料理の多様性に通ずる。

コムギとイネ

コムギもイネ科の穀物だが、コムギとイネは全く違う文化として中国の北と南の特徴を形作った。北京から上海まで列車で移動すると、山東省から江蘇省に入ったあたりから、窓外の風景が変わることに気づく。陸田から水田に移行していくのだ。年間の平均気温一五度、年間降雨量八〇〇ミリのラインが東西に走る。淮河と秦嶺山脈の東西ラインが中国を南北に区分する。

コムギは乾燥と寒冷という風土に生まれた穀物であり、イネは湿潤で温暖な風土の穀物である。一粒の種をまいて育てれば、一本の穂が育つ。人間にとって大きな発明であった。コムギとイネ、同じイネ科の穀物も、それを育てる人々の生活は全く異なった。コムギの一年は秋に始まり、直まきし、厳しい冬を越して麦踏みのあとに春に成長して収穫する。冬は農閑期ではない。春の乾燥期には灌漑を施すとよい。一方のイネの一年は春の播種に始まり、秋に収穫する。除草や保温の効果をもつ水田の水の管理がイネの生産に欠かせない。

コムギは西域から中国に伝来した。自然科学者の研究は、現在の国境にとらわれることがなく、コムギの遺伝子分析によってその源流は西アジアにあるというのが通説となっている。木原均氏以来の日本の農学者の先端的研究によれば、七本の染色体をもつコムギには、二倍一四本の一粒系のヒトツブコムギ、四倍二八本の二粒系デュラムコムギ（マカロニコムギ）、六倍四二本の普通系パンコムギ（タルホコムギ）があり、二粒系はトルコ東部、普通系はカスピ海南岸部に起源があるという。トルコ南東部には現在でも野生のコムギが見られる。東方では新疆の巴里坤（バルクル）、楼蘭の孔雀河（くじゃくが）、甘粛省民楽県などでコムギが出土した。

コムギのナン（漢語では餅）を買う人々　新疆ウイグル自治区トルファン

コムギの皮は胚乳（はいにゅう）にくい込んでいるので脱穀しにくい。粒食ではなく臼ですりつぶして粉にして加工した。漢代には石臼が各地で出土している。玄麦（げんばく）として貯蔵し、必要なときに粉砕する。従来は中国古代はアワ（粟）が主食であり、コムギが補助的な役割であったと見られていたが、見直していかなければならない。

食の文化は歴史学や考古学では正面から研究や叙述の対象にしてこなかった。農業生産や生産技術は重要なテーマでありながら、どのような料理を作り、味わったのかは、教科書の記述でもほとんど出てこない。中国の春秋戦国時代、鉄器が農具として普及し、家族単位で農業が可能となり、やがて鉄のスキを引いた牛耕も行われ、生産が増大したという説明では、古代の人々は何を食べていたのかがわからない。

冬育ちのコムギは、たくましい。粉末に水を加えてこねれば、タンパク質が弾力性と粘着性を備えた固形物に変わる。円盤状の餅（ピン）にして焼いたり、引きのばして麵にする。型押しすればいろいろな形をした糕（こう）という菓子が出来上がる。一九七七年新疆ウイグル自治区のトルファンにあるアスターナの墓葬からは小麦粉で作った唐代の菓子類や餃子が出土した。食べることは、亡き人を送り出すときも重要であり、墓室の壁面には厨房や宴会の場面を描いて死者の霊魂を慰める。棺には食品や食品のリストを収めた。墓の外側では、子孫が食物を供えて死者の霊魂を祭った。

五色の土壌の文化

多様な中国を象徴するものに土壌の色がある。湿潤な環境で地表に繁茂していた植物が腐食した土壌は黒い。南方の亜熱帯気候では風化作用によって岩石や鉱物の酸化鉄が遊離すれば赤い。砂漠の砂は白い。黄河下流域の東方の平原では傾斜がないために地下水位が高く、とくに沼沢地や水田の土壌では、空気が遮断され無酸素状態になるので鉄分が還元して青くなるという。中国古代の人々が五行思想の中に色を取り入れたのは、多様な土壌を意識していたからであった。五行思想では中央を黄、北は黒、南は赤、東は青、西は白の色が配された。一色に塗られることのない世界こそ中国であった。五色の土壌は混ぜ合わせることはできない。秦は黒を王朝の色にし、漢は赤を王朝色とした。黄土と黄河の黄色は、多元一体を象徴する色彩となった。

秦始皇帝陵の東から発見されていた兵馬俑坑のなかから、全身の彩色がよく残された兵士俑が発見された。それまでの兵馬俑は顔料が剝離して陶土の土色であるが、新たに出土したものは漆の上に彩色を鮮やかに施してあった。赤、黄、緑、白、黒の五色が鮮やかに使われていた。色の素材は自然の鉱物である。生漆の黒のほか、朱砂の赤、アパタイトの白、アジュライトの青、オーピメントの黄色など自然色を用いた。

色と文明も興味深いテーマとなる。中国をはじめて統一した秦は、王朝の色として五色のうちの黒を採用した。色に対する感覚は、風土と文化によって異なる。現在の私たちは、赤には炎や血の激情の色、青には海や空の自然、白は純白、黒は暗黒のイメージがある。中国古代の人々が同じ印象をもっていたとは限らない。葬儀の喪服は白であるし、婚姻で夜に新婦を迎える新郎は黒い服を着た。官吏の冠も黒、囚人の服は赤、こうしたものからくる印象は私たちとは別のものである。

中国文明は一色の文明ではない。たとえていうと、地域ごとのいろいろな色をもった文明の集合といえる。

中国文明と東方世界

四大文明としての中国文明

中国文明は、エジプト、メソポタミア、インダスの三文明と同様に大河流域で生まれた。

二〇〇〇年の「中国文明展」は世界の四大文明の一つとして、他の三文明展と同時に開催した。中国文明をユーラシア世界の一文明として相対化させる試みであった。中国の人々は、中国が文字通り世界の中心に位置すると考えてきた。西方の人々は秦の王朝名で中国を呼び、東方の日本でも漢や唐（から）、唐土（もろこし）、支那（サンスクリット語の秦の音の漢字表記）という王朝名で呼んできた。

エジプトのナイル川だけは一つの大河が砂漠を貫流しているが、他の三文明の地では二つずつの大河が兄弟のように流れ、大きな平原を作っている。チグリス川とユーフラテス川、インダス川とガッカル＝ハークラー川（涸れた河床が残っている）、そして中国では黄河と長江である。

日本の中学校の歴史の教科書には、ナイル、チグリス・ユーフラテス、インダス、黄河の大河流域に文明が始まったという世界の四大文明の記述がある。たとえば、『中学校歴史日本の歴史と世界』という教科書では、つぎのように記述してある。

もっとも古い国々が、紀元前三五〇〇年から紀元前一五〇〇年ころ、比較的乾燥した地域の大河流域（メソポタミア・エジプト・インド・中国）に生まれた。これらの地域では、大河を利用して農耕が発達し、青銅器や文字が使用された。

大河流域にもっとも古い文明が生まれたという内容である。そして掲げられている歴史地図には、河川名とエジプト文明から黄河文明にいたる四文明の名称が記入してある。中学校の歴史の学習では日本史と世界史とが混在しているために、次第に世界史の範囲は日本と直接関係のある範囲にせばまりつつある。

中国でも中学校の世界史の教科書の古代史の記述の冒頭では四大文明といういい方はないが、尼羅河（ナイル川）、両河あるいは底格里斯・幼発拉底河（チグリス・ユーフラテス川）、印度河（インダス川）と黄河の大河流域で古代アフリカとアジアの文明が生まれ、それは歴史上もっとも早い奴隷制都市国家であったと述べられている（初級中学課本『世界歴史』）。

日本の高等学校の教科書になると、四文明のほかにアメリカ大陸のメソアメリカ文明（アステカとマヤの中央アメリカの文明）やアンデス文明（インカ）を加えており、四大文明の言い方は影を潜めている。しかしこの場合、四大文明の存在が否定されたわけではなく、四大文明を前提にアメリカ大陸の文明を付け加えているのである。アメリカの南北二文明を加えて六大文明という研究者もいる。しかし中米メソアメリカや南米アンデスの文明はいずれも四大文明には遅れて紀元前一〇〇〇年前後に生まれ、紀元後に最盛期を迎え、最終的には一六世紀にスペイン人の侵略によって滅んでいるので、アジア・アフリカの古代文明である四大文明とは比較の対象ではあっても、時代的な差があるので別に考えてもよい。世界史上同時期に生まれた早期の文明という意味では、四大文明だけを取り出しても異論はないであろう。

自然との緊張から生まれた文明

四大文明として横並びに中国文明を見ると、大河という自然と生きていくには、大河のもたらす豊かさを一方的に受け入れるわけにはいかないことを感じさせる。凶暴な河川と化する自然災害を覚悟のうえで、緊張感をもって生きていく必要がある。現代の工業文明は、自然と生きてきた過去の文明の知恵を忘れてしまったともいえる。古代文明では、自然と人間の間に非常な緊張関係があったからこそ、様々な知恵が生まれた。とくに中国文明では、自然はたんに人間の周囲にある環境というものではなかった。人間も、動植物も、河川も山も海も、また天体も、すべて一定の秩序、循環のなかで動いていると考えられていた。その秩序こそが自然であった。自然が人間の環境として取り巻くのではなく、人間自身が自然であった。漢語の「自然」の本来の意味は、nature（人間の周囲の外的な自然世界）の翻訳語としての自然ではなく、「自ずから然り、あるがまま」である。体内の気があるがままに流れれば健康であり、滞れば病気となる。それは河川の流れと同一視された。その秩序を大切にしていかなければ、人間は生きていけなかった。私たちはそうした過去に置いてきた古代人の知恵から学ばなければならない。

開放的な中国文明

中国文明は、日本人にとって四大文明のなかでもっとも身近なものである。同じ漢字文化圏にある日本は、儒教・漢訳仏教・律令など中国から受容した文化が多い。箸の文化や中華料理の食の中国文明も、日本人の生活のなかにとけ込んでいる。しかし身近であるだけに、中国文明を一度四大文明のなかに突き放して客観的にみることが必要である。日本では中国文明が朝鮮半島、ベトナム、日本など東アジア世界に広がったとの認識が強い。しかし中国史の流れから見れば、西域（中央アジア）の諸民族や北方遊牧民族との関係の方が強い。中国文明は不変ではなく、とくに西方の文明との接触によって時代によって大きく変化してきた。「中国文明展」で展示した唐代の壁画に描かれた女性の服飾は、漢代の女性のものとはまったく異なっていた。遊牧系の民族が中国に入ったことで、女性の服装は開放的になった。漢代の敷物に正座する文化は、北方の影響で魏晋南北朝以降は椅子とベッドの生活に変わった。西アジア起源のコムギは中央アジアをへて中国に入った。漢代にはアワなどの雑穀のなかに、コムギの実を石臼で砕き、粉食する文化が普及していった。

筆者はこうした開放的で地域文化の集合性が顕著な中国文明を、中華と東方世界という概念で理解すべきことを提唱している。中華帝国と東アジア世界とは違う。中華とは厳格な華夷思想ではなく、外の文化をとりこみ、地域文化の特性を残しながらまとまっていく緩やかな枠組みである。東方世界とは、ユーラシア世界の東端の地域をいう。ヨーロッパまで地続きで行けるという感覚は海を隔てた日本人には理解しがたい。一九九八年に編集された『岩波講座世界歴史』第三巻のタイトルは「中華の形成と東方世界」であった。

アジアのなかの中国文明

岡倉天心が「アジアは一なり」と述べてから一〇〇年余りがすぎたが、私たちのなかのアジア観は変わっているようで変わっていない。一九〇三年、ロンドンで公刊された『東洋の理想』は、あまりにも有名なこのことばではじまる。天心は日本美術を概観するために、まずは儒教と仏教に代表される中国とインドの二大文明の説明から書き起こした。ヨーロッパ近代文明を学び、ヨーロッパに近い中国文明の多様性を実感し、最後にインド文明に行き着いたのである。アジアのなかの普遍的な共通性に気がつき、それが文明の博物館として日本に残っているという認識をもった。

現代の私たちも、アジアといえば、何となく連帯感をもち理解しあえると思いながら、一方で複雑なアジアの多様性にとまどってしまう。連帯感は、欧米よりも距離的に近いということ、また人種的にも近いという実感から来ている。天心は一つのアジア文明の存在を見いだそうとしたが、現在の私たちには、多様なアジアをまず理解し、認めあうことが求められている。そのアジアのなかの中国文明という視点は、中国人には見られなかった。近代の日本人は、それまで東アジアの中心に位置した中国文明を、西欧文明を導入することでアジアの東端に移した。

そもそもアジアという地名は、ヘロドトスの『ヒストリアイ（歴史）』のなかで語られた。本来一つである陸地に、エウロペ、リビア、アシアという三人の女性の名前がつけられた。エウロペといえば地中海に面したギリシア、その対岸の日の昇る地がアシア、北アフリカをリビアといった。アシアは、ギリシア人が植民して往来しえた小アジア半島の地を指した。アジアの東端は広がってもせいぜい西北インドまでであって、はるか遠くの中国はもちろん知られていなかった。

ヨーロッパに近接する地がそもそものアジアであり、アジアはギリシアから見て東方の地という漠然とした地域を指した。しかしながら漠然としたアジアは、ギリシアがペルシア帝国やエジプトと出会うことによって、具体的なイメージが出来上がっていった。ヘロドトス自身、三つの土地を旅行して見聞を広げた。強大な王権が統治する地がアジアとなった。

アジアと西域

東方という漠然としたアジアは、西方から東方を眺めた眼鏡を通した像にすぎなかったともいえる。東方の奥行きの深さを知るにつれて、ヨーロッパとアジアが地続きの広大な大陸であることを自覚した。ユーラシア大陸の西から東を見るときに、未開な世界に接するたびにアジアという便利な眼鏡の像をあてはめ続けたのである。地中海東岸の地も、中央アジアも、インド洋沿岸も、東南アジアの多島海も、そして中国も、また日本列島も、アジアという一つの眼鏡の像でくくられてしまった。そのような広大な地に共通性などあろうはずがない、多様な地域が、あたかも一つの共通の世界のごとく見られるようになってしまった。もし拡大したアジアに共通項があるとしたら、非ヨーロッパ世界、またヨーロッパの東方の地という基本にもどる。ヨーロッパではない地域、その区分が有効であったのは、ヨーロッパ近代が世界史の一体化に先導的な役割を果たしたと自覚したときであった。

ヨーロッパから見た東方の地がアジアであれば、ユーラシア大陸東端の中国から見た西方の地は西域であった。中国人にとって陸続きの西方は、幻想的な世界であった。中国にはない諸物産がはるばるラクダの背に乗せられて運ばれてきた。玉、葡萄、苜宿、葭葦、檉柳、胡桐、白草（毒薬で毒矢に使用）、烏孫や大宛のウマ、そしてなによりも中国人の精神世界を大きく変えていくことになる仏教、漢代の都長安や洛陽の市場では、唐長安よりも六〇〇〜九〇〇年も前に、西域の文化の香りが満ちていた。

『史記』にしても『漢書』、『後漢書』にしても、西域の記述にはじつに力が入っている。『史記』大宛列伝は、司馬遷と同時代の張騫が西域との交通を開いた記事であるし、『漢書』西域伝上下をまとめた班固も、西域都護として西域諸国を服属させた班超の兄である。北は天山山脈（北山）、南は崑崙山脈（南山）、西はパミール高原（葱嶺山）、東西六千余里（約二四〇〇キロ）、南北千余里（四〇〇キロ）の広大な地をまず漢代の人々は西域と呼んだ。アジアが次第に東に広がっていったように、西域も次第に西に広がり、中央アジアから地中海にまで達した。かつて羽田亨はこの西域の地を東西文明の接触する場とし、西域文明史を著した（『西域文明史概論』弘文堂書房、一九三一年）。

文明と帝国のアジア

ヨーロッパ人は、こうした日の昇る地アジア、オリエントに四つの悠久の古文明を見いだした。一七世紀のペトリュウス・ベルティウスの作製した地図には、エジプトから中国にいたるまで四つの大河が描かれ、もっとも東方の河川には上流にセレス、下流にシナエと記されている。イエズス会の宣教師たちは清朝の政治を目の当たりにして、その徳治主義に目を見張り、モンテスキュー、ヴォルテールらのフランス百科全書派は帝国の安定した秩序をヨーロッパ絶対主義の君主制の手本として評価した。一八世紀のヨーロッパではシノアズリーという中国趣味が流行し、白磁を地にコバルトで藍色の模様を描いた染め付けや、絵画のように色彩豊かな色絵などの明清陶磁器の収集が流行し、中国茶も愛飲され、新茶が先を競って船で運ばれた。このとき西方に歓迎された中国文明を象徴するような製品は、チャイナ(china 陶磁器)とかカメリア・シネンシス(camellia sinensis 茶の学名)とか呼ばれるようになる。それが古来中国を呼称するシン(秦)系統の発音に由来しているのは興味深い。

近世アジアの帝国の崩壊期に古文明アジアの発掘が行われた。文明と帝国は、ヨーロッパ人がアジアを見るときのキーワードとなった。中国では、清帝国末の新疆に多くのヨーロッパの探検家が入った。帝国は安定した絶対主義の権力体制というよりは、古来不変の専制主義を意味することばとなった。

一九世紀のマルクスやエンゲルスは砂漠のアジアに注目した。西方からアジアを見たときに、まず西アジアや中央アジアに広がる広大な砂漠が目に入ったからだ。エンゲルスは一八五三年六月六日、マルクスに宛てた書簡のなかで、サハラからアラビア、ペルシア、インドおよびタタールに至る乾燥した大砂漠地帯の気候では、人工灌漑が農耕の第一条件であり、それは共同体か地方政府か中央政府の任務であり、そのために土地所有権が欠如したのだと述べた。一八七七—七八年のエンゲルス『反デューリング論』では、ペルシア、インドでは灌漑を行わなければ農耕は不可能であるという気候条件にふれ、そこでどのように国家が形成されたか、灌漑事業の関連性を指摘した。すなわち部族の共同体がより大きな集団を作っていくとき、共同体間の利害を調整し社会的職務活動をはたす機関が生まれ、これが国家権力のはじまりとなったというのだ。東洋における灌漑、水利の監督はまさにこの社会的職務活動の一例であり、この職務を果たせば、政治的支配は永続するという。

ウィットフォーゲルは文明と砂漠と帝国を結びつけてアジアを理解しようとした。第二次世界大戦後、反共の立場から一九五七年にまとめた『オリエンタル・デスポティズム（東洋的専制主義）―全体的権力の比較研究』（Oriental Despotism : A Comparative Study of Total Power, Yale Univ. Press. 1957）である。一九三〇年代のウィットフォーゲルは大規模治水灌漑を決定的要因とする東洋社会の理論を立て、西洋的社会発展とは類型的に異なる東洋的社会の特殊な生産様式として理解した。一九五〇年代のウィットフォーゲルは、水利社会を類型学的にとらえたうえで二〇世紀の共産主義権力と結びつけた。つまり、中華人民共和国が西欧的影響のもとにおけるアジア的デスポティズムのより強大な規模における復活という極論となったのである。

地域と環境のアジア

文明、帝国のアジアは個々に分断されていたが、地域間のネットワークを見いだそうとしたのはヨーロッパ人探検家であった。一九世紀のリヒトホーフェンは中央アジアを貫通する東西交渉路をシルクロードと名付けた。そしてオスマントルコ、ムガール、清の帝国の地は、絹の道でつながれた。

これからは四大文明のアジアの地の側から出発して新たな文明観を探っていく必要がある。一九―二〇世紀がヨーロッパから生まれた近代の工業文明が全世界に広がっていった時代であったとするならば、二一世紀は人間が自然と共生していく知の文明の時代ともいえるのではないだろうか。人間の知恵を多く生み出してきたアジアの古文明の原点に立ち返り、近代の工業文明を超えた新たな知をさぐることができる。

文明とは野蛮や未開に対する優越的な文化を意味するのではなく、人間が生きていくなかで自然に働きかけて作り上げてきた創造的で洗練された文化の総体であるといえる。人間と自然環境の共生が生み出した東方の文明のなかでも、自然の力の大きさを敏感に意識し、自然との共生のなかで独特の文明を築いてきた中国では、多くの知恵や技術が生み出されてきた。自然の資源から鉄、青銅、玉、竹簡、絹、紙、漆器、陶磁器などを生み出し、人間や社会の生活に役立てた。また自然環境のメカニズムと人間との相互関係を理解し生活に役立たせるために、天文、暦、医学、数学、歴史、水利などの学問を生み出した。

生活文化の変容

ここに三枚の絵がある。二枚は今から二〇〇〇年前の漢代の画像石（一一七頁写真②③）であり、もう一枚は、唐代の絹に描いた画像（一一六頁写真①）である。後者は後宮の女官たちがテーブルを囲んで宴会をしている光景である。比較すると、漢代と唐代の生活文化の違いが明らかだ。

漢代の人々は脱靴して席や牀の上に脚を折って座る生活をしていた。「席を異にす」というのは一つの席（敷物）を別にするという意味であった。席には一人用、二人用、多人数用とあった。同じ席の上に座るか、席を別にするかで客人の待遇が異なる。後漢の羅威は七〇になる母親に、冬の寒いときにいつも身をもって席を暖めてから座らせたという。席を椅子としたら理解できない。席とは布の敷物であった。

①

【漢から唐へ——変容する生活文化】

魏晋南北朝時代（三—六世紀）、北方の胡人が華北に侵入するようになってから、馬の鞍に座り、地上に降りても椅子に腰掛けるという遊牧民の生活スタイルが伝わった。漢代までの靴を脱ぎ、脚を折って座る正座の文化に、あぐら（胡床、胡坐）の文化が西域からもたらされたのである。また、女性の服装も、漢代の和服に似た深衣から、ひだのあるスカートを着用することが流行した。

①「宮楽図」　卓を囲み、宮廷の女官たちが酒を飲み、音楽を楽しんでいる。絹本・唐代。絵は宋代の模写。台湾故宮博物院蔵
②漢代画像石　宴楽の図。後方では四人が座って琴の音を楽しみ、前方では長い袖の着物で舞う人物が見える。成都市博物館蔵
③漢代画像石　六博の図。四人が座って賭博をしている。成都市博物館蔵
④「宮女図壁画」　高い髻を結い、絹のショールをまとったスカート姿の宮女のあとに、帽子をかぶった男装の女性が続く。節愍太子墓出土、陝西省考古研究所蔵

その席に座ることを意味する跪坐（きざ）には足を臀部の下に寝かす座り方と、足を臀部の下で立てる座り方があった。座る文化である。礼にも跪坐して頭を地につけるものがあった。教師も弟子も席を別にして座り、学問の伝授が行われた。調理人も座り、食膳も座って用いるものだ。楽器も座って弾き、六博（りくはく）という対局のゲームも座った。馬車も立ち姿で引くだけでなく、正座して馬を引くことがあった。

その正座が腰掛けの文化へと変わった。北方の遊牧民は馬の鞍に座り、地に降りても椅子に座った。北方の胡人が華北に入るようになってから、その文化を伝えた。魏晋南北朝時代のことである。目線が高くなり、個人個人の膳に代わって卓を共有するようになった。正座文化にあぐら（胡床）の文化が西域から伝わったのだ。日本語のあぐら（胡床・胡坐）は、①足のついた高い座②交差した脚のついた折り畳み式の椅子③足を組んで座ることを意味する。仏像も椅子に座るようになった。足を組んだ北魏交脚菩薩像や北魏半跏思惟像は座る美しさを伝えている。椅子に座る生活になってから、服装も変化した。唐三彩の女性の座像を見ると、スカートの裾から上向きの尖った靴の先を見せ、スカートは下に垂らしている。唐代の女性の騎俑を見ると、女性の胸から下に広がったスカートがそのまま馬にも乗れる服装であることがわかる。広がったスカートを着用した女性たちは、床に座った場合でも、正座をする必要はなく、足をくずして座っている。食事の仕方も椅子に座って食卓を囲むようになった。唐代の食卓の箸の置き方が、いまの中国と違って、日本と同じように横に並べているのもおもしろい。

服飾文化の変化

世界帝国といわれた唐の時代の三つの太子墓（恵荘太子・節愍太子・章懐太子）から発見された三枚の壁画が、世界で初めて海外に持ち出され、日本で展示された。いずれも縦横二メートル以下のものだが、揺れて損傷しないように水平にして下にバネを付けて搬送するなど、特別に慎重に扱われた。ここに描かれた八世紀の宮女は、胸の開いたブラウスとひだのあるスカートを着用し、高い髻と厚い化粧をしている（一一七頁写真④）。明らかに和服のような深衣という服装をしていた漢の時代の女性とは異なっている。遊牧民族の文化を受けた開放的な雰囲気が見られる。ズボンをはいた男装の女性もその影響だ。男装というよりも、女性も胡服を着用して馬に乗ったのだ。女性も開放的な姿を求めた。百万都市の唐代長安城の華やかな時代をよく伝えている。

同時代の飛鳥高松塚古墳の女性像（一二一頁写真③）と比較すると、古代東アジア世界の国際関係が見えてくる。唐から積極的に中国文明を受け入れながら、また朝鮮半島の国際情勢にも敏感であった日本の姿も浮かび上がる。

一九七二年に奈良県明日香村で発見された高松塚古墳のわずか二・七平方メートルの墓室空間には、四〇センチほどの小さな古代日本の女性たちが極彩色で描かれていた。立ち並ぶ四人のしぐさと服装は、唐代の女性に近くして距離もある。ちょうど唐から学びながら国造りをしてきた古代日本の立場を反映しているようだ。四人の女性がひとかたまりになる構図、ふっくらとした顔立ちと紅をつけた唇、手を組む拱手や、円翳と如意（あるいはポロのスティック）をもった姿、ひだ付きの裳、裳裾から靴の爪先を出すスタイルは唐の壁画にもよく見られる（一二〇頁写真①）。唐代の女性が胸を大きく開き、長いショールをまとっているところは、長めの上衣を着ている高松塚の女性と異なっている。上衣とひだ付きの裳というスタイルは、五世紀まで時代をさかのぼる高句麗の水山里古墳壁画の女性に似ているといわれたが、近年の同時代の唐の壁画ではよく見られるものだ。ファッションも文明であり、古代の東アジア世界がこれほど流行に敏感であったことは驚きである。

音楽文化の変容

中国には西洋音楽とは異なる長い中国音楽の伝統があり、独自の音階があった。春秋時代

①

【唐と飛鳥――古代東アジアの朝廷を彩る女官たち】

唐太宗の第二一女・新城長公主は、六六三年に三〇歳で亡くなり、太宗の陵墓・昭陵近くに陪葬された。その墓は一九九四年から九五年にかけて発掘調査され、死者に奉仕する三九人の侍女などの壁画が七〇枚以上確認された。同じ頃（六九〇年前後）に築造された飛鳥高松塚古墳西壁面の女子群像も、四人一組の構図で描かれ、ひだ付きの裳服を着用し、円翳（団扇状の道具）や如意（棒状のもの）を手にしている点がよく似ている。

①新城長公主墓の壁画　墓室東壁に描かれた侍女たちの図。陝西省礼泉県出土、『陝西新出土唐墓壁画』より
②新城長公主墓を望む　昭陵の左に小さな墳丘が見える。陝西省礼泉県、『陝西新出土唐墓壁画』より
③高松塚古墳壁画　西壁面に描かれた四人の侍女。奈良県明日香村、文化庁提供

の孔子は、すでに詩を弦楽器にあわせて歌っていたという。現在伝わる古筝は春秋戦国時代に見られる伝統楽器であり、魏晋時代になると西域から琵琶が入ってきた。中国の音楽は、たえず西方との交流をもちながら発展してきたといえる。ここでも中国文明の開放性を見ることができる。中国文明の変化と特徴を楽器からさぐってみよう。

唐の蘇思勗墓の壁画を見ると、踊る胡人を中心に左右に古代のオーケストラが立ち並ぶ。管楽器の縦笛、横笛、排簫、笙、弦楽器は箜篌（ハープ）、七弦琴、琵琶、打楽器は鈸（シンバル）、九人の奏者と二人の指揮者が見える。踊りに合わせた軽快な音楽が聞こえてきそうな画面である。このなかに見える唐代の琵琶は四弦で、横に抱えてばちで弾いている。河

②

③

鈸・笙・琵琶・横笛・拍板と指揮者　蘇思勗墓壁画（左側）『陝西省博物館』より

音楽に合わせて踊る胡人　蘇思勗墓壁画（中央）『陝西省博物館』より

箜篌・七弦琴・縦笛・排簫と指揮者　蘇思勗墓壁画（右側）『陝西省博物館』より

南省安陽市の隋代の張盛墓で出土したのは八人の女性オーケストラの俑である。基本的な構成は前述の男性オーケストラと同じだが、琵琶奏者は二人見える。四弦と五弦の琵琶の二種があるが、四弦のものは曲頸琵琶である。四弦琵琶はペルシアから、五弦琵琶はインドから伝わったといわれる。

現代の琵琶奏者の蔣婷氏の演奏を聴いた。筆者の大学でも「東アジアの音楽」の講座を開き、演奏を取り入れた講義をお願いしている。現在の琵琶は四弦で、楽器を縦にもち、テープで指に爪をはりつけて弾く。弾き方は指を外に開くようにし、ギターのように内側につま弾くのとは正反対だ。中国古代の奏法と明らかに異なっている。食卓の箸の並びが横から縦になったように、琵琶の抱え方も横から縦になった。

日本古代には唐から琵琶が輸入された。正倉院には四弦琵琶、五弦琵琶や箜篌が残っている。漢代までさかのぼれば、こうした琵琶はない。弦楽器の主流は琴であり、楽器は確かに時代とともに入れ替わっている。

茶の文化

岡倉天心は中国には一色の文化がないことに早くから気づいた希有の人物であった。「支那に通性なし」ということばは傾聴すべきだ。天心は一九世紀末に三ヵ月間中国を歩き、地方の文化の差異の大きさに肌でふれてきた。その成果をもとに茶の文化史をまとめた。『茶の本』では唐、宋、明の茶の文化の変容をうまくまとめている。煮る団茶（磚茶、固形茶）から、かき回す粉茶（抹茶）、だす葉茶という変化も、中国文明の時代差の大きさを示している。

漢の時代、庶民は三人以上無断で集まって飲酒したものは金四両の罰金刑に処せられた。だが中央の高級官僚や地方の豪族たちの間では、宴会に酒、音楽、舞踊、六博はつきものであった。画像石の宴会場面には、酒樽、酒杯がよく描かれている。この時代には茶はまだ普及していなかった。したがって漢代には茶という字はまだなかった。茶の葉は地方的に食用に供されたにすぎなかったからだ。王褒の『僮約』には蜀に住む豪族が、奴婢に茶（音はタ）の葉を煮させて食用にしていたことが記されている。茶の木の原産地雲南に近い四川の地のことである。

酒が茶に替わっていくのは、北方の豪族が南遷して江南の茶に出会ってからである。北朝人は醸造酒よりも酪製品の飲料を愛用するようになったが、南朝人は酒に溺れる者がいた一方で、飲茶を好む者が次第に増えてきた。

一九八一年地盤が長雨で緩んで倒壊した明の法門寺の塼塔の下から、偶然唐代の地下宮が発見され、八七年の発掘によって仏舎利が出土した。筆者が八五年に訪ねたときには、まだ地下に眠っていた遺産であった。そこから茶の文化を知る上でも貴重な文物が提供された。それは当時の貴族が用いていた銀製の碾子、籠子、羅子の茶道具三点セットである。固形茶をくずして籠子の中に入れて温め、つぎに歯のついた円盤状の物を溝の受け皿の上で心棒に手をやって前後に回転させて、茶葉を粉末にするのが茶研ともいうべき碾子であり、粉末は羅子で粒が均等になり湯に溶けやすいようにふるい、引き出しの部分にためた。北方では胡俗の影響を受けて碾磑の発達とともに穀物の粉食が普及していったように、茶葉も蒸して食用にする時代から、唐代にはすでに粉食する時代へと変わっていたことがわかった。明代以降の茶葉と湯を急須に入れ、エキスだけを飲用にする飲み方に慣れている私たちの感覚からすると、茶を粉にした物を飲むといえるが、当時の人々にとっては食用といった方が適切である。

いまでも固形茶は雲南や四川などの地方に残っている。保存に適しているので、必要なときに砕いて飲む。金槌で叩かないと砕けないような堅さのものもある。沸騰した湯のなかに落とし、粥にして食べたり、ミルクを入れて飲んだりする。ウーロン茶やジャスミン茶とは異なる古い中国文明の香りがする。

自然環境と中国文明

文明を生み出した自然環境は時とともに変化するものであり、現在の自然環境とは異なっていた。古代の黄土高原は現在よりも温暖湿潤で、森林が繁茂した緑の平原であったと見られている。多大な人口を養うために開発した結果、自然環境が変化してきた。中国ではきまぐれな水（旱魃と洪水）との闘いから文明を築いてきたといえる。生態環境の循環システムのなかで生きてきた人間が文明社会を築けば築くほど、そのシステムは崩され、自然災害という反動は大きくのしかかってくる。中国古代の自然と共生してきた文明から学ぶべきことは多い。

現在中国では、北方では黄河の断流、南方では長江の洪水という大きな自然災害の深刻な問題に直面している。黄河の水が過度な工業用水と灌漑用水の利用によって河口まで流れなくなって水不足をきたし、長江では過度に森林を伐採し、また湖沼を埋め立てていく開発が、かつての黄河のように濁流が押し寄せる大洪水を引き起こしている。一九九八年夏の長江の大洪水は二ヵ月以上も続き、八度も増水の波が津波のように中下流の平原部に押し寄せた。明らかに人間の開発が自然を変え、その反動が人間社会に襲いかかっているといえる。そのようななかで私たちは唐代史の妹尾達彦氏（中央大学）を中心に、一九九七年から三ヵ年計画で陝西師範大学との共同研究「黄土高原における都市と生態環境史」の調査を進め、自然環境の歴史的変化から新たな中国文明観をさぐった。

黄河は全長五四六四キロメートル、流域面積七五万平方キロメートル、長江はナイル、アマゾンに次ぐ世界第三位の長さで六三〇〇キロメートル、流域面積一八〇万平方キロメートル、中国を知るにはこの二つの大河の理解にかかっているといっても過言ではない。両大河流域の面積をあわせると二五五万平方キロメートル、現中国全体の四分の一強、日本の七倍の面積に、現在では中国の約一三億の全人口のうち四億が集中する。中国の人口は一七世紀後半に一億を超えるまで、前漢から清の順治年間まで一七〇〇年もの間は五〇〇〇万から七〇〇〇万の規模を安定して維持してきた。維持し得たのは、大河流域の平原において高度な農業生産が進められてきたからであった。

二つの大河は、いずれも青蔵高原に源流があり、はるか東方の海まで滔々と流れていく。バヤンカラ山脈北麓星宿海、標高四五〇〇メートルの黄河源流と、タングラ山脈六六二一メートルの山間部の長江源流との間は四五〇キロメートル離れているが、通天河（長江上流）がバヤンカラ山脈の南を通過するときに、北麓の黄河源流にわずか数十キロまで接近する。この青蔵高原の涸れることのない高地の水が、中国文明の源ともいってよい。二つの大河とその支流が西高東低の地形を流れ、東方に広大な平原や盆地を作り、中国文明の舞台を準備した。ヘーゲルは海洋ではなく内陸の平原には人間を閉鎖的にさせるものがあるとし、またエンゲルス、マルクスからウィットフォーゲルまでは一部乾燥地を流れる黄河を取り上げて、ヨーロッパの自由に対してアジアの専制性を生み出す風土であることを強調した。つまり治水灌漑の必要から巨大な権力が生まれたのだとしたが、実際には巨大な権力が治水灌漑を行ったのである。両大河流域はヨーロッパと同様、多くの民族が活発に交流する場であり、そこを舞台として中華という独特な世界が形成されていった。

いまあらためて中国古代文明をとらえ直すと、二つの新しい局面が見えてくる。一つは中国古代文明の主要な舞台は、黄河と長江という大河とその支流が作り出す平原にあり、黄河文明だけが唯一の中国文明であるということはもはやできないという点である。黄河流域に中国文明が生まれたというのは、夏・殷・周・秦・漢・隋・唐という中国古代王朝の政治の中心が長安や洛陽など黄河流域の北方にあったために生まれた考え方であった。現在では黄河のほか長江、さらには東北部の遼河流域などにおいても独特な文明といえるものが発見されており、中国文明の発生は多元的にとらえなければならない。

もう一つの新しい見方は、文明を生み出した自然環境は歴史的に変化するものであり、現在の自然環境とは大きく異なっていたことに注目するものである。黄河流域の黄土高原でいえば、そこには現在浸食溝が葉脈のように無数に広がり、丘陵の斜面にはきれいに耕された棚田が見られ、オルドス高原では砂漠化が進んでいる。しかし古代の黄土高原は現在よりも温暖湿潤で、森林が繁茂した緑の平原であったと見られている。工業文明以前にも実は多大の人口を養うために、森林を伐採し、山地の斜面や牧草地までにも耕地を増やしていく開発の結果、自然環境が変化していた。

文明の舞台を歩く

中国文明の舞台を歩くことによって、自然と文明の緊張を実感した。一九九六年に陝西省北部、寧夏回族自治区の黄土高原を回り、一九九七年から三年間さらに黄土高原の都市や水利の調査を進めた。二〇〇二年には古都長安の南に連なる水源地であり木材資源地でもある秦嶺山脈の森林、さらに二〇〇四年から二年間は黄河下流域の古河道の調査を行ってきた。その結果、黄土高原と黄河下流域という自然環境がきわめて密接な連関をもっていたことに気がついた。

黄土高原とは西北の砂漠の砂が飛来して堆積した地域であり、私たちには実感として各地の黄土の特徴が目に焼き付いている。黄色い山並みに整然と階段状に耕された棚田には、可耕地をどこまでも求めていく人間の生命力の執念を見ることができたし、雨が降ったあとのペースト状の黄土には、調査の車もしばし立ち往生し、雨に弱い土壌の性質を実感した。強い降雨のあとは、交通路も遮断されてしまう。一方乾燥した黄土は小麦粉のようなパウダー状で、空中に舞い上がり、すぐに埃(ほこり)まみれになってしまう。その黄土が雨によって流され、河川に流入すると、河床や岸辺に黄土が沈殿する。足を踏み入れると、粘土状の深みにはまってしまう。何とも不思議な土壌であった。

黄土が厚く堆積している黄土高原全体のきっちりした総面積は確定しがたいが、四五万から六〇万平方キロメートルにも及び、それは日本の面積よりもはるかに広い。西は青海省、甘粛省の一部から、北は寧夏回族自治区、陝西省の大部分を含んで、東は山西省に広がる。この広大な地を黄土が堆積していることで均一に見るわけにはいかない。黄土という土壌は西北の砂漠地帯に近いほど砂の割合が増えて砂黄土となり、東南に離れるほど飛来した粘土質の細かな土である粘黄土となる。重い砂混じりの黄土は近くに堆積し、軽い黄土が遠くまで飛んでいく。

中国古代王朝の都、長安や洛陽付近は粘黄土地区であり、砂黄土地区の北辺には明代の長城が重なるように位置している。アンダーソンが砂塵が雪のように渓谷をカバーしていると表現した黄土高原は、黄土が一〇〇～二〇〇メートルと厚く堆積していることでは共通しているが、実際の地形や気候には大きな差がある。中国古代において秦咸陽、前漢長安、隋唐長安城などの巨大都市を支えるほどの豊かさをもちながら、北辺では砂漠化の乾燥と闘うぎりぎりの環境に囲まれている。古都長安のあった陝西省の西安の年間降雨量は六〇〇ミリ前後だが、寧夏回族自治区の黄土高原は銀川付近で二〇〇ミリ、同自治区の塩地でも三〇〇ミリしかない。

私たちは三年間のうちに、黄土高原の南部、関中平原の水利施設や都市の史跡を重点的に調査した（『黄土高原の自然環境と漢唐長安城』アジア遊学二〇、勉誠出版、二〇〇〇年）。この地では、人間が手を弛めれば、すぐに地下水が上昇し、地上の作物に塩害を引き起こす。黄土を潤す水をいかに確保し、管理していくのか、農民たちから聞き取り調査をした。関中平原は、古都長安が中央に位置する黄土高原の南部、粘黄土地帯であるが、そこでさえも緊張した水との闘いが繰り広げられてきた。古代秦の鄭国渠や漢の龍首渠が、現在でも生きていた。降水量は少なくても人間の力で灌漑すれば黄土は潤っていくのだが、同時に地下水が上昇しないように排水溝をしっかりと設けなければならない。

この地でもっとも難しいのは、樹木を伐採して耕地化された山々に森林を取り戻すことだ。農民が食べていくためには、できるだけ広い面積を開拓し、その結果山の斜面から頂上まで棚田を作っていく。一方、山に樹木が失われたことで、雨が降れば黄土の表土を押し流し、黄河に土砂と水が一気に流れ込んでいく。山林の貯水作用はなくなってしまった。黄土高原を流れる黄河の水量が激減し、河口では断流という干上がった現象が起こってきた。

長江の大洪水と防洪区

一九九八年の長江の大洪水のときの対応を見ていると、明らかに中国文明の伝統を引き継いでいることに気づく。それはヨーロッパ人の眼に見えた専制のアジアではなく、自然と闘いながら自然とともに生きていこうとする姿勢や知恵である。長江上流での集中豪雨が引き金になった大洪水の原因は、四川、雲南といった長江上流地区での過度な森林の伐採であり、中下流地区での湖沼の開拓であった。山に樹木が無くなり棚田の耕地ばかりになると降水の受け皿がなくなり、雨水は表土とともに河川に注ぎ込んで地下水として貯水されることがなく、洪水の原因となる。流れが緩やかになる中下流では、湖沼も貯水池の役割を果たしたが、埋め立てによってその機能が失われてしまっている。この二つの原因に気づき、すぐに森林の伐採を禁ずる法令がまだ洪水が終結してまもない九月初めには出された。しかし、長江の大洪水に中国文明の伝統を見たのは、このことではない。

三ヵ月近い長江の大洪水に堤防は耐えきれない。警戒水位を越した河水の水圧と流れの速さが堤防の耐久の限界に近づいていく。長江ではあらかじめ堤防の人為的決壊を想定していた。自然の力の猛威を前にして、人間の力の限界を知った上での知恵である。防洪区とは堤防を決壊させて一時的に貯水する所である。無人の地であれば問題ないが、居住地であれば、多少のリスクを負ってでも、損害を最小限に止めようとするものだ。どの防洪区に水を入れるかの判断は難しい。今回は人口七二〇万の武漢(ぶかん)を守るために、四万人の住む防洪区が選ばれた。そのために自然決壊箇所は下流の九江一ヵ所ですんだという。

古代から中国では、水利には二つの方策が行われてきた。一つは堤防を高く築いて人間の力で押さえ込むものであり、もう一つは堤防を決壊して分流させ、力を分散させるものである。伝説の禹（う）王の治水は後者であるといわれる。広大な平原では、後者も確かに有効な方法であった。こうした王朝を越えて受け継がれていく知恵こそ文明といえるものである。

自然の恵みを得る知恵

さて筆者が監修した「中国文明展」（二〇〇〇年）や「よみがえる四川文明展」（二〇〇四年）など、展覧会の図録の作成に当たって困ったのは、時代の説明はできても、玉（ぎょく）をどのように研磨しているのか、青銅器の鋳造の仕方はどうであったのか、また青銅器や俑に表現された動物や植物がどのようなものであるのかなど、その道の専門家の教えを乞わなければならないことが数多く見いだされたことだ。そのために山梨の一級研磨師向井照夫氏（故人）を訪ねたり、青銅器を復元鋳造した鋳金師の菓子満氏の工房を見学したり、家畜学の専門家正田陽一氏（故人）に家畜のことをうかがい、竹を静岡まで求めに行ったこともあった。漆器工芸作家の小泉満氏（故人）からは漆という素材の繊細さを教示された。料理も自然との緊張関係をもっていることを語ってくれたのは広東料理の調理師の尹達剛（ワンタッコン）氏であった。

人間は自然からいかに生活に役立つ素材を見いだし、構築していくか、知恵を発揮させてきた。その生活システムの全体系が文明といえる。その古代の先端技術を理解するには、現代の職人の技やさまざまな学問を総動員しなければならない。古代文明が求めた文明の技術は、必ずしも現代に継承されているわけではない。その失われたものを発掘することも、古代史学の課題である。

玉石混淆、『抱朴子』にあるこのことばは、優れたものと劣ったものとが入り交じって見分けがつかないことをいう。向井照夫氏の工房の庭先で、このことばの意味はすぐに理解できた。瑪瑙の原石が積んであるというのだが、切断していないので、表面はただの石ころに見えた。切断すると、独特の縞模様の瑪瑙の原石だとわかる。「和氏の璧」の故事も、和氏が楚王三代に名玉を献上し続けても、表面からは石と玉の見分けが難しいことを示した話だ。現在では鉄製や皮製の研磨盤を回転させ、カーボンや酸化クロムの研磨剤の粉を水を含ませながら上からかけて砥石で磨いていく。石は切断して研磨してはじめて美しい玉になる。切磋琢磨の四字の漢字は、骨・象牙・玉・石をそれぞれ磨くことばを並べたものだ。その素材の硬度や材質に神経をとがらせた古代の職人の気持ちが伝わってくる。

青銅器の材料の銅・錫・鉛は地下の鉱物資源である。三種の鉱物を溶解して合金にすることによって、より低温で型に流し込みやすく、しかも強固な新しい素材を生み出した。鋳造では粘土で型を焼き、内型を外型のなかにミリ単位の均等な幅で浮かせなければならない。型が九〇〇度ほどで焼き上がってまだ冷えないうちに、一二〇〇度に溶かした合金を流し込む。型の温度が低ければうまく流し込めず、金属の温度が高ければ気泡が混じってしまう。型にかかる金属の圧力は強く、いまでは型に鉄骨を埋め込んで針金で縛るほどだ。型を壊してなかの青銅器を取り出す。ブラシで研磨すると赤みを帯びた金色に輝いてくる。青銅器を古代の人々が黄金とともに金と呼んだのは納得できる。青銅器とは空気に触れて緑青を吹いたものをいう。菓子氏の職人芸に圧倒された。

動物を家畜化したのも古代人の知恵であった。漢代の景帝の陵墓である陽陵には、家畜の俑が大量に埋められていた。馬・牛・豚・羊・犬・鶏の六畜が勢揃いしていた。そのなかに犬には尾の丸まった家畜犬と太く垂れ下がった狼犬がいた。羊は、綿羊と山羊とが交ざっていた。正田氏からは、綿羊と山羊の区別が意外と難しいと教えていただいた。髭があるのは山羊、耳が垂れているのは羊とすると、例外もあるという。尾の長さと形が決め手らしい。羊の尾は長く、放置しておくと羊毛を汚すので、断尾してしまうという。陶俑は、そうした家畜の姿を忠実に再現していた。

自然と調理

中国料理はさまざまな野生の動物を調理して食べる。しかし野生動物をむやみに食べるわけではないと尹氏は語ってくれた。野生動物を捕獲したら、しばらくは家の庭に柵を作って餌をやりつづける。肉だけでなく内臓まで食べるので、野生動物を内部から洗浄する必要があるのだ。水を呑ませ、人間の食べた残り物を食べさせたりして、少しずつ胃や腸などを洗浄していく。そうすれば血液もきれいになっていく。哺乳動物は三日以上、鳥類は二日間程度、大きな動物では一〇日間もかける。

漢代の画像石には厨房や調理の場面がよく描かれている。いろいろ読みとるとおもしろい。鉤に肉をぶら下げるのは自然の空気にさらして保存するためだ。現在でも農村の路上の市場で見かける光景だ。自然の空気は黴菌もなく保存にはよい効果をもつ。画像石では牛の足つきのもも肉や魚などが下がっている。切り肉を重ねておくのは衛生上よくない。厨房でも空気の流通は大事だ。いまでも天井は高く、光があたるようにし、黴菌の繁殖を防ぐ。

漢代画像石に描かれた厨房　左上方に生肉が三つかけられ、その下で調理人が話をかわしながら俎上の肉を切る。右側では釜に火をつけている（『巴蜀漢代画像集』より）

野生動物の調理では、動物の健康状態を見極めることも重要だ。病気をもった動物の肉を食べるわけにはいかない。一流のコックは、動物をじっくり観察する眼をそなえている。歩き方はしっかりしているか、眼は澄んでいるか、鼻は湿っているか。犬の皮膚に湿疹などがあると、その血や肉は危ない。伝染病にも気をつけなければならない。動物の眼が悪いときは病気にかかっていることが多い。

『論語』の郷党篇では食文化について語られている。祭祀に食は欠かせない。祭りにそなえた食物を粗末にするなという提言だ。そのなかで、「飯がすえて味がかわり、魚がくずれ、肉の古くなったものは食わぬ」、「色の変わったものは食わぬ」、「時候はずれのものは食わぬ」、「切れ目の形の悪いものは食わぬ」という食の禁忌が並んでいる。自然の食材を味わうための知恵である。

野生動物の毛や羽を抜く作業も一つの技術である。尹氏によれば、沸騰した湯に〇・五パーセントの水を加えると、九五度程度に下がる。鳥の羽は、あらかじめ頸動脈から血を抜いたあと、この温度の湯に入れてからむしる。一〇〇度では皮膚が縮んで羽はむしれないという。九五度以下の湯でも難しい。皮膚がかたい哺乳動物では一〇〇度がよい。手で毛穴から抜いていくが、取りきれないときはあぶると、細かな毛もとれる。毛穴に毛を残してはいけない。かみそりでそっても毛穴に毛が残ってしまう。熊の手のひらの場合、泥でくるんで焼き、赤くなったところで泥を取ると、毛が泥と一緒に取れるという。

漢代画像石（山東）に、羊、豚、犬を解体する場面が描かれている。羊は両足を縛って逆さにつるして、皮を剝いでいく。古代の調理人の経験と知恵が伝わってくる。

東アジア海文明の中国と日本——境界を超えて共存の時代へ

日本はたえず中国文明から諸文化を受け入れてきた。稲作、青銅器にはじまり、漢字、儒教、律令（法律）、仏教（中国仏教・漢訳仏教）を受け入れて古代の律令制国家を作り、今日の日本の原形を築いた。中国文明がなかったら、日本はどのようになっていたのか想像できない。ヨーロッパでは世界の四大発明として紙・印刷術・羅針盤・火薬を取り上げ、中国文明がヨーロッパ近代に貢献したと見ているが、日本にとっては漢字・儒教・律令・漢訳仏教の方が中国の四大文化として重要だ。文字を発明しなかった日本は、漢字を用いて日本語を表記し、今日にいたっている。中国文明の恩恵を受けて今の日本があるにもかかわらず、それだけ近い存在でありながら、実は中国を理解するのが難しい。中国は広大な地域にいろいろな民族が入り込み、接触しながら文明を築いてきた。日本人はその生みの苦しみを知らずに、出来合いの中国文明を受け入れてきた。漢字はいろいろなことばを話す人々が眼で読み理解できる象形文字という便利なものであった。そのことを知らずに出来上がった漢字を輸入し、日本語を表記した。漢字を眼で読めるようになった日本人は、漢字で書かれた書物を通して中国を理解した。そこでは中国人の生きた生活文化から離れ、儒教的な学問を重んじた。中国文明も、他の文明と同じように、自然の恵みを得る人間の知恵から始まっていたことを改めて思い起こしたい。

　海を隔てて大陸の中国文明に傾倒してきた日本人は、その自然との共生から生み出された遺産を受け入れてきた。その大陸に海を越えて侵略した日本人の中国観はそのなかで揺れ動いてきた。中国人の側でも、東の海には蓬萊・方丈・瀛洲の三神山があり、そこには不老不死を実践した仙人がいるという幻想的な東方観を持ってきた。ヨーロッパ人が日の出る東方の地をオリエントとして見てきたが、中国人も東方は西洋に対置する東洋であり、東夷には蔑視した感覚はない。その東洋人の日本が、文明中国を侵略した。こうして同じように中国人の日本観も揺れ動く。

　日本と中国の間に広がる海には、共通の名称がない。中国の大河である黄河と長江は西方の高原の土砂を大量に運びながら東の海に注いできた。黄河は渤海に注ぎ、あるときには黄海（東海）に注いだ。中国では東の海を渤海、黄海、東海、南海といい、朝鮮半島では日本海を東海といい、日本では東海、南海を東シナ海、南シナ海と呼んでいる。共通の呼称はない。ヨーロッパ、西アジア、北アフリカに囲まれた地中海と同じように、東アジア海とでも名付けてよい海が、中国、朝鮮半島、日本列島に囲まれている。ここが交流の海であったことは不幸にも忘れ去られてきた。

そしていま自然現象に国境はないことに、私たちはあらためて気がついた。黄砂という自然現象は、空間を通じて日本列島と中国大陸が一つの連鎖・連動の地域をなしていることを教えてくれた。中国黄土高原の森林の伐採による環境の変遷は、黄河の水量の増減や黄濁度にも影響を与えてきた。黄河が洪水を起こせば、東方大平原に龍のごとく大きく流れを変える。そのことが東アジア海に与えた影響など、まだ研究されはじめたばかりである。黄河と長江だけでも、それぞれ毎年一二億トン、五億トンもの淡水と泥を海に流し続けてきた。そのことが海水の温度と水産資源にどのような影響を与えてきたのか。私たちは毎日のように、東アジア海の気象衛星画像を眼にしている。東アジア海域海洋環境モニタリングのインターネットを見れば、瞬時に変化する気象状況を見ることができる（二〇〇五年に終了）。大陸の黄河、長江下流域の平原の気象は、海を介して日本列島の気象とつながっている。このことは過去の時代にさかのぼって文献史料を再検証していく必要がある。

環境を視野に入れると、東アジア海をめぐる地域は、まさに共存すべき世界にあることがわかる。本巻八―九ページの「日中交流の歴史地図」には、海の地勢図を書き入れてある。そこには、かつて日本列島が大陸から分離した痕跡がうかがえる。大陸棚が東の海に伸び、弧状に連なる日本列島や南西諸島の東には、深い海溝が迫っている。私たちはユーラシア大陸の末端で生活しているともいえるだろう。もはや中国文明や中華帝国を生み出した大陸も遠い世界ではなくなった。書物から想像した世界でもない。すべてありのままに受け入れて相互に理解しながら付き合っていける器量をもたなければならない。私たち自身がそのなかで鍛えられていくのだから。

【学術文庫版への付記】

本論を執筆してから一五年余が経過した。この一五年の中国の急激な変化は予想を超えていた。長江の三峡ダムや、長江の豊富な水を渇水の黄河流域に運ぶ南水北調計画などの巨大事業は完成し、一三億の人口は二〇一九年には一四億を超えた。南水北調の運河は、隋の大運河や元の京杭大運河の再来である。「巨龍中国の胎動」はもはや胎児ではなく、巨龍そのものとして世界にもっとも影響を与える存在になった。二〇一〇年、中国はGDP世界第二位の経済大国となり、米中二大大国の経済・政治上の確執が世界を揺るがすようになった。首都北京から放射状に延びた高速道路網の整備計画も拡張し続けている。すでに二〇〇〇年以上前に、はじめて中国を統一した秦が馳道という国有道路網を整備したことを思い起こす。二〇〇七年に始まった高速鉄道網整備は瞬く間に全国に広がった。本論ではふれなかったが、日常生活の電子決済化は、支付宝（アリペイ）や微信支付（ウィーチャットペイ）などが瞬く間に普及し、日常生活ではほとんど紙幣を使わない時代に入った。一一世紀の北宋の時代に世界で初めて交子（こうし）という紙幣を発行した国が、紙幣を使わない時代に入ったのである。紙や木版印刷を発明し、紙幣を生んだ中国で、あらたな挑戦が始まっている。電子決済には安全と信用の裏付けが必要である。巷間の情報では、一〇〇元の高額紙幣の偽造紙幣検知器が必要なくなり、紙幣より信頼できるというのである。政府の一方的な強権よりも、政府と人民の緊張関係で電子決済が成り立っているように思える。現代中国も、中国文明の遺産とは離れがたい。

二〇一三年に提唱された一帯一路の経済・外交圏構想は、私たち日本人の東洋史学ではなじみがある。陸のシルクロード（一帯）と海のシルクロード（一路）の現代中国版である。前者はすでに前漢の武帝のときに開かれ、後者は明の鄭和の南海遠征を彷彿とさせる。現代の国家的事業を見ると過去の歴史の遺産が甦ってくることに気づく。

二〇一九年には、中国の無人探査機嫦娥（月の女神）四号は月の裏側への軟着陸に成功し、裏側の月の画像を送ってきた。二〇〇〇年前の長沙馬王堆漢墓の帛画にも描かれた月は、地球から見続けてきた表の月である。蟾蜍と仙薬をつく菟の姿は、表の月のクレータの形である。人類史上はじめての月の裏側への着陸だった。

一九世紀のアヘン戦争以来、列強の侵略を受け、清帝国は崩壊し、同時に文明大国の姿は影を潜めることになった。その中国が経済大国化するとともに過去の文明大国の姿を取り戻している。是非はともかくこのことは素直に認めてよいと思う。

しかし大きな中国にばかり目を奪われては中国を真に理解することはできない。本論で主張した中国文明の多様性と多元性は、これからの中国の行く末や世界を考えるときにますます重要なキーワードになっていると思う。二〇二〇年三月にパンデミックと認定された新型コロナウイルス感染症についても、中国の動向が中心となっている。湖北省武漢市が世界中から注目された。ここは広大な中国から見れば小さな都市にすぎない。中国政府は、「大きな中国」を救うために武漢をロックダウンした。本書一三〇頁では一九九八年の長江の大洪水にふれ、人口七二〇万（当時）の武漢を守るために四万人の住む土地の堤防を決壊させたことに言及した。今回は一四億の人民を守るために、二〇二〇年一月下旬から七六日間、一千万都市武漢が封鎖され、市民は移動が禁じられた。中国語ではあらたに「封城」ということばで表現された。

筆者は近年、「コウラン伝　始皇帝の母」（NHK　BSプレミアム）の日本語版の歴史監修に関わった。その第三〇話の場面で絶句した。二〇一八年に撮影され、二〇一九年にコロナ禍以前に中国で放送された歴史ドラマで、感染病蔓延防止のために南郡城を封鎖した場面が出てきたからである。武漢にも近い、二二〇〇年以上前の南郡は、北方の秦が南方の楚（そ）の都市を占領し、支配していた占領地であった。兵士も住民も布マスクをつけ、咳をしながら倒れていく。秦都咸陽（かんよう）から新たに調合された薬が届けられる。

この場面はまったくの創作ではない。一九七五年、武漢に近い雲夢県で地方官吏の墓から一一〇〇枚余の竹簡が出土し、そのなかに感染病をめぐる事件のことが記されていた。秦の時代にすでに感染病患者の隔離が行われていたことがわかっていたのである。ドラマの歴史監修者が出土史料の新たな情報を提供した。北方の寒冷で乾燥した土地から南の湿潤温暖な土地に移った人々はそこでの感染病に悩まされる。北方人は飛沫感染を避けるために、現地の人々との飲食や食器の共有を避ける。ここでも二〇〇〇年という時間を超えて古代中国の世界を身近に感じた。

私たちは過去の中国文明の世界から現代の世界を読み取ることができることを、本書から感じてほしいと思う。

第三章　中国人の歴史意識

上田　信

子どもに最初に教えること

親族呼称の使い分けは基本的なルール

私が二〇〇三年に中国は雲南の村を訪ねたときのことである。石畳の道は狭く、手を広げれば左右の農家の、ところどころ剝落した土壁に、手がすれる。一つの角を曲がったとき、十数歩先に一歳ほどの子を背負った母親の歩く姿が目に入り、子をあやす言葉が聞くともなしに耳に入ってきた。

爺爺（イエイエ）（父方の祖父）、奶奶（ナイナイ）（父方の祖母）、公公（ゴンゴン）（母方の祖父）、婆婆（ポーポ）（母方の祖母）、叔（シュー）叔（シュ）（父親の弟にあたるオジ）、舅舅（ジウジウ）（母親の兄弟にあたるオジ）、姑姑（グーグ）（父親の姉妹にあたるオバ）……

次の角でその母親が曲がり、私の視界から消えるまで、彼女は美しく刺繍された負ぶい紐（ひも）を片手で軽く叩きながら、親族に対して呼びかける言葉（親族呼称）を背の子に語りかけていた。

その母親があやし言葉としていた親族呼称は、村で生きるために子が最初に学ぶべき事柄

伝統的な親族呼称が生きる村　雲南省騰衝の和順村

である。なぜなら、それが村における挨拶言葉であるからである。中国で暮らす漢族の社会には、もともと「こんにちは」に相当する挨拶の言葉はなかった。中国語（漢語（ハンユー））の初学者が最初に覚える「你好（ニーハオ）」は、近代になって用いられるようになった言葉である。解放前の中国で知人同士がばったり出会ったときには、よく「吃飯了没有（チーファンラメイヨウ）」と声を掛け合ったものだという。兵士として大陸に渡った日本人は、思い出のなかにこの言葉を記憶していたかも知れない。意味は「食事を摂ったか」ということである。かつて日々の食事に事欠くことの多かった庶民は、このように声を掛けて、相手の生活を気遣ったのであろう。小康の時代を迎えた現代中国では、すでにあまり耳にすることのない挨拶言葉となっている。若い人は挨拶と察することができず、食事に誘われたのかと勘違いすることもあるほど、過去の言葉となっている。

いまも社会のなかで生きる挨拶は、人同士が出会ったときに、目下の者が目上の者に対して、正しい呼称をもって呼びかけることである。村の細い道の向かいから、父方のオジが歩いてきたら、オイに当たる子どもがまず、「叔叔」と呼びかける。もしその呼称が正しければ、オジは子の名を呼んで応える。間違えることは失礼に当たり、故意に間違えて呼びかけるならば、口論になる恐れもある。あやし言葉と聞こえた事柄は、その子がまず身に付けなければならない社会の基本的なルールだったのである。親族呼称は父方と母方、さらに夫の親族、妻の親族のそれぞれに厳格な使い分けがある（次頁図）。日本のような父方でも母方でも、オジとかオバと呼ぶ社会とは、まったく異なる。

一人っ子政策が二〇一五年まで貫徹していた都市部では、親族関係は単純なものになり、遠い親戚との往来も少なくなっている。雲南で一年ほど家族を伴って暮らしていたときのこと、妻が雲南大学の学生から中国語を学んでいた。家族が集う場面での会話を学ぶとき、その二〇歳の都市育ちの学生は、複雑な親族呼称を自分は正確に身に付けてはいない、しかし身の回りにいる家族・親戚の呼称だけは間違えることはないと話していた。一人っ子政策下で生まれた世代が、子を産み育てる時代となれば、オジもオバもいない、親族と言えば父方・母方の祖父母しかいないといった社会となる。しかし、それでも目の前にいる親族に対しては、正しい呼称を身に付けなければならないというルールは、なおも存続するであろう。

中国人の家を訪ねると、両親が子どもに「説叔叔好（シュオシューシュハオ）」（オジさんとちゃんと呼びなさい）「説阿姨好（シュオアーイーハオ）」（オバさんとちゃんと呼びなさい）と語りかける場面にしばしば遭遇する。本来「叔叔」は父方のオジに対する呼称、「阿姨」は母方のオバに対する呼称であるが、親族でないものに対してもその呼称が拡大される。訪問先の親が子どもに教えている事柄は、二つの内容に分解できる。つまり一つは、その子どもに対して客人が自分のオジ・オバに相当する目上であるということ、そしてもう一つはもし客人とどこかで出会ったら、自分からちゃんと挨拶しなさいということである。親族関係になぞらえて、他者との関係も表現され、調整

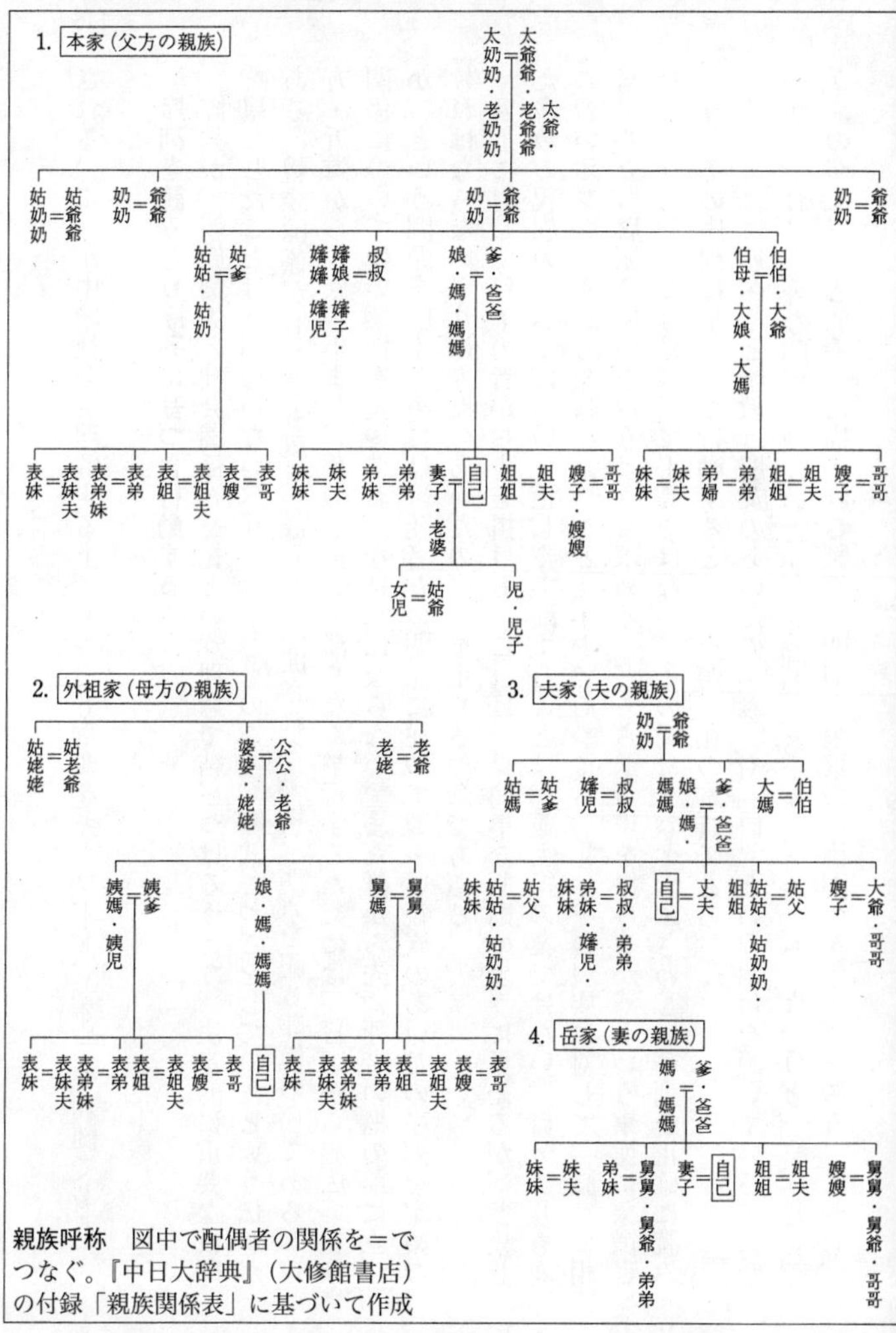

親族呼称　図中で配偶者の関係を＝でつなぐ。『中日大辞典』（大修館書店）の付録「親族関係表」に基づいて作成

される。これが中国社会を理解する上でもっとも重要なキーワード、「礼（リー）」の真髄である。

序列を読みとり序列に基づき行動する

儒教が、親族関係と社会関係とを礼という理念で結びつけるうえで、決定的に重要な役割を果たしたことは、間違いない。孔子は子どものころ、葬式ごっこをしていたという伝承がある。親族関係がもっとも広く、厳しく展開される場は、死者を祀（まつ）る葬儀の場である。遠方・近隣から親族が集まり、葬儀を正しく滞りなく挙行するためには、日頃から幅広い親族関係について鋭い感性を養っておかなければならない。また誰から先に死者の柩の前に立つか、という問題を解くためには、死者との関係に従って数多い親族のあいだの序列を定めなければならない。礼は人々のあいだの序列を定める理念でもある。

目上に対して目下の者から声を掛ける、これは一見簡単な原則のように見えるが、参集した多数の親族のすべてについて正しく実践することは、並大抵の業ではない。自分よりも歳の若いオジもいるかも知れない。たとえ年少であっても、礼はその親族に対して「叔」に相当する立ち居振る舞いを行うように求める。どちらから声を掛けるか、という事態に象徴されるように、人々はけっして平等ではない。その場にもっともふさわしい序列を正確に読みとり、その序列に基づいて行動するという点が、礼の本質である。

このように述べると儒教は朋友のあいだの「義」や「信」という徳目を説いているではないか、これは平等な関係ではないのか、と問われるであろう。「義」というと、まず思い浮かぶのが『三国志（さんごくし）演義』に描かれる劉備（りゅうび）、関羽（かんう）、張飛（ちょうひ）の「桃園（とうえん）の義盟」であろう。しかし、この三者の関係も兄弟になぞらえられ、劉備が兄貴分として目上に据えられる。けっして平等ではない。

そもそも漢字には、英語のブラザーに相当する上下関係を含まない兄弟という観念が存在しない。朋友のあいだで親族関係をモデルにして社会関係を取り結ぼうとすれば、どちらかが兄貴分となり他方が弟分とならざるを得ない。これが親族関係と異なることは、その関係が固定されているのではなく、両者の実態としての関係が変動することで、可変的であるという点である。逆に言えば、兄貴分となった者がその朋友関係を持続しようとすれば、常に「義」と「信」とを実践し、弟分となった者にその上下関係を承伏させなければならないということになる。これが「義」と「信」とをめぐる無数の物語を、中国が生み出す原動力である。

香港映画にみる呼称をめぐるドラマ

親族や義兄弟のあいだの呼称は、ドラマの格好の題材となる。緊密な人と人とのあいだの関係に生まれる葛藤（かっとう）や愛憎が、一つの呼称に集約されるからである。中華人民共和国では前世紀の五〇年代から七〇年代までの約三〇年間にわたり、伝統的な序列秩序をくつがえそうとした時代があった。親族のあいだの序列は封建的なものとして否定され、義兄弟のあいだの序列は、秘密結社や中国マフィアを意味する黒社会（ヘイショーホイ）を一掃する過程で、瓦解（がかい）させられた。人と人とのあいだの序列は、誰がより「紅（ホン）」（革命的）であるか、という軸で決められることとなった。そのために、呼称がドラマを喚起する事例はそれほど多くはない。呼称をめぐるドラマがもっとも美しく描かれたのが、香港の映画、それも中華人民共和国への統合を間近に控えた九〇年代の映画であった。

アヘン戦争で香港を獲得して以来、イギリス政庁は漢族の伝統には手を付けずに統治することを心がけた。伝統的な序列の観念は、社会のなかで根強く生き続けることができた。一九八四年一二月にイギリス首相が香港を中国に返還することに合意する文書に調印したのち、香港に暮らす漢族は一九九七年の統合に向き合いながら、いわば「引き算の時間」を生きながら自分たちの本質を見極めようという葛藤を行った。これが伝統を見極めながら現在を生きようとするドラマを生みだしたし、呼称をめぐる生き生きとしたエピソードを創造する背景となったのである。二つの事例を取り上げよう。徐克（ツイ＝ハーク）が監督した『黄飛鴻（ウォンフェイフォン）――ワンス・アポン・ア・タイム・イン・チャイナ』シリーズと、アンドリュー＝ラウが監督・撮影の指揮を執った『欲望の街――古惑仔（コワクチャイ）』シリーズである。

前者の主人公である黄飛鴻は実在のカンフーの使い手であるが、彼にまつわる伝説をもとにして香港で一九五〇年代から数多くの映画が撮られた。この古い題材に新しい風を吹き込んだのが徐克が監督したシリーズである。以下、川口秀樹氏が主宰するホームページを参考に、この映画について述べていこう（「黄飛鴻生平事跡と銀幕上の傳説」http://www.ne.jp/asahi/sinology/lib/private/other/HuangFeihong/hfh01.html、二〇一二年三月現在）。

一九五〇年代に造られた黄飛鴻像は、理想の家父長として描かれているという。黄の経営する薬店「寶芝林」のなかで生じるもめ事は、「必ず家長たる黄飛鴻が宥（なだ）め教訓を加えることで解決される。外からふりかかるもめ事に対しても、まず黄飛鴻が解決に乗り出す。その際、まず礼をもって相手に接し、彼の〈武〉は、相手の非道がこれ以上は忍ぶことが出来ないと言う段階にいたって初めて用いられる。（中略）それは非常に儒家的な倫理道徳観である。つまり、ここの黄飛鴻は『仁義礼智信厳勇』の体現者なのである」と川口氏は指摘する。

これに対して徐克が描くシリーズは、伝統中国と近代西洋とのあいだで揺れ動く青年として黄飛鴻を描く。真摯（しんし）さのなかに滑稽（こっけい）な味を出すことができる李連杰（ジェット＝リー）が、青年・黄を演じたことにより、このシリーズは一つの古典となり得た。映画のなかで、近代西洋は中国に対する侵略者として描かれるとともに、伝統中国は社会の進歩を妨げる妨害者として捉えられている。黄は近代西洋に反発しながらも、伝統中国に回帰することも許されない。この葛藤を徐克は抽象的に論じるのではなく、一つの恋の物語という映画の文法を用いて描く。映画として観た場合には、逆に恋の物語を近代と伝統の相克という背景のもとに描いたと言うべきかも知れないが。

互いに惹かれても許されぬ結婚

シリーズを通して、黄と彼が「十三姨（シーサンイ）」と呼ばなければならない女性とのあいだの恋が、段階的に育っていく。「十三姨」とは黄の母親の親族集団に属する女性であり、母と同じ世（シー）輩（ベイ）（後述）で一三番目であるということを示す。日本語字幕では「オバ」としか表せない。シリーズ第一作で、彼女はイギリスに留学して帰国し、洋装に身を包み写真機を抱えて登場する。彼女は黄にとって目指すべき近代の象徴でもある。幼なじみであった二人は、互いに強く惹(ひ)かれるのだが、伝統中国の秩序に従う限り、黄と十三姨との恋をみのらせることはできない。なぜか。

　黄が彼女と結婚すると、呼称の秩序が乱れてしまうからである。黄と十三姨とが結ばれた場合どうなるか、黄の母親を例に取って見てみよう。父方親族のなかでは、黄は母親に対して「媽(マ)」（おかあさん）と呼ばなければならない。しかし、妻方親族のなかでは、母親は妻のアネであるために「姐姐(ジエジエ)」（おねえさん）と呼ぶ必要がある。母親の呼称だけではない、すべての親族呼称が一組の夫婦の存在によって、混乱に陥ってしまう。どちらの呼称を選択すべきなのか、伝統中国のルールは示そうとはしない。こうした結婚を許さないのである。伝統をわきまえた黄は、苦悩することになる。しかし、近代社会で育った十三姨は、この伝統を拒否しようとする。

　第二作では互いの愛に気づいた二人はより親密になるものの、そこでも呼称が障害となる。しかし、乗り越えられるべき伝統中国の象徴として描かれる白蓮教徒(びゃくれんきょうと)の襲撃を受け、それを利用して政権の安泰をはかる清朝の官兵に囲まれる危機のなかで、十三姨は言う。

　飛鴻、あなたはいつも私をあなたの長輩(チャンベイ)（世輩が上の目上）として扱って来たわね、だけど私は、あなたのことを心のなかの男の人として来たの。これで別れ別れになっても、きっと私を探し出してね。

と。そして、いよいよ別れるときに、黄は意を決して呼びかける。

少筠（シャオヂュン）。

これが彼女の本名である。驚き振り向いた十三姨は、

私の名を呼んだのね。……初めて私の名を呼んだのね。

と言い残して、混乱の渦中へと果敢に乗り込んで行くのである。

第三作では、二人の結婚を黄の父親に認めてもらうという段階になる。自分の息子が結婚相手として選んだ女性が十三姨であると告げられた父は、ショックのあまり放心する。そして、次のようにつぶやく。

（息子は）十三姨を娶るというのか。すると飛鴻はわしの「襟弟（ジンティ）」（妻の妹の夫）になってしまうじゃないか。そうなったら族譜（ぞくふ）がめちゃくちゃになってしまうじゃないか。

「族譜」（後述）とは、父系親族の歴史を記載するものである。親族呼称の混乱は、すなわち親族秩序の混乱である。秩序が乱れれば、族譜をごまかすことは難しい。父の悩みは、族譜に象徴される伝統中国とのあいだの葛藤である。そして父の決断は、この映画シリーズの最後に十三姨に対して発する呼称によって示されるのであるが、この結末は読者が各自で確

認していただきたい。

義兄弟間の序列秩序の動揺

親族のなかで生きる漢族は、親族呼称を身につけ、実際の人間関係と呼称とのあいだにズレが生じたときに、深く悩むこととなる。親族から切り離された漢族は、義兄弟の結びつきに拠り所を求める。香港の黒社会の底辺を生きる若者を描いた『欲望の街——古惑仔』シリーズは、香港政庁が貧困問題を取り繕う（つくろ）ために造った集合アパートの映像から始まる。字幕で「一九五六年に石硤尾で大火があり、香港政庁は貧民を安住させるために、定住区を大規模に造成した」と示される。戦後に増殖し、万単位の家庭が、せまい空間のなかにひしめくこととなったのである。そこでは家族のいさかいが絶えず、親族との関係も薄い環境で育った青年が、人とのつながりを求めて黒社会に入った。なお、実際の大火は、一九五三年に発生している。

物語は、幼い頃から義兄弟として結びついていた青年のグループが、洪興社という香港マフィアのなかでのし上がっていく過程が描かれる。序列はリーダー格の陳浩南（ホーナン）を頂点に、趙山河（あだ名は山雞（サンガイ））、衝動的な梁二、冷静な包達明（あだ名は巣皮（チョウベー））とその弟の包達二（あだ名は包皮（ボウパン））の順番となる。敵役の罠（わな）にはまって第一作で包達明が惨殺され、浩南の「義」が破られ、山雞が台湾に去ることになる。第二作ではこの小さなグループに山雞が戻り、死んだ巣皮にそっくりな新入り（あだ名は蕉皮（チュベー））が包皮の弟分として加わる。そして第三作。再び香港の洪興社に戻ろうとした山雞が、このマフィアのトップの蔣に話をする場面を取り上げる。浩南に促されて復帰の願いを述べた山雞に対し、蔣は参謀の意見を容れて、洪興社の秩序に基づき、新入りのメンバーとして受け入れることとなる。蔣は末席にいた蕉皮を呼び出す。

新入りはそれまで序列最下位の蕉皮よりも、下になる。山雞は衆人環視のなかで、蕉皮に呼びかけなければならない。これは小さなグループにとって、序列が変わる一大事である。山雞はまず、気まずそうに「大哥」（アニキ）と呼びかける、「まじめにやれ」と浩南に言われ、「蕉哥」（蕉のアニキ）と言い、さらに蔣に「大声で言え」と言われ、「蕉爺」（蕉のオヤジ）と言う。

このやり取りをはたで聞いていた包皮は、隣の男に「おまえはどうなるんだ」と問われ、とまどいを隠せずに言う。

おれもそれを考えていたところなんだ。おれの「輩份（ベイフェン）」（後述）はいったい何だ。

このとき、包皮の口をついて出た「輩份」という言葉、これが先に触れた「世輩」という言葉を因数分解することで抽出される概念であり、中国人（ここでは漢族）の歴史意識を解き明かすキーワードとなるのである。映画のなかで包皮が悩むのは、もともと兄貴分としてきた山雞が、自分の弟分を目上として呼びかけている。山雞は自分よりも上なのか下なのか、包皮の行動を律してきた序列の秩序は、動揺せざるを得ない。

奥行きのある時間

宗族の尊卑を決める原理

私は大学入学にさいして、第二外国語として中国語を選択した。一九七六年のことである。文化大革命の終結が宣言されて間もない時期、日本で展開されていた中国論は、大上段に構えたものが多く、等身大の中国を理解する手がかりが得られず模索していたときに、竹内実氏の『茶館――中国の風土と世界像』（大修館書店、一九七四年）と出会い、目を開かされた。この本のなかで、次のようなエピソードが紹介されていた。

B　孔祥熙（クンシアンシー）（中華民国時期の財政家――引用者）が山西省に来たときだったかな、ようするに、同じ孔という姓の人と宴会で同席した。名を名乗りあったら、孔祥熙がすぐ主賓の席をたちあがってその人の下座に坐ったという話があるんだ。

A　フゥン……。

B　孔という家は孔子の子孫で、とりわけ名前のつけ方がやかましい。どうやかましいかというと、名前に、世代をあらわす文字をいれるんだが、孔子の後裔六十六代から八十五代までの二十代にわたって、二十字が決っている。……（中略）……

孔祥熙は七十五代目の世代に相当するので、この世代をあらわす「祥」がついている。おそらく彼は山西省で、祥より上の字を名乗る孔姓の人に会って席をゆずったんだろうな。

どうしてこのようなことが、漢族の社会で生じるのか、この疑問が私の脳裏を去らず、のちに漢族の親族関係を研究する動機の一つとなった。日本語で「世代」というと、同じころに生まれた人のグループを指すことが多い。しかし、ここで竹内氏が紹介していることは、その「世代」とは異なる。すこし熟していない言葉であるが、本稿では「世輩（シーベイ）」という用語を使うことにしよう。

漢族の親族関係を調べてみると、父系の原理が卓越していることがすぐにわかる。つまり二人の人が出会ったとき、それぞれが自分の父、そのまた父（祖父）、そのまた上の父（曽祖父）と父方の系譜を過去に遡（さかのぼ）り、どこかで共通の父方の祖先が同一人物であることを発見したとき、その二人は同族であると認めあい、呼称やつき合い方を変える。こうした父方に共通の祖先を持つと考える人々が集団を作ったとき、中国ではそれを「宗族（ヅォンヅー）」と呼ぶ。宗族を説明するときに、しばしば共通の祖先を起点にして説き起こすことが一般的であるが、ときに拡大し、ときに縮小する宗族のダイナミズムを把握するためには、いまを生きている人が、祖先を拠り所にして取り結ぶ関係であると見なければならない。

さて、共通の祖先を持つと認めあった二人は、その共通の祖先からスタートして、子の世輩、孫の世輩、曽孫の世輩と順番に降り、それぞれが何世輩目に属するかを確かめる。その結果、世輩に差があることが明らかとなると、世輩がより共通の祖先に近いものが、「尊（ヅン）」（目上）となり、低いものが「卑（ベイ）」（目下）となる。呼称もこの上下関係に従って決まり、たとえば自分よりも世輩が一つ上の目上、つまり自分の父親と同じ世輩に属する相手に対しては、父親の兄弟（オジ）に対する礼をもってつき合うことになる。親族があつまるような宴席では当然、上座を譲らなければならない。もし、同じ世輩に属していたら、年齢の順番で序列が定まる。この場合は目上が「長（ジャン）」であり、目下が「幼（ヨウ）」である。

世輩に基づく秩序原理が「輩份（ベイフェン）」であり、漢族社会ではこの原理を明示するためにさまざまな道具が考案された。その一つが、世輩ごとに命名するときに用いる文字を決めてしまうというものである。これを「字輩（ツーベイ）」という。名が二字の場合には、一字目に各世輩で決められた文字を用いる。もし名が一字であれば、部首を共通にする。

例えば孔子の一族の場合は、共通の祖先が国家を支える儒教理念の創始者であったため、国家権力が介入して用いるべき文字を決めた。たとえば明朝の開祖である朱元璋（しゅげんしょう）は一〇字、明朝最後の皇帝の崇禎帝（すうていてい）は一〇字、清朝の皇帝では乾隆帝（けんりゅうてい）が一〇字を決めており、民国になると孔子の七六代目の子孫が二〇字の原案を作って北京政府の批准を得て決定され、政府から各省県に布告が出されて周知が図られている。第五六代から一〇五代までの字輩は、

希言公彦承、宏聞貞尚衍、興毓伝継広、朝憲慶繁祥、令徳維垂佑、欽紹念顕揚、建道敦安定、懋修肇益常、裕文煥景瑞、永錫緒世昌

となる。文字は覚えやすいように、詩の形式を取っている。孔祥熙の字輩「祥」は、ここに挙げた四句目の末尾に見える。

この字輩という道具立ては、宋代に広がり、多くの宗族が採用している。なお韓国でも、この方式で命名されることが少なくない。一九五〇年代から七〇年代までの中華人民共和国では、こうした字輩を用いた命名は、封建的であると批判されたためにいったんは廃れ、革命にちなんで「紅」や「軍」といった文字を使ったり、大慶油田の発見を記念して「大慶」と名づけたりすることが多かったが、八〇年代も後半となると、伝統が復活しているようである。

族譜の一例

「同宗不婚」のルール

輩份を支えるもう一つの道具立ては、族譜である。これには宗族の共通の祖先を起点に、世輩の順番に従ってその子孫たちの名や出生年月日・死亡年月日を記し、功績を挙げた子孫については、その伝記などが記載される。また、同族が共有する資産のリストなども含まれており、中国史を研究する上で、家族関係や人口動態のみならず、土地売買の実態などを示す貴重な史料となっている。世譜などとも記されることもあるが、中国では「家譜」と呼ばれることが多いようである。手書きのものから版本まで、その形態は多様である。実際に私が手に取った族譜には、番号が刻印され、どの番号の族譜は誰が保管すべきか記録されていたものもあった。図書館に所蔵されたその族譜は、どの子孫の家から流出したものであるか、調べれば明らかとなってしまうであろう。

族譜は宗族にとっては、その秩序を目に見える形で示すものであり、とても大切にされた。いまは中国や台湾だけではなく、日本やアメリカなどの図書館で族譜を閲覧することができる。また、アメリカで生まれたモルモン教は、全人類の系譜を明らかにすることを宗教上の使命としているため、多くの族譜をマイクロフィルムの形態でコピーし、ソルトレーク市の地下に保存している。

輩份は同族の人々のあいだで、序列を定める原則である。共通の父方の祖先を持つ人同士は、「同宗(トンヅオン)」と呼ばれるが、この同宗の男女が結婚すると、世輩に基づく秩序が乱れてしまう。たとえば自分のムスメが、自分のオジにあたる世輩の男性と結婚したら、どうなるだろうか。その男性に対して自分は、共通の祖先からみればオイとして接しなければならないが、ムスメのムコに対しては岳父という目上の立場で臨まなければならない。これは輩份の混乱である。

漢族の伝統は、こうした混乱の発生を許さず、こうした同族内の結婚を認めようとしなかった。これが「同宗不婚」のルールである。華南では、この原則が拡大される傾向が強い。同じ姓を持つ人は、いまの時点では共通の祖先を持つのかどうか分からないが、もしかするとそうした祖先がいるかも知れない、もしいたらどうするのだ、という恐れから、「同姓不婚」というルールを作った。また香港では、「黄」姓と「王」姓とが発音が近いというだけで、結婚を認めないという事例すら見られるのである。逆に言えば、通婚しないというルールを作ることで、二つの同族グループが親族に似た協力関係を持つことが可能となる。

輩份の乱れには生理的な不快感を

輩份は本来、父系で結びつく人々のあいだの序列を定める原則であるが、それ以外の人間関係にも広く波及した。前節で示した映画から取ったエピソードが、その一端を垣間見せてくれる。『黄飛鴻』シリーズで示されている輩份は、姻戚関係に広がったケースである。黄飛鴻と十三姨とは、父系の祖先を共有しない。しかし、黄の母親が十三姨と同族であったために、輩份に基づく上下関係が生まれ、黄は十三姨と年齢では同世代であるにもかかわらず、彼女を尊輩として扱わなければならなかった。

姻戚関係によって厳密な輩份による秩序が近隣の異なる宗族のあいだに広がる事例は、たとえば山東省などで見ることができる。複数の宗族のあいだで男女が結婚する場合、原則として世輩を並行させるのである。たとえば山東省歴城県の冷水溝という村では、こうした輩份を「街坊　屌　輩」と呼ぶ。街坊は隣近所、屌は直訳すればペニスの意味で、ここでは「くだらない」といった意味となる（中生勝美「親族名称の拡張と地縁関係——華北の世代ランク」『民族学研究』56—3、一九九一年）。

このような近隣のつきあいをも輩份の原則が強く拘束するようになった理由を歴史的に考えてみると、同じ郷里から複数の家族が、ほぼ同じ時期に移住してきたという事態を想定することができる。同郷のよしみから互いに幾重にも嫁のやり取りを行っている内に、互いに世輩を揃えることが原則となったのである。山東省の場合、元代末期の戦乱で荒廃した華北に、明代初期、帝国の政策として山西省から大量の移民が送り込まれたという歴史的な事件がある。政策移民として同時期に入植した家族のあいだで、なんども互いに嫁のやり取りを行うなかで、世輩を揃えるようになったと想像される。

徐克が監督した映画の設定は、実に微妙なバランスの上で決められている。黄と十三姨の恋愛は、伝統中国の桎梏として描かれる。しかし、究極の伝統は、同宗不婚である。黄とその意中の女性を、もし同宗の男女という設定にしたら、おそらく観客である香港人に生理的な不快感を与え、映画としては成功しなかったであろう。漢族のなかにも、姻戚や近隣とのつきあいにまで輩份が持ち込まれることを、「屌」（くだらない）と感じる向きがある。つまり漢族として許すことができる範囲に設定されたことによって、観客は主人公である黄飛鴻に共感できるのである。

同宗における輩份が同族以外の社会に広がったもう一つの事例が、『欲望の街』に見られるケースである。黒社会のなかで結ばれる義兄弟の関係に、輩份が波及している。山雞の蕉皮への呼称は、「哥」という斜め上の目上に対するものから、「爺」という垂直の目上に対するものへと格上げされる。こうなると、幼いころから山雞を兄貴分としていた包皮は、彼を目上とすべきか、あるいは自分の弟分のそのまま弟分として目下に扱うべきなのか、はたまた世輩が同列なものの長幼の別なのか、世輩が異なるものの尊卑の別なのか、深く悩むこととなったのである。

親族関係に秩序を与え、義兄弟のあいだの上下関係を整えている原理は、輩份である。これは日本には存在しない観念である。かなり以前のことになるが、中国から来た留学生が私に質問してきた。自分は日本で明治の日本にルソーを紹介したことで知られる中江兆民を研究しているのだが、どうしても理解に苦しむことがある、という。土佐で一八四七年、足軽の家に生まれた中江は、一四歳のときに父を亡くして家督を継ぐのであるが、そのときに、彼の祖父の養子になった。どうしてこんなことがあり得るのか、というのである。祖父の養子だと、彼の世輩が一つ上になり、彼の父親と同じ世輩になってしまうではないか、輩份がめちゃくちゃになってしまうではないか、というのが彼女の疑問だった。

私が日本には輩份という観念が存在しない、と説明すると、留学生はそれでも腑に落ちないといった表情を見せていた。彼女は中江兆民を民主主義の思想家として尊敬してきたに違いない。その中江が漢族の感覚からすると礼にそぐわない来歴を持つということに、彼女は少なからざるショックを受けたようである。中国でも同宗の同族内で養子を取ることが少なくないが、その場合には自分の子と同じ世輩の人から選ぶことが原則となっている。

日本の知識人のなかには、中国の古典を漢文として読み、その文化や思想を自らのものにしていると自任しているものが少なくない。しかし、日本人は『論語』や『孟子』を精読しているとしても、その背後にあるもっとも根本の観念を身につけてはいない。輩份の原則が乱れることに、生理的とでも言えるような嫌悪感を持つようにならなければ、私たちは中国的教養を身につけたとは言えないのである。

過去を歴史ではなく神話として語るチベット族

輩份にこだわることが中国の常道だと思いこんでいたのであるが、青海省でチベット族の

儀式への参加で伝承される過去の記憶　青海省黄南州のランジャ村にて

村落を調査したとき、はじめて漢族が祖先を語ることで、歴史を造るのだということを強く意識することとなった。

チベット族の村における調査で、私は歴史分野を担当した。しかし、村民から過去の出来事について聞き取りをしても、ほとんど具体的な回答を得ることが出来ないのである。漢族の村落であれば、きっといろいろな伝承を話してもらえそうだと思われる話題を出しても、知らない・分からないという返事ばかりが戻ってくる。過去の出来事が語られることがあっても、いつのことなのか、かいもく見当がつかない。その代わり、村にまつわる話は、神々にまつわる神話として語られるのである。

はかばかしい成果を挙げられずイライラとしていたとき、一つのタブーの存在に気づかされた。チベット医学を学ぶチベット族の大学院生が、調査のときに通訳にあたってくれた。どのような話のながれであったかは忘れたが、彼の祖母のことが話題となった。そのとき彼は記憶をたどりながら、物心がついたときにはすでに亡くなっていた祖母の名を知ったのは、ごく最近、それも偶然の機会であったと話してくれたのである。たまたま家を訪ねた来客が名を名乗ったとき、父が「ああ、母と同じ名前ですね」と、ふと漏らした言葉から、間接的に祖母の名を知ったのだという。

チベット文化圏のなかでアムドと呼ばれている地域に住むチベット族のあいだには、すでに死去した親族の名を語ってはならないというルールが存在する。また前年の調査のときに撮った家族写真を手土産にその家を訪ねたとき、写真でほほえんでいる老人が一年間のあいだに死去していると、写真を受け取ってもらえないということもあった。写真がきっかけとなって、故人が話題となることを避けようとするためである。

祖先を具体的な名前を挙げて語ることが出来ないアムド－チベット族の社会では、過去が歴史とはならず神話として語られるのではないか。過去の出来事は、時間的な奥行きのなかで位置づけられることはない。その代わり、過去に遡って結ばれた社会的な関係は、神々のあいだの関係として語られ、毎年、決まった時期に行われるさまざまな儀礼を通して、その関係が再確認され、再生されるのではないか。文化人類学ではおそらく常識に属することなのであろうが、濃厚に過去を語る漢族の村落社会に慣れていた私には、この発見は一つの衝撃であった。

漢族にとって歴史は、現在と切り離された物語ではない。現在を生きる人々が、日常の挨拶を交わし、助け助けられるという人間関係を築くために、各自が自分の父そのまた父と時間を遡り、過去を紡ぐ。こうして過去のなかに見いだした共通の祖先を語るために、祖先が生きた時代を語り、歴史を編む。過去はこうして奥行きを持つようになり、歴史はこうして生きた物語となるのである。

傾きのある空間

宴会の席も自然と定まる序列

私は一九八五年の春節をまえにした時期に、たった一人で山東省を旅していた。春節は中国で最大の祭日、「農暦」（旧暦）の正月である。多くの中国人は郷里に帰り、家族・親族とともに新しい年の訪れを迎える。当時、南京大学の留学生であった私は、除夜、山東半島の付け根に位置する淄博という町にいた。外国人は私一人であったのであろう、泊まっていたホテルの部屋にこの町の役人が来て、大晦日の宴会をホテルの食堂で開くから出席しないかと、さそってくれた。テーブルには役人が並び、客人として私は上座に据えられた。

その席に、私は一つの目論見を持って臨んだ。その日の昼間、私は清代の伝奇小説集『聊斎志異』の作者である蒲松齢が生まれた蒲家荘という名の村を訪ね、土壁に囲まれ風格のある村に魅せられ、ぜひ調査してみたいと感じていた。町の役人が居並ぶなかで、機会を見つけてこの希望を伝え、なんとか許可をもらおうと考えたのである。当時の中国は、改革開放路線が軌道に乗り始めたばかりの時期で、外国人が事前に許可を得ずに村に滞在することは、かなり難しかった。役人に認めてもらう必要が、ぜひあったのである。

中国の宴会は、礼に始まり、礼に終わる。席次は同じテーブルに着く人の序列に応じて決まり、酒を勧めるにも順番がある。日本では酒に飲まれてしまうことを許容する気風があるが、漢族のあいだでは酒の上であっても礼を失することは許されない。「乾杯」と言われて酒をつがれれば、文字のごとく杯を干さなければならない。酒をあおるように飲んでも、礼を保ち続けることが出来れば、その座の人々は親指を立てて「海量」と称え、一目置くであろう。一介の留学生に過ぎなかった私に出来ることは、一人で七名の役人に向かい合い、アルコール度数六〇度の白酒がなみなみと注がれた杯を空け、しかも礼を保って、なかなかの人物として認めてもらうことしかない。

話は脇にそれるが、私の友人が次のような話をしていた。中国の宴席に臨んだとき、座の一人が気持ちよく酔い、日本の宴会のように無礼講になった。友人も気さくな奴が中国にもいるものだと、久方ぶりに楽しく酒を飲んだ。ところがお開きとなった帰り道、たまたま帰宅の方向が同じだった人の「あの酒に飲まれた奴はモンゴル族だ、まったく礼をわきまえていない」とつぶやいた言葉を耳にして、冷水を浴びせられたように酔いが醒めてしまったという。中国といっても、民族によって酒の飲み方が違う。閑話休題。

土壁で囲まれた華北の村　山東省淄博市の蒲家荘

さて、宴会も終わりかけたころ、私は村落調査の希望を出した。酒の飲みっぷりのよさを認めてくれたのであろうか、市長は快諾し、その上、通訳としてこの春節の時期に、町の文化局のスタッフを一人、私に同行させてくれたのである。宴席から自分の部屋に戻るとき、足は乱れ、廊

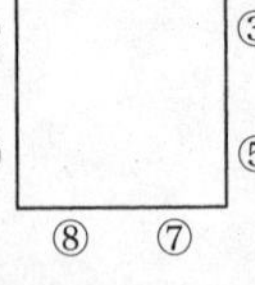

八仙卓における席次

下の天井がユラユラとうねっていたことを、いまも記憶している。

　歴史を大学で学んできた私が、フィールドワークを見よう見まねで始めたのは、留学していたときである。同時期に山東大学に留学していた中生勝美氏が、現地調査のノウハウやフィールドでの目の付け所を教えてくれた。酔った頭で、私はさっそく山東大学にいる中生氏に電話をかけ、調査が出来そうだ、と伝えた。翌日、合流した中生氏は、酔った私が同じことを幾度も繰り返していたと、二日酔いに苦しむ私をからかった。

　春節の時期は、結婚式が重なる。出稼ぎや修学のために異郷に暮らす家族や親族が、春節に合わせて郷里に戻るため、慶事を行うことが容易であるためである。中生氏と訪ねた村でも結婚式があり、私たちも招待された。

　農村で行われる宴会には、「八仙卓（バーシイエンチユオ）」と呼ばれるテーブルが用いられる。正方形の木製の机で、一辺に二人ずつ、合計八人が腰掛けるために、縁起をかついで八仙の卓と呼ぶのである。八仙とは、日本の七福神に相当する八人の仙人のことである。披露宴に招待された村人は、それぞれご祝儀を受付に渡すと、料理が並んだ八仙卓に腰掛ける。

　中生氏が、よく見てみろ、互いに席を譲り合っているように見えるけれど、テーブルに腰掛ける席次は、初めからだいたい決まっているんだ、譲り合いながら自分はだいたいどのあたりに腰を下ろすべきなのか見通しを付けている。最後に全員が腰掛けてみると、ちゃんと序列の通りになっているから、と耳打ちしてくれた。

なるほど、蜂の巣をつついたように喧しく譲り合っているが、例えば同宗の一族が一つのテーブルに腰掛けてみると、世輩にもとづく序列に沿って席次が決まっている。私たちが部屋に通されてみると、賓客（ひんきゃく）として呼ばれた役人が席を譲り合っていた。中生氏が教えてくれたことを頭に入れて、応用問題として役人の序列に応じて席を割り振って見たところ、まさにピッタリと座った席と一致した。席順は隣り合った人同士が、一対一でどちらの序列が「高い」かを見定めて、目上の人に上座を勧める、これを繰り返していくと、自然と序列が定まるのである。

宴会の席で礼を保つ　蒲家荘の結婚式で白酒の杯を空ける中生氏（左）

「君子南面」と方角を意識した町並み

二つのものを並べてどちらが「高い」か、ということで人間関係が決まるという特徴に目を付けて、私はこれを「形容詞的社会関係」と名づけたことがある。これは日本の「名詞的社会関係」と対となった概念である。伝統的な日本社会では、たとえば囲炉裏（いろり）の座席で土間から見て正面のムシロを敷いている所をヨコザ、向かって右側をカカザ、そして向かって左側をキャクザなどと名詞で呼び、それぞれ家の主人・主婦・客人が座る場所と固定されている。主婦といった役割が「カカ」という名詞で認識され、名詞で示される座席「カカザ」と結び付けられている。このように日本では人間関係が名詞で固定され、その社会的な身の振り方も名詞をインデックスとして判断されているところから、日本社会を「名詞的」としたのである（拙著『伝統中国』講談社選書メチエ、一九九五年）。

中国の席次は、部屋の入り口を正面とするところを高い座席とする。中生氏とともに参列した披露宴では、農家の中心の建物である正堂に案内された。正堂は南北軸に合わせて建てられ、南側に入り口が開く。上座は八仙卓の北側になる。外国から訪問した客人ということで、中生氏の次に高い座席に着いた私は、「君子南面す」という言葉を思い出した。まさに私たちは、南に面して座っている。

この言葉は、中国の古典が出典であると日本ではよく引き合いに出される。しかし、まったく同じ言葉はなかったようである。『易経』に「聖人南面して天下を聴き、明に嚮いて治む」という一節がある。日本の年号「明治」の出典となった箇所であるが、これが「君子南面す」の来源であろう。中国、特に華北平野で生活する漢族の家屋を見ると、その多くが北側を背として南側を正面としている。中国語で「座北面南」と呼ばれる家屋配置である。太陽が常に南に上がる北回帰線以北の地域では、太陽光線を家屋に引き込む理想的な形態であるが、単に自然環境からのみ説明できるものではない。

私が中国留学に向かう機上から下界を見下ろしたとき、印象に残ったことがある。成田の国際空港周辺の農家がてんでバラバラの方角を向いていたのに対し、上海周辺の農家が、整然と東西南北の方角に沿って並んでいる。夕暮れの斜光を受けて、家屋群がリズムを奏していたのである。日本でも南を正面としようという意識は働くが、中国ほど厳密ではない。蒲家荘は整然と東西南北の方角に合わせて家屋が並び、村道も碁盤目状になっていた。

こうした生活環境、つまり家族が集う方形のテーブルは方形の部屋に合わせて置かれ、テーブルが置かれる家屋は方角に合わせて建てられ、方角に合わせた家屋が並ぶ村や街は自然と方角に合わせて広がるという環境で、生まれたときからずっと生活していると、自然と方角に対する感覚が鋭くなってくると思われる。方角がずれると、違和感を持つようになるのではないか。中国の都市は唐の都であった西安や元朝以降の歴代王朝が首都とした北京をはじめとして、碁盤目状の街並みを持つ。都市計画として見ることもできるが、方角を意識する人々が群れ集うと、全体的な計画を立てる統一者がいなくても、自然にこうした空間が生まれると考えることも可能である。

高低が意味づけられた空間で儀礼を

漢族系アメリカ人地理学者のイーフー＝トゥアンは、意味づけられた空間（彼の用語を使うならば place）を論じるなかで、興味深い例を挙げている。親に幼少の頃から「机の東側の椅子を南に移してちょうだい」というように、常に東西南北の方角でしつけられていた少年が、方位を示す手がかりがまったくないところでも、正確に方角を察知できるようになったという（イーフー＝トゥアン著、山本浩訳『空間の経験：身体から都市へ』筑摩書房、一九八八年）。この事例は中国のものではないが、天津出身のトゥアンの念頭にあったものは、中国での方位に対する意味づけと場所との関係であったと思われる。

抽象的なもののいいをするならば、トゥアンが紹介する少年のように、常に方角を意識させられる環境で育った漢族にとって、空間は方解石のように、あらかじめ結晶化していると見なすことも可能である。漢族の世界観によると、天空は円形であるのに対して、大地は方形であるとされる。古代ギリシアで大地が円盤状であると考えられていたことと、対照的である。ギリシアが地中海に臨み、円形の水平線を見ながらその世界観を造ったのに対して、古代中国人は海を見る機会が少なかったからだ、と説明することも出来よう。しかし、漢族の方形の大地という見方に対するこだわりは、経験だけで説明できないほど強固である。漢族の身体感覚のなかに、空間を方解石に感じさせるものがあるとすると、「大地は方形でなければならない」という言説は容易に納得される。方解石の縁は、常に直角に割れるように、結晶化した空間もまた、その辺縁では直角となる。

結晶化した空間の肌理を読みとり、その条理に合わせて自らの身体を運用すること、これが儒教の修練の一つでもあった。宋代に新しい儒学を集大成した朱熹（朱子）には、彼が実際に作成したわけではないが、『朱子家礼』（以下『家礼』）という儀礼書が仮託されている。この『家礼』には、次のような記述が見られる。

冠礼。……賓客が至り、主人が迎え、堂に昇る。賓客はその子弟のなかから礼を習得したものを選び賛冠者とする。ともに正装して門外に至ると、東面して立つ。……主人は門を出て、左に回り、西を向いて賓客に再拝する。……〔賓客は〕階段まで来たら介添えに対して拱く。主人は階を先に昇り、やや東に進んで西に向かう。賓客は西の階段から続

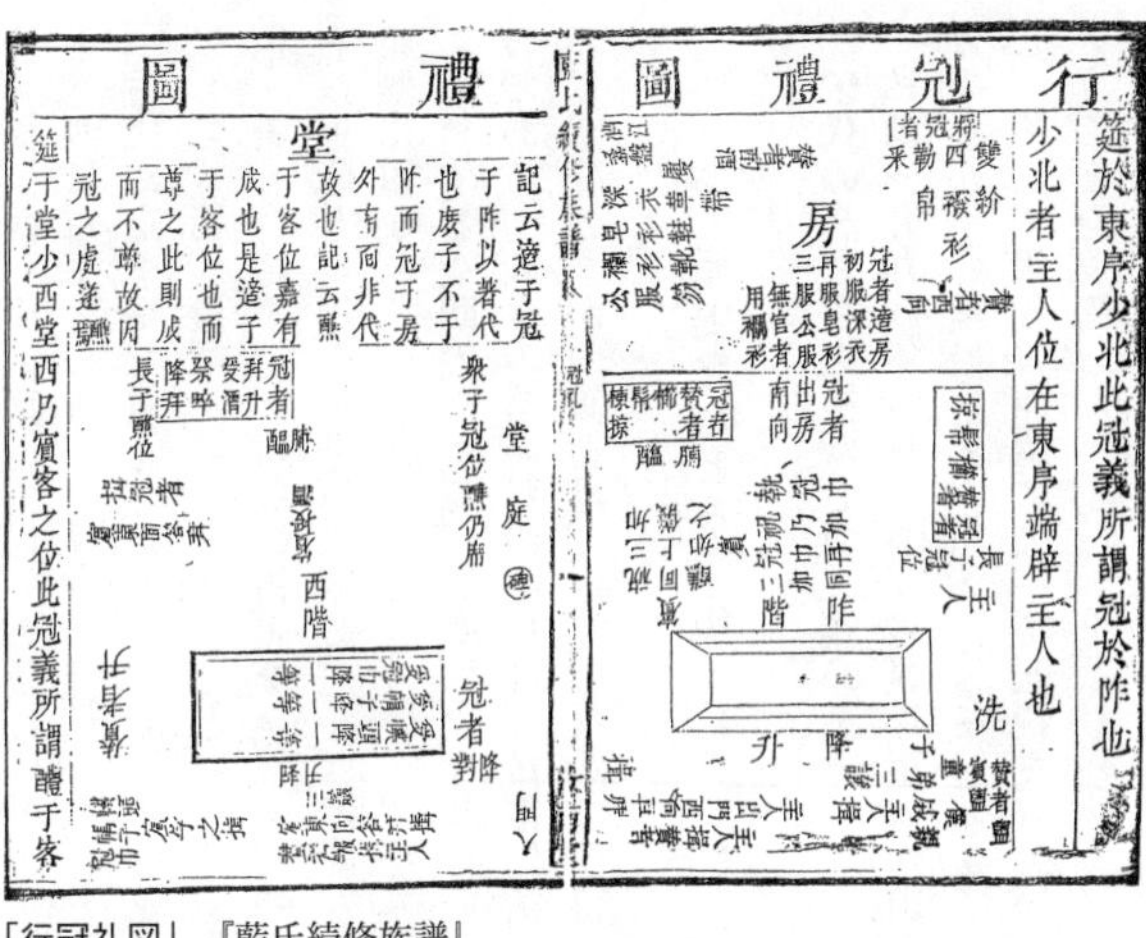

「行冠礼図」『藍氏続修族譜』

いて昇り、やや西に進んで東を向く。

『家礼』では冠婚葬祭の儀礼を、方角と階の高低とで示している。儀礼が行われる祠堂もまた、方角の軸に合わせて建てられる。

いわば儀礼の意味づけに従って空間の高低・方位が意味づけられる。意味づけられた空間のなかで儀礼を進めることで、たとえば上位のものは北を背にして南に面して座るといった秩序を身につけていく。秩序を身につけた人々は、たとえば儀礼を行う空間を方位軸に合わせて建てる。こうして意味づけられた空間は結晶化し、一個のテクストとして身体を介して読みとられるものとなるのである。

たとえていうならば、結晶化した空間には高低の傾斜がある。現在の席次では、北の東がもっとも高く、次いで北の西、東、西、南の東、南の西の順に、並ぶ。北に坐して南に面する立場から見ると、東は左手、西は右手となる。

古代に定まった祖先を祭る宗廟で位牌を並べる順番は、最初の共通の祖先「太祖」を中央にして、第二世輩・第四世輩……と偶数の祖先を「昭」と呼び、向かって右に並べ、第三世輩・第五世輩……と奇数の祖先を「穆」と呼んで左に並べた。祖先の位牌側から見ると、左右は逆転し、第二世輩は太祖の左手、宗廟が方角に合わせて建てられていたとするならば、東側に置かれる。

傾斜する空間のなかで、場所は連なり合い、人々はその場所をめぐることで礼を実践するのである。人々のあいだの序列は、日常生活のなかで挨拶を取り交わすなかで身につけられる。空間のなかの傾斜は、儀礼のなかで体得される。

歴史をたどる巡礼

宋代の高官を先祖にもつ一族の歴史

私は一九九八年四月、浙江省義烏市の崇山という名の村で調査する経験を持った。この調査のなかで、輩份にもとづく礼を実践するためには、祖先を記憶することが必要となること、そして祖先は族譜に文字で記録されているだけではなく、村の空間に記録されているということを実感した。

義烏は現在、日用品の一大生産地として世界に名高い。私が訪問した時期に、義烏と新疆のウルムチとを直接に結ぶ鉄道が開通したことを祝う式典が行われていた。義烏で生産された雑貨や衣料品などは、ウルムチまで運ばれてからトラックに積まれ、ロシアを経由して東ヨーロッパにまで販路を持っている。交易会が開催される時期には、多くのロシア商人が義烏を訪ねてくるのだと、ホテルの従業員が話していた。義烏の村々は、世界に販路を持つ小商品を生産しているために、異様な活気がみなぎっていた。

調査した崇山村は、一九四二年に日本軍が開発した細菌兵器ペスト菌によって多くの村人が死去した。さらに同時期に義烏に駐在していた日本軍が兵士のあいだに蔓延することを恐れて、村の家屋の多くを焼却するという事件が発生した村でもある。この村にはいると、くずれた家屋が目についた。

伝統的な村の入り口　浙江省義烏市の崇山村

崇山村の居民は、ほとんどすべてが王姓の同族。村は単姓村の典型である。村人が持ち出してきた族譜の抜き書きによると、この王姓の祖先は、西暦九一四年に生まれた王彦超という人物になる。この人物は五代に節度使に任命されて、会稽すなわち現在の紹興に移った。宋代にはいると中書令という高官に取り立てられた人物である。その子孫たちは、戦乱を避けて義烏県（当時）に居を定め、義烏県の各所に分かれ住んだと族譜には記載されている。この祖先こそが、世輩の起点となる祖先であり、輩份にもとづく秩序の来源である。

崇山村から東に歩いてほんの一〇分ばかりの江湾鎮、ふるくは曲江と呼ばれる村に、王彦超の子孫である王成七十二という人物がいた。彼が現在の崇山村の地に移り住み、村の始祖となった。記録によれば、生年は永楽一〇年（一四一二）一二月、卒年は成化二二年（一四八六）であるというから、村が形成された時期は一五世紀なかばであるということになる。

王成七十二には、二人の息子がいた。この兄弟、村人の伝承によると仲が悪かったらしい。そこで村域の南西側を兄が、北東側を弟がそれぞれ占めることとした。この境域はペスト流行当時も、そして現在も村人が明確に認識している。仮に弟が占めた北東の区域を上半分村、兄が占めた南西の区域を下半分村と呼ぶ。それぞれの区域には、弟の子孫・兄の子孫が住んでいる。子孫が増えるにしたがい家屋が密集し、二つの区域の境界はところによっては人の肩幅ぐらいの狭い路地となったが、それでも境界を跨いだ交流は少なかったという。

崇山村に最初に移り住んだ祖先の「王成七十二」という名前は、日本人からみて奇妙に思えるかも知れない。この名は三つに分解できる。姓を示す「王」。そのあとに続く「成」という漢字が、先に紹介した字輩と呼ばれるもの。これは同族の最初の祖先から数えて何世輩目に属しているかを示している。また、「七十二」とある数字は、この人物が一つの世輩、つまり兄弟や従兄弟たちのなかで七二番目に生まれたことを意味している。

共通の祖先から第一世、第二世……と数えて同じ世輩に属する子孫には、名前に同じ漢字を用いる。こうしておけば、遠く離れた親族同士のあいだで、初対面であっても名乗り合いさえすれば、どの世輩に属しているのかがたちどころに明らかになる。

崇山村の王姓の場合、村が成立する以前に字輩が、次のように決められていた。

……昇進佑成応、尚悌相炎奎、鉅済模煒載、銓鍾茂煥基、晋瑞理貫通……

崇山村を開いた王成七十二は、ここで掲げた字輩の四番目に位置づけられる「成」字の世輩に属する。一九四二年にペスト蔓延に直面した人々は、主に「鍾・茂・煥・基」の字輩を持つ。また、私が崇山村を調査したときに生存している村人は、「茂」字から「通」字までの世輩に含まれる。

記憶され続ける祖先の条件

調査では、おもに四〇年代の村の状況について明確な記憶を持っている高齢者から話を伺うことが多かった。調査時の崇山村には、高齢者が集まる「老年之家」がある。すでに退職し第一線を退いた老人たちが集い、談話したり麻雀をしたりする場である。私たちも、しばしばこの「老年之家」に赴き、聞き取りを行った。

「老年之家」で調査を進めてよかったと思うのは、村人の関心事が分かるということだ。話が字輩に及ぶと、周りで聞き耳を立てていた老人たちが、一斉に話に割り込んでくる。自分の字輩が何か、どの字輩をもつ祖先が偉かったか議論しはじめる。ときには互いの主張は相容れないものがあるらしく、大声で相手をやりこめようとする。

字輩について私が尋ねたひとが契機となり、王姓の一族の歴史を記した族譜から自分の系列の祖先の部分を抜き出したものや、写しをどこからか持ち出し、ああだこうだと議論が続く。一九六六年から始まった文化大革命のときに族譜は封建的だとされ、焼かれたと言われ

祠堂だった「老年之家」前で気功をする　崇山村にて

ているが、自分の祖先の部分だけは、切り取って保存していたのである。こっそりと持っているものも含めて、そのすべてを持ち寄れば、丸ごと一冊の族譜が復元できるのではないかと思われるほど、村人の祖先に対する思いは強い。ただ、蜂の巣をつついたような状況になり、聞き取りを進めるには、大声を張り上げなければならず、エネルギーを消費するのだが。

人は死ぬと祖先となる。漢族の多くは、死後に自分の子孫たちが供養を行い、祖先祭祀の線香の煙が絶えないことを願っている。しかし、ほとんどの祖先たちは、死後、ときが経過し、その人のことを記憶している子孫が鬼籍に入るとともに、忘れ去られてしまう。族譜などにかろうじて名が残るだけで、墓に詣でるものもなく、位牌の前で線香や紙銭を焚いてくれるものもない。墓が朽ちて行くとともに、現世における痕跡も消滅する。

他方、子孫が生きる限り半永久的に祭り続けられる祖先もある。王成七十二のように村落の始祖となった祖先、あるいは上半分村・下半分村のそれぞれの開祖となった祖先は、死後五〇〇年以上の年月を経ているにもかかわらず半永久的に記憶されている。このような記憶され続ける祖先を、崇山村では「太公（タイコン）」と呼ぶ。

太公になるための条件は、子孫のために生活の拠り所を残すことである。王成七十二は崇山村という村を創立し、生活の根底を用意してくれた。彼の二人の息子は村域を区分けし、それぞれの子孫の住まう場所を確定してくれた。そのために、それぞれ子孫から太公として尊敬され、記憶され、祭祀を執り行ってもらえる。

もう一つ、太公となる方法は、子孫が代々住み続けられるほどの大きな家屋を建てることである。大きな家屋を設けた人物も、その家屋に住む子孫から感謝を受け、家屋のなかで位牌が置かれた部屋において礼拝を受けることができる。また、子孫のために資産を作り、それを共有財産とすることでも、太公となることができた。

村のなかには「房頭（ファントウ）」と呼ばれるグループが、いくつか存在する。それぞれの房頭に属している人々を結びつけているのが、太公である。つまり一人の太公を共通の祖先として仰ぐ人々が、房頭として日常生活において密接な交際を行っている。村で聞き取りをすると、太公に関わる伝承が多く語られる。民話のような物語も、太公との絡みで話される。話されることがすべて歴史的な事実であるとは限らないが、村人たちが自分と祖先たちとの関わりのなかで、過去を語るのである。

多くの資産を投入して建てられた祠堂

買い物客でごったがえしている江湾鎮を抜け、町並みが途切れると道は緩やかな登りとなる。小さな峠を越えると、そこはすでに崇山村の村域である。東陽江（とうようこう）がゆったりと流れているさまを、のぞむことができる。そこから脇道に入り数十メートル歩いて行くと、白壁の家屋群に足を踏み入れることになる。崇山村が細菌戦の被害を受ける前、レンガ造りの壁に漆（しっ）

喰をぬり、黒瓦をのせた家屋は、よそ者の侵入を拒むようにそびえていた。

　崇山村のような単姓村では、一族の歴史が村の姿にそのまま投影されている。村を開いた王成七十二、上半分村・下半分村と村域を二分した兄弟など、太公になることのできた祖先をそれぞれ祭る「祠堂」が、村内の各所に置かれているのである。左頁図に見える花庁楼は王成七十二、中和祠は下半分村の始祖である「応」字輩の兄を、聚奎祠は上半分村の始祖である弟を、それぞれ祭る祠堂である。中和祠は現在、村の老人の集会所として使われ、入り口には「老年之家」の看板が懸かっている。

　上半分村では時代が下るとともに、さらにいくつかの下位集団が形成され、それぞれの始祖が松樹庁、相祠などに祭られるようになった。「尚」字輩の祖先をまつる松樹庁は日本軍の手によって焼き払われ、いまでは見ることができないが、家屋に松材がふんだんに使用された壮麗な造りであったという。他方、下半分村には「尚」字輩の祖先を祭る仁翁祠や下姜庁、枸樹庁などがある。

　崇山村を訪れたとき、村の中を歩くことができた。道は家屋の隙間を縫うようにして迷路のように連なっている。両側は二階建ての白壁で、道幅はところによっては大人二人が肩を触れ合わせなければすれ違えないほどに、狭い。

　聞き取り調査をしていた「老年之家」を出て村の西の縁を北上して、まずは崇山村の開祖・王成七十二をまつる花庁楼。いまは人が住んでいる。管理が悪くぼろぼろになってはいるものの、建物の木材は太く、棟木には彫刻が施されており、祠堂としての風格をかろうじて留めている。

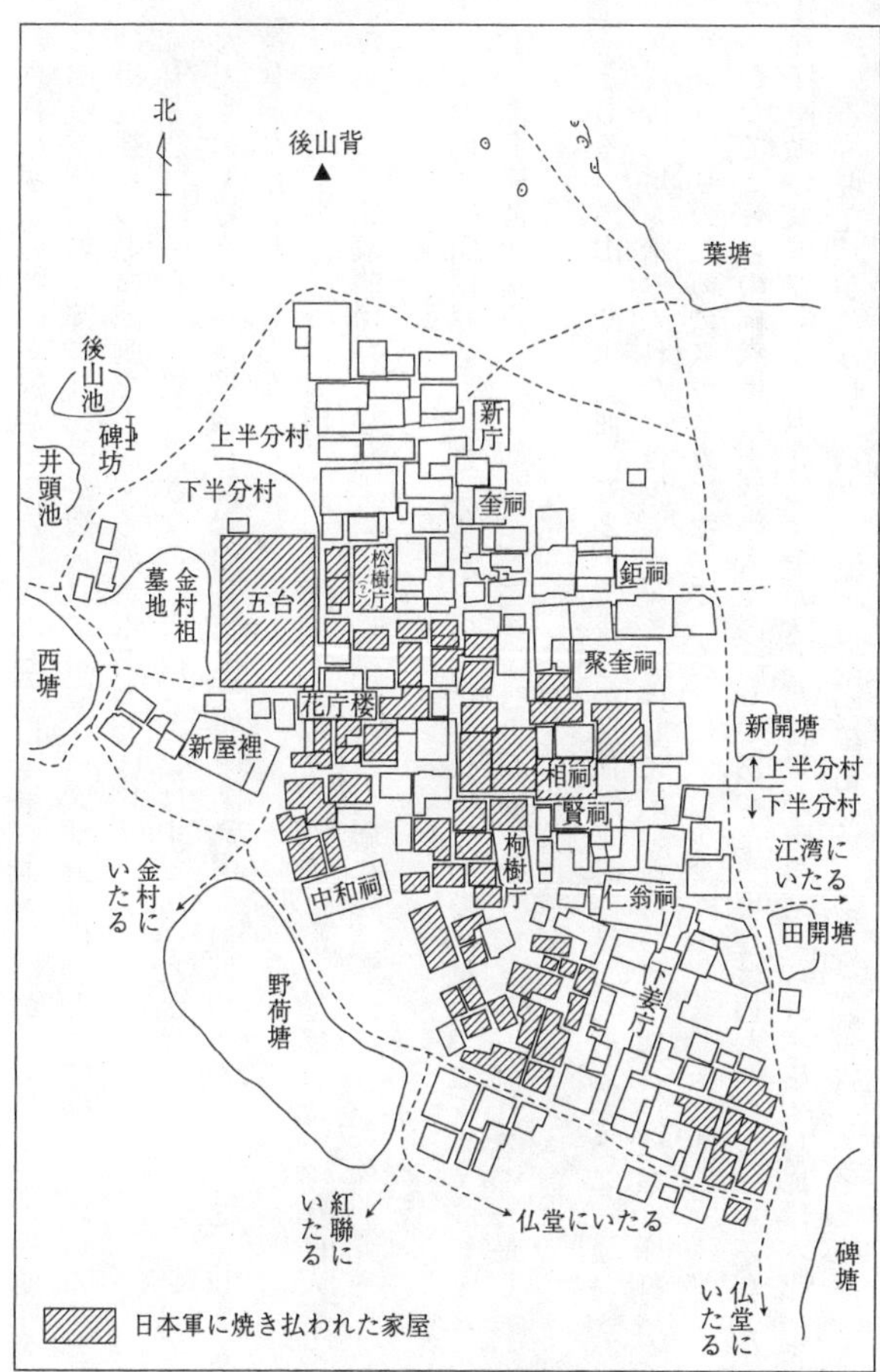
北
後山背
葉塘
後山池
碑坊
井頭池
上半分村
下半分村
新庁
奎祠
松樹庁
五台
墓地
金村祖
鉅祠
西塘
聚奎祠
花庁楼
新屋裡
新開塘
相祠
↑上半分村
↓下半分村
賢祠
金村にいたる
枸樹庁
江湾にいたる
中和祠
仁翁祠
田開塘
野荷塘
下姜庁
紅聯にいたる
仏堂にいたる
碑塘
仏堂にいたる
日本軍に焼き払われた家屋

崇山村の地図

さらに家屋の隙間を縫って歩いて行くと、日本軍によって焼かれてしまった松樹庁の跡地に出る。跡地の一部には民家が造られているが、大部分は広場として残されている。かつては祖先祭祀の際に演劇を上演する舞台もあったという。

上半分村の中心であると目される聚奎祠。ここはすでに崩れかけている。梁（はり）や軒（のき）は手の込んだものではあるが、解放後には倉庫として使われたり、養豚場となったりと、ほとんど維持管理が行われていなかった。

次いで下半分村の仁翁祠。ここも荒れている。その次に足を延ばした下姜庁は人家となったために、比較的保存状態がよい。石に刻まれた対聯には、

世徳並崇山積厚、　世（代々）の徳は崇（たか）い山と並び、積もること厚く、
派源来曲水流長。　派（子孫）の源は曲がる水より来たり、流れること長し。

とある。崇山と曲水（曲江）という王姓の居住地を詠み込んだ対聯である。

最後に足を踏み入れたのは构樹庁。ここは豚の飼育が行われ、建物は屋根も崩れ落ち、梁もシロアリのためにスカスカになっていた。

かつてこれらの祠堂は、王姓の人々の誇りであった。現在は朽ちかけてはいるが、伝統的な江南風の家屋であり、中庭には手の込んだ石畳が敷き詰められ、梁や軒には木彫が施されている。現在、かろうじてペスト流行以前の風格を残している祠堂は、「老年之家」として使われている中和祠であるが、その柱に使われている木材の太さを見るだけで、いかに多く

の資産を投入して建てられたか、想像するにあまりある。

総計一一世帯、三四人がひしめく家屋

一つの家屋のなかに住んでいる世帯は、基本的にその家屋を建てた人物の子孫である。村の人は家族のために家を建てるのではなく、数世輩下の子孫の世帯もそこに住まうことを考えるものであった。子孫に住まいを残すことで、太公となることができる。中庭を中心に多くの「房(ファン)」と呼ばれる居室を設け、子の世輩には数室ずつ割り当て、孫の世輩になるとそれぞれの親が割り当てられた居室をまた分割する。世輩が下り、子孫の世帯の数が増してくると、ついには一つの居室に一つの世帯が入る。

崇山村の祠堂の木彫（上）と清代後期に建てられた新屋裡（下）

こうした息子たちの家族が住む部屋のことを、古くから房と呼ぶ。これは文字を分解すると明らかになろう。「房」は部屋の入り口を意味する「戸」と、傍らに位置することを示す「方」とに分解できるからである。

一つの家屋に住んでいるからといって、子孫たちが共同生活を営んでいるわけではない。食事を作る竈(かまど)は各世帯にあり、食事時になるといっせいに食材を炒(いた)める煙が煙突から立ち上ることになる。子どもだけが世帯の相違などあまり気にせずに、従兄弟・従姉妹同士で遊んではいるが、狭いところにひしめいているので、ささいなことで世帯のあいだに対立が生まれることもあったであろう。

村の西のはずれに建てられた新屋裡(しんおくり)の様子を一つの例として見てみよう。

新屋裡は、「載」字輩の祖先が建てたもの。族譜などの資料がないために、建てられた時期は明らかにできなかったが、おそらくいまから一五〇年ほどまえ、清代の後期であろう。その祖先は、新屋裡の北側にある五台と呼ばれる家屋にもともと住んでいた。資産を築いた祖先は、五台がすでに手狭になっていたので、新たな家屋を建てようと決心したらしい。こうして建てた新屋裡に、二〇の部屋(房)を設け、三人の息子に部屋を分け与えた。

新屋裡を建てた人物は、吹き抜けのある中庭に面した中央の居室に住み、北側の中央の部屋を「公堂(コンタン)」として祖先の位牌を安置した。息子たちは、傍らの部屋にその家族とともに住んだ。

新屋裡を建てた人物を共通の祖先と仰ぐ同族集団は、この家屋のなかで育まれる。その人物の息子からはじまる子孫は、それぞれこの新屋裡の同族集団の下位集団を構成することになる。一つの同族集団のなかの下位集団もまた、房と呼ばれる。

三人の息子は長男から順番に、一房・二房・三房と呼ばれた。ただ、長男の子孫はのちに途絶したので、ペスト流行当時に、この新屋裡に住んでいたのは二房と三房に属する人々であった。総計一一世帯、老若とりまぜて三四人が、ひしめくように住んでいたという証言がある。

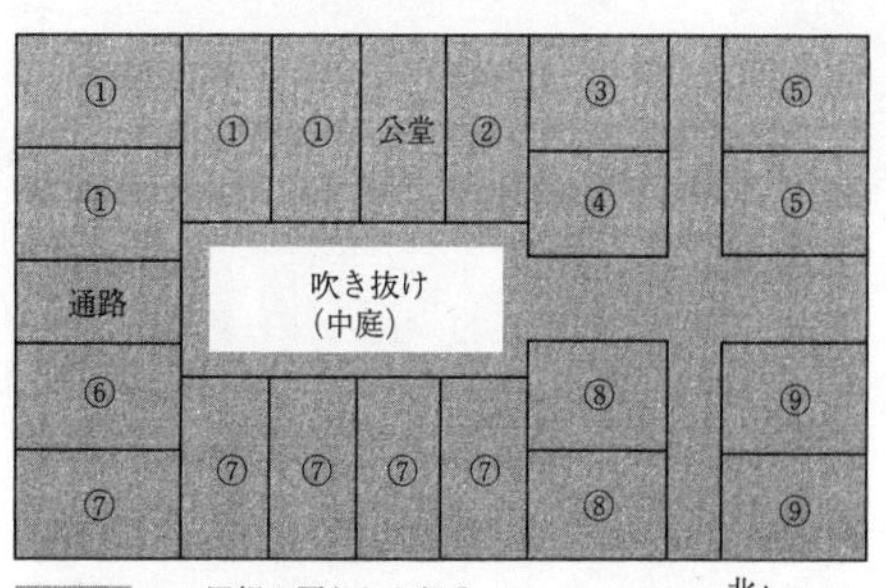

世帯番号	世帯主の名	家族人数	ペストによる死者
①	王満芝	7	2
②	王善行	2	
③	王友芝	?	
④	王景松	5	1
⑤	王増禄	?	
⑥	王善延	3	
⑦	王文権	3	2
⑧	王彩芝	4	
⑨	王継渭	?	

新屋裡の状況

上の図表はペスト流行直前の新屋裡の状況を示したもの。ちょうど中央に位置する公堂には、新屋裡を建てた人物の祖父に当たる「模」字輩の祖先が祭られている。

正月になると、この公堂に新屋裡に住む人々に直接関わる祖先の画像を掲げるのだと、戦禍に見舞われるまでの少女時代を、新屋裡ですごした王景雲さんが語ってくれた。

年が新しくなると、まだ太

陽が出る前に父親に連れられて、祖先に年始の挨拶回りをする。このとき母親は、王姓の子孫ではないから家に残る。最初に花庁楼に赴き、この村を開いた王成七十二をまつる。次いで中和祠さらに仁翁祠と、五、六ヵ所の祠堂に行き、王景雲さんの家族につながる祖先に礼拝し、最後に新屋裡の公堂で家族の住まいを整えてくれた祖先に詣で線香を焚く。

祖先の画像のあるテーブルには、菓子やくだもの、チマキやマントウ、餅などが並べられている。祖先たちは死後の世界で調理することもできるので、料理された肉などは置かなかったが、とても華やかだったと、王景雲さんは少女時代を思い出したのか、目を細めながら話し続ける。お参りに行くと、豚の角煮を挟んだマントウを渡され、それが楽しみだった。新しい服を着て、新屋裡に住む同世代の子どもたちとなわとびをしたり、銅銭のおもしにニワトリの羽を付けたものをどれだけ長く蹴り続けられるか競い合ったりしたものだという。

公堂・祠堂をめぐり自分の出自・来歴をたどる

村の子どもたちは、正月や冬至などのおりに自分たちが生活する場所を用意してくれた太公たちを巡礼することで、太公と自分との関係を、さまざまな楽しい思い出とともに、身体に記憶していく。公堂・祠堂をめぐる巡礼は、そのまま自分の出自・来歴をたどる歴史への旅でもあるのである。この巡礼を通して、時間は奥行きを持つようになり、場所は繫(つな)がりを持つようになる。

年中行事としての巡礼は、多くの場合、自分が住む村落のなかで完結し、村に最初に移り住んだ祖先「始遷祖(しせんそ)」まで過去にさかのぼる。しかし、時間と経済的なゆとりがあれば、さらに時代をさかのぼり、遠い祖先にゆかりの地を訪ねることもある。尋根・問祖の旅である。遠い祖先は必ずしも世輩の起源となっているとは限らず、自分との関係も曖昧な部分を含んでいることが多いが、歴史のうえで有名な同姓の人物を、自分の祖先とすることもある。

崇山村の王氏一族は、五代の節度使であった王彦超をこうした遠い祖先とする。この王彦超は正史の一つである『宋史』にも伝があり、大名臨清（現在の河北省臨清）の出身で、五代から宋代にかけての名将として知られる。伝承に拠れば、宋朝を建てた趙匡胤が遊民として天下を流浪していたとき、復州（現在の湖北省）で防禦使を務めていた王彦超に身を寄せようとした。ところが王は一〇貫の銭を渡しただけで、趙を採用しなかった。趙はこの怨恨を忘れず、皇帝となったとき、宴会の席で「昔、私が卿を頼ろうとしたとき、卿は受け入れなかったがどうしてか」と尋ねると、王は即座に階を降りて「浅瀬がどうして神龍を治めることができましょう。当時、私が治めます小さな郡に陛下が留まらなかったのは、まさに天意と申せましょう」と応えた。機転の利いた言葉を聞いて、趙はカラカラと笑い、過去のことを水に流したという。王彦超は晩年に、浙江省に移住した。

義烏の王氏は、このエピソードで知られる王彦超を祖先とし、一九九〇年に塔山郷石壁の将軍殿に彼の塑像を造り、碑文を刻んで記念とした。こうした行為を通して、王氏は自分たちの来歴を王朝の歴史に結びあわせることができたのである。

祖先をたどる歴史への巡礼が、もっと過去へとさかのぼることもある。王姓は漢族の姓のなかで李姓と並んで多いといわれ、中国国内におよそ九〇〇〇万人、全人口の七・四パーセントを占める。世界各地にも多くの王姓が住んでいる。この王姓の人々が自分たちの根源と見なす土地が、太原（山西省太原市）と琅琊（山東省諸城県周辺）である。太原の王氏の祖先は、東周にさかのぼる。東周の霊王の太子である晋は、諫言のために廃されて庶民に降格された。しかし、世の人々は王家の出身であるとして、「王」と呼ぶようになり、それが姓となったという。琅琊は王羲之（東晋の書家）の出身地として知られる。太原や琅琊という地名は、「郡望」と呼ばれる。

祖先の根源を訪ねるためのガイドブックも

私が大学院で族譜を史料として読み始めたころ、『京兆帰氏世譜』というタイトルの族譜を手にした。閲覧室に備えられていた漢和辞典で「京兆」を調べてみると、現在の西安に魏晋南北朝の時代に置かれた郡名だという。てっきり私は、この族譜は陝西省西安に住む「帰」という姓の人々が編纂した族譜だと思い込んだ。ところが実際に内容を見てみると、その一族は江蘇省の常熟で暮らしていたのである。

あらためて注意してみると、同宗の同族の歴史を記録し、世輩の順番で祖先たちを列挙する族譜のタイトルのなかに、その一族が暮らしている地域とはまったく異なる土地の名を冠しているものが少なくないことに気づかされた。これが「郡望」であり、この「京兆」などの地名が郡望である。

郡望という言葉を説明するためには、少し歴史を復習しなければならない。この『中国の歴史』では、第五巻『中華の崩壊と拡大』をひもといてもらいたい。魏晋南北朝と呼ばれる三世紀から六世紀までのあいだ、中国では貴族社会が華々しく咲いた。この貴族社会を支えたのが、官吏登用法としては魏が二二〇年に始めた九品官人法である。この制度では、官僚を最高一品官から最低九品官までの九等に分類する。他方、地方行政区である郡ごとに中正官を置く。郡から官僚として推薦する人物を、中正官は一品から九品までに評価し、この評価に応じて官位を決めた。この人物への評価を郷品と呼ぶ。時代がくだり西晋となると、郡の上の州に大中正を置いて評価させるようになった。すると個々の人柄を把握することが難しくなり、郷品の基準が人物から家格へと移る。これが地域の名門一族が官僚を独占する傾向を助長し、門閥貴族と呼ばれる社会層を構成したのである。

時代がさらにくだると、郡の名称とそこから出た名門の姓とが結びつけられる。これが郡望である。それは、その一族の根源となる有名な祖先が住んでいたとされる土地の名である。

もちろん同姓の宗族が分散したり移住したりすることは、頻繁に見られた。そこでは一つの姓が、いくつもの郡望を持つことが一般的である。しかし、それでも郡望のあいだに尊卑の序列が存在する。たとえば趙姓の場合、天水（現在の甘粛省天水市）・南陽（河南省南陽市）・金城（甘粛省蘭州市）・下邳（江蘇省徐州市の東）の四つの郡望があるが、そのなかで天水の趙氏がもっとも尊い、極めつけの郡望とされる。三国志ファンには、いずれも馴染みのある地名であるかも知れない。魏晋南北朝の地名で郡望が記憶されているのであるから、当然であるとも言えよう。

極めつけの郡望としては、李氏にとっての隴西（甘粛省隴西市）、陳氏にとっての潁川（河南省許昌市）などを挙げることができる。漢代・隋唐と長いあいだ帝国の首都であった京兆を郡望とする姓は多い。私が早とちりした帰氏のほかに、韋・史・康・宋・宗・段・

浦・皇甫などの一族が、京兆を自分の郡望としている。

太原は王氏にとって、究極の郡望である。近年、中国は旅行ブームに沸いている。一通りの観光地をめぐった人々は、テーマ性のある旅行をするようになり、「自助旅游」（セルフサービスの旅）と銘打ったガイドブックが数多く出版されている。その一つ『中国姓氏尋根游』は、主だった姓の人が祖先の根源を訪問するためのガイドブックである。これによると、王姓の発祥地は太原とされ、そこに行ったらまず東周の太子であった晋の居住地を訪ね、王氏の祖祠（そし）を参観するようにと、書かれている。

祖祠の建物は晋祠と呼ばれ、もともと明朝の重臣であった王瓊（おうけい）の一族が学んだ書院であった。のちに王氏の始祖を祀（まつ）る場所とされ、大殿の中央には子喬（しきょう）という名の東周太子晋（たいししん）の塑像が据えられ、一九九三年以降、隔年の九月に世界じゅうから王姓の華人が集まる宗親懇親会が開催されている。二〇二一年には第一五回を数えることになる。

祖先を取り戻すために

南京大虐殺をめぐる学生の反応

私が体験として中国に触れるようになったのは、一九八三年九月から二年間、南京大学に留学したときにさかのぼる。多くの大学院生が北京大学か上海の復旦（ふくたん）大学などを留学先に選ぶなかで、私が南京を選んだ表向きの理由は、面識のある教授に研究指導を依頼しやすかったというものであるが、本音は別の所にあった。

その前年に駆け足で北京・南京・上海と見て回る機会があり、時間の関係で南京大学は夜に訪ねた。その留学生寮は、解放前の前身である金陵大学の時期に建てられたもの。暗灰色のレンガ造りの重厚な留学生宿舎に囲まれた中庭に立つと、窓からオレンジ色の光が漏れている。歴史を感じさせる建物のなかで、薄暗い裸電球のもとで机に向かう、そんなイメージに酔ってしまったのである。

帰国後、さっそく留学の手続きを進め、南京に留学すると知人に告げると、多くの友人が、「南京に行くと、石でもぶつけられるんじゃないか」と危惧した。留学前年の八二年は、韓国や中国、それにアジア全域の華人社会で反日運動が激化した、いわゆる教科書問題が噴出した年であったのである。

ことの発端は、文部省が教科書の検定にあたり、日本の戦争責任を曖昧にするように検定意見を付けたことに始まる。「侵略」と白表紙本と業界で呼ばれる検定前の教科書原案にあったものを、「進出」と書き改めるように指導したことが、象徴的にマスコミで話題とされた。なかでも南京大虐殺をめぐる記述で、その被害者の人数などに厳しい検定意見が付けられた。南京留学とくれば、問題の渦中に飛び込むようなものではないか、それが友人の危惧であった。

南京に行くと、確かに南京市博物館などで南京大虐殺に関するパネル展が行われ、その被害を忘れないために南京大虐殺記念館（中国では南京大屠殺紀念館）を建設することが決まり、留学していたあいだに完成した。しかし、二年ものあいだ南京で生活して、中国の人から直接に南京大虐殺の問題を突きつけられたのは、一度しかなかった。

南京大学は中国政府が決める重点五大学のうちの一つであったのであるが、一九九四年にそのトップの枠からこぼれ落ちた。大学生たちは危機感を強め、大学当局を突き上げ、それに対して当局の締め付けが強化された。こうした情勢のなかで、九四年の五月に南京大学のなかだけの、知る人の少ない学生運動が勃発した。

日頃は行事の案内などを載せる学内の黒板に、学生たちが学生運動の行動綱領を掲げた。これを日本人の留学生の一人が、写真に撮ったのである。この日本人を激高した学生が取り囲み非難したとき、一人の学生が「私の祖父は南京大虐殺で日本兵に殺された」と口にした。この一言が契機となり、次々と自分の祖父母や叔父などが戦争中に日本軍に殺されたという発言が続き、雰囲気は険悪なものになったのである。当時の中国の学生は大人であった。日本人糾弾の運動にはならず、その場限りの緊張した場面で終わった。

この経験から私が感じたことは、中国では留学生は客人としてもてなされ、礼をもって平穏なときには戦争責任を個人に追及することはない、ということ。戦争のことが話題になることはしばしばであったが、そのときも「アジアの人民と同様に、日本の民衆もまた日本軍国主義の被害者だった」のだ、という中国政府の公式見解で議論が終わることが多かった。しかし、その本音では決して被害を受けたことを忘れてはいないということも、強く感じたことの一つである。

時の流れが解決しない歴史をめぐる対立

二〇〇三年に西安で、日本人留学生の内輪受けしか考えていない行為が引き金となり、大規模な反日学生運動が起きた。たまたま私の教え子の一人が当時、西安に留学していたので、万が一のことがあったらどうしようか、と気をもんだ。二〇年の年月を経て、中国の大学生の気質も、変わったものだとも感じた。私の留学時代と今との違いは、一つには一九八〇年代の大学生はエリートであったということである。いまも大学進学率は日本に比べると格段に低いものの、都市の住民に限ってみると、中国の大学もかなり大衆化している。これが一つの背景にあることは間違いない。もう一つ、世代の相違がある。

二〇年前の学生たちは、その戦争被害の具体的な状況を、一人称の語りとして耳にしている。つまり彼らの祖父母の世代の人がいかに日本兵に傷つけられたのか、親族がどのようにして殺されたのかを、自分自身の体験として語ってくれた。これに対して、現代の学生の世代となると、一人称の語りとしてではなく、学校教育やテレビドラマ、映画を通して、間接的な経験としてしか、戦争被害の現状を知り得ない。

日本人が誤解しがちなことであるが、間接的な経験になればその被害者意識は弱まるか、というと、けっしてそうではない。逆にイメージだけが歯止めなく増幅される可能性があるのである。直接の体験には、体験した範囲を超えてイメージが脹らむことはない。しかし、物語となると、別である。日本が戦争責任問題の解決を先延ばしにすれば、直接の経験者が亡くなり、歴史をめぐる対立も時の流れが解決してくれるだろうという甘い期待は、きわめて危険である。時が経てば経つほど、事態はいっそう深刻になる。

日本人が中国について犯しているもう一つ大きな誤解は、中国の政府と民衆とは一体となって日本の戦争責任を追及している、というものである。しばしば社会主義だから、という理由で、民衆には主体性がないといった議論も見られる。しかし、中国政府と中国で「老百姓」と呼ばれる民衆とのあいだには、大きなギャップがある。

二〇〇四年四月から一年間、私は留学以来はじめて中国で暮らす経験をした。日中間に波風が立ち、互いに政治的な不信感を強めた一年であった。インターネットを介して日本での報道をのぞき見ていると、日本ではことあるごとに中国の脅威が語られていたようである。しかし、中国での報道姿勢を見ていると、中国政府は老百姓の反日感覚を表面化させずに、なんとか政府のコントロールのもとに置こうとしていることが、いたいほどよくわかった。

サッカーのアジア杯決勝戦で、日本の選手の腕にあたった球がゴールに入り、それが試合を同点にし、最後に日本が優勝するという事件があった。日本ではその後の反日暴動がマスコミを沸かせたようである。私はこの試合を、中国中央電視台（CCTV）のテレビ中継で観戦していた。まずい展開になったと思った。中国の敗北が決まり、カメラがスタジオの解説員とアナウンサーに戻ったとき、二人とも引きつった顔つきにはなっていたが、日本チームを責める発言は、一言もなかった。解説員は「このように審判の判定ミスで勝敗が決まることは、サッカーの試合ではしばしばあることなのです」とテレビの前の観戦者を教え諭すように語っていたことが、いまでも印象に残っている。公的機関である中央電視台は、老百姓に冷静になることを求めていたのである。

中国政府が直面するジレンマ

二〇〇五年三月一四日に第一〇期全国人民代表大会（全人代）第三回会議を終えたあと記

者会見で、温家宝首相が「中日間の主要な障害は政治面にある。根本的な問題は、日本が歴史問題に正しく対処するかだ」と言明した。関係改善の障害になっているのは、歴史問題での日本の対応との立場を改めて強調したものであると、日本では報道されている。しかし、この発言は、一面では日本に対するものであるが、もう一面では中国の老百姓の眼を意識するものでもある。中国政府は、常に日本に対して歴史問題の解決を迫ることを、要求されている。もしこの老百姓の要求を無視すれば、現在の政権の正当性が揺らぐ可能性もあるのである。

周恩来というと、中国では文化大革命のときに多くの知識人をかばい、多くの文化財を破壊から救った政治家として、功罪相半ばする毛沢東とは異なり、民衆のなかにも絶大な人気があると日本ではされている。しかし、一九八〇年代の留学中に、さまざまな人から、周恩来には大きな誤りが一つあるという発言を聞いた。その誤りとは、一九七二年の日中国交正常化にあたり、周恩来の責任のもとで日本に対する戦争被害賠償の請求権を中国が放棄したという一点である。この一点において、中国を統治する共産党政権は老百姓に向かうとき、実は深刻なジレンマに立たされているのである。

抗日戦争を最初から最後まで貫徹したのは、共産党だけである。蔣介石が指導していた国民党は、国内の反対勢力を根絶することを日本との戦争よりも優先することがあった。これに対して、長征で華北に転出した共産党は、一貫して日本軍と戦った。これこそが現政権の正当性の歴史的な根拠である。そのために現政権は日本との戦争について常に語らなければならず、共産党の勇敢さを称えるために、日本軍の残虐性を描かなければならない。その一方で、実際の被害を受けた老百姓に対して、日本から賠償を得る機会を現政権が奪ったとも言える。日本人はあまり残虐性を強調すると、老百姓の批判の矛先は、現政権に向かう可能性もある。日本人はこのジレンマに思いを致すべきである。

私が中国に滞在しているときに『記憶の証明』という連続ドラマが、中央電視台で放映された。日本ではこのドラマの製作にあたり、細部にわたる政府機関の検閲が加えられたことが報道され、中国政府が反日感情をあおっていると理解されている。検閲内容は公表されていないのでドラマを見た上での憶測に過ぎないが、逆であろう。日本人の残虐性が誇張されるような場面を、おそらく緩和させるようにしたのではないだろうか。

日本では俳優として知られている姜文（ジャンウエン）が監督した『鬼が来た！』は、政府の許可を得ずに国際映画祭に出品したという理由で、国内での上映禁止、姜文の監督活動の一時停止などが言い渡された。中国では日本語版の海賊版で簡単にＤＶＤが手に入るが、なぜこの作品が厳しい取り扱いを受けたのか。映画を実際に観ると、日本兵の集団としての残虐性がほとんど様式美といっていいほどの映画的手法で描かれているところに、私はその理由を見る。皮肉なことに、監督の苛酷なまでの要求に応じた日本側俳優の名演技が、これまでの中国映画に見られるパターン化された日本兵ではなく、観るものに嘔吐感をいだかせるほどの現実味を与えているのであるが。

パターン化された日本兵のイメージ、つまり士官はチョビ髭を生やし、わけもなく威張り、薄ら笑いを浮かべて銃を撃ち、口を開けばバカヤロウといい、メシ・メシといって食事をする（中国の人は中国語に「メ」の発音がないので「ミシ・ミシ」と記憶し、日本人が食事するときには、必ず「ミシ・ミシ」というと勘違いしている）、兵卒は群衆として無表情に群れ動く。このようなパターン化された日本兵は、観客とのあいだの約束事のようにスクリーンを駆け抜ける。姜文が主演し国際映画賞を総なめにした『紅いコーリャン』（張芸謀監督作品）も、こと日本兵に関してはこのパターンから脱していない。

こうした映画は、中国政府にとってみれば、安全である。他方、パターンを脱しようとする作品は、戦争の被害を受けた人々に生々しい感興を生み出す可能性を持つ。スーパーマンが実際のアメリカに住んでいるとは誰も思わないように、戯画化された日本兵も現実の日本人とは切り離されている。それは、抗日戦争を戦う人民の敵役でしかない。しかし、そのパターンを拒否しようとする作品は、もしかすると日本人のなかにはそういう人間もいるかもしれない、という疑念を観客に引き起こす可能性もある。そのために、政府は検閲を厳しくする。

相次ぐ民間レベルの戦争被害賠償請求

日本では賠償金は支払わなかったが、日本は円借款など多額の経済援助をしたではないか、という議論がなされる。これは老百姓からみると、ほとんど意味をなさない。戦争被害の賠償をするということは、その金額が問題なのではない。賠償するということで、一人一人の被害者に対して、日本国が加害者であるということを認める、ということなのである。

日本では近年、犯罪被害者の心理的なケアの必要性が話題となっている。理由もなく通り魔的な被害を受けた人は、なぜ自分がこの被害に遭わなければならなかったのか、というトラウマ（心理的傷）を負うとされる。この傷を癒す最大の契機は、加害者が害を被害者に与えたのだということを認めることにあるとされる。老百姓の問題は、これに近い。

日ソ共同宣言、日韓請求権協定などの請求権の条項では、いずれも「国およびその国民」の請求権を放棄するとなっているのに対して、日中共同宣言には「国民の請求権」を放棄するという文言がない。こうした事実を背景にして、民間レベルで戦時被害の賠償を求める動きがみられた。

とくに、北京で国際法の大学講師であった童増氏が一九九一年に「対日被害賠償問題についての公開書簡」を全国人民代表大会に向けて執筆し、そのなかで「国家と民間の賠償問題は区別されるべきであり、国が賠償請求権を放棄したとしても民間は損害賠償を請求できる」という見解を出したことが契機となり、中国各地で対日民間賠償請求の動きが加速された。

先に本稿で取り上げた崇山村では、七三一部隊が開発したペスト菌を用いた細菌兵器のために、一九四二年に一二〇〇人ほどの村民のなかから、四〇〇名弱の死者を出した。七三一部隊については、森村誠一（もりむらせいいち）氏の『悪魔の飽食（ほうしょく）』以来、中国東北部のハルビン郊外に設けられた研究施設で、人体実験を繰り返したことで知られるが、そこで開発された細菌兵器が実際に使用されたことは、あまり知られていない。この細菌戦被害者たちは、一九九〇年に、崇山村出身者を中心に訴訟に向けた手探りの努力を始めている。

報復から「民族の尊厳」へ

たまたま地域社会史のフィールドとして崇山村が位置する浙江省の盆地地域を研究していたために、個々の被害者の話を集めるだけでなく、地域社会全体の被害を明らかにしようとしていた弁護団の要請を受け、現地を調査する機会を得た。このなかで、最初に民事訴訟を組織しようとした方から話を伺った。

ペストで村人の多くが死んでいった光景は、いまでもまざまざと思い起こされる。父は地元で小学校の校長を務めたこともあり、ペストについて多少の知識を持っていた。村でペストがはやり始めると、自分の家の扉のまわりに石灰を幅広く撒き、ネズミが家のなかに入らないようにするとともに、子どもたちには外に出ないように、もし家でネズミをみたらすぐに打ち殺すように命じた。

父の指示のおかげで家族のなかでペストに感染するものはでなかった。しかし、日本兵に家を焼かれ、農具や家財の一切を失い、村を出た。焼け出されたことで一家は一気に貧しくなり、地主から耕地を借りて生活せざるを得なくなった。冬に雪が降っても、足には履く靴もない生活が続いた。

一九五〇年に朝鮮戦争が勃発し、中国から義勇軍を派遣する「抗美援朝」が始まると、すぐに参戦した。当時、日本はアメリカ側にいた。日本軍のために焼け出されたために、敵に対して報復したいという気持ちが強く、一人でも日本と戦いたいという気持ちが、義勇軍に参加させる動機となった。その後、軍人から教育の仕事に進み、指導的な立場に就くようになった。

日本人に仇討ちしたいという気持ちは、一九七二年の日中国交回復を契機にして、変化し始めた。戦時中に細菌兵器を自分の村に使用したことを日本国が認めることで、死者の魂は安んじることができるのではないか、と思うようになった。中国にとっても、また世界にとっても、日本と中国の本当の友好関係が必要となっている。しかし、この戦争責任の問題が解決しなければ、真の友好は築けない。

一九八九年に退職したとき、この課題に取り組む決意を固めた。地道に一人一人に説明して署名を求め、そのための費用はすべて自費でまかなうことになった。こうしたボランティア活動を進めるなかで、中国人自身も細菌戦の事実を知らないことに気づき、崇山村だけが日本軍の細菌戦にさらされたわけではないことを痛感するようになった。そこで、一人でも多くの人に参加してもらうために、「民族の尊厳のために」という目標を掲げ、全国で一万人署名を展開しようと思い立った。

これらの話から見えることとは、彼が退職後に自分の人生を振り返り、ペスト蔓延(まんえん)で途切れてしまった父祖の村との関係を回復しようとしたことが、彼の訴訟に向けた活動の起点にあるということであった。そこには親族の広がりが日本よりも広いこと、共通の祖先を頂く人々のあいだで、痛みを共有しうること、を考える必要がある。

一九四三年にはペストが自軍に蔓延することを防ぐために、村落の多くの家屋や祠堂を日本軍が焼いた。その結果、村は村人が祖先をたどる巡礼を行う場であることを止め、村民の結束が失われた。多くの若者が、火が消えたように生気を失った村に嫌気がさし、機会を見つけては村を離れた。崇山村が位置する義烏の他の村々が、小商品の生産で活気があったのに、崇山村だけなぜか沈滞した空気が感じられたが、その背景にそうした歴史があったのである。細菌戦訴訟を始めようとした人もまた、そうした若者の一人であったのである。

祖先を自分の下に取り戻すこと、それが訴訟に駆り立てた動機の核にある。また祖先の地に回帰するためにも、訴訟が必要であった。これは日本に対する恨みという次元を超えて、人間としての尊厳の回復という理念へと発展する契機ともなった。

歴史とアイデンティティ

漢族となるプロセス

中国を研究しているというと、しばしば受ける質問の一つに、なぜ漢族はあれほど多いのですか、というものがある。二〇一〇年のセンサスによると、中国の人口の九一・五一パーセントが、漢族であるとされる。その人数は一二億を超える。しかし、その言語は互いに通じないほど多様であり、最近のＤＮＡ調査によると、遺伝的にも漢族は多様であるという。そうした多様性を一つの民族に包摂している最大の拠り所は、本章で述べてきた親族の原理である。つまり、父方の祖先をたどって共通の男性の祖先に行き着いた人々が、同族として認めあうという宗族の理念である。

古代の中原に生まれた漢族の祖先は、積極的に周囲に移住し、現地の女性と結ばれ、子を生んだ。その子は当然、母方の親族の一員として生きる道もあったが、中国の王朝体制は、さまざまな制度を設けて、生まれた子を父方に加えた方が有利であるようなシステムを用意したのである。

中国文化を学ぶことは、積極的に奨励される。そして、輩份の原理に反する行為は、野蛮であると決めつける。こうして漢族と同じ感覚を身につければ、子はれっきとした漢族となる。王朝支配の範囲が拡大するにつれて、中央から派遣された官僚が地域社会を統治するようになると、漢族ではない母親もわが子を漢族として育てあげるケースが増える。これが、漢族が増えた最大の理由。あまりこのシステムがうまく行き過ぎるため、現在の中華人民共和国では、民族の分類を母に従うとしている。これは、多民族国家という建て前を保持するためである。

この統治のシステムが及ばない海外の漢族の場合、多少、事情が異なる。

華人のアイデンティティ

私はもっぱら中国でフィールドワークを行ってきたが、一度だけ東南アジア史研究者である桜井由躬雄氏が組織した調査チームに加わり、タイ王国のナコンパトムの農村でフィールドワークを経験したことがあった。村の名は、バーン・プラー、タイ料理を味わったことがある人は、ナン・プラーという魚を原料とした醬油（秋田のショッツルに近い魚醬）を知っているであろう。プラーは「魚」という意味である。バーン・プラーという村名を直訳すれば、「さかな村」となる。それほどこの村は水に近い。チャオプラヤー・デルタの一角を占めるその地域は、調査したときには、日本向けにアスパラガス栽培が主となってはいるが、かつては輸出向けに米穀が生産されていたという。水田耕作が盛んに行われ、また水運で外の世界と結ばれていた。

引退していた村長から聞き取りをしていたとき、その祖先について尋ねたところ、次のような回答があった。

わしの父親のそのまた父親は、この村に中国から渡ってきた。中国の姓はタンといい、タイではプレークと名乗っていたね。中国のどこから来たのかは、覚えていないね。先にこの村にすんでいた同郷の人から、米を買い付けるために来たんだよ。米はもちろん中国に輸出するものだ。

何度も通っているうちに、なじみの女性ができて、この村で二人の妻をめとった。最初の妻が家を守っているときに強盗が入ってね、頭から臼を被せられて金はどこにあるのかと拷問されたんだそうだ。子どもたちは運河に投げ出された。これがもとでわしの父親の姉は中国に戻った。……いまは、中国の親戚とは行き来はないね。

タイでの米穀搬出作業　ナコンパトムのバーン・プラー村

その元村長は他のタイ人とまったく変わらない暮らしをしていた。

東南アジアにすむ華僑・華人というと、中国との絆を大切にし、中国文化のもとに強い結束を誇っているというイメージがある。確かにタイ王国には、華人が漢字の看板を掲げた街があり、中国伝統の神々を信仰し、同郷のネットワークを動員して中国的な祭祀を行う行事もある。こうした現象を見て、中国人は強固なアイデンティティを持っているとする論調をしばしば見かけるが、これはことの一面しか語っていない。

漢族は一八世紀以降、積極的に海を渡って外に出た。その多くが、男性の単身赴任者であった。渡航者が出稼ぎ先に定住することをおそれ、政策的に女性の渡航が禁止されたこともあって、多くの漢族の渡航者が、移住先で現地の女性と結婚するケースが多かった。バーン・プラーの元村長もまた、中国向け米穀輸出の経路に沿って中国から渡ってきた男性を、父方の祖先とする。この系譜を見る限り、元村長は華人になることもできた。しかし、彼は中国人としてのアイデンティティは持っていない。

タイの親族関係は双系的である。つまり、生まれてきた子が、父方か母方のいずれの系譜に属するかは、固定的には決まっておらず、そのときどきの具体的な家族関係のもとで決まってくる。元村長の父親は、その姉のように中国人として生きる可能性もあったが、さまざまな事情から、タイ人というアイデンティティを獲得したのである。こうした現地社会に同化した渡航者の子孫は、決して少なくなかったと思われる。

現地社会に同化する路を選ばなかった人々のみが、華人として生きている。従って華人のコミュニティを調査して、中国との強い絆を発見したというのは、実は本末転倒であるといっても良いかもしれない。強い絆を常に自覚しながら生活しているから、彼らは華人でいられると言い換えた方がよいであろう。

政治パフォーマンスとしての祖先への巡礼

フィリピン大統領コラソン＝アキノ（当時）は、一九八八年に中国を訪問した際、北京に行く前に彼女の父方の祖先の郷里である福建省の鴻漸村を訪ねている。夫が暗殺されたことが契機となって大統領に選ばれたアキノは、フィリピンでも有数の華人の家柄の出身であった。彼女自身は父方の系譜のなかでは、鴻漸村許氏の第二二世輩にあたる。曽祖父の許玉寰が一九世紀後半に、この村からフィリピンに渡ったのである。

もちろんアキノはフィリピン人である。しかし、北京に赴いて中国の要人と会見する前に、祖先ゆかりの土地を巡礼することで、彼女は文化を中国と共有することを、中国の人々に印象づけることに成功した。これは、政治パフォーマンスとして理解すべきことであろう。

台湾独立問題が世界の注目を集めるなか、二〇〇五年には独立反対を主張する台湾の野党の要人たちが、あいついで中国を訪問した。そのときに、彼らは必ず祖先にゆかりの土地を巡礼する。さらに漢族の共通の祖先とされる黄帝の陵を、陝西省に訪ねる要人もいた。そこで語られるメッセージは、台湾人もまた父方の系譜をたどれば、中国の大地に至るというものである。台湾人にとっても中国人にとっても、究極の共通の祖先は、炎帝（漢族に農業を教えた神農）、黄帝（文化を与えた軒轅）であるという。これもまた、祖先への巡礼の形をとった政治パフォーマンスである。

自分の民族アイデンティティを何にするか、という問題に直面する機会をほとんど持たない日本人は、こうした中国系の人々が発するメッセージを、しばしば読み誤る。民族アイデンティティは、一義的に決まるものではない。華人の場合、自分の母方の系譜をたどれば、いま生きる社会に自らをつなぎ留めることができる。しかし、漢族であることを強調しようと思ったら、父方の系譜を顕示すればよい。

民族アイデンティティは、生まれや育ちで決まるのではなく、もちろん話している言語で決まるものでもない。自分がなろうとする民族になろうとするプロセスがアイデンティティの中核なのであり、その努力がいささかでも成功して他者に認められれば、その民族になり得る。そして人は、そのときどきの情勢に応じて、自らがなろうとする民族を変更することが可能なのである。漢族の場合は、その文化を学ぼうと努め、祖先への巡礼の旅は、輩份の感覚を身につけることが、そのアイデンティティを獲得する手順となる。祖先への巡礼の旅は、輩份の感覚を持っていることの証である。そして、自己の祖先を正史のなかに見いだせば、その試みは成功したといっても良いであろう。

日本人にとっての中国人

この章で私は、日々の挨拶から語り起こし、宴会の席次、祖先への巡礼などを取り上げてきた。これらは中国人として育てられ、育つという動的な過程として、中国を論じるためであった。結論として浮かび上がってきたことは、歴史的な過去にさかのぼることが、中国人として育てられ、育つために不可欠の条件となっているということである。

家族などの人間関係や家屋などの居住空間には、人が過去にさかのぼることで、人と人との絆が広がるという道具立てが詰まっている。昔々へと時間をさかのぼるにつれて、結び付けられる人々の範囲が拡大していく。人々に農業を教えた炎帝と、礼楽や文字などの文化を民に伝えたとされる黄帝まで遡及すると、国籍を問わずに中国人・華人のすべてが包摂される。こうした文化のシステムに、ほとんどの日本人は気づいていない。

中国で乗ったタクシーの運転手が、私が日本人であることが判ると、親しみを込めて、「日本人も祖先は中国人なんだろ」と、私に話しかけてきた。「秦の始皇帝の時代、徐福に率いられた童男童女、それぞれ三〇〇〇人が山東の海岸から船出し、たどり着いたのが日本で、その童男童女の子孫が、いまの日本人だと聞いたことがある」という。いわゆる徐福伝説であるが、これは正史の『史記』『漢書』にみえる話であるために、歴史的な事実だと信じている人が、少なくないのである。

日本と中国は、しばしばギクシャクとした関係になる。その理由は、意外とこうした祖先への認識の相違があるのかも知れない。日本人と中国人とが交際するときに、しばしば中国との文化的な近さが強調され、一衣帯水（一筋の衣が隔てているくらいしか離れていない）、同文同種などという言葉が語られる。しかし、日本人は中国人だったら身につけていなければならない輩份の感覚を、まったく持っていない。そのために、しばしば訪問する順番や、行わなければならないことの順番を取り違え、中国人の反感をあおることになる。

日本人が中国人と理解し合うために、私たち日本人には二つの選択肢がある。一つは、「漢字を中国から学びました」、「唐代に遣唐使が中国に行きました」などという生半可な親中派であることをやめて、輩份の感覚を生理的な域に達するまで身に刻み込み、とっさのときにも序列を誤らない能力を養うという方法である。

もしそれが不可能だというならば、もう一つの残された方法は、日本文化は中国文化と、根本的に異なるということを、共通の認識とすることであろう。では具体的にどうするのか。日本文化が女性性（ジェンダーとしての「女」）に支えられているということを、中国の人に理解してもらうことなのかもしれない、と私は考えている。中国の日本文化研究者がしばしば用いる、「女性空間」という認識である。

父系の祖先で結ばれた中国は、母親に系譜をたどる路を閉ざすことで生まれた。これは実は、中国人の負い目にもなっている。中国の文学や映画で繰り返し語られる母への思慕は、その原罪感覚に根ざす。中国にももちろん女性の文化人はいる。しかし、彼女たちが圧倒的な父祖の文化のなかで、男性性とは異質な独自な空間を造ってはいない。

それに対して日本では、世界最古の長編小説『源氏物語』が女性によって女性的な感性で書かれた作品であり、漢字からひらがなを創ったのが女性であったように、中国と比べたら圧倒的な厚みを有する女性ならではの文化領域（女性空間）が存在した。この点を日本人自身が再評価し、中国と異なるとともに互いに補い合うべきものとして、提示できるはずである。

日本の総理大臣が訪中するとき、日中要人が互いに茶番劇であることを承知の上で、北京に行く前に山東半島で徐福ゆかりの土地を巡礼し、日本人の父祖の地は実は中国であったという政治パフォーマンスを、いけしゃあしゃあと演じてみせるか、もしそのような芸当ができないとするならば、日本のなかのジェンダーとしての女性性を前面に出して、中国と向かい合うべきなのではないだろうか。

最後に弁明を一言。本稿は中国人とはこういうものだ、という研究者にはあるまじき文章となっている。私たちが外国人の手になる日本人論、古典的なところでは『菊と刀』、近いところでは『「縮み」志向の日本人』などを読むと、確かに一面ではそのようなところもないわけではないが、違う面も多分にあるじゃないか、と違和感を覚えるように、本稿を読んだ中国人もまた、少なからざる違和感を持つだろう。だから、あえて学術論文を装うことをせず、「私」という主体を明らかにするエッセーの文体を用いた。

【学術文庫版への付記】

ハードカバー版を出版した二〇〇五年から一五年を閲し、日中両国をめぐる国際的な関係も変化し、緊張感が増している。しかしながら、重要なことは個々の中国人の歴史意識を理解し、人と人との関係に立ち返って思索することだと思う。こうした点から、この十年来の出来事から思ったことを、以下に記しておこう。

中国の「国恥」と日本人

二〇一五年、在中国日本大使館の中国版ツイッター「ウェイボー（微博）」が、七月七日に「七夕」を祝う呟きを発信したところ、中国人からの非難が集中し、炎上するという事態になった。その記事に接した翌日、私は大学の学部の授業で、学生になぜ炎上したのか、その理由を書かせてみた。その結果は惨憺たるものであった。正しい答えがほとんど出なかったのである。

中国では七夕は農暦（伝統的な暦）で祝うため、一ヵ月ほど遅れることになる。そして西暦の七月七日は盧溝橋事件が勃発し、日中全面戦争が始まった、まさにその日なのである。中国ではこの日を「国恥日」とする。その日をお祝いするという大使館が発したメッセージは、炎上して当然ということになるだろう。

「国恥日」とは翻訳しづらい言葉であるが、あえて訳すと「外国から恥辱を受けたことを想起する日」ということになろう。ちなみに中国には七月七日の他に、三つの「国恥日」があるとされる。五月九日は一九一五年に中華民国の袁世凱政権が、日本に突きつけられた二十一ヵ条要求を、武力によって受け入れさせられた日。九月一八日は一九三一年に柳条湖事件が起きた日で、そのあと関東軍が満州事変へと拡大し東三省を占領した。そして一二月一三日は、一九三七年に中華民国の首都南京が陥落し、「南京大虐殺」が始まった日ということになる。

浙江省義烏市の崇山村の住民が中心となり、七三一部隊が開発した細菌兵器の被害の賠償を、日本国に対して求める民間賠償請求裁判に向けた経緯に、本章で言及した（詳しくは拙著『ペストと村—七三一部隊の細菌戦と被害者のトラウマ』風響社、二〇〇九年）。一九四二年にペストが蔓延したとき、七三一部隊と連携する日本軍防疫部隊は疫学的調査と称して、罹患者を村の近くの寺に運び込んだ。その寺の境内には「不忘国恥紀念碑」が建てられていた。こうした「国恥」記念碑は、中国のいたるところにある。

戦争を知らないことを知らない世代

二〇〇六年に崇山村での再調査を終えて帰国するまぎわに、中国のタブロイド判週刊新聞の記者の取材を受けた。細菌兵器による被害の問題を、中国と日本という国と国との関係で捉えていた記者に対して、「そうじゃないんだ、被害を受けた中国の方々のトラウマを解消することによってしか、問題は解決されないんだ」と、私は説明し、納得してもらうために五時間もかかった。

記者がまとめた記事には、こんな一節がある。

上田信は一九五七年に生まれ、戦後日本の高度経済成長とともに育った世代である。背は低くベビーフェースだが、頭髪には白いものが混じり、中年にさしかかっていることが見て取れる。……上田信は、自分の世代は「戦争を知らない子どもたち」だと語り、いまは「戦争を知らない子どもの子どもたち」が大人となっていると慨嘆した（「不了解歴史、也是一種罪」『南方周末』二〇〇六年四月六日）。

その記者は、私の言いたかったことの半分しか理解していない。それは無理からぬ事で、私のもともとの発言は、一九七〇年に発表されたフォークソング「戦争を知らない子供たち」を下敷きにしている。作詞者の北山修と作曲者の杉田二郎は、いずれも終戦直後の一九四六年生まれである。私はそれよりもちょうど一〇年あとに生まれたのであるが、私の親たちの世代も、アジア太平洋戦争に巻き込まれている。私の父は、学徒動員で海軍に徴兵された。私の世代は、両親や教師からその戦争体験を直接に聴いて育った「戦争を知らない」ことを知っている世代なのである。それに対して、私が大学で教えている学生たちのほとんどが、「戦争を知らない」ことを知らない世代だといってもいい。知らないことを知っていれば、必要なときに学ぶことができるが、知らないことを知らなければ、学ぶこともできず無知をさらして、炎上することになる。この知らないことを知らない世代がこれから中国の「国恥」と向き合うことになる。

人と人との交流をするにしても、うかつな発言で反感を持たれては、信頼関係を築くことはできない。そのためにも、まず、戦争の歴史を知らないことを自覚する必要があるのだろう。

第四章　世界史の中の中国——中国と世界

葛　剣雄
大川裕子　訳

中国は悠久の歴史を有するが、その多くの期間、他者とは関わりをもたずに発展した。長い間、中国は東アジア漢字文化圏において、重要な、決定的とも言える影響力を持ってきたが、その他の地域に対する影響力は限定的で、断続的であった。中国が、真に世界と関わりをもつのは、一九世紀後半である。そして、積極的に自己を世界の一員として位置づけるのは、さらに後のことである。

中国の形成

国名は紀元前一一世紀に出現

中国と世界の関わりを論じるにあたり、まず中国それ自体の形成が前提となる。中国の形成は、二つの概念にわたっている。一つは、国家の呼称としての中国であり、もう一つは、文化・地域・民族などの国家以外の観念としての中国である。両者は、歴史のなかで、長い時間をかけて徐々に形成され発展した。

于省吾の論証[1]によれば、「中国」という言葉は遅くとも西周（せいしゅう）初年に出現している。現在知りうる最も早期の資料は、一九六三年に陝西（せんせい）省宝鶏（ほうけい）市賈（か）村より出土した「何尊」と呼ばれる青銅器の銘文である。「周の武王（ぶおう）は、商（しょう）の王都一帯を攻めとった後、盛大な儀式を挙行して上天（じょうてん）に申し上げた。〝私は既に中国を自分の領土とし、この地の民を統治します〟と」。この

何尊銘文　（『図説　中国の歴史１』より）

何尊　陝西省宝鶏市賈村出土（『図説　中国の歴史１』より）

箇所の前段には、「王は遷都して成周に居住し、武王の制度と儀礼を復活させた」とあるので、この文は周の成王の時の記録であると断定できる。『尚書』「梓材」では、周の成王が旧時を振り返り、「皇天（天の神）はすでに中国の民とその土地とを先王に与えた」と述べている。『尚書』の記載の多くは、後世の述懐をもとにしており、多くの人々によって整理され、時に改竄されているため、その真偽は不明である。しかし、「何尊」の銘文の存在は、周の武王と子の成王の時には確実に中国という言葉が使用されていた論拠となる。

周の武王が商を滅ぼした年代について、学界では様々な見方があるが、紀元前一一世紀だとする説が一般的である。よって、「中国」の語が出現した時期は、紀元前一一世紀となる。甲骨文には「國」や「或」（國と通じる）の文字が見られないことから、「中国」の語が周の武王より早い時期に出現していた可能性があるとしても、それほど古くはないだろう。

「國」字の起源と変遷は複雑である。「國」は、初めは城や邑を指す言葉であった。農業の進歩にともない、人々が定住を始めると、部落の首領の居住地を中心に、しだいに初期集落や都市が建設されるようになった。城の中を国と呼び、城外の周辺一帯を郊と呼び、城内の居住民を国人、城外の居住民を郊人と呼ぶようになった。さらに遠い地域は、野と呼ばれ、そこに住む人々も当然、野人と呼ばれた。はじめ、国家間に大きな差異はなかったが、やがて比較的早く発展した国や、周辺の国々を束ねる国が現れるようになった。大きなまとまりは「邦」と呼ばれ、小さなまとまりは相変わらず国と呼ばれた。首領や宗族が所有する城や邑は、一つではなくなったので、最も重要な城邑や、首領が居住する城邑は国と呼ばれるようになった。後に、都城が国と呼ばれるようになった所以である。

　初期の国は一つの部落、あるいは一つの宗族の居住地に過ぎず、面積も大きくはなかったので、たくさんの国が並存した。禹が諸侯を塗山（諸説あるが、安徽省蚌埠市の西に在ったとする淮河南岸説が最も妥当であろう）[2]に集めた際、「万国」が赴いたという。万国というのは実数ではないが、多くの国々が参加したことはまちがいない。周の武王が紂王を伐ち、盟津（孟津ともいう。現在の河南省孟津県西南、黄河の畔にある）に至った際には、呼応した諸侯は八〇〇に上った。史料によれば、西周初期に諸侯を封じた後には、一七七三国が存在したという。

　「中」の本義は、吹き流し（旒）をつけた旗（旂）である。商王は、有事の際に、旂を立てて士卒を召集した。召集に応じた人々は、旂の周りに集まったので、「中」字から中間・中心・中央の意味が派生したのである。西周初期に存在した多くの国の中で、天子の所在する国（京師）は中心・中枢的な地位にあったため、当然「中国」と称された。周の武王は、紂を滅ぼして、商の京師を占拠したことによって、天帝から「中国」を与えられたのである。『詩経』「大雅・民労」には「恩恵を中国に施し、四方を安らかにさせよ」「恩恵を京師に施し、四方の国々を安らかにさせよ」という一節がある。ここでは、明らかに「中国」は「四方」に対する語であり、「中国」の周辺を「四方」と呼んでいる。「中国」は「京師」とその周辺地区を指していて、四方の国々は当然、「中国」には属していないのである。

拡大する「中国」

西周初期の中国は、周王が所在する豊（現在の陝西省長安の西南、灃河以西）と鎬（長安西北の豊鎬村一帯）とその周辺地区だけを指していたが、商が滅んだ後は、周人の慣習に従い、商の京師（すなわち殷、河南安陽市）一帯も「中国」と呼ばれるようになった。周の成王の時には、周公旦が雒邑（洛陽市東北の白馬寺一帯）を増築して、成周と名づけ、商の遺民を住まわせた。また、近隣に王城（洛陽市王城公園一帯）を築かせ、周人を遷して周の陪都（国都以外の都）とし、東方への備えとしたのである。陪都となった洛陽は、「天下之中（天下の中心）」にあたる交通の中枢に位置していたこともあり、「中国」と呼ばれた。ここに至って、「中国」という概念は、ただ一つの政治の中心地から、複数の政治の中心地、または政治中心地を含む地理的な中心地を指すようになった。

紀元前七七一年（周幽王一一）、犬戎が鎬京に攻め入った。翌年、平王は東に遷都し、豊鎬一帯は戎人に占拠されて「中国」の地位を失ってしまった。後に、秦がこの地を奪還するのだが、「中国」に列せられることはなかった。東遷した周王は有名無実の存在となり、周王の近親諸侯や、地理的に中心に封じられていた諸侯たちが急速に台頭しはじめた。彼らは周囲の小国を併呑し、十数から数十の城邑を有する大国となった。これらの大諸侯国は、実質上、周王と対等の地位を得ており、彼らの国もまた「中国」となったのである。春秋時代になると、「中国」には、周王の直轄地と晋・鄭・宋・魯・衛などの諸国も含まれるようになった。これは、現在の河南省の大部分、山西南部、山東西部などの黄河下流域に相当する。

「中国」の範囲は、さらに拡大していった。例えば、斉国は大国であるが、地理的には中心に位置していない。斉は桓公の時、覇者となり、「尊王攘夷」を掲げて、周王の利益と諸侯国間の秩序を維持するために、度々出兵した。斉は重要な役割を担う大国となったことによって、「中国」の列に序せられたのである。また、楚国の場合、初期の頃は、現在の湖北・湖南・河南南部に位置していたが、ここは地理的には中原の外であった。楚は文化的にも中原諸国と大きな隔たりがあったので、楚王の熊渠ですら「私は蛮夷だから、中国の称号は用いない」（『史記』巻四〇「楚世家」）と述べている。楚王自ら当時の楚国が中国には属しておらず、蛮夷の一部分であると考えていたのである。春秋時代、楚の武王（在位紀元前七四〇―紀元前六九〇年）は、「蛮夷」と自称するものの、「中国の政治を観望しようと思い」（『史記』巻四〇「楚世家」）、また周王室に対して楚の爵号を高くすることを要求している。楚荘王八年（紀元前六〇六）、楚は軍隊を進めて、周王の都城の郊外につらね、周を威嚇したが、その際、軍の慰問に訪れた周の使者の王孫満に対して、「九鼎」の軽重を尋ねている。この「鼎の軽重を問う」行為は、王孫満の高ぶらずへつらわざる返答によって拒絶されたが、もはや誰にも楚国が「中国」となる歩みを止めることはできなかった。楚霊王三年（紀元前五三八）、楚は国力に物を言わせて、諸侯を集めて会盟を行った。晋・宋・魯・衛などはこれを拒んだが、多くの諸侯が招きに応じた。楚は新しい覇者となり、楚国は「中国」の一部になったのである。

正統性をめぐる争い

戦国時代になると、主要な諸侯は、秦・楚・斉・燕・韓・趙・魏の七国だけとなった。彼らは、「中国」を自任し、また互いを「中国」として認め合った。諸侯の領域が拡大すると、「中国」の範囲も拡大した。例えば、秦は巴・蜀を滅ぼして境域を今の四川盆地にまで広げ、大量の移民を入植させた。巴蜀は秦の一部分となり、秦からの移民がやって来たことによって、秦と同じ「中国」の地位を得たのである。戦国後期、「中国」の範囲は南は長江下流域、北は陰山・燕山山脈に接し、西は隴山や四川盆地西縁にまで及んだ。

秦漢時代、従来の諸侯国はすべて統一国家の領域内に入った。理論の上から言えば、秦と漢の領域の大部分は「中国」となる。したがって、統一帝国の形成、境域の拡大、そして経済文化の発展にともない、「中国」の概念も変化し、拡大することになった。一般的には、中原王朝が建国されると、その主要な統治地区が「中国」となったが、辺境地区や、支配の外側は夷・戎・蛮と呼ばれ、「中国」とはならなかったのである。

「中国」の概念は可変的で、その範囲も一定していない。終始曖昧で、不確定な概念である。たとえ中原王朝の内部にあっても、辺遠な地区は「中国」とは見なされないこともありえた。

「中国」はまた、文化的な概念であり、強烈な民族概念でもある。「中国」とは、通常は漢民族（華夏）文化圏を指し、他の民族は漢民族の文化を受け入れることによってはじめて、その一員となり、居住区も「中国」とみなされる。そのため、「中国」は、地理的な概念と一致しないだけでなく、領土への帰属にも矛盾する場合がある。たとえ辺境であっても、多くの漢民族が居住し、あるいは漢民族の伝統文化がある程度発展していれば、そこは「中国」の一部分であるとみなされた。また、非漢民族が漢民族の文化を受け入れ、ある程度の発展性が認められれば、彼らは漢民族とみなされるし、その居住地区も「中国」の一部として認められるのである。

　したがって、広義の「中国」は中原王朝を意味しており、中原王朝の境域内はすべて「中国」ということになる。また、狭義の中国とは、経済文化が相対的に発達した漢民族の居住区、あるいは漢民族文化圏に限定される。この二つの基準が併存するために、度々、地域間では「中国」をめぐる争いが引き起こされたし、分裂した状況下では政権間に「中国」をめぐる争いが生じた。なぜなら、「中国」であってこそ王朝の正統的な支配者となり、他の政権を統一する合法性を得ることができるからである。西晋の滅亡後、東晋と南朝政権は伝統的な中国の中心地区を追われたが、いずれも西晋の合法的な継承者を自負していた。自分たちこそが真の「中国」であって、北方の政権は外来の「索虜（髪を縄で結んでいる卑しい人々）」に過ぎず、彼らに「中国」を称する資格はないと考えていたのである。しかし、一方では、北方の政権は、西晋を滅ぼして伝統的な「中国」地区を奪い、そこに住む民を支配している自分たちこそが「中国」の主人であり、「中国」であると考えていた。東晋や南朝は単なる辺境の「島夷（海に浮かぶ島に住む野蛮人）」に過ぎず、すでに「中国」を称する権利を失っていると考えたのである。

双方ともに、自らの正統性を主張する「中国」をめぐる争いは、隋王朝の統一によってようやく解決された。隋王朝は北朝から権力の正統性を継承したため、当然ながら北朝を「中国」として承認した。とはいえ、彼らは南朝の「中国」の地位も否定できなかった。なぜなら、南朝はすでに隋の版図の一部であったし、南朝の一部分の制度や品々を隋は受け継いでいたからである。例えば、西晋から南朝に継承された宮廷音楽は、隋の統一後、中原に戻ることになるが、隋の文帝はこれを「華夏の正声」と呼び、北朝が育んできた宮廷音楽に替えて用いた。そのため隋朝は南北両朝に平等な地位を与え、双方とも「中国」だと見なした。北朝の伝統を継承した唐王朝も、同様の立場をとった。そして唐代初期には、前王朝の歴史として『南史』と『北史』が別々に編纂され、ともに正史に列せられたのである。

明朝後期以降は「中国」の呼称へ

同じような争いは、北宋と遼の間、南宋と金の間にも起こった。南北両方の領域を有する元朝は、隋王朝と同様の方法で、南北共に「中国」であることを認め、『遼史』『宋史』『金史』を同時に編纂したのである。

明朝以前、世界の人々は中国に対して限られた知識しかもっていなかった。『マルコ・ポーロ旅行記』[3](『東方見聞録』)のように、全面的に中国を紹介した書物はごくまれであり、[4]中国の王朝の呼び方も統一されていなかった。しかし、明朝の後期以降、中国を訪れた西方の人々は「中国」、中華、中華帝国、中央帝国などの名称を用いるようになった。彼らは、明朝、清朝あるいは大明、大清などの呼び名は用いていない。

比較的早期の事例をあげれば、康熙二八年(一六八九)、清朝はロシアと「ネルチンスク条約」を締結した。この時、満州語とラテン語で記された条約文のなかで、清朝は「中国」と自称しているのだが、これは西方の宣教師の翻訳による可能性が高い。ちなみに、「ネルチンスク条約」には、漢文で書かれた文書は存在しない。おそらく、清王朝の統治者たちは、条約で確定される境界線は、満州族発祥の地に関わるものであるから、満州語の文書さえあれば十分だと考えたのだろう。アヘン戦争以後、国際交流の場において「中国」は国家の、あるいは清朝の代名詞となった。しかし、政府側と民間での呼び方には違いがあり、清朝全体を指すこともあれば、内地一八省に限った伝統的な「中国」の範囲を指し、内外モンゴル・チベット・青海・東北・台湾が含まれない場合もあった。西方の著書でも、清朝が省を置いた地区だけを中国、中国本部、中国本土と呼び、その他の地区は韃靼、蒙古、西蔵、新疆と呼んでいる。

一九一二年の中華民国の成立によって、中国は初めて正式な略称となり、国家の代名詞となった。そして、中国は明確な地域の範囲——中華民国に属するすべての領土——を持つに至ったのである。

このような理由から、外部世界の人の中国人に対する呼称も、時と場合によって異なっている。「中国」や、これと同義の言葉を用いていても、現在の中国の概念とは必ずしも一致していないのである。

天下から世界へ

禹の治水伝説が源の九州説

夏・殷・西周以来、黄河中下流域を中心とする王都の所在地は、周辺地区に対して絶対的な優勢を誇っていた。当時の人々は、東アジア大陸以外の状況について、ほとんど認識していないか、あるいは遅れた一面だけを理解していたので、王都の所在地は天下の中心であり、王は天下の支配者であるという観念が生み出されたのである。『詩経』「小雅・北山」の「大いなる天の下、王の土地でないところはない。地の果てまでも、誰一人として王の臣下でない者はいない」という詩句は、まさにこのような考え方を描写している。

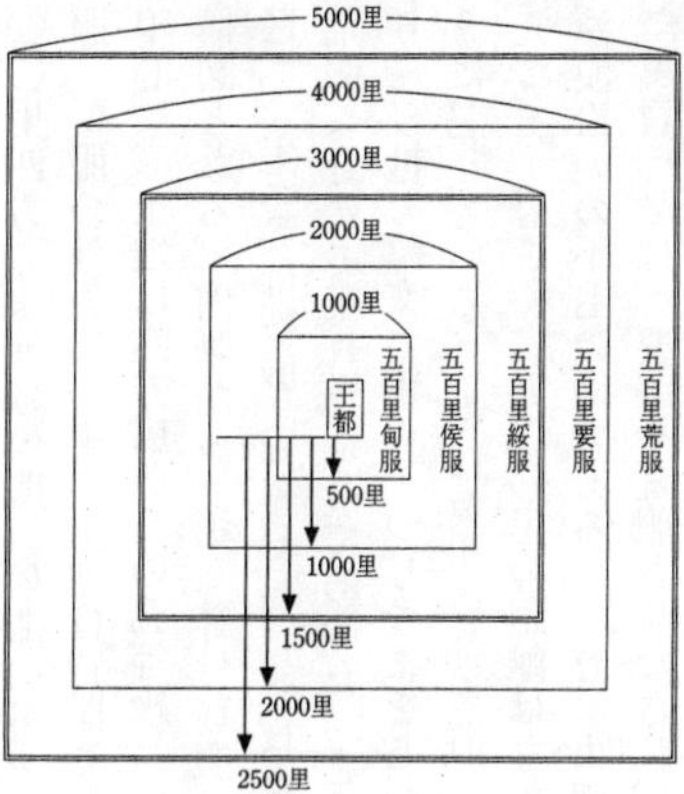

「五服」の制度　→は王都からの距離を示す。顧頡剛『史林雑識』より

これとほぼ同時期に、学者たちは「五服」制度の構想を練りあげた。「(王畿の外の)五〇〇里四方の土地を甸服と呼ぶ。甸服の外五

○○里四方の土地は侯服、侯服の外五○○里の土地は綏服、綏服の外五○○里の土地は要服、要服の外五○○里の土地は荒服である」[5]。これによれば、王の居住する京城（王畿）を中心に、土地は四方広がりの五等級に区分され、一等ごとに、四方五○○里に広がっていく構図となる。内側から、第一等は甸服（農業中心の直轄地区）、第二等は侯服（諸侯の統治区）、第三等は綏服（綏撫しなければならない地区）、第四等は要服（辺遠地区）、第五等は荒服（野蛮で荒れた地）であった。このような考え方は、実際の地理環境とかけ離れており、後世の儒家ですら、つじつまをあわせる事ができなかった。宋代の学者、蔡沈は次のように記している。「堯は冀州に都を置いた。冀州の北境に并、雲中・涿・易州などの地を加えても、恐らく二五○○里の距離はないだろう。たとえ二五○○里あったとしても、そこは沙漠沿いの不毛の地である。一方、東南の豊かな地区は国家の賦税を出すところであるが、〔「禹貢」では〕要服や荒服と見なされ、顧みられていない。地勢の上から考えると、五服の説はよくわからない」[6]。この構図を葬り去るわけにもいかないが、この考え方自体は、「五服」説が作られた当時の地理認識の欠乏を物語るし、このような条件の下では統治者の政治的な野心も大きくはなかったことを反映している。

　九州の制度は遅くとも戦国時代後期までに形成された。この説は、禹が治水の後に天下を九つの州に分けたとするものである。実は、九州は当時の学者が、未来の統一国家を思い描いて作り出した区画であり、彼らが理想とする政治が反映されている。しかし、秦の始皇帝は、六国を統一後、九州の制度を用いなかった。漢の武帝は元封五年（紀元前一○六）に全国を一三の刺史部に分割したが、これは監察区であって行政区ではなかった。その中の一一

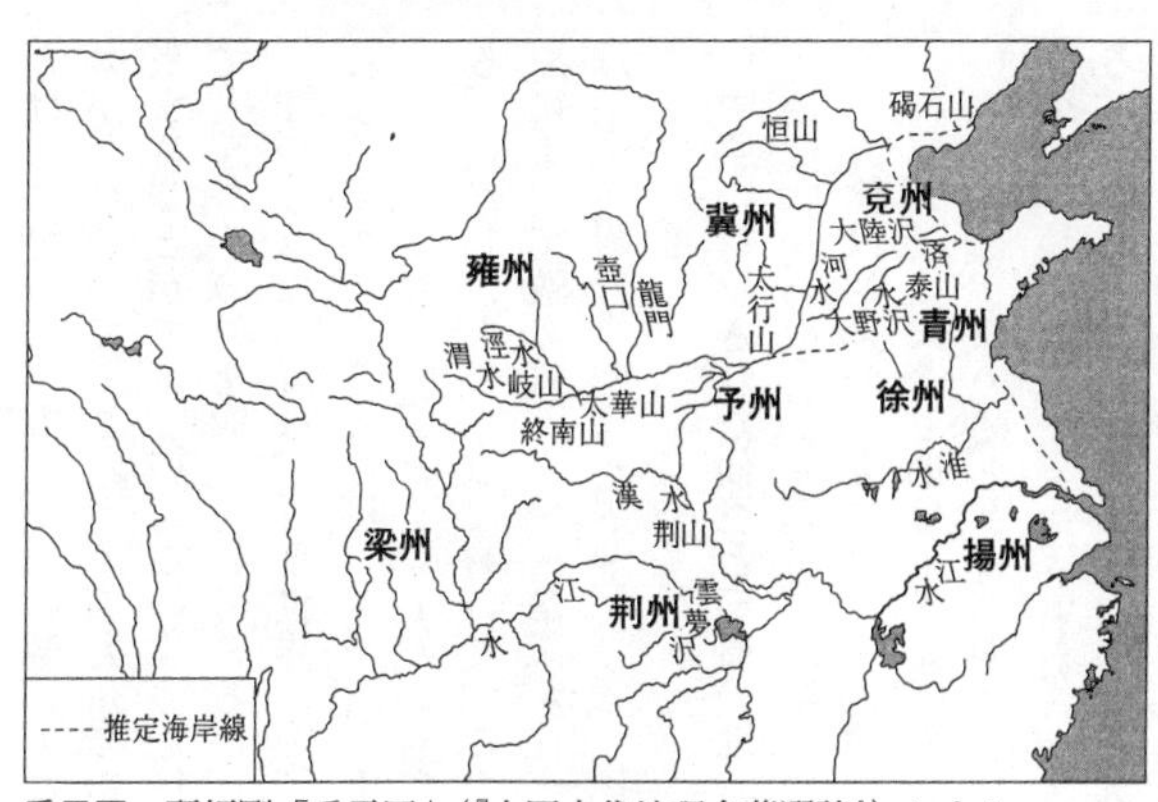

禹貢図　顧頡剛「禹貢図」（『中国古代地理名著選読』）による

部は州と名付けられたが、「禹貢」の九州の名称とは完全には一致しない。「禹貢」九州の範囲は、大体、北は現在の燕山山脈と渤海湾から南は南嶺一帯まで、西は隴東高原から東は海に至るまでの地区に相当する。当時の人々は、この範囲内が「天下」の全てを包括しているわけではないことを知っていたが、九州の外は華夏の人々がさげすむ野蛮で未開の地であると考えたのである。

『周礼』「職方氏」、『爾雅』「釈地」と『呂氏春秋』「有始覧」の中にも、「九州」の区分が見られる。各州の名称は「禹貢」と完全には一致せず、区画の範囲にも違いが見られるが、いずれも、当時の天下観が反映されている。

九州説の中では、戦国時代の斉国の学者、鄒衍の大九州説だけが異質である。「儒者のいう中国とは、天下の八一分の一を占めるに過ぎない。中国を名付けて赤県神州という。赤県神州の内側には、九州があり、禹が秩序立てた九州とはこれであり、本来の州の数に入れることはできない。中国の外にも赤県神州のようなものが九つあって、これが所謂九州である。小さな海が九州をとりまき、人民・禽獣は外と往来することができない。このような区域が、また大きな一州となり、これが九つある。そして大海がその外を取り巻いている。これが天地の際限である」[7]。

このような学説は、外部世界への認識から生まれたのではなく、多くの部分は憶測や推測によるものである。中国は天下と等しく、中国（実質的には中原）の外には文明社会がないという考え方に比べると、大九州説は、同様に発達した複数の人類社会の存在を認めている。ただし、次の一点において、この説には矛盾が生じている。各州の間は際限のない大海原によって遮られ、人民・禽獣が往来することができないため、結局、他の社会の存在は、理論上・思弁上のものでしかなく、中国に影響を及ぼすような現実とはなりえないのである。

中原に対置された仙境と蛮夷の地

後漢時代の学者、張衡は「渾天説」を唱えた。「全ての天体は、一つの鶏卵のようである。天体は弾丸のように丸く、大地は卵の黄身のように、一つだけ中に浮いている。比べてみれば、天は大きく地は小さい。天の内と外はすべて水である。天が地を内部に包み込んでいる様子は、卵の殻と黄身の関係と同じである。天と地は気によって支えられている」。当時の科学技術の水準を考えれば、張衡の理論はたいへん先進的であり、想像力に富んでいる。しかし、大地の表面や内部の状況については、張衡の研究範囲ではなかったか、彼の興味をそそらなかったようである。彼の説く「地」は、「天下」や「九州」以外の地域を含むのか、あるいは、前代に形成された「天下」観を打破しているのかは、よくわからない。ただし、大地は水に包まれているという説から察するに、おそらくそれまでの「天は丸く地は四角い（天円地方）」という概念と大差はなく、大九州の範囲を超えてはいないだろう。

戦争・併呑・融合を経て、華夏の諸族は黄河流域や東アジアで最も多くの人口を誇り、経済文化の最も発達した、最強の民族となった。そして、自然条件が最も卓越した地区を占拠したのである。非華夏民族は黄河流域から追い出されるか、もしくは華夏の中に次第に融合して文化を受容し、華夏の一員を自任するようになっていった。モンゴル高原・青蔵高原・長江流域とそれ以南、大陸付近の島々には、総体的に彼らに匹敵する力をもつ民族や政権はまだ出現していない。その他の地域を例にあげると、河西回廊を抜けて中央アジアに至る陸上交通路や、東南アジアに向かう海上交通航路がすでに開通しており、新疆のホータンで産出される玉石が中原にも広く流入していた。このことは、遅くとも四〇〇〇年前までに、現在の新疆西南から黄河下流域には交通路線が拓かれ、人々が往来していたことを示しているのだが、その影響力は非常に限られていた。

境外で産出される玉石や宝石類、香辛料などの珍奇な宝物が流入し、それらの地域を実際に見聞する者が現れるようになると、人々は中原を中心とする考え方に懐疑的にならざるをえなくなった。そこで、崑崙山・瑶池・西王母や海上の神山などの神話が生み出され、天下説の不足が補われたのである。境外の文明や珍宝が産出される場所は、眺めることはできても決して到達できない仙境だと理解された。その他の場所は愚昧で遅れた蛮夷の地であり、天下の中心である中原の地位を脅かすはずもなかった。

秦の短い統一と、滅亡後の諸戦乱を経て、空前の規模を誇る前漢帝国が出現した。紀元初め頃、漢王朝の境域は、西はバルハシ湖とパミール高原、東は朝鮮半島北部と東海、北は陰山・遼河、南はベトナム中部に至り、四〇〇万平方キロに及ぶ領土には、一〇三の郡・国（郡レベルの行政区）と一五〇〇余りの県・邑・侯国があり、六〇〇〇万余の人口を支配するに至った。『漢書』巻九六「西域伝」の記載によれば、漢王朝の西域都護府が管轄する諸国の人口と「勝兵（優れた兵）」の数は多く、またその記載内容は、都護府の管轄を越えた区域にまで及んでいる。ここから、当時の人々の地理的な知識がすでに遠方の中央アジアや西アジアに及んでいたことを知ることができる。

史料によれば、漢の人々の足跡は、すでに中央アジア・西アジア、地中海沿岸、日本・東南アジアに至り、交易の範囲はさらに広い地区に及んでいた。「九州」以外の存在は周知の事実となり、西域から伝わった葡萄・苜蓿・雑伎や音楽などは、一般の人々にも身近なものとなった。異国の使者や商人は、長安でも見かけることができた。至る所に、匈奴や大宛への遠征軍に参加したり、辺境の防備に赴いたことのある人々がいた。彼らは、「九州」以外の土地を自ら体験していたのである。異境から帰還した使者たちがもたらした詳細な報告や、西域諸国を管轄する都護府の報告文書をもとに、学者や史官は正確な記録を残した。『史記』や『漢書』には西域に関わる史料があり、今日的な知見から見ても、正確で信用できる記載である。ただ、これら一切の事によって、中原を中心と考え、華夏を主体とみなす天下観が弱まることはなかった。それどころか、さらにこの観念は強化されたのである。異境との接触を通じて、人々は中国の外には、中国よりも強大で、豊かで、文明的な国家は存

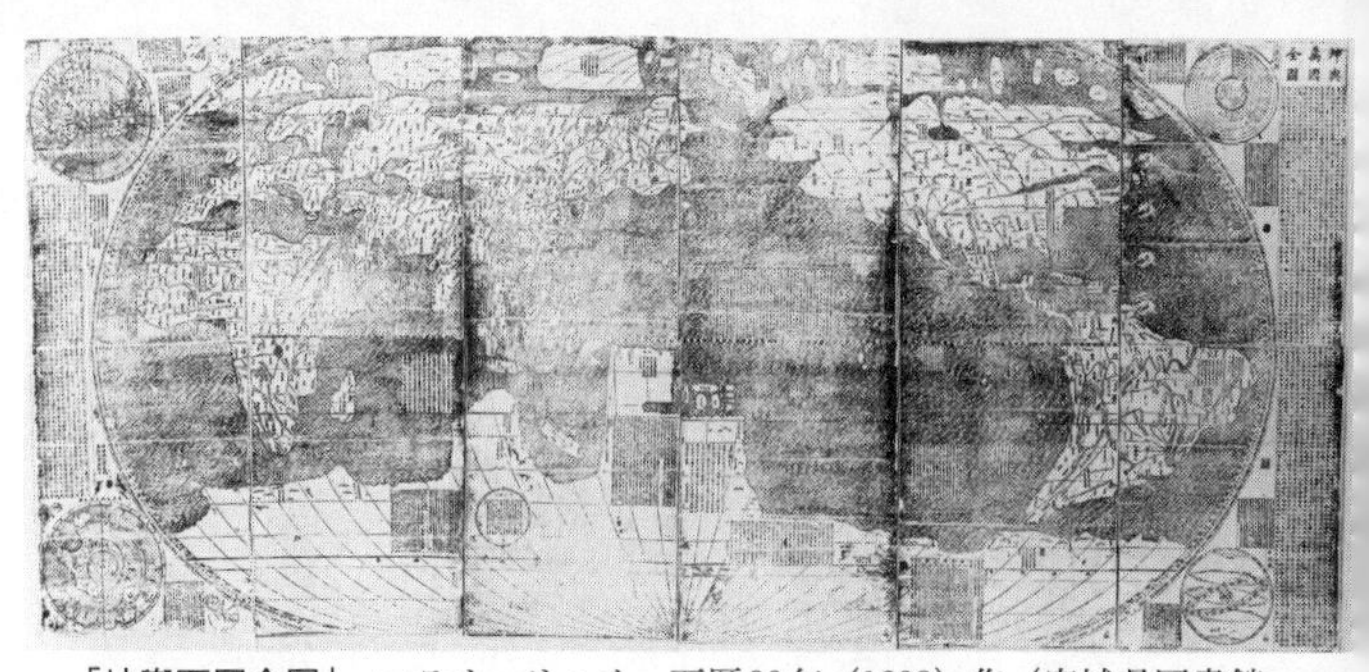

「坤輿万国全図」　マテオ・リッチ、万暦30年（1602）作（宮城県図書館所蔵）

在しないことを確信した。諸外国の君主や臣民は、もし中国に対して臣下の礼をとり、貢ぎ物を持参し、中国からの賞賜を受けないのならば、華夏による感化の外におかれ、夷狄に甘んじるだけであった。

世界地図も荒唐無稽と信用せず

後漢以後、西北アジアや中央アジアで活動していた民族が大量に中国に流入し、東北の民族も前後して黄河流域に進入した。その中には、中原の主になった者さえいた。ただし、優れた華夏の文化の前では、軍事的な征服者たちは、文化的には被征服者とならざるをえなかった。これらの民族の首領は、「天に命を受けた」「炎黄の子孫」となり、民族自体が次第に華夏（漢族）に融合していったのである。文字・製紙技術・印刷技術の発達によって、中国の伝統的な天下観は、後世に長く伝えられていった。しかも記載される内容は、本来典拠のないものか、あったとしてもすでに原史料が散佚していて確かめる術がなかったために、伝統的な天下観は時代とともに強化されていった。

明朝後期になると、西方の宣教師が続々と中国にやってきた。彼らは、布教と同時に、西方の科学技術や新しい知識をもたらした。万暦(ばんれき)一〇年（一五八二）、イエズス会宣教師でイタリア人のマテオ・リッチが広東の肇慶に到った。この後、彼は何種類もの中国語版世界地図を画き、これに詳細な説明を付した。しかし、伝統的な天下観が根深く残っていたために、士大夫(したいふ)の多くは、マテオ・リッチが示した世界を海外の奇談であると見なした。これは、少しも不思議な事ではない。なぜなら、一八世紀初頭までに、西洋ではすでに地理上の大発見を遂げ、欧州列強は海上に覇を唱え、東方を次の支配の標的としていたが、そのような時にあっても、『明史』を編纂する史官(しかん)（書記官）は、次のように記載しているのである。

> イタリアは大西洋の中にあって、古くから中国とは交流がない。万暦帝の時、利瑪竇（マテオ・リッチ）が京師にやって来て、「坤輿(こんよ)万国全図」を記し、天下には五大洲があると述べた。第一はアジア（亜細亜洲）である。凡(およ)そ百余国があり、中国はその一つである。第二はヨーロッパ（欧羅巴洲）である。約七十余国があり、イタリアはその一つである。第三はアフリカ（利未亜洲）で、百余国がある。第四はアメリカ（亜墨利加洲）で、土地は広く、南北に分かれる二洲が連なっている。最後の、メガラニカ（［墨瓦臘泥加洲、Magellanica］南半球の大陸）は第五で、大地の果てである。これらの説は荒唐無稽(こうとうむけい)でとるにたらないが、其の国の人は中国にはびこっているのだから、以前から存在しているのだろう。全くのでたらめではないようだ。(8)

外国は「天下」の辺縁

清の乾隆五八年（一七九三）、イギリス国王ジョージ三世は、ジョージ・マカートニーを特使として中国に派遣した。乾隆帝の八〇歳の祝寿という名目であったが、本当の目的は清朝と正式な通商を結び、北京に使節を常駐させることであった。マカートニーは、最終的に乾隆帝の勅諭、「特頒詔諭」を得たが、この上諭の内容は双方の目的が完全に一致していないことを示している[9]。

> 爾イギリス国王は、遠い海の彼方にあって、心を傾けて教化に努め、このたび特使を派遣して、恭しく奏状を携えて来朝させた……朕は奏状を見たが、文面は肫懇で、爾国王の恭順の誠意を具に見ることができ、深く感じ入った。……しかし爾国王の奏状の中の、使節を派遣して天朝に常駐させ、貿易を管理させることを懇願する一節に至っては、天朝の礼制とは合わないので、決して認めることはできない。……天朝を仰ぎ慕い、学ぶことを欲しても、天朝には天朝の礼法があり、爾の国と同じではない。爾の国の使節が、学んだとしても爾の国には自らの風俗制度があるのだし、また決して中国に倣うことはできないのだから、習得しても無駄である。天朝が天下を有っているのは、支配に励み、政務に努めるためなのだ。珍奇な宝物などを、欲しているからではない。爾国王がこのたび献上した品々は、誠心にて遠方より献上したことを思い、特別に担当の役所に申しつけ受納させた。しかし、天朝の徳威は遠くまでおよび、万国が来朝し、貴重な品々が海の彼方から悉く集まってくる。あらゆる品物があることは、爾の正使たちが見た通りである。

よって、天朝は珍しい品々を貴ばないし、爾の国が製造する品々も必要とはしていないのだ。

この出来事をどのように解釈するかにかかわらず、上記の語句が示す観念は明白である。中国の統治者・乾隆帝は、イギリスであろうと、その他「万国」であろうと、「天朝」と対等の礼をとることを許していない。「天朝の礼法」は各国とは異なり、各国は「天朝」に倣うことはできない。その主な理由は、文化的な差異によるのではなく、尊卑・上下の別が存在するからである。

アヘン戦争の時期、外交を担当していた林則徐などの官僚は、外国の状況を理解することの重要性を意識し始めていた。林則徐は広州で人員を集め、イギリスの『世界地理大全』をもとに『四洲志』を編纂した。一八四一年、魏源は林則徐から託されて、『四洲志』に、中国や外国の関連諸文献を加えて『海国図志』を編纂した。この本は、一八四二年に五〇巻本として出版された後、何度か増補され、一八五二年には一〇〇巻本となった。この本の第二部では、アジア（亜洲）、オーストラリア（澳大利亜洲）、アフリカ（非洲）、ヨーロッパ（欧洲）、アメリカ（美洲）の各国が紹介されている。また、イギリスは最強だという認識のもと、その生産技術の進歩性や、ロンドンの繁栄ぶりが描写されている。イギリスの政治制度に関する具体的な紹介もあり、女王と議会（巴厘満、Parliament）の共存、議会における上院議員（五爵会議）と下院議員（郷紳会議）の存在、下院議員の職権と地位、政府における役割などが記されている。また、アメリカで行われている民主共和制についても紹介されており、大統領は四年ごとに選出され、議会では少数が多数に従うことが記されている。また、「人々の心が一つになれば、平等を主張するのは当然のことである」とも述べている。スイスについては、「この国には苛政がなく、風俗は質素で、数百年来、戦乱がない」「ここは西方の桃源郷である」と述べられている。しかし、当時のような特殊な状況下にあっては、林則徐や魏源の最大の関心事は、いかにして「夷（外国）を以て夷を制し」「夷に学んで夷を款す」かであった。「外国の特技に学んで外国を制する」ために、西洋の軍艦、汽船、地雷、魚雷、望遠鏡などの機械の製造と利用の方法が数多く紹介されたが、「夷」がすでに華夏と同等の地位にあることは言及されていない。しかも、世界各地の名称と分布に関しても、編者はヨーロッパ、アジア、アメリカ、アフリカ、オーストラリアの分布を信用せず、依然として仏教の経典にある「東勝身洲、南瞻部洲、西牛貨洲、北倶盧洲」の世界観を基準とし、アメリカは西牛貨洲であるとしている。『四洲志』も『海国図志』も、結局は中国伝統の「天下」概念を超越してはおらず、外国を「天下」の辺縁、あるいは「天下」以外の範囲に列している。

評価されたイギリスの議会制度

やや後に世に出た『瀛寰志略』も、重要な史料である。著者の徐継畬は山西の五台山の出身であるが、北方人特有の保守性を持ち合わせていなかった。彼は福建に長年在職し、福建布政使として厦門に駐在して通商事務を主管したこともあった。後に、福建巡撫（省の最高行政官）に昇進して通商業務を兼任している。そのため、外界の状況には特に注目していた。彼は著書の中で、次のように述べる。

道光癸卯（二二年、一八四二）冬、私は通商の仕事に従事するために、長らく厦門にいた。アメリカ人アベール（David Abeel、一八〇四―四六年、アメリカの伝教師）は、西方の博学で、海図冊子を持っている。その印刷は精巧で、注の文字は毛髪のように細かい。惜しむらくは、私はその文章を読めないことである。そこで、休日を利用して、アベールに解説をしてもらった。世界の地形については、大体理解することができた。私は二〇枚余を模写し、説明文を付けた。説明の多くは、アベールの助けを得た。また陳資斎の『海国聞見録』や七椿園『西域見聞録』、王柳谷『海島逸志』、西方人の『高厚蒙求』などの書を参考にした。この書を『瀛寰志略』と名付ける。

この本は道光二八年（一八四八）に出版され、全一〇巻、一四万字に、四二枚の地図が付いている。著者は、系統的かつ詳細に八〇近い国や地区の所在地・歴史・経済・文化・風土人情などの状況を紹介している。それまで中国人がほとんど知らなかった南アメリカ、オセアニアとアフリカにも言及しているが、アジア、ヨーロッパ、北アメリカについては、例えば、ヨーロッパ各国の面積、人口、財政収入と兵力の具体的な数字を紹介するなど、非常に詳細な記述が見られる。このような情報が、アベールの提供した詳細な資料と記載から得られたものであることは明らかである。徐継畬の優れた点は、西方の政治への理解にも表れている。例えば、イギリスの議会制については、次のように紹介する。「イギリスには国会

（公会所）があり、二院制をとっている。一つは、上院（爵房）で、爵位を持つ貴族や司教を議員とする。下院（郷紳房）は、庶民から選ばれた才識ある学者を議員とする。国に大事があれば、王が首相に諭し、首相は上院に告げて議会を召集し、条例に照らして可否を決める。これを下院に伝達して、下院が斟酌・審査し、行うべきであれば、首相に上奏し、王に意見を問う。もし王の同意が得られなければ、採用しない」。著者は、イギリスの制度がヨーロッパの多くの国々に模倣されていること、またイギリスがこのような制度によって強国となったことを指摘する。「全世界に、その帆柱が立っている。人が住める場所であれば、すべて窺い見定めて、その富を吸い取ろうとしている」。

曹操、劉備より猛々しいワシントン

また、著者は当時発展途上にあったアメリカを、高く評価し、篤く褒め称えている。とくに、アメリカ建国の指導者であるワシントンと独立戦争については、真に迫る描写が見られる。

> 戦況が慌ただしくなり、武器や火薬、軍糧は全て尽きてしまった。ワシントンは、勇猛果敢に兵を激励し、軍配を定め、ボストンに迫った。イギリス軍は、水軍を城外に配置していたが、突如大風が吹き、イギリス軍の船は吹き飛ばされてしまった。ワシントンは勢いに乗じて攻め、ボストンを攻め落とした。その後、イギリスが大軍を結集して攻撃に転じると、ワシントン軍は敗北した。兵たちは恐れて逃げ出そうとしたが、ワシントンは意気盛んに、軍を立て直して再び戦い、イギリス軍を倒した。八年間に及ぶ血戦で、幾度も

劣勢になりその度に立て直した。しかしワシントンの士気は衰えず、イギリス軍は次第に疲弊していった。フランスは国を挙げて援軍を派遣し、ワシントンとイギリス軍を挟み撃ちにした。スペインやオランダもまたイギリスの進軍を阻み、和睦を勧めた。イギリスは持ちこたえられずに、ついにワシントンと和睦し、国境を定めてアメリカの独立を認めた。

ワシントンの人間性や功績については、以下のように賞賛してやまない。

> ワシントンは異国の人である。挙兵すること陳勝や呉広よりも勇敢で、群雄割拠するさまは、曹操や劉備よりも猛々しい。三尺の剣を携え、万里を切り開いたが、帝号を称さず、子孫に譲位しなかった。選挙の制度を定めて、天下に平等を示し、夏殷周のような理想の政治を推し進めたのである。その治国は譲善を尊び、戦いを好まず、他の国々とは全く異なっている。私は、以前ワシントンの肖像画を見たことがあるが、その風貌は勇ましく毅然としており他に類を見ない。彼こそが真の傑物である。アメリカは合衆国の体制をとっていて、国土は広く、王も貴族もいない。また、世襲の制度を設けていない。国務は国民の票決に付せられる。歴史上前例のない、このような体制が作り出されたことは、すばらしいことである。西方の歴史上の人物の中では、ワシントンこそが最も優れた人物なのだ。

この文言を記した石碑は、中国人民からの贈り物として、海を隔てたアメリカの首都ワシントンにまで運ばれた。現在でもワシントン記念碑の内壁にはめ込まれている。

徐継畬の示した新しい見方は、当時としては大変珍しいものであった。本が出版されると、各方面から厳しい批判を受けた。「軽々しく夷書を信じ、常に大げさである」「ワシントンは三尺の剣を携えて国を独立させ、私欲が無く、公正なること世界一流だという。また、イギリスは豊かで強大であり、その版図も広大だと言うが、彼が示すのは境域の一部を示した地図だけで、真実だと言えようか？」。曽国藩も「たいへんな大ぼらふきである」と述べている。保守反動派の人々の反応については言うに及ばない。徐継畬は、ドイツ連邦について言及した箇所で、「西方の王気（王者の起こる所に昇る気）は現在発展途上である」と記しているのだが、故意に「西方」の二文字を削除して、彼を貶めようとする者さえいたのである。彼を支持して、讃えたのはわずかな同僚や旧友だけであり、限られた影響力しかもたなかった。

幻想の天下観から現実の世界観へ

徐継畬が被った災難は、決して偶然でもないし特別な例でもなかった。イギリス、フランス、アメリカなどの西方諸国を歴遊した中国の官僚や学者たちは、西方は物質的に発達しており、政治制度の面でも先進的であることを認めざるを得なかった。しかし、彼らの報告が中国国内に伝えられると、大多数の人々は半信半疑に受け止めた。懐疑的な人は、情報を伝えた人々を「売国奴」、「夷狄」の手先として責め立てたのである。西方世界の現実が、もはや否定し難くなると、保守派は新しい抵抗の方法を考え出した。——「中国には、昔から存在した」、つまり西方の優れた面は、中国では古代からすでに存在していたのであり、言うまでもなく西方が中国人から学んだのであると。例えば、ワシントンは独立を勝ち取った後、一旦身を引き、選挙によってアメリカ大統領に選出されたのだが、この点については、保守派は次のように述べるのである。中国では、古くから堯・舜・禹の禅譲の事例があり、アメリカよりも先進的であったと。

アヘン戦争の失敗と「南京条約」の締結も、清朝統治者を「天朝」という迷夢から目覚めさせることはなかった。清朝は相変わらず「天朝体制」に基づいて「夷務」を処理していたのである。中国の歴代政府と同様に、清朝政府には、藩属国（中国に付き従う国）と国内の少数民族を管理する役所（理藩院）しかなかった。イギリス・フランスなどの外国との交流は、礼部と理藩院のみが対処し、彼らが中国と平等な地位を持つことを実質的に認めなかった。しかし、この時、「英夷（イギリス）」や「法夷（フランス）」は、もはや「恭順」ではなかった。加えて、第二次アヘン戦争後の対外交渉の事務が増加したので、清朝政府は一八六二年三月（同治元年二月）、正式に総理各国通商事務衙門（後に、総理各国事務衙門に改称）を設置し、外交事務と外国使節の派遣を主管させた他、通商・海上防備・関税・鉄道や鉱山・郵便電信・軍需産業・同文館（清朝が設置した語学学校）・留学生派遣事務などを管轄させた。この機関の職権は絶大で、渉外部門のすべてを統括し、外国の機械の使用や「洋匠（お雇い外国人）」を招聘した鉄道・鉱山・郵便電信業務まで扱った。ここにおける最も重要な意義は、清朝がついに体制上、外国の自国との平等な地位を認め、中国の歴史上はじめて外交を担当する機構が設置されたことである。

一九〇〇年（光緒二六）、八ヵ国連合軍が北京を占領し、翌年、清朝と列強の間で「辛丑条約」が締結された。条約の規定を見ると、総理各国事務衙門は外務部と改められ、六部の筆頭に列せられている。このように、外部からの圧力に押され、清朝政府は幻想の天下観から現実の世界観へと転換したのである。しかし、最高統治者から一般庶民に至るまで、程度は異なるが伝統的な天下観が依然として残っていたので、思考の転換には大変時間がかかり、また困難であった。この転換の過程が完成した時に、中国はようやく平等の立場と意識で世界の大家族の一員となれるのである。しかし、欧米列強と日本の中国侵略は、中国人の外界に対する敵愾心を増長させ、世界の現実は、彼らにとってさらに受け入れ難いものとなった。第二次世界大戦が終結し、国際連合が成立したことによって、中国は世界のなかでしかるべき地位を得ることができた。これによって、転換の過程は基本的に完成したのである。

中国と世界

東西の交流を妨げた地理的条件

中国人の起源について、中国の歴史書は百数万年前の元謀人や五〇万年前の北京原人にまで遡って記載することが多い。大多数の中国人は、自分たちは彼らの子孫だと考えている。人類の起源はアフリカにあり、人類は共通のルーツをもつという考え方がすでにあるものの、このような説は中国人の観念にほとんど影響を及ぼしていない。近年来、ＤＮＡ研究が中国でも発達し、遺伝子学者たちは中国人の起源に大きな関心を寄せている。彼らは、Ｄ

ＮＡ鑑定によって、中国人は約一〇万年前にまぎれもなくアフリカから移動してきたことを証明したのである。

しかし、中国の考古学者や歴史学者の多くは、このような結論を受け入れていない。実のところ、ＤＮＡだけに論拠を置く遺伝子学者には、人類の具体的な移動の過程について十分な説明をすることができないため、伝統的な観念を揺るがすには至らないのである。一方で、中国人の起源は中国本土にあることを証明するために、一部の考古学者は懸命に発掘作業を進め、より説得力のある証拠を得ようとしている。一部の歴史学者も、丹念に文献史料を読み解き、天文・暦法・考古・年代学などの研究と結合させることによって、新たに中国初期の歴史の年代表を作成しようと試みている。

しかし今のところ、有史以来の中国と外来要素との関係については証明することができない。中国人の起源がどこにあるとしても、中国数千年の文明と歴史の起点は確実に中国本土で生み出されたものである。

世界が一つに繋がる以前、世界史は存在しなかった。世界各地の歴史が存在しただけであった。

中国の夏・殷・周の時代、世界では、ほぼ同時期に、エジプト、バビロニア、アッカド、ウル、ヒッタイト、ギリシャ、アッシリア、イスラエル、フェニキア、インド、ローマ、シュメール、ペルシャ、マケドニア、シリアなどの文明があった。しかし、現在に至るまで、中国と彼らとの間にどのような関係があったのかはわからない。中国の初期の歴史と、世界の他の地区の歴史は並行して発展したのである。我々がそれを全面的に支持するか否かにかかわらず、彼らの間には間接的であれ直接的であれ、いかなる関係も存在しなかった。現在確認できる史料から判断すると、紀元前二二一年に秦が興るまで、中国の歴史は単独に発展してきたのである。

このことは、中国と外界との間に、接触や関係がなかったという意味ではない。また、中国が世界の他の地域の歴史に、なんら影響を与えなかったという意味でもない。しかし、中国が強い影響力を及ぼしうる範囲は、東アジアすなわち中国大陸と朝鮮半島、現在のベトナム、琉球、日本などの地域に限られていて、その他の地域に与える影響はごくわずかで、往々にして間接的であった。

その主な原因は地理条件にある。中国の中原地区と上記の文明は遠く隔たっており、交通は不便で、河西回廊・青蔵高原・パミール高原・ユーラシアの草原地帯を越えていかねばならなかった。距離が最も近いインドでさえ、中原地区との間は青蔵高原や横断山脈そして中国西南の崇山の峻嶺によって隔てられていた。海路を進む場合、喜望峰の迂回航路が発見される以前は、まずインド洋に出てから、太平洋を経て中国沿海に入らなければならなかった。陸のシルクロード、あるいは海のシルクロードが存在した時代でさえ、中国と、交通路沿線の国家や地区間の関係はリレー式であり、首尾一貫したものではなかった。したがって、伝えられる情報も間接的、断片的で、人々の直接的な交流はほとんど不可能に近かった。

例えば、紀元九七年、後漢の使者は、ローマ帝国と接触する機会を逸してしまった。

和帝永元九年、西域都護の班超によって、ローマ帝国（大秦）に派遣された甘英は、シリア（条支）に到達したところ、パルティア（安息）西界の船乗りが、甘英に言った。「海は広く、航行する者は善風を得れば三ヵ月で渡ることができます。もし、遅風に遭えば、二年かかります。ですから、海を渡る者は、みな三年分の食糧を積み込みます。海上では皆な陸を恋しく思い、死ぬ者もいます」。甘英はこの話を聞いて、海を渡るのをやめた。(10)

しかし、たとえ甘英がローマ帝国に到達したとしても、ローマ帝国と後漢の間にすぐに交流が行われ、使者の往来や物資の交流が行われただろうか。答えは否定的である。当時のローマ帝国も後漢王朝も、互いにそのような必要がなかったし、偶発的で間接的な人間の往来があったとしても大きな影響を生じることにはならなかったであろう。

外界とは無関係だった近代以前の興亡

以上のように、中国と中央アジア以西の地区は、従来、直接的な接触がなく、東西の二つの文明は正面からぶつかる機会をもたなかったのである。西方が派遣した非常に強大な遠征軍は、パミール高原やインド亜大陸にまで至ると、たいてい力尽きてしまい、中国の脅威にはならなかった。同様に、中国の中原王朝の遠征軍も中央アジアを越えることはなかったし、ヒマラヤ山脈以南に勢力を伸ばすこともなかった。漢の武帝の大宛遠征、唐の高仙芝のタラス（現在のカザフスタンのジャンブール）での敗北、清朝乾隆期の天山南路平定などはその例である。海上でも同様であった。一七世紀以前、西方がいかに海上で優勢を誇ったとしても、中国の脅威とはならなかった。モンゴルの水軍も、日本列島には上陸できなかった。これらは、地理的な障害を、完全に克服できなかったということではない。一つの国家や民族の政治・軍事行動は、個人の探検や商売とは異なり、可能性に配慮しなければならないし、政治・経済・文化の各方面から判断を下さなければならないのである。たとえば、一五世紀初め、鄭和の船隊は二万人と十分な物資を携えて、東南アジア・南アジア・西アジアそしてアフリカ東岸に到着した。もし、明朝が海外殖民を希望すれば、なんの困難もなかったであろう。しかし、明朝に、そのつもりはなかった。

かりに、文化面での伝播と交流があったとしても、それは常に偶発的なものであった。製紙技術の伝播を例に挙げれば、遅くとも二世紀の後漢時代には、中国は成熟した技術をもっていた。しかし、唐の天宝一〇年（七五一）に高仙芝がアッバース朝（サラセン帝国）の軍隊にタラスで大敗し、紙職人が捕虜となったことで、ようやく製紙技術がアラブ地区へ導入され、後にヨーロッパに伝わったのである。

中国が他の地域と直接的な関わりをもたなかった第二の理由は、中国と西方の歴史が別々に発展したため、相関性がなかったことである。近代以前の中国の勃興や衰退は、外界とは無関係である。西方世界の平和と戦乱も、中国の影響を受けていない。したがって、たとえ一方が劣勢であっても、もう一方が機に乗じることはなかったし、一方が隆盛を極めていても、他方が臣下の礼をとり朝貢することもなかったのである。

政治よりも経済で重要な役割を

中国の「四大発明」は世界に貢献した。しかし、世界各国の発明もまた、中国に利益をもたらした。中国の知識、学術、文化は外部に伝えられたが、中国も外部から先進文化を吸収した。科学技術や文化の交流においては、どちらの影響や貢献がより大きいのかを明言するのは難しい。

しかし、中国の人口は、常に世界の総人口の二〇~三〇パーセントを占めていた。最低でも一〇パーセント、最多の時は三五パーセントに達した。[11] 農業社会では、人口数が決定的な影響力を及ぼす。つまり、中国は、人口大国であると同時に、世界の中で最も食糧生産の多い国家であり、大量の経済作物と農産品を市場に供給することが可能であった。中国の剰余労働力も膨大な数字に及んだ。彼らがひとたび農業以外の生産活動に従事すれば、大量の商品を産出することができた。低価な労働コストによって生産された商品は、国外において高い競争力をもっていた。唐宋から明清期まで、中国は大量の商品輸出国であり、明朝後期には空前のレベルに達した。中国で生産される絹糸・紡績品・綿布・磁器などの商品は、世界中に広まった。対外貿易における長期間の輸出超過によって、中国には大量の銀が流入した。学者の統計によれば、中国が獲得した白銀は世界の三分の一から二分の一を占めていたという。[12] またある学者は、「世界経済全体の秩序は、当時、名実共に中国を中心として成り立っていた」[13] とすら述べる。正確な基本数値が得られないため、当時の経済総数に関する計算は学者によって異なり、結論も完全には一致しない。しかし、次の点は肯定することができる。中国が世界で最も重要な役割を演じるチャンスは、政治や軍事・文化面ではなく、経済面にあったのだと。

しかし、当時、このような役割と重要性は意識されていなかった。しかも、今に至るまで多くの中国人はこのことを理解していないのである。明王朝は、建国当初から民間での対外貿易を禁じ、「臣下の礼をとり貢ぎ物を納める」ことを前提とした朝貢貿易しか認めなかった。さらに、「朝貢」の回数、規模、範囲には厳格な制限があった。そのため、当時の中国における対外的な経済関係や交流の主体となったのは民間の密貿易であり、そこには中国商人が「倭寇」を雇ったり、招き入れたりして行っていた武装密輸も含まれていた。明王朝が仮に、実質上の禁令を取り消したとしても、対外貿易は民間を主体に担われたであろう。アヘン戦争が勃発するまで、中国が開放した合法的な港はわずかに広州だけであった。したがって、明清時代に、中国が世界に果たした役割を過大評価することはできないし、ましてや当時の中国が世界に向けてすでに開放されていたとか、外界と一体となっていたと考えることもできないのである。

注

(1) 于省吾「釈中国」(『中華学術論集』中華書局、一九八一年)

(2) 譚其驤「涂山考」(『長水集続編』人民出版社、一九九四年)

(3) 『マルコ・ポーロ旅行記』の真偽について、学界には諸説ある。この書は、多くの人々に読まれ、影響力も大きいので、定説が出されていない現在では、私は肯定する立場をとりたい。

(4) 例えば、アラビア人のイブン・バトゥータの旅行記にも中国に関する記述が見られるが、内容の深さは『マルコ・ポーロ旅行記』には及ばない。

（5）『尚書』「禹貢」。「禹貢」の成書年代に関しては、諸説あるが、一般的には遅くとも戦国後期であると考えられている。ただし、記載によって形成された時期に違いがみられ、「五服」と「九州」説では、前者の方が早期に形成されたことは明らかである。

（6）宋・蔡沈『書経集伝』。「堯都冀州、冀之北境、并・雲中・涿・易、亦恐無二千五百里。藉使有之、亦緣沙漠不毛之地、而東南財賦所出則反棄于要・荒、以地勢考之、殊未可暁」。

（7）『史記』巻七四「孟子荀卿列伝」。

（8）『明史』巻三二六「外国伝・意大利亜」。

（9）故宮博物院編『掌故叢編』第三輯「英使馬嘎尼来聘案」、一九二八年（のち、中華書局、一九九〇年）

（10）『後漢書』列伝七八「西域伝」。

（11）拙著『中国人口史』第一巻第四章（復旦大学出版社、二〇〇二年）

（12）樊樹志「〝全球化〟視野下的晩明」（『復旦大学報』二〇〇三年第一期）

（13）Frank, Andre Gunder “*ReORIENT : Global Economy in the Asian Age*” Univ of California Pr 1998, 邦訳にはA・G・フランク著、山下範久訳『リオリエント――アジア時代のグローバル・エコノミー』（藤原書店、二〇〇〇年）がある。

※本章の翻訳は、大川裕子氏（上智大学文学部准教授）によります。

第五章　中国史の中の日本

王　勇

はじめに

中国の文献に散見する日本関係の記述を拾い集めて、日本研究に生かす試みは、かなり早い時期から行われてきた。ここでは簡略ながら、まず研究史を振りかえってみることにしよう。

日本では、二〇世紀の三〇年代にこの問題への関心が高まりつつあったらしく、岩井大慧（いわいひろさと）氏の『支那史書に現はれたる日本』（岩波講座日本歴史11、一九三三年）、秋山謙蔵（あきやまけんぞう）氏の『支那人の観たる日本』（岩波講座東洋思潮15、一九三四年）をはじめ、先駆的な成果がつづけざまに世に問われた。その後、断片的な後続研究はあったものの、それらの集大成は、石原（いしはら）道博（みちひろ）氏のすばらしい業績を待たなければならない。

石原氏は文部省科学研究費による「中国における日本観の展開」の研究成果を『茨城大学文理学部紀要（人文科学）』第一号（一九五一年三月）以下に、連作のかたちで公表してきた。そして、中国における日本観の変遷を（一）隋代以前（二）唐宋時代（三）元明時代（四）清代（五）中華民国時代の五つにわける時代区分法は、今でも多くの研究者によって継承されている。

石原氏らの通史的な研究に対して、特定な時期に焦点をしぼり、わけても明治期および近代にスポットを当てた研究は、その後、盛んに行われた。明治期の例として、佐藤三郎氏の『中国人の見た明治日本』（東方書店、二〇〇三年）などを挙げることができる。本書はサブタイトルの「東遊日記の研究」に示されているとおり、日本をおとずれた中国人の見聞記を素材にした力作である。近代を対象とするものには、伊東昭雄ほか著『中国人の日本人観100年史』（自由国民社、一九七四年）がある。明治以後、中国人のもつ日本人観をきめ細かく分析し、基本史料を日本語に翻訳して掲げている。

さて、中国における本格的な日本研究は、明代のころに始まったとすれば、最初から功利的な側面が強いことを指摘できる。倭寇に触発された明代の関連書物はもちろんのこと、清代から民国期にかけての日本研究も然りである。そして政治や経済にかたむく今の学界でも、なお尾を引いている状況にあるといわざるを得ない。したがって、中国の古代文献に含まれている日本史料は長らく放置され、それらを有効に生かしての研究が日本に遅れを取っている事実は否めない。

そんな中で、武安隆氏らによる『中国人の日本研究史』は先駆的な意味を持ち、異彩を放っている。この本は「東アジアのなかの日本歴史」シリーズの一冊として一九八九年、六興出版より刊行されているが、明代以後に重点を置き、明代以前を扱う石原道博氏の研究を継続し補完する意味においても、注目に値するものである。

やや遅れて、石暁軍氏の『中日両国相互認識的変遷』は、一九九二年に台湾商務印書館から出ている。また同氏による『「点石斎画報」にみる明治日本』は二〇〇四年に東方書店より上梓されており、いずれも一読に値するユニークな研究である。

筆者はかねてより恩師石田一良先生の啓発を受け、中国史料を使っての日本研究に留意してきた。『聖徳太子時空超越』（大修館書店、一九九四年）は、こうした手法を古代史の研究に試みた日本語の処女作である。それより以後、中国文献における日本関係史料の発掘と解読に専念し、その成果としてまとめたのが『中国史のなかの日本像』（農山漁村文化協会、二〇〇〇年）である。

右のように研究史をざっと振りかえってみると、少なくとも二つの特徴がクローズアップされてくる。まず言えるのは、中国文献にうずもれていた豊富かつ重要な日本関係の史料がつぎつぎと掘りだされ、日本研究に新たな視点を与えたことである。次に指摘できるのは、これらの中国史料があくまでも日本研究のために解読され、往々にして中国歴史における文脈を見落とされていることである。

ところが、中国文献における日本関係の史料は、日本に対しては外なる素材に過ぎず、日本側の内なる文献史料に比べれば、周縁的・間接的・断片的なものであると位置づけられても仕方がない。

考えてみれば、紀元前から日本とのさまざまな分野における交流や関係のなかに蓄積してきた日本記録というものが、単なる中国側の日本観もしくは日本研究の素材としてしか生かされないのは勿体ないことで、中国の歴史研究にも利用されるべきものが含まれていると思われる。

中国の文献にちりばめられた日本の記録は、ただ風化した化石のようなものではなく、日本がかつて中国歴史そのものの形成・発展・変化に働きかけた証拠であり、また中国歴史のなかに共生してさまざまな事象を生起させる諸要素の一部でもあった。それらを日本研究に利用するときは外なる存在であるが、中国研究に用いるのならば、れっきとした内なる要素になるのである。

中国文献の日本史料は、日本を映しだす外なる鏡である前に、まず中国の歴史を多少なりとも動かしている内なる要素であると認識しておく必要がある。この内なる要素によって、中国の歴史がどう動かされたかを一部ながら明らかにすることが、本章の狙いである。

虚像から実像へ

日本列島に生息する住民が倭人として中国人の視野に入ってきたのは、いつ頃のことだろうか。『山海経』巻一二の「海内北経」に「蓋国は鉅燕の南にして倭の北にあり、倭は燕に属す」とある記録にしたがえば、戦国時代（前四〇三―前二二一）にさかのぼれるし、『論衡』巻八の「儒増篇」第二六に「周の時、天下は太平なり。越裳は白雉を献じ、倭人は鬯草を貢す」とある記述を信じれば、その時期を紀元前一〇二〇年ごろにまで引きあげることができる（『論衡』巻五の異虚篇、巻一三の超奇篇、巻一九の恢国篇にも類似の記事がある）。『山海経』と『論衡』の記事については、疑問を懐く研究者も多かろうが、もしそれらを漢代からの遡及的な記述と見れば、虚像と実像の入り混じったものであると認められる。たとえば、燕との関係については、班固は『漢書・地理志』の「燕地」の条に「歳時をもって来り、献見す」る倭人を取りあげている。また越との関連については、范曄は『後漢書・倭伝』において越人と倭人にみられる風俗の類似を指摘している。

　いずれにせよ、両漢時代のころ、「倭」という海彼の種族はおぼろげながらも、確実に中国人の視野に収められているのである。それでは、初登場の倭人が中国の歴史にどんな足跡を印したかを追ってみよう。

「東夷」の語源

「東」の語源について、漢・許慎の著した『説文解字』は「日に从い、木の中に在る」と解釈している。日と木の合成文字をざっと拾ってみると、日が木の上に在るのを杲（明らかな様子）、中に在るのを東、下に在るのを杳（暗い様子）という。字根（文字の構成要素）から分析すれば、杲・東・杳はもともと、「昼の太陽」、「朝の太陽」、「夕の太陽」をそれぞれ意味していることがわかる。

　太陽が拠り所として上下する神木は、漢・劉安の『淮南子』巻三に「日は暘谷に出で、咸池に浴し、扶桑を払う」とあるように、扶桑（または若木・蟠木・榑木・榑桑など）と呼ばれる。宋・羅願の『爾雅翼』巻九によれば、「扶桑は日の出ずる所、陰と陽の中なり」とあり、つまり昼と夜または天と地をつなぐ神秘的な存在である。

　人間の想像力はその居住空間から大きく制約をうけているとよくいわれるが、古代中国の神仙世界がほとんど黄河や長江（揚子江）の両端に想定されているという現象も、それに起因しているのであろう。すなわち、江河の源には崑崙山、海洋の果てには三神山があると考えられる。そして男神の東王父は東の三神山に、女神の西王母は西の崑崙山にそれぞれ鎮座して、ともに不死長寿の仙薬を持っていると信じられる。

このようにみてくると、東という語はたんなる方角を表す言葉ではなく、朝日と扶桑をシンボルとする上古の太陽信仰につながっており、さらに大海・神山・仙薬などのイメージも附随していることがわかる。

次に「夷」について考えてみよう。文明発祥地の中華をかこんで、周辺に散らばった東夷・南蛮・西戎・北狄の起源について、『尚書・舜典』は次のような伝説を載せている。

堯帝の時代、驩兜が暴れん坊の共工を堯帝に推薦した責任を問われ、南方の崇山に追放されて南蛮、中華の秩序を荒らした共工は北方の幽陵に流されて北狄、江淮地方（長江と淮河流域）で反乱を繰りかえした三苗は西方の三危山に移されて西戎、黄河の洪水退治に失敗した鯀は東方の羽山に押しこめられて東夷、となったのである。華夷の名分がこうして定められ、一度混乱におちいった天下はようやく平和を取りもどしたという。

『説文解字』巻一〇「大部・夷」の項に「夷は東方の人、大に従い弓に従う」とある一文を引用するまでもなく、夷は大と弓の字根からなり、東方の僻地に住みつく異民族のことをさす。しかし、東夷は中華にとって、他の異民族から区別される特別な存在であるとみなされているらしい。同書の巻四は「羌」について、

南方の蛮と閩は虫に従い、北方の狄は犬に従い、東方の貉は豸に従い、西方の羌は羊に従う。（中略）ただ東夷は大に従う。大は人なり。夷の俗は仁、仁の者は寿、君子不死の国あり。

と述べている。つまり、蛮・閩・狄・貉・羌などの諸民族がいずれも虫・犬・豸・羊の字根に基づいているのに、夷だけは人間を意味する「大」の字根をふくんでいるため、異民族のなかで、ずば抜けて優れているという。

前述のように、堯帝の代に鯀は治水の失敗から東の羽山に幽閉されたが、次の舜帝の代になると、鯀の息子である禹(う)は家業をうけつぎ、黄河の水害を治めるのに成功した。これによって、禹は周囲の部落から尊敬をうけ、やがて部落連盟の国家＝夏(か)王朝を創設し、中国の世襲王朝の初代天子となった。ここまで来ると、東夷は南蛮・西戎・北狄より優れていることはいうまでもなく、華夷同祖とまでいわざるをえなくなる。

東夷から九夷へ

右にみてきた東方観と東夷観とがミックスすると、古代中国のユートピアが見事に合成される。それは『尚書(しょうしょ)・舜典』に述べられている中国の東部にあった夷ではなく、秦の始皇帝によって東部地域が統一王朝に編入されるにつれて、次第に遥かなる海外の地域に想定されるようになった。

前に引用した『説文解字』巻四の「羌」についての解釈だが、「君子不死の国あり」につづいて、『論語』の「公冶長(こうやちょう)」第五から「孔子に曰わく、道行われずんば、桴(いかだ)に乗りて海に浮かばん」の一文が引かれている。

これと関連する内容は、『論語』の「子罕(しかん)」第九にも見える。つまり、「子、九夷に居らんと欲す」という一文である。春秋時代の乱世の中華よりも、伝説につつまれる東夷のほうが理想的な土地柄だろうと、孔子は真剣に考えていたようである。

さて、ここの九夷とは一体どんなところを指しているのだろうか。これについては従来より二通りの解釈が行われている。

その一つは『後漢書・東夷伝』の序に出てくる解釈で、九夷の名は畎夷・于夷・方夷・黄夷・白夷・赤夷・玄夷・風夷・陽夷となっている。これらは、抽象名詞が多く、その実在を疑わせるが、唐の李賢は紀元前七世紀後半ごろの歴史書といわれる『竹書紀年』を引いて、この文に注釈をつけている。淮河流域にいた民族は、当時こう呼ばれていたらしい。

今ひとつは梁の皇侃が『論語』の「子、九夷に居らんと欲す」に対する義疏で、「東に九夷あり、一に玄菟、二に楽浪、三に高麗、四に満飾、五に鳧更、六に索家、七に東屠、八に倭人、九に天鄙」（引用は注記がない限り、文淵閣四庫全書による。以下同じ）というものである。

このように、二通りの「九夷」が唱えられているが、孔子の移住しようとするのはどちらなのか。宋の劉敞は『公是七経小伝』巻下において「子、九夷に居らんと欲す。蓋し徐州と莒魯の間、中国の夷にして海外の夷に非ず」と主張するが、同じ宋の張載は『横渠易説』巻一で「子、九夷に居らんと欲す。（中略）夷狄の道あるは、今に於いて海上の国に儘く仁厚の治者あり」と海外説をほのめかしている。

九夷における倭人

『論語』の「子、九夷に居らんと欲す」について、国内説と海外説に分かれていることは前述のとおりだが、それはともかくとして、筆者が注目したいのは皇侃の義疏に「倭人」が登場していることである。つまり、南北朝の梁（五〇二―五五七）のころ、倭人はすでに九夷の一つに組みこまれている。しかし、こうした地理的感覚の変化は梁代に始まったのではない。

唐の孔穎達は『礼記・王制』の疏で、李巡の『爾雅注』を引いて「夷に九種あり、一に玄菟、二に楽浪、三に高麗、四に満飾、五に鳧更、六に索家、七に東屠、八に倭人、九に天鄙」（清・孫詒譲の『墨子間詁』巻五の「非攻」中の第一八）と述べている。李巡は漢の霊帝のとき、中常侍となった人物である。

『爾雅・釈地』の「九夷・八狄・七戎・六蛮、これを四海と謂う」について、宋の邢昺は『爾雅注疏』巻六で「夷に九種あり、畎夷・于夷・方夷・黄夷・白夷・赤夷・玄夷・風夷・陽夷と曰う。また一に玄菟と曰い、二に楽浪と曰い、三に高驪と曰い、四に満飾と曰い、五に鳧叟と曰い、六に索家と曰い、七に東屠と曰い、八に倭人と曰い、九に天鄙と曰う」と二説を並列してかかげているが、宋・鄭樵の『爾雅注』中は海外説しか挙げておらず、しかも「觚竹・北戸・西王母・日下、これを四荒と謂う」の「日下」について「日下は即ち今の日本」と明言する。

宋代の『爾雅』注釈に用いられる九夷の海外説は漢・李巡の『爾雅注』に依拠したことも考えられるが、鄭樵の『爾雅注』は「『風俗通』に曰わく」と断っている。『風俗通』は『風俗通義』とも言い、漢の応劭の著したものである。しかし、流布本の『風俗通義』（たとえば、文淵閣四庫全書）には「倭人云々」の記事はまったく見当たらないが、王利器氏の『風俗通義校注』（中華書局、一九八一年）には、次のような逸文が掲げられている。

> 東方は夷と曰う。東方は仁にして生を好くす。万物は地に觝触して出ず。夷は觝なり。その類に九あり、一に玄菟と曰い、二に楽浪と曰い、三に高驪と曰い、四に満飾（一に蒲飾に作る）と曰い、五に鳧叟と曰い、六に索家と曰い、七に東屠と曰い、八に倭人と曰い、九に天鄙と曰う。（後略）

李巡と応劭の書物によれば、『竹書紀年』に代表される従来の九夷と一線を画す新たな東夷観が漢代のころに醸成されていることがわかる。中国人の幻想する東の理想郷に倭人が九夷の八番目として登場してくることはまさしくショッキングな事件で、『論語』の「子、九夷に居らんと欲す」への解釈に影響を及ぼしたのみならず、神話伝説にも波紋を広げたわけである。

たとえば、『後漢書・倭伝』に「人の性は酒を嗜む。多く寿考にして、百余歳に至る者も甚だ衆し」とある記載は、「夷の俗は仁、仁の者は寿、君子不死の国あり」（『説文解字』）とある漢代の神仙郷を肉付けしたものである。また、宋・張君房の撰した『雲笈七籤』巻一〇〇は、『軒轅本紀』をひいて騰黄という神獣に言及し、漢民族の始祖とされる黄帝はこれに乗って宇宙を往来し、天下を自在に周遊したと伝えている。ここで注目すべきは、この神獣は両角龍翼あるいは龍翼馬身をなし、乗黄・飛黄・古黄・翠黄とも称し、日本国より出て寿三千にして、一日に万里を行き、乗者をして二千の寿を得させると、長寿と関連して記すところである。

『漢書』における倭人

九夷における倭人は、前にふれたように、「東」と「夷」につきまとう神話的・伝説的な色彩を濃厚に帯びているため、虚像的な側面が強いといえる。虚像とはいうまでもなく、何らかの実像が膨らんだ（ゆがんだ）ものであり、もっぱら空虚なものではない。虚像の情報源となる実像がどこかに存在していたはずである。したがって、虚像を見透かして、実像をしっかり確認しておくことが必要であろう。

さて、倭人が中国の正史に初めて登場してきたのは、周知のとおり「楽浪の海中に倭人あり、分かれて百余国を為す。歳時を以て来り、献見す」とある『漢書・地理志』の「燕地」の条にみえる記述である。

『漢書・地理志』の「燕地」条を読みとおすと、まず朝鮮半島について、概ね次のごとく説明されている。つまり、殷王朝のころ、道徳が衰微してきたため、聖人の箕子が中華の地を離れて朝鮮へ行き、地元民に礼儀を教えたが、商人がここに来るようになってから、風紀が乱れはじめ、夜に盗人が出没するようになった。それにしても、東夷は生まれながら柔順にして、おのずと南蛮・北狄・西戎とは異なる。そのゆえ、孔子は道徳の衰微を嘆き、海に出て九夷へ移住しようと考えたのである。

『漢書』では、『論語』の右の一文をひいた直後に「楽浪の海中に倭人あり」云々と例の倭人記事につながっている。これで明らかなように、孔子の憧れる理想郷は、箕子伝説にも示唆されているように、はじめは朝鮮半島にあったとみられる。それが、秦漢時代の苛政と戦乱を避けて半島に移りすむ人が多くなるにつれて、さらなる東方の倭国に託されるようになったと推測される。もう一つ、注目すべきことは、『漢書・地理志』に記された東夷諸国のうち、歳時献見の記事があったのは倭人の箇所だけである。それは九夷のなかでも、倭人がもっとも柔順にして仁義を重んじるという漢代の東夷観を示唆するものと受けとめられる。

『後漢書』における倭

王朝の年代順からすれば、正史（勅撰歴史書）の列伝に「倭伝」を別項として設けるのは『後漢書』を最初とする。「倭伝」は巻一一五の東夷列伝に組みこまれているが、「女人は淫せず妒せず。また風俗は盗窃せず、争訟も少なし」との記述は、箕子の教化をうけた朝鮮の「その民、ついに相盗まず、門戸の閉なし。婦人は貞信にして淫辟せず」（『漢書』）といった君子の理想とする秩序を髣髴とさせる。

漢光武帝　『歴代古人像賛』より

それよりも重要なのは、建武中元二年（五七）と永初元年（一〇七）の朝貢記事である。つまり、建武中元二年については「倭の奴の国、奉貢して朝賀す。使人自ら大夫と称し、倭国の極南界なり。光武、賜うるに印綬を以てす」とあり、永初元年については「倭国の王帥升等、生口百六十人を献じ、願わくは請見せんことを」とみえる。

韓族の洛陽朝貢記事が一回もなかったのに対して、倭が二回も後漢王朝に朝貢していたので、東夷のなかでも突出した存在として中国人の目に映ったのであろう。さらに東夷伝の序文をみると、「時に遼東の太守祭肜、威は北方を讋かし、声は海表に行く。是に於いて、濊・貊・倭・韓、万里して朝献す」とあり、倭が韓の前に位置づけられており、建武中元二年の洛陽朝貢は韓に先立って行われたとも考えられる。

この序文は東夷の風俗を述べた後、「所謂る中国に礼を失したらば、これを四夷に求むる者なり」で結ばれている。孔子の「九夷移住」の嘆き言葉への新たな解釈をあわせて考えると、倭人の登場は中国人の文明観に微妙な変化を来したのみならず、古来より東方の理想郷と想定された君子国を朝鮮半島から日本列島へと移行させるきっかけとなったのである。『後漢書』の倭伝で、もう一つ注目に値する内容は、東鯷人と夷洲それに澶洲に関する次のような記事である。

> 会稽の海外に東鯷人あり、分かれて二十余国を為す。また夷洲および澶洲あり。伝言するに、秦の始皇は方士の徐福を遣わして童男女数千人を将いて入海し、蓬莱の神仙を求めせしむれど、得ず。徐福は誅を畏れて敢えて還らず、遂にこの洲に止まれり。世世相承して、数万家あり。人民、時に会稽に至りて市う。会稽東冶県の人、入海して行くに風に遭い、流移して澶洲に至る者あり。在る所は絶遠にして往来すべからず。

冒頭の「会稽の海外に東鯷人あり、分かれて二十余国を為す」は、明らかに『漢書・地理志』の「呉地」の条に「会稽の海外に東鯷人あり、分かれて二十余国を為す。歳時を以て来り、献見す」とみえる記事に由来している。呉地に組みこまれた東鯷人の記事は字句の酷似から推しても、おそらく同書の燕地にみえる倭人の記事と対をなし、南方を起点とした日本認識を反映したものと推定される。

燕地と呉地つまり南北から認識された日本列島は、後漢のころ倭人の洛陽朝貢によって、しだいに統一されるようになった。それのみならず、『後漢書』が「会稽の海外に東鯷人あり」云々の記事を倭伝の末尾に置くことは、徐福伝説とかかわった夷洲と澶洲をも倭人に関連づけている伏線となったわけである。

このように、倭人が東夷の一つとして中国に朝貢してきたことは、中国の世界認識および地理感覚にも何らかの影響を与えたのである。

徐福伝説の展開

倭という外来要素の介入によって、もっとも大きく様変わりしたのは、ほかならぬ徐福伝説である。戦国の乱世を平定して、空前の大帝国を創った秦の始皇帝は、のちに長寿延年に心をひかれ、方士の徐福をして東海の蓬萊島へ不老不死の仙薬を求めに行かせた。

この記事は司馬遷の撰した『史記』の各所（秦始皇本紀、淮南衡山列伝、封禅書）に散見し、いちおう史実とみてよかろうが、それ以後の文献によってしだいに敷衍され、いつの間にか日本と結びつくようになった。その端緒は隋代のころに見出される。『隋書・倭国伝』によれば、六〇八年に裴世清は遣隋使の小野妹子らを送還して倭国に至り、都への途中、人物風俗が「華夏」と同じで、徐福伝説とかかわりの深い「夷洲」と疑われる「秦王国」を通過していたという。後代の文献だが、明・薛俊の『日本考略』は「（徐福らが）夷と澶の二洲に止まり、秦王国と号し、倭奴に属す」と記している。

「徐福渡日説」は遅くとも唐代には発生したらしく、八〇六年に帰国の途についた空海に、多くの唐人は餞の詩を贈った。鴻漸の「郷路は祖州の東」や「人来りて徐福に非ず」、また朱少瑞の「禅客は祖州より来り」といった詩句は、空海から神仙郷の祖州および徐福を連想していることを裏づける。

空海に遅れること三〇年ほど、入唐した円載が八七七年に帰国の際も、詩人の皮日休は「雲濤万里最も東の頭、射馬台深く玉署の秋。無限の属城は裸国を為し、幾多の分界これ亶州なり」と詠んで離別を惜しんだ。ここの亶州については、皮日休は「州は会稽の海外にあり、伝うるにこれ徐福の裔なり」と注記しており、『後漢書』の「澶洲」にあたるとの見方もある。

徐福と日本の関連について、初めて明記したのは五代のころ義楚の著した『六帖』巻二一「国城州市部」に「秦の時、徐福は五百の童男と五百の童女を将いて、この国に止まる。今、人物は一に長安の如し。（中略）また東北千余里に山あり、富士といい、また蓬萊という。（中略）徐福ここに止まりて蓬萊という。今に至りて、子孫みな秦氏という」とある記述である。

右の記事では、徐福らの止まった蓬萊島を「日本」と断定していること、日本の人物を「長安の如し」と評価していること、渡来人集団の秦氏を徐福一行の子孫と認めていることがまさしく注目に値する。

こうした新たな徐福伝説は宋代になると、すっかり定着しつつあった。『資治通鑑』巻七一は夷洲と亶洲にふれて、『後漢書』と『臨海水土志』の記事を引いて、「今人の相伝うるに、倭人即ち徐福の止まりて王たる地なり。その国中、今に至りて廟に徐福を祀る」と結論づけている。とくに欧陽脩（一説に作者は銭君倚）の『日本刀歌』によって、大きく世間に流布した。「徐福行く時に書未だ焚かず、逸書の百篇今なおも存せり」という人口に膾炙する詩句に、文人らは佚書発見の夢まで日本に託しているのである。

「徐福渡日説」の真偽をめぐって、学界では久しく議論される難解なテーマである。二〇〇〇年も前のことで、今となっては真実をすべて解きあかすことは不可能に近いだろう。しかし、徐福と日本の結合によって、中国人の想像力が掻き立てられたことは確かである。今や日本を神仙郷と思う中国人はだれ一人いないだろうが、日本を呼ぶ名として、東瀛や扶桑などは依然として健在であり、無意識のうちに往昔の記憶がよみがえっているに違いない。

倭国から日本へ

漢代における倭人の初登場は、前述のとおり、中国の神話伝説や世界認識そして地理感覚や文明観にまで、何らかの影響を与えた。それよりも中国の歴史に大きな波紋を投げかけたのは、七世紀後半から八世紀初めにかけての「日本」の登場である。

大化改新（六四五）をきっかけに、日本では隋唐帝国をモデルにして、内政において重大な改革が実施され、天皇を中心とする中央集権国家として新たに船出した。その後、百済滅亡（六六〇）、白村江敗戦（六六三）、高句麗滅亡（六六八）と続き、東アジアの勢力地図が大きく塗り替えられた。倭国ではこうした内外情勢激変のプレッシャーをうけて、民族意識が急速に高まりつつあった。国号・天皇号・年号などは、その前後に定着したと考えられる。

「倭」から「日本」への国号転換は、則天武后による改称、日本人による自称、三韓人による呼称といった諸説があるように、外部の刺激と密接な関連があったとみられる。逆にいえば、外部の刺激による国号制定の影響は、それもまた必然的に東アジア諸国にフィードバックされることになるのである。

唐王朝はその余波をどう受けとめたのか。中国の歴史はこの日本国内で発生した事件とどのように連動したのだろうか。二〇〇四年に中国西安で発見された遣唐使の墓誌を切り口に考察してみたい。

井真成の墓誌

一二七〇年も前に、唐の都こと長安に骨を埋めた一人の日本人は、その墓誌が発見されたことによって、にわかに脚光を浴びるようになった。七三四年に三六歳で亡くなった井真成なる人物である。墓誌文は、勉学に励み、唐に任官していた井真成の活躍ぶりを描き、遣唐

井真成墓誌　2004年、かつての唐都・長安（西安市）の東郊から出土した石製墓誌。734年、36歳で客死した井真成は、717年、19歳で第9回遣唐使の一員に任命され、阿倍仲麻呂、吉備真備らとともに入唐したと推定される。右から2行目に「公姓井字真成国号日本」と刻まれ、「日本」という国号が使われた最古の文字史料として注目された。西北大学文博学院蔵

使の実態を浮き彫りにする貴重な史料を伝えている。

墓誌は蓋と底からなり、蓋には「贈尚衣／奉御井／府君墓／誌之銘」とある三行一二字が篆書（てんしょ）で刻まれ、底には一二行一七一字の銘文とその序が楷書で彫られている。以下に訳文を掲げる。筆者の推定字は□で囲い、字体は日本漢字に改めた。文字の判読は拙稿「遣唐使」（學燈社『国文学』、二〇〇五年一月号）に依拠するが、「道を問う」の「問」は葛継勇君の建言によった。

贈尚衣奉御井公の墓誌文並びに序

公、姓は井、字は真成。国は日本と号し、才は天縦と称さる。故に能く命を遠邦に[銜]み、馳せて上国に聘（と）う。礼楽を蹈みて、衣冠を襲う。束帯して朝に[立]つこと、与に儔うこと難し。豈に図

らんや、学に強めて倦まず、道を問うこと未だに終わらざるに、壑は移舟に遇い、隟は奔駟に逢わんことを。開元廿二年正月□日を以て、乃ち官弟に終わる。春秋卅六なり。皇上、哀傷して、追崇するに典有り。詔して尚衣奉御を贈り、葬るに官より給せしむ。即ち其の年二月四日を以て、万年県の滻水の東原に窆る。礼なり。嗚呼、素車を暁に引き、丹旐もて哀を行う。遠人を嗟きては暮日に頽れ、窮郊を指きては夜臺に悲しむ。其の辞に曰わく、「寿は乃ち天の常にして、茲の遠方なるを哀しむ。形は既に異土に埋もれど、魂は故郷に帰らんことを庶う」と。

墓誌文によれば、井真成が生まれつき才能があって日本より唐に派遣されたこと、儀表堂々として勉学に打ちこんでいたが七三四年正月に官邸で急逝したこと、玄宗(げんそう)皇帝がその死を悼んで「尚衣奉御」の官位を贈ったこと、同年二月四日に公費で葬られたことなどが記されている。

この墓誌からさまざまな情報が読みとれるのだが、ここでは「国号日本」の四文字に焦点を絞りたい。二〇〇四年一〇月中旬、中日両国の新聞速報によれば、墓誌は「日本」を記した実物としては「世界最古」と報じられ、世間の話題をさらった。

「日本」という国号の最初の実物が唐の都長安で見つかったこと自体、この事件の国際的側面をくっきり浮かび上がらせている。ところが、七三四年二月四日の墓誌に刻まれた「日本」は、最古の用例ではなかったようである。

一九九二年、台湾大学中文系の葉国良教授は寒舎という骨董屋で徐州刺史(じょしゅうしし)杜嗣先(としせん)の墓誌を見つけて抄録し、一九九五年四月に「唐代墓誌考釈八則」と題して『台大中文学報』第七号（のち改稿して『石学続探』に再録、大安出版社、一九九九年五月）に公表した。

それによれば、墓誌に「また皇明遠く被び、日本の来庭するに属して勅あり、公と李懐遠、豆盧欽望、祝欽明らを蕃使に賓し、それと共に語話せしむ」とあり、その時期は杜嗣先の没する七一二年九月より前になるが、日本使と「語話」した四人の経歴からすれば、七〇二年の粟田真人を執節使とする遣唐使のことで、翌年に則天武后が麟徳殿に粟田真人らを招宴した時だったと考えられる。杜嗣先は七一三年二月に埋葬されたので、日本という国号の使用例は井真成墓誌より二一年も前にすでにあったことがわかる。

『旧唐書』の困惑

倭から日本への国号変更は、唐王朝に衝撃を与えたに違いない。それを象徴するのは、『旧唐書』における「倭国伝」と「日本国伝」の併設である。

『旧唐書』は五代後晋の開運二年（九四五）劉昫によって奏上されたものだが、その列伝第一四九上の東夷伝に、まず前史を踏襲する倭国伝があり、つづいて「日本国は倭国の別種なり。その国の日辺にあるを以て、故に日本を以て名と為す」に始まる日本伝を設けている。

日本は倭国の別種であるとし、国号は「日辺」という地理的位置に由来するとの認識をしめしながら、史官は日本側の説明として「倭国自らその名の雅ならざるを悪み、改めて日本と為す」および「日本、旧は小国なれど、倭国の地を併す」との二説を挙げている。

『唐会要』巻六三「諸司応送史館事例」に、蕃国の朝貢に際して「使至るごとに、鴻臚は土地、風俗、衣服、貢献、道里遠近ならびにその主の名字を勘問して報ず」との規定が明記されている。遣唐使の実例を調べてみると、白雉五年（六五四）高向玄理を押使とする三回目の遣唐使が新羅をへて唐の萊州に辿りつき、一二月に高宗皇帝に謁見した際、東宮監門の郭丈挙は「悉くに日本国の地里および国初の神名を問う」が、遣唐使は「みな問に随いて答え」たという（『日本書紀』巻二五）。

初回の遣使に際しては、唐の関係部署（鴻臚寺）はその国全般の事情をつぶさに聞き出して記録しておき、二回目より以後はデータを追加もしくは更新する程度にとどめたと思われる。三三年ぶりに出された第八回の遣唐使は多くの新しい情報をもたらしてきただろうが、倭国の使者と目された粟田真人らが国を「日本」と名乗ったことで、波乱を巻き起こしたようだ。この国号問題について、『旧唐書』に「別種説」と「日辺説」をあげたうえ、さらに遣唐使の回答の一部と思われる二説を併記したことは、主客問答の場における張りつめた空気をありありと伝えてくる。

『旧唐書』はつづいて「その人、入朝する者は多く自ら矜大にして、実を以て対えず」と責め、「故に中国は疑う」と不満の声を漏らしている。疑問は国号の問題にとどまらず、遣唐使の伝えた「東西南北各々数千里あり」云々との地理情報にも及んでいたらしい。

推古三一年（六二三）に帰国した遣隋留学者らは「大唐国は法式備わり定まれる珍の国なり。常に達うべし」（『日本書紀』巻二二）と建言した。舒明天皇はこれを聞き入れて、六三〇年に一回目の遣唐使を送り出し、唐の「備わり定まれる」法式の導入に躍起になった。それより数十年、倭は内政外交の改革を通して、律令国家への道を急ぎ、新生面を開いた。
国号の変更は倭国の急速な唐風化を象徴するものだが、あまりにも激しい豹変ぶりに、唐王朝は戸惑い、「矜大」と表現し、情報の真実性を疑ったわけである。しかし、新旧情報の食い違いによる困惑は短期間に終わったようで、情報をもたらしてきた粟田真人は則天武后より優遇されたのである。

最初の日本国使

もし六三〇年からの遣唐使を「倭国使」とみるならば、七〇一年正月に任命、翌年六月に渡海、同年一〇月に楚州に漂着した八回目の遣唐使は初めての日本国使になるということができる。『続日本紀』には、遣唐使上陸時のエピソードはこう伝えられている。

粟田真人ら一行は楚州塩城県の海辺に漂着したとき、地元の唐人から「どこからの使節か」と聞かれて「日本国使」と答えた。そして「ここは何州の界か」と反問すると、唐人は「大周の楚州の塩城県の境だ」と返事した。日本使は「昔は大唐なのに、今は大周と称する。国号はなぜ改められたのか」と呆れ返る。そこで、唐人は「永淳二年、高宗皇帝が崩じ、則天武后が即位して国号を大周に改めた」と説明した。

則天武后の肖像画　中国国家博物館蔵

大唐から大周への国号変更が遣唐使へ与えた衝撃は大きかっただろうが、それ以上に唐人は倭国から日本への国号変更に驚いたはずである。しかし、唐人は遣唐使らの自称する「日本国使」にはびっくりしなかったようで、「聞くところによると、海東に大倭国があり、君子国という。人民は豊楽にして、礼儀は敦く行われる。いま使人を見れば、儀容は甚だ清らかであり、伝聞を信ぜざるわけにはいかない」と語り、依然として「倭国」の国号を使っていたのである。

『続日本紀』にある右の記録は、遣唐使らの帰国報告に基づいたもので、全体の会話の脈絡から推測すれば、粟田真人らは「倭国使」あるいは「大倭国使」と答えた可能性がきわめて高い。そうでなければ、唐人はきっと「昔は倭国なのに、今は日本と称する。国号はなぜ改められたのか」と聞いていたはずである。

『日本書紀』巻一に「日本、此をば耶麻騰と云う。下皆此れに效え」との割り注があり、日本と倭は同じく「やまと」と訓んでいたことがわかる。つまり、「日本」は最初、倭に取って代わる新しい国号として創られたのでなく、倭の同音異型語として用いられていたと考えられる。『続日本紀』巻六の和銅六年（七一三）五月甲子の条に「畿内七道諸国郡郷の名、好字を着く」とある記事からすれば、「好字」の意識で「日本」を使い始め（その発想は『日本世記』の著者の高句麗僧あたりによった可能性はある）、いつの間にか対外的に用いられるようになったと推察される。

しかし、当時の東アジアの国際情勢を考慮すれば、正式の国号として使用するためには、唐王朝の公認を必要としたのかもしれない。これは「則天武后命名説」が早くからもてはやされる背景でもあった。

日本側の文献、たとえば伊吉連博徳の書や大化改新の詔に出てくる「日本」は、『日本書紀』編纂時（七二〇年）の書き換えの疑いが高いとして、海外の文献に注目すると、朝鮮史書『三国史記』巻六の新羅本紀文武王一〇年（六七〇）一二月の条に「倭国、号を更めて日本とす。自ら言うに、日の出ずる所に近きを以て名と為す」とある記事があるが、それは『唐会要』や『新唐書』の記述を踏襲したもので、独自な史料的価値は認めがたい。

唐の張守節の著した『史記正義』では、「夏本紀」に出てくる「島夷卉服」の語に対して、「倭国、武皇后改めて日本国と曰う」とある按語が加えられている。著者は則天武后とほぼ同時代の人だったため、記事の信頼度がかなり高いとみられる。則天武后がいわゆる「武周革命」を起こしたのは六九〇年のことだった。「日本」が則天武后による改称だったならば、それより以後でなければならない。

改称のきっかけについては、中国の文献では柳芳の『唐録』などが、日本の文献では『釈日本紀』などが粟田真人の遣使と結びつけて説明している。しかし、筆者は一部の研究者が主張するように、八回目の遣唐使が新しい国号を唐王朝に通達する使命を負っているとは思わない。もし粟田真人らが出発する前に、国号制定の事実があったならば、七一二年に編纂された『古事記』は倭ではなく、日本を用いたはずだ。

私意では、粟田真人らは「好字」の感覚で「日本」を用いていたところ、伝統を固持する鴻臚寺の役員の間では波乱が巻き起こったものの、国号を「周」と改め、自ら「聖神皇帝」と称し、洛陽を「神都」と名づけ、また数々の「則天文字」を造った則天武后は正使らを麟徳殿に招宴したとき、それをすんなりと受けいれ、正式な国号にしたのではないか。

原因はいずれにしても、八回目の遣唐使は最初の日本使であったことに変わりはない。一行の感激は和歌と漢詩にも表現されている。遣唐録事をつとめる山上憶良が「在大唐時憶本郷歌」と題して「いざ子ども　早く日本へ　大伴の御津の浜松　待ち恋ひぬらむ」（『万葉集』巻一）と詠み、留学僧の弁正が「在唐憶本郷」と題して「日の辺りに日本を瞻め、雲の裏に雲端を望めり。遠く遊んで遠き国に労れ、長く恨んで長安に苦しむ」（『懐風藻』）と吟じていることは、日本という国号を誇りに思っている心情の発露であろう。

民部尚書

八回目の遣唐使について、中国の文献には長安元年（七〇一）から同三年（七〇三）までとする諸説があるが、おそらく『新唐書』などは入宋僧奝然のもたらした『王年代記』によって任命時間（七〇一）、『通典』などは楚州漂着もしくは長安到着の時間（七〇二）、『唐会要』などは則天武后による招宴の時間（七〇三）をそれぞれ記したと思われる。

国号「日本」の誕生は、長安三年（七〇三）に則天武后が粟田真人らを麟徳殿に招いた時だったと推定される。『善隣国宝記』巻上に『唐録』をひいて「則天の長安三年、日本国その大臣朝臣真人を遣わして方物を貢す。その国の日の出ずる所に近きを言うに因りて、故に号して日本国と曰う」とある記述が事実に近いとすれば、前述の杜嗣先墓誌が思い出され、杜嗣先・李懐遠・豆盧欽望・祝欽明らの錚々たる学識者が勅命をうけて同席し、日本使と「語話」していたはずである。

したがって、「日本」の誕生はもっぱら文字好きの則天武后の気まぐれな趣味による行為だったと決めつけるのは、いささか公正さを欠く誹りをまぬかれない。より大きな原因は、従来の倭国使と異なる遣唐使のイメージそのものに求めなければならない。中国の文献に異常なほど粟田真人に関する記録が多く残っていること自体、唐側の関心の高さをうかがわせる。

粟田真人の肩書について、『旧唐書』は「朝臣真人は中国の戸部尚書の猶し」、『通典』は「真人は中国の地官尚書の猶し」と記している。戸部は唐の尚書省に属する六部のひとつで、その長官は正三品、尚書と称する。

ところで、戸部尚書（地官尚書）は直接、朝臣真人（真人）から置き換えられたのかというと、そうでもないらしい。唐の史官がどれほど日本の氏姓制度を把握しているか甚だ疑問に思うが、日本側の文献を調べると、それは『続日本紀』巻一の大宝元年（七〇一）正月二三日の条に「守民部尚書直大弐粟田朝臣真人を以て遣唐執節使と為す」とある「民部尚書」によったことがわかる。

中国では、隋の開皇三年（五八三）から唐の貞観二三年（六四九）まで、戸部を民部と称していたが、貞観二三年から戸部に復旧し、垂拱元年（六八五）にはそれを地官に改めていた。つまり、粟田真人の入唐時は、地官尚書が正しいわけである。

日本では、民部省の長は「民部卿」と呼ばれ、「民部尚書」の使用例は六国史に右の一例しかない。これは入唐のために民部卿を唐風に変えた可能性もあるが、粟田真人が遣唐執節使に任命された大宝元年に、日本史上初めての本格的な律令（『大宝律令』）が施行された事実も見逃せない。つまり、律令の編纂にかかわった粟田真人は「民部尚書」の官職名をふくめ、『大宝律令』に関する何らかの情報を唐に持ちこんだと推測される。

進徳冠

『旧唐書・日本国伝』をひもとくと、粟田真人の装束について「進徳冠を冠り、その頂に花を為り、分かれて四散せり。身は紫袍を服し、帛を以て腰帯と為す」と細やかに記されている。外国使節の服飾に対して、これほど詳細な描写はめずらしく、唐人はよほど粟田真人の衣冠に目を瞠ったのであろう。

進徳冠は『新唐書・車服志』に「太宗（中略）進徳冠を製り、以て貴臣に賜う」とあり、『唐新語』はその時期を貞観八年（六三四）としている。初めは「貴臣」に授ける進徳冠は、『唐六典』巻二二に「太子の冠は三、一に三梁冠と曰い、二に遠遊冠と曰い、三に進徳冠と曰う」とある通り、のちに皇太子専用のものとなったのである。

進徳冠は『通典』巻五七に「九琪、金飾を加う」とあり、皇太子が皇帝の祭祀に侍従したり、皇帝に謁見したりするとき、または元服を加えたり、妃を納めたりするときに着服されるものと規定されている。

こうした特殊な身分をしめす進徳冠をかぶった粟田真人は、唐人から奇異に見られたに違いない。民部尚書にせよ、進徳冠にせよ、貞観年間の初唐スタイルを再現しているかのようにみえる八回目の遣唐使は、確かに従来の倭国使に比べて、見違うほど変貌している。「それは倭国なのか」とか「東夷と唐人の区別はどこにあるのか」といった困惑から、『旧唐書』は疑問を投げかけたり、「矜大」と批判したりしたのだろう。

また粟田真人の学問と容姿について、『旧唐書』は「好んで経史を読み、文を属るを解し、容止は温雅なり」と述べる。表現上の小異はあるものの、『新唐書』、『通典』、『唐会要』といった信頼のおける歴史書にも類似の記録がある。これも従来の倭に対して見られないもので、それより以後の日本に対してよくなされる評価である。

右のとおり、粟田真人は肩書といい、衣冠といい、風貌といい、学識といい、従来の倭国使と打って変わった姿で現れてくる。『旧唐書』に倭国伝と日本国伝が併設されていることは、唐王朝が日本を、単なる倭の延長ではなく、新生国家として扱っていることを意味する。そして、最初の日本国使として、粟田真人にスポットが当てられ、唐人はその初唐文化にすっかり染まっていた異国人に対して、初めは疑ったり驚いたりしたが、最後には「朝廷これを異にす」（『通典』）の一言で評価しているのである。

官位と氏姓

「朝廷これを異にす」とは、粟田真人は唐王朝から刮目して見られることを意味する。その証拠のひとつは、則天武后から麟徳殿の宴会に招かれ、しかも「司膳卿」の官職まで授けられたことである。

司膳卿は漢の光禄勲にルーツを持ち、梁に至って光禄卿に名が改められた。最初は宮殿の護衛をつかさどるが、北斉では皇帝の飲食を兼ね、隋になってもっぱら飲食と祭祀を担当するようになった。唐はそれを因襲し、職務にあわせて名称を司宰卿、さらに司膳卿へと変えた。司膳寺の長官たる司膳卿（司膳大夫、膳部郎中も同じ）は従五品上、皇帝の側近として重きをなす（ちなみに、『通典』巻一八五には「司膳員外郎に拝さる」とあり、員外郎なら次官クラス、従六品上になる）。

ここで注目したいのは、従来の倭に授けられた「率善中郎将」「率善校尉」（『魏志・倭人伝』）や「安東大将軍」「平西・征虜・冠軍・輔国将軍」（『宋書・倭国伝』）などの武官に対して、日本使には文官しかも皇帝の側近に属する官職を授与したことである。これは軍事国としての倭と文明国としての日本とのイメージの差であり、また中国における倭と日本の位置づけの相違の現れでもあると見受けられる。

粟田真人より以後、たとえば阿倍仲麻呂、吉備真備、井真成、藤原清河、高階真人など、日本人に授けられた官職はほとんど文官であった。

それだけでなく、粟田真人の来朝によって、日本人の氏姓も中国の歴史に痕跡を残した。『元和姓纂』巻五に「朝臣」の項目を立て、「日本国使臣の朝臣真人、長安中、司膳卿同正に拝さる。朝臣大父、率更令同正に拝さる。朝臣は姓なり」とある。また『古今姓氏書弁証』巻六に「真人」の項目があり、「建中元年、使者真人興能、方物を献ず。真人は蓋し官に因りて氏たるものなり。按ずるに、日本に朝臣真人あり、唐の尚書の猶し」と記されている。

このように、外なる日本は人間の往来を通して、しだいに内なる要素となって、中国の官僚制度や氏姓のなかに溶けこんでいったのである。

君子から倭寇へ

唐の詩人王維の詩集『王右丞集』をひもとくと、阿倍仲麻呂に贈った『秘書晁監の日本国に還るを送る』と題する五言律詩がある。その詩序に「海東の国、日本を大と為す。聖人の訓に服し、君子の風あり。正朔は夏時に本づき、衣裳は漢制に同ず」と書かれている。中国人にとって、古代にさかのぼるほど、理想的な良風美俗が残されており、聖人の教えに基づく政治秩序が保たれていると考えられるのだから、夏朝の暦を用い漢代の服を着ていることは、まさしく「聖人の訓に服し、君子の風あり」の表れと認められる。

時代がくだって、宋の太平興国八年（九八三）、東大寺の奝然は入宋し、中国佚書の『孝経新義』と『孝経鄭氏注』および本国の『職員令』と『王年代記』を太宗に献上した。『宋史・日本国伝』に『王年代記』を引用して神代より六四代目の円融天皇に至るまでの天皇系譜が整然として列挙されている。宋の太宗は、複雑な心境を隠せず「その国王は一姓を伝え継ぎ、臣下みな世官なるを聞き」、宰相に次のように胸中をうち明ける。

> これ島夷のみなれど、乃ち世祚遐久にして、その臣また継襲して絶えず。これ蓋し古えの道なり。中国、唐季の乱より宇県分裂し、梁・周・五代、歴を享くること尤も促く、大臣の世冑、よく嗣続すること鮮なし。朕、徳は往聖に慙ずと雖も、つねに夙夜寅しみ畏れ、治本を講求し、敢えて暇逸せず。無窮の業を建て、可久の範を垂れ、また以て子孫の

計と為し、大臣の後をして禄位を世襲せしむること、これ朕の心なり。

中国人は空間的に海彼の島々に幻想の神仙郷を想像し、時間的には遥かなる古代に理想的な王国を追憶する。遣唐使や入宋僧らのもたらした情報によって、日本はある意味で中国にとって「古代への郷愁（ノスタルジア）」の対象となったのである。

こうした「礼儀の国」なるイメージは、元明時代になると、豹変してしまった。君子に取ってかわって登場してくる豊臣秀吉や倭寇は、中国の歴史に前代未聞の大波乱を巻き起こした。

趙良弼の報告

モンゴル族の首領フビライは首都をカラコルムから大都（現在の北京）に遷してから二年後、つまり至元三年（一二六六）に黒的と殷弘らを招諭使として、日本に向かわせた。使者らの携えた国書『蒙古国牒状』に「通問結好、以相親睦」という通好の意が述べられているが、日本はこれに応じなかった。

至元六年（一二六九）、秘書監の職にあった趙良弼がまたも使者として日本に派遣された。その時の国書も「日本は素より礼を知る国と号す」とあり、「親仁善隣」の国交を呼びかけている。

趙良弼ら一行は「好を日本に通じ、必ずや達するを期せん」（『元史』）という使命を負って、まず高麗に行き、至元八年（一二七一）九月にようやく太宰府に到達した。趙良弼は使命を果たせないまま、翌年いったん引きあげたものの、ふたたび日本に遣わされた。二度目に渡日した元使は『元史・日本伝』によれば、「十年六月、趙良弼はまた日本に使し、太宰府に至りて還る」とある。

趙良弼は帰国後、さっそく日本に関する最新情報を元の朝廷にもたらしてきた。『元史・世祖本紀』に、（一〇年六月戊申）「日本に使する趙良弼、太宰府に至りて還る。具さに日本の君臣爵号・州郡名数・風俗土宜をもって来て上る」と記され、さらに『元史・趙良弼伝』に「臣は日本に居ること歳余あり、その民俗を視るに、狼勇嗜殺にして、父子の親・上下の礼を知らず」と述べられている。

「礼を知る」日本との「通好」を目的とした元使は、「狼勇嗜殺にして、父子の親・上下の礼を知らず」という日本人像を中国に持ち帰ったわけだ。現地調査をした趙良弼は、悪地劣民の日本は「有用の民力」を用いてまで征服するに値しないと提言したものの、フビライはこの忠言に耳を貸さず、翌年に大軍を発して日本攻略を決行した。日本史にいう「文永の役」（一二七四年）である。

世祖フビライ

「文永の役」につづいて、第二次の日本遠征（一二八一年、「弘安の役」）で、元は宋から接収した海軍力をほとんど失ったため、海防の弛緩を招来し、元王朝の命取りの一因にもなった。一四世紀の初頭から、広州・泉州・慶元の市舶司の置廃が幾度となく繰り返されたのは、沿海地域の防衛問題が深刻になりつつあった証拠である。

このように、武士が政権を牛耳った幕府の対外強硬策は、フビライの燃えあがる東アジア征服欲を挫折させ、中国歴史の成り行く針路にも乱気流を吹きこんだのである。

市舶司の置廃

元の日本遠征は失敗に終わったものの、鎌倉幕府にも相当なダメージを与えた。統制が利かなくなった浪人武士や沿海の漁民や商人らを主体とした武装貿易商団が生まれ、朝鮮や中国の海岸へ頻繁に出かけた。その動きは、中国の歴史に繰り返される市舶司の置廃として反映されてくる。

たとえば、至元二九年（一二九二）には、日本の商船が四明（現在の寧波）に至り、貿易を求めたが、役人の立ち入り検査で「舟中に甲仗みな具」えていたことが発覚した。掠奪などの「異図」に備えて、元は都元帥府を設置して海防を固めさせた。

また大徳七年（一三〇三）には、江南沿岸にしばしば出没する日本船の警備として、千戸所を定海に設けて海防を強化させるとともに、市舶司を廃して海禁令を発布した。

一四世紀初頭のおよそ二〇年間、海禁の反動として沿岸商人の密貿易がにわかに台頭しはじめ、日本船の海賊行為も目立ってきたため、市舶司の置廃がしきりに繰り返された。以下、『元史・食貨志』から市舶司廃立の記事を抜き出してみる。

［成宗］大徳元年（一二九七）行泉府司を廃止する。

大徳二年（一二九八）澉浦と上海の市舶司を慶元市舶提挙司に合併する。

大徳七年（一三〇三）商人の下海を禁じ、市舶司を廃止する。

［武宗］至大元年（一三〇八）泉府院を復活させ、市舶司のことを整治する。

至大二年（一三〇九）行泉府院を廃止する。市舶提挙司を行省に編入する。

至大四年（一三一一）また市舶司を廃止する。

［仁宗］延祐元年（一三一四）市舶提挙司を復活させる。商人の海外渡航を禁じる。

延祐七年（一三二〇）また提挙司を併合する。

［英宗］至治二年（一三二二）泉州・慶元・広東三処の提挙司を復活させ、市舶の禁を厳しく監督する。


このように、元朝は日本商船の武装化および遠征失敗後の日本の復讐を恐れて、初期の中日貿易奨励方針から、しだいに消極的な閉関主義への軌道修正を余儀なくされる。注意するべきは、これらの海防策の調整と市舶司の廃立が主として日本の動向に対して講じられたことである。

北虜南倭

一三六八年、庶民から身を起こした朱元璋（明の太祖）は元朝をほろぼし、中国の支配権を約九〇年ぶりに漢民族の手に奪還した。ところが、太祖が即位するや目指す東アジア華夷秩序の回復は始終、南北の外患に悩まされて難航した。

北にはモンゴル軍の残部や女真族らの騎馬民族が辺境や京畿を脅かし、南には海賊化した倭寇が沿海州に出没する。なかんずく、海上からやってくる倭寇の被害は広東から山東まで広く及び、海防の警報がしきりに鳴らされる。

『明史・日本伝』は異例な長文である。文中にはさまざまな日本人が登場してくるが、もっとも読者の印象に残るのは、「明の終わるまでの世、倭に通ずるの禁は甚だ厳し。閭巷の小民は、倭を指して相詈罵るに至る。甚だしきはそれを以て小児女を噤ましむ」とある結びの一文であろう。

つまり「お前は倭人だ」というだけで相手をひどく侮辱することになり、「倭人が来るぞ」と脅すと、泣いていた子供が恐れてすぐにおとなしくなるという。この一例で、倭寇への憎悪と恐怖とがどれほど民間にしみ込んでいるかを推し量ることができよう。そして、こうした凶悪な倭寇像が、中国人の心に大きな影を落としていることは多言を要すまい。

倭寇の跳梁をきっかけに、中国の歴史に新たに生まれてきた顕著な要素は、数多の海防書である。王庸氏の『中国地理図籍叢考』（商務印書館、一九五六年）の「明代海防図籍録」に一〇一点の書籍が収録されており、著者は「明代の海防はたまに紅毛国などのために設けられるものもあるが、窮まるところ倭を防ぐことを重点とする。（中略）海防と倭寇は実に相互に枢紐となるものである」と述べ、呉玉華著『明代倭寇史典志目』（収録書籍七十余点）を付録として収めている。

大量の海防書が世に問われるとともに、文武官吏は日本の国情、航海や造船技術、武器の改良、兵士の訓練、沿岸州の地形調査などへの関心をしだいに高めていった。日本の国情を例に取ってみても、日本の政治や経済のみならず、風俗や文学そして日本語にまで及んでおり、日本への関心は未曽有のピークに達したのである。また倭寇との実戦の経験や教訓から、海船や刀それに陣法や築城など、さまざまな新兵器や新戦法などが続々と開発された。

このように、倭寇撃退をめざして、明代の海防理論と実戦方法は急速な発展をなし遂げ、一般市民にまで尚武の精神が高まり、軍事知識が行き渡ったのである。

種々の備倭官

倭寇が中国の歴史を動かしたもっとも顕著な部分は、ほかならぬ明代の軍事体制である。倭寇を防ぐために、沿海各地に衛所を設置し、さまざまな名目の備倭官が任命された。以下は潘洵氏の『明代抗倭官考』（浙江大学日本文化研究所修士論文、二〇〇四年）を参照しながら、倭寇防御のために設けられた長官（次官以下は略す）を概観してみる。

（一）備倭総兵官。明の軍事制度では、総兵官は決まった軍事要所に派遣されて鎮守するものと、国家有事のときに任命されて軍事行動を指揮するものとの二種類にわけられる。備倭総兵官は後者に属し、その名も「捕倭」「巡倭」「備倭」「勦倭」「防倭」などとあって、必ずしも一定しない。

明初の洪武年間、倭寇がしばしば沿海州県を荒らし、『明実録』だけでも一九回を記録している。そのために、太祖は頻繁に備倭を職務とする総兵官を任命して現地へ急がせた。備倭総兵官は国家有事のときに任命されたので、絶大な権限を委ねられるのである。たとえば、洪武七年（一三七四）「海上に警あり」と任命された呉禎は江陰・広洋・横海・水軍という四衛の舟師を領して海寇を巡捕し、京都の各衛および杭州・温州・台州・明州・福州・漳州・泉州・潮州など各地の衛所に属する官軍もことごとくその統制下に置かれる（『皇明馭倭録』）。

備倭総兵官のなかで、よく知られるのは洪武一七年（一三八四）に勅命をうけた湯和である。倭寇拿捕を命じられた呉禎と異なって、湯和は主として衛と所の整備に専念し、四年間をかけて浙江に五衛と一〇所、福建に五衛と一二所、南直隷に一衛と二所、その他あわせて五九の防御施設を築城した。

備倭総兵官の制度は、次代の恵帝そして三代目の成祖に受けつがれ、永楽六年（一四〇八）だけでも四名の備倭総兵官が中央から現地へ派遣された。

（二）総督備倭。永楽中期から嘉靖中期まで、倭寇の侵入がやや下火になり、備倭の事務は沿海各州に設置された備倭都司の長官である総督備倭都指揮に委ねられた。備倭都司の起源について、『山東通志・兵防志』によれば、湯和は山東から浙江にかけて築城すること五九ヵ所、「ことごとく都司を置き、備倭を以て名とす」とある。備倭都司は、備倭の専用施設が作られてから、それに常駐の機構と官吏を当てることに始まったと推察される。

山東省檔案館には嘉靖年間の山東総督備倭都司文書が二一巻ほど保存されている。これらを見るかぎり、「総督備倭」の前に「欽差」の二字がついており、「欽差山東等処総督備倭」と称される。つまり、総督備倭も常設官ではなく、皇帝から直接に遣わされるものであることがわかる。

ほとんど公侯伯爵など位階の高い文官が拝命する備倭総兵官に比べると、総督備倭は相対的に位階の低い職業武官（指揮クラス）がそれにあたるのである。

（三）備倭把総。『雍正嘉興府志』に「正統の間に把総一員を設け、以て衛所を統べ、衛は備倭と曰う」とみえる。洪武から永楽までの間、備倭の権限は広範な地域を守備範囲とする備倭総兵官や総督備倭に集中し、特定の衛と所に防御の責任を負う備倭把総が置かれていなかった。

胡宗憲の『蘇州水陸守御論』によれば、把総には水兵把総、陸兵把総、遊兵把総の三種があり、それぞれ海戦と陸戦そして巡査の責務が与えられる。ちなみに、同じ胡宗憲の『籌海図編』によれば、備倭把総は蘇松に九名、浙江に七名、淮陽に六名、福建に五名、山東に三名が置かれているという。

（四）海道官。厳従簡の『殊域周諮録』巻三に「総督備倭を設けて、公侯伯を以てこれを領せしむ。海道を巡視するに、侍郎都御史を以てこれを領せしむ」とある。海道官はもともと海上の貿易や輸送をつかさどる職だったが、倭寇の禍が深刻になってくると、軍事行動を優先するものに変質してしまった。

備倭の海道官は、『両浙海防類編続考』巻二によれば、洪武三〇年（一三九七）より以降、寧波に常駐し、浙江沿海を専業防御するようになったという。海道官は備倭の一環として沿海漁民の渡海をも取り締まっている。

（五）海防巡撫。明代の後期、倭寇の跳梁はますます激しくなり、朝廷は備倭都司を廃してから、東南沿海の諸州に巡撫・総督・総兵官・参将・兵備副使などを派遣して、海防にあたらせた。

嘉靖二年（一五二三）、寧波に入っていた細川船と大内船との間で、貿易権をめぐって乱闘が起き、多数の死傷者を出した。いわゆる「寧波の乱」である。事件の処理を命じられた劉穆（りゅうぼく）は帰京後、重臣を巡撫に任命して海防を強めるよう建言した。嘉靖二七年（一五四八）、朱紈（しゅがん）は首代の海防巡撫として浙江に出向いた。

巡撫はもともと皇帝を代表して天下を巡遊し、地方を宣撫（せんぶ）するものだったが、「寧波の乱」をきっかけに増設されたそれは元来の意味を失い、もっぱら海防に専念する特命官吏だったのである。

（六）備倭総督。嘉靖三三年（一五五四）、倭寇はますます気焰（きえん）盛んになり、沿海州を荒らしまくったのみならず、南京にまで迫ってくる。地域防御を基本とする備倭体制はもはや地域を横断する倭寇を制しきれなくなった。そこで、給事中（きゅうじちゅう）の王国禎（おうこくてい）らは各地の兵力や物資を統合できる総督大臣の任命を奏上した。それが東南沿海に総督の職を設けて、備倭を専業とする制度の始まりである。

明代を通じて、四名の備倭総督が任命された。いずれも国家が危篤の状態に直面したときに勅命をうけたものである。首代の総督は嘉靖三三年に任命された張経（ちょうけい）、王直（おうちょく）（汪直とも）を誘殺した胡宗憲はその四代目である。

以上の略述によって明らかなように、倭寇に悩まされた明王朝はその防御と退治に腐心し、専門の機関や施設そして官職を増設したのみならず、従来は軍事と関係のない役所や官職もそれにあわせて変質してしまった。

『斬蛟記』

倭寇の跳梁に対して、朝廷の採った応急処置が役所や官職の変化などに現れているとすれば、一般庶民の感受は多く小説や戯曲などで表現されているといえる。明代の『斬蛟記』『蓮嚢記』『戚南塘剿平倭寇志伝』『朝鮮征倭紀略』『胡少保平倭記』などがそれにあたり、清代には『水滸後伝』『金雲翹伝』『綺楼重夢』『緑野仙踪』『雪月梅伝』『蜃楼外史』『玉蟾記』などが挙げられる。

これらの作品をめぐってみると、文禄元年（一五九二）大軍を朝鮮に差しむけ、「大明国に直入し、吾が朝の風俗を四百余州に易す」ことをめざした豊臣秀吉は、しばしば「関白」「木秀」「平秀吉」などの名で登場してくる。

明代の短編伝奇『斬蛟記』は、道士の許真君による蛟斬りの民間伝説を敷衍し、豊臣秀吉の朝鮮侵略の史実を下敷きにしている。あらすじは以下のようである。

大昔、許真君は人間に害をなした大蛟を斬り殺したとき、その腹中からこぼれ出てきた一四の小蛟を逃がした。この小蛟はのち日本の銀蛟山に棲みつき、一二〇〇年あまり経って、無数の生き物に危害をくわえ、ついに人間に化けて平秀吉となった。

秀吉は一兵卒から身を起こし、関白を殺してその位を奪い、さらに六六州を征服した。世間はすっかり妖怪の変化に気がつかず、ただその狡智と怪力にひれ伏すばかり、琉球と朝鮮も畏怖するあまり朝貢を怠らなかった。

万暦二〇年（一五九二）四月、平秀吉はいきなり二〇万の大軍を発して朝鮮を侵し、たちまち王京・平壌・安辺をあいついで陥れ、いよいよ中国の遼東を攻め、北京を狙おうとした。朝鮮から急を報じられた朝廷は、宋応昌を経略、私（著者の袁黄）と劉玄子を参謀として救援に馳せた。

私たちは道士数人を伴って海をわたった。銀蛟山に至って、ガチョウの群れを紅鹿江に浮かばせ、道士が呪いをかけると、怪物が首をもたげてきた。道士はすかさず宝剣を抜きだすやその首を斬り落とした。時は万暦二一年（一五九三）正月七日のことだった。それ以後、倭軍が攻撃して来なくなったのをみれば、関白の死は確かだった。

小説では、倭軍の退却を関白急死の証拠としているが、戸科給事中の呉応明が万暦二一年七月に、神宗皇帝への奏状において、「兵部が沈丙懿をして敵情を調べさせたところ、関白が中毒してすでに死んだとの伝聞が報告された。倭奴が朝鮮を攻めるときはまさしく破竹の勢いだったのに、今はわが師が集まると、たちまち平壌と開成を棄て、王京も守りきれない様子だ。私見によれば、昔より遠征の師が戦わずして退くのは、軍中に疫病が流行っているか、国内に急変が起こったのかもしれない」（『神宗実録』）と報告している。

このように、『斬蛟記』ははなはだ荒唐無稽なストーリーのなかに、当時の国際情勢をなるべく迅速かつ正確に反映させようとする意図のもとで、創作されたと考えられる。いわば表は伝奇小説だが、骨子は時事小説とも見受けられるだけに、そこに描かれた豊臣秀吉像がいかに重くて暗い影を中国民衆の心に落としているか推し量れよう。

『水滸後伝』

よい書物ほど模倣作をたくさん生み出す。この意味で、国内外に多くの後続作品を生み出させた『水滸伝』は、傑作中の傑作というべきである。たとえば、武松の物語を敷衍した『金瓶梅』、李俊のストーリーを発展させた『水滸後伝』、いずれも模倣作の名品である。

李俊はあだ名を混江龍といい、天罡星三六員のなかで二六番に位置づけられる。『水滸伝』九三回に「李俊の名は海外に聞こえ、声は世界に播まる。去きては異国の国王となり、中原の境を犯さず」とあるが、海外での事績にはまったく触れていない。『水滸後伝』はこのわずかな糸口を巧みに敷衍し、興味津々のストーリーを織りなしたのである。全書は八巻四〇回からなり、時代は南宋に設定され、生き残った水滸好漢らの後日談から物語が始まる。

朝廷から各地に任官された水滸好漢らは、平和な余生を送ろうとしたが、役人の無道な圧迫と悪党の執拗な迫害とに堪えかねて、またもや登雲山や飲馬川に集まり、「替天行道」の反旗をひるがえした。その後、水滸好漢らの子孫をふくめて四四人が海外に脱出した。

李俊らはシャム国に近い金鼇島を根拠地にして、「征東大元帥」を称し、宋の年号をそのまま用いる。まもなく花逢春がシャム国王の花婿となり、主客とも平和的に共存するようになった。

混江龍李俊　居海濱有民人

李俊　『水滸葉子』より

ところが、丞相の共濤はシャム国王を毒殺して王位についた。李俊は金鼇島の宋兵を発して反乱を鎮め、国王に推された。共濤は日本へ逃げて援軍を乞い、関白（豊臣秀吉）率いる倭兵一万人をつれて、政権を奪還せんとシャム国に向かった。

倭兵と水滸好漢は海上に陣を張って交戦しはじめると、関白はひそかに水中兵の黒鬼を繰り出し、水滸好漢らの船底に穴をあけさせて戦況を有利にすすめ、まもなくシャム城を取り囲んで激しい攻撃をしかけた。黒鬼は何十時間も海底に潜ることができ、飢えると水中の魚介類を手当たりしだいに捕って生のままで食べてしまう。

戦闘は一進一退の攻防戦となり、そこで公孫勝（こうそんしょう）は「寒さに弱い」という倭兵の弱点を見やぶり、呪いをかけて大雪を降らせた。海水はたちまち凍ってしまい、関白と倭兵は氷に閉じこめられて、水晶人間のごとく凍死し、水滸好漢は辛うじて勝利を収めたという。

このように、豊臣秀吉の朝鮮侵略と倭寇の沿岸州掠奪（りゃくだつ）は、中国の歴史に深い傷痕を残したのみならず、明清時代の小説や戯曲によって形象化され、しかも再生産されつづけた。近現代に小詩や漢俳を生み出させた俳句に比べると、倭寇題材の作品は日本の押しつけた負の遺産ではあるが、文学史には見逃せない変化である。

日本扇

明を通して、「北虜南倭（ほくりょなんわ）」の熟語に示されるように、日本は中国の歴史を動かすもっとも大きな外部要因のひとつだった。明代の歴史を振りかえってみると、随所にその痕跡を見出すことができる。これら日本の残した足跡は、日本歴史の一部とみるより、むしろ中国歴史そのものの歩みと捉えた方が妥当であるかもしれない。

日本の中世史は倭寇のことを取り扱うにしても備倭官の発生と変遷などには触れないし、日本文学史は当然のことながら、明清の小説や戯曲にみられる倭寇題材の作品を本格的に取りあげることはない。したがって、倭寇に起因するさまざまな中国側の反応、それらの反応によって併発する新たな事象は、中国歴史の不可分な一部分として考察を加えなければならない。

ところが、明代において、唐末（八九四年）に中断した中日間の国交が回復されるにつれて、勘合貿易がさかんに行われ、人間の往来と物質の流通が空前の規模に達したこと、これもまた忘れてはならない。これらの交流が中国の歴史に新風を吹きこんだ実例のひとつは、勘合貿易の主力商品、つまり日本式の扇子（折畳扇）である。

日本扇の流入について、明の陳霆は『両山墨談』において、宋代より以前、中国には折り畳み式の扇子はなかったが、永楽年間（一四〇三―一四二四）に倭国がそれを貢物として持ってくると、朝廷はあまねく群臣に下賜し、さらに内府をして模造させ、またたくまに世間に流行りだし、古扇（団扇）は江南の婦人を除いて用いられなくなったと述べている。

日本扇　『三才図会』（1607年刊）に掲載された扇と折畳扇（扇子）の図

『蓬窓続話』によれば、著者の馮可時は上京したとき、宣教師のマテオ・リッチより扇子四柄を贈られたとあり、日本扇は士大夫の間でも高級な贈り物として喜ばれていたことがわかる。その理由について、『蓬窓続話』は「折り畳むと一指の長さにも満たず、非常に軽く、風がよくおこり、しっかりした作りだ」と賞賛している。

内府での模造は永楽より以後に始まったと思われるが、蒔絵の技術を習得すべく、正徳年間（一五〇六―一五二一）に扇作りの職人を日本に派遣した。嘉靖年間（一五二二―一五六六）になると、中国の少なからぬ地区で扇子の大量生産が可能になり、四川省の布政司が朝廷に献上する扇子は年に万本単位に達するほどである。

中国の模造扇は、全般的に日本の扇子を引き写しただけのものではない。つまり、団扇の技法を生かして片面張りから両面張りに変え、扇骨の数を大幅に増やした。『杖扇新録』によれば、杭州産の油扇（杭扇）は扇骨を三六本から五〇本ぐらいにし、扇面に柿の渋を塗って黒油の艶を出し、そのうえに書や絵画を描いて飾るという。

両面に紙を張り、扇骨を細密にした模造扇は日本扇よりも堅牢にして美しく、中国で流行したのみならず、日本に逆輸出して唐扇と称され、たちまち禅林や民間に広まった。この刺激をうけて、日本では挿骨（両面の扇面紙の間に骨を入れる）の技法を取りいれ、さらに扇骨に彫刻を施し、いわゆる「総彫り骨扇」を開発した。

携帯に便利な折り畳み式の日本扇は、日常生活において伝統的な団扇に取ってかわり、主流の座を占めるようになったのみならず、今は扇面画や雑技（サーカス）または漫才や京劇などには欠かせない存在となっている。

日本趣味

明清時代の詩文集や筆記などをひもとくと、官吏や文人の間に日本趣味ともいうべきものが静かに流れていることに気づかされる。『桃花扇』や『儒林外史』などによれば、日本伝来の折畳扇は今でいう携帯電話のように、文人らにとって手から離せない必須品である。ここでは、高濂（一五七三―一六二〇）の著した『遵生八牋』に焦点をしぼって、彫刻関係の史料を紹介するにとどめる。

（一）鏤金。作者は「宣銅・倭銅・炉瓶・器皿を論ず」という項で、「潘銅」という本名のはっきりしない人物を取りあげている。もともと浙江省の人だったが、幼いころ倭寇にさらわれて一〇年ほど日本に住んでいた。その間、鏤金の技術を習い、「金銀倭花」を彫刻する技を身につけた。帰国してからはその特技を生かして銅器をつくり、世には「仮倭炉」と呼ばれる。

　高濂はかつて潘銅を自宅に招きいれ、数年の間に文房具や調度品をこしらえさせた。潘銅の作った「倭尺」は一見して他と違わないが、中腹を空にして文房具十数点を内蔵している。またハサミは折り畳み式に作られ、当時は珍しいものとされる。その他、「銅合子、途利筒、彝炉、花瓶」などは金銀を象眼し、模様を彫り刻み、倭製の本物に勝るとも劣らないほど精巧を極めているという。

（二）漆彫。日本の漆工は宋元の漆彫技術を模倣しつつ、各人の創意を加味し、しだいに日本化させ、伝統的な螺鈿工芸とも融合してついに独自な作風を形成したのである。『遵生八牋』には「剔紅・倭漆・彫刻・鑲嵌・器皿を論ず」の一項があり、日本の漆彫工芸を詳しく紹介している。

「漆器はただ倭を以て最とす。しかも胎胚の式制もまた佳し」との前置きにつづいて、描金の重ね箱、紅漆を塗った金縁の盒子、金塗りの彩色屏風、精巧をきわめた文房具、漆塗りの仏壇、昭君図を金銀象眼した香几、山水鳥獣をデザインした机など数十種類をずらりと列挙している。

高濂は「倭人の製れる漆器は、工巧いたって精極なり。また彫刻・宝嵌・紫檀などの器のごとく、その心思工本を費やすは、また一代の絶なり」と賛辞を惜しまなかった。つづいて中国の模造品に言及して「近ごろの倭器を倣傚するものは、呉中の蔣回回のごとき者、制度造法は極めて模擬を善くし、鉛を以て口を鈐じ、金銀花片・鈿嵌樹石・泥金描彩などよく肖り、人また佳しと称う。ただし、胎を造るに布を用うることやや厚く、手に入れて軽からず、倭を去ること遠し」と嘆いている。

(三) 秘閣。秘閣はもともと天子の書庫、または尚書省の別称の意味にとられるが、ここでは文字を書くとき紙面を汚さないように肘をのせる長方形の道具をさす。この黒漆秘閣は長さ七寸ほど、幅は二寸あまり、表には金泥の花模様を描いており、紙のように軽い漆器であるという。

『遵生八牋』の記録からわかるように、明代では猛威をふるった倭寇によるマイナスの影響があれば、中日の国交が回復され、公私の商船によってもたらされる物資交流によるプラスの面もある。

日本から伝わった工芸品の製造技法はほとんどは中国から習ったものだが、長期にわたって模倣されつつ、しだいに日本民族の美意識および独特な手法と融合して改良されてきた。こうして生まれ変わった工芸品はふたたび中国へ逆輸入されて、中国芸術の繁栄を促したのである。

生徒から先生へ

一八四〇年、イギリスの軍艦は猛烈な砲撃で、長らく閉ざされていた清王朝の門戸を砕き飛ばし、一連の屈辱の条約を押しつけて中国を半植民地におとしいれた。この事件に象徴されるように、中国の近代史はもっぱら西洋列強の重圧のもとで、しぶしぶと幕開けしたのである。

それから一三年後、泰平の世にうつつを抜かしていた日本も、アメリカの軍艦に脅かされながら、二〇〇年あまりの鎖国政策を放棄して開国を余儀なくされた。しかし、この歴史的な転換点において、中日両国は運命が分かれることとなったのである。つまり、日本は中国の轍を踏むまいと西洋文物を積極的に取りいれ、封建社会を脱皮して改革に踏みこみ、それを一八六八年の明治維新に結実させたのである。

維新に成功した日本が国力を急速にのばし、東アジア屈指の強国として成長していく姿を、伝統文化の十字架を重苦しそうに背負っていた中国は複雑な心境で眺めていた。やがて一部の先覚者たちがようやく困惑と不安を乗りこえて、日本を近代化の手本として学ぶようになった。

隋唐より以来、よき学生として遇されてきた日本は、今や「西学の師」と仰がれるようになり、よい意味においても悪い意味においても、近代の中国歴史に深く入りこんだのである。しかし、その間に、日本の中国侵略の事情も絡んでおり、決して平穏友好のムードのみではなかったことも念頭におくべきであろう。

東遊日記

明治三年（一八七〇）、発足まもない新政府はさっそく柳原前光（やなぎわらさきみつ）を中国に遣わし、国交樹立の遊説（ゆうぜい）を始めた。その結果、一八七一年に、『中日（日清）修好条規』と『中日（日清）通商章程』が結ばれた。その六年後に、中国の初代駐日公使、何如璋（かじょしょう）がようやく「維新の国」に足を踏みいれ、遅ればせながら近代化をめざした中国は日本とのあらたな国際関係の締結にむけて、本格的に動きだしたのである。

国交樹立をきっかけとして、中日間の人員往来はこれまでにない活況を呈し、官吏・商人・学者などの日本訪問がにわかに増え、維新後の日本の本当の姿を自分の目で確かめて、それを日記などに書きとめることが多くなった。これら日本の見聞を記した日記・詩文・報告書・筆記・紀行・記録・調査書・訳書などをひっくるめて「東遊（とうゆう）日記」と称しておく。

東遊日記は筆者の勤務する杭州大学日本文化研究所（現在は浙江工商大学日本文化研究所）の重要な研究テーマである。その成果は王宝平教授監修の『晩清中国人日本考察記集成』に収録されている。

このシリーズは最初、一九九九年に杭州大学出版社から呂順長氏担当の『教育考察記』

（上下）が刊行され、収録書目は下記の二六点である。

東瀛学校挙概（姚錫光）、日本各校紀略（張大鏞）、日本武学兵隊紀略（張大鏞）、東遊紀程（朱綬）、東遊日記（沈靖清）、日本学校図論（関庚麟）、扶桑両月記［附日本教育大旨、学校私議］（羅振玉）、東遊叢録（呉汝綸）、遊日本学校筆記（項文瑞）、瀛洲観学記（方燕年）［以上は『教育考察記上』］、日遊彙編（繆荃孫）、癸卯東遊日記（張謇）、癸卯東遊日記（林炳章）、東遊紀行（胡景桂）、日遊筆記（王景禧）、日本普通学務録（楊漕）、日本留学参観記（蕭瑞麟）、東遊日記（鄭元濬）、東遊日記（郭鍾秀）、岳雲盦扶桑遊記（呉蔭培）、東航紀遊（李文幹）、東遊日記（黄黼）、薔盦東遊日記（楼黎然）、東瀛参観学校記（呂珮芬）、瀛洲客談（鄭崧生）、東遊日記（定樸）［以上は『教育考察記下』］。

その後、杭州大学が浙江大学に併合されると、こうした学術書の出版がむずかしくなったため、出版元を上海古籍出版社に変えさせられ、単行本の『日本国志』と『遊歴日本図経』のほか、「法制」と「軍事」および「詩文」のシリーズが続けざまに刊行された。

劉雨珍氏ほか担当の『日本政法考察記』には、日本新政考（顧厚焜）、海外叢稿（但燾）、扶桑考察筆記（金保福）、三島雪鴻（段献増）、東遊考政録（劉瑞莀）、東瀛見知録（涂福田）、調査日本裁判監獄報告書（王儀通）、調査東瀛監獄記（熙禎）、東瀛警察筆記（舒鴻儀）、日本警察調査提綱（雷廷寿）、東遊紀略（趙詠清）、日本各政治機関参観詳記（劉廷春ほか）、蛉洲遊記（劉樽）、遊東日記（王三譲）、鈍斎東遊日記（賀綸慶）と一五点が収められている。

王宝平氏の担当する『中日詩文往来集』は、翰墨因縁（水越成章）、芝山一笑（石川鴻

斎）、海外同人集（河田小桃）、帰省贈言（向山栄）、墨江修禊詩（森大来）、海東唱酬集（李長栄）、扶桑驪唱集（葉煒）、舟江雑詩（王治本）、日本同人詩選（陳鴻誥）、癸未重九讌集編（孫点）、戊子重九讌集編附枕流館讌集編（孫点）、己丑讌集続編（孫点）、庚寅讌集三編（孫点）、桜雲台讌集詩文（孫点）、嚶鳴館春風畳唱集（孫点）、嚶鳴館畳唱余声集（孫点）、嚶鳴館百畳集（孫点）、墨花吟館輯志図記附海外墨縁（厳辰）、紅葉館話別図附紅葉館留別詩（陳明遠）など、中日両方あわせて一九点を収録している。

上記のシリーズは原文の影印と文献解題および索引などをつけており、一九九九年に世に問われてから、清代の外交資料および近代中日交流の史料として高く評価され、二〇〇四年に国家清史編纂委員会の求めに応じ、『晩清東遊日記彙編』と改題して続刊することになった。改題後はこれまでの既刊書の復刊とともに、新刊書として『日本軍事考察記』が加わり、収録書目は日本地理兵要（姚文棟訳）、四川派赴東瀛遊歴閲操日記（丁鴻臣）、遊歴日本視察兵制学制日記（丁鴻臣）、東遊日記（沈丹曽）、重遊東瀛閲操記（銭徳培）、東遊志略（国柱）の六点である。

さて、東遊日記の研究について見逃せないのは、佐藤三郎氏の『中国人の見た明治日本——東遊日記の研究』（東方書店、二〇〇三年）で、収録書は東行日記（李圭）、使東述略（何如璋）、日本紀游（李筱圃）、談瀛録（王之春）、道西斎日記（王詠霓）、東遊六十四日随筆（李春生）、日本遊学指南（章宗祥）、甲辰東遊日記（胡玉縉）、日本留学日記（黄尊三）、東游日記（黄慶澄）、四川派赴東瀛游歴閲操日記（丁鴻臣）、考察教育日記（河北省派遣教育視察団）の一二点となる。さらに、巻末に「明治期の『東遊日記』目録」と題して、一四六点の作品リストを掲げている。

これらの東遊日記は、中国では「晩清」に分類し、日本では「明治期」に帰属していることからも、清末と明治期とは切っても切れない関係にあることがわかる。数百点にも上る東遊日記は、実に政治・経済・貿易・教育・軍事・社会・法制・風俗・物産・文学・歴史・地理など、ありとあらゆる分野にわたっている。これらの知識や見聞はのちに中国の近代史にちりばめられるようになり、中国の近代化に一役買うことになったのである。

黄遵憲の維新観

日本に大清公使館が設けられてから、その随員を主体として、日本研究のグループが徐々に形成された。彼らは大使や副使に比べて、より自由な立場にあり、日本への観察も客観的で、多様多彩なものである。

初代公使の何如璋（かじょしょう）にしたがって渡日した黄遵憲（こうじゅんけん）は、この時期の代表的な日本研究者である。その大著『日本国志（にほんこくし）』および詩集『日本雑事詩（にほんざつじし）』は、多くの中国人にとって明治初期の日本を知るうえで、もっとも重要な情報源となった。

日本滞在中から筆を起こし、一八八七年にようやく完成をみた『日本国志』四〇巻は、中国史書の体裁にならって、「中東年表」（中日歴史年表）と一二の「志」（国統志・隣交志・天文志・地理志・職官志・食貨志・兵志・刑法志・学術志・礼俗志・物産志・工芸志）からなり、明治維新を中心に据えながら、日本歴史の全貌を明らかにしようとする野心作である。

『日本国志』の執筆動機には、日本の経験を中国の参考にしようとする意図があったように思われる。著者はその「凡例」で、「今撰録する所は、みな今を詳らかにして古を略し、近を詳らかにして遠を略す。あらゆる西法に牽渉るものは、尤も詳備を加えて、適用するを期す」と執筆の意図を述べている。

光緒八年（一八八二）春、黄遵憲は在日公使館の参事官からアメリカのサンフランシスコ駐在の総領事に抜擢される際、「明治維新の史を草し完れば、吟じて中華以外の天に至る」と海外生活をふりかえって抱負を語っている。

ここの「明治維新の史」とはまぎれもなく『日本国志』のことで、「吟じて中華以外の天に至る」とは世間にひろく流布している『日本雑事詩』のことを指していると思われる。一五四首の詩作をおさめた『日本雑事詩』は一八七九年に同文館より上梓してから版を重ね、その間に増補削減があり、一八九八年の決定版には二〇〇首の作品を収録している。これらの作品はただ風花雪月を詠むような余興的なものではなく、文明論的な洞察をのぞかせる傑作を多くふくんでいる。

明治維新についての作品は、四〇首ほどあり、全体としては西洋化の趨向を賞賛している。たとえば、自序では維新への批判を押しのけて、その「進歩の速さは、古今万国の未だに有らざるものなり」と断言する。また『明治維新』と題する詩に注して、「明治元年に徳川氏を廃して王政始めて復古す。この中興の功は偉大かな」と謳歌している。

右の二書を通じてみられる黄遵憲の維新観を要約すると、積極的に外国の進んだ文明を取りいれること、天皇から庶民まで一致して改革を行ったこと、少人数のリーダーシップ（志士）が主役を演じたこと、近代教育が改革の普及に大きな役割を果たしたことなどが挙げられよう。

懐疑論者

アジアに突如として現れた「西洋国」日本への評価は、かならずしも賛辞ばかりではなかった。黄遵憲にしても、日本に着任した当初は、ちょうど明治維新初期の混迷期にあたり、維新に不満を懐いた文人と交わり、「微言刺譏、咨嗟嘆息、吾が耳に充溢す」る影響で、『日本雑事詩』に維新を懐疑視しそれを風刺する作品さえ交じっている。明治維新への理解を深めていくにつれて、これらの作品をほとんど改訂版から取り外し、あるいは改作している。

ところで、黄遵憲のような維新肯定派がいれば、維新を軽視しまたは非難する人々も少なくはない。たとえば、作者不詳の『日本雑記』は洋服の着用を「東頭西脚、西頭東脚」という滑稽な姿となり、なんと醜いことだろうと風刺している。もう一人「四明浮槎客」と名乗る文人は神戸での見聞を『東洋神戸日本竹枝詞』に詠み、維新を「昨日は米法に変えたるばかりに、今日また急いで大英を奉じ」、まさに「暮れに令して朝に改め、まるで児嬉の如し」と批判し、また「移風移俗は太だ荒唐なり、正朔衣冠の祖制滅びたり」と嘆いていた。

易順鼎という文人は、維新による東洋伝統の破壊に失望のあまり憤りをあらわにし、「冠服を他人に倣い、驢は驢にあらず、馬は馬にあらず。紀年は明治と僭称し、実は愈その淫昏を縦にす」と辛辣な批判をくわえている。

刑部主事の任にあって訪日した顧厚焜の『日本新政考』は、現役官吏の日本観として注目されるべきものである。光緒一三年（一八八七）、顧厚焜は清政府から維新後の新政を考察する使命を与えられて来日し、翌年に帰国報告書として『日本新政考』をまとめた。この書は洋務・財用・陸軍・海軍・考工・治法・紀年・爵禄・輿地の九部にわけて新政の現状をつまびらかに記録している。

調査報告書の性格上、記録の部分はかなり客観的で詳細にわたっているのに、議論の部分となると、作者の主観的な考えに基づいて、維新への批判に容赦はない。かれは維新によって「国債積んで国庫は匱しく、漢文を軽んじて洋文を重んじ、旧都を廃して新都を興す」といった現状に驚きを隠せず、「西法が国俗を転移するのは何故かくのごとく速いのか」、「日本が成憲を軽棄するのは何故かくのごとく易いのか」と疑問を連発する。さらに、西洋一辺倒はとうてい「国を豊かにするに足らず、兵を強くするに足らん」と結論づける。

このように、明治維新後の日本は西洋と東洋という二重のイメージを現し、この複雑な様相を眺めた中国人のなかでは、西洋文物の流行に注目して賞賛する人がいれば、東洋伝統の衰弱を憐れんで非難する人もいる。こうした相違はすべて視察者の主観的な問題に帰するのは公正さを欠き、維新後の世相自体も新旧・善悪・東西が入り交じり混沌とした模様を反映するものである。

ここで注目に値するのは、新旧両方によく目を配った陳家麟の見解で、単なる肯定論または否定論よりは客観的であるかもしれない。

陳家麟は一八八四年に公使館の随員として渡日し、三年後に『東槎聞見録』四巻を上梓した。作者は維新の諸政策を「利政」と「弊政」とに二分し、前者の例として「学校の設立、鉱山の開発、鉄道の建造、銀行の開設および機械、電線、橋梁、水道、農政、商務」など、後者の例として「洋服の着用、漢学の廃止、刑律の改正、紙幣の発行および増税、雇用、洋館、洋食、舞踏」などをそれぞれ挙げている。

　このように、明治維新への賛否両論の存在は、第三者の立場からの傍観によるもので、中国では維新変法の動きが活発になってくると、称賛論者がにわかに増え、維新後の日本像もより具体的に伝えられるようになる。

維新変法の手本

　明治維新をきっかけとして、近代化をいそぐ日本は西洋の文物制度を積極的に導入するとともに、西洋列強の「負の遺産」も継承してしまった。台湾出兵（一八七四年）をはじめ、しだいに欧米諸国のアジア侵略の共謀者となり、貪欲の魔手を隣国にのばすようになった。

　一八九四年、日本は念願の大陸侵略を実現するため、朝鮮の権益をめぐって清王朝に戦争をしむけ、それが甲午戦争（日清戦争）の勃発となった。その結果、「天朝大国」は「蕞爾島夷」に大敗を喫し、清王朝は苦心して経営した北洋艦隊をあっけなく殲滅され、日本に銀二億両という巨額な賠償金の支払いを約束して、一八九五年四月に屈辱の「馬関条約（下関条約）」をむすんだ。

　この予期せぬ結果をもたらした一戦で、「蕞爾島夷」と軽視されてきた日本は、一躍して巨人のごとく中国人の眼前に立ちはだかるようになった。知識人たちは未曽有の国恥に目を覚まし、支配者らも亡国の危機に直面せざるをえなくなった。そこで、朝野の有志は突如と

康有為　日本亡命後の写真

して巨人化した日本に目をむけ、改革維新の道を模索しはじめた。

明治維新がふたたび脚光を浴び、本格的に研究されるのは、まさにこの時期だったのである。一八九八年に、光緒帝をかついだ一〇三日しか続かなかった戊戌変法（百日維新とも）は、もっぱら明治維新を手本にしていた。こうして、約二〇〇〇年にわたる中日関係史上、両国の師弟関係ははじめて逆転したのである。

一八九五年四月一七日、李鴻章は清王朝を代表して、下関の春帆楼で売国の「馬関条約」にサインした。条約調印のうわさが中国に伝わると、全国に大きな波乱が巻きおこり、康有為を中心とする愛国の知識人たちは、連名して条約拒否と変法実施の主張をまとめて、光緒帝に直訴した。史上に有名な「公車上書」の事件である。

亡国の危機に瀕した中国の有識者らは、維新変法を清王朝に呼びかけ、その手本を敵国の日本にしたのである。康有為は光緒帝への直訴書のなかで、「土地と国民が中国の十分の一しかない」日本が明治維新によってわずか三〇年も経たないうちに強国となり、琉球と台湾を強奪し大清帝国を侵略したのだと分析し、弱肉強食の世の中で生きていくために「強敵を師資に」しようと力説した（康有為『日本変政考序』）。

これまではごく一部の知識人にしか注目されなかった明治維新は、今や日本の奇跡的な変身をなしとげた「秘訣」として、民族の存続を真剣に考えざるをえなくなった人々から熱い視線を向けられるようになった。

百日維新

康有為ら知識人の八方奔走で、維新変法の気運がしだいに高まり、光緒帝も政治刷新の必要性を痛感するようになり、一八九八年一月二四日に康有為を宮内に招きいれて変法の構想を聞き、ようやく改革に本腰を入れようとした。

そのとき、康有為は中国の変法を「日本の明治の政を治譜と為すべし」と力説し、具体的に真似るべき三項目を皇帝に提示した。つまり、「一に群臣と革旧維新を約束して天下の輿論を採択し万国の良法を取り入れること、二に宮内に制度局を開いて天下の通才二〇人を参与に徴用し一切の政事制度を見直すこと、三に待詔所を設けて天下の人々の上書を許すこと」というものである。

西太后（慈禧）　1903年、頤和園で撮影された写真

以上の三項目はいずれも明治政府の行った重大な政治改革の措置であって、康有為はそれを変法の綱領として推奨し、維新派の政権入りをつよく期待していた。その後、康有為は明治維新を詳しく紹介した『日本変政考』を呈上した。それを読んだ光緒帝はついに変法の決意を固め、六月一一日に「国是を明定す」る維新の詔をくだした。この日から西太后（慈禧）によるクーデターの勃発

清国旅行中の伊藤博文（右）　1898年、首相辞任後に変法のさなかの清を訪れた。左は康有為か

した九月二一日までの一〇三日間は、中国版の「明治維新」が試みられた。

維新の指針をしめした康有為の『日本変政考』は、明治元年から同二四年までの歴史を一二巻にわけて詳述した編年体の史書である。それに『日本変政表』一巻を付録としてつけ加えている。著者がその跋語において「日本の変政は、これに備わっている。その変法の次第と条理の詳明は、みなこの書にある。弱より強となるのも、ここにある」と自負しているとおり、光緒帝はこの書を座右に置いていたという。

事実上、光緒帝が一〇三日の間にくだした二〇〇以上の変法詔書のうち、『日本変政考』から採択し、明治維新の受け売りと思われるものが相当ふくまれている（王暁秋著『近代中日啓示録』、北京出版社、一九八七年）。

ところが、一連の変法措置は、既得権益の喪失を危惧していた保守派の顰蹙を買い、西太后を中心とする反対派からことごとく阻害された。九月になると、維新派の敗色はひとしお濃厚となってきた。まさにこの時、明治維新の主役だった伊藤博文が中国をおとずれてきた。維新派は「溺れるものは藁をもつかむ」ような心境で、伊藤博文を政府顧問に起用しようと光緒帝に建言した。九月二〇日、光緒帝は伊藤博文を引見し、難局の打開策を伊藤博文の経験に期待したが、時期すでに遅し、その翌日に西太后主導のクーデターが演じられ、光緒帝はたちまち階下の囚人となり、百日維新もあっけなくピリオドを打たれたのである。

事件後、伊藤博文は妻への手紙で、維新失敗の原因を分析して「皇帝は万事ことごとく日本に倣い、服装まで洋服に変えようとし、こうした過激な改革が失敗を招いた」という旨を述べていた。明治維新の形式だけを真似て、中日国情の相違をまったく考慮しなかった維新派らの安易なインスタント式の改革としては、当然の破局だったのかもしれない。

孫文

辛亥革命

清王朝を倒して国民政府を建てた孫文は、「中国近代革命の父」として尊敬されている。孫文の指導した辛亥革命（一九一一年）が、日本と深いかかわりを持っていることは、周知のとおりである。革命の幹部には多くの日本留学の経験者が加わっており、孫文自身もしばしば日本へ渡り、その数は一五回にも達し、あわせて九年間ほど日本に滞在したのである。また辛亥革命の成功には、少なからざる日本人が貢献していたことも忘れてはならない。

一八九四年、孫文はかつて李鴻章に「救国救民」の方策を建言し、明治維新の経験を「人がよくその才を尽くし、地がよくその利を尽くし、物がよくその用を尽くし、商品がよくその流れを暢やかにす」と総括し、それらを中国の参照にすべきだとした。

右の建言は、当然のことながら李鴻章に受けいれられなかった。そこで、孫文は革命運動を行う以外に中国を救う道はないと判断し、一九一一年に武昌蜂起を引きおこし、民国政府の樹立に成功したのである。史上にいう「辛亥革命」である。

明治維新と辛亥革命との関連について、孫文は「日本の明治維新は中国革命の原因であり、中国の革命は明治維新の結果である」（孫文『致犬養毅書』）と明言している。辛亥革命の成功後、孫文は新生中国の建設にあたっても、維新後の日本を手本にしていた。孫文が重視した日本の経験について、熊達雲氏は次の三点を指摘している（武安隆、熊達雲共著『中国人の日本研究史』、六興出版、一九八九年）。

（一）時勢への順応。孫文は日本が「攘夷に失敗すれば、ただちに師夷に転向し、維新運動はまったく師夷の結果である」と指摘し、中国は欧米との差を縮めるためには、「日本に範を取って」西洋文明を謙虚に受けいれるべきだと主張した。

（二）科学技術の重視。明治以来、日本の文明発展が何十年の間にそれまでの数千年の成果を超え、そのスピードにしてはヨーロッパをも凌駕できた主要な原因は、「欧風米雨のなかで、科学的な方法を用いて国家を発展させた」ところにあり、「科学の力による」奇蹟だと評価した。

（三）進取の精神。孫文は日本の冒険と進取の気象に富む民族精神を評価し、建国以来、外敵に屈従したことのない原因は「勇ましく奮闘する」精神を守りぬいたからだとし、その精神が日本を後進国から先進国へ、貧弱から富強へ、最後には「東洋のイギリス」にまで成長させたのだと指摘した。

以上のように、百日維新にしても、辛亥革命にしても、近代化をめざす中国はつねに日本の明治維新を意識し、そこから啓発をうけ経験を学びとってきたのである。ただし、中国のめざしていた近代化の最終目標は、あくまでも「西洋化」であり「日本化」ではないことは、ことさら多言を要すまい。

訳語と訳書

近代以来、生徒から先生に変身した日本は、百日維新や辛亥革命といった政治面だけでなく、社会全般に影を落としているといっても過言ではない。その象徴的な例は、中国語に取りいれられた数多の「和製漢語」である。

明治維新後、日本は近代国家への脱皮を図ろうと、欧米の書籍を大量に翻訳し、進んだ文物制度をいち早く摂取した。その際、これまでに経験したことのない事物や概念をどう表現すべきかに苦心惨憺(さんたん)した。そこで、多くの漢字訳語を案出し、漢字文化を受け皿にして、西洋の文化を消化してきた。

これらの漢字訳語は、日本を視察した官吏や文人らの「東遊日記」および留学生らの翻訳書籍などによって中国に紹介され、中国が西洋文物や近代思想および科学技術を受容する媒介となったのである。

高名凱ほか著の『現代漢語外来語研究』(文字改革出版社、一九五八年)には、一二七〇語の外来語を収録しているが、そのうち日本伝来の訳語が四五八語ほどで、全体の約三五パーセントを占める。一九八四年に上海辞書出版社より上梓した劉正埮ほか編『漢語外来詞詞典』には、収録語が一万語台に膨らみ、和製漢語は約九〇〇語で全体の約一〇パーセントになる。それもすべてではなく、今でも美容院・過労死・営業中・新人類といったものが中国語に入りつつある。それらの和製漢語を成り立ちから分類してみると、おおむね以下の四種類にわけられる。

（一）漢字を利用して欧米語彙を音訳した和製漢語。たとえば、瓦斯、基督、基督教、倶楽部、珈琲、独逸、露西亜などである。

（二）中国の古典語を利用して欧米語彙を意訳した和製漢語。たとえば、胃潰瘍（周礼）、医学（旧唐書）、意義、階級、綱領、労働（三国志）、意識、専売（北斉書）、遺伝、右翼、教授、共和、経費、交通、左翼、主義、侵略、生産、天主、博士、輸入（史記）、印象（大集経）、衛生（荘子）、演習、投機（新唐書）、演説（尚書）、鉛筆（東観漢記）、会計、具体、交際（孟子）、革命（易経）、科目、経済（宋史）、学士（礼儀）、学府（晋書）、課程（詩経）、環境（元史）、機関（易林）、記録、抗議、自由、柔道、神経、節約、分析、分配、理性（後漢書）、気質、身分（宋書）、気分（孔子家語）、規則（李群玉）、規範（孔安国）、偶然（列子）、計画、同情、理事（漢書）、現象（宝行経）、憲法（国語）、交換（魏志）、時事、信用、封建、保障（左伝）、思想（曹植）、事変（詩序）、資本（釈名）、社会（東京夢華録）、主食（通鑑）、消極（周書）、条件（北史）、世紀（皇甫謐）、精神（荘子）、想像（楚辞）、相対（儀礼）、組織（遼史）、素質、白金（爾雅）、知識（孔融）、登記（斉家宝要）、道具（釈氏要覧）、能力（柳宗元）、発明（宋玉）、反対（文心雕龍）、美化（南史）、悲観（法華経）、標本（劉伯温）、服用（礼記）、物理（晋書）、文化（束皙）、文学（論語）、文明（易）、分子（穀梁伝）、法則（周礼）、法律（管子）、保険（隋書）、民主（書・多方）、民法（書・湯誥）、予算（耶律楚材）、理論（鄭谷）、写真（旧唐書）などである。

（三）漢字を利用して欧米語彙を意訳した和製漢語。たとえば、亜鉛、暗示、意訳、演出、温度、概算、概念、概略、会談、会話、回収、改訂、解放、科学、化学、化膿、拡散、歌劇、仮定、活躍、関係、幹線、幹部、観点、間接、寒帯、議員、議院、議会、企業、喜劇、基準、基地、擬人法、帰納、義務、客観、教育学、教科書、教養、協会、協定、共産主義、共鳴、強制、業務、金婚式、金牌、金融、銀行、銀婚式、銀幕、緊張、空間、軍国主義、警察、景気、契機、経験、経済学、経済恐慌、軽工業、形而上学、芸術、系統、劇場、化粧品、下水道、決算、権威、原子、原則、原理、現役、現金、現実、元素、建築、公民、講演、講座、講師、効果、広告、工業、高潮、光線、光年、酵素、肯定、国際、国税、国教、固体、固定、最恵国、債権、債務、採光、雑誌、紫外線、時間、時候、刺激、施工、施行、市場、市長、自治領、指数、指導、事務員、実感、実業、失恋、質量、資本家、資料、社会学、社会主義、宗教、集団、重工業、終点、主観、手工業、出発点、出版、出版物、将軍、消費、乗客、商業、証券、情報、常識、上水道、承認、所得税、所有権、進化、進化論、進度、人権、神経衰弱、信号、信託、新聞記者、心理学、図案、水素、成分、制限、清算、政策、政党、性能、積極、絶対、接吻、繊維、選挙、宣伝、総合、総理、総領事、速度、体育、体操、退役、退化、大気、代議士、代表、対象、単位、単元、探検、蛋白質、窒素、抽象、直径、直接、通貨収縮、通貨膨張、定義、哲学、電子、電車、電池、電波、電報、電流、電話、伝染病、展覧会、動員、動産、投資、独裁、図書館、特権、内閣、内容、任命、熱帯、年度、能率、背景、覇権、派遣、反響、反射、反応、悲劇、美術、否定、否認、必要、批評、評価、標語、不動産、舞台、物質、物理学、平面、方案、方式、方程式、放射、法人、母校、本質、漫画、蜜月、密度、無産階級、目的、目標、唯心論、唯物論、輸出、要素、理想、理念、立憲、流行病、了解、領海、領空、領土、倫理学、類型、冷戦、労働組合、労働者、論壇、論理学などである。

（四）漢字を独自に組み立ててつくった和製漢語（訓読語をふくむ）。たとえば、味之素、入口、出口、見学、歌舞伎、平仮名、片仮名、物語、俳句、和歌、公立、私立、小型、大型、克服、故障、財閥、茶道、花道、香道、参観、支配、支部、実権、実績、失効、重点、就任、留学、遣唐使、受容、成員、組合、立場、手続、取消、内服、日程、場合、場所、場面、備品、広場、服務、不景気、針路、方針、流感、便所、備品、美容、武士道、人力車、三輪車、見習、和服、但書、取締、打消、派出所、処女作などである。

以上で明らかなように、（二）と（三）は大きな比重を占めており、中国伝来の漢字と中国古典の漢語とが日本の西洋文明摂取において決定的な役割を果たしている。このように、日本は中国から受けてきた文化的な恩恵を、和製漢語を逆輸出する形で恩返ししているわけだが、中国側の事情に目をむけると、維新変法を志す人々は日本の書籍を介して西洋を学ぶ近道を選んだのである。

たとえば、康有為は「維新から今に至るまでの三〇年で欧米の政治、文学、武備など新しい知識の良書が翻訳されている。（中略）日本の書籍を翻訳したほうがいいのは、文字の八割がわれわれの漢字であり、翻訳が時間をかけずに簡単にできるからだ」（「請広訳日本書派遊学折」）と主張し、張之洞は『勧学篇』の中で「留学先としてはその便宜性において西洋は東洋には及ばない。近いために旅費を節約でき、多くの留学生の派遣が可能であり、また視察にも便利である。そして日本語は中国語に似ており、容易に理解できる。西洋の本は膨大過ぎて要領を得難いが、日本人はそれらを既に取捨選択してくれている。日本の風俗も中国に似かよっており、模倣も容易で、これに勝るものはない」と留学先に日本をすすめる。

こうした背景もあって、清朝末期から民国初期にかけて、大量な日本語書籍が中国で翻訳され、譚汝謙主編の『中国訳日本書綜合目録』（香港中文大学出版社、一九八三年）によれば、一八六八年から一八九五年までの訳書が八点しかなかったのに対して、一八九六年から一九一一年までは九五八点に急増した。これらの翻訳書から日本で生まれた和製漢語が中国で広く使用されるに至ったことはいうまでもないのである。

華刻本

中国典籍が日本で翻刻されると和刻本と称するが、清代以来、中国でも日本の漢籍が翻刻されるようになり、それらをここで「華刻本」と称しておく。

一九九〇年代、わたしたちは中国図書館にある和刻本の調査と同時進行で、華刻本の調査を進めてきた。『中国叢書綜録』を調べた結果、日本漢籍が六七点ふくまれ、うち経部は『秘府略』や『七経孟子考文補遺』など六点、史部は『日本国見在書目録』や『善隣国宝記』など三八点、子部は『先哲医話』や『海外新書』など二一点、集部は『全唐詩逸』など二点である。日本漢籍を翻刻した叢書は函海・知不足斎叢書・榕園叢書・文選楼叢書など三〇種以上を数える。華刻本の総数は数百点に達すると見込まれる。岡本監輔の『万国史記』を例にいえば、中報館本・六先書局本・著易堂本・上海書局本・中報館聚珍本などがあり、翻刻総部数は三〇万部を超えるともいわれる。中日書籍交流史を考察する場合、和刻本とともに華刻本の存在にも留意すべきであろう。

和刻本と同様、華刻本も単なる日本漢籍のレプリカではない。書籍の刊刻と書写はつまるところ書物の増殖であり、異文化における適応の作業でもある。中国文化における華刻本の影響はまだ未踏の地であるが、ここでは未熟な卑見を述べるに止める。

まず増殖について見てみよう。梁啓超は近代知識を獲得するために『西学書目表』を著したが、読書を勧める最初の書籍が『万国史記』である。前にも触れたが、中国での刊刻部数は数十万部に達し、中国の文明開化に大きく貢献したと言える。しかし、『万国史記』はそのルーツをたどれば、岡本監輔の独創ではなく、西洋書籍の意訳にすぎない。

次に変容について述べる。華刻本はまず原書の訓点類を取り除いた点において一致している。たまたま行間に返り点などが見つかるが、それは故意に残したものではなく、不注意で見落としたものである。書名の改変・序言と跋語の添付・刊記の挿入などはもちろん見られ、中国の読者に合わせて字句を変えるケースさえある。たとえば、『万国史記』の華刻本では皇国を日本に、厄日多（エジプト）を埃及に直している。

最後に土着化について考えてみよう。やはり『万国史記』を例にする。『小方壺斎輿地叢鈔』には岡本監輔著として『西伯利記』『印度風俗記』『阿塞亜尼亜群島記』『亜非理駕諸国記』『美国記』『墨西哥記』『埃及国記』『亜美理駕諸国記』の八点を収録しているが、『国書総目録』にあたってみると、一冊も出てこない。実は叢書編者の王錫祺は『万国史記』から必要な章だけを抽出して、叢書に編入したのである。また清末の「西学富強叢書」には『万国総説』三巻を収録し、巻上は「岡本監輔（日本人）」と題して『欧羅巴洲総説』『亜美理駕洲総説』『亜非理駕洲総説』『阿塞亜尼亜洲総説』『印度記』の五点を収めているが、いずれも『万国史記』より取り出したものである。巻中と巻下は中国人の著作を充てている。この『万国総説』は文字通り、和漢折衷のものである。

以上述べてきたように、華刻本は日本漢籍のレプリカではないにしても、日本からの刺激によって生まれた新事象であり、中国書籍史における新たなスタイルである。

通俗小説

明治維新をへた日本は、あたかも上半身は西洋に進化しながら、下半身は依然として東洋の大地に立ちはだかっている巨大な怪人のごとく現れ、中国の庶民からは好奇の目で見物されていた。

二〇〇四年二月に、石暁軍氏の新著『「点石斎画報」にみる明治日本』が東方書店より出された。清朝末期の中国庶民の目に映った明治日本をユニークな図像で紹介している書物である。

『点石斎画報』は光緒一〇年（一八八四）四月から同二四年（一八九八）七月までの一五年

間、上海の申報館から発行された絵入り新聞つまり大衆画報（旬刊）である。石暁軍氏によれば、およそ一五年間に掲載された日本関係の記事は一六〇点をうわまわる。そのなかに、誤解や偏見もあれば、空想や猟奇もあるが、日本は疑いもなく、中国庶民の茶の間で話題になったのである。

画像にみる日本について、詳細は石暁軍氏の著書に譲ることとして、ここでは通俗小説に取りあげられた日本にスポットを当てたい。

日本をテーマにした明代の小説や戯曲がほとんど豊臣秀吉や倭寇に集中しているのに対して、清朝の通俗小説はより広い視野から日本をながめ、さまざまな人物像を作りあげ、多様多彩な物語を織りなしている。

林琳氏の統計（浙江大学日本文化研究所修士論文『論清代通俗小説中的日本人形像及其発展演変』、二〇〇四年）によれば、これらの作品は五〇点ぐらいあり、主要なものを以下に挙げておく。

鴛鴦針（華陽散人）、筆梨園（瀟湘迷津渡者）、玉楼春（龍丘白雲道人）、水滸後伝（陳忱）、緑野仙踪（李百川）、野叟曝言（夏敬渠）、孝義雪月梅伝（鏡湖逸叟）、綺楼重夢（蘭皐居士）、玉蟾記（黄石）、載陽堂意外縁（周竹安）、金台全伝（佚名）、蜃楼外史（雪渓八咏楼主）、中東大戦演義（洪興全）、中東和戦本末紀略（平情客）、日中露（棲溟嘯園）、遼天鶴唳記（気凌霄漢者）、海上塵天影（鄒弢）、月球殖民地（荒江釣叟）、痴人説夢記（旅生）、女媧石（海天独嘯子）、五使瀛環略（二十世紀小新民愛東氏）、苦学生（杞憂子）、新封神伝（大陸）、傷心人語（湘西夢芸生）、新茶花（鍾心青ほか）、冷眼観（王浚卿）、宦海潮（黄世仲）、女学生旅行（曼陀）、大馬扁（黄小配）、東京夢（履氷）、新上海（陸士諤）、英雄涙（冷血生）、孽海花（金松岑ほか）。

内容から分類すると、『鴛鴦針』『孝義雪月梅伝』『緑野仙踪』『蜃楼外史』『綺楼重夢』『玉蟾記』『筆梨園』『野叟曝言』『水滸後伝』などは明代小説の遺風を受けついで倭寇を題材にし、『五使瀛環略』『女学生旅行』『傷心人語』『新茶花』『東京夢』などは日露戦争や甲午戦争に勝った日本人の傲岸不遜な姿を描き、けちな男性や淫らな女性などを登場させている。それらのマイナスな日本像とは別に、『月球殖民地』『苦学生』『痴人説夢記』『女媧石』『日中露』などは文明的で同情心のある紳士淑女を礼賛している。

これらの小説に登場する実在の人物も注目に値する。伊藤博文は『孽海花』『中東和戦本末紀略』『宦海潮』『英雄涙』などで中国や朝鮮を滅ぼそうとする野心を持っている人物として描かれるが、『大馬扁』や『孽海花』などに出てくる宮崎寅蔵は中国の革命を支持する侠士に仕立てられている。また李鴻章の暗殺を企てた小山六之介も、『中東大戦演義』『中東和戦本末紀略』『孽海花』『英雄涙』などに刺客として描写されている。

このように、清代の通俗小説には色とりどりの日本人が走馬灯のごとく去来する。綺麗好き・礼儀正しさ・女性の温順・男性の武勇といった日本人の美徳への賞賛と羨望があれば、軍人の残忍・政治家の虚偽・男性のけち・女性の淫乱といった日本人の悪徳への憤怒と風刺もあるわけである。いずれにしても、文学の視点からすれば、清代の通俗小説は日本というモチーフを抜きにしては語れないほど、明治日本に熱い視線を注いでいる。

おわりに

古今東西を問わず、一国の歴史は、内なる自然の風土や文化的な伝統に支えられながら、つねに外なる人的・物的な刺激をうけて成り立つものである。その過程において、内なるものが外に向けて発信することがあれば、外なるものが押し寄せてきて内在化してしまうことも当然ある。

中国の歴史もその通例に漏れることなく、周辺諸国と頻繁な交流を通して、文明の進化をなし遂げてきた。中国の歴史にちりばめられた外来要素は、衣装のように流行っては廃れてしまうものがあれば、皮膚となり骨格と化し血液に溶けこんでしまうものもある。また中国歴史という生命体にとって、害をなすものがあれば、養分となるものもある。

東アジアの果てに位置する日本は、歴史的にも地縁的にも、中国にとって決して他人ではない。秦漢(しんかん)時代より中国は日本にむけて、持続的かつ強力に発信しつづけてきた。もし文明の発信を電波や音波などにたとえれば、対象物にぶつかると、必ずや何らかの信号が返ってくるものである。また対象物が大きいほど、発信源にフィードバックされてくる信号が強いはずである。

日本は独特な地理条件によるのかもしれないが、東の最後の防波堤のように中国から押し寄せてくる文化を素通りさせまいと懸命(けんめい)に受けとめてきた。受信の強い分だけ、中国に大きく響き、手応えを感じさせたのである。

日本からフィードバックされてきた信号の第一波は、『三国志』や『後漢書』などが編纂された六朝時代だったと思われる。これによって、古来より中国人が思い描いていた理想郷の方角や位置がリセットされ、伝統的な地理感覚も動揺しはじめ、九夷や徐福それに澶洲といった歴史事象への再解釈が行われるようになった。

つづいて第二波は主として南中国にひびいた第一波とは違い、南から北へと隋唐の政治経済の中枢部なる大都および長安を直撃した。とくに八世紀のはじめ、粟田真人ひきいる第八回の遣唐使をきっかけに、倭国から日本への転生がなし遂げられてから、これまで受信ばかりしてきた日本は、ようやく中国にも発信できるようになった。それより以後、中国歴史のなかに、日本の年号・朝臣や真人の氏姓・聖徳太子の著作・天皇の系譜・金峰山の伝説・和紙や扇子のような工芸品などが溶けこみ、また阿倍仲麻呂や井真成または空海や最澄のような人物は中国を舞台に活躍し、歴史書や詩文集そして墓誌銘などにその名を刻みこませた。

元明時代に発生した第三波はもはや中国の発信に対する返信ではなく、日本から放った矢のごとく、中国という体軀に突き刺さったものである。もっとも中国の歴史に傷痕を残したのは、ほかならぬ倭寇の跳梁だったといえる。傷口の出血や感染を止めるべく、皇帝から庶民に至るまで総動員され、官僚機関は頻繁な調整変動を余儀なくされ、中央の文官は備倭の名目で東南沿岸に遣わされて戦場を駆けまわり、軍人は軍人で築城や造船または武器の開発や陣法の研究にいとまがない。皮肉なことに敵情をきわめるために、本格的な日本研究はこのころ始まったのである。

明治維新に成功し、生徒から先生に変身した日本は第四波として、列強の圧迫にあえぐ中国に押しよせてくる。欧米諸国を巡遊する岩倉使節団とは違い、中国は各分野の官吏や知識人そして留学生を日本に派遣し、日本を介して西洋文明を取り入れようとした。近代化へ進む過程で、日本は中国歴史の随所に足跡を印したのである。

以上のように、筆者は本章において、日本を外なる対象として中国歴史から相対化して見るのではなく、あくまでも中国歴史の内なる日本をテーマに考察してきた。もし日本史の研究者には受信を過大評価するあまり、発信を軽視してしまう傾向がみられるとすれば、中国史の研究者には強力な発信力に目を奪われて、受信を見逃すという盲点が存在することを指摘したい。そして、内なる要素を外なる要素にする発信力も、外なる要素を内なる要素に変える受信力も、自国文化の創造力であり、国際文化への貢献でもあって、優劣の差をつけてはならない。

第六章　日本にとって中国とは何か

礪波　護

はじめに

日本人の中国観

日本にとって中国とは何かという問いに対し、日本の古代国家形成期から現在にいたるまで、我々の先祖は中国をいかなる存在と意識してきたかという観点から、時代順に答えることにしたい。

かつて私は〈週刊朝日百科〉『世界の歴史』に連載した旧稿をまとめた、一五世紀以前の中国史概説『中国（上）』（〈地域からの世界史・第二巻〉朝日新聞社、一九九二年）を上梓した際、巻頭に冠した新稿「歴史の国の歴史」の後半に〔日本人の中国観〕と題する一節を書き、幾つかの論点を提示した。

まず中国史に関する一〇巻前後もの概説書シリーズが、わが国で幾種類も、複数の出版社から刊行され、多くの読者を持ち続けているのは、不思議といえば不思議な現象であること、『中国詩人選集』（全三三巻、岩波書店）、『中国古典選』（全二一巻、朝日新聞社）、『全釈漢文大系』（全三三巻、集英社）といった古典シリーズの刊行が、しばしば原文をも掲げた対訳の体裁でなされているのは、他の諸地域の邦訳叢書と比べる時、異色中の異色であることを指摘した。

次に、そのころに刊行されたばかりの『ＮＨＫ　大黄河』（全五巻、日本放送出版協会）の『第四巻・仏陀の道』と、『中国書道全集』（全九巻、平凡社）、『中国文学歳時記』（全七巻、同朋舎出版）を例に引いて、遣隋使が派遣されて以降、唐土に巡礼・求法の旅をした僧侶はいても、儒学を究めんと中国へ渡航する儒者はいなかったことや、わが国で月ごとに出版される書道関係の書物や雑誌の総数はおびただしい量に達し、それらのかなりの部分が中国人書家の名蹟で占められ、書道を通して中国に親近感をもつ日本人が予想外に多いこと、中国の年中行事や山水を描いた名画の複製が、拓本や名蹟とともに床の間にごく自然に掛けられているのも、異国文化の受容形態としては、珍しい事例といえよう、と述べた。

最後に、「国と国との関係、地域と地域との対応の様態は、憧憬・信頼・親愛・嫌悪・侮辱・恐怖、あるいは無関心といった言葉で表現されるが、本書が対象とした一五世紀末以前においては、元寇の一時期を例外として、中国は日本人にとって常に憧憬のまとであり続けた。しかし、日清戦争以後の最近の一世紀にのみ限定すると、残念ながら侮辱と憧憬の感情が綯いまざってきたことは、否めない事実だろう。しかし、それへの言及は、一五世紀以前を取り扱った本巻の枠をこえた課題である」という文章で締めくくったのである。

憧憬と嫌悪

今回、全一二巻からなる『中国の歴史』の最終巻『日本にとって中国とは何か』の掉尾の章として、巻名と同じ題目を掲げ、かつては問題提起だけに終わった課題に、私なりに答えることになった。

全体を五節に分けることにし、第一節「朝貢と畏敬の国」では、邪馬台国の女王卑弥呼および〈倭の五王〉の倭国の時代、すなわち三世紀前半から五世紀までを対象とする。第二節「憧憬と模範の国」では、遣隋使・遣唐使を派遣した飛鳥時代・奈良時代をへて、政権が京都におかれた平安時代まで、すなわち七世紀初頭から一二世紀末までを対象とする。政権と文化の中心は畿内の地にあった。

第三節「先進と親愛の国」では、政権が関東に移った鎌倉時代から、明との勘合貿易が行われた室町時代と安土桃山時代をへて、江戸時代まで、一九世紀後半までを扱う。政権は主として関東におかれたが、文化伝統は関東のみならず、京洛や大坂の上方でも相変わらず栄えた。

第四節「対等と侮蔑の国」では、明治維新から日清戦争の時期をへて、十五年戦争で最終的に日本が敗戦した昭和前期まで、一九世紀後半から一九四五年までの時代を扱う。そして第五節「親愛と嫌悪ないまぜの国」では、敗戦後の昭和中期から現在にいたる、六〇年間を対象とする。

このように、日本にとっての中国という主題を、五節にわたって述べるに当たり、まず参照したのは大修館書店から二度にわたり刊行された一〇巻からなるシリーズ、〈中国文化叢書〉の最終巻、尾藤正英編『日本文化と中国』(一九六八年)と、〈日中文化交流史叢書〉の第一巻、大庭脩・王暁秋編『歴史』(一九九五年)の二論集である。

『日本文化と中国』は、日本人学者によって分担執筆された。総論の尾藤正英「日本と中国との比較研究のための序説」につづき、各論として、日本の社会と中国、日本語・日本文学と中国、日本の思想・宗教と中国、日本の芸術と中国、そして近代化過程における日本と中国について、多くの論者によって叙述され、竹内実「日本人の中国観」と、さねとうけいしゅう「中国人の日本観」の二篇で締めくくっていた。

日中文化交流史叢書

これに対し、四半世紀前の『日本文化と中国』一巻で問題提起された多方面の論点を、その後の研究成果を盛り込み、一〇巻からなるシリーズとして、大修館書店と中国の浙江人民出版社の共同出版として企画された、中西進と周一良を編集代表とする日本語版〈日中文化交流史叢書〉は、各巻の編者が日本人と中国人の二人であるのを始め、それぞれの各章を日本と中国の専門家が分担して執筆、一九九五年から九八年にかけて刊行された。ちなみに中国語版は、〈中日文化交流史大系〉と銘打って、一九九六年に一括出版された。

日中文化交流史の概説である第一巻『歴史』は、日中の二人の編者、大庭脩と王暁秋による「序説　日中文化交流史の時代区分と概観」につづき、夏応元「第一章　秦漢から隋唐時代の中日文化交流」、佐久間重男「第二章　中世　宋元明時代の日中文化交流」、大庭脩「第三章　近世　清時代の日中文化交流」、王暁秋「第四章　近代の中日文化交流」、林代昭「第五章　現代の中日文化交流とその発展」の五章、すなわち中国王朝の時代順による、日中の文化交流が述べられている。〈日中文化交流史叢書〉は『歴史』のほか、『法律制度』『思想』『宗教』『民俗』『文学』『芸術』『科学技術』『典籍』とつづき、第一〇巻『人物』で完結した。

本章の執筆に際しては〈日中文化交流史叢書〉の第一巻『歴史』を始め、第二巻『法律制度』、第四巻『宗教』、第七巻『芸術』、第九巻『典籍』および第一〇巻『人物』でなされた議論を踏まえて述べることにする。また内容確認のためのガイドブックとして活用するのが、王鉄鈞『日本学研究史識——二十五史巡礼』(江西高校出版社、二〇〇四年)と、日中の知識人の間で応酬された漢詩に関する著作、村上哲見『漢詩と日本人』(講談社選書メチエ、一九九四年)および黄鉄城ほか編著『中日詩誼』(陝西人民出版社、一九九五年)である。

東京と京都をはじめ、日本各地の美術館や博物館で開催される展覧会で、もっとも多いテーマは日本の古代から近代にいたる美術作品や、仏像・仏画といった仏教美術であるが、西洋美術や中国とりわけシルクロードに関する美術や文物が展観される機会も多い。日本にとって中国とは何か、を考察するに当たり、各時代の特色をだすため、日本の各地で開催された、中国に関するいろんなジャンルの展覧会の図録を大いに活用することにしたい。

朝貢と畏敬の国——邪馬台国と倭国

魏志倭人伝

日本にとって中国とは何か、を時代順に考察しようとし、まず遣隋使と遣唐使が派遣された時代である、飛鳥時代と奈良時代の為政者たちの中国観を考察するに先立ち、中国側から「倭」あるいは「倭人」・「倭国」と呼ばれていた時期に、邪馬台国の卑弥呼や〈倭の五王〉たちが、華北を領土とした三国の魏や、江南に拠った南朝の宋などの割拠政権に朝貢し、冊封をうけたとする記録について触れておこう。

倭という名は、司馬遷『史記』から始まる正史二十四史の二番目、班固（三二―九二）によって編纂された、『漢書』の地理志・燕地の条に、はじめて「楽浪の海中に倭人あり、分かれて百余国となり、歳時をもって来り献見すと云う」とみえる。そして二十四史の列伝に「倭」あるいは「倭人」・「倭国」を東夷伝などに掲げるのは『後漢書』『三国志』『晋書』『宋書』『南斉書』『梁書』『隋書』『南史』『北史』の九史であって、「日本」あるいは「日本国」を東夷伝や外国伝に掲げるのは『新唐書』『宋史』『元史』『明史』の四史で、『旧唐書』の東夷伝だけは「倭国」と「日本国」の二つを掲げている。

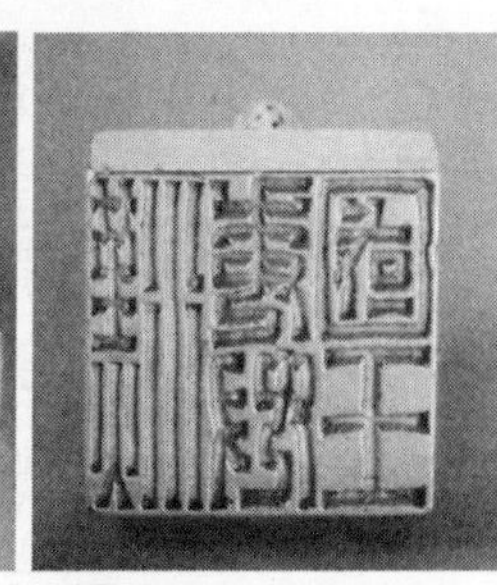

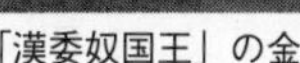

金印のつまみ部分　　「漢委奴国王」の金印

対象とする年代は、後漢時代（二五―二二〇）の正史である『後漢書』の方が、三国時代（二二〇―二八〇）の正史である『三国志』より古い。しかし著作年代は陳寿（二三三―二九七）によって編纂された『三国志』の方が、范曄（三九八―四四五）によって編纂された『後漢書』よりも先であり、しかも『後漢書』列伝七五・東夷伝の倭の条の記事の大部分は、『三国志』巻三〇・魏書東夷伝の倭人の条、いわゆる「魏志倭人伝」の記事をほぼ踏襲しているのである。

『後漢書』東夷伝の倭の条には「倭は韓の東南大海の中にあり、山島に依りて居をなす。およそ百余国あり、……その大倭王は邪馬台国に居る」とあり、光武帝の建武中元二年（五七）に倭の奴国が朝貢してきたので、光武帝は印綬を賜い、安帝の永初元年（一〇七）に倭国王帥升らが生口一六〇人を献じ、請見を願ったことなどを記録している。

その「魏志倭人伝」には、景初二年（二三八）六月に、倭の邪馬台国の女王卑弥呼が難升米を団長とする使節を帯方郡に遣わし、魏の天子に朝献したいと求めてきたので、帯方郡の太守劉夏は役人に引率させて、魏の京都洛陽に至らせたことが記載され、その年の一二月に倭の女王に与えた、魏の皇帝の詔が載せられている。それは卑弥呼に対し、次のように述べられていた。汝は男の生口四人、女の生口六人と班布二匹二丈を献じてきた。汝の所在は遥かに遠いのに、使を遣わして貢献したのは、汝の忠孝であり、我は甚だ汝を哀れむ。今、汝を親魏倭王に任じて、金印と紫綬を与えることにし、装封して帯方郡の太守に託して、汝に与える。汝は其れ種人を綏撫し、勉めて孝順をなせ。錦・白絹五十匹・金八両、そして五尺刀二口や銅鏡百枚などを与えるので、還り到着し、目録どおりに受け取れば、悉く汝の国中の人に示して、国家が汝を哀れんでいることを知らしめよ。故に鄭重に汝に好物を賜うなり、と。ここに挙げられていた錦・白絹・金・刀や銅鏡百枚などの贈り物は、目録だけだったのである。

親魏倭王の卑弥呼

景初二年（二三八）は景初三年（二三九）の誤りであり、景初三年の正月に魏の明帝が死

景初四年銘盤龍鏡　福知山市広峯古墳出土

景初三年銘三角縁神獣鏡　島根県神原神社古墳出土

に、八歳の少帝芳が即位していたので、六月に倭の女王の卑弥呼の使者難升米が帯方郡に到着した時も、一二月に倭の女王に詔を与えた時も、魏の皇帝とは少帝のことになる。

帯方郡は、後漢末の動乱期の一九〇年に遼東郡で自立した太守公孫度が、二〇四年に亡くなり、公孫康が政権を握った際に、楽浪郡の南半を割いて成立した、朝鮮半島の西海岸中央部におかれた郡である。魏の司馬懿は、公孫政権を攻略して、景初二年(二三八)八月に、遼東・帯方・楽浪・玄菟の四郡を領有した。これら四郡が魏の版図に入った直後の景初三年六月に、卑弥呼が難升米を帯方郡に派遣して、魏都の洛陽に案内してもらって、「親魏倭王」という爵位を授けられたことになる。錦・白絹・金・刀や銅鏡百枚などの現物は、翌正始元年(二四〇)に帯方郡太守の弓遵が派遣した使者の梯儁によって、詔書や印綬とともに賜った。倭王は詔書に対する謝恩の上表文を梯儁に託した。近畿各地から出土する「景初三年」銘の三角縁神獣鏡は、この銅鏡百枚のうちの一枚である、と説く論者があるかと思えば、三角縁神獣鏡は中国製ではなく、日本製だと主張する者もいる。とくに一九八六年に京都府北西部の福知山市広峯古墳から存在しないはずの「景初四年」銘の盤龍鏡が出土したことは、多くの議論を巻き起こした。ただし注意すべきは、卑弥呼が受け取った銅鏡百枚などは、帯方郡太守の弓遵が派遣した梯儁によって手渡されたのであり、銅鏡百枚などは帯方郡で現地製造されたに違いないと、宮崎市定が『古代大和朝廷』（筑摩叢書、一九八八年。ちくま学芸文庫、一九九五年）所収の「景初四年鏡は帯方郡製か」で問題提起した新説は、無視すべきではなかろう。

卑弥呼は帯方郡の太守を介して華北政権である三国魏の朝廷に朝貢したのであって、奥地の四川に拠った三国蜀は勿論のこと、江南政権である三国呉の朝廷と交渉をもった気配はない。

〈冊封〉というのは、もともと上古の周の天子がその親戚もしくは功臣に封土を賜与し、その土地人民の支配を委任するという意味である。のちになって、その対象は内臣にとどまらず、朝貢してきた周辺諸国の君長に王もしくは侯という爵位を与えて、国内の王国になぞらえる制度となったのであって、倭女王の卑弥呼は正式に王位を与えられ、親魏倭王、すなわち魏に親しむ倭王に冊封されたのである。

卑弥呼が親魏倭王に冊封された点につき、西嶋定生は『邪馬台国と倭国——古代日本と東アジア』（吉川弘文館、一九九四年）において、魏の時代に魏皇帝から侯位や公位ではなく、「親魏某王」という形式の爵位を与えられた例は、親魏倭王のほかには、二二九年に大月氏王波調に与えられた「親魏大月氏王」があるのみであると指摘した。そして当時の国際情勢のなかで王位を与えた背景を考え、魏王朝はその対立する強敵呉王朝の背後に位置する倭国と君臣関係を結び、それによって呉王朝を圧迫しようとしたと考えられる、と述べている。

この邪馬台国の位置については、周知のごとく畿内説と九州説があり、長年にわたって論争をくりひろげてきた。私自身は畿内説に左袒するが、それはさておき、当時の倭の人びとが魏に象徴される中国に対して如何なる心情を抱いたかといえば、倭王が親魏倭王という王位に冊封されたことに安堵したことは確かであろうが、邪馬台国の卑弥呼の使者が齎したであろう国書の内容が「魏志倭人伝」に記録されていないので、それ以上のことは不明である。「魏志倭人伝」には、卑弥呼の死後に倭国王となった宗女の壱与が掖邪狗らを派遣し、魏の使者が帰国するのを送らせ、魏都の洛陽にいたり生口三〇人を献上し、勾玉などを貢いだことも記載している。

卑弥呼の墓ともいわれる箸墓古墳（手前）　右奥に三輪山が見える。奈良県桜井市

邪馬台国に関する展覧会の図録としては、岡崎敬を代表とする倭人伝の道研究会や、朝日新聞西部本社企画部によって編集された『〈幻の

女王 卑弥呼〉邪馬台国への道――古代日本のナゾとロマン』（朝日新聞社、一九八〇年）があり、洛陽を始め、ピョンヤンの近郊を治所とした楽浪郡やソウルの近郊を治所とした帯方郡などの風景写真や遺物の紹介、さらには源弘道〈邪馬台国候補地図〉や直木孝次郎「邪馬台国論争史」などの論考を備えている。

唐初に編纂された『晋書』巻九七の東夷伝倭人の条に、卑弥呼が使者を派遣して帯方郡に至って朝見して以後、朝貢を絶たず、晋の文帝の治世にも何度も至り、武帝の泰始年間の初めに「遣使し、訳を重ねて入貢す」と記録する。『晋書』巻三・武帝本紀によれば、泰始の初めとは、泰始二年（二六六）のことで、「十一月己卯、倭人が来りて方物を献ず」とあり、『日本書紀』巻九・神功皇后摂政六六年の条に引用された『晋起居注』には「武帝泰初二年十月、倭女王遣重訳貢献」と見えるからである。

倭の五王の官爵〈自称〉

二六六年から一五〇年近くの間、倭国と中国諸王朝との交渉についての記事は残されていない。『晋書』巻一〇・安帝本紀の義熙九年（四一三）の条に、「是の歳、高句麗・倭国および西南夷の銅頭大師、並びに方物を献ず」と見え、やはり唐初に編纂された『南史』巻七九の夷貊伝東夷の倭国の条に、「晋の安帝の時、倭王讃あり、遣使して朝貢す」と見え、仁徳天皇などに比定される倭王讃が、東晋末の安帝のもとに朝貢したのである。

四二〇年六月に、江南に君臨していた東晋の恭帝から禅譲をうけて、武人の劉裕（三六三―四二二）は、国名を「宋」と号し、高祖武帝と称された。ここに宋（四二〇―四七九）、斉（四七九—五〇二）、梁（五〇二—五五七）、陳（五五七—五八九）とつづく四つの王朝、〈南朝〉が始まって、華北を領有した北魏・北斉・北周・隋とつづく四つの王朝、〈北朝〉と、南北に対峙する南北朝の時代を迎えることになる。一世紀半の空白期間をへて、五世紀に倭国が交渉をもつのは、東晋末と南朝の諸王朝なのであった。

南朝の正史の第一である『宋書』の本紀と夷蛮伝の倭国の条、第二の『南斉書』東南夷伝の倭国の条、そして第三の『梁書』の本紀と東夷伝の倭の条には、倭国王の讃・珍・済・興・武、いわゆる〈倭の五王〉が、使者を派遣して南朝の諸王朝に貢献して、安東将軍といった将軍号や、安東大将軍といった大将軍号を賜り、倭国王に冊封されんことを求めて許可され、正式に任命された次第を記録している。

卑弥呼と壱与という倭の女王の朝貢から一世紀半の空白をへて、〈倭の五王〉とよばれる男王たちがつぎつぎに朝貢して冊封されたのは、三国魏の系譜をひく華北政権である北朝の諸王朝ではなく、三国呉とほぼ同じ江南を領土とする南朝の諸王朝であったことは注目され

宋書

讃　珍
済
興　武

帝紀

応神—仁徳
履中　反正　允恭
安康　雄略

倭の五王　讃は仁徳または履中、珍は反正、済は允恭、武は雄略に比定される

る。朝鮮半島を経由しないで、直接の交渉がつづいたのである。なお倭国と南朝の諸王朝との交渉を伝える資料は、卑弥呼関係の記事とともに、我が国の国史などには見えない。

南朝宋への倭国からの最初の朝貢は、高祖武帝劉裕（在位四二〇―四二二）が建国した翌年、永初二年（四二一）の『宋書』の倭国の条と『南史』巻七九・夷貊伝・倭国の条に見える、倭国王讃の宋朝に対するそれであった。宋の詔には「倭の讃は万里より修貢す。遠きよりの誠は宜しく甄すべく、除授を賜うべし」とあるだけで、具体的なことは不明である。あるいは「安東将軍、倭国王」といった将軍号と爵位を授けたのであろうか。いずれにせよ、宋国より冊封されたことは間違いない。

太祖文帝の元嘉二年（四二五）に、倭王讃は司馬曹達を宋に派遣して上表し、方物を献じた。讃が死んで反正天皇に比定される弟の珍が即位すると、元嘉一五年（四三八）四月に、使者を宋に派遣して朝貢し、使持節、都督倭・百済・新羅・任那・秦韓・慕韓六国諸軍事、安東大将軍、倭国王と〈自称〉して、〈除正〉すなわち正式に任命されることを求めたのに対し、文帝は詔して安東将軍、倭国王に任命したことを述べている。倭国王珍が使持節と、倭国を始めとして朝鮮半島南部を含む、六国の軍政を都督する地位、そして安東大将軍・倭国王に任命されるように希望したにもかかわらず、宋側は倭国王に冊封することを認めただけで、使持節と六国諸軍事の都督についてはまったく無視し、安東大将軍ではなくて格下の安東将軍に任命したというわけである。この時に珍が部下の倭隋ら一三人を平西・征虜・冠軍・輔国将軍号を除正するよう求めたのに対し、詔して許可したのである。

都督六国諸軍事、安東大将軍

宋の文帝は元嘉二〇年（四四三）に遣使して朝貢してきた倭国王済に対して、やはり安東将軍、倭国王を追認したに止まったが、八年後の元嘉二八年（四五一）になると、倭国の東アジアにおける国際的地位が急上昇する。『宋書』の倭国の条によると、「二十八年、使持節、都督倭・新羅・任那・加羅・秦韓・慕韓六国諸軍事を加え、安東将軍はもとの如し」としたのである。

一三年前に倭国王珍が同じ文帝に向かって日本列島から朝鮮半島南部を含む、六国の軍政を都督する地位と安東大将軍・倭国王に任命されるよう請願したにもかかわらず、まったく無視されたのに、今回は突然に、百済を除きはしたものの、代わりにほとんど実体のない加羅を加えた六国の諸軍事を都督することが許可されたのである。

百済が除外されたのは、百済はすでに宋の冊封体制の中に入っているので、倭の配下とするわけにはいかなかったのであり、この時期に将軍号と爵号のほかに使持節と都督諸軍事の肩書を与えたのは、宋の建国の段階で高句麗王に征東大将軍、百済王に鎮東大将軍という軍職を与えていたことと、バランスを取ったのである。興味深いのは、倭国王は〈自称〉だけなのに、高句麗の軍事を都督するとはしなかった。さすがに朝鮮半島北部の強国である高句麗を支配下におくとは言えなかった。倭国と宋との間の、朝鮮半島の諸国を巻き込んだ外交駆け引きは、見応えがある。

注目すべきは、『宋書』巻五・文帝本紀の元嘉二八年七月甲辰の条に、「安東将軍・倭王倭済、安東大将軍に号を進む」と見えることである。月日は不明であるが、この年に倭国の条では「安東将軍はもとの如し」とあり、いったんは安東将軍のまま据え置くつもりであったのが、高句麗王の征東大将軍と百済王の鎮東大将軍とのバランスから、安東大将軍に号を進めたのであろう。宋の文帝によって、倭国王に将軍号ではなく、安東大将軍という〈大将軍号〉が初めて授与されたのは、特筆すべき外交成果なのである。

『宋書』の倭国の条には、宋の最後の皇帝・順帝の昇明二年（四七八）に、雄略天皇に比定される倭国王の武が、使持節、都督倭・百済・新羅・任那・加羅・秦韓・慕韓七国諸軍事、安東大将軍、倭国王と〈自称〉し、使者を遣わして上表した文を載せている。都督する諸国の軍事の中に、正式に任命された加羅をちゃっかりと加えつつ、なおも百済を加えた七国諸軍事を都督すると自称したのである。上表文は、「封国は偏遠にあり、外藩をなしています。昔から祖先はみずから甲冑をまとい、山川を跋渉して、安寧にする遑はありませんでした。東は毛人を征すること五十五国、西は衆夷を服すること六十六国、渡りて海北を平らげること九十五国です」と書き始めた。封国とは、冊封をうけた倭国という意味である。

　そして代々、天子に朝謁する時期を違えず、臣は下愚ではありますが、先祖の事業を継承し、所部を率いて、天極に帰崇すべく、百済を経由しようとしましたが、高句麗が無道にも、武力で邪魔をしましたので、機会をえませんでした。臣の亡父の済は高句麗が天路を遮るのを怒って、弓兵一〇〇万で大挙しようとしましたが、俄に父兄を失い、喪中のため軍隊を動かせませんでした。今に至って武力を整えて、父兄の志を遂げようとしましたなどと述べる。最後に「もし帝徳の覆載をもって、この強敵を摧き、よく方難を靖んずれば、前功を替てることはないでしょう。竊かに自ら開府儀同三司を仮し、その余はみな仮授して、もって忠節を勧めます」と、決意を表明している。この上表文の末にみえる「無替前功」を、石原道博訳の岩波文庫本は、「前功を替えることなけん」と訓読し、「前功を替えることはなかろう」と現代語訳している。しかし「無替」とは『書経』にみえる言葉で、すてることが無い、廃しない、という意味なのである。

南朝の斉と梁による形式的な冊封

倭国王武の上表を受けた順帝は、詔して、武を使持節、都督倭・新羅・任那・加羅・秦韓・慕韓六国諸軍事、安東大将軍、倭王に任命した。ただし高句麗王には与えられていた、強力な軍事権をもつ「開府儀同三司」という〈自称〉については無視している。倭国王の武が、使持節、都督倭・百済・新羅・任那・加羅・秦韓・慕韓七国諸軍事、安東大将軍、倭国王と〈自称〉していた都督七国諸軍事などの軍職と官爵のうち、やはり百済の軍政を都督することだけは追認せずに、都督六国諸軍事に任命した。『宋書』巻一〇・順帝本紀・昇明二年には「五月戊午、倭国王の武、遣使して方物を献ず。武を以て安東大将軍と為す」と見える。倭国から南朝への使節派遣についての文献は、これが最後である。

倭国使　『梁職貢図』より

翌年に宋の順帝から禅譲されて斉王朝（四七九―五〇二）をたてた高帝蕭道成（太祖。四二七―四八二。在位四七九―四八二）は、建国した四七九年に、安東大将軍の倭王武の号を鎮東大将軍に進めた（『南斉書』倭国伝）。南朝斉の和帝から禅譲されて梁王朝（五〇二―五五七）をたてた武帝蕭衍（四六四―五四九。在位五〇二―五四九）は、建国した翌々日の五〇二年四月戊辰一〇日に、鎮東大将軍の倭王武の号を征東将軍に進めたという記事が『梁書』巻二の武帝本紀と巻五四の倭国伝に見える。鎮東大将軍の号を「征東将軍」に進めたというのは不可解であり、中華書局刊の標点本『梁書』の校勘記が、『南史』巻七九・倭国伝に「梁武帝即位、進武号征東大将軍」とあるのを根拠として、武帝本紀と倭国伝の本文を「征東大将軍」と訂正しているのに従いたい。いずれにせよ、四七九年と五〇二年の記事は、新王朝を開いて即位した際の形式的な冊封であり、倭国からの使節が南斉朝と梁朝に派遣されたわけではない。

五五七年に、南朝梁の敬帝から禅譲されて陳覇先（武帝。五〇三―五五九。在位五五七―五五九）が建国した南朝の陳は、華北を再統一した北朝最後の隋の文帝楊堅（五四一―六〇四。在位五八一―六〇四）によって、五八九年に滅ぼされる。倭国からの使節が陳に派遣された気配は見えない。ただし、陳の正史である『陳書』には東夷伝はないので、建国直後に武帝陳覇先が、形式的にもせよ、倭国王を鎮東大将軍なり征東大将軍なりに冊封したか否か、まったく分からない。

西暦二三九年に、邪馬台国の女王卑弥呼は、帯方郡の太守を介して三国魏の少帝から親魏倭王という王爵を与えられ、魏の冊封体制下に入った。倭の女王が二六六年に晋の武帝のもとに朝貢して以降、一五〇年近くの空白期間をへて、日本列島から海を渡って、江南の建康（現在の南京）に都する国に使者が現れた。まず四一三年に、東晋末の安帝のもとへ倭王讃が朝貢した。ついで四二〇年に、東晋から禅譲された劉裕が南朝の宋を建国するや、宋の都の建康に倭王の讃・珍・済・興・武、すなわち倭の五王がつぎつぎと朝貢して宋の冊封体制下に入り、当初は安東将軍、四五一年七月には安東大将軍という大将軍号を授けられた。四七八年に、倭王武は宋への最後の朝貢の使者を派遣し、冊封をうけた倭国王としての真情を吐露した上表文を奉った。それから一二二年の空白期間をへた六〇〇年に、全中国を再統一した隋の文帝のもとへ、倭王からの使者が都の長安を訪れて、倭国の実情を詳しく述べたことが、『隋書』巻八一・東夷伝と『北史』巻九四の倭国の条に記録されている。ところが、『日本書紀』を始め、日本側の史書には何も残されていないのである。

三世紀の邪馬台国の卑弥呼や、五世紀の倭の五王たちにとって、中国とは何であったか。かれらは割拠政権である三国魏や南朝の宋王朝に朝貢して、君臣関係を結び、正式に倭王と認定されて冊封体制下に入った。朝鮮半島南部の諸国の軍事を都督する権限を公認され、大将軍号を与えられ、従属国の模範生にさえなった倭国にとって、中国は畏敬すべき宗主国でありつづけたのである。

憧憬と模範の国――飛鳥～平安

隋文帝が南北中国を再統一

五世紀に倭の五王が建康に都した南朝の宋に朝貢し冊封されていた頃、三九八年に平城（へいじょう）

（現在の山西省大同市）に都し、四三九年に華北を再統一したのが、鮮卑族拓跋部がたてた北朝最初の王朝北魏（—五三四）である。その正史『魏書』の最末尾として、ほかの正史にはない「釈老志」という、「釈」つまり仏教と、「老」つまり道教に関する一巻が設けられた。この時代が儒教にのっとる国家体制を維持したほかの王朝とはことなり、仏教と道教も大きな影響を与えた王朝であると認識した仏教史家の魏収が、「釈老志」を執筆したのである。万里の長城に近い、平城の西一五キロメートルの地に造営された雲崗石窟と、中原文化の拠点である、洛陽の南一四キロメートルの伊水の両岸に開かれた龍門石窟、これら二つの仏教の大石窟が、ともにこの時期から開削が始められたことに鑑みて、魏収が「釈老志」の巻を特に設けたのは極めて妥当な判断であったといえよう。

北魏は万里の長城の北に配置された前線駐屯軍の懐朔鎮や武川鎮などの六鎮で起こった反乱を契機として、五三四年に東魏と西魏に分裂し、やがて東魏は懐朔鎮出身の実力者高氏に政権を奪取されて鄴を都とする北斉王朝（五五〇—五七七）が成立し、西魏は武川鎮出身の実力者宇文氏に奪われて長安を都とする北周王朝（五五七—五八一）が成立した。周という国号が由来した儒教の聖典『周礼』に親しんだ北周の武帝（五四三—五七八。在位五六〇—五七八）は、儒教による国論統一のうえからも、五七四年に仏教と道教を廃毀するという詔を出し、仏像と道教の天尊像をこわし、沙門と道士たちを還俗させた。いわゆる〈三武一宗の法難〉の第二回目、〈周武の法難〉である。武帝は三年後の五七七年に、東の北斉を滅ぼして華北を再統一するや、旧北斉領内においても仏教と道教を弾圧する詔を出した。
武帝が死ぬと、二〇歳の宣帝が即位し、武川鎮出身の楊堅（五四一—六〇四）の女を皇后にたてた。宣帝は父武帝の政治方針を否定し、武帝が断行した宗教廃毀政策のうち、仏像と天尊像とを復活させた。朝廷の権力は、自然と外戚の楊堅の手に移った。宣帝が死ぬと、楊堅がわずか九歳の静帝から禅譲されて、北朝最後の隋王朝（五八一―六一八）を建てた。文帝（在位五八一―六〇四）である。

隋の文帝楊堅は、五八一年二月に即位するや、新政策を矢継ぎばやに打ちだした。まず北周が採用していた『周礼』にもとづく官制を廃止し、漢魏以来の旧制を復活させ、ついで北周武帝によって断行された仏教と道教に対する禁圧を撤回する詔を発した。仏道二教の復活は、無宗教政治のもとに潜伏していた人びとの不満を解消して、新しい隋王朝への慶祝に沸き立たせることに成功したのである。

文帝は建国の翌年に、前漢から北周までの長安城を捨て去って、その東南の標高四〇〇～四六〇メートルの龍首原の地を選び、遠大な都市計画にのっとった別の新都を建造した。京城全体の規模は、東西九七二一メートル、南北八六五二メートルで、メインストリートの朱雀門街をはさんで東西対称に設計され、東に人びとの居住区である坊が五四と東市、西にも五四の坊と西市、全部で一一〇の坊市があった。宗教施設についても、朱雀門街の中央部の東に仏寺を代表する大興善寺が一坊全体を占め、朱雀門街を隔てた西に道教寺院である観を代表する玄都観が対称的に配置された。京城全体は文帝が若き日に大興郡公という爵位に封ぜられたのにちなみ、大興城と名付けられた。

当時、江南では南朝最後の王朝陳の後主陳叔宝（在位五八二―五八九）が、財政の逼迫をも顧みずに、盛んに土木工事を興して遊びほうけていた。隋の文帝は、五八九年正月に長江中流の江陵から水陸両軍で奇襲して陳を壊滅させ、後主を捕虜にした。久しく南北に分かれていた中国は、隋の文帝によって再統一されることになったのである。なお中国の伝統的な史観では、隋は北朝の最後の王朝と見なされたので、隋代の史実を知るには、正史『隋書』とともに正史『北史』を是非とも読まねばならない。

仏法を重ねて興し、菩薩戒を受けた隋文帝

隋文帝は、仏教と道教を弾圧した北周の武帝を反面教師とみなし、当初は仏教と道教を平等に再興する宗教政策をとった。しかし、幼名を仏教の保護者を意味する那羅延といい、般若尼寺で養育されたという誕生説話をもつ文帝は、しだいに仏教に熱中しだした。〈護法沙門〉の再来と称された隋唐初の法琳撰『弁正論』巻三・十代奉仏篇上の隋文帝の条に詳しく述べられているように、文帝は開皇三年（五八三）に詔して、北周に廃された寺は、みな修復すべしとした。

文帝は二年後の開皇五年（五八五）には、大徳の経法師に請い、宮中の大興善殿で〈菩薩戒〉を受けて、獄囚を放ちさえし、本シリーズの第六巻『絢爛たる世界帝国』で氣賀澤保規が〈開皇二〇年の政変〉と呼んだ六〇〇年の一二月には、敢えて仏像や天尊像、五嶽や四瀆（江・河・淮・済）の神像を壊したり盗んだりすれば、〈不道〉の罪で論じ、沙門が仏像を壊したり、道士が天尊像を壊したりすれば、〈悪逆〉の罪で論ずるとした。〈不道〉とは、一家の三人を殺したり、肢体をばらばらにするようなむごい殺し方をすることで、〈悪逆〉とは、親殺しの予備・陰謀および親に対する暴行または近親尊長の殺害をいう。いずれも「十

悪」の内に数えられる極悪の罪状である。

ちなみに、仏像や天尊像を壊す者に対する処罰については、『唐律』の賊盗律に「諸そ天尊像や仏像を盗み毀せば、徒三年。もし道士・女官の天尊像を盗み毀し、僧・尼の仏像を盗み毀せば、加役流。真人と菩薩は、各々一等を減ず。盗みて供養すれば、杖一百」とあるように、量刑は軽減されたものの、つぎの唐朝でも継承される。隋文帝のときに「仏像や天尊像」とあった順序が、唐律では「天尊像や仏像」に変わったのは、仏教を道教よりも尊重した隋とは異なり、老子の末裔と称した李氏の唐朝は、太宗朝以後、則天武后治下を除き、「道先仏後」として仏教よりも道教を優先したからである。ただし一四世紀末に編纂された『明律』の賊盗律に、この条がないことは、薛允升撰『唐明律合編』に指摘する通りである。

隋の文帝楊堅　『歴代帝王図』より

開皇二一年を仁寿元年と改元した六〇一年の六月一三日、文帝還暦の誕生日の当日に、朝廷から諸州に仏舎利を分かち、三〇ヵ所に舎利塔を建立させる「隋国立舎利塔詔」(『広弘明集』巻一七)が発せられた。この詔の冒頭に「朕は三宝に帰依し、聖教を重ねて興す(朕帰依三宝、重興聖教)」とあり、隋の史官の王劭の「舎利感応記」(同前)には、文帝を般若尼寺で養育した智仙尼は、北周武帝の廃仏を予想して、幼い文帝に「児は当に普天の慈父となり、仏法を重ねて興すべし（児当為普天慈父、重興仏法）」と言った。そして道宣『集古今仏道論衡』乙に引用する王劭述の『隋祖起居注』には、文帝が後に果たして山東より入りて天子となり、「仏法を重ねて興す。みな尼の言のごとし（重興仏法。皆如尼言）」とあり、『続高僧伝』巻二六の釈道密の条にも同じ文章が見える。

「仏法を重ねて興す（重興仏法）」が、文帝一代の宗教政策を象徴する文言であること、疑問の余地はない。『弁正論』巻三・隋文帝の条によると、一代二四年の間に、得度した僧尼二三万、寺院三七九二、写経四六蔵一三万二〇八六巻、修理した古経三八五三部、新造の仏像一〇万六五八〇軀ほどであった。

倭王武が、南朝宋の順帝のもとに朝貢し上表して、使持節、都督倭・新羅・任那・加羅・秦韓・慕韓六国諸軍事、安東大将軍、倭王に任命されたのが、四七八年のことであった。翌四七九年に斉王朝を建国した高帝蕭道成が、五〇二年に梁王朝を建国した武帝蕭衍が、遣使がなかったにもかかわらず、倭王武を形式的に冊封した。五五七年に建国した南朝最後の陳王朝が、倭王に対して形式的にもせよ冊封したか否かについての記録はない。その陳王朝が隋の文帝によって併呑されて一〇年が経過した開皇二〇年（六〇〇）、わが推古朝八年に、倭からの遣使が長安宮廷に到着したのである。

この遣使については『隋書』と『北史』の倭国伝に記録が残されている。とくに『北史』には、

江左、晋・宋・斉・梁を歴して、朝聘して絶えず。陳の平らぐるに及び、開皇二十年に至

り、倭王の姓が阿毎、字が多利思比孤、号が阿輩雞弥なるもの、遣使して闕に詣る。

と書かれ、江左すなわち南朝の諸朝に朝貢してきた姓が阿毎、字が多利思比孤という倭国王、おそらく推古朝の聖徳太子が、陳を平定した隋の長安朝廷に遣使した経緯を明確に指摘している。

隋の文帝は、係官に命じてその風俗を問わせたところ、使者は「倭王は天を兄とし、日を弟としている。天がまだ明けないときに政務を行い、あぐらをかいて坐り、日が出ればすなわち理務を停めて、弟に委ねる」と言った、と記録している。使者の人数などは全く不明である。ただし使者たちは、長安の大興城の宗教都市とみまがうばかりの景観に圧倒され、北周武帝による廃仏政策を全面撤回させて仏法を重ねて興し、菩薩戒を受けた文帝の政治姿勢に深い感銘をうけたに違いない。

ただ注意を喚起したいのは、倭の五王による南朝諸朝への遣使朝貢と、開皇二〇年の隋朝への遣使朝貢の間には、たいへんな違いがあるという点である。倭の五王は南朝諸朝に対して使持節・都督諸軍事・将軍号などを授与されることを執拗に請願し、南朝諸朝はその要求を部分的にあるいは全面的に認め、倭国王に冊封したのであるが、今回の隋への遣使の際には、これらの冊封については全く言及しなかったし、隋も倭国を冊封体制のなかに入れなかったのである。

聖徳太子が憧れた海西の菩薩天子——隋文帝

開皇二〇年（六〇〇）に隋文帝治下の長安に朝貢した倭国からの第一次遣隋使が、いつ帰国したかは分からない。いずれにせよ、帰国してから数年後、冠位十二階の制定などの国内改革をなしとげた聖徳太子は、小野妹子らを隋に派遣した。第二次遣隋使の小野妹子らは、大業四年（六〇八）三月に、時あたかも洛陽に滞在していた煬帝（在位六〇四―六一八）に謁見した。『隋書』倭国伝には、まず倭の使者が、

> 聞くならく、海西の菩薩天子、仏法を重ねて興す、と。故に遣わして朝拝せしめ、兼ねて沙門数十人、来りて仏法を学ばしむ。

と述べ、つぎに国書が「日出づる処の天子、書を日没する処の天子に致す。恙なきや」という文言で始まっていて、煬帝が不快感を表した、と記録している。

仏法を重ねて興した海西の菩薩天子とは、隋の文帝を指すことについては、すでに述べた通りである。文帝の仏教を極めて重視する統治策を、朝鮮半島を通じて、また第一次遣隋使の帰朝報告によって知った推古朝の聖徳太子は、大いに憧憬の念を懐き、文帝の統治策を学ぶために第二次遣隋使を送るに際して、なんと数十人の仏教僧たちを同行させ、本場の仏教事情を視察させようとしたのである。聖徳太子には、文帝がすでに数年前に没して、次男の煬帝が即位したニュースは伝えられていなかった、と考えられる。国書をみた煬帝が不快感を表したのには、あるいは父の文帝と間違えられたことも影響していたかもしれない。

小野妹子は、隋使の裴世清（はいせいせい）と随員一二人を伴って筑紫に帰着した。大国隋からの使節裴世清が一緒だとの思いがけない朗報を聞き、あわてて難波津におかれた迎賓館のひとつ高麗館の近くに、新しい館を建造した。難波津に停泊したとき、満艦飾の船三〇艘をかりだし、新しい館に案内した。このとき妹子は、隋帝から授けられた国書を、百済国を通過した際、百済人に略奪された、と弁明した。一ヵ月半にわたる滞在ののちに、難波から淀川と旧大和川を溯（さかのぼ）り、七五頭の飾り馬をしたてたパレードの出迎えをうけて、飛鳥の海石榴市（つばいち）に到着する。海石榴市は大和川の上流、山の辺の道の南端、現在の奈良県桜井市にあり、日本最古の市が開かれ、また求婚の場として歌垣（うたがき）が行われた土地として知られる。

飛鳥の朝廷で裴世清を謁見した倭王が大いに悦んで述べた言葉として、『隋書』倭国伝には、

隋の煬帝　『歴代帝王図』より

> 我聞くならく、海西に大隋礼義の国あり、と。故に遣わして朝貢せしむ。我は夷人、海隅に僻在して、礼義を聞かず。ここを以て境内に稽留し、即ち相見えず。今故（ことさ）らに道を清め館を飾り、以て大使を待つ。冀（こいねがわ）くは大国惟新の化を聞かんことを。

と記録している。隋の皇帝が、仏法を重

ねて復興した菩薩天子の文帝ではなく、仏教にやや冷淡な煬帝であると知ったからには、遣隋使を派遣した主目的を「我聞くならく、海西に大隋礼義の国あり、と。故に遣わして朝貢せしむ」と改変したのは、当然の配慮だったのである。

ところで、二〇〇一年一一月にNHKのテレビ番組として、歴史ドキュメント《隠された聖徳太子の世界――復元・幻の「天寿国」》が放映され、翌年に大橋一章・谷口雅一共著『隠された聖徳太子の世界――復元・幻の天寿国』（日本放送出版協会、二〇〇二年）が刊行され、聖徳太子が憧れた海西の菩薩天子は隋の煬帝であって、「文帝が篤い仏教信者だったことは確かだが、煬帝はそれ以上に篤い仏教信者だった」という説が喧伝された。しかし、「仏法を重ねて興した」皇帝が文帝であることは、すでに述べた通りである。煬帝は仏教と道教の信者であり、地方巡遊の際さえも、僧・尼・道士・女道士に頼っており、仏教保護にさほど熱心でなく、寺院融合令を発し僧侶の沙汰を命じた次第は、拙稿「天寿国と重興仏法の菩薩天子と」（『大谷學報』第八三巻第二号、二〇〇五年）を参照されたい。

唐太宗・則天武后と道教・仏教

裴世清らの帰国に際し、小野妹子を大使として隋に派遣するとともに、学生として福因や高向玄理、学問僧として日文や南淵請安ら合わせて八人を随伴させた。日文は帰国後に僧旻と称する。小野妹子だけは翌年の秋に帰国するけれども、学生や学問僧たちは、極めて長期間にわたって長安に滞在し、学問や仏教に打ち込むことになる。一〇年後の六一八年三月に、五〇歳の隋の煬帝は江都揚州でみずからの親衛隊に殺され、五月に同じ武川鎮軍閥に属する李淵（五六五—六三五）が、みずから擁立した恭帝にせまって禅譲させ、唐王朝（六一八—九〇七）を開いた。高祖（在位六一八—六二六）で、年号を武徳と改めた。

隋が滅亡し、唐に代わったので、遣隋留学生は自動的に遣唐留学生となった。四年後の六二二年には聖徳太子も没する。かれらの留学期間は、六三二年（舒明四）に第一回遣唐使船で帰国する僧旻が二四年、六四〇年（舒明一二）に新羅をへて帰国する高向玄理と南淵請安は三二年という長期にわたったが、その間の武徳九年（六二六）六月四日に、〈玄武門の変〉とよばれるクーデタによって、高祖の次男の秦王李世民（五九八—六四九）が、兄の皇太子李建成たちを襲殺して皇太子となり、八月に高祖から譲位されて即位した。唐の太宗（在位六二六—六四九）であり、高祖は太上皇に祭りあげられた。

秦王李世民が皇太子李建成を襲殺するという血なまぐさい〈玄武門の変〉は、実は道士の傅奕と沙門の法琳を領袖とする、道教教団と仏教教団との排他的な主導権争いが、起爆剤の役割をはたした。廃仏論者の太史令傅奕にとって、儒教よりも道教よりも仏教の方がすぐれていると発言する皇太子がやがて帝位につくのは脅威であった。傅奕は、皇太子を抹殺すべく、秦王に決起をうながす賭けにうってでて、成功したのである。

〈玄武門の変〉の四〇日前の四月二三日、高祖は戒行精勤の僧・尼と道士・女冠（女道士）を除外し、その他はすべて還俗させ郷里に還らせる詔を出して

唐の高祖・李淵　『歴代古人像賛』より

いた。高祖は〈玄武門の変〉の当日に、天下に大赦する詔を発し、その末尾に「それ僧・尼と道士・女冠は、宜しく旧定に依るべし。国朝の事は、皆な秦王の処分を受けよ」とあるように、国家の全権を掌握したばかりの秦王が示した人心収攬策の眼目として、仏・道二教への沙汰策の撤回が表明された。傅奕は道教への沙汰だけが撤回されることを期待していたであろうが、クーデタで皇太子などを殺害した秦王とその側近は、仏教への沙汰をも撤回することこそが、喫緊の人心収攬策として最善であると考えたのである。

この太宗こそ、古来名君のほまれ高く、その治世である貞観年間は、魏徴らの名臣もでて、周辺の諸民族も服属させて、〈貞観の治〉とたたえられた。太宗が群臣と交わした政治問答を分類編纂した『貞観政要』は、政治の模範として歴代の天子に読まれ、日本でも広く愛読される。太宗は、表向きは崇仏の態度を示していたが、六三七年正月一四日に貞観律令を頒布した翌日、上元の日に宗室李氏の本系が老子李耼より出ているので、今後は道士・女冠を僧・尼の前に在らしめよ、という旨の詔を発し、仏教界に衝撃を与えた。〈道先仏後〉を明言した詔が下るや、長安の僧徒たちは抗議運動を始めたが、無駄であった。

唐の高祖朝と太宗朝は、隋王朝とは打って変わり、道教に比べて仏教には冷淡で、洛陽南郊の龍門石窟の造営も、みるべきものはなかった。しかし、則天武后の登場によって、様相は一変する。太宗の子の高宗（在位六四九―六八三）は、六五五年一〇月に、皇后の王氏を廃して、武照（六二四頃―七〇五）を皇后に冊立する詔をだした。

六八三年の年末に高宗が没すると、武后は秘密警察を利用して、政界を粛正した。東都の洛陽を神都と名付けて事実上の首都とし、官庁名と官職名の改称をも行った。三〇年にわたって朝政を執ってきた実績をもつ武后は、〈則天文字〉と称される新字までも制定し、儒教で理想とされた古代の周王朝を再現することをスローガンにかかげるとともに、中国社会に広範に受容されていた仏教ムードを利用した。武后の愛人でもあった怪僧の薛懐義は、僧の法明らと共同で、『大雲経』という仏典に付会した文章をつくり、武后の即位が仏の意志に合している、と宣言した。

六九〇年九月、武后は皇帝となり、唐の国号を「周」と改め、天授と改元した。中国史上で女性が皇帝となったのは、この則天武后（在位六九〇―七〇五）のみである。唐王朝はいったんここで滅亡した。武周革命である。武后すなわち則天皇帝は、まず神都洛陽に首都を移し、長安と洛陽をはじめ全国諸州に大雲寺を設け、『大雲経』を蔵させた。日本の国分寺は、この大雲寺をモデルにしたのである。翌六九一年四月二日、『大雲経』が武周革命の根

唐の太宗・李世民

拠となったというので、仏教を道教の上に在らしめ、僧・尼を道士・女冠の前に処らしめるという制がだされ、〈仏先道後〉となった。制は従来の詔のことで、「詔」字が武照の「照」字と同音なので避けられたのである。

倭国と日本国からの遣唐使

武周革命によって成立した周王朝は、わずか一五年で消滅し、唐王朝が復活して、首都は長安に戻された。七〇五年正月に唐を中興した中宗は、頼りない人間で、つねに皇后の韋氏の意見に左右されてしまい、韋后はかつての武后のような存在になってきた。このような政治の混乱を正して、〈貞観の治〉を再現しようとしてクーデタをおこしたのが、のちの玄宗（六八五―七六二。在位七一二―七五六）であった。

玄宗の治世の前半は、後世の史家から年号にちなんで〈開元の治〉と称えられ、それに先立つ武后と韋后が権力を握った時期は、女性が政治を乱した女禍とみなし、〈武韋の禍〉と称して、非難の対象とされてきた。しかし、この〈武韋の禍〉と目された時期こそ、新興の地主層や商人層が経済力を背景に、はなばなしく官界に進出してきた活気にみちた社会だったのである。

開元の年号が二九年で終わり、七四二年に天宝と改元されたとき、玄宗は六〇歳に近く、いつしか奢侈をこのみ、楊貴妃を溺愛する凡庸な君主になりさがっていた。やがて安禄山と部下の史思明がひきつづき指導した〈安史の乱〉（七五五―七六三年）とよばれる反乱によって、盛唐の繁栄は一挙に奪いさられた。

唐の後半期は、節度使などの軍閥が地方の兵権のみならず民政と財政の両権を掌握する藩鎮割拠の時代とされ、また中央の近衛軍の指揮が宦官の手に握られ、新天子を擁立する権限は宦官の手中にあるとされ、「天子は宦官の門生にすぎない」と評された、宦官の時代なのであった。

中国では七世紀初頭に隋から唐への王朝交代がおこなわれ、倭国からの遣隋留学生であったはずが遣唐留学生となった南淵請安らは、長安城の中央部、朱雀門にほど近い鴻臚客館あたりで生活し、王朝交代や、同じ唐高祖から太宗への代替わりとなるクーデタ〈玄武門の変〉を不安な気持ちで耐え、律令体制が整備されていく様子を肌で感じる経験をした。南淵請安らは、帰国するや、実地で見聞した経験にもとづき、大唐の政治体制やクーデタ〈玄武門の変〉に関する知識を、中大兄皇子や中臣鎌足らに伝授した。中大兄と鎌足が六四五年にクーデタをおこして蘇我入鹿を暗殺し、〈大化改新〉の新政府を樹立するにあたって、留学生たちが重要な役割をはたし、僧旻と高向玄理は国博士という政治顧問に任じられたのである。

わが国から唐王朝に派遣された遣唐使は、六三〇年に太宗治下の唐へ出発した第一回から、八三八年に入唐の最後の使節まで、およそ二〇回を数える。しかし森克己『遣唐使』（至文堂、一九五五年）や古瀬奈津子『遣唐使の見た中国』（〈歴史文化ライブラリー〉吉川弘文館、二〇〇三年）が指摘するように、六六九年の第七回までの二船からなり北路をとった前期遣唐使と、三一年間の空白をへて、七〇一年に任命されて七〇二年に出発した第八回から八三八年入唐の第二〇回までの、四船からなり南路をとった後期遣唐使では、その目的、組織、航路が大いに異なった。

前期遣唐使には、政治折衝的な性格が強かった。それに対して、大宝律令を編纂して律令国家としての第一歩をしるした日本が派遣した、第八回遣唐使が中国に到着した時期は、則天皇帝が君臨する周王朝の治下であった。この時に倭国という国名を日本国と改めたいという主張が中国側から公認された。おおよそ天皇一代につき一回の割合で、朝貢品を献上したが、政治折衝という性急な目的はなくなり、法典や文化・文物の輸入といった側面の比重が高くなっていったのである。

〈倭国〉という国号を〈日本国〉に変更し、中国側から正式に了承された経緯については、多くの先学の論考があり、とりわけ近年における吉田孝『日本の誕生』（岩波新書、一九九七年）、網野善彦『「日本」とは何か』（〈日本の歴史〉講談社、二〇〇〇年）、神野志隆光『「日本」とは何か』（講談社現代新書、二〇〇五年）などが、綿密な考察をしていて、付け加えるものはない。〈日本〉という国号の成立は、六七四年から七〇一年の間であって、国内的には六八九年に施行された飛鳥浄御原令で、天皇の称号とともに、公式に定められ、対外的には七〇二年に中国大陸に到着した遣唐使が周の則天皇帝に名乗った〈日本〉という国号が、そのまま許容された。『旧唐書』の東夷伝には「倭国」と「日本国」の両条が併存され、『新唐書』以降の東夷伝には「日本国」の条だけが残り、「倭国」は姿を消すのである。

倭国に関する展覧会としては、一九九三年に京都国立博物館で開かれた特別展「倭国」があり、図録『倭国――邪馬台国と大和王権』（毎日新聞社、一九九三年）が刊行された。その序文として上山春平は「倭国の歴史について」を書き、「倭国」から「日本」への改称は、この列島の歴史を二分するような重大な社会変革にともなう名称変更だったとし、上山はそれを自然社会から文明社会への変革と見ている。

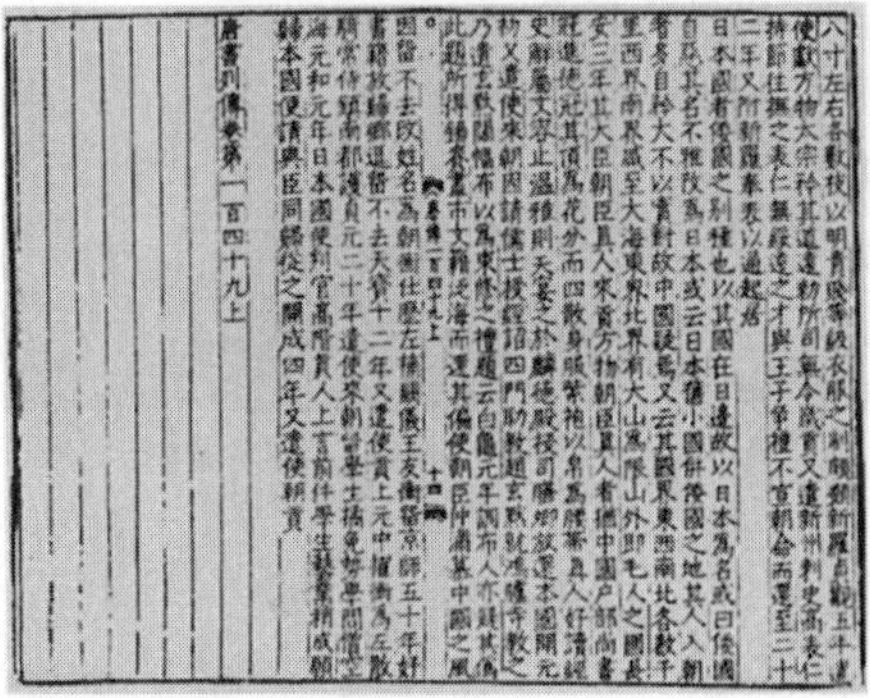

「遣唐使と唐の美術」展

倭国からの前期遣唐使に関しては、後日に編纂された文献に記録されているだけであるが、日本国からの後期遣唐使に関しては、文献のみでなく同時代史料の文物にも記録されているのである。後期遣唐使の一行に加わって渡唐した人物の墓誌が、日本と中国から一つずつ出土している。

『旧唐書』東夷伝　「倭国」と「日本国」の両条が併存している

七〇一年に粟田真人（あわたのまひと）を遣唐執節使とし、山上憶良（やまのうえのおくら）を遣唐少録とする、第八回遣唐使の一員に任命され、唐から帰国後に宮内省の主殿寮の頭に任じられた美努岡麻呂（みののおかまろ）、すなわち美努岡萬（六六二—七二八）の銅版墓誌が、一八七二年（明治五）に現在の奈良県生駒市青山台から出土、重要文化財に指定されて東京国立博物館に所蔵されている。そして美努岡麻呂が入唐する際に一族の長老が献じた送別歌が、唐の地で山上憶良自身が詠っ

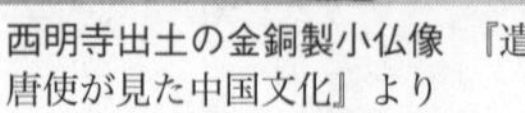

西明寺出土の金銅製小仏像　『遣唐使が見た中国文化』より

和同開珎の銀銭　西安市何家村遺跡出土

た望郷歌と並んで、『万葉集』巻一に残されている。

ついで二〇〇四年（平成一六）にかつての唐都長安（西安市）の東郊から出土した石製墓誌は、おそらく七一七年に第九回遣唐使の一員に任命され、阿倍仲麻呂・吉備真備らとともに一九歳で入唐し、三六歳の若さで客死した井真成（六九九―七三四）の墓誌で、〈日本〉という国号が使われた最古の文字史料であったため、学界のみならずマスコミの世界でも話題となり、専修大学・西北大学共同プロジェクト編『遣唐使の見た中国と日本』（朝日選書、二〇〇五年）が上梓され、私も「遣唐使の二つの墓誌」を寄稿した。

二〇〇五年七月と九月から東京国立博物館と奈良国立博物館で開催の、井真成墓誌の里帰り展の図録『遣唐使と唐の美術』（朝日新聞社、二〇〇五年）には、井真成墓誌と美努岡萬墓誌が冒頭に掲載されている。そして文化大革命によって停刊していた『文物』の復刊第一号である一九七二年第一期で報告された、西安の何家村窖蔵遺跡から出土した金銀器の逸品と金銀銭が展観され、図録に掲載されたのである。

一九七〇年に西安南郊の何家村の窖蔵遺跡から一〇〇〇点を超える文物が出土し、そのうち二七〇点もの見事な金銀器が空

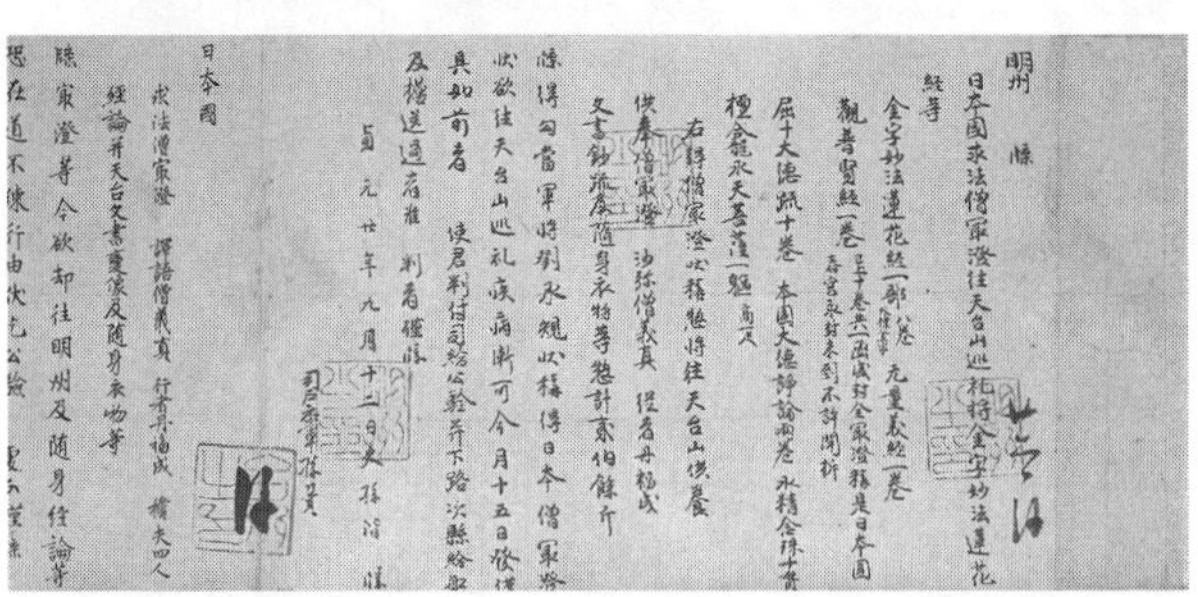
明州　牒
日本国求法僧最澄往天台山巡礼将金字妙法蓮花経等
金字妙法蓮花経一部八巻　无量義経一巻
観普賢経一巻　已上十巻共一函盛封全最澄称是日本国春宮永封未到不許開拆
屈十大徳疏十巻　本国大徳諍論両巻　水精念珠十貫
檀龕水天菩薩一躯　高一尺
右得僧最澄状称総将往天台山供養
供奉僧最澄　沙弥僧義真　従者丹福成
文書鈔疏及随身衣物等総計玖伯餘斤
牒得勾当軍将劉承規状称得日本僧最澄
状欲往天台山巡礼疾病漸可今月十五日発
謹具如前者　使君判付司給公験并下路次県給舡
及擔送過者准　判者　謹牒
貞元廿年九月十二日　史孫階　牒
司戸参軍孫万宝
日本国
求法僧最澄　訳語僧義真　行者丹福成　擔夫四人
経論并天台文書疏及随身衣物等
牒最澄等今欲却往明州及随身経論等
恐在道不練行由伏乞公験　處分　謹牒

最澄の明州牒　貞元20年（804）９月12日付で明州から発給されたもので、「日本国求法僧最澄」と記されている。延暦寺所蔵

前であるとして美術史家から、十両の庸調銀餅が財政史家から刮目されたが、同時に国内外の貨幣が大量に出土し、唐都長安が当時の国際交流の中心であった様相を再現させる文物として喧伝された。唐の開元通宝の金銭三〇枚、同じく銀銭四二一枚以外に、日本の和同開珎の銀銭が五枚、ササン朝ペルシャの銀貨一枚、東ローマ帝国の金貨一枚が出土した。和同開珎の銀銭は、開元通宝の金銀銭と同じように、流通用ではなく、贈答用の特製品である。

これらの何家村遺跡からの出土品は、七五六年に〈安史の乱〉を避けて玄宗が蜀に逃れた時、邠王李守礼の子孫が隠したものと推定されていて、和同開珎の銀銭五枚は遣唐使による贈答ないし朝貢用として海を渡り、玄宗から宗室や側近の高官に下賜されたものの一部に違いない。今回の展覧会には、何家村遺跡からは一六点の金銀器の外に、開元通宝の金銭と銀銭各一枚とともに、和同開珎の銀銭一枚が出品された。井真成墓誌だけでなく、遣唐使によって唐に献上された和同開珎の銀銭も、里帰りしたのである。

ちなみに遣唐使を主題とする展覧会は、今回が最初ではない。藤原京創都一三〇〇年記念事業の一環として、奈良県立橿原考古学研究所附属博物館が〈中国社会科学院考古研究所最新の精華〉と銘うって開催した特別展「遣唐使が見た中国文化」があり、図録『遣唐使が見た中国文化』（奈良県立橿原考古学研究所附属博物館編刊、一九九五年）が出版された。藤原京のモデルとなった、〈北魏洛陽城〉〈隋唐長安城〉の遺構や、遣唐使ゆかりの長安〈西明寺〉〈青龍寺〉や〈洛陽白居易邸宅跡〉からの出土品が展示された。とりわけ空海や円載・円珍らの学問僧が留宿した西明寺跡から出土の塼仏・金銅製小仏像や石製茶碾、またかれらが訪ねた青龍寺跡から出土の泥塔や鍍金した押出仏など、入唐僧たちが目にした蓋然性のある文物だと思うと、興味津々である。

「日本国」の国号が記載された文物としては、天平一八年（七四六）閏九月の穂積三立〈写疏手実〉に「日本帝記一巻」と見える（正倉院文書）のを別とすると、第一八回遣唐使に還学僧、つまり短期請益僧として加わった最澄（七六七―八二二）が、八〇四年（貞元二〇）九月一二日付で明州（浙江省寧波）から発給された牒に、「日本国求法僧最澄」と明記されているのが最古であった。最澄は明州に到着後、大使や留学僧、つまり長期滞在の空海が長安に向かうのと別れて、台州の天台山国清寺を目指した際に携帯したこの牒を、翌年に持ち帰り、現に滋賀県の延暦寺に保存されている。今回の井真成墓誌の「国号日本」は、最澄の牒より七〇年溯ったことになる。

遣唐使が将来しなかった文化

遣唐使が日本に将来した文化・文物としては、大量の仏像・仏典をはじめ、山上憶良が持ち帰った性愛小説『遊仙窟』や、吉備真備の将来品『唐礼』・『東観漢記』・楽器・書跡など、数え切れない。吉備真備がいかなる文物を持ち帰ったかについては、宮田俊彦『吉備真備』（〈人物叢書〉吉川弘文館、一九六一年）が詳しい。

それはさておき、将来しなかった文化・文物として、第一に挙げるべきなのは、仏教に刺激をうけて隋唐時代に盛んとなっていた道教を意図的に拒絶した史実である。日本には道教経典の古い写本が全く残っていない。奈良国立博物館は一九九八年に東新館開館記念として、奈良時代の文化を代表する逸品を網羅した特別展を開いたが、その図録『特別展　天平』（奈良国立博物館編刊、一九九八年）にも、道教の文物は含まれていない。

『唐大和上東征伝』や、それに依拠した井上靖『天平の甍』が述べているように、伝戒の師として鑑真を招聘する許可を求めた際、玄宗は鑑真とともに道士を連れていくように命じたが、婉曲に断り、一行中から春桃源ら四人を唐に留めて、道士の法を学ばせることにした。そのちに春桃源らが帰国したという記録はなく、おそらく唐土に骨を埋めたに違いない。入唐僧の円仁の旅行記『入唐求法巡礼行記』開成三年（八三八）一一月一八日の条に、揚州で節度使の李徳裕の質問に対し、僧寺は三千七百余あり、尼寺も多くあると答え、更に「道士ありや否や」という質問に対して、円仁が「道士なし」と明言していて、九世紀前半の日本に道士はいなかったことを記録している。

さきに『唐律』の賊盗律に「諸そ天尊像や仏像を盗み毀せば、徒三年。もし道士・女官の天尊像を盗み毀し、僧・尼の仏像を盗み毀せば、加役流。云々」とある文言を紹介したが、

『唐律』を継受した日本の賊盗律では「凡そ仏像を盗み毀せば、徒三年。もし僧尼の仏像を盗み毀せば、中流。菩薩は一等減ぜよ。盗みて供養すれば、杖八十」とあり、道士と女官が天尊像や真人を盗み毀せば、という事態は想定外であり、道教文化の進入を断固として拒絶したのである。

遣唐使たちが将来しなかったと言うよりも、将来できなかった文物・書物もある。最後の遣唐使船で円仁と一緒に入唐した円載が、会昌の廃仏に遭遇して還俗し、在唐四〇年ののち、八七七年に数千巻にのぼる典籍をたずさえて、唐の商人李延孝の船に乗って帰国する途中、大暴風雨に遭い、経巻ともども海の藻くずとなったのは、その例である。円載については、宮崎市定『日出づる国と日暮るる処』(星野書店、一九四三年。のち中公文庫、一九九七年)所収の「留唐外史」と佐伯有清『悲運の遣唐僧——円載の数奇な生涯』(吉川弘文館、一九九九年)が詳しい。

奝然と成尋の入宋

遣隋使が携行した国書は何かと物議をかもしたが、遣唐使は国書を携行しないのが例となっていた。後期遣唐使が航路を博多から五島列島をへて東シナ海を一気に横断し、長江沿岸に到着するコースである南路をとったのは、朝鮮半島で日本と親密であった百済が、いわゆる〈白村江の戦い〉をきっかけに滅亡し、半島を統一した新羅と日本との関係が険悪化したからであった。

八三四年(承和元)に派遣が決まり、結果的に最後となる遣唐使については、佐伯有清

『最後の遣唐使』（講談社現代新書、一九七八年）のカバーの「まさに波乱万丈の使節団であった。副使の乗船拒否、二度の渡航失敗、半数近い二百数十名の犠牲——。なにを求め強行されたのであろうか」というキャッチ・フレーズがいみじくも言い得ている。藤原常嗣を持節大使に、小野篁を副使に任命し、八三六年に四船で入唐の途につくが、間もなくつぎつぎに漂流したり漂廻したりし、小野妹子の後裔小野篁は、病と称して乗船を拒否した。

小野篁が国命に従わなかった罪で、死罪は減免されたものの、隠岐国に配流された際に詠んだ、「わたの原やそしまかけてこぎいでぬと　人にはつげよ　あまのつり舟」の歌は、『古今和歌集』に収められ、百人一首にも入って有名である。小野篁の外にも、乗船しないで逃亡する者が続出したにもかかわらず、仏教教団の指導者たちの説得により、八三八年六月に渡唐が強行された。

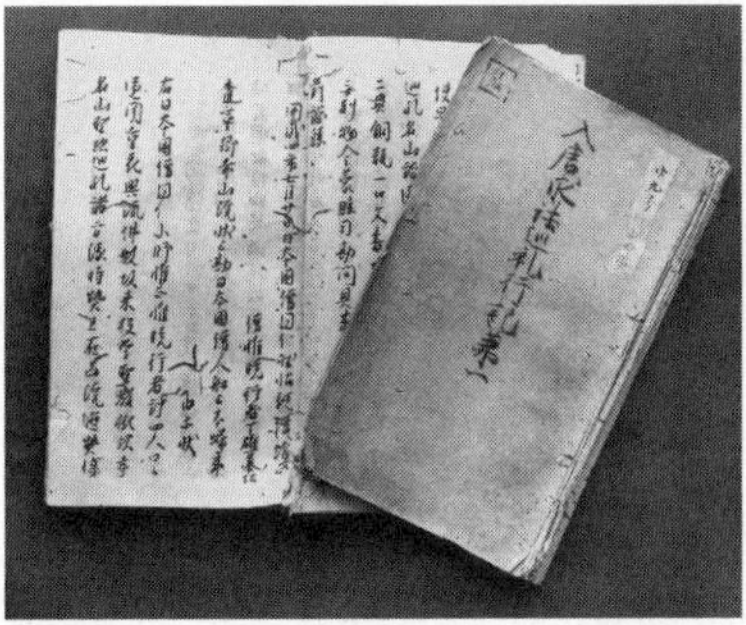

円仁の『入唐求法巡礼行記』「日本歴史全集」第4巻より

この承和の遣唐使に随行した僧侶は、最澄の弟子の天台請益僧円仁・天台留学僧円載や、空海の弟子の真言請益僧円行らで、円仁と円載は大使藤原常嗣の第一船に乗り込み、読経して航海の安全を祈った。円仁（七九四—八六四）が見聞を克明につづった『入唐求法巡礼行記』全四巻は、遣唐使に関する万般の情報を提供するだけでなく、〈三武一宗の法難〉の第三回目、〈会昌の廃仏〉時期の唐社会を研究する根本史料として、極めて重要視されている。

唐代の仏教寺院としては、みやこの長安と洛陽を除くと、南の天台山と北の五台山が有名であった。とりわけ山西省北東部にある五台山は、『華厳経』にみえる文殊菩薩の住む清涼寺に当たる霊地と信じられ、中国ばかりでなく、東アジア各地からの巡礼者がたえなかった。

短期留学のはずであった円仁が、不法滞在したにもかかわらず、結果的には九年に及ぶ辛苦を体験しながら、五台山の大華厳寺の諸院で学僧たちと歓談したものの、天台山には参詣できずに帰国するや、弟弟子の円珍が入唐求法を決意する。円珍は八五三年に、唐の商人王超と李延孝らの船に便乗して福州に上陸し、天台山や長安で勉学し、五台山への巡礼を果たさないまま、五年間の滞在をおえて李延孝の船に乗って帰朝した。円珍が将来した旅行証明書の〈過所〉と〈公験〉の現物と関連文書は貴重。旅行記『行歴記』全五巻の全文は伝えられず、抄本の『行歴抄』が残されている。

菅原道真が、唐朝が内乱のために凋弊したことや従来の使節が途中に遭難して唐に達することの困難であることから、遣唐使派遣の可否をきめてほしい旨の建議をしたことにより、八九四年に遣唐使の派遣が停止された。しかし国家規模事業である遣唐使が廃止されただけで、日唐間の交流が以後も絶えなかったのは、森克己が「森克己著作選集」全六巻（国書刊行会、一九七五―七六年）所収の諸論文で論証したように、唐商人の海外渡航が盛んであったからで、記録には残りにくかった。日本との貿易のために来航した唐商船は、八四二年（承和九）春に入唐僧の恵蕚が唐より帰朝の際に乗って来た唐人李隣徳の船が初見である。

恵蕚は同時代の文人白居易（字は楽天。七七二—八四六）の『白氏文集』の写本を将来したことで知られる。

『宋史』日本国伝の大部分は、僧奝然（九三八—一〇一六）がもたらした『王年代記』にもとづく日本歴史の紹介からなっている。奝然は、日本には五経の書および仏経と白居易集七〇巻があり、いずれも中国からえたと述べた。宋の太宗に謁見した奝然は、中国で失われていた、唐の越王李貞撰の『孝経新義』一巻を献上した。書物の逆輸入である。太宗は大喜びし、巡礼に関する最大限の便宜を提供し、完成したばかりの勅版『大蔵経』五〇四八巻を贈与した。奝然の入宋については、佐藤春夫『釈迦堂物語』（平凡社、一九五七年）が生き生きと描いている。

成尋の『参天台五台山記』「日本歴史全集」第5巻より

『宋史』日本国伝には、熙寧五年（一〇七二）に僧誠尋（＝成尋）が入宋した際、神宗が宮中に呼んで面接したこと、これ以後しきりに方物を貢して来る者は、みな僧であった、と述べられている。成尋（一〇一一—八一）は天台山と五台山を歴遊し、旅行記『参天台五台山記』があり、帰朝の志を抱きながら、みやこ開封の開宝寺で没したが、神宗の勅により天台山国清寺に葬られた。成尋についての研究書として王麗萍『宋代の中日交流史研究』（勉誠出版、二〇〇二年）が最新の成果である。

なお石井正敏「入宋巡礼僧」（『アジアのなかの日本史

V自意識と相互理解』所収、東京大学出版会、一九九三年）は、遣唐使時代の留学僧が師をもとめて法を学び鎮護国家に資するという目的をもったのに対し、奝然以後の入宋僧は、もっぱら五台山をはじめとする聖地巡礼を目的として渡航するようになる、すなわち求法僧から巡礼僧へと変化した、と指摘している。

すでに詳しく述べたように、遣隋使を派遣した理由は、隋の文帝による仏教治国策に憧憬の念をいだき、また隋が礼義の国であったからである。

六二三年七月、新羅経由で唐から帰国した薬師の恵日らが奏聞し、其の大唐国は法式の整備した珍の国であるから、常に達すべきことを進言した（『日本書紀』巻二二・推古天皇三一年の条）。恵日らの提言に従って、六三〇年（舒明天皇二）に第一回遣唐使として犬上御田鍬と薬師恵日が派遣された。唐が法式の整備した珍宝の国、すなわち模範の国であるから通交すべし、というのが遣唐使の目的であった。

五代と宋に対する国家規模の遣使はなかったものの、奝然と成尋らの入宋巡礼僧にとっても、中国が憧憬と模範の国でありつづけたのである。

先進と親愛の国――鎌倉～江戸

入宋僧と日宋貿易

釈迦の没後、正法・像法の世をへて、仏法が衰え国が乱れる末法の世は、中国では五五二年から始まったが、日本では五〇〇〇年おくれた一〇五二年から末法の世に入ると信じられていた。一〇七二年に入宋した成尋は、帰国できずに開封で没する。成尋より先輩で、師の源信から託された《天台宗疑問二十七条》を携えて一〇〇三年に入宋した寂照（?—一〇三四）が、宋の真宗に謁見して、円通大師の号と紫袍を賜ったことが、『宋史』日本国伝に見える。この寂照も、宰相の丁謂らと親交を重ね、三〇年在宋ののち、杭州で没した。

戒覚述『渡宋記』　寛喜元年（1229）書写　宮内庁書陵部所蔵

　金沢市の兼六園の一郭にある石川県立歴史博物館の開館一〇周年記念特別展の図録『波濤をこえて——古代・中世の東アジア交流』（石川県立歴史博物館編刊、一九九六年）に「海を渡った高僧たち——入唐求法僧と入宋巡礼僧」のカラー図版を収める。その解説文に、

> 遣唐使の時代、鎮護国家のための仏教を学ぶことを目的として、国の留学僧という公の立場で、多くの僧が唐へ渡った。（中略）寛平六年（八九四）の遣唐使が廃され、やがて宋の時代になると、聖地を訪れて自己の罪障消滅を祈るといった私的な目的による巡礼僧へと変わっていく。奝然・成尋・戒覚といった入宋巡礼僧たちは、宋商

船を利用して渡航した。末法の世を目前にした貴族たちは、功徳として彼らを援助するが、それを通じて新たに外交を結ぼうという意識は低かった。宋が巡礼僧を利用して対日外交を働きかけたのとは対照的であった。

とあるのが、簡にして要を尽くしている。

宋が入宋巡礼僧を利用したという点に関し、宋の皇帝に謁見した巡礼僧として、『宋史』日本国伝に記録された奝然・寂照・成尋らのほか、元豊六年（一〇八三）三月己卯四日に快宗ら一三人が神宗に謁見（『続資治通鑑長編』巻三三四）し、翌五日には別行動の戒覚が神宗に謁見した（延暦寺僧戒覚述『渡宋記』）。神宗は謁見を申し出た日本僧を、二日つづけさまに接見したのである。この快宗は一〇年前に師の成尋とともに謁見し、宋に留まる成尋と別れて帰国した弟子で、博多から密かに渡宋し、五台山に永住を認められた次第を播磨の引接寺に書き送ったのが『渡宋記』である。

遣唐使の停止以来、日本人の海外渡航は原則として禁じられた。しかし、唐末からあった中国海商の来航は、宋代（九六〇―一二七九）に入ると一層活発になる。海商がもたらす高級織物・陶磁器・典籍・香木・薬種などの中国文物や南海産品は、貴族の間で〈唐物〉と呼ばれて珍重された。宋商が来航すると、朝廷は大宰府で応接し、貴族の必要とする物資を購入、残りを民間商人に引き渡すという管理貿易を行った。

宋が金に華北を奪われ、南宋と呼ばれる一一二七年以後、貿易はさらに活発となる。日宋貿易を飛躍的に発展させたのが、平忠盛・清盛の父子である。もともと平氏一門は主に西国を基盤とし、瀬戸内海と深い関係があった。忠盛は宋商との貿易に関心をもっていたし、清盛は大宰大弐として博多で大宰府貿易の利を獲得し、兵庫の大輪田泊を修築して福原の繁栄をもたらし、日宋貿易の利を新たな経済基盤とした。大宰府は瀬戸内海西端の入り口、福原は東端の終点となった。しかし一一八〇年に源平の争乱が勃発し、清盛が強行した福原への遷都は、貴族や寺院勢力の猛烈な反発をうけ、京都への還都を余儀なくされる。福原ゆかりの神戸で、一九九七年に〈神戸開港一三〇年・日中国交正常化二五周年記念〉と銘打って開催の展覧会（神戸市立博物館編刊『日中歴史海道二〇〇〇年』、一九九七年）には、遣唐使船の模型などに交じって宮内庁書陵部蔵の『渡宋記』も出品された。

鎌倉新仏教の開祖たち

平氏による南都焼き打ちで炎上した東大寺の再建に尽力した重源（一一二一―一二〇六）は、一一七六年までに三度、南宋に渡航したとされる。東大寺再建に際し、宋の技術者を招いて大仏を鋳造、宋様式の建築・彫刻などの迅速な導入に、入宋三度の経験が役立ったことは確かである。

平氏を打倒した源頼朝は、一二世紀の末に源氏にゆかりの深い相模の鎌倉の地に鎌倉幕府（一一八五―一三三三）を開いた。仏教界にも末法の世に相応しい仏教が相次いで現れる。とりわけ注目されるのは、最澄が天台宗を開創した比叡山延暦寺で若き日に修行した五人、すなわち法然と親鸞が浄土教を広め、後に入宋した栄西と道元が宋から禅宗を伝え、さらに日蓮が法華宗を開き、鎌倉新仏教が華々しく勃興したことである。

法然（一一三三—一二一二）は〈浄土三部経〉を所依とし、凡夫も称名念仏で極楽浄土に往生できると確信し、浄土宗を開いた。親鸞（一一七三—一二六二）は法然の門に入り、やがて越後に配流された際に妻帯、僧に非ず俗に非ずと称して、『教行信証』を著して浄土真宗を創めた。親鸞は青年期の自筆本『観無量寿経註』に、一二〇〇年（慶元六）に編纂されたばかりの宗暁の『楽邦文類』を欄外に引用していて、南宋から輸入された最新の典籍を必死に渉猟したことが分かる。

栄西（一一四一—一二一五）は一一六八年と八七年の二度にわたって入宋し、臨済宗を伝えた。鎌倉に赴いて将軍源頼家と母政子の帰依をうけ、鎌倉に寿福寺を、京都に建仁寺を創建して開山となる。また宋の禅林に流行していた喫茶の方式と茶種とを輸入し、『喫茶養生記』を著して喫茶流行の先駆者となった。道元（一二〇〇—五三）は建仁寺の栄西の門に入り、一二二三年に入宋して天童山の如浄の弟子となり、その法を嗣いで帰朝した。座禅こそ仏法の正門であると主張し、越前に永平寺を創建して、曹洞宗の開祖となる。

日蓮（一二二二—八二）は天台寺院で出家し、やがて鎌倉、ついで京畿に遊学して主に延暦寺で学び、『法華経』至上主義を信奉して浄土教を批判、法華宗を開いた。『立正安国論』を執筆し、このまま邪法の浄土教を放置すれば、他国侵逼難（侵略）と内乱が起こるであろうと北条時頼に進言したが、容れられず、伊豆伊東に配流されたりした。一二六八年（文永五）一月、華北を支配したモンゴルのクビライ（一二一五—九四。在位一二六〇—九四）からの、日本と通交したいという国書が高麗を介して到来するや、日蓮の説く他国侵逼難の現実化が意識され、信奉者が増大する。

平安時代に開宗した天台宗の最澄と真言宗の空海は、ともに入唐僧であった。鎌倉新仏教の開祖たちの場合、浄土宗の法然と浄土真宗の親鸞、法華宗すなわち日蓮宗の日蓮、いずれも入宋を経験しなかったのに対し、臨済宗の栄西と曹洞宗の道元、二人の禅僧は入宋僧だったのである。

元寇と渡来禅僧の世紀

国号を中国風に大元と改め、大都（今の北京）に遷都したクビライは、一二七一年と七三年に趙良弼（一二一七―八六）を日本招諭の国信使として大宰府に派遣したが、執権北条時頼は拒絶。一二七四年（文永一一）に、元と高麗の混成軍およそ三万の軍勢は、北九州に押し寄せたが、暴風雨に遭って撤兵した。文永の役である。

建長寺　鎌倉五山の第一

鎌倉幕府は、元軍の再度の侵入に備えて、博多湾の沿岸に石塁を築かせた。はるか昔の倭の時代の六六三年に白村江の戦いで敗れるや、唐と新羅からの進攻に備えて、対馬・壱岐・筑紫などに防人と烽とを置き、また筑紫に水城を築き、飛鳥から近江に遷都し、高安城や屋島城を築いたが、それ以来、久方ぶりに中国への恐怖心が朝野を襲ったのである。一二七九年に南宋を併呑して江南をも領土に加えた元は、一二八一年

（弘安四）に一四万余の大軍を差し向けたが、またもや激しい台風に遭い失敗した。弘安の役である。この二度にわたる元軍の襲来を〈元寇〉とよぶ。

元の軍勢が来襲したとき、異国調伏の祈禱のなかで神国思想が強調され、元の船団を壊滅させた風は〈神風〉と呼ばれた。元寇が残した影響は、軍事面よりもむしろ思想面で大きかったのである。

平安後期から鎌倉時代にかけて、中国では元が南宋を併呑して中国全土を統治した時代、日本と中国の間に正式の国交はなかった。この時期の日中の文化交流について、村井章介は五章と付章からなる『東アジア往還――漢詩と外交』（朝日新聞社、一九九五年）の第二章を〈渡来僧の世紀〉と名付け、上垣外憲一は四章からなる『日本文化交流小史――東アジア伝統文化のなかで』（中公新書、二〇〇〇年）の第三章を〈禅僧たちの時代〉と題している。両説を勘案して、ここでは〈渡来禅僧の世紀〉と命名することにしよう。

南宋の末期、一二三四年にモンゴル族が女真族の金を滅ぼして華北を領土に加えて以後、一二七九年に南宋を併呑するまでの間に、道元らの日本僧が南宋治下の中国に渡った。栄西やその弟子・孫弟子の活躍によって、鎌倉と京都を中心に、朝野で臨済宗が広く受容されるにつれ、宋から日本に渡来する禅僧が相次ぐことになる。

村井が前掲書で作成した表「一三、一四世紀の渡来僧」に、渡来僧として二九名が列挙されている。渡来禅僧の最初が、道元を慕って一二二八年に来日した寂円（一二〇七―九九）で、後に越前の宝慶寺を開創し、曹洞宗寂円派の祖となった。

二人目が蘭渓道隆（一二一三―七八）であり、一二四六年（寛元四）に京都の泉涌寺の月翁智鏡を頼って来日した。やがて鎌倉に下り、建長寺が完成すると、その開山第一祖となり、北条時頼を始め、多くの鎌倉武士の帰依をうけ、厳重な宋風禅を実践した。その門下を臨済宗大覚派という。

蘭渓道隆の没後、その後継者を求める北条時宗の招きに応じ、一二七九年（弘安二）に来日したのが無学祖元（一二二六―八六）である。かれは建長寺に住し、八二年に時宗が円覚寺を創建するや、開山となる。来日したのは、あたかも南宋が元に滅ぼされた年である。

日本遠征が失敗した後、元の世祖クビライは、日本の俗が仏法を尚ぶを以て、正使とともに僧を派遣して招諭しようとしたが、成功しなかった。世祖の没後、成宗ティムールは一山一寧（一二四七―一三一七）を正使として、一二九九年（正安元）に日本に派遣した。はじめ鎌倉幕府は怪しみ、一山らを伊豆の修禅寺に幽閉するが、すぐに許されて一山は建長寺・円覚寺の住職を歴任、やがて京都の南禅寺三世として入寺し、同寺で没する。『元史』日本伝の最末、大徳三年（一二九九）の条は「僧寧一山なる者を遣わし、妙慈弘済大師を加え、商船に附し往きて日本に使せしむ。しかるに日本の人は竟に至らず」という文章で終わる。

日明貿易——勘合貿易と倭寇

源氏と北条氏による武家政権の鎌倉幕府は、各地で蜂起した討幕の兵によって滅ぼされ、足利尊氏が政治の実権を握って、室町幕府（一三三三―一五七三）が始まり、政治の舞台は鎌倉から再び京都に戻った。南北朝の対立による動乱は、一三九二年に三代将軍足利義満（在職一三六八―九四）が南北朝の合体を実現させて、終わった。

足利義満が将軍職を継いだ一三六八年に、中国では紅巾の乱で指導権を握った朱元璋（一三二八―九八）が元を滅ぼして今の南京に都し、明王朝（一三六八―一六四四）を開いた。太祖（在位一三六八―九八）である。太祖没後の内紛に勝利して即位した成祖（在位一四〇二―二四）は、北平に遷都し北京と称した。朱元璋は死後に廟号によって太祖とよばれたが、洪武という元号を用いるとともに、一人の皇帝の治世の間は、ただ一つの元号を用いる〈一世一元の制〉を始めた。これ以後、太祖を洪武帝、成祖を永楽帝というように、元号でもって皇帝をよぶことが多い。日本で〈一世一元の制〉が採用されるのは、ぴったり五〇〇年後の明治になってからである。

洪武帝は内政を重視して対外的には鎖国主義をとり、自国・外国商船の出入国を禁じたため、外国使節が行う貿易だけが、合法的となった。日本では当初、懐良親王など、九州の南朝勢力が通交を試みたが、一四〇四年（応永一一）に足利義満が永楽帝から勘合を与えられ、朝貢形式の〈勘合貿易〉として正式の国交が始まり、足利将軍は明から〈日本国王〉に任命された。

日本と明との貿易には、勘合を携帯した遣明船による正規のもののほかに、民間人による密貿易があった。この密貿易に従事した者の一部は、海賊化して〈倭寇〉とよばれ、明の沿岸のみならず朝鮮にも出没して治安を脅かした。倭寇とは、文字通りに解釈すると、日本人の侵略という意味である。しかし、中国東南部の沿岸・島嶼を拠点にした倭寇の多くは、実は中国人なのであって、日本人の占める割合は低かった。この見解は、一九四三年に宮崎市定が「倭寇の本質と日本の南進」（『日出づる国と日暮るる処』所収）で初めて指摘し、日本

南禅寺三門　京都市左京区

ではほぼ定説となっている。勘合貿易と密貿易（倭寇）を総称して〈日明貿易〉とよぶ。日明貿易によって、日本は刀剣や銅などを輸出し、永楽銭などの銅銭や生糸を輸入した。一六世紀の中ごろになると、ポルトガルやスペイン船が来航し、鉄砲やキリスト教を伝えた。室町幕府を滅ぼした織田信長と後継の豊臣秀吉が政権についた織豊時代は、豪壮・雄大で華麗な城郭建築や風俗画が出現する一方、茶道が多くの武将や豪商の間に流行した。またヨーロッパ人がもたらした南蛮文化が、上流階級に広く受容された。

南宋時代の中国で制定された臨済宗寺院の寺格として、〈五山〉があった。鎌倉時代の末期にこの制度が取り入れられ、建長寺が五山第一とされた。足利氏は代々臨済宗を保護し、義満のときには、南禅寺を別格とする京都五山と鎌倉五山を定めた。五山では宋元文化が取り入れられ、漢詩文が禅僧の間で応酬された。これを五山文学という。一三〇七年に入元して在元二二年にして帰朝した雪村友梅（一二九〇—一三四六）は、五山文学の先駆者の一人であり、一三二五年に入元して在元七年にして帰国した中巌円月（一三〇〇—七五）は、五山文学発展のもとを築いた。また京都五山の相国寺の画僧雪舟（一四二〇—一五〇六頃）は遣明船に陪乗して一四六七年に入明し、宋元の古典を模写して、二年後に帰国、日本的山水画としての水墨画を確立した。

鎌倉・室町時代から安土・桃山時代にかけて、すなわち一二世紀から一六世紀に、宋・元・明の三王朝との間で展開された日中貿易の実態を今に伝える、典籍・地図・彫刻・絵画や陶磁器などを網羅した展覧会が各地で開催され、貴族・僧侶や商人たちが、先進国中国の文化・文物の輸入品をいち早く入手せんと努力した跡を眼前に彷彿とさせてくれる。展覧会の図録として『鎌倉への海の道』（〈神奈川芸術祭・特別展図録〉神奈川県立金沢文庫編刊、一九九二年）や国立歴史民俗博物館編『陶磁器の文化史』（歴史民俗博物館振興会刊、一九九八年）があり、とくに国立歴史民俗博物館編『東アジア中世海道――海商・港・沈没船』（毎日新聞社刊、二〇〇五年）は、〈沈没船が語る貿易の実像〉〈東アジアの銭と金・銀〉〈船来物への憧憬〉といったテーマを掲げている。

江戸時代の文教

関ケ原の戦いで勝利を収め、江戸幕府（一六〇三―一八六七）を開いた徳川家康は、朱印(しゅいん)船(せん)制度を施行して、東南アジア諸国と国交を開き、朱印船貿易を行なった。明との国交は開かれなかったが、私貿易船が来航する状態がつづいた。やがて幕府はキリスト教禁止令を出し、宣教師を国外に追放、鎖国政策を開始する。三代将軍家光(いえみつ)（在職一六二三―五一）の時代、一六三三年から三六年にかけて、奉書船(ほうしょせん)以外の海外渡航を禁じ、日本人の海外渡航と帰国の禁制を発布した。キリスト教徒への圧迫が強まるなかで起こった島原の乱後、三九年にポルトガル船の来航を禁止し、四一年にはオランダ商館の長崎移転を命じ、厳しい監視のも

朱舜水の墓　朱舜水は明末の遺臣、儒学者で、来日して徳川光圀と親交を結ぶ。茨城県常陸太田市

と、出島に居住させた。

江戸幕府による鎖国政策が強行されるころ、中国ではヌルハチにより統一された満州族が強大となり、一六一六年に建国して後金と称し、第二代のホンタイジの時、国号を清と改めた。一六四四年に明を滅ぼし、北京を首都に定め、やがて中国全土を統一し、少数の満州族が圧倒的多数の漢民族を支配した。江戸幕府による鎖国時代、中国では清王朝が継続していたのである。

江戸時代の日本は鎖国の世とよばれるが、実は江戸幕府の鎖国政策において、オランダと清朝中国の二国だけは、特別の配慮がなされ、長崎で貿易が許可された。詳しくいうと、日本船の中国渡航は禁止され、長崎出島・対馬・琉球・松前のみを窓口として、上限をきめた交易がなされた。

教科書などに、鎖国時代の海外事情は、オランダ商館長が幕府に提出する「和蘭風説書」によって、幕府の役人のみが知るところとなった、と書かれるが、中国の場合も中国船がもたらした「唐船風説書」によって動向を把握したのであって、それに基づいて明清交代期の中国情報をまとめたのが『華夷変態』である。幕府は毎年長崎に入港したすべての唐船から中国・ベトナム・シャムなどの情報を徴収した。また中国商船によって日本に輸入された書籍を〈唐船持渡書〉とよぶ。なお、長崎丸山遊郭と上海文人との交流を主題として、〈清客と丸山遊女〉〈幕府の唐人歓待策〉〈唐人屋敷の遊楽風景〉といった節名を掲げた、唐権『海を越えた艶ごと——日中文化交流秘史』（新曜社、二〇〇五年）は、好著である。

江戸幕府は、体制を維持するのに相応しい教学として、儒学を保護し奨励した。朱子学者の藤原惺窩や林羅山を学者として登用した。かれらは木下順庵や新井白石らとともに京学派と呼ばれた。中江藤樹は、はじめ朱子学を学んだが、のちに知行合一をめざす陽明学に転じ、近江聖人とうたわれた。その門下の熊沢蕃山は儒学の日本化に努力した。山鹿素行や伊藤仁斎・荻生徂徠らは、直接に孔子や孟子の思想を学ばねばならないと説き、古学派と呼ばれる。

儒学が興隆するに伴い、歴史に対する関心が高まり、水戸藩主徳川光圀は多くの学者を集めて『大日本史』の編修を始めた。明清の交代期に明朝の再興に尽力したが成功しなかった朱舜水は、一六五九年に六〇歳の高齢で長崎に亡命してきた。やがて光圀に招かれ、江戸駒込（現在の東京大学農学部構内）の水戸徳川家別荘に一七年間住み、実学を重んじ、礼法や建築にも精通して『学宮図説』を書き、「孔廟模型」などを作った。京都では、博学多識の公卿近衛家熙が『大唐六典』の校訂本を完成し、伊藤東涯は中国歴代の制度の沿革と対応する日本の制度との関係を項目別に述べた『制度通』を著し、ともに今も有益である。

キリシタンの禁制にともなって、寺院に対する幕府の統制が進み、寺請制度が強制されたが、仏教は沈滞気味となった。一六五四年に中国から来日した明の禅僧隠元隆琦が念仏と座

小野篁座像 『足利学校——日本最古の学校　学びの心とその流れ』（足利市教育委員会）より

万福寺　隠元隆琦が建てた黄檗宗の寺。宇治市五ヶ庄

禅をともに修める明朝の念仏禅である黄檗宗を伝え、宇治に万福寺を建てた。伽藍配置は明朝様式で、普茶料理などの異国的雰囲気が、儒学全盛であった当時の中国趣味・文人趣味を刺激し、広く受容された。

幕府の最高学府としては昌平黌があり、各藩には藩士やその子弟の教育のために藩校が設立された。そして庶民の教育機関として自主的に作られたのが寺子屋であり、読み書きソロバンや手習いが中心であった。ちなみに、遣唐使の乗船を拒否した小野篁を創設者とする伝承をもつ足利学校についての展覧会の図録として、『足利学校——日本最古の学校　学びの心とその流れ』（足利市教育委員会、二〇〇四年）がある。

鎌倉から江戸までの日本にとって、仏教学・儒学や書画など、中国はあくまでも先進国であり、元寇の一時期を唯一の例外として、唐物趣味の流行など、中国は親愛すべき国でありつづけた。

対等と侮蔑の国——明治〜昭和前期

千歳丸の上海行と日清修好条規

江戸幕府による鎖国時期、清が統治していた中国は、清こそ世界の中心で、その豊かな物産をめあてに貿易を求めてくるヨーロッパ人を、朝貢のためにきたとみなす姿勢をとっていた。一七五七年以後、清はヨーロッパ船の寄港を広州だけに限定した。イギリスの東インド会社が、広州での貿易を独占するようになったのは、一七九〇年代、つまりフランス革命が起こってからであった。

イギリスとの阿片戦争に敗れた清は、一八四二年、〈南京条約〉に調印せざるをえなかった。この条約により、清はイギリスに香港を割譲し、広州・上海など五港を開港し、賠償金を支払った。条約の本文で、両国官吏は対等に交渉すると明記されたが、翌年調印の追加条約などにより、清にとって全く不利な不平等条約となった。アメリカとフランスも清と通商条約を結び、イギリスと同じ権益を獲得したのである。南京条約による開港の結果、欧米諸国の対清貿易の拠点が広州から上海に移った。これ以後、上海は中国経済の中心となって栄える一方、広州はさびれた。

一八五三年にアメリカのペリーが浦賀に来航、開国を迫った。江戸幕府は五四年〈日米和親条約〉を結び、さらに五八年には〈日米修好通商条約〉を結んだ。イギリス・フランス・ロシア・オランダとも同様の条約を結び、二百余年つづいた鎖国政策はくずれた。これらの条約では、外国の領事裁判権（治外法権）の容認、日本の関税自主権の放棄などが決められ、日本にとって不利な不平等条約であった。

欧米諸国のアジア進出、中国進出が明瞭になった一九世紀中葉から、日中文化交流史上に画期的な動きがあった。一八六二年（文久二）に江戸幕府は貿易船の千歳丸を上海に派遣した。千歳丸の前身はイギリスの帆船アーミスチス号で、幕府が長崎で買い上げ、船名を改めたのである。一行は水夫まで含めて五一名、船長らのイギリス人がアーミスチス号より引き継ぎ、オランダ商人も貿易についての臨時お雇いとして乗船。長州の高杉晋作が従者として、準備に手間取った薩摩の五代友厚は水夫の待遇で乗り込んだ。

高杉晋作

五代友厚

この上海行の見聞録には、高杉晋作の「遊清五録」などがあるが、幕臣の従者として乗り込んだ納富介次郎と日比野輝寛による日記類が、輝寛の孫の日比野丈夫によって整理され、外山軍治の解説を冠して『文久二年上海日記』（全国書房、一九四六年）と題して出版されている。かれらは太平天国の乱のただ中にあった上海のアメリカ租界の美麗に驚き、初めて見た上海港の繁華に魂を奪われ、外国兵の跳梁を慨嘆して、帰国した。

一八七一年（明治四）、明治新政府全権の大蔵卿伊達

宗城と清国側全権の直隷総督李鴻章によって天津で調印され、二年後に批准された〈日清修好条規〉により、ともに欧米諸国との不平等条約に苦しむ日本と清国との間に、対等の国交が樹立された。当時としては珍しく対等の立場で結ばれた平等条約である。〈日清修好条規〉の全文は、〈日米和親条約〉〈日米修好通商条約〉ともども外務省編『日本外交年表並主要文書　上』（原書房、一九六五年）に収録されている。

明治前期の日本にとっての中国観に関しては、芝原拓自ほか『対外観』（〈日本近代思想大系〉岩波書店、一九八八年）「Ⅲ　新聞論調（二）——中国をめぐって」が、当時の主要な新聞の論説・投書のうちから、清国の内治・外交や国際情勢を論じたもの、また日清両国のあるべき関係を論じた記事を収録していて、極めて有益である。琉球の帰属や朝鮮問題をめぐって、両国の国家的対立が深まり、この老大国清への印象や評価が、朝野の世論において絶えず動揺していく様子が窺える。

日清戦争と日中戦争

明治新政府は鎖国政策をとっていた朝鮮に新たな国交回復を要求したが、拒否された。そこで一八七五年に、日本の軍艦が江華島付近で朝鮮側に発砲されたのを口実に、翌年、軍事圧力を加え、ついに〈日朝修好条規〉（江華条約）を結ばせ、開国させた。この条規は釜山などの三港を開くほか、日本には治外法権を認めた不平等条約であった。日本は、かつてアメリカに強要された不平等条約を、今度は朝鮮に強要したのである。

日朝修好条規以後、朝鮮に対する宗主権を主張する清と、日本との対立が深まった。一八九四年（明治二七）に朝鮮で、東学の影響下に大規模な農民反乱がおこり（甲午農民戦争）、朝鮮政府の要請で鎮圧のために清が出兵すると、日本も居留民保護の名目で出兵した。これをきっかけに日本軍と清軍とが衝突し、〈日清戦争〉が始まった。翌年、近代的装備にまさる日本軍が勝ち、〈下関条約〉が結ばれ、清は朝鮮の独立を認め、遼東半島・台湾などを日本に割譲することに同意する。

日清戦争が始まった一八九四年、東京高等師範学校教授の那珂通世（なかみちよ）の提議により、日本の歴史教育の場で、東洋史という科目が創設された。従来の歴史教育は、本邦史と外国史（世界史）の二つであったが、外国史が西洋史と東洋史に二分されることになった。尋常中学校の歴史科の要領には「世界史を分ちて東洋史西洋史とし東洋史に於ては特に支那史を詳にす」などと書かれた。清国との緊張感の高まり、中国の歴史についての知識の必要性が、東洋史という科目を創設させ、まず中等教育で実行に移され、九八年に刊行された桑原隲蔵（くわばらじつぞう）の『中等東洋史』上下は教科書中の白眉とされた。ただし高等教育では、日露戦争後に設立された京都帝国大学文科大学で初めて東洋史講座が開設され、やがて他大学も追随するのである。

日清戦争で勝った日本は、清への進出をはかったが、ロシア・ドイツ・フランスは〈三国干渉〉をし、日本に遼東半島を還付させた。キリスト教と外国人の追放を標榜した義和団の一隊が、一九〇〇年（明治三三）に北京にあるヨーロッパ各国の公使館を襲った。ヨーロッパ諸国・ロシア・アメリカ合衆国と日本の八ヵ国は、共同して軍隊を派遣した。北京は陥落、義和団は敗れ、清朝は衰える。

一九一二年の〈辛亥(しんがい)革命〉によって清朝は滅亡し、始皇帝から二一〇〇年余も続いた皇帝制に、終止符が打たれる。一二年（大正元）に中華民国政府が成立し、太陽暦を採用した。新政府の臨時大総統に迎えられた孫文（一八六六―一九二五）は、日本に亡命して東京で同志を統合し、中国同盟会を結成していた。日清戦争後、近代化を果たした日本への清国人留学生が急激に増え、東京を根拠地として、清朝を倒す運動を準備していた。孫文らを支援する日本人は多かったのである。

第一次世界大戦が始まると、日本は中国にあるドイツの租借地・勢力圏を攻撃し占領した。戦後の一九一九年（大正八）にパリで開かれた講和会議で、ドイツの山東権益が日本に引き渡されると伝えられるや、五月四日に北京の学生・労働者・商人が反日運動を展開して、全国に波及、講和条約の調印を拒否させた。〈五・四運動〉である。

一九三一年、中国に駐留する日本の関東軍は、柳条湖(りゅうじょうこ)の鉄道爆破事件を契機とする〈満州事変〉をおこす。三二年、上海事変がおこり、満州国が成立。三三年に満州をめぐる情勢について、国際連盟は日本軍の行動を不当と判断する。日本は国際連盟を脱退し、中国内部に進出しようとした。

一九三七年（昭和一二）七月七日、北京郊外で日本軍と中国軍が衝突する盧溝橋(ろこうきょう)事件がおこると、日本軍は全中国で軍事侵略をくりひろげた。これ以後、第二次世界大戦が終結するまでの八年間、〈日中戦争〉が続いた。日本軍は華北の都市をおさえ、首都南京を占領した。しかしアメリカ合衆国・イギリス・ソ連が中国を支援したこともあり、戦争は長びき泥沼化する。一九四一年一二月、日本はアメリカ合衆国・イギリスとの間に太平洋戦争を始め

盧溝橋上の日本軍

て全面的な戦争体制に入り、日中戦争は日本軍にとってますます重荷になっていった。

一九四五年（昭和二〇）の八月、六日と九日に広島と長崎に原爆が投下され、八日にはソ連が対日宣戦を布告したため万事休す。一四日にポツダム宣言を受諾して降伏し、同日付の、「朕は帝国政府をして米英支蘇四国に対し其の共同宣言を受諾する旨通告せしめたり」という文言を冒頭に冠した「終戦の詔勅」が、翌一五日正午、天皇による玉音放送として国民に伝えられたのである。

日中戦争が始まって以降には、中国に関する無数の論考が出版された。なかには時流に迎合した出版物もありはしたが、今も熟読含味するに値する書籍も多い。たとえば『支那問題辞典』（中央公論社、一九四二年一月）は、B５判の三段組みで一〇〇〇ページ余。辞典と銘打つが、内容は五七名の研究者による重厚な中論文の集成である。その一つ蠟山政道「日本と支那」で蠟山は、上代から幕府時代に至るまでは、中国は大体において文物制度の先進国であったが、日清戦争後は全く文化的存在でなくなり、実業家には単なる経済市場と化し、政治家や軍人にとっては外交・戦略の地域となってしまったのである、と述べている。

明治維新から昭和二〇年八月にいたる時代の日本にとっ

ての中国は、当初は〈日清修好条規〉が対等の立場で結ばれたことに象徴されるように、対等の存在であった。しかし〈日清戦争〉に勝利してから、〈日中戦争〉にいたる時期、すなわち一八九四年から一九四五年までの半世紀は、敵対国であったことも多く、侮蔑の対象とされがちな国であったことは、否めないであろう。

親愛と嫌悪ないまぜの国――昭和中期以後

日中国交正常化まで

一九三七年七月から始まった〈日中戦争〉は、四一年一二月からは〈太平洋戦争〉の一部分となり、結果的に三九年九月から西ヨーロッパで開始されていた〈第二次世界大戦〉の一部分ともなった。ポツダム宣言は、ドイツ降伏後の四五年七月にアメリカ・イギリス・ソ連三国の巨頭が会談して決定した後に、蔣介石(しょうかいせき)中華民国総統の同意をえて、米英中三国首脳の名で発表した日本に対する共同宣言である。ソ連は日ソ中立条約が有効期間中であったため署名せず、八月八日の対日宣戦布告の後に署名したのであった。八月一四日に日本がポツダム宣言を受諾したことは、〈日中戦争〉という局面に限定すると、戦勝国は中華民国で、敗戦国は日本であった。

降伏した日本は、連合国に占領され、領土は本州・北海道・九州・四国と連合国の定める諸小島に限られた。連合国は、東京に連合国軍総司令部（ＧＨＱ）をおき、総司令官マッカーサーの統轄下に占領政策を実施した。中国からは膨大な全軍民が引揚船で無事に帰国してきたが、旧満州においては、日ソ中立条約を一方的に破棄してソ連が参戦したことによって、関東軍居留民の間に名状すべからざる惨劇を現出させた。ソ連軍人による目に余る婦女暴行、樺太・千島や北朝鮮で武装解除された部隊を含めた五十数万人もの日本軍民がシベリアに送られ、抑留されて強制労働に従事させられた。戦後のかなりの期間、日本人の多くはソ連に対して嫌悪感を抱いたのに対し、中国には親愛感をもったのである。

第二次世界大戦の勃発によって事実上解体した国際連盟に代わって、戦争直後の一九四五年一〇月二四日、正式に設立されたのが国際連合で、国連憲章が発効した。当初の参加国は五〇ヵ国で、主要機関の一つで国際平和と安全の維持を任務とする安全保障理事会は五常任理事国と一〇非常任理事国で構成された。拒否権をもつ常任理事国はアメリカ・イギリス・ソ連・フランス・中国の五ヵ国で、すべて戦勝国であった。敗戦国の日本はドイツともども敵対国として国連憲章に明記され、参加することすら許されない状況であった。

戦争末期からアメリカ・イギリスなどの自由主義陣営とソ連がひきいる社会主義陣営の対立が目立ち始め、戦後になって激化した。ドイツでは二つの陣営が分裂して占領、一九四九年に西ドイツと東ドイツの二国家が生まれた。

連合国に加わって日本に勝利した中国は、国際的地位を高め、植民地の地位を脱した。ところが大戦が終わるや、それまで国共合作によって抗日戦争を行ってきた国民党と共産党の対立が、ふたたび表面化し、中国は内戦状態となった。蔣介石がひきいる国民党は、アメリカから軍事援助をえて攻勢にでたが、共産党は農村を中心に改革を進めて、支持を集めていった。内戦は共産党に有利になり、一九四九年一〇月一日に毛沢東を主席とする中華人民共和国が成立した。首相は周恩来であった。アメリカは冷戦を背景として人民共和国の政権を否認、内戦に敗れて台湾に逃れた蔣介石を正式の中国代表とみなして援助をつづけた。

一九五一年（昭和二六）の吉田茂＝ダレス書簡において、日本は台湾の中華民国政府を国交回復の相手とすることを選択した。サンフランシスコ講和会議に五二ヵ国が参加したが、ソ連は条約への調印を拒否、中国と朝鮮は招待されなかった。五二年（昭和二七）四月に中華民国との平和条約が結ばれた。七一年一〇月の国連総会で、中国の代表権の中華民国から中華人民共和国への交代が決定し、翌七二年九月に田中角栄首相が訪中し、周恩来首相との会談で日中国交正常化が実現するのである。

ねじれた文化交流と嫌中感の広がり

一九四九年に首都を北京に置いて成立した毛沢東ひきいる中華人民共和国政府は、中華民国の紀元を廃して西暦を採用した。漢の武帝が紀元前一一〇年に元封元年という年号を制定して以降、二〇〇〇年以上も続いてきた年号が消え去ったのである。ただし、台湾に渡った中華民国では、現在も民国〇〇年という年号制を使用している。

大戦後の日本は、連合国の占領下におかれ、東京裁判によって戦争犯罪がさばかれた。かつての占領地から多くの軍人や居留民が引き揚げてきたが、生活物資は極度に不足、住宅難も深刻であった。しかし、一九五〇年（昭和二五）六月に勃発した朝鮮戦争が特需景気をもたらし、鉱工業生産は戦前の水準を上まわった。吉田茂内閣は、講和条約と同時に日米安全保障条約を結んだ五四年六月に、陸海空の自衛隊を発足させた。

国連の最重要機構である安全保障理事会の五常任理事国の内、東洋からは中華民国だけが選ばれた。国共内戦に敗れ、一〇〇万の軍隊とともに台湾に渡った後も、民国政府はアメリカとの軍事同盟をもとに経済発展を遂げ、五四年以降の生活水準はアジアでは日本に次いで二番目となった。

日本は一九五二年四月に調印した日華平和条約により、中華民国政府を正統政府と認める立場を選択したので、日中文化交流は七二年の日中国交正常化までの二〇年間、ねじれた交流にならざるをえなかった。台湾との間には政府間交流が行われ、中国大陸との交流は民間交流に委ねられるという、不幸な形態が続いた。

一九五四年（昭和二九）一二月、鳩山一郎内閣が成立した。鳩山は自主外交をめざし、五六年一〇月に日ソ共同宣言に調印、ソ連との国交を回復した。その結果、二ヵ月後の一二月一八日に、国連総会が全会一致で日本の国連加盟案を可決する。

日本はソ連との国交は回復しても、中華人民共和国との国交はなかった。ただし民間の交流は、日中の民間団体によって漁業協定が結ばれたり、日中文化交流協会が結成されて多様な文化代表団の往来が始まっていた。ところが、経済力の復興と自衛力の強化を前提とする日米新時代をうたった岸信介内閣が、台湾寄りの政策をとって、中国通商代表部の国旗掲揚の権利を否認したため、日中関係は悪化し、一九五八年（昭和三三）五月に長崎の切手展で一青年が中国国旗を引きずり下ろした〈長崎国旗事件〉をきっかけに、すべての貿易契約が破棄された。中国政府は政経不可分を強調し、文化・スポーツの交流も停止されたりしたのである。

さて、明治時代以来の日本人の中国観を論じた書として、竹内実『日本人にとっての中国像』(春秋社、一九六六年)を挙げておこう。竹内は竹添井井『桟雲峡雨日記』・岡千仞『観光紀遊』・内藤湖南『燕山楚水』・夏目漱石『満韓ところどころ』や横光利一『上海』・阿部知二『北京』などの中国紀行について、精緻な比較考察をしている。なお、王暁秋著・木田知生訳『中日文化交流史話』(日本エディタースクール出版部、二〇〇〇年)が、岡の『観光紀遊』について、一章を割いている。

一九七二年の日中国交正常化の翌年、東京と京都の両国立博物館で、日中国交正常化記念の展覧会が開かれ、図録『中華人民共和国出土文物展』(朝日新聞東京本社企画部、一九七三年)が上梓された。ちなみに、日中国交正常化の〇〇周年記念と銘打った展覧会が、新聞社や放送局の協賛をえて、現在まで続けられ、図録が出版されている。たとえば、二〇周年記念の『大黄河・オルドス秘宝展――中国・寧夏古代美術の粋』(NHKちゅうごくソフトプラン、一九九二年)、二五周年記念の『日中歴史海道二〇〇〇年』(神戸市立博物館、一九九七年)、三〇周年記念の『シルクロード――絹と黄金の道』(NHK、二〇〇二年)といった塩梅である。このような記念展が五年ごとに企画されるのは、大学における第二語学の選択に当たって、中国語を選ぶ学生が文系と理系を問わずに激増していることと相俟って、日本にとって中国が、〈親愛〉の対象となっていることを示す。中華料理なしの食生活は、私たちの想定外なのである。

一九六六年から七六年にかけて、毛沢東が主導し、中国全土を混乱の渦に巻き込んだ〈プロレタリア文化大革命〉の一〇年間、日本でも知識人や大学生の間で、毛沢東と四人組を熱烈に讃美する人と、嫌悪感を示す人とに二分された。私などは、四人組から批判された周恩来に親近感をもった。

しかし八九年六月四日、戒厳令下の天安門広場に集まった学生・市民のデモ隊に戦車から無差別発砲がなされた現場が、リアルタイムで日本のテレビに放映され、恐怖感を抱いた人も多い。九〇年代は、市民レベルで中国に対する親近感が急激にさめていった時代となった。

一九九五年夏の中国では、抗日戦争勝利五〇周年ということで、総書記江沢民(こうたくみん)の指導による徹底した愛国教育が行われた。中国各地で行われてきた記念式典をしめくくる、九月三日に北京の人民大会堂で開かれた抗日戦争勝利五〇周年記念式典で、江沢民は演説し、日本の戦争責任と台湾問題に言及した。その江沢民が九八年一一月に国家主席として来日し、滞日中に歴史問題すなわち戦争責任を執拗に強調した発言に対して、日本で反感をもつ人が激増した。詳しくは清水美和『中国はなぜ「反日」になったか』(文春新書、二〇〇三年)に譲る。

二〇〇五年夏の抗日戦争勝利六〇周年記念日を前にした、中国各地における政府黙認の反日運動の高まりは、近年の日本でおこる凶悪犯罪に不法滞在の中国人の関与が目立つこともあり、中国への嫌悪感、嫌中感を広げることとなった。

天安門前に群がる紅衛兵　1966年、毛沢東が主導して文化大革命が始まる

中国人留学生の不法就労が増加する一方、中国のめざましい経済発展により、今や日本の対外貿易高は、アメリカを抜いて中国が首位となった。最近になって中国在留邦人が約一〇万人になったのは、日系企業の中国進出が相次いだ影響である。なお日中国交正常化以後三〇年間の、日本文化の中国への伝播と影響を検証した、李文『日本文化在中国的伝播与影響（一九七二―二〇〇二）』（中国社会科学出版社、二〇〇四年）が刊行された。

日本の敗戦から六〇年、日本にとって中国は、親愛感と嫌悪感がないまぜになった国になった。

おわりに

唐・唐土と震旦・支那

中国とは日本にとって何か、という課題を、時間軸をたどって、私なりに個性的に答えてきた。最後に、私たちの先祖は中国を何と呼んできたかについて触れ、本章を締めくくることにしたい。

もっとも一般的には〈唐〉〈大唐〉〈唐土〉と書き、「から」あるいは「もろこし」と呼んだ事例が多かった。古代においては、唐朝を〈唐〉と呼んだのは当然として、隋朝や宋朝も〈唐〉と呼ばれることが多かった。第二次〈遣隋使〉の小野妹子の出発を伝える、『日本書紀』巻二二・推古天皇一五年七月には「大礼小野臣妹子を大唐に遣す」と記録され、翌年四月に帰国した際には「小野臣妹子、大唐より至る。唐国、妹子臣を号して蘇因高と曰う」とあり、隋のことを〈大唐〉〈唐国〉と述べていた。平安時代に大宰府で唐・新羅からの品物である〈唐物〉を買い上げるために、朝廷から派遣された使者を〈唐物使〉と呼び、江戸時代にオランダ船や清国船で輸入される唐物の鑑定を行なった〈唐物目利〉や、建築様式の〈唐門〉、書道における〈唐様〉など、唐は中国の代名詞なのであった。室町時代の流行語である〈三国一〉とは、日本・唐土・天竺にわたって第一であることで、多くは結婚式の祝辞に用いられた。

欧米でチャイナなどと呼ぶ起源は、始皇帝のたてた〈秦〉チンであって、「チーナ」「シン」などと転訛した。サンスクリット語でチーナスタン（チンの土地）と称し、漢訳仏典で〈震旦〉あるいは〈支那〉などと音訳され、唐の玄奘や義浄の旅行記にも〈支那〉の文字が見える。日本では、『今昔物語集』は天竺・震旦・本朝の三部からなり、江戸時代に〈支那〉という文字が普及した。しかし、二〇世紀に入って日本の大陸政策が進行するにつれ、〈支那〉は蔑称的に使われがちになり、中国人が嫌悪感を示すようになったのである。

【学術文庫版への付記】

本書の原本が刊行された二〇〇五年から五年後に、全九冊で世界の中国イメージを紹介する「世界的中国形象叢書」の一冊として、厦門大学の呉光輝教授が『日本的中国形象』を北京の人民出版社から刊行した。呉教授は講談社から出版された本書に言及し、特に王勇氏の第五章「中国史の中の日本」と拙論の本章「日本にとって中国とは何か」の二篇の節名に注目した。前者の「虚像から実像へ」「倭国から日本へ」「君子から倭寇へ」「生徒から先生へ」の四節の標題が、中国歴史上の日本イメージの変遷を如実に反映している、と述べた。そして拙論が、「朝貢と畏敬の国――邪馬台国と倭国」「憧憬と模範の国――飛鳥～平安」「先進と親愛の国――鎌倉～江戸」「対等と侮蔑の国――明治～昭和前期」「親愛と嫌悪ないまぜの国――昭和中期以後」の五節からなり、これらの標題が日本人の中国観の転変を鮮明に述べている、と呉教授は賛成している。

本章の執筆に当たって、私は日本の各地で開催された中国に関する展覧会の図録を大いに活用したが、その後の一六年でも多くの図録が刊行されている。二〇〇五年に琵琶湖東岸の佐川美術館で開催された「中国国家博物館所蔵　隋唐の美術」展の図録には、参考図版として多くの正倉院宝物を例示していて、例えば洛陽市出土の「螺鈿高士宴楽文鏡」には正倉院宝物の「螺鈿紫檀阮咸」の背面と表面の写真を掲げている、といった塩梅である。二〇一〇年に奈良国立博物館で開催された平城遷都一三〇〇年記念「大遣唐使展」では、『吉備大臣入唐絵巻』など国内外の関連文化財を一堂に集め、空前の規模で遣唐使の全容を紹介した。日中国交正常化四〇周年に当たる二〇一二年には東京国立博物館で「北京故宮博物院200選」展が、翌年には「書聖　王羲之」展が開催された。また日中国交正常化四五周年に当たる二〇一七年には、大阪市立東洋陶磁美術館で、甘粛省の慶城県博物館所蔵の「唐代胡人俑――シルクロードを駆けた夢」展が開かれ、無数の唐代胡人俑が陳列されたのである。

日本にとっての中国という観点から、ここ一六年を振り返ると、中国教育部の管轄する国家漢語国際推広領導小組弁公室（漢弁）が、世界各地の大学と連携し設置した〈孔子学院〉

に注目せざるをえない。儒教の始祖孔子の名を冠しているが、孔子や儒学に関する教育機関ではなく、中国語語学教育で、中国文化についての講座もある。日本では二〇〇五年に開設された京都の立命館孔子学院が最初で、東京の早稲田大学・工学院大学、大阪の関西外国語大学など一五大学に、全世界では約六〇〇ヵ所に設置された。しかし、二〇二〇年八月に米国のポンペオ国務長官（当時）が、孔子学院は中国の政治的な宣伝を行い、教育に悪影響を及ぼしている、との声明を発表して以降、欧米や日本で存廃を検討する議論が続いている。

日中交流史の主要人物略伝

難升米（なしめ）（生没年不明）　魏に派遣された邪馬台国の使者。二三九年、邪馬台国の女王卑弥呼によって、魏への使者となる。魏の領土であった帯方郡（朝鮮半島北部）を経て洛陽に至る。洛陽で魏の皇帝から卑弥呼への親書と、「親魏倭王」の金印を受け取り、難升米自身も率善中郎将の官位を受けた。

小野妹子（生没年不明）　聖徳太子によって派遣された第一回遣隋使の大使。推古天皇の命を受けて隋への使者となる。中国名は蘇因高。六〇七年に隋の煬帝に謁見し、聖徳太子の国書を渡した。翌年、返答使裴世清を伴って帰国。その年、裴世清の帰国に随伴し、再び遣隋使となった。六〇九年に帰国するが、その後の経歴は不明。

裴世清（生没年不明）　隋の外交官。河東郡聞喜県の人。遣隋使小野妹子の帰国に随行して、隋から日本に派遣された。筑紫から難波に上陸、朝廷が威儀を整えて歓待する中、隋の煬帝の国書を読み上げた。帰国時には、再び小野妹子と同道した。

南淵請安（生没年不明）　遣隋留学僧の一人。姓は漢人。渡来人の子孫であるとされる。六〇八年、小野妹子が再度遣隋使に任じられると、それに伴って隋へ留学。六四〇年に帰国。中大兄皇子と中臣鎌足の師であったともいわれるが、その後の事績ははっきりしない。

犬上御田鍬（生没年不明）　飛鳥時代の外交官。近江国犬上郡（現在の滋賀県）の生まれ。六一四年、遣隋使として派遣され、翌年帰国。六三〇年、隋の滅亡と唐の建国に際し、第一回の遣唐使として派遣される。六三二年、返答使高表仁、留学僧旻を伴い帰国。帰国後の経歴は不明である。

高向玄理（？―六五四）　飛鳥時代の留学生、学者。六〇八年、遣隋使小野妹子に従い、南淵請安らとともに留学。六四〇年に留学から帰国。六四五年の大化改新のブレーンとなり、国博士に任じられた。翌年、新羅へ使いして金春秋を連れて帰るなど、外交面で活躍した。六五四年、遣唐使として唐へ派遣されたが、現地で客死した。

吉備真備（六九三?六九五?—七七五） 奈良時代の政治家、遣唐留学生。七一七年、遣唐使に従い留学。唐で律令を学び、七三四年に帰国。唐礼を持ち帰り、聖武天皇のブレーンの一人として活躍した。七四〇年の藤原広嗣の乱により、一時期冷遇されていたが、孝謙天皇即位後、復権した。その後も左遷と復権を繰り返していたが、七五一年、遣唐副使に任じられ渡唐。帰国後は大宰大弐となった。八世紀日本の対東アジア外交を統括した。称徳天皇没後の政治的混乱の中、文室浄三の擁立を図ったが失敗、致仕した。

玄昉（?—七四六） 奈良時代の政治家、遣唐留学僧。俗姓阿刀氏。義淵に師事する。七一七年に遣唐使に従い留学。唐で法相宗を学び、七三五年、帰国。僧正に任じられる。吉備真備・橘諸兄らとともに、聖武朝でブレーンとして活躍する。しかし、その強権的な手法に反発した藤原広嗣の反乱を招いた。七四五年、筑紫に左遷され、翌年、死去した。

鑑真（六八八—七六三） 奈良時代の渡来僧、日本の律宗の祖。揚州江陽（江蘇省江都県）の生まれ。一四歳で出家し、長安で戒律を学ぶ。日本からの留学僧である栄叡・普照の招請によって来日を志すが、五度にわたって失敗し、そのため両眼は失明する。七五三年、遣唐使の帰路に便乗し、来日を果たす。七五四年、奈良の東大寺で聖武上皇以下四四〇人の皇族・公卿に菩薩戒を授け、日本における授戒のさきがけとなる。奈良に唐招提寺を建立した。

阿倍仲麻呂（六九八—七七〇） 奈良時代の遣唐留学生、唐の政治家。大和の国の人。七一六年遣唐留学生となり、翌年渡唐。太学を卒業し科挙に合格、玄宗の信用を受けて官界で出世した。朝衡、あるいは晁衡という中国名を名乗り、粛宗のときには鎮南都護、代宗のときに安南節度使となる。七三三年、帰国しようとしたが許されず、七五三年、帰国を許され遣唐大使藤原清河の船で帰途についたが、遭難してベトナム北部に漂着。ついに帰国はかなわず、長安で没した。

円仁（七九四—八六四） 日本の入唐僧、慈覚大師。

九歳で大慈寺の広智に習い、一五歳で延暦寺の最澄に従う。二三歳のとき東大寺で受戒。その後、比叡山に籠っていたが、八三八年、請益僧として入唐した。新羅人の援助を受けて五台山を巡礼。長安に入り資聖寺に住す。会昌の廃仏にあったため還俗して帰国。帰国後、在唐中のできごとを『入唐求法巡礼行記』にまとめる。六一歳で第三世天台座主となると、天台宗の教団確立に尽力。没後、慈覚大師の称号を贈られた。

円珍（八一四—八九一）　日本の入唐僧、智証大師。讃岐国那珂郡の人。一五歳のとき比叡山に登り、義真に師事。八五三年、唐に渡り、福州・台州・越州の諸寺を巡った後、八五五年、長安に入る。青龍寺の法全から灌頂を受け、大興善寺の智慧輪から両部の秘旨を受ける。八五八年帰国。帰国後、在唐中のできごとを『行歴抄』にまとめた。八六八年、延暦寺座主に任じられ、園城寺を賜り、天台宗寺門派を開いた。後に小僧都となり、没後、智証大師の称号を贈られた。

奝然（九三八—一〇一六）　平安時代の入宋僧。京都の人。若くして出家し、九八三年、宋へ渡る。宋の太宗は奝然を優遇し、紫衣と法済大師の称号を贈った。帰国時には当時作られ始めたばかりの印刷大蔵経や、現在国宝とされている釈迦如来立像などを持ち帰った。九八九年に東大寺の別当に任じられ、荒廃した堂塔の修復に当たった。なお、京都嵯峨野にある清涼寺は、奝然が将来した釈迦如来像を弟子の盛算が安置したことに始まる。

寂照（？—一〇三四）　宋へ渡った日本僧。京都の人。俗名は大江定基。三河国司などを歴任するが、九八八年、出家。源信から天台を、仁海から密教を受けた。諸国を巡礼し、かつて三河国司だったことから「三河聖」とよばれた。一〇〇三年、入宋。翌年、真宗に謁見し、紫衣を賜った。三四年、杭州で没し、円通大師の称号を贈られた。

成尋（一〇一一—八一）　平安時代の天台僧。藤原貞叙の子。母は源俊賢の娘。岩倉大雲寺の文慶に師事する。大雲寺別当、延暦寺阿闍梨となり、藤原頼通の護持僧として信任される。一〇七二年、宋へ渡る。天台山、五台山を巡り、天台密教を学ぶ。神宗に謁見し、善慧大師の称号を受けた。神宗に請われて帰国を断念し、『参天台五台山記』を著し経典などとともに日本に送った後、汴京（現在の開封）の開宝寺で没した。

重源（一一二一—一二〇六）平安・鎌倉期の浄土宗の僧。一三歳のとき醍醐寺で真言を修め、やがて法然上人のもとで浄土宗を学ぶ。一一六七年、宋に渡り、天台山・育王山を巡礼する。翌年、宋版大蔵経を持って帰国するが、それ以降も何度か入宋したとされる。八一年からは兵火で焼失した東大寺の大勧進職に抜擢され、一五年かけて復興を果たした。入宋の際に育王山で寺院の土木建築を学んでおり、天竺様とよばれるその建築様式は、後の日本建築に大きな影響をあたえた。

栄西（ようさい）（一一四一—一二一五）鎌倉時代の禅僧、日本臨済宗の祖。備中の生まれ。一四歳で比叡山に登り、天台密教を学ぶ。一一六八年、二八歳で宋に渡り、天台山や育王山を巡り半年後に帰国。四七歳のとき、インド巡礼のため再び宋に渡るが、インド行きの許可を得られず四年間中国に滞在する。その間、虚庵懐敞のもとで臨済禅を会得した。帰国後、臨済宗を開き、博多・京都などで布教し、鎌倉の寿福寺で没した。著書に『興禅護国論』三巻などがある。

道元（一二〇〇—五三）鎌倉時代の禅僧、日本曹洞宗の祖。内大臣久我通親の子。幼くして両親を失い、出家して比叡山に登る。その後、栄西の弟子となり臨済禅を修めた。一二二三年、栄西の弟子の明全に従って宋に渡る。在宋四年のあいだに、全国の寺院を巡り、天童山の長翁如浄のもとで悟りを開き、二七年の帰国後、建仁寺で日本曹洞宗を開く。後に深草の安養院に移るが、四三年、越前志比庄の地頭、波多野義重の招きに応じて、永平寺を創建し、以後はここを拠点とした。代表的な著書に『正法眼蔵』がある。

蘭渓道隆（一二一三—七八）鎌倉時代の渡来僧。西蜀（四川省）の生まれ。陽山の無明慧性のもとで開悟し、その法を嗣ぐ。一二四六年、日本の留学僧月翁智鏡の勧めで、筑前から京都を経て鎌倉の寿福寺に入る。北条時頼によって建長寺が創建されるとその開山となった。宋の厳格な臨済禅を受け継ぎ、時頼をはじめとして鎌倉武士の多くが帰依した。その後は、何度か讒言にあい甲州に流されるが、いずれも許されて鎌倉に戻り、三たび建長寺の住職となった。

無学祖元（一二二六—八六）鎌倉中期に来日した禅

僧。明州（浙江省）の人。一三歳で父と死別し出家。径山の無準師範、育王山の偃渓広聞に従い、臨済禅を修める。一二七九年、執権北条時宗の招きを受けて、鎌倉の建長寺に入る。八二年に円覚寺が創建されるとその開山となり、時宗を始めとして鎌倉武士が数多く帰依した。八六年没。仏光禅師と諡され、その一門は仏光派と呼ばれた。

趙良弼（一二一七―八六） 元の政治家、外交官。字は輔之。女真族出身。進士に挙げられ、フビライ（世祖）に仕える。南方平定に功績があり、世祖即位後は参議陝西省事となった。一二七一年と七三年、国信使として日本を訪れ、「国交」を求めたが果たせなかった。日本への遠征には、日本に戦略的な価値がないこと、遠征に困難が伴うことから極力反対の立場をとった。日本遠征が失敗に終わると、南宋攻略の計画を立案し、宋の滅亡ののち江南の統治に尽力した。

一山一寧（一二四七―一三一七） 鎌倉時代の渡来僧。台州（浙江省臨海県）の人。一山は字。幼い頃出家し、天台宗、および臨済禅を学び補陀落山に住んだ。元の成宗が即位すると、フビライの日本攻撃の失敗から、一山一寧に日本を鎮撫させようとする。一二九九年、大宰府に来日するが、北条貞時により、伊豆修禅寺に捕らえられる。後に許されて建長寺に招請され、円覚寺、浄智寺の住職を歴任する。一三一三年、後宇多法皇の勅命で南禅寺に住す。その一門を一山派という。

中巌円月（一三〇〇―七五） 日本、南北朝時代の禅僧。俗姓は土屋氏。中巌は字。八歳で寿福寺に入り、円覚寺で禅を修める。一三二五年から七年間、元に渡り、臨済禅だけでなく儒教・文学を修める。帰国後は建仁寺・建長寺など各地の寺院の住職を歴任した。その弟子達は中巌流とよばれる流派を形成した。学者・文学者としても優れており、『日本書』を著述する一方で、五山文学の作者として『東海一漚集』を著している。

雪舟（一四二〇―一五〇六頃） 室町時代の僧、水墨画家。備中の生まれ。幼くして京都の相国寺に入り、周文に水墨画を習う。罰として柱にくくりつけられた雪舟が、涙で鼠の絵を描くと、その鼠が動き出した、という逸話が残る。その後、戦乱を避けるため、大内氏を頼り山口に赴く。一四六七年、明に渡り、浙派の李在から水墨画を学ぶ。六九年、帰国し、大分を中心として活動する。七六年以降、拠点を山口に移し、全国を旅して水墨画を描いた。

鄭舜功（生没年不明）一六世紀の日本の情報を記した『日本一鑑』の著者。広東省新安郡の人。倭寇対策のために明朝の浙江総督の命令を受けて、一五五五年に日本に派遣され、九州の豊後に滞在した。そのときに収集した情報に基づき帰国後の一五六五年に、日本の歴史・地理・言語・風俗などを多角的に記した『日本一鑑』を著した。日本語の発音を漢字で表記しており、当時の日本語音韻を解明する上でも、貴重な情報を与えてくれる。

鄭成功（一六二四―六二）明の遺臣。南明復興運動の中心人物。日本の平戸の生まれ。父は鄭芝龍、母は田川七左衛門の娘。幼いときに父とともに大陸に渡り、南京の太学で銭謙益に学ぶ。明の滅亡後は唐王朱聿鍵に仕え、朱姓を賜る。これによって、「国姓爺」とも呼ばれる。父鄭芝龍が清に降伏した後も、厦門・金門を拠点として制海権を握る。一六五八年、大挙して南京を攻撃するも敗れ、その勢力を縮小させたが、六一年にはオランダ領ゼーランジア（現在の台南）を降伏させ、台湾を制圧し、死ぬまで清に抵抗を続けた。近松門左衛門の『国性爺合戦』（一七一五年初演）の主人公（和藤内）としても有名。

隠元隆琦（一五九二―一六七三）江戸時代に来日した禅僧。日本黄檗宗の祖。福州福清の人。福州の黄檗山万福寺で出家し、鑑源に学ぶ。のち、諸国を回って修行していたが、一六四六年に帰山。五四年、明末の動乱を避けるため、興福寺の留学僧逸然の招聘を受ける形で来日。五八年、将軍徳川家綱に謁見する。六〇年に山城国宇治郡に黄檗山万福寺を建立、日本黄檗宗を開く。その制度の多くは臨済宗に倣い、臨済・曹洞とならぶ禅宗の一流派を確立した。後水尾上皇などの厚い信奉を得たが、七二歳で松隠堂に隠退した。

朱舜水（一六〇〇―八二）明末の遺臣、儒学者。名は之瑜。舜水は号である。余姚（浙江省）の人であるという。明の遺臣として清王朝へ仕官せず、南明復興運動に参加する。後に、鄭成功の北伐に加わって南京を攻撃するが敗れ、一六五九年、長崎に来日。六五年に水戸藩の賓客となり、徳川光圀・安積澹泊らと交友を結んだ。その思想は朱子学・陽明学の中間を取って質実剛健であり、水戸学に大きな影響を与えた。

野国総管（生没年不明）　中国から琉球にサツマイモを持ち込んだ人物。当時の琉球は、明朝が進めた朝貢の模範生として振る舞い、貿易で繁栄した。特に福建とは、進貢船によって往来が頻繁に行われた。野国総管は本名ではない。北谷野国村の出身で中国貿易の進貢船の総管職（事務局長）を務めたという意味。一六〇五年に中国でサツマイモの栽培法を学び、琉球に持ち込んだ。一六〇九年にはじまる薩摩藩による過酷な支配のもと、サツマイモは飢えをしのぐ救荒作物として琉球全土に広まった。一七〇五年に前田利右衛門が琉球からサツマイモを持ち込み、日本全国に広がる端緒を開いた。薩摩ではサツマイモはリュウキュウイモと呼ばれた。沖縄県嘉手納町の米軍施設内に野国総管の墓がある。

何欽吉（？—一六五八）　明朝への忠誠を保つ遺民、医学者。中国広東の出身、明末の混乱を避けて中国を離れ大隅町内之浦に漂着し、日本に帰化した。当時、宮崎県都城市には、一六世紀末に形成された唐人町があり、領主北郷氏は中国から逃れてきた人々を住まわせていた。何欽吉はこの唐人町に移住し、医学の向上に貢献した。薩摩領内で薬草採集しているときに、トチバニンジン（その根は竹節人参と呼ばれ、薬材となる）を発見。江戸時代に日本は中国などから輸入していたチョウセンニンジンの国産化を図るが、はかばかしい成果を上げられなかった。何が発見したトチバニンジンは、チョウセンニンジンの代替品として和人参と呼ばれ、珍重された。

蔡温（一六八二—一七六一）　琉球王国の政治家。琉球王府は中国などとの交渉に当たらせるために、那覇の久米村に中国から帰化させた人々を代々住まわせた。蔡温はこの久米村に生まれる。二七歳のときに「旅役」（中国在留の通訳）として福州にわたり、三年間、福州琉球館に滞在。そこで陽明学者と思われる隠者から教えを受け、学問を実践するための指針を与えられたとされる。帰国後に国王の教授役としての国師職に任ぜられ、中国から派遣された冊封使との交渉、薩摩から押しつけられた検地の命令への対処などであざやかな手腕を示し、一七二八年には三司官（三人制の大臣職）となる。薩摩藩の支配で疲弊した琉球国を立て直すための、彼の業績は各方面にわたる。なかでも近年とくに注目されているものが、彼が中国で学んだ風水思想に基づく国土計画である。山の地形に応じた林業政策は、高く評価されている。

高杉晋作（一八三九―六七）　幕末の志士。萩の生まれ。吉田松陰の松下村塾で学ぶ。一八六二年、幕府の貿易船の千歳丸で従者として上海に渡り、太平天国の乱のただ中にあった清末の様相を視察する。帰国後、尊皇攘夷を掲げ、四国連合艦隊による下関砲撃では、奇兵隊を組織して抵抗。敗戦後、長州藩の大使として講和会議に出席した。第一次長州征伐が起こると保守派によって失脚させられたが、下関でクーデターを起こし藩政を奪回した。第二次長州征伐では参謀として活躍したが、その翌年、二八歳の若さで病死した。

宮崎寅蔵（一八七一―一九二二）　中国革命に協力した大陸浪人。熊本県玉名郡荒尾村（現在の荒尾市）生まれ。滔天と号す。徳富蘇峰の大江義塾で学び、上京して東京専門学校に入る。一八九一年、上海に入るがすぐに帰国。以後、中国、タイを訪れる。九七年、犬養毅の知遇を得て、外務省から中国視察の特命を受ける。康有為、梁啓超、孫文らと知り合い、彼らが日本に亡命するのを手助けした。孫文と黄興との間を取り持ち、中国革命同盟会結成の契機を作ったことで知られる。

内山完造（一八八五―一九五九）　大正・昭和の日中友好運動家。岡山県の生まれ。関西の商家で奉公していたが、一九一三年、中国へ渡る。薬の販売を手がけて財をなすと、一七年、内山書店を上海に開く。書店は在中留学生のみならず、魯迅や郭沫若など中国の知識人も出入りするサロンとして著名であった。新中国成立を機に日本へ帰国。その後は日中友好協会理事長となり、日中の友好運動を行った。五九年、北京で死去。

魯迅（一八八一―一九三六）　中華民国期の文学者。浙江省紹興県の人。本名は周樹人。字は予才。没落士大夫の長男として生まれ、一九〇二年、官費により日本に留学する。仙台医学専門学校に通うが、途中で断念し東京に戻る。一九〇九年帰国。郷里で教員生活を送っていたが、辛亥革命後、南京臨時政府の教育部に勤めた。北伐に従い北京に移住。一八年、雑誌『新青年』に「狂人日記」を寄稿。作家としてデビューする。二六年、北京を去り、広東を経て三六年、上海の租界で没した。代表的な作品として『阿Q正伝』などがある。

周恩来（一八九八―一九七六）　中華人民共和国の政治家。江蘇省淮安県の生まれ。幼くして瀋陽に移り、南開学校を経て、一九一七年から一九年まで日本に留学。一旦は帰国したものの、二〇年にはフランスへ留学。在仏中に中国共産党に入党。帰国後は蔣介石が校長を務める黄埔軍官学校の政治部主任となる。国共分裂後は南昌暴動に参加し、以降毛沢東の右腕として政治・軍事の要職を歴任する。三六年の西安事件に際して、蔣介石と交渉し、内戦停止・国共合作の約束を引き出した。中華人民共和国成立後は、初代総理となり、七六年に没するまでその地位にあった。

秋瑾（一八七五―一九〇七）　清末の女性革命家。浙江省紹興県の人。湖南省の豪商の息子に嫁ぐ。夫が官職を金で買ったのを見て、時節に憤慨し、子供を残して単身東京に留学する。東京で孫文ら多くの革命家と知り合い、一九〇五年、中国革命同盟会の創設に加わる。清朝政府の留学生取り締まりにあい、同年帰国。上海で教育活動に従事するかたわら「中国女報」を刊行して女性への啓蒙を行った。〇七年、徐錫麟の安慶蜂起計画が露見すると、同志であった秋瑾も逮捕、処刑された。

陳天華（一八七五―一九〇五）　清末の革命家。湖南省新化県の人。字は星台。一九〇三年、省費留学生として日本に渡る。東京で『猛回頭』『警世鐘』などの革命宣伝書を著す。翌年、長沙で武装蜂起を企てるが事前に発覚し、再び日本に亡命。〇五年、東京で孫文、秋瑾らと知り合い中国革命同盟会を結成し、機関誌「民報」に積極的に執筆する。同年一一月、清国留学生取締規則事件と、それにまつわる新聞記事に憤り、大森海岸で抗議自殺を遂げる。遺書として残された『絶命書』はその後の革命派に愛読された。

羅振玉（一八六六―一九四〇）　清末・民国期の教育者、学者。浙江省上虞県の人。清末に農学の普及に努め、一九〇九年、北京農科大学監督となる。辛亥革命が起こると女婿の王国維とともに京都に逃れる。一九年帰国し、退位した宣統帝の教育係となる。満洲国の設立に際し、参議府参議、監察院長を歴任した。教育行政に関わる一方、敦煌出土文書や殷墟出土の甲骨文などの出土遺物を収集・整理して出版し、また内閣大庫に放置されていた明清檔案を保護するなど、学術史料の保存に尽力した。

康有為（一八五八―一九二七）　清末の政治家、学者。広東省南海県の人。四川の廖平の影響で公羊学派に転ずる。郷里で万木草堂を開き、梁啓超らを教育していた。一八九五年、会試のため北京へ赴き、日清戦争の和平交渉に際し、全国の挙人の連名で上書（公車上書）を行う。九八年、光緒帝の信任を得て戊戌変法を指導するが、保守派の反撃にあい一〇三日で改革は崩壊、康有為自身も日本に亡命する。中華民国成立後、帰国して宣統帝の復辟運動に参加するも敗れ、青島で死去した。

梁啓超（一八七三―一九二九）　清末・民国の政治家、思想家、学者。広東省新会県の人。字は卓如。一八八九年、わずか一七歳で挙人となる。郷里で康有為の門下となり、万木草堂の設立に尽力した。康有為が保皇会を作るとそのメンバーとなり、戊戌変法では科挙の廃止などに関わったが、九月政変によって横浜に逃れる。辛亥革命後の一九一二年、天津に帰国し、進歩党の理事となる。熊希齢内閣で司法総長を務めた。袁世凱の帝制運動を批判し、袁世凱失脚後は張勲の復辟運動にも反対した。その思想は一貫して立憲君主制であり、歴史学・政治学の上でも多大な業績を残した。

孫文（一八六六―一九二五）　中華民国臨時大総統。中国革命の父、国父と称される。広東省香山県（現在は中山市）の人。字は逸仙。農家の息子として生まれ、一四歳から一八歳までハワイで成功した兄の元で暮らす。香港・広州のキリスト教系医科学校で教育を受け医師となる。一八九四年、ハワイに渡り興中会を組織する。翌年、広州で武装蜂起を図るが失敗、日本に逃れる。亡命中、アメリカ・イギリスを見聞し、東京を拠点に革命運動を続けた。一九〇五年、革命諸派が連合して中国革命同盟会が結成されると、初代総理となり三民主義を綱領とした。一一年の武昌蜂起を契機に清朝が倒れると、中華民国の臨時大総統に選出されるが、袁世凱と対立して、ふたたび日本へ亡命する。以後は広東を拠点に中華革命党（後の中国国民党）を組織し、ソ連および中国共産党と提携。二五年、北伐の最中に、北京で病没し、南京市郊外の中山陵に葬られた。

黄遵憲（一八四八―一九〇五）清末の外交官、教育者。広東省嘉応州の人。字は公度。一八七六年、挙人となる。七七年、駐日公使の書記官として来日。琉球・朝鮮をめぐる外交問題の解決を図るかたわら、日本の文人と詩歌を交換し、『日本雑事詩』を著した。また『日本国志』で日本のひらがなを取り上げ、中国における文字改革の先駆者となった。康有為らによる戊戌変法を支持し、駐日大使に任命されるが、変法の失敗により撤回された。その後は郷里に帰り、著述にはげんだ。

参考文献

第一章　大自然に立ち向かって――環境・開発・人口の中国史　　尾形　勇

本章執筆の際に参照した数多の研究業績のうち、取り敢えず、文中にて括弧内に示しておいた諸成果を中心として、そこに直接紹介し得なかった参考文献を幾らか加え、簡単な解題を付して列記してみた。挙げるべくして挙げていない著書や論文もあろうが、これについては、本シリーズの各巻末尾の、それぞれ詳細な参考文献を参照されたい。

専制支配と農民

木村正雄『中国古代帝国の形成――特にその成立の基礎条件』、不昧堂、一九六五年、新訂版、東洋比較文化研究所、二〇〇三年▼農耕地の造成と管理とが、専制国家の形成に連なったとする卓論。

木村正雄『中国古代農民叛乱の研究』、東京大学出版会、一九七九年▼国家の管理が行き届かないと農民は困窮する、とする視角から、王朝交替期の農民反乱について新しい理解の仕方を示す。

尾形勇『中国古代の「家」と国家』、岩波書店、一九七九年▼筆者唯一の学術的作品、との評もある。

西嶋定生『中国古代の社会と経済』、東京大学出版会、一九八一年▼中国前近代史を農業・商業・都市・租税等々の各面から総括的に述べる。

農業史一般

天野元之助『中国農業史研究』、御茶の水書房、一九六二年、増補版一九七九年▼中国農業史の開拓者の名に相応しい歴史的名篇が収められている。

西嶋定生『中国経済史研究』、東京大学出版会、一九六六年▼中国古代農業の発展、均田制などの土地制度の展開、江南における綿業の成立など、中国経済史の特質を求めての実証的な研究が網羅されている。

西山武一『アジア的農法と農業社会』、東京大学出版会、一九六九年▼華北の旱地農法についての基本的な業績。著者には別に熊代幸雄氏との共訳『斉民要術』、アジア経済研究会、一九六九年、がある。

大澤正昭『唐宋変革期農業社会史研究』、汲古書院、一九九六年▼中国農業史については、原宗子氏や渡部武氏など、より若い世代によって研究が継がれ、例えばこのような着実な業績が次々に公刊されている。

時代区分問題等をめぐる諸論争

鈴木俊・西嶋定生編『中国史の時代区分』、東京大学出版会、一九五七年▼時代区分の問題をめぐって、日中の学者により戦後初めて直接的な学術交流がなされた。この点でも記念すべき報告書である。

谷川道雄編著『戦後日本の中国史論争』、河合文化教育研究所、一九九三年▼論争が華やかに闘わされたというよき時代の歴史学界が回顧できる。

自然環境と開発

黄耀能『中国古代農業水利史研究』、六国出版社、一九七八年、台湾▼水利史研究は日本の学界に比して、中国ではやや遅れる。本書はその点で貴重な作品である。
袁清林著、久保卓哉訳『中国の環境保護とその歴史』、研文出版、二〇〇四年▼環境問題に対して、本格的に取り組んだ著作であり、内容も充実している。
〔華北ないし黄土地帯〕
銭林清主編『黄土高原気候』、気象出版社、一九九一年▼最近の気象学の発達により、いよいよ気候や気象が歴史研究の重要な要素となりつつある。

原宗子『古代中国の開発と環境――『管子』地員篇研究』、研文出版、一九九四年…①
原宗子「陝北黄土高原の環境と農耕・牧畜」『黄土高原とオルドス――中国西北路寧夏・陝北調査記』、勉誠社、一九九七年…②
原宗子『「農本」主義と「黄土」の発生――古代中国の開発と環境2』、研文出版、二〇〇五年…③
▼文献史料の再評価と詳細な分析をしたのが①、黄土高原での国際的踏査活動を通して「黄土」に再検討の眼を向けたのが②、これらの収穫を体系化したのが③。いずれも嚆矢的かつ周到な研究成果であり、説くところは極めて刺激的である。
史念海『黄土高原森林与草原的変遷』、陝西人民出版社、一九八一年
史念海『河山集』、第一―第七集、三聯書店～陝西師範大学出版社、一九六三―九九年
史念海『黄土高原歴史地理研究』、黄河水利出版社、二〇〇一年
▼以上の三篇に、黄土高原についての歴史地理学の泰斗の研究と見解が収められている。
(江南稲作地帯)

渡部忠世・桜井由躬雄編『中国江南の稲作文化』、日本放送出版協会、一九八四年▼京都大学東南アジア研究センターが中心となった学際的な共同研究の報告書である。当時の名だたる学者が結集しての成果であり、農法についての新解釈など、収穫の多い内容となっている。

樺山紘一編著『長江文明と日本』、福武書店、一九八七年▼「北」ではなく「南」に視点を移したとき、日本文明はどのように位置づけられるか、をテーマとした学際的な論集。

北田英人「唐代江南の自然環境と開発」『シリーズ世界史への問い1』、岩波書店、一九八九年▼開発と環境という問題について、日本の学界において最初に、そして意欲的に研究の手を伸ばした業績として、筆者がかねてより注目していた力作。

長江流域規画弁公室編、高橋裕監修、鏑木孝治訳『長江水利史』、古今書院、一九九二年
万縄楠等『中国長江流域発展史』、黄山書社、一九九七年

▼長江流域の歴史について最も網羅的で詳細なのが、以上の二書。

佐藤洋一郎『イネが語る日本と中国――交流の大河五〇〇〇年』、農山漁村文化協会、二〇〇三年▼植物遺伝学者が分かりやすく解説したイネの起源と伝播の概観。

「三農」の問題

陳桂棣・春桃『中国農民調査』、人民文学出版社、二〇〇四年▼若き毛沢東の「湖南農民調査」を念頭においた問題作。優れたルポルタージュと評価しておきたい。中国市場では禁書あつかいにされたという噂もある。

牛若峰・李成貴・鄭有貴等著『中国的「三農」問題――回顧与展望』、中国社会科学出版社、二〇〇四年

陸学芸『「三農」新論――当前中国農業・農村・農民問題研究』、社会科学文献出版社、二〇〇五年▼以上の二書は、一九九八年あたりから表面化した「三農問題」について、体制側による解決の仕方を模索した論考。

人口史・災害史

陳正祥編著『中国歴史・文化地理図冊』、原書房、一九八二年

胡煥庸・張善余『中国人口地理』、華東師範大学出版社、一九八四年（上冊）、一九八六年（下冊）

葛剣雄『西漢人口地図』、人民出版社、一九八六年

楊子慧主編『中国歴代人口統計資料研究』、改革出版社、一九九六年

葛剣雄『中国人口発展史』、福建人民出版社、一九九一年

石方『中国人口遷移史稿』、黒龍江人民出版社、一九九〇年

佐藤武敏編『中国災害史年表』、国書刊行会、一九九三年

江立華・孫洪濤『中国流民史・古代巻』、安徽人民出版社、二〇〇一年

鄒逸麟主編『中国歴史人文地理』、科学出版社、二〇〇一年

凍国棟『中国人口史――隋唐五代時期』（葛剣雄主編『中国人口史』全六巻之二）、復旦大学出版社、二〇〇二年
張徳二主編『中国三千年気象記録総集』全四冊、鳳凰出版社・江蘇教育出版社、二〇〇四年
▼人口の爆発と国家的な抑制政策という現状を反映して、如上のごとき人口問題に関わる歴史的な著作が、最近ことさらに多くなっている。その嚆矢となったのが上海・復旦大学歴史地理研究所による『中国歴史地図集』全八冊の刊行（一九八二―八六年）であり、この作業の中心メンバーであった葛剣雄氏の上掲の二書は、古代史研究者には必携のものである。

各種統計資料

寿孝鶴・李雄藩・孫庶玉主編『中国省市自治区資料手冊』、社会科学文献出版社、一九九〇年
国務院人口普査弁公室・国家統計局人口和社会科技統計司編『中国二〇〇〇年　人口普査資料』、上・中・下冊、中国統計出版社、二〇〇二年
鮮祖徳主編『二〇〇四　中国農村市場調研報告』、中国統計出版社、二〇〇四年
国家統計局城市社会経済調査総隊・中国統計学会城市統計委員会編『二〇〇四　中国城市発展報告』、中国統計出版社、二〇〇五年
▼中国の統計資料のあつかいには、相当な「留意」が必要である。本章でもこの点を意識したつもりである。

その他

辻康吾『中華曼陀羅――変わる中国、変わらない中国』、岩波現代文庫、二〇〇四年▼中国の新聞・雑誌のコラムから、現代中国の世相に迫るエピソードを編集・紹介した労作。本章で触れた『中国農民調査』からも選ばれている。

五味久壽『中国巨大資本主義の登場と世界資本主義』、批評社、二〇〇五年▼中国市場経済の激動する現実と問題点とを分析する経済学プロパーの業績。

第二章　中国文明論——その多様性と多元性　鶴間和幸

中国文明の起源

夏鼐著、小南一郎訳『中国文明の起源』、NHKブックス、一九八四年（『中国文明的起源』、文物出版社、一九八五年の和訳）▼考古学者が日本で行った講演。中国考古学の成果をもとに中国文明の起源を論ずる。西方からの影響を認めながらも、中国文明は中国という土地の上に独自に発生し成長したことを強調する。

費孝通等著『中華民族多元一体格局』、中央民族学院出版社、一九八九年（邦訳は西澤治彦・塚田誠之・曽士才・菊池秀明・吉開将人共訳『中華民族の多元一体構造』、風響社、二〇〇八年）▼社会学者費孝通が一九八八年に香港の中文大学で行った講演。多民族国家中国の民族は漢族が圧倒的多数を占める。五六の民族をまとめるのが中華民族という概念だ。多元でありながらも一体である中国を読み解く理論を構築した。

王震中『中国文明起源的比較研究』、陝西人民出版社、一九九四年

蘇秉琦著、張明声訳『新探中国文明の起源』、言叢社、二〇〇四年（『中国文明起源新探』、商務印書館、一九九七年、三聯書店、一九九九年の和訳）▼中国文明を中原や漢族を中心に見るのではなく、北方（燕山南北長城）・東方（山東）・中原（関中・山西南部・河南西部）・東南（太湖）・南方（鄱陽湖～珠江三角州）・西南（洞庭湖～四川盆地）の六地域（区系）とその分岐（類型）に分けた六大文化区系類型理論を提起し、さらにそれをふまえて中国の国家形成の発展理論（夏商周の古国から春秋戦国の方国、秦漢の帝国へと発展する）も提起した。

張光直著、伊藤清司・森雅子・市瀬智紀訳『古代中国社会——美術・神話・祭祀』、東方書店、一九九四年

林巳奈夫『中国文明の誕生』、吉川弘文館、一九九五年

張光直著、小南一郎・間瀬収芳訳『中国古代文明の形成』、平凡社、二〇〇〇年（『中国青銅時代二集』、三聯書店、一九九〇年の和訳）▼中国文明は自然と人間の間の連続性を特徴とし、非連続の西アジアの文明とは

異なり、玉と青銅器を極度に発達させた政治性も強調する。

李学勤主編『中国古代文明與国家形成研究』、雲南人民出版社、一九九七年▼中国社会科学院歴史研究所の研究者が夏商周の三つの文明の起源と国家の形成をたどった。

『中華文明史』上下、光明日報出版社、二〇〇三年▼中国文化史を文明としてたどるこうした書物を近年見かける。カラー版で図版も多い。

鶴間和幸・黄暁芬『中国古代文明』世界歴史の旅、山川出版社、二〇〇六年

長江文明論

中尾佐助『栽培植物と農耕の起源』、岩波新書、一九六六年
渡部忠世『稲の道』、日本放送出版協会、一九七七年
徐朝龍『長江文明の発見』、角川選書、一九九八年、角川ソフィア文庫、二〇〇〇年▼ヒマラヤ南面の中腹から雲南、中国南部、日本列島南半部は照葉樹林（カシ・シイなどの葉の表面に光沢がある広葉樹）文化としてその共通性が中尾佐助、佐々木高明、渡部忠世らによって論じられてきた。イネ、茶、絹、漆やナレズシ、味噌、納豆、酒などの発酵品、イモなどの共通文化は身近に感ずる。長江流域を黄河流域と切り離す見方は、四川省で三星堆の独特な青銅器遺跡が発見されてからも引き継がれている。
佐藤洋一郎『イネが語る日本と中国——交流の大河五〇〇〇年』、農山漁村文化協会、二〇〇三年▼中国文明の解明には自然科学者の力が必要だ。イネにはジャポニカ米とインディカ米があるが、それぞれ別個の野生イネから栽培されたことはＤＮＡの研究によってわかってきた。浙江省の河姆渡遺跡には芒(のぎ)のある野生イネが含まれていた。イネのジャポニカ長江起源説を発表し、従来のアッサム・雲南起源説を批判した。

文明と自然環境

『黄土高原とオルドス——中国西北路寧夏・陝北調査記』、勉誠社、一九九七年▼葉脈のように浸食溝が広がり

つつある黄土高原、そこに広がる長城の史跡、長城の北は遊牧に適した草原、そこに押しよせる砂漠化の拡大という自然現象。日中のグループが現地を調査した記録。文明と自然について考えさせる。

『黄土高原の自然環境と漢唐長安城』、アジア遊学二〇、勉誠出版、二〇〇〇年▼黄土高原という寒冷乾燥の自然環境のなかに身をおいてみると、都市の建設や水利という人間の歴史的な営みが、自然環境との調和のなかから生み出されてきたことに気づく。地下水位の上昇とともに地表に塩分を析出させる塩害をどのように解決しようとしたのか、人間の知恵は見捨てたものではない。

東アジア海文明

西嶋定生『東アジア世界と日本』西嶋定生東アジア論集第四巻、岩波書店、二〇〇二年▼西嶋定生の東アジア世界論は、東アジア世界が共有する文化（漢字・儒教・律令・漢訳仏教）の認識から出発し、その文化伝播の背後に冊封体制という中国王朝を中心とする国際関係の存在を指摘した。中国史の立場からの提言であり、中国を中心として考えている点（実は日本から中国文明をとらえる視点に立っているが）には批判もあるが、朝鮮史、日本史の研究者の共有するところとなっている。多くの関連著作の総集編。

古厩忠夫『裏日本――近代日本を問いなおす』、岩波新書、一九九七年▼裏日本とは、中央集権的経済効率主義をめざした近代日本が作り上げてきた地域であったことを歴史的に分析し、環日本海地域交流の活動への指針ともなる書物。環日本海、環黄海という海域をめぐる中国、韓国、日本、ロシアの経済の交流が盛んになってきた今日、故人の提言は継承されている。

鶴間和幸編著『黄河下流域の歴史と環境――東アジア海文明への道』、東方書店、二〇〇七年

鶴間和幸・葛剣雄編著『東アジア海文明の歴史と環境』、東方書店、二〇一三年

中国文化論（言語・風物・飲食）

安藤彦太郎『中国語と近代日本』、岩波新書、一九八八年▼中国の若者からニコニコしてメシメシといわれた

ことがある。かれらは映画のなかの日本軍人が使う日本語として理解していたが、実は兵隊中国語のメシメシシンジョー（飯飯進上、飯をくれてやるという侮蔑語）のことと知って驚く。現代中国への侮蔑と古典世界への尊崇という日本人の中国認識の二重構造に警告を発した。

竹内実・羅漾明『中国生活誌——黄土高原の衣食住』、大修館書店、一九八四年▼稀飯は中国語で粥のこと、文学者の竹内が文字通り米の少ない粥を主食にするのかと問えば、中国山西育ちの羅は粥は味噌汁で主食は饅頭だという。中国は飲茶が普遍であると思えば、北の山西省では茶は貴重品で白湯を飲んだという。日本人の感覚では理解しがたい地域の生活誌を紹介する。

陳舜臣・陳謙臣『日本語と中国語』、徳間文庫、一九八五年▼中国語の「我姓陳」の姓は動詞であるから、「私は姓は陳である」よりも「私は陳を姓とする」と訳するのが中国語のニュアンスに近い。漢字文化につかった日本人の思いこみは多い。科挙試験のトップの状元の方言を聞いて皇帝はちんぷんかんぷん。発音は違っても文字に書けば全国に通ずる世界での出来事だ。首都北京のことばも方言、中国では標準語といわず普通語といい、全国に通ずる話しことばのことだ。

寺尾善雄『中国伝来物語』、河出書房新社、一九八二年▼よくぞこれほど集めたというほど日本に伝来した中国文化を列挙する。納豆、豆腐、湯葉、甘草（砂糖）、そうめん、うどん、そば、菓子（果物）、点心（菓子）、味噌、醤油、すし、刺身などなど。中国文化にあふれた日本というよりは、あらためて日本列島は大陸文化の吹きだまりであることを実感する。中国文明は遠くない。

袁枚著、青木正児訳注『随園食単』、岩波文庫、一九八〇年▼中国料理の伝統の秘儀を各種食材や料理から体系的に説き起こしたもの。「天下には元来五味があるからカンの一味でおしならしてはならない」とか「菜の出し方はからいものは先に出し、淡いものは後にするのがよろしい」などという極意を説く。中国料理の文明を学べる。

青木正児『華国風味』、岩波文庫、一九八四年▼中国文学者が文献を駆使して中国料理の歴史を語る。「粉食小史」では、小麦粉を原料とした餅、麺、饅頭の歴史を『周礼』から始める。中国の南方では粘り気のある良質の米を産出するが、北方では粘り気を好まない。北京では米を炊くときには、釜で湯炊きしたあとに粘り気のある汁を捨てて蒸籠で蒸すという。食文化の地方差は傾聴すべき。

第三章　中国人の歴史意識　　上田　信

モーリス・フリードマン著、田村克己・瀬川昌久訳『中国の宗族と社会』、弘文堂、一九九五年
聶莉莉ほか編著『大地は生きている――中国風水の思想と実践』、てらいんく、二〇〇〇年
瀬川昌久『客家――華南漢族のエスニシティーとその境界』、風響社、一九九三年
瀬川昌久『族譜――華南漢族の宗族・風水・移住』、風響社、一九九六年
瀬川昌久『中国社会の人類学――親族・家族からの展望』、世界思想社、二〇〇四年
瀬川昌久『中国人の村落と宗族――香港新界農村の社会人類学的研究』、弘文堂、一九九一年
末成道男編『中原と周辺――人類学的フィールドからの視点』、風響社、一九九九年
曽士才・西澤治彦・瀬川昌久編『暮らしがわかるアジア読本・中国』、河出書房新社、一九九五年
吉原和男・鈴木正崇・末成道男編『〈血縁〉の再構築――東アジアにおける父系出自と同姓結合』、風響社、二〇〇〇年
マージャレイ・ウルフ著、中生勝美訳『リン家の人々――台湾農村の家庭生活』、風響社、一九九八年
潘允康著、園田茂人監訳『変貌する中国の家族――血統社会の人間関係』、岩波書店、一九九四年
西澤治彦『中国映画の文化人類学』、風響社、一九九九年
野村浩一・高橋満・辻康吾『もっと知りたい中国Ⅱ――社会・文化篇』、弘文堂、一九九一年

第四章　世界史の中の中国――中国と世界　　葛　剣雄・大川裕子訳

マカートニー著、坂野正高訳注『中国訪問使節日記』、平凡社東洋文庫、一九七五年▼一八世紀末、清国に派遣されたイギリス使節マカートニーの訪問日記。乾隆帝の勅諭「特頒詔諭」の全文も紹介されている。

堀敏一『中国と古代東アジア世界――中華的世界と諸民族』、岩波書店、一九九三年▼中国史研究者の視点から古代東アジアの国際関係について論じた書。東アジアの中核をなす「中国」やその世界観がいかにして形成されたのかを、原人から唐代にいたるまでの歴史の流れの中で論じる。

浜下武志『近代中国の国際的契機』、東京大学出版会、一九九〇年▼アジアの近代化における中国の位置・変化について、市場・制度・朝貢システムの面から論じたもの。また、知識人や民間人が西洋の情報をどのように受け入れ、認識したかについても触れている。

平川祐弘『マッテオ・リッチ伝』、平凡社東洋文庫、一九六九年▼イエズス会宣教師としてアジア入りしたマテオ・リッチが、一六一〇年北京で没するまでを、リッチの手紙や著述をもとに記した伝記。

筆者が論文の中で引用している書

マルコ・ポーロ著、愛宕松男訳注『東方見聞録』、平凡社東洋文庫、一九七一年
アンドレ・グンダー・フランク著、山下範久訳『リオリエント――アジア時代のグローバル・エコノミー』、藤原書店、二〇〇〇年

第五章　中国史の中の日本　　王　勇

日本語の部

武安隆・熊達雲『中国人の日本研究史』、六興出版、一九八九年
佐藤三郎『中国人の見た明治日本――東遊日記の研究』、東方書店、二〇〇三年
石暁軍編著『「点石斎画報」にみる明治日本』、東方書店、二〇〇四年

伊東昭雄ほか『中国人の日本人観100年史』、自由国民社、一九七四年
王勇『中国史のなかの日本像』、農山漁村文化協会、二〇〇〇年
アレン・S・ホワイティング著、岡部達味訳『中国人の日本観』、岩波書店、二〇〇〇年
佐々木揚『清末中国における日本観と西洋観』、東京大学出版会、二〇〇〇年
王敏編著、岡部明日香ほか訳『〈意〉の文化と〈情〉の文化――中国における日本研究』、中央公論新社、二〇〇四年

中国語の部

石暁軍『中日両国相互認識的変遷』、台湾商務印書館、一九九二年
張哲俊『中国古代文学中的日本形象研究』、北京大学出版社、二〇〇四年
王暁平『近代中日文学交流史稿』、湖南文芸出版社、一九八七年
厳紹盪『中日古代文学関係史稿』、湖南文芸出版社、一九八七年
陳永明『我的日本観』、日本僑報、二〇〇〇年

第六章　日本にとって中国とは何か

礪波　護

対外関係史総合年表編集委員会編『対外関係史総合年表』、吉川弘文館、一九九九年
外務省編『日本外交年表竝主要文書』上下、原書房、一九六五・六六年
上山春平『受容と創造の軌跡――日本文明史の構想』「日本文明史」一、角川書店、一九九〇年
礪波護『中国（上）』「地域からの世界史」二、朝日新聞社、一九九二年
礪波護・武田幸男『隋唐帝国と古代朝鮮』「世界の歴史」六、中央公論社、一九九七年
礪波護『隋唐の仏教と国家』中公文庫、一九九九年
尾藤正英編『日本文化と中国』「中国文化叢書」一〇、大修館書店、一九六八年

大庭脩・王暁秋編『歴史』「日中文化交流史叢書」一、大修館書店、一九九五年
村上哲見『漢詩と日本人』講談社選書メチエ三三、一九九四年
宮崎市定『古代大和朝廷』筑摩叢書三二七、一九八八年。のち、ちくま学芸文庫、一九九五年
西嶋定生『邪馬台国と倭国――古代日本と東アジア』、吉川弘文館、一九九四年
池田温『東アジアの文化交流史』、吉川弘文館、二〇〇二年
倭人伝の道研究会・朝日新聞西部本社企画部編『〈幻の女王　卑弥呼〉邪馬台国への道――古代日本のナゾとロマン』、朝日新聞社、一九八〇年
大橋一章・谷口雅一『隠された聖徳太子の世界――復元・幻の天寿国』、日本放送出版協会、二〇〇二年
森克己『遣唐使』日本歴史新書、至文堂、一九五五年
東野治之編『遣唐使船――東アジアのなかで』「〈朝日百科・日本の歴史〉別冊、歴史を読みなおす」四、朝日新聞社、一九九四年
古瀬奈津子『遣唐使の見た中国』歴史文化ライブラリー一五四、吉川弘文館、二〇〇三年
吉田孝『日本の誕生』岩波新書、一九九七年
網野善彦『「日本」とは何か』「日本の歴史」00、講談社、二〇〇〇年
神野志隆光『「日本」とは何か――国号の意味と歴史』講談社現代新書、二〇〇五年
京都国立博物館編『特別展覧会　倭国――邪馬台国と大和王権』、毎日新聞社、一九九三年
専修大学・西北大学共同プロジェクト編『遣唐使の見た中国と日本――新発見「井真成墓誌」から何がわかるか』朝日選書七八〇、二〇〇五年
『遣唐使が見た中国文化』、奈良県立橿原考古学研究所附属博物館編刊、一九九五年
『遣唐使と唐の美術』、朝日新聞社、二〇〇五年
宮田俊彦『吉備真備』人物叢書、吉川弘文館、一九六一年
『特別展　天平』、奈良国立博物館編刊、一九九八年

井上靖『天平の甍』、中央公論社、一九五七年
宮崎市定『日出づる国と日暮るる処』、星野書店、一九四三年。のち中公文庫、一九九七年
佐伯有清『最後の遣唐使』講談社現代新書五二〇、一九七八年
佐伯有清『悲運の遣唐僧――円載の数奇な生涯』歴史文化ライブラリー六三、吉川弘文館、一九九九年
森克己『増補　日宋文化交流の諸問題』「森克己著作選集」四、国書刊行会、一九七五年
佐藤春夫『釈迦堂物語』、平凡社、一九五七年
石井正敏「入宋巡礼僧」荒野泰典ほか編『アジアのなかの日本史　V自意識と相互理解』、東京大学出版会、一九九三年
『波濤をこえて――古代・中世の東アジア交流』、石川県立歴史博物館編刊、一九九六年
『日中歴史海道二〇〇〇年』、神戸市立博物館編刊、一九九七年
村井章介『東アジア往還――漢詩と外交』、朝日新聞社、一九九五年
上垣外憲一『日本文化交流小史――東アジア伝統文化のなかで』中公新書一五三〇、二〇〇〇年
『鎌倉への海の道』、神奈川県立金沢文庫編刊、一九九二年
国立歴史民俗博物館編『陶磁器の文化史』、歴史民俗博物館振興会、一九九八年
国立歴史民俗博物館編『東アジア中世海道――海商・港・沈没船』、毎日新聞社、二〇〇五年
唐権『海を越えた艶ごと――日中文化交流秘史』、新曜社、二〇〇五年
史跡足利学校事務所・足利市立美術館編『足利学校――日本最古の学校　学びの心とその流れ』、足利市教育委員会、二〇〇四年
東方学術協会編『文久二年上海日記』、全国書房、一九四六年
加藤周一ほか編、芝原拓自ほか『対外観』「日本近代思想大系」一二、岩波書店、一九八八年
支那問題辞典編輯部編『支那問題辞典』、中央公論社、一九四二年
竹内実『日本人にとっての中国像』、春秋社、一九六六年

『中華人民共和国出土文物展』、朝日新聞東京本社企画部編刊、一九七三年

東京国立博物館・NHK・NHKプロモーション編『シルクロード――絹と黄金の道』、NHK、二〇〇二年

清水美和『中国はなぜ「反日」になったか』文春新書三一九、二〇〇三年

学術文庫版の追加

『隋唐の美術　中国国家博物館所蔵　正倉院宝物の故郷を辿る』、佐川美術館編刊、二〇〇五年

奈良国立博物館編『平城遷都一三〇〇年記念　大遣唐使展』、奈良国立博物館・読売新聞大阪本社・NHK・NHKプラネット近畿、二〇一〇年

曽布川寛監修、関西中国書画コレクション研究会編『中国書画探訪――関西の収蔵家とその名品』、二玄社、二〇一一年

東京国立博物館・朝日新聞社・NHK・NHKプロモーション編『北京故宮博物院200選』、朝日新聞社・NHK・NHKプロモーション、二〇一二年

礪波護「日本にとっての中国」『学士会会報』、第八九六号、二〇一二年

東京国立博物館・毎日新聞社・NHK・NHKプロモーション編『書聖　王羲之』、毎日新聞社・NHK・NHKプロモーション、二〇一三年

『漢字三千年――漢字の歴史と美』、黄山美術社編刊、二〇一六年

礪波護『敦煌から奈良・京都へ』、法藏館、二〇一六年

礪波護『鏡鑑（かがみ）としての中国の歴史』、法藏館、二〇一七年

『唐代胡人俑――シルクロードを駆けた夢』、大阪市立東洋陶磁美術館編刊、二〇一七年

東京国立博物館・毎日新聞社編『顔真卿――王羲之を超えた名筆』、毎日新聞社、二〇一九年

河上麻由子『古代日中関係史――倭の五王から遣唐使以降まで』中公新書、二〇一九年

大津透『律令国家と隋唐文明』岩波新書、二〇二〇年

日中交流史年表

西暦	日中関係史	中国と日本の主な出来事
前一六〇〇頃		（中）殷おこる
一〇五〇頃		（中）殷、周により滅亡
七七〇		（中）周の東遷、春秋時代はじまる
四〇三		（中）戦国時代はじまる（～前二二一）
二二一		（中）秦、中国統一
二〇六		（中）秦滅亡
二〇二		（中）前漢成立
一四一		（中）前漢武帝即位
一三九		（中）張騫を大月氏に派遣
一〇八		（日）この頃、倭人は「百余国」に分かれていた（『漢書』地理志）
三三	この頃、倭の「百余国」の一部が楽浪郡を通じ朝貢する（『漢書』地理志）	
八	王のなかの王が出現し、楽浪を通じ漢と交渉をもつ（福岡・三雲南小路遺跡の王墓、福岡・須玖岡本遺跡の王墓）	
後二五		（中）後漢成立
五七	倭の奴国王が後漢に朝貢し、光武帝より印綬を授かる（『後漢書』東夷伝）（福岡・志賀島で発見された「漢委奴国王」の金印）	
後一〇七	倭国王帥升ら後漢王朝に朝貢し、生口一六〇人を献じる（『後漢書』東夷伝）	
一四〇		（日）この頃には、『魏志』倭人伝記載の国々存在か

一八四		（中）黄巾の乱
一八九		（日）「倭国乱れ相攻伐すること歴年」（『後漢書』東夷伝）。後漢王朝の衰退によって、イト倭国の権威失墜。均衡が破れて各勢力が並び立ち、倭国王不在の事態続く
二二〇	卑弥呼の公孫氏外交（東大寺山古墳〔奈良・四世紀中頃〕出土の「中平」年銘の鉄刀）	（中）後漢滅亡、三国時代はじまる
二三九	女王卑弥呼、大夫の難升米、次使都市牛利らを帯方郡に遣わし、魏に朝献を求める。一二月、魏帝、卑弥呼に「親魏倭王」の称号を下賜する（『魏志』倭人伝）	（日）この頃卑弥呼が邪馬台国を治める（〜二四八）
二四〇	帯方郡太守弓遵、建中校尉梯儁ら、詔書・印綬を奉じ倭国に詣る。錦・刀・「銅鏡百枚」などを賜る（『魏志』倭人伝）（画文帯神獣鏡や斜縁の神獣鏡を主体とした鏡か）	
二四三	倭王、使者八人を魏に遣わし、生口・倭錦などを献上する。使者、印綬を受ける（『魏志』倭人伝）	
二四七	倭の女王卑弥呼が狗奴国の男王卑弥弓呼との交戦を告げる。魏の少帝、塞曹の掾史張政らを派遣し、詔書と黄幢を難升米に賜り檄文をもって倭人に告諭する（『魏志』倭人伝）	
二四八	壱与、魏使張政らを送還し、魏帝に男女生口三〇人などを献上する（『魏志』倭人伝）	（日）この頃、卑弥呼死す。径百余歩の冢を作り、奴婢百余人を殉葬する。男王を立てるが国中服さず、誅殺しあい千余人が殺される。卑弥呼の宗女で一三歳の壱与が女王となり国中安定する（『魏志』倭人伝）
二六六	倭王、使者を遣わし西晋の武帝に貢献する。この時、倭の使者、武帝即	

	位最初の天の祭祀に初めて遭遇する	
二八〇		(中)(西)晋、中国を統一
三〇四		(中)五胡十六国時代はじまる
三一七		(中)東晋成立
三五〇		(日)大和政権成立
四二〇		(中)東晋滅亡。宋成立(南朝)
四二一	倭王讃、宋に遣使する	
四二五	倭王讃、宋に遣使する	
四三〇	倭王、宋に遣使する	
四三八	倭王珍(讃の弟)、宋に遣使し、安東将軍・倭国王に任じられる	
四三九		(中)北魏、華北統一(南北朝時代はじまる)
四四三	倭王済、宋に遣使し、安東将軍・倭国王に任じられる	
四五一	倭王済、宋に遣使する	
四六〇	倭王、宋に遣使する	
四六二	倭王の世子興、宋に遣使し、安東将軍に任じられる	
四七七	倭王、宋に遣使する	
四七八	倭王武(興の弟)、宋に遣使し、上表して安東大将軍に任じられる	
四八五		(中)北魏、均田制実施
五三八		(日)日本に仏教伝来
五八九		(中)隋、中国を統一
六〇〇	遣隋使をおくる	
六〇七	遣隋使(小野妹子ら)をおくる。国書(「日出づる処の天子…」)を持参	
六〇八	小野妹子が隋使裴世清とともに帰朝する。隋使、入京する。小野妹子らに隋使をおくらせ、あわせて高向玄理・僧旻・南淵請安らを隋へ派遣する	
六〇九	小野妹子ら帰朝する	

六一四	遣隋使（犬上御田鍬ら）をおくる	
六一五	犬上御田鍬ら帰朝する	
六一八		（中）唐朝成立
六三〇	遣唐使（犬上御田鍬ら）をおくる	
六三二	犬上御田鍬・僧旻ら帰朝する。唐使が来日する（翌年一月帰国）	
六四〇	南淵請安・高向玄理、帰朝する	
六四五		（日）乙巳の変（大化改新）。中大兄皇子、中臣鎌足らが蘇我入鹿を暗殺
六五三	遣唐使をおくる	
六五四	遣唐使をおくる。前年の遣唐使が帰朝する	
六五五	遣唐使帰朝する	（日）皇極女帝重祚（斉明天皇）
六五九	遣唐使をおくる	
六六一	遣唐使帰朝する	（日）斉明天皇、朝倉宮で没する
六六三	倭・百済軍、唐・新羅軍と戦い、白村江で大敗する	
六六五	唐使劉徳高らが来日する	
六六九	遣唐使をおくる	
六七一	唐使郭務悰ら来日する	（日）天智天皇、近江宮で没する。翌六七二年、壬申の乱おきる
七〇一	遣唐使を任命（粟田真人・山上憶良ら）	（日）大宝律令
七〇二	遣唐使出発	
七〇四	遣唐使帰国	
七一〇		（日）平城京遷都
七一二		（日）太安万侶が『古事記』撰上
七一三		（中）玄宗、開元の治
七一六	遣唐使を任命（多治比県守ら。下道真備・玄昉・阿倍仲麻呂らも同行）	
七一七	遣唐使に節刀を賜う	

七一八	遣唐使帰国	（日）養老律令を撰定
七三二	遣唐使を任命（多治比広成ら。栄叡・普照らも同行）	
七三三	遣唐使、難波津を出発	
七三五	遣唐使帰国。吉備真備、唐礼ほか唐の文物を献上	
七三六	入唐副使中臣名代ら唐僧道璿・波羅門僧菩提僊那らを率いて拝朝	
七三七		（日）天然痘大流行
七四六	遣唐使派遣を計画するが中止	
七五〇	遣唐使を任命（藤原清河ら）	
七五一	吉備真備を遣唐副使に任命	
七五二	遣唐使に節刀を賜う	（日）大仏の開眼供養。孝謙天皇、東大寺に行幸
七五五		（中）安史の乱
七五六		（日）聖武太上天皇没
七五八	唐における安禄山の乱勃発の報がもたらされる	
七六一	仲石伴らを遣唐使に任命	
七七一	遣唐使船を造らせる	（日）東大寺の造営が完了する
七七五	遣唐使を任命（佐伯今毛人ら。今毛人は渡唐せず）	
七八〇		（中）両税法実施
七八一		（日）皇太子山部が即位し桓武天皇に
七九四		（日）坂上田村麻呂、蝦夷征討。平安京遷都
八〇三	遣唐使に節刀を授ける。遣唐使船難破し、遣唐大使藤原葛野麻呂が節刀を返上する	
八〇四	遣唐大使藤原葛野麻呂に節刀を授ける。遣唐使船肥前を出発	
八〇五	遣唐大使帰京し、節刀を返上。空海、福州に到着。最澄、天台山国清寺に到着	

八三四	藤原常嗣・小野篁らを遣唐使に任命	
八三五		(中)唐の宰相・李訓が宦官の皆殺しを謀るが失敗（甘露の変）
八三六	遣唐使船出航するも新羅に漂着する。遣唐使船再び出航するも遭難し、肥前などに漂着する	
八三七	遣唐使船再び出航するも、再度遭難する	
八三八	遣唐使船出航し、円仁ら同行する。遣唐副使小野篁、病と称し出航せず、後に配流。遣唐大使藤原常嗣ら長安に向かい、円仁ら天台山入山の勅許を待つ。常嗣ら長安に至る	
八三九	遣唐大使ら帰朝。遣唐使、大唐勅書を奏上	
八四〇	遣唐使第二船、大隅に漂着。円仁、長安に入城する	(中)唐の武宗即位。八四五年より会昌の廃仏始まる
八四七	円仁帰国	
八五三	円珍、唐の商船に便乗し、渡唐する	
八五四		(日)円仁が天台座主となる
八五八	円珍帰朝	
八六一	真如法親王、入唐のため大宰府に至る	
八七五		(中)黄巣の乱おこる（〜八八四）
八九四	菅原道真を遣唐大使に任命。菅原道真、遣唐使廃止を建言	(日)遣唐使廃止
九〇七		(中)唐滅亡、五代十国時代はじまる
九一六		(中)契丹（遼）成立
九三五		(日)承平・天慶の乱おこる（〜九四一）
九六〇		(中)趙匡胤（太祖）が宋（北宋）を建国
九七九		(中)宋の太宗が中国を統一

年	事項	参考
九八六	源信、『往生要集』を宋に送る。翌九八七年、奝然が帰国・入京して仏像・経論をもたらす	
一〇〇三	寂照が入宋する。源信は宋の僧侶への天台宗疑問二十七条を託す	
一〇〇四	寂照、真宗に謁する	(中)宋が契丹と澶淵の盟を結ぶ
一〇一四	藤原実資が所領である筑前国高田牧に遣使し、大宰府にいた宋の医僧より薬を購入しようとする	
一〇一六		(日)藤原道長が摂政となる
一〇一九	刀伊(女真族)が対馬・壱岐・筑前に襲来(刀伊の入寇)	
一〇三八		(中)西夏(党項)成立
一〇六九		(中)王安石の新法改革(〜一〇七六)
一一一五		(中)金(女真)成立
一一二六		(中)靖康の変おきる
一一二七		(中)北宋滅亡。宋の復興(南宋成立)
一一五一	大宰府検非違所別当、箱崎・博多を検断し、宋人王昇後家など一六〇〇家の資財を没収する	
一一五六		(日)保元の乱
一一五九		(日)平治の乱
一一六七	博多居住の宋人等、明州(寧波)の寺の道路造営のために銭一〇貫文をそれぞれ寄進する。重源、入宋する	(日)平清盛、太政大臣となる
一一六八	栄西、入宋。同年、重源・栄西、宋より帰国	
一一七二	宋国、後白河法皇・平清盛に国書と唐物を贈る	
一一七三	後白河法皇、宋の使者に贈物を賜い、平清盛に返牒を送らせる	
一一七九	平清盛、宋より輸入した『太平御覧』を皇太子に献上	
一一八〇		(日)源頼朝挙兵

一一八五		(日) 壇ノ浦の戦いで平氏滅亡。同年、東大寺で大仏開眼供養
一一八七	栄西、再び入宋する	
一一九二		(日) 源頼朝、征夷大将軍となる
一一九九	俊芿、入宋する	
一二〇六		(中) チンギス・カン即位、モンゴル帝国樹立
一二一一	俊芿、宋より帰国する	
一二一六	源実朝、渡宋を計画。大船の建造を陳和卿に命ずるも、失敗して翌年渡宋を断念	
一二二一		(日) 後鳥羽上皇、北条義時追討の宣旨を下すも幕府軍に敗れる（承久の乱）
一二三四		(中) モンゴルが金を滅ぼす
一二四六	蘭渓道隆、宋より来日し、泉涌寺来迎院の住持に	(日) 北条時頼、執権となる
一二五四	幕府、宋船の入泊を五艘に制限する	
一二六〇	宋僧・兀庵普寧、来日する	(日) 日蓮『立正安国論』
一二七一		(中) クビライ、国号を大元とする（元建国）
一二七二	無象和尚、蘭渓道隆とともに陸奥国松島へ赴く	
一二七四		(日) 文永の役
一二七七	日本の貿易船、南宋の滅亡を聞いて逃げ帰る	
一二七九	無学祖元、北条時宗の招請を受け、寧波から博多を経て鎌倉に入る	(中) 南宋滅亡
一二八一		(日) 弘安の役
一二八六	建長寺住持、円覚寺開山の無学祖元が没する	(日) 幕府、弘安の役の恩賞配分
一二九七		(日) 永仁の徳政令

一二九九	元使・一山一寧、成宗の国書をもち来日	
一三二五	中巌円月が元に渡る（三二年帰朝）	
一三三三	中巌円月、「上建武天子表」ほかを天皇に献じる	(日)鎌倉幕府滅亡
一三三八		(日)足利尊氏、征夷大将軍となる。室町幕府成立
一三四二	足利直義、天龍寺船を元に派遣	
一三五一		(中)紅巾の乱（～六六）
一三六八		(中)朱元璋、明を建国する（洪武帝）
一三六九	倭寇が明の沿岸を襲う。明の洪武帝、懐良親王に倭寇の禁止を求める	
一三七〇	明使趙秩が大宰府に来る。倭寇、明の沿海を襲う	
一三七一	懐良親王、趙秩の言を容れ、僧祖来を明に遣わす。明、懐良を「日本国王」に封ずる	
一三七二	明使仲猷祖闡・無逸克勤、博多に着くも、九州探題・今川了俊が抑留	(中)明、北元に遠征するも敗退
一三七三	明使上京。足利義満、聞渓良宣らを明使の帰途に同行させ、倭寇の俘虜一五〇〇人を明に返す	(中)大明律の制定
一三七四	義満の使僧、入明するも退けられる	
一三七八	絶海中津ら、明より帰国	
一三八〇	懐良親王・義満の使者、入明するも、退けられる	(中)中書省を廃し、皇帝権力強化
一三八一	日本の使僧如瑤が入明するも、洪武帝は日本の無礼を責める	(中)里甲制を布き、翌一三八二年、科挙を復活
一三八六	明の林賢の日本兵を用いる謀反が発覚し、洪武帝は日本と断交	
一三九二		(日)南北朝統一
一四〇一	義満、肥富・祖阿らを明に派遣	(中)挙兵した燕王の軍、南下し京師（南京）に迫る
一四〇二	遣明使祖阿帰り、明使来朝。義満は北山第で明使を引見	(中)恵帝焚死し、燕王即位（永楽

一四〇四	勘合符を持参して明使が来日し、義満が引見する。勘合貿易開始	帝）
一四〇五		（中）鄭和の第一次南海遠征（〜〇七）
一四〇八	義持、義満の死を明に通告、日本国王に封ぜられる	（中）鄭和の第二次南海遠征（〜〇九）
一四一一	義持、明使の入洛を許さず。帰国させて明との通交を絶つ	
一四一九		（日）応永の外寇
一四二一		（中）永楽帝、北京に遷都
一四三二	義教、遣明船をおくる	
一四三四	遣明船、明使とともに帰国、日明関係復交	
一四四一		（日）義教、赤松満祐に殺害される（嘉吉の乱）
一四六七	桂庵玄樹・雪舟ら渡明	（日）応仁・文明の大乱おこる（〜七七）
一四九五	後に勘合貿易の日本側の使者となる宋素卿が渡日	
一四九六		（日）蓮如、石山本願寺を築く
一四九八	幕府の遣明使帰国	
一五〇六	宋素卿が細川氏遣明船の綱司として渡航	
一五一〇	足利義澄、宋素卿を正使として明に派遣する	
一五一三	遣明使了庵桂悟ら、陶工祥瑞（五郎大夫）を伴い帰国	
一五二三	細川高国・大内義興、おのおの遣明船を渡航させるも両者、寧波で争う	
一五二七	足利義晴、明に勘合符と金印を求める	（中）この頃モンゴル族と倭寇の脅威高まる（北虜南倭）
一五三〇	幕府、大内義隆の要請により、遣明船復活を許可	（中）北京に天壇・方丘を建設
一五三九	幕府、湖心碩鼎らを明に派遣、勘合符を求める。この頃、明船の渡来増	

	加する	
一五四一	幕府遣明使湖心碩鼎ら帰国する	
一五四三		(日) ポルトガル人、種子島に来航
一五四六	明人ら、清浄花院に泊まり商売を行う	
一五四七	最後の遣明使策彦周良、肥前五島を出発する	
一五四九	策彦周良、世宗に拝謁	(日) ザビエル、鹿児島に来航
一五五五	明使鄭舜功、豊後に来航して倭寇鎮圧を要請する	(中) 倭寇、南京に迫る
一五九〇		(日) 豊臣秀吉の全国統一
一五九二	小西行長、平壌で明の沈惟敬と和平交渉をする	(日) 豊臣秀吉、朝鮮出兵（文禄の役・～九六） (中) 明、朝鮮に援軍を派遣
一五九三	行長、沈惟敬の和議を受け入れ休戦する。秀吉が和議の条件を明使に示す	
一五九四	小西行長の使者内藤如安、神宗万暦帝に拝謁し和議を約する	
一五九六	秀吉、大坂城にて明使と会うが、明の冊封を拒否し、朝鮮再出兵を決意する	
一五九七	明・朝鮮軍、蔚山城を攻囲する	(中) 播州の乱（～一六〇〇）
一五九八	明・朝鮮の水軍、日本軍の撤退を阻止する。李舜臣、戦死	(日) 日本軍、朝鮮から撤兵
一六〇〇	明軍、朝鮮から撤退する	(日) 関ケ原の戦い。東軍、西軍に勝利する
一六〇三		(日) 徳川家康、征夷大将軍となり、江戸幕府成立
一六〇九		(日) オランダ船、平戸に入港し通商を求む。オランダ人、商館を建設
一六一〇	家康、明の福建総督に書簡で、勘合符を求める	
一六一一	明国商人、長崎における貿易を許可される	
一六一三		(日) 幕府、キリスト教を禁止

一六一六	中国を除き、外国船来航を、長崎と平戸に制限	
一六三一		(中)李自成の乱(〜四五)
一六三五		(日)日本人の海外渡航・帰国を禁止
一六三六		(中)後金、国号を清と改称
一六三七		(日)島原の乱(〜三八)
一六三九		(日)鎖国令実施(〜一八五四)
一六四四		(中)明滅亡、清の中国支配開始
一六四五	明人鄭芝龍、鄭成功らの援兵要請があるも、翌年、拒絶	
一六四六		(中)鄭芝龍、清に降伏
一六五四	明僧隠元(黄檗宗)来日する	
一六五八	幕府、鄭成功の援兵要請に返答せず	
一六五九		(中)鄭成功、南京を攻撃するが敗れる
一六六一		(中)康熙帝即位。鄭成功、台湾占領(〜八三)
一六七三		(中)呉三桂、雲南に反す。三藩の乱(〜八一)
一六七八	清、平南親王・尚之信、長崎奉行に書簡を遣わす	(中)呉三桂、王号を称するも病死
一六八三		(中)清、鄭氏を滅ぼして台湾を領有する
一六八八	中国船の長崎来航数が七〇艘に制限される。長崎で唐人屋敷が建設され、翌年完成する	(日)元禄時代(〜一七〇三)
一六八九		(中)清、ロシアと国境を定める(ネルチンスク条約)
一七一五	幕府、中国・オランダとの貿易を制限する(正徳新例)	
一七一六		(日)徳川吉宗が八代将軍に。享保

		の改革始まる
一七一七	中国船の密貿易が盛んに。幕府、長崎における中国貿易を年四〇艘、銀額八〇〇〇貫目に増額	(中)地丁銀、部分的に実施
一七一九	幕府、翌年より長崎の中国貿易を年三〇艘、新銀四〇〇〇貫目に減らすこととする	
一七二三		(中)清、キリスト教厳禁
一七二六	幕府、薩摩藩など一五藩に清の密貿易船の打ち払いを命じる	
一七三五		(中)乾隆帝即位
一七四六	幕府、長崎貿易の制限を強化する。長崎の唐人屋敷で騒動があり、死傷者一八人	
一七四九	長崎の中国船貿易の清船を年一五隻とし貿易額の増加を図る	
一七五七		(中)清、外国貿易を広東に限定
一七五八		(中)清、ジュンガル部平定
一七五九		(中)清、回部平定、新疆と改称
一七六三	幕府、効能がないとして広東人参の販売を禁じる	
一七六四	幕府、対清貿易の不振打開のため干鮑など俵物の増産を奨励	
一七八七		(日)寛政の改革(〜九三)
一七九〇	幕府、対清貿易を年一〇隻に減らす	
一七九六		(中)白蓮教徒の乱(〜一八〇四)
一八一三		(中)英、東インド会社の貿易独占権縮小
一八二一	長崎で、清国人が奉行所の取り締まり強化に反発して暴動	
一八二五		(日)異国船打払令発布
一八三五	幕府、長崎奉行に貿易の取り締まり強化を命ずる	
一八四〇		(中)アヘン戦争(〜四二)
一八四一		(日)天保の改革(〜四四)

一八五一		（中）太平天国の蜂起（～六四）
一八五三		（日）ペリー、浦賀に来航
一八五四		（日）日米和親条約
一八五六		（中）アロー号事件。第二次アヘン戦争（～六〇）
一八五八		（日）安政の大獄。翌々年、桜田門外の変
一八六一		（中）洋務運動（～九四）、同治の中興（～七四）
一八六七		（日）大政奉還。王政復古
一八七一	上海・長崎間に海底電線が完成する。日清修好条規を天津で調印する（最初の対等条約）	（日）廃藩置県
一八七三	清国大臣、副使柳沢前光に、台湾生蕃は化外の民と言明する	
一八七四	閣議、台湾蛮地処分要略を決定する。陸軍中将西郷従道、台湾討伐を命じられる（台湾出兵）。参議木戸孝允、台湾出兵を不満として辞表提出。三菱商会、台湾出兵の軍事輸送を委託される。台湾撤兵開始	（日）民撰議院設立建白書 （中）光緒帝、四歳で即位（～一九〇八）
一八八五	日本・清国間に、天津条約が調印され、日清両軍の朝鮮からの同時撤兵、両国とも軍事教官を派遣しない旨を決める	（日）内閣制度を創設
一八八九		（日）大日本帝国憲法発布
一八九〇		（中）天壇祈年殿完成（日）第一回帝国議会
一八九四	清の朝鮮派兵に対抗して海軍陸戦隊を派遣（六月）。陸奥宗光外相、清に東学党の共同鎮圧と朝鮮共同改革を提議（清は拒否）。豊島沖海戦、日清間の戦闘始まる。清に宣戦布告。対清戦略を策定。黄海海戦（九月）。第一軍満洲に進攻。第二軍旅順を占領（一一月）。米紙『ニューヨーク・ワールド』日本軍の旅順での虐殺を報ず	（中）東学党の乱鎮圧のため朝鮮国王が清に派兵を要請（五月）

一八九五	御前会議で講和条件を検討。第二軍、威海衛を占領。第二軍、営口を占領。清国全権李鴻章、下関に到着、講和交渉始まる（三月）。日本側全権は伊藤博文と陸奥。日清講和条約調印（四月）。清は朝鮮の独立を認め、遼東半島・台湾・澎湖列島を割譲、賠償金二億両を支払う	（日）三国干渉。露独仏が日本に遼東半島の清への返還を要求。政府、遼東半島返還を声明（四～五月）
一八九八	御前会議で清韓政策を討議。清と福建省不割譲の公文を交換。康有為・梁啓超失脚、日本に亡命	（中）戊戌の政変
一八九九	伊藤博文が御前会議で清韓視察報告。黒田清隆、西徳二郎らが清韓情勢のシミュレーションを行う	（中）義和団の蜂起（～一九〇一）
一九〇〇	政府、混成部隊の北京派遣を決定（六月）	（中）連合軍、北京入城
一九〇一	北清事変賠償金の一般財源組み入れが争点に浮上。北清事変最終議定書に調印（九月）	（中）西太后、光緒帝が北京に帰る（一月）
一九〇四		（日）日露戦争（～〇五）
一九〇五	満洲に関する日清協定締結、ロシアから利権引き継ぐ。孫文ら亡命先の東京で中国革命同盟会を組織	（日）ポーツマス条約
一九〇六		（日）南満洲鉄道会社設立
一九〇八	第二次桂内閣成立。桂は一二項目の政綱を発表、清国を「東洋の禍源」と規定	（中）光緒帝、西太后死去。宣統帝（溥儀）即位
一九〇九	間島に関する日清協約、満洲五案件に関する日清協約締結、鉄道利権を強化して、撫順・煙台炭鉱の採掘権を得る	
一九一〇		（日）日韓併合
一九一一		（中）辛亥革命勃発
一九一二		（中）中華民国成立。清朝滅亡
一九一三	孫文、日本に亡命。袁世凱軍、南京を占領（日本人殺害事件おこる）	（中）袁世凱、大総統に（～一六）
一九一四	日本軍、青島占領。加藤高明外相、駐華公使日置益に二十一ヵ条要求を訓令	（日）日本、第一次世界大戦に参戦。ドイツに宣戦布告（八月）
一九一五	日置公使、中国政府に二十一ヵ条要求を提出（一月）。上海で国民対日	（中）袁世凱、帝政を画策

年	日中交流	日本・中国
	同志会結成（その後日貨排斥運動激化）。二十一ヵ条要求につき、最後通牒交付。中国、二十一ヵ条要求を受諾（五月）	
一九一六	閣議、袁世凱排除方針を決定	（中）段祺瑞内閣
一九一七	日本興業銀行などが中国交通銀行へ五〇〇万円の借款供与（西原借款の始まり）。閣議、段祺瑞内閣を財政援助し、南方派は援助しない方針を決定	（中）文学革命
一九一八	日華共同防敵軍事協定調印。閣議、中国国内の軍閥による南北争乱を助長する借款を控える方針を決定	（中）軍閥戦争（〜二八）
一九一九	北京で五・四運動。抗日運動、各地に波及	（日）パリ講和会議（四月）。旧ドイツ権益、日本へ
一九二一	衆議院で満鉄事件問題となる	（中）中国共産党結成
一九二二	日中両国、山東問題に関する条約に調印（日本の膠州湾租借地還付など）	（日）ワシントン軍縮条約
一九二三	中国政府、日本に二十一ヵ条条約廃棄、旅順・大連回収を要求	（日）関東大震災
一九二四	政府、中国に内政不干渉・満蒙利権擁護の覚書を交付	（中）第一次国共合作
一九二五		（中）孫文死去。五・三〇事件
一九二六		（中）北伐開始（〜二八）
一九二七	南京事件。国民革命軍が日本など各国領事館を襲撃、英米が報復砲撃（三月）。日本が第一次山東出兵（五月）	（日）金融恐慌 （中）南京に国民政府
一九二八	第二次山東出兵。済南事件。張作霖爆殺事件（満洲某重大事件）	（中）蔣介石が国民政府主席に（〜三一）
一九二九	政府、中国国民政府を正式承認。政府、張作霖爆殺事件の責任者処分を発表。浜口内閣、対華外交刷新・軍縮促進・財政整理・金解禁断行など十大政綱を発表	（日）民政党・浜口雄幸内閣成立（〜三一）
一九三〇	日華関税協定調印	（日）金輸出解禁（一月）。ロンドン海軍軍縮条約調印（四月） （中）国共内戦開始（〜三六）

一九三一	柳条湖事件（満洲事変）始まる（九月）。朝鮮軍、満洲への越境出動。中国、柳条湖事件を国際連盟に提訴。政府、満洲事変に関し、不拡大方針を声明。国際連盟、日本の満洲撤兵勧告案可決（一〇月）	（日）第二次若槻内閣総辞職。犬養内閣、金輸出再禁止（一二月） （中）瑞金に中華ソビエト共和国
一九三二	上海事変（一月）。国際連盟理事会、日本に上海での戦闘行為中止を警告。満洲国建国宣言（三月）。上海停戦協定調印（五月）。日満議定書の調印により、満洲国承認（九月）。リットン調査団、日本政府に報告書を通達（一〇月）	（日）五・一五事件。海軍将校ら犬養毅首相を射殺 （中）国民党軍、第四次赤軍包囲討伐戦。国民政府、ソ連と国交回復（六月）
一九三三	関東軍、華北に侵入。日本軍、通州占領。関東軍と中国軍の間で塘沽停戦協定成立（五月）	（日）国際連盟脱退（三月）
一九三四	満洲国、帝政実施。執政溥儀、皇帝となる（三月）。満鉄特急あじあ号運転開始	（中）中国共産党の長征始まる（〜三六）
一九三五	満洲国皇帝溥儀来日（四月）	（中）中国共産党の抗日八・一宣言
一九三六	広田弘毅外相、議会で日中提携・満洲国承認・共同防共の対中華三原則を演説	（日）二・二六事件。斎藤実首相、高橋是清蔵相ら暗殺さる （中）西安事変（一二月）
一九三七	盧溝橋で日中両軍衝突、日中戦争勃発（七月）。国際連盟総会、日中紛争について、日本の行動を九ヵ国条約・不戦条約に違反するとの決議採択（一〇月）。日本軍、南京占領、虐殺事件おこす（一二月）。北支那方面軍の指導により、北京に中華民国臨時政府成立（一二月）	（中）第二次国共合作（九月）。国民政府、重慶遷都（一一月）
一九三八	大本営・政府首脳による御前会議で、支那事変処理根本方針を決定（一月）。中支那派遣軍の指導で、南京に中華民国維新政府成立（三月）。日本軍、武漢三鎮占領（一〇月）。汪兆銘、重慶を脱出してハノイで対日和平声明（一二月）	（日）国家総動員法施行（五月）
一九三九	満蒙国境で、満・外蒙両国軍衝突、ノモンハン事件の発端（五月）。天津の英仏租界を日本軍が封鎖（六月）	（日）独ソ不可侵条約調印、平沼内閣総辞職（八月）。

一九四〇	汪兆銘、南京政府樹立（三月）。華北で共産軍が日本軍に大攻勢	独軍、ポーランド侵入により第二次世界大戦勃発（九月） (日) 仏印進駐。日独伊三国同盟調印（九月）
一九四一	関東軍特種演習（関特演）で、満洲に七〇万の兵力集中（九月）。日独伊に対し重慶の国民政府が宣戦布告（一二月）	(日) 日ソ中立条約調印（四月）。南部仏印進駐（七月）。米、日本への石油輸出全面禁止（八月）。東条英機内閣成立（一〇月）。真珠湾攻撃、対米英宣戦布告（一二月）
一九四二	日本軍、浙贛打通作戦（五月）。重慶で米英中ソが作戦会議（一〇月）	(日) ミッドウェー海戦で大敗、海軍四空母を失う（六月）。ガダルカナル島に米軍上陸開始（八月）
一九四三	蔣介石、国民政府主席に就任（九月）、カイロ会談で米英首脳と対日政策を協議（一一月）。日本、汪兆銘政権との間に、日華同盟条約を締結、日華基本条約失効（一〇月）	(日) アッツ島守備隊が玉砕（五月）。大東亜会議開催（一一月）
一九四四	日本軍の大陸打通作戦開始（四月）。ビルマ・雲南戦線の守備隊、重慶軍に包囲され玉砕（九月）	(日) サイパン島玉砕、インパール作戦中止、東条内閣総辞職（七月）。レイテ沖海戦で連合艦隊壊滅（一〇月）。B29、東京初空襲（一一月）
一九四五	ソ連軍が満洲に侵入、皇帝溥儀が退位し満洲国消滅（八月）。在中日本軍が降伏文書に調印（九月）。国共内戦が始まる（一〇月）	(日) 米軍、沖縄上陸（四月）。広島・長崎に原爆投下、ポツダム宣言受諾（八月）
一九四六	国共、満洲で衝突、戦闘状態（三月）、国共満洲停戦協定（六月）	(日) 日本国憲法公布
一九四七	中共、満洲に人民政府樹立（九月）	
一九四八	国共内戦激化	(日) 極東国際軍事裁判判決
一九四九	中華人民共和国成立（一〇月）。国民政府、台湾に移動	

一九五〇		（中）中ソ友好同盟相互援助条約（二月）。中国の義勇軍、朝鮮へ（一〇月）
一九五一	サンフランシスコ講和条約。中国は北京・台北ともに招かれず（九月）	
一九五二	日華平和条約締結（四月）	
一九五三		（中）中国第一次五ヵ年計画（一月）
一九五五	周恩来・高碕達之助会談（四月）	
一九五八	長崎国旗事件おこる（五月）	（中）人民公社組織開始（八月）
一九五九	石橋前首相が北京訪問（九月）	（中）中印国境紛争、チベット反乱（三月）。毛沢東国家主席辞任、後任に劉少奇（四月）。中ソ対立激化
一九六〇		（日）日米新安保条約調印（一月）。安保阻止国民運動（六月）
一九六二	廖承志と高碕達之助が日中長期総合貿易覚書に調印。LT貿易が始まる（一一月）	（中）中印国境紛争（一〇月）
一九六四	新聞記者交換・LT貿易連絡事務所開設に合意（四月）。原水禁大会への中国代表団のうち、団員二名の入国認めず（七月）	（中）中国、原爆実験（一〇月）
一九六六		（中）文化大革命開始（八月）
一九六七	中国外交部、日本人三記者に退去命令（九月）	（中）中国、初の水爆実験（六月）
一九六九		（中）珍宝島事件。中ソ国境で武力衝突（三月）
一九七〇		（日）日米安保条約自動延長（六月）
一九七一		（中）中国の国連代表権承認される（一〇月）
一九七二	田中首相訪中、日中共同声明調印。戦争状態終結、国交正常化（九月）。ジャイアントパンダのランランとカンカンが、中国から東京・上野動物	（中）ニクソン訪中、米中共同声明（二月）

	園に贈られる	（日）沖縄返還（五月）
一九七六		（中）周恩来死去（一月）。毛沢東死去（九月）
一九七八	日中平和友好条約調印（八月）	（中）「四つの現代化」路線決定（一二月）
一九八一		（中）鄧小平・胡耀邦体制確立
一九八二	中国、日本の教科書検定に抗議。教科書問題は韓国やアジア諸国も日本を批判する（七月）。文部省は近現代史の記述を「国際理解と国際協調の見地」から配慮すると表明（一一月）	（日）第一次中曽根内閣成立（一一月）
一九八四		（中）香港返還協定（九月）。中ソ外相会談（一二月）
一九八七		（中）胡耀邦党総書記解任（一月）
一九八九		（中）天安門事件（六月） （日）昭和天皇崩御（一月）
一九九二	天皇、初の中国訪問	
一九九三		（日）細川連立内閣成立（八月）
一九九七	橋本首相が訪中し、柳条湖を訪問（九月）	（中）鄧小平死去（二月）
一九九八	江沢民国家主席が訪日。日本の戦争責任を強調（一一月）	
一九九九	小渕首相が訪中する（七月）	（中）中華人民共和国建国五〇周年記念（一〇月）
二〇〇〇	朱鎔基首相が訪日する（一〇月）	
二〇〇一	上海APEC開催（一〇月）。中国、台湾、WTOへの加盟承認される（一一月）	（日）小泉首相、靖国神社に参拝（八月）
二〇〇二		（中）第一六回党代表大会で胡錦濤総書記就任（一一月）
二〇〇三	米朝中三者協議が北京の釣魚台迎賓館で始まる（四月）。六ヵ国協議を	（中）胡錦濤、国家主席に就任する

	釣魚台国賓館で開催（八月）	（三月）。有人宇宙船の打ち上げ成功（一〇月）
二〇〇四	北京で第二回六ヵ国協議（二月）	（日）自衛隊のイラク派遣が始まる（一月）
二〇〇五	小泉首相の靖国神社参拝、日本の戦争責任などに抗議する反日デモが中国各地でおき、上海の日本総領事館が襲われる（四月）	（中）有人宇宙船「神舟6号」の飛行士二名が無事帰還する（一〇月）
二〇〇六	安倍晋三首相が訪中、「戦略的互恵関係」の構築で合意（一〇月）	（日）第一次安倍内閣発足（九月）
二〇〇七	温家宝首相が訪日（四月）。胡錦濤国家主席と民主党訪中団が会談（一二月）。福田首相が訪中（一二月）	（日）第一次安倍改造内閣発足（八月）。福田康夫内閣発足（九月）
二〇〇八	中国製冷凍餃子の食中毒事件が発覚（一月）。福田首相、訪日中の楊潔篪外相と会談（四月）。胡錦濤国家主席が訪日、「戦略的互恵関係」の包括的推進に関する日中共同声明を発表（五月）。日中両国、東シナ海のガス田共同開発について合意（六月）。福田首相が訪中（八月）。麻生首相が訪中（一〇月）	（日）麻生太郎内閣発足（九月） （中）チベットのラサで独立運動が発生（三月）。四川大地震（五月）。北京オリンピック開催（八月）
二〇〇九	麻生首相が訪中（四月）。鳩山首相が訪中（一〇月）。習近平国家副主席が訪日し、天皇と特例会見（一二月）	（日）鳩山由紀夫内閣発足（九月） （中）新疆ウイグル自治区ウルムチ市でウイグル族住民と治安部隊が衝突（七月）
二〇一〇	尖閣諸島沖で中国漁船と海保巡視船の衝突事件が発生（九月）	（日）菅直人内閣発足（六月） （中）上海万博開催（五月～一〇月）。劉暁波、ノーベル平和賞受賞（一二月）
二〇一一	野田首相が訪中（一二月）	（日）東日本大震災発生（三月）。野田佳彦内閣発足（九月）
二〇一二	野田首相が訪中（五月）。日本政府が尖閣諸島を国有化（九月）、中国で大規模な反日運動発生	（日）第二次安倍内閣発足（一二月） （中）初の空母「遼寧」就航（九

年	日中交流	一般事項
		月)。習近平が党総書記・党中央軍事委員会主席就任(一一月)
二〇一三		(中)習近平が国家主席・国家中央軍事委員会主席に就任、「一帯一路」提唱(九月)
二〇一四	安倍首相が訪中(一一月)	(中)香港で雨傘運動発生(九月)
二〇一五	中国から日本への観光客が急増、大量に商品を購買する様子が「爆買い」と表現され、この年の流行語となる	(日)安保関連法成立(九月)。(中)屠呦呦、ノーベル生理学・医学賞受賞(一二月)
二〇一六	安倍首相が訪中(九月)	(中)ダライ・ラマがモンゴル訪問、中国強く反発(一一月)
二〇一七		(日)第四次安倍内閣発足(一一月)
二〇一八	李克強首相が訪日(五月)。安倍首相が訪中(一〇月)	(中)国家主席の任期を撤廃(三月)。米中貿易摩擦が本格化(三月)
二〇一九	安倍首相が訪中(一二月)	(日)「令和」に改元(五月) (中)香港で逃亡犯条例改正案反対運動(六月)。湖北省武漢市で新型コロナウイルス感染症発生(一二月)
二〇二〇	四月に予定されていた習近平国家主席の訪日が、コロナ禍で延期となる(三月)	(日)菅義偉内閣発足(九月) (中)米国がヒューストン中国総領事館の閉鎖を要求したことへの対抗措置として、四川省成都の米国総領事館を閉鎖(七月)
二〇二一		(中)中国海警法施行(二月)。日米、東南アジア諸国など強く反発

ワ行

ヤ行

ラ行

マ行

ハ行

ナ行

タ行

サ行

カ行

索引

見出しに＊を付した語は、巻末の「日中交流史の主要人物略伝」に項目がある。

ア行

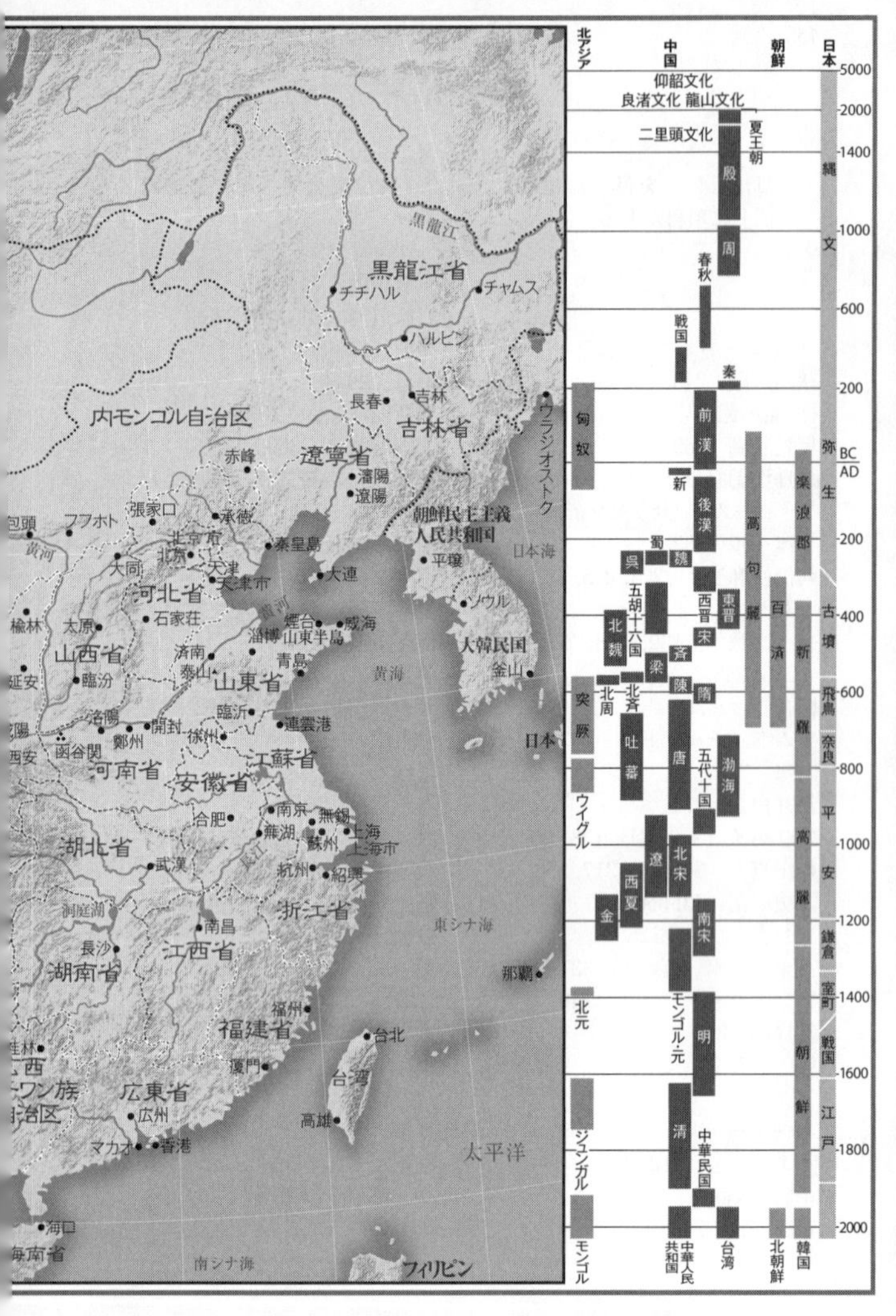

黒龍江省
チチハル
チャムス
ハルビン
黒龍江
吉林
長春
吉林省
内モンゴル自治区
ウラジオストク
遼寧省
赤峰
瀋陽
遼陽
朝鮮民主主義人民共和国
平壌
日本海
包頭
フフホト
張家口
承徳
北京市
北京
天津
天津市
秦皇島
大連
大同
河北省
石家荘
ソウル
楡林
太原
煙台
威海
淄博
山東半島
大韓民国
山西省
済南
泰山
青島
山東省
黄海
釜山
延安
臨汾
臨沂
洛陽
開封
鄭州
徐州
連雲港
日本
函谷関
西安
河南省
江蘇省
安徽省
合肥
南京
無錫
蕪湖
蘇州
上海
上海市
湖北省
武漢
杭州
紹興
洞庭湖
浙江省
東シナ海
南昌
長沙
江西省
湖南省
那覇
福州
福建省
台北
桂林
廈門
台湾
広東省
広州
高雄
マカオ
香港
太平洋
海口
海南省
南シナ海
フィリピン
北アジア
中国
朝鮮
日本
仰韶文化
良渚文化
龍山文化
二里頭文化
夏王朝
殷
周
春秋
戦国
秦
前漢
新
後漢
匈奴
高句麗
楽浪郡
百済
蜀
呉
魏
五胡十六国
西晋
東晋
北魏
宋
斉
梁
陳
隋
北周
北斉
突厥
吐蕃
唐
五代十国
渤海
新羅
ウイグル
遼
北宋
西夏
金
南宋
高麗
モンゴル・元
明
北元
朝鮮
清
ジュンガル
中華民国
モンゴル
中華人民共和国
台湾
北朝鮮
韓国
縄文
弥生
古墳
飛鳥
奈良
平安
鎌倉
室町
戦国
江戸
5000
2000
1400
1000
600
200
BC
AD
200
400
600
800
1000
1200
1400
1600
1800
2000

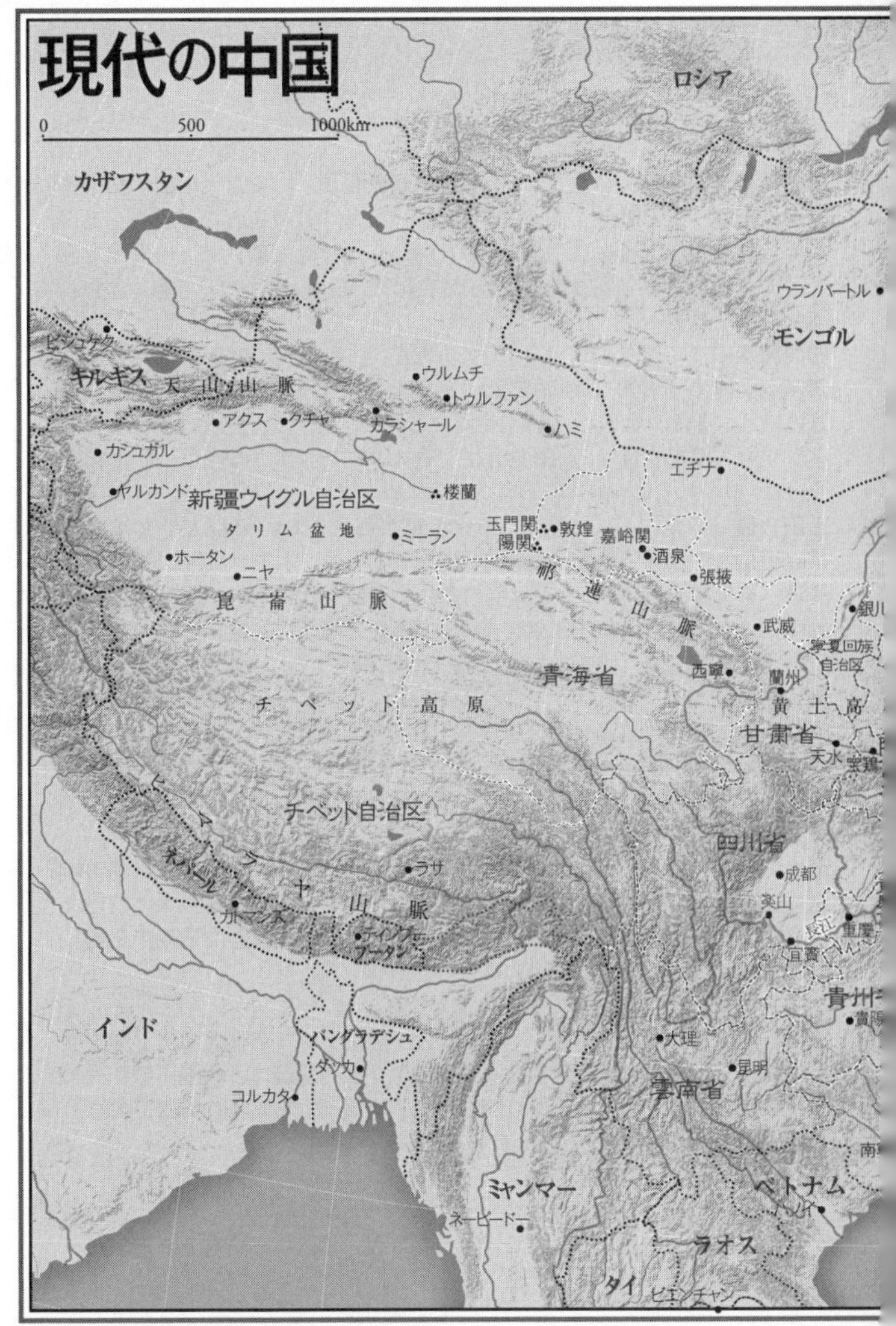
現代の中国
0
500
1000km
ロシア
カザフスタン
ウランバートル
モンゴル
ビシュケク
キルギス
天山山脈
ウルムチ
トゥルファン
アクス
クチャ
カラシャール
ハミ
カシュガル
エチナ
ヤルカンド
新疆ウイグル自治区
楼蘭
タリム盆地
ミーラン
玉門関
敦煌
陽関
嘉峪関
酒泉
ホータン
ニヤ
祁連山脈
張掖
崑崙山脈
武威
寧夏回族自治区
青海省
西寧
蘭州
チベット高原
甘粛省
天水
宝鶏
チベット自治区
ヒマラヤ山脈
四川省
ラサ
ネパール
成都
カトマンズ
楽山
ティンプー
ブータン
長江
重慶
宜賓
貴陽
インド
バングラデシュ
大理
ダッカ
昆明
コルカタ
雲南省
ミャンマー
ベトナム
ネーピードー
ハノイ
ラオス
タイ
ビエンチャン

著者略歴（執筆順）

尾形　勇（おがた　いさむ）　1938年愛媛県生まれ。東京大学文学部東洋史学科卒業。文学博士。東京大学教授，立正大学教授を経て，現在，東京大学名誉教授。著書に『中国古代の「家」と国家』『東アジアの世界帝国（ビジュアル版世界の歴史８）』『中国歴史紀行』ほか。本シリーズ編集委員。

鶴間和幸（つるま　かずゆき）1950年東京都生まれ。東京教育大学文学部卒業。博士（文学）。学習院大学教授を経て，現在，同大学名誉教授。著書に『始皇帝の地下帝国』『秦帝國の形成と地域』『人間・始皇帝』ほか。本シリーズ編集委員で，第3巻『ファーストエンペラーの遺産』を執筆。

上田　信（うえだ　まこと）　1957年東京都生まれ。東京大学文学部卒業。現在，立教大学教授。著書に『森と緑の中国史』『ペストと村』『シナ海域　蜃気楼王国の興亡』『貨幣の条件』『死体は誰のものか』『人口の中国史』ほか。本シリーズ編集委員で，第9巻『海と帝国』を執筆。

葛　剣雄（かつ　けんゆう，Ge Jianxiong）　1945年浙江省湖州生まれ。復旦大学歴史地理研究所博士課程修了。現在，復旦大学資深教授。歴史学博士。専門は中国史，歴史地理。著書に『西漢人口地理』『中国人口発展史』『中国移民史』『統一與分裂：中国歴史的啓示』ほか。

王　勇（おう　ゆう，Wang Yong）　1956年浙江省生まれ。北京日本学研究センター大学院卒業。国際日本文化研究センター，浙江工商大学教授などを経て，現在，浙江大学教授。日本語の著書に『聖徳太子時空超越』『唐から見た遣唐使』『中国史のなかの日本像』ほか。

礪波　護（となみ　まもる）　1937年大阪府生まれ。京都大学文学部史学科卒業。文学博士。京都大学教授，大谷大学教授を経て，現在，京都大学名誉教授。著書に『唐代政治社会史研究』『馮道』『隋唐の仏教と国家』『鏡鑑としての中国の歴史』ほか。本シリーズ編集委員。

本書の原本は，2005年11月，小社より刊行されました。

KODANSHA

定価はカバーに表示してあります。

中国の歴史12

日本にとって中国とは何か

尾形　勇／鶴間和幸／上田　信
葛　剣雄／王　勇／礪波　護

2021年6月8日　第1刷発行
2021年6月28日　第2刷発行

発行者　鈴木章一
発行所　株式会社講談社
東京都文京区音羽 2-12-21 〒112-8001
電話　編集（03）5395-3512
販売（03）5395-4415
業務（03）5395-3615

装　幀　蟹江征治
印　刷　豊国印刷株式会社
製　本　株式会社国宝社
本文データ制作　講談社デジタル製作

ISBN978-4-06-523377-1

「講談社学術文庫」の刊行に当たって

これは、学術をポケットに入れることをモットーとして生まれた文庫である。学術は少年の心を養い、成年の心を満たす。その学術がポケットにはいる形で、万人のものになることは、生涯教育をうたう現代の理想である。

こうした考え方は、学術を巨大な城のように見る世間の常識に反するかもしれない。また、一部の人たちからは、学術の権威をおとすものと非難されるかもしれない。しかし、それはいずれも学術の新しい在り方を解しないものといわざるをえない。

学術は、まず魔術への挑戦から始まった。やがて、いわゆる常識をつぎつぎに改めていった。学術の権威は、幾百年、幾千年にわたる、苦しい戦いの成果である。こうしてきずきあげられた城が、一見して近づきがたいものにうつるのは、そのためである。しかし、学術の権威を、その形の上だけで判断してはならない。その生成のあとをかえりみれば、その根は常に人々の生活の中にあった。学術が大きな力たりうるのはそのためであって、生活をはなれた学術は、どこにもない。

開かれた社会といわれる現代にとって、これはまったく自明である。生活と学術との間に、もし距離があるとすれば、何をおいてもこれを埋めねばならない。もしこの距離が形の上の迷信からきているとすれば、その迷信をうち破らねばならぬ。

学術文庫は、内外の迷信を打破し、学術のために新しい天地をひらく意図をもって生まれた。文庫という小さい形と、学術という壮大な城とが、完全に両立するためには、なおいくらかの時を必要とするであろう。しかし、学術をポケットにした社会が、人間の生活にとってより豊かな社会であることは、たしかである。そうした社会の実現のために、文庫の世界に新しいジャンルを加えることができれば幸いである。

一九七六年六月　　　　野間省一

学術文庫版 日本の歴史 全26巻

編集委員＝網野善彦・大津透・鬼頭宏・桜井英治・山本幸司

00	「日本」とは何か	網野善彦（歴史家）
01	縄文の生活誌 旧石器時代〜縄文時代	岡村道雄（考古学者）
02	王権誕生 弥生時代〜古墳時代	寺沢　薫（橿原考古学研究所）
03	大王から天皇へ 古墳時代〜飛鳥時代	熊谷公男（東北学院大学）
04	平城京と木簡の世紀 奈良時代	渡辺晃宏（奈良文化財研究所）
05	律令国家の転換と「日本」 奈良時代末〜平安時代前期	坂上康俊（九州大学）
06	道長と宮廷社会 平安時代中期	大津　透（東京大学）
07	武士の成長と院政 平安時代後期	下向井龍彦（広島大学）
08	古代天皇制を考える 古代史の論点	大津透/大隅清陽/関和彦/熊田亮介 丸山裕美子/上島享/米谷匡史
09	頼朝の天下草創 鎌倉時代前期	山本幸司（静岡文化芸術大学）
10	蒙古襲来と徳政令 鎌倉時代後期	筧　雅博（フェリス女学院大学）
11	太平記の時代 南北朝時代	新田一郎（東京大学）
12	室町人の精神 室町時代	桜井英治（東京大学）
13	一揆と戦国大名 室町時代末〜戦国時代	久留島典子（東京大学史料編纂所）
14	周縁から見た中世日本 中世史の論点	大石直正/高良倉吉/高橋公明
15	織豊政権と江戸幕府 織豊時代〜江戸時代初期	池上裕子（成蹊大学）
16	天下泰平 江戸時代（17世紀）	横田冬彦（京都橘女子大学）
17	成熟する江戸 江戸時代（18世紀）	吉田伸之（東京大学）
18	開国と幕末変革 江戸時代（19世紀）	井上勝生（北海道大学）
19	文明としての江戸システム 近世史の論点	鬼頭　宏（上智大学）
20	維新の構想と展開 明治時代前期	鈴木　淳（東京大学）
21	明治人の力量 明治時代後期	佐々木隆（聖心女子大学）
22	政党政治と天皇 大正時代〜昭和初期	伊藤之雄（京都大学）
23	帝国の昭和 昭和（戦前〜戦中期）	有馬　学（九州大学）
24	戦後と高度成長の終焉 昭和・平成（戦後〜バブル崩壊後）	河野康子（法政大学）
25	日本はどこへ行くのか	H・ハルトゥーニアン/T・フジタニ 姜尚中/岩﨑奈緒子/比屋根照夫 T・モーリス=スズキ/C・グラック

メイデーア転生物語3
扉の向こうの魔法使い（上）

友麻 碧

富士見L文庫

イラスト　雨壱絵穹

Contents

Characters

マキア・オディリール
〈紅の魔女〉の末裔であるオディリール家の魔術師。

トール・ビグレイツ
王宮騎士団魔法騎士。元マキアの騎士で、現在は救世主の守護者。

使い魔
ドンタナテス（ドン助）
ポポロアクタス（ポポ太郎）

〈救世主〉と〈守護者〉／ルスキア王国

アイリ
異世界からやってきた〈救世主〉の少女。

ライオネル・ファブレイ
救世主の守護者のひとり。王宮騎士団副団長。

ギルバート・ディーク・ロイ・ルスキア
救世主の守護者のひとり。ルスキア王国第三王子。

ユージーン・バチスト
ルスキア王国王宮筆頭魔術師。エレメンツ魔法学の第一人者。

クラリッサ
メイド長。アイリの身の回りの世話をする相談役。

ルネ・ルスキア魔法学校

レピス・トワイライト
マキアのルームメイト。フレジール皇国からの留学生。

ネロ・パッヘルベル
マキアのクラスメイト。魔法学校に首席で入学した天才。

フレイ・レヴィ
ネロのルームメイト。一歳年上の留年生。

ベアトリーチェ・アスタ
マキアのクラスメイトの令嬢。王宮魔術院院長の孫娘。

ユーリ・ユリシス・レ・ルスキア
ルネ・ルスキア魔法学校・精霊魔法学担当教師。ルスキア王国の第二王子。

ヴァベル教国

エスカ
マキアを監視するヴァベル教の司教。

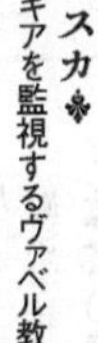

フレジール皇国

シャトマ・ミレイヤ・フレジール
フレジール皇国の女王。聖女と名高い古の魔術師〈藤姫〉を名乗る。

カノン・パッヘルベル
〝死神〟と呼ばれるフレジール皇国の将軍。マキアの前世を殺した男と瓜二つ。

Map & Realms

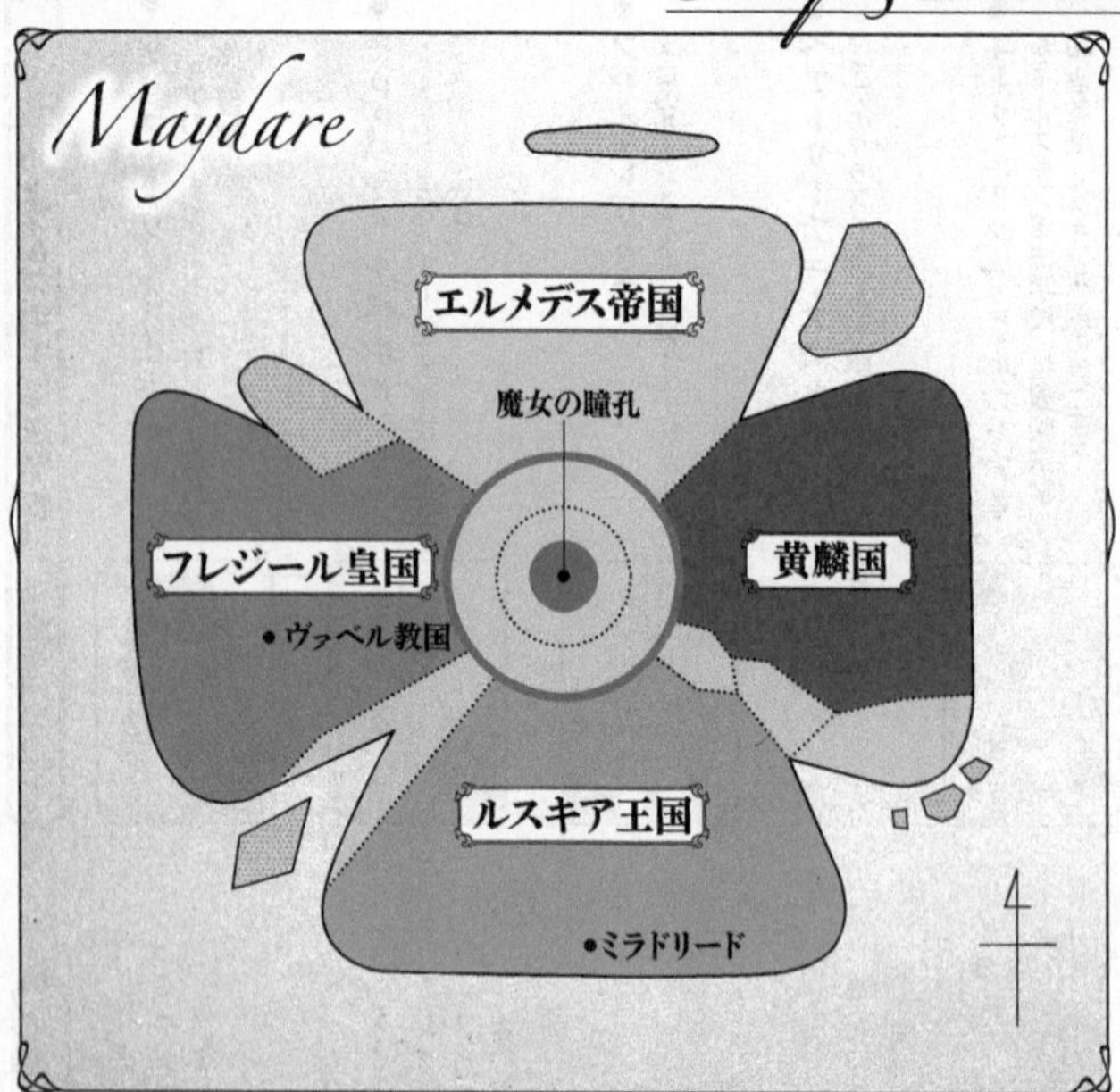

ルスキア王国
古い時代の魔力に満ちた南の大国。マキアの故郷デリアフィールドがある。

フレジール皇国
先端魔法が盛んな西の大国。ルスキア王国とは同盟関係にある。

エルメデス帝国
独裁的な北の大国。メイデーアの征服を目論んでいる。

黄麟国（きりんこく）
謎めいた東の大国。独特な東洋文化を持っている。

ヴァベル教国
フレジール皇国の内部にある、ヴァベル教の総本山。

ミラドリード
ルスキア王国の王都。ルネ・ルスキア魔法学校がある。

魔女の瞳孔
世界の中心にある大穴。

Keywords

メイデーア
世界の総称。偉大な魔術師たちにより歴史が紡がれてきた。

魔法大戦
五百年前〈紅の魔女〉〈黒の魔王〉〈白の賢者〉の三人の魔術師によって引き起こされた戦争。中でも勇者を殺した〈紅の魔女〉は〝この世界で一番悪い魔女〟として忌み嫌われている。

トネリコの勇者
四人の仲間とともに三人の魔術師を打倒し、魔法大戦を終結させた歴史上の存在。その物語はおとぎ話や童話の絵本となって広く親しまれている。

救世主伝説
ルスキア王国に伝わる伝説。メイデーアに危機が訪れた時、流星群を福音として異世界から〝救世主〟が現れ、世界を救うという。トネリコの勇者もその一例とされる。

四光の紋章
救世主伝説に語られる、四人の仲間〝守護者〟であることの証。救世主が現れた時、選ばれし者の体に刻まれる。

ヴァベル教
メイデーアで最も古く、最もメジャーな宗教。世界樹ヴァビロフォスを信仰する。

ルネ・ルスキア魔法学校
古の魔術師〈白の賢者〉によって創設されたとされる教育機関。

属性と申し子
世界を構成する魔力。主に【火】【水】【氷】【地】【草】【風】【雷】【音】【光】【闇】に分類される。また各属性に愛された存在を〝申し子〟と呼び、精霊の加護や特異な体質を備えている。

精霊・使い魔
世界の魔力の具現体。動物や植物、自然に宿り、神秘を体現するものたち。精霊そのものを召喚し契約することで、使い魔として使役することもできる。

魔物
主にメイデーアの北部に生息する魔法生物の通称。人類に害をなす敵とされ、かつては〈黒の魔王〉が従えていた。

魔法道具
特定の魔法効果を発動するアイテム。一つの道具にできることは限られているが、魔術師以外でも扱うことができる。

第一話　集う王たち

暗雲のような巨大な戦艦の汽笛が鳴り響いている――

異国の要人を乗せた船は、今しがたルスキア王国のミラドリード港に着港したようだ。

私、マキア・オディリールもまた氷竜グリミンドの背から降り、港で人混みを掻き分け前へ前へと進む。

急ぐ私の手を、後ろから騎士のトール・ビグレイツが掴んだ。

「お嬢、どうしたんですか？　何をそんなに急いでいるんです」

「トール……だって……」

私の表情に、トールは驚いていた。

おそらく、私は蒼白で強張った顔をしていたのだろう。

上空から見下ろしたフレジール皇国の戦艦の甲板には、私にとって忘れられない顔の男が乗っていた。

前世で、私を殺した、金髪の男。

トールはそんなこと知らない。覚えていない。

だから、私の表情の異変に気がついていても、その理由がわからず眉を顰めていた。

ファンファーレが鳴り響く。ルスキア王国の衛兵たちが作った道の上に赤いカーペットが敷かれ、船内から人が降りてくるようだ。

「あ……」

軍服を纏った、異国の軍人が数名。

特に目を奪われたのは、藤色の髪をした少女と、その後ろに続く金髪の男だ。

ワッと歓声が上がった。フレジール皇国からやってきた突然の客人を、ミラドリード市民は受け入れ、拍手を送って歓迎している。

「あの子……って」

誰より一歩前を行く少女の、特徴的な藤色の長い髪。蠱惑的な琥珀色の瞳。

まだ十代の少女の顔をしていながら、大人びた笑みを浮かべている。

私は、あの軍服の少女と会ったことがある。

以前、王宮で開かれた夜会に参加していたご令嬢だ。その時は軍服姿ではなくドレス姿で、彼女の美しさと存在感は周囲を圧倒し際立っていた。私は同級生のベアトリーチェと共に、部屋を借りてお世話になったのだ。

フレジールの軍服の少女は、あの金髪の男を引き連れて赤いカーペットの上を堂々と歩く。

金髪の男の目元は軍帽で隠れがちで、表情を窺うことはできない。

いったい何者だと言うのだろう。あの二人は。

「あの方は、シャトマ・ミレイヤ・フレジール様」

後ろから声がして、私は妙な悪寒にゾッとしながら振り返る。

そこには、清廉な司教服姿なのに悪魔のごとく凶悪面の、オッドアイの男が立っていた。

「誰だ、お前！」

その男を見るや否や、トールが明らかに警戒し、私を守ろうと剣の柄に手を当てる。

「あっ、違うのよトール！　この人はヴァベル教国の司教様なの！」

「……ヴァベル教国の？」

トールはまだ訝しげだが、司教としての出で立ちをじっくり見てから、しぶしぶ臨戦態勢を解く。

「はっ。そーいう訳だぜ、守護者の小僧。オメーのことは他の司教が審査をしていたようだから、俺様のことを知らないのは無理ないが」

口の利き方には気をつけろよ、と司教様は鼻で笑った。

トールは変わらず、この司教に疑念じみた視線を送っている。

「そんなことより、しっかり見とけよ。あのお方こそ、フレジールの女王陛下シャトマ様である」

「え……っ、女王陛下⁉」

今一度、軍服の少女に視線を向けた。

う、嘘でしょう……

あの夜会で出会ったあの人が、フレジール皇国の女王陛下だったなんて。

私だけでなくトールも初耳だったようで、ただただ目を見開いて驚いている。

「ねえトール。私たち、先日の夜会で、あの方を……」

「ええ。フレジールの大使として夜会にいらっしゃったレディです。しかしあの方は、今もまだ王宮に滞在中のはず。なぜ同じ人物が、今しがたフレジールの戦艦から降りてきたのでしょう」

トールも私と同じ疑問を抱き、混乱していた。

だけど私たちの背後にいるエスカ司教は、ククッと噛(か)みしめるように笑い、

「それが藤姫(ふじひめ)様の〝魔法〟だからだ」

囁(ささや)くように、私たちに教える。

「魔法？　フレジールの女王は魔法が使えるのですか」

トールが背後の司教様に早口で問いかける。

「使えるどころの話じゃねえよ。あの方はフレジールを代表する大魔術師のお一人だ。この国のユリシスとかいうクソ王子に、負けるとも劣らない精霊魔術師だ」

私とトールは顔を見合わせた。

しかしすぐに、目の前の歓声が大きくなって、私たちは再び赤いカーペットの方を注目する。

今、ちょうど目の前を、フレジール皇国の女王が通り過ぎた。

金髪の軍人もまた、女王のすぐ後ろを歩いていた。その軍帽の隙間から、あの柘榴色の瞳が、横目で私を射貫く――

「…………」

人混みに紛れているはずの私を、決して見逃すことなどなかった。

私は密かに、手をぎゅっと握りしめる。

「あ、あの……司教様」

「なんだ、マキア・オディリール」

「女王様の後ろを歩いている金髪の軍人は……いったい……っ」

声が震えてしまいそうだったが、何とか堪え、言葉にして尋ねる。

エスカ司教は事情に詳しそうだから、知っているのではないかと思ったのだ。

「ああ、あれはカノン・パッヘルベル将軍だ」

「……カノン……パッヘルベル？」

「シャトマ女王が最も信頼している側近であり、フレジール防衛の要。あんまり無慈悲だから〝死神〟と呼ぶ奴もいるがな」

初めて、あの男の名を知った。

同時に、聞き覚えのあるラストネームに、胸がざわつく。

「お嬢？　お嬢、大丈夫ですか？」

「え、あ」

トールが隣で、さっきからずっと私の名を呼び、顔を覗き込んでいた。

私はきっと、とても情けない顔をしていたのでしょうね。

「大丈夫よトール。ちょっと……人混みに酔ったみたい」

「…………」

女王陛下と金髪の将軍が、黒い鉄の馬車に乗り込みこの場を離れた。それでやっと、全身で抱き続けた緊張と、魂に刻まれた恐怖が薄れる。

群衆の熱気がまだ冷めやらぬ中。

ただただ、私は、予感がしていた。

何かが、本当の意味で始まってしまうような、胸騒ぎが――

「揃っていますね、マキア嬢、トール君」

「ユリシス先生？」

いつの間にか、ユリシス先生がすぐ側にいた。エスカ司教が「げ」と顔を引きつらせていたが、先生は相変わらず爽やかで。

「お二人には、今すぐ王宮へと来ていただきます。エスカ司教、あなたにも会合への参加が命じられているはず。フラフラしてないで、共においでください」

「うっせえよ。オメーに指図されるまでもねえ！　今すぐ藤姫様の元へと馳せ参じるつもりだったぜ。今すぐにな！」

大切なことを二度言って、司教らしからぬ荒々しい素振りでこの場を離れ、何処かへと走り去ってしまった。

本当にあの司教は、突然現れる竜巻のよう。意味不明な人だ。

「ユリシス殿下。俺とマキア嬢ということは、守護者に招集がかかっているのですか？」

トールが改まって、ユリシス先生に問う。

「いえ。救世主と守護者が揃ってお披露目されるのは、明日の同盟国会議の場です。その前に、あなた方二人に協力していただきたい案件があるのです」

「……協力？」

何だか話が見えてこない。

だけどユリシス先生は、意味深な微笑みのまま、口元にそっと人差し指を添えた。それはまるで、秘密の話だとでもいうように。

私とトールは頷き合い、大人しく先生について行くことにした。

大通りには、私たちを待つ黒い鉄の馬車も停められていた。

王宮では衣服を着替えさせられ、化粧や髪型すら整えられた。

同じように身綺麗にされたトールと共に、私たちは大会議室の隣にある控え室まで連れて行かれる。私たちはしばらくそこで大人しくしていたが、

「トール・ビグレイツ様。マキア・オディリール様。大会議室へとお入りください」

役人によって、すぐに大会議室へと通される。

そこは、円形の大会議場。アーチを描いた段差の上に立派な椅子が並んでいて、中央に落ち窪んだ広い空間があった。私たちはまさにその落ち窪んだ場所に立っていて、数多くの椅子に見下ろされている。

まるでどこぞの裁判場のよう。

しかし、これほど多くの席がある中で、着席しているのはたったの三人だった。

「こちらにおられるのは、フレジール皇国女王陛下、シャトマ・ミレイヤ・フレジール様であらせられます」

私たちを真正面から見下ろす席に座る、軍服姿が凜々しい同盟国の若き女王陛下の名を、ユリシス先生が称える。

私もトールも跪いて深く頭を下げた。

「よい。面を上げよ。妾にその顔をよく見せるのだ」

言われるがままに顔を上げる。その時、私は女王陛下と目があった。

前に出会った時は、まさか異国の女王だとは思わず失礼なことをしでかしたかもしれないが、彼女のその琥珀色の瞳は、変わらず優雅に細められている。

また会えると言ったであろう――

そう言いたげな瞳。小悪魔的で、挑発的な視線だ。

「同じく、こちらはフレジール皇国カノン・パッヘルベル将軍閣下であります」

次にシャトマ女王陛下の隣にいる、あの金髪の男の名を、改めて知らされた。

男は立ち上がり、軍帽を取って低頭する。

その顔を上げた時に射貫かれた鋭い視線に、身が竦んだ。笑み一つない顔は恐ろしいまでに整っていたが、その視線は私にとって、刃そのものであった。

だがそんなことは誰も知らず、私はただ一人で恐怖に耐えている。

脂汗を滲ませ、形式通りに挨拶をしている中でも。

「そして奥にいらっしゃるのが、ヴァベル教国より参られたエスカ司教猊下です。まあ、マキア嬢はご存じかもしれませんが」

あの灰色の髪のオレ様司教もこの場にて、紹介された。

先ほど港から猛ダッシュで王宮へ向かっていたけれど、今は余裕そうな顔してドカッと椅子に座っている。この人のことまで考え出したら頭が保たないので、今はあまり気に留めないことにする。

ユリシス先生は自ら場を取り仕切り、話を進めた。

「同盟国会議の前日ではありますが、ここに、フレジール皇国、ヴァベル教国、ルスキア王国の三カ国による極秘の会合を行いたく存じます。議題は、先日ルスキア王国に出現した〈青の道化師〉についてです」

「……!?」

俯きがちだった顔を上げた。

その名を忘れることはない。ユージーン・バチスト先生の体を乗っ取った、得体の知れない青いピエロ。異様な魔術師のことだ。

それでやっと、ピンときた。私とトールがここへ呼ばれた理由。

私たちだけがあの〝青いピエロ〟と接近し、真っ向から対峙したからだ。

「マキア嬢。確認ですが、〈青の道化師〉は北のエルメデス帝国の手の者だったのですね」

ユリシス先生に問われ、私は戸惑いつつも、ゆっくりと答える。

「はい。あの青いピエロ……〈青の道化師〉と名乗った魔術師は、確かに〝我が帝国〟と口にしました」

帝国と呼ばれる国は、メイデーアでは一つしかない。

北の大国、エルメデス帝国。

長い年月をかけて周辺の小国家を取り込みながら肥大化していった独裁国家だが、ここ十年ほど前より、何がきっかけだったのか侵略行為が過激化し、西の大国フレジール皇国すら挑発している。帝国と皇国、この二国が度々衝突している状況だ。

なぜフレジールを狙うのか。

それは、フレジール内に〝聖地〟があるからだと言われている。

世界樹を掲げる聖地を手に入れることは、まさしく、メイデーア全体を支配することと同意であると、帝国は考えているのだろう。

これに対し、フレジール皇国は同盟国を招集し、連携を強めて防衛したい形だ。

「おそらく帝国側が〈青の道化師〉を使ってまで調べたかったのは、〝異界の救世主〟と守護者の力量についてであろう」

シャトマ女王陛下が口を開くと、場の空気がピンと張り詰める。

女王の言葉に、ユリシス先生は「いかにも」と頷いた。

「これは我が国の失態に他なりませんが、〈青の道化師〉は王宮筆頭魔術師であったユージーン・バチストを傀儡（かいらい）化したことで、救世主とその守護者についての情報を得ているものと考えて良いでしょう。ユージーン・バチストが体を乗っ取られていた期間は2ヶ月ほどですが、その間、ルスキア国内に何かを仕掛けていたり、機密情報が帝国側に漏れている可能性が、限りなく高いと言えます」

あれから王宮内を徹底的に洗ったらしく、ユージーン・バチストが仕掛けた魔法の痕跡などを、しらみつぶしにしているらしい。現にいくつか、危険な魔法が仕掛けられている場所もあったのだとか。

「てめえ、ユリシス、このやろう」

我が国の王子に向かって、エスカ司教は頰杖をついて悪態をつく。

「ユージーン・バチストとは親しい仲だったんだろう？　どうして、てめーがそれに気づけなかったんだよ。おかげでこの有様だ。てめーが奴の異変に気がついてさえいれば、こんな事態になってないってのによう。え？」

「…………」

ユリシス先生を、エスカ司教がねちっこく責め立てた。

この国でユリシス先生に物申せる人は少ないので、このような場面は珍しい。私は内心、ハラハラしてしまう。

「それともてめえ、まさか、わざと見逃していたんじゃないだろうな？」

「……まさか」

ユリシス先生の表情は僅かも変わらなかったが、

「〈青〉の存在にそれほど簡単に気がつけるなら、あなただって苦労しないはずでは？　エスカ司教猊下」

「……てめー」

ピリッとした空気が、先生と司教様の間を流れている。この二人、良く知った仲のように見えるけど、めちゃくちゃ相性が悪そうだな……

「過ぎたことを言っても仕方なかろう。話を進めろ、時間の無駄だ」

カノン将軍の、冷淡なひと声だった。

私は密かに、あの男の声に体を震わせる。

あまり語らない人だが、それゆえに、エスカ司教もユリシス先生もその言葉を無視できず、対立を解かざるを得ないという空気になる。

「……チッ」

「ゴホン。すみません」

微妙な空気の中、シャトマ女王陛下が、改めて私たちに問う。

「マキア・オディリール。そしてトール・ビグレイツよ。問おう。そなたたちは、あの〈青の道化師〉に直接会い、何を感じた」

鳥肌が立つほど心地のよい声と、感情の読みづらい琥珀色の瞳。彼女の存在が、私たちを真正面から捕らえている。

「恐れながら、よろしいでしょうか」

「発言を許す、トール・ビグレイツ」

「青の道化師とは、結局のところ帝国の魔術師なのですか。あるいは、人ではない魔性の存在なのでしょうか」

トールの質問は鋭かった。

要するに、トールにはあれが人には思えなかったのだろう。それは私も同意見だ。

この質問に答えたのは、あの金髪の軍人カノン・パッヘルベル将軍だった。

「青の道化師。メイデーアの歴史の分岐点に度々出現し、数多くの人間の体を乗っ取って世界を動かす、この世の〝厄災〟と呼ばれる大魔術師だ。人かそうでないかと言われたら、一応、人ではある」

その低く淡々とした声は、かつて私を殺した時に聞いたものと、同じ。

背筋に怖気が走り、私はますます縮こまる。

「それはいったいどういうことでしょう。この長い歴史において、度々出現するということは、他者の体を乗っ取る魔術で長い時を生きながらえているということでしょうか」

トールだけは、この場の大物たちに怯みもせず、気がかりだったことを立て続けに問い続けていた。

「待て待てトール・ビグレイツ。そなたは賢すぎていかんな。その疑問は尤もだが、アレについて詳しい話をしだすとキリがないのだ。ただ、アレが動き出したということが、とにかく厄介でな。そなたたちは奴と遭遇して生き延びた貴重な証人。まずは我々の問いに答えよ」

シャトマ女王陛下が、トールを宥めるようにそう告げて、

「特に、マキア・オディリール」

続けて私を指名した。

「そなたは、あの青の道化師と話をしたようだな。奴はそなたに何を告げた。そしてそなたは、奴に何と答えた」

「あ……。その」

私は一度、ゴクリと唾を飲み込んだ。落ち着け、落ち着け。

呼吸を整え、偽りなく答える。

「〈青の道化師〉は、私を〈紅の魔女〉などと言って、共に帝国に来ないかと言いました」

「…………」

「もちろん、私は拒否しました……が……」

この言葉の後、場の空気がスッと変わった気がした。

エスカ司教、カノン将軍、シャトマ女王までが、顔色を変え沈黙している。

嫌な予感がしていた。私は何か、言ってはいけないことを言ったのかもしれない。

「わ、私は確かに〈紅の魔女〉の末裔ではありますが、ルネ・ルスキア魔法学校で学ぶ、未熟な学生です！　断じて、悪い魔女ではありません！」

「悪い魔女？」

なぜそこを強調してしまったのかというと、少し前まで救世主アイリにそう疑われていたからだろう。ここにいる人たちも、私のことを〈青の道化師〉と同類のような悪い魔女だと思い込んでいるのではないかと、焦ったのだ。

「フフッ。にしても、そなた。やけに情けない表情をしているではないか。今にも泣き出しそうで、顔色も悪い。あの夜会にいた、威勢の良い小娘とは思えぬのう」

「そ、それは」

女王は私が、初めて出会った時とは印象が違って見えたようだ。そのせいか、視線にどこか疑念じみたものを感じる。

確かに今の私は、私らしいとは言い難いだろう。蒼白な顔をして、怯えた子犬のように縮こまっていると思う。

だけどそれは、目の前にあいつが、前世の私を殺した者と同じ顔をした男がいるからだ。

「きっと緊張しておられるのでしょう。マキア嬢は、普段は明るく元気の良い生徒ではありますが、姫様の御前だと誰だって畏縮してしまうものです」

緊張感のある空気の中、ユリシス先生がフォローしてくれた。

直後、ピシャリと扇子の閉じる音がして、再び場の空気が引き締まる。

「ユリシス。言っておくが、今の妾は〝姫〟ではないぞ」

「ああ、お許しください女王陛下。つい癖で……」

「まあよい。確かに妾は女王と呼ばれるより、姫と呼ばれる方が好きだからな」

そして隣の金髪の将軍を覗き込み「のう、カノン」と呼びかけている。

金髪の将軍は仏頂面のまま、黙って腕を組んでいる。

女王を軽く無視するとは。やはりこの男、只者ではない……っ。

「けっ。この腹黒王子のことだ、きっと女王様につっこんでもらいたくて、わざとそうお呼びしたのだ。下心丸見えでいやらしい奴め！」

「エスカさんも相変わらず、シャトマ女王陛下を前にしてはヴァビロフォスへの揺るぎない信仰がブレブレになってしまうのですね。いいんですか？　司教様がそんなことで」

「う、うるせえ！　信仰と崇拝は別なんだよ！　死ね！　腹黒クソ王子！」

エスカ司教は勢い余って立ち上がり、ユリシス先生に指を突きつけ、意味不明なことを喚いていた。そしてひとしきり悪態をついて、ドカッと椅子に座り込む。

「ところでよお、まどろっこしいのはなしにして、早速確認しちまおうぜ」

先ほどまでの小物臭さは何処へやら。

スッと瞳に冷酷な色を灯して、エスカ司教は身を乗り出し、私とトールを見下ろす。

「こいつらが〈青の道化師〉に体を乗っ取られてないかどうかを、よお」

「……!?」

そこでやっと、私たちがここへ呼ばれた本当の目的を理解した。

ここにいる者たちは、私たちがあのユージーン・バチストのように体を乗っ取られていないかを、確かめるために呼んだのだ。

異国の重鎮たちは、あの青いピエロをそれほど警戒している。

「特に、マキア・オディリール。明らかにキョドってるし、いつもの感じと違うのは俺様から見てもわかるぜ」

エスカ司教は私を指差す。

「そ、それは……っ」

どうしよう。どう説明したら、ここにいる王たちは私が体を乗っ取られていないと、納得してくれるのだろう。

その時、隣のトールが「恐れながら」と言って、立ち上がる。

「マキア嬢をお疑いなのであれば、心配はご無用です。お嬢様は多少混乱されておられますが、本人であることは間違いなく、それは俺が、誰よりわかっている」

「……トール」

トールは、私が誰より疑われていることを感じ取り、庇ってくれたのだ。

「ほう。ならばこの娘の様子が、これほどおかしいのはなぜか？」

シャトマ女王陛下は、そんなトールを試すような口ぶりだ。

しかしトールは女王相手に怯むこともなく、

「カノン・パッヘルベル将軍」

じっと、女王の隣に座る金髪の男を静かに睨(にら)んだ。

「お嬢はなぜか、あなたをとても恐れているようです」

……トール、あなた。

私は何も告げていないのに、あなたはそのことに、気がついていたのね。

彼の洞察力に驚きながらも、堪(たま)らなく胸をギュッと締め付けられる。

「ふっ。あははっ。なるほどなあ。確かにこいつは、子どもなんかによく泣かれる！」

シャトマ女王は足をバタつかせ声を上げて笑っていた。エスカ司教も「違いねーや」と膝(ひざ)を叩(たた)いて大笑い。

いや、そういう怖がり方とは、ちょっと違うんですけど。

当のカノン将軍は、ブレずに仏頂面で沈黙したまま腕を組んでいる。

「言っておくが、そこのマキア・オディリールだけでなく、そなたも疑われているのだぞ、トール・ビグレイツ」

女王はひとしきり笑うと、改めて、トールに告げた。

「違うというのなら、証明してみせよ。文字通り悪魔の証明と言えよう。そなたたちは、〈青の道化師〉ではないな？」

「…………」

私たちは、試されている。

あの時、青の道化師という禍々しい存在と対峙したから。

だけど、だからこそ、分かっていることもある。

「証明は、できます」

今まで沈黙していた私が声を上げた。

この場にいた者たちは、少なからず私に注目した。

私はトールと同じように立ち上がり、再び、口を開く。

「恐れながら申し上げます。あの青いピエロが〝守護者〟の体を乗っ取った場合、胸の紋章は消失してしまうそうです。ユージーン・バチストはそのせいで守護者の紋章を失い、代わりに私が、時間差で四人目の守護者に選ばれました」

「……ほお。ならば、そなたは」

私は胸元を閉じていたボタンを外し、心臓の真上に浮かぶその紋章を、この場で晒す。

「今、ここに守護者の紋章があることが、私が私であることの証明です」

恥ずかしいとか恥ずかしくないとか、それどころではなかった。

この場にいる者たちにそれが証明できなければ、私たちはきっと疑われ続ける。

それは私たちの自由と尊厳を損なうに違いない。

トールもまた、私に倣って胸元を晒して、紋章を見せた。

私とトールは、紛れもなく、本人である。

しばらくして、ユリシス先生がパンと手を合わせた。

「いかがです？　これでも、彼らをお疑いになりますか？」

にこやかだが、どこか得意げな言葉と眼差し。

シャトマ女王はそんなユリシス先生を横目で見て、フッと微笑んだ。

「よかろう。守護者がアレに乗っ取られた場合〝紋章が消失する〟というのは、得難い情報であった。これで〈青の道化師〉は、守護者には手を出せぬ」

パシッと、閉じた扇子で手のひらを打つ。

そして彼女は、今までとは少し違う眼差しで私を見下ろした。

「大儀であった、マキア・オディリール。それに、ようやく調子が出てきたようだな」

「……え？」

ニッと少女らしく笑う女王。私は多分、キョトンとしたまま。

「疑ってすまなかった。〈青の道化師〉には、我々もほとほと手を焼いていてな。……のう、カノン」

「ええ、姫」

驚いた。カノン将軍が、シャトマ女王にまともな返事をしたぞ。

しかも女王ではなく〝姫〟と呼んだ。女王はこの時ばかりは訂正しなかったが……

「シャトマ〜会いたかったよ〜っ！」

突然、大会議室の扉が開かれ、何者かが乱入してきた。

「え⁉　もう一人の、シャトマ女王……⁉」

驚きが言葉に出てしまい、慌てて自分の口を押さえる。

もう一人のシャトマ女王はドレスを着ていて、この場に居た軍服の女王とは見分けがつくが、顔はどう見ても、そっくりそのまま彼女だった。

「こらこらミスティ。大事な会議の場だぞ、はしゃぐでない」

「だってこんな国に一人預けられて、寂しかったんだもん〜〜」

乱入してきたドレスの女王は、軍服の女王に抱きつき、甘えるように頬擦りをしている。

私もトールも呆気に取られていた。

これはいったい、どういうことなの？

「疲れたであろう。一度、妾とのリンクを切り、あるべき姿へと戻れ――我が精霊ミスティ」

軍服のシャトマ女王がそう唱えると、乱入してきたシャトマ女王はその体を光に包み、まるで旋風に巻き上げられた花びらのように、ひらひらと紫色の光を撒き散らす。

いや、違う。あれは黒紫色の蝶々だ。

「美しいでしょう。あれは蝶の精霊・ミスティと言います。属性は【光】です」

すぐそばにユリシス先生がいて、精霊魔法学の教師らしく私たちに教えてくれた。先生もまた、美しい光の蝶の演舞に見入っている様子だった。

飛び散った蝶は、大部分がシャトマ女王の体の中へと吸収されたが、最後に一羽だけがひらひらと舞い、彼女の髪飾りと同化した。

「ふふ。驚かせたな。妾が使役している精霊は蟲ばかり。ミスティはその中でも、妾そのものに化けることのできる精霊でな。それでいて、妾と常に意識を共有しており、妾が遠方にいても、妾と同じ影響力を発揮できる。言うなれば、ミスティはもう一人の妾。妾の〝アバター〟である」

「ア、アバター……」

何だか、ルスキア王国ではしばらく聞きそうにない、近未来的単語を聞いた。

「マキア。あの夜会でそなたと出会ったのはミスティの方だが、語り合ったのはミスティを介した妾。要するに、妾だ」

「それは、そう言う魔法なのですか？」

「ああ、そうだ。それが妾の魔法──分身魔法」

──分身魔法。この魔法があれば、精霊を介し、自分の姿や声そのままの分身を作ることができる、ということらしい。

意識と視界をシャトマ女王本人と共有しているため、分身であってもほぼ本人と変わらず、自分の言葉で伝え、自分の意思で判断ができる。ただの分身というわけではない。

少しだけ、あの〈青の道化師〉の魔法に似ていると思ったが、あのピエロの魔法は他者に成り代わり他者の力を利用するものだ。一方、シャトマ女王の場合は自分というものを増やす魔法だ。

自分の影響力を、あらゆる場所で、同時進行で行使できる。一国の王としては、これほど使い甲斐のある魔法もない。

なんて恐ろしい、女王陛下だ。

シャトマ女王は再び扇子を開き、それを口元に当てながら、纏う魔力にヒヤリとしたものを織り交ぜる。その魔力と同じ色味の瞳で、私たちを見下ろした。

「もうよいぞ、下がれ」

この場にいる者たちの威圧感、その魔力が、仄かに漂う。

大魔術師──なぜかこの時、この単語が頭をよぎった。

私たちなど、彼らを前にしては小さな蟻と同じ。命じられるがままに、この場から弾き出される他なかった。

王宮の大会議室をトールと共に出る。

私は緊張が解け、目眩がして壁にもたれた。

「お嬢！」

トールがすぐさま、私を支える。彼は私の体が冷たくなって、ガタガタと震えていることに、すでに気がついていた。

先ほどの場で、ただひたすら耐え続けたものが、溢れ出してしまいそうだった。

「ごめん、ごめんね、トール」

「お嬢、どうしたのですか。何を謝っているのです」

「…………っ」

「港に居た時からずっと、あなたは正常じゃない！　あの男、カノン将軍を恐れている」

そう。トールはずっと、わかっていた。

私が尋常じゃなく、あの男に恐怖を抱いていたことを。

「あの男……」

私は目を見開いたまま、どこでもない一点を見つめ、トールの腕に縋った。

「あの男が、私を、殺したのよ……っ」

私だけじゃない。私たちを。

前世の名前で言うならば、小田一華と、斎藤徹を。

トールは何も覚えていないだろう。

だけど私たち、確かにあの男に殺されて——今、この世界に生まれ変わっている。

第二話　かつて私を殺した男

翌日の同盟国会議には、八ヵ国の代表が集った。

開催地である南の大国ルスキア王国に訪れたのは、フレジール皇国、ヴァベル教国、ギルチェ王国、オリエン王国、ジブラルタ王国、ベネリア共和国、ドラコ公国の要人たち。どの国も王や首相、それに準ずる者を派遣しており、緊急性の高い重要な会議であることをうかがわせる。同盟国会議は定期的に行われるらしいが、今回は、北側で力を増し侵略行為を繰り返すエルメデス帝国への対抗措置が、主な議題となる。

会議には、救世主アイリとその守護者も出席した。このルスキア王国に降り立った救世主の、各国の要人へのお披露目も兼ねているからだ。

私は久々にアイリと顔を合わせたのだけれど、アイリは強張(こわば)った顔をしていて、私とは目を合わせようとしない。

私もまた、昨日の今日で気が重い。この場には、あの男がいるんだもの。

金髪の、異国の軍人カノン・パッヘルベル。

そういえば、アイリはカノン将軍のことをどう思っているのだろうか。

かつて斎藤と田中さんを刺したのがあの男であるならば、アイリ、もとい田中さんも、カノン将軍が自分を刺した金髪の男だと思うのではないだろうか。顔を見たのであれば、だけど……

あとで、思い切って聞いてみようか。だけどアイリは、私と話をしてくれるかな。

「次の戦争の行方を握る鍵は、ここ十年で急速に発展した〝転移魔法〟になるだろうと、予想されております」

会議を進めていたのは、ギルバート王子だ。救世主の守護者の一人でもあり、ルスキア王国の第三王子でもある。

彼はずっと、この同盟国会議の準備を任され忙しそうにしていた。

「従来の転移魔法と違い、先端魔法を駆使した転移魔法は、移動距離も、移動質量も、移動速度も段違いです。帝国はここ数年、凄まじい速度で転移魔法の開発を進めております。非魔術師でも扱える、転移魔法を内蔵した〝武器〟や〝道具〟を生み出したのです」

夏の舞踏会で、グレイグス辺境伯が起こした事件や、ユージーン先生の事件でも、転移魔法が内蔵された銃が使われていた。あのような道具を持っていれば、誰でも簡単に武器を補充したり、自分自身を別の場所に転移させることができる。

これはとても恐ろしいことだ。軍隊も、武器も、魔法すらも、転移魔法で自在に目的の場所まで送ることができるのだから。

言ってしまえば帝国の攻撃は、条件さえ満たせば遠いルスキア王国にも届きうると言うことだ。

ただ、この手の転移魔法は、目的の場所に〝ゲート〟と呼ばれる出入り口をあらかじめ仕掛けておく必要がある。以前、薬園島の洞窟で見つけた不思議な装置も、ゲートの役割を果たしていた。

要するに、帝国の間者が国内に紛れ込み、そのゲートを仕掛けていないか、我々は注意し続ける必要がある。そしてそれを見つけたならば、片っ端から壊さなければならない。

ルスキア王国はすでに、このゲートをいくつも見つけ、破壊しているらしい。

転移魔法以外にも、帝国は戦争の準備を、様々な方面で進めているという。

特に――

「帝国は〝魔物〟の軍隊を持っております」

この話題に、各国の代表がざわついた。

魔物については、フレジール皇国のカノン将軍が淡々と説明をしていた。

「本来、魔物とは人間に従う存在ではありません。帝国は魔物を従属させる何かを生み出したと考えて良いでしょう。帝国が魔物を利用するということは、それ相応の被害が予測されるということです」

「なんと……っ」

魔物の被害に疎いルスキア王国と違い、魔物に恐怖を抱く国は多い。

魔物は人を襲って殺し、食うものもいる。人間とは、力も残虐性も段違いだ。それが帝国の軍隊ともなれば、人々は恐怖を抱かずにはいられないだろう。

容赦ない帝国に対し、同盟国はどう対処すべきなのかと憤っている王もいる。

一方で、楽観的な王もいる。

「こちらには救世主様がおられるではないか。救世主様の魔法は、魔物に効果的と聞いたことがある」

「救世主様は【全】の申し子でもあらせられるとか」

「救世主様が、帝国の侵略行為を止めてくださるやもしれぬ」

救世主伝説を信じ、五百年前の〈トネリコの勇者〉のように、異世界から現れた救世主が世界を平和に導くと思っている。

「……何、言ってるのかな」

だけど、それを否定したのは、紛れもなく救世主であるアイリ本人だった。

今まで発言もせず俯(うつむ)いてばかりいたが、アイリがスッと顔を上げた。

そして彼女は、各国の王の前でとんでもないことを言ってのけたのだ。

「嫌だよ。私、もう救世主なんてやめる」

「……な」

誰もがアイリに注目する。

誰もが、何か、聞き間違ったかと思った。

彼女の言葉の意味が、わからなかった。

いつも側にいる守護者たちですら、驚きの表情を隠しきれずにいる。もちろん私も。

「あたし、主人公でも何でもないもん。だったら普通に死んじゃうかもしれないじゃない。もう帰りたい。帰してよ、元の世界に！」

「な、何を言い出すのだ、アイリ！　あれほど努力し、あれほど前向きに取り組んできたと言うのに。このような場で、そんな冗談を……っ」

ギルバート王子が必死にアイリを宥めようとしていたが、

「冗談じゃないよ！」

アイリは強く声を張り上げ、首を振り続けた。

「理想と全然違うんだもん！　だってここは、あたしの作った世界じゃないんでしょ⁉」

「……アイリ」

「戦争？　魔物？　勝手にしてよ。まだ始まってもない戦争を怖がって、あまつさえ救世主にそれを止めろって？　バッカみたい。あたしに何を求めてるの？　そんなの無理に決まってるじゃん。……何、この世界」

アイリはとめどなく、思いをぶちまける。

「ほんと……何なの、この世界」

最終的に、アイリは青い顔をして大会議室から飛び出してしまった。

見るからに、いつものアイリではなかった。

ギルバート王子は彼女を追いかけたがっていたが、会議の進行役であるため、私と他の守護者たちが退出し、アイリを追いかける。

アイリは走るだけ走って、王宮の廊下の突き当たりで、膝を抱えて座り込んでいた。

「アイリ、どうしたの？　もしかして、具合が悪いんじゃ……」

私が彼女に声をかけ、手を伸ばす。すると、アイリはバッと顔を上げ、

「どうして？　マキアが言ったんじゃない。この世界は、あたしの世界じゃないって！」

「……それは」

思わず手を引っ込めた。

アイリが救世主の役目を嫌がったのは、彼女の世界を、理想を、私が否定したからだ。

「もう、この世界がどうなろうが知ったことじゃないよ。あたしがこの世界を守る必要なんてある？　て言うか、何でそんなことやらないといけないの？」

「………………」

「こんな世界、戦争でも何でもやって壊れちゃえばいいんだ。あたしは元の世界に帰るから！」

投げやりで、何もかもがどうでもいいと言うような言動。まさかそんなことを、アイリが言うとは思わなかった。

その言葉は、守護者であるライオネルさんやトールに、少なからずショックを与えているようだった。

「アイリ様、とにかく落ち着いてください。きっとお疲れなのです。お部屋で少し休みましょう……」

「トール。もうあたしに、無理に優しくしなくていいんだよ。どうせ、あたしのこと嫌いだったでしょ。マキアに意地悪なことばっかり言ったし」

「そんなことは……」

トールはアイリの物言いに困惑し、それ以上何も言えなくなった。

ライオネルさんが毅然とした口調で、アイリを宥める。

「アイリ様、ここでは目立ちます。会議はこの際ギルバート殿下にお任せして、お部屋に戻りましょう。私がお連れしますから」

「ライオネルだって、どうせあたしに呆れてるんでしょ？　妄想癖のある痛い女の子だって。優しいようで、優しくないもんね、ライオネルは」

「アイリ様」

「触らないで！」

ライオネルさんが差し伸ばす手を、アイリが拒否し、強く振り払う。

「もういらない。もういらないよ！　君たち、みんな！」

この世界、だけじゃない。

今まで大事だった、守護者たちすら否定する。

「……アイリ様。我々の忠誠や決意すら、信じられなくなってしまったのですか」

ライオネルさんの、失望すら感じられる言葉。

アイリはそのまま、何も言わなくなってしまった。

メイド長のクラリッサさんがやって来て、彼女を抱えて自室に連れて行く。彼女のことは、アイリが今もまだ、唯一信頼しているようだった。

私は口元を押さえ、この場の皆に謝罪した。

「……ごめんなさい、私のせいだわ。私が、アイリにあんなことを言ったから」

「いや、マキア嬢のせいではない」

私の言葉を否定したのは、意外にもライオネルさんだった。

「アイリはどのみち、以前のままではこの先の試練に耐えられなかっただろう。夢見がちな少女であれば微笑ましいが、そうではなく、どこか、我々やこの世界を直視できていないのではと思えるところが、アイリにはあった」

「……ライオネルさん」

「今は、アイリが自分を見つめ、この世界を受け入れ、自分を変えられるか……そうでないかの瀬戸際なのだろう」

ライオネルさんはどこまでも大人で、落ち着いていた。彼の判断に、トールも隣で小さく頷いている。

だけど、もし本当にアイリが救世主としての立場を放棄したら、メイデーアはどうなってしまうのだろう。そもそも、救世主の立場は放棄できるものなのだろうか。

私たちの胸に輝く四光の紋章。

それは今もまだ、確かに心臓の真上に刻まれているというのに。

その日の夜、ルスキア王宮の大広間では各国の要人を招いた夜会が催されていた。

私は守護者の一人として参加を命じられていたが、救世主当人であるアイリが姿を現すことはなかった。

ギルバート殿下が説得を試みているというが、アイリは救世主をやめると宣言してからというもの、部屋に引きこもってしまい、誰も彼女の自室に入れないのだとか。

夜会の話題もこの話で持ちきりだ。

「なんという無責任な……」

「あれだけ、王宮で贅を貪っておきながら……」

「所詮はただの小娘だ。救世主様には、前々からいい噂が無かった……」

「守護者たちはいったい何をしていたのだ……」

以前まで救世主や守護者をあんなに持ち上げていたのに、まるで手のひらを返したように、悪口や噂話が飛び交う。

救世主は異世界より現れた者にしか担えない役割で、彼女がそれを辞退することは、世界の誰もが許さないだろう。

「マキア嬢」

大広間の壁際に突っ立っていたら、ユリシス先生が声をかけてきた。

「ユリシスせん……殿下」

「先生で構いませんよ」

ユリシス先生は苦笑する。

とは言え先生は、学校でのローブ姿と違って、今夜は麗しい王子スタイルだ。

「マキア嬢。連日、気の重い会議が続きましたが大丈夫ですか？」

「私は大丈夫です。それより先生、アイリの様子は……」

ずっとそれが聞きたかった。

「アイリは、相変わらず部屋に籠ったきりです。メイド長のクラリッサさん以外、誰も部屋に入れようとしません。もちろん、僕の話も聞く耳持たずで」

「そう、ですか」

「マキア嬢が気にやむ事ではありません。これはアイリが乗り越えるべき、アイリの試練なのです」

ユリシス先生も、ライオネルさんと同じようなことを言う。

大人たちは流石に落ち着いているな。だけど、このままでいいとは誰もが思っていないと思う。

ユリシス先生は周囲の視線を気にしつつ……

「夜会という場で、ご令嬢を前にただの立ち話など失礼でしたね。どうですマキア嬢。僕と一曲、踊りませんか？」

「えっ⁉」

ユリシス先生と、踊る⁉

今の今まで考えたことも無かったシチュエーション。私の先生への憧れは、他のご令嬢のものとはかなり違うでしょうけれど、それでも私は常日頃から先生を尊敬している。凄いなあ、素敵だなあと見惚れたことは数え切れないほどなので、私は思い切り手を上げて、

「はい！　踊ります！」

などと答えた。それこそ、生徒が先生の質問に答えるがごとく。

「うん、いつもながらにいいお返事です。では、お手をどうぞ」

私は照れ照れしながらも、張り切ってユリシス先生の手を取った。

ユリシス先生にエスコートされながら、ダンスの輪に入る。

先生は大人で、優しくて、ふんわりとした微笑みすら魔力を帯びている気がする。魔法学校では魔術師らしい姿をしているせいもあり、第二王子様であることをついつい忘れがちだが、こうやってスマートに手を引かれて踊っていると、ああ、やっぱり王子様なんだなと思わされるのだ。苦手なことなんてあるのかしらと思うほど、完璧な人だ。

「ところでマキア嬢。あのお三方のことをどう思いましたか？」

ふと耳元で囁かれ、私は現実に引き戻された。

「あのお三方、とは、フレジールの？」

「ええ。シャトマ女王と、カノン将軍、エスカ司教のことです」

その名前が出て胸がざわついたが、なるほど、とも思った。

こういう話は、立ち話だと誰かに聞かれてしまう恐れがある。いっそダンスを踊りながらの方が、誤魔化せるというものだ。

「それは、凄い人たちだなって……言葉にし難いのですが、あの方々が集まっていた会議場では、自分はまるで、小さな蟻のようだと感じました」

「そうでしょうとも。あのお三方は、フレジールの正義の盾」

ダンスの最中、ユリシス先生は、チラリと視線を横に流す。

彼が垣間見たのは、多くの者に囲まれるシャトマ女王陛下だった。

「女王陛下を中心に、あのお三方には絶対的な信頼関係があり、なおかつ、お互いが立場と権力に相応する〝魔法の力〟を有しています。だから、フレジールは強い」

シャトマ女王と、カノン将軍と、エスカ司教。

彼らの関係性には、確かに特殊なものを感じた。だけどその本当のところを、私はまだ知らない。なぜ、それほどまでに強固な絆があるのか。

「でも……ルスキア王国にも、ユリシス先生がいます」

私がポツリと呟くと、ユリシス先生は僅かに驚き、やがて物憂げな笑みを浮かべる。

「ふふ。ありがとうございます。だけど……ユージーンを失ってしまった」

「…………」

青の道化師に体を乗っ取られ死亡したユージーン・バチストは、ユリシス先生とは魔法学校の同級生だったと聞く。

バチスト先生の事件に関して、ユリシス先生の個人的な話を聞くことはなかったけれど、ただその一言で、ユリシス先生が彼の悲劇を静かに嘆いていたのが、よくわかった。

「マキア嬢。ルスキア王国を守りきるには、僕の力だけでは足りない時が、遠からず来ると思います。あなたの力を借りなければならない時が」

「先生……っ、でも、私」

「僕はあなたとトール君に無限の可能性を感じているのです。魔術師として」

……私と、トールに？

その理由を聞きたかったが、ちょうどワルツが終わり、私たちは手を離しお互いに頭を下げる。周囲からは踊っていた紳士淑女に向けて拍手が湧く。

「それでは、マキア嬢。また学校でお会いしましょう」

そして、ユリシス先生は颯爽と行ってしまったのだった。

ユリシス先生とダンスを踊っていたからか、夜会の客人たちが、私に何かと声をかけてくるようになった。

同盟国会議に出席していた者たちにこそ、私が守護者の一人であると知らされているが、学生ということでまだ広く公表はされていない。それでもこの夜会に出席する貴族たちの嗅覚は凄まじく、私に何かあると感じたのだろう。

いえいえ。私はただの田舎貴族の令嬢で、壁の花ですから……

存在感を消しつつ、私は二階のテラスへと逃げた。

風を浴び、深呼吸。

ここで一人、色んなことを考えながら、静かに時間を過ごそう。

色々とあったもの。状況を整理して、自分のやるべきことは何かを考えなければ。

「マキア・オディリール嬢」

だが、前向きでいようとする考えを遮るほどの冷たい声に、呼吸が止まる。

心臓すら、止まってしまいそうな、声。

「守護者のお一人であるご令嬢が、こんな暗がりで、そんな場所に立っているものじゃありません。誰かに刃物で貫かれ、突き落とされるかもしれませんからね。今宵の宴は、何が起こってもおかしくはないのだから」

「…………」

その言葉に、私は覚悟して、ゆっくりと振り返った。

「あなた……は……」

金髪の、カノン・パッヘルベル将軍。

きらびやかな光の世界より、このバルコニーの影になった部分に一歩足を踏み入れる、異国の軍人。麗しい正装姿の将軍閣下は、見覚えのある柘榴色の瞳を前髪の隙間から覗かせ、確かに視線を私に向けていた。

「改めてご挨拶を、マキア・オディリール嬢。私はカノン・パッヘルベル。どうぞお見知り置きを」

カノン将軍はよくある挨拶の流れで私の手を取ろうとしたが、私が自分の手をビクリと震わせ、胸元に引き寄せてしまったので、彼はその手を自らの胸に当て頭を下げる。

私はバルコニーの端に追い詰められたまま、立ち竦んでいた。

今にも飛び出していきそうな心臓の鼓動を、自らの手で嫌でも感じ取りながら。

将軍は顔を上げ、作り物のような微笑みを浮かべている。

「貴女には、初めてお会いした時から、どうにも恐れられているようですね」

「……初めて？」

カノン将軍がスッと、纏う空気の色を変えた気がした。

「ええ。私が、貴女を殺した時の話をしています」

何一つ、隠そうとしない。

ただその事実を、私に囁きかけ、突きつける。

「やはり……っ、あなたは私の前世で、私を殺したあの男」

私たちを殺した男。

理屈は全くわからない。この世界のいち将軍が、今とそう変わらない姿で、地球の小田一華と斎藤徹を殺した方法。その理由。

それは、十六年も前の話だ。

この男は、人ではないのか……っ。

震えてしまいそうな体にグッと力を込めて、細いヒールで床を踏みしめる。

そして、ずっと忘れることのなかった〝金髪の男〟の顔を、睨むように見据える。

あの星降る夜に、前世の記憶を思い出してから、いつか、どこかで、必ずこの男に会うだろうと思っていた。

その時は、絶対に聞きたいと思っていたことがある。

「なぜ。なぜ私を、私たちを殺したの……ですか……っ」

ただの通り魔なんかじゃない。

何か理由があって、私たちはこの男に殺された。

そして、きっと、わざわざこのメイデーアに転生させられたのだ。

そうでなければおかしい程に、私たちは何かの運命、法則に基づくようにして、確かに巡り合っている。

「言っただろう。何度生まれ変わっても、俺はお前を、必ず、殺すと」

カノン将軍の口調が、切り替わる。

その言葉は、確かに以前、聞いたことがあった。

「ならば、また殺すと言うの？　また殺すために、私を生まれ変わらせたと？」

将軍は目を細める。

「……この世界で、俺がお前を殺す瞬間は、また必ず訪れるだろう」

「わからないわ」

わからない。なぜ、この男に殺されなければならないのか。

「だけど、今の私はあの時の私ではない。そう簡単に、殺されたりしない！」

ドクンと心臓の鼓動が高鳴り、私は指輪をつけていたその手を、カノン将軍に差し向けていた。また殺されるくらいなら、私が、この男を――

カノン将軍はそんな私の手首を掴み、覆うようにして顔を覗く。

「やめておけ。ここで騒ぎを起こして何になる。俺を殺すことなど、今のお前にはできやしない」

「……っ」

強く握られた手首が痛い。まるで首を締め付けられているかのような、息苦しさすら感じる。

それに、おかしい。私の肌に触れていても、申し子の体質による熱も、この男は感じていないようだ。

「そもそも、本当に一度だけか？　お前が、俺に殺されたのは」

「……え？」

「お前の物語の始まりが、地球の死からなのだと、どうして思える」

この男は、いったい何を言っているのだろう。

私は瞬(まばた)きもできず、ただ体を強張(こわば)らせていた。

「お前は何もかもを忘れているのだろうが、俺は全てを覚えている。この世界でも、お前は俺から逃げられはしない。いや、この世界でこそ。……俺も、お前からは逃げられない」

感情を感じさせない男の、感情的な片鱗(へんりん)を見た言葉。

訴えかけるものがあるが、何が言いたいのか、私にはまるでわからない。

「殺す……の？　今ここで」

あの時のように、ここから突き落として。

血で塗り固めたような瞳が、赤く妖(あや)しく、だけどどこか悲しげに煌(きら)めいた。

「……いいや。すぐに殺したりはしないさ。お前には役目がある。お前にしかできない大業が待ち構えている」

「私の役目？」

大業……？

「聖地へ行け。そこに、お前の求める〝真実〟が眠っている」

「……………」

何もかもが分からないことだらけだ。

だが、わかったこともある。魂が、この男への恐怖を覚えている。

涙が溢れそうになりながらも、グッと歯を食いしばって、摑まれていた腕を振り払おうとしたが、ビクともしない。

しかし、私の手首をきつく摑んでいたカノン将軍の腕が、別の手によって摑まれる。

「閣下。マキア嬢から手をお離しください」

それは、強くカノン将軍を睨むトールだった。

あのトールが、敵対心を隠すことなく、私の騎士として凛とそこに立っている。

カノン将軍は横目でトールを捉え、お互いに睨み合いながら、しばらく無言でいたが、

「これは失敬。俺としたことが、少し熱くなりすぎたようだ」

伏し目がちに苦笑し、私から手を離す。

そして、

「……マキア嬢。怖がらせてしまい、申し訳ない」

意外な台詞の後、彼はすぐに、その場を立ち去った。

謎めいた異国の将軍は、言葉とは裏腹に、私とトールに対し最後まで殺気と憎悪のようなものを放ち続けていた。

それだけが、わかる。他の何もかもがわからなくても。

「トール……」

「お嬢。ご無事ですか？」

「え、ええ」

胸に自分の手を引き寄せ、さっきまでカノン将軍に掴まれていた手首を、もう片方の手で覆った。

掴まれていた場所が、じんじんと熱い。

冷たい印象とは真逆の、とても熱い手だった。

私はまた、あの男に殺されてしまうのだろうか。目的はいったい何？

記憶ならとっくに思い出している。あの男に対する恐怖を、隠しきれないほど抱いているのだから。

しかしあの男は、私にまだ何かを思い出して欲しいような、そんな熱を帯びた言葉を連ねていた。

じくじくと、胸が痛い。

かつて、鋭い刃物で体を貫かれた、その猛烈な痛みを、今もまだ覚えている。

怖い。痛い。怖い。痛い――

「お嬢！お嬢っ!!」

前世の死。
あの瞬間の恐怖が、痛みが、嫌というほど思い出されて、私の緊張は極限に達した。
そのまま、ふっと意識を失ってしまう。
倒れてしまいそうだったのを、トールが受け止めてくれた。
それだけが、意識の糸が切れる瞬間まで、感じられた。

〇

学校の屋上。
真っ赤な夕焼け。
耳障りな、カラスの鳴き声。
目に焼き付いているのは、血だまりに伏せる少年と少女。
背中に迫っていたのは、金髪と柘榴色の瞳を持つ男。
私もまた、この男に刺されて、死んだ。
屋上から落とされて、体も命も、砕けたような音が響いた。
――私はかつて、それを夢だと思っていた。
だけど星降る夜に、否応(いやおう)なしに〝前世〟だと理解した。

魂がそれを受け入れ、迷いすらなかった。

あの金髪の男が現れたことで、かつての死が、再び鮮明な恐怖の記録として、繰り返し思い出されている。

助けて。助けて。助けて。

誰かに、どこかに、助けを求めながら刺されて落ちた。

血の匂いや、痛みすら、しっかり思い出される。


……カチッ。

あの時、自分の中で鳴った、はじまりの音も。

◯

「…………」

馴染みのない、天蓋の裏側が見える。

「お嬢、お目覚めですか？」

トールの声がする。目線だけで、トールを探す。

彼はすぐに私の顔を覗(のぞ)き込み、私を安心させてくれた。

「ここはユリシス殿下が用意してくださった、王宮内の一室です。ご安心ください」

「トール……」

彼は上着を脱いだラフな格好だ。私もまた、緩いネグリジェに着替えて寝ている。

んー……誰が着替えさせてくれたのかなあ？

「私、気を失っちゃったのね。不甲斐(ふがい)ないわ、本当に……」

本当に、さっきまでの私は、情けないものだった。

私が起き上がろうとするのを、トールが背中に手を回し手伝ってくれる。

「無理もありませんよ。前世の仇(かたき)が、そこに現れたなら」

「トールは……私の話を、信じてくれているの？」

「勿論(もちろん)です。お嬢の言うことですから」

トールが当たり前のように言うので、私は少し驚いた。

彼は温かいミルクコーヒーを淹(い)れてくれ、コーヒーカップを私に手渡す。

「どうぞ」

「ありがとう。トールが淹れてくれるミルクコーヒーなんて、いつぶりかしら」

一口すると、それはとても染み入る味がした。

こう言う時は、いつもより甘くて、ミルク多めのやつ。

ジワリと目元に涙が浮かんでくる程に、懐かしい。

「お嬢？」

「ご、ごめんなさい。最近また、涙腺が弱くって」

トールにコーヒーカップを渡し、目元をゴシゴシ拭いた。

トールを前にしていたら、弱い自分が出てしまいがちだ。

「やはり、あのカノン将軍は、前世でお嬢を殺した相手だったのですか？」

トールが、低く囁くように、あの男の名前を出す。

「……ええ。信じたくはなかったけれど、そうみたい。カノン将軍が、実際にそう語ったのだから」

私もまた、抑揚のない声でそう答えた。

これはトールにとっても、無関係な話ではない。

トールはあの男のことを覚えている訳ではないようだが、顎に手を添えて、何かを考え込んでいる。

「カノン将軍はフレジールの重鎮。フレジールを、何度も帝国の魔の手から救った英雄です。なぜそのような方が、お嬢の世界で、お嬢を殺す必要があったのでしょう。そもそも、どうやって異世界に……」

トールの気がかりは、もっともだ。私もそこが、よくわからない。

　そもそも十六年以上も前の話だ。いや、異世界という別次元での出来事に、この時間の概念すら当てはまるのか分からないけれど。

「他国は、転移魔法の開発が目覚ましいのでしょう？　もしかしたら、異世界に転移する方法すら、知っているのかもしれないわ」

「……それはあり得る話かもしれません。異世界からくる救世主がいるのですから、異世界は、確かに存在するのでしょう」

　そしてトールは、ふとこんなことを言う。

「もしかしたら、フレジールは異世界を調査しているのかもしれません」

「え……？　異世界に、何かあるというの？」

　私たちの生きていた、あの地球に。

「それは、わかりません。帝国との戦争に関係があるのかも、とは思いますが。俺は、お嬢やアイリ様のいた異世界のことを、全く知りませんから」

「……そう。そう、よね」

　やっぱり、トールはこの話を聞いても、何も思い出さないのだろう。

　自分もそこで生きていたこと。斎藤徹だった頃のことを、何も。

「お嬢、今もまだ顔が真っ青です。それに、少し震えている」

　トールが私の頬に、ピトッと自分の手の甲を当てた。

私は確かに、自分も気づかないうちに小刻みに震えていた。

「体温も、お嬢にしてはかなり低い気がしますね。まるで水中で溺れた時のようです」

「……あなた、私の体温すら肌感覚で覚えているって言うの？」

思わずつっこんでしまったが、私は多分、自分に触れる男の子を意識せずにはいられない、乙女の表情をしているだろう。

でも、トールは私を意識してはいない。だからこうやって、気軽に触れてくれるのだ。

私も子どもの頃は、こんな風にトールに触れられても、なんて事なかった。それは当たり前のことで、私の特権のようだと、誇らしくすら思っていた。

だけど今は、胸が痛い。恋を自覚しているからだ。

まるで、前世の私のよう……

この感情に思い至ったせいか、今一度、前世の悲劇が脳内にフラッシュバックする。

学校の屋上で横たわる、初恋の相手の死体が、目の奥でチラつく。

またトールに何かあったら、私は……

「い……っ」

激しい頭痛に見舞われ、頭を抱えた。濁流のように押し寄せるあの時の記憶が、今までになく私を痛めつける。

トールが私の異常にすぐ気がつき、立ち上がった。

「お嬢、どこか痛むのですか⁉　すぐに宮廷医を……っ」

「待って、トール」

トールが部屋を出ようとしたので、私は彼を呼び止めた。

ある瞬間に頭痛がおさまり、心が妙に落ち着いていくのを感じながら、私は白いシーツに視線を落としたまま、瞬きもせず願った。

「お願い。今日は、ここにいて……」

「お嬢？」

「刺された時のことを、昨日のことのように、思い出すの」

ゆっくりと、自分の顔を震える手のひらで覆う。

「背中から、心臓を一突き、だった……」

夕焼け空の下。

血だまりの光景が、まだ私の記憶にこびりついている。

だからトール、あの男には絶対に近づかないで──

「あの男。カノン・パッヘルベル将軍が、お嬢をそんな風に殺したのですか？」

私が警告の言葉を告げるより早く、トールが静かに、敵を意識する。

背筋がゾクッとするような、静かな怒りに満ちた声に、私は顔を上げた。

僅（わず）かに目を見開いたのは、トールの表情が、今まで見たことのない冷酷な男の顔をしていたからだ。

ああ、ダメだ。

私は、なんて弱い姿を彼に晒してしまったのだろう。

トールがあまりに落ち着いて、私の前世の話を受け入れていたから、私はどこかで勘違いをしていたのだ。トールはまだ、危険なあの男のことを何も知らない、と。

違う。トールは憤っている。ただそれを爆発させまいと、無理やり抑え込み制御しているから、あれほど落ち着いて見えたのだ。

だけどもう、私の前世の死の話を聞いて、それを今の私に重ね合わせて、確かに敵を認識した。

あの男とトールに関わって欲しくないと思うのであれば、私はトールに、真実を話すべきではなかった。なかったのに——

私が見つめていることに気がついたトールは、眉を寄せて柔らかく微笑む。

そして、ゆっくりと私を横たえた。

「…………」

トールは私に覆いかぶさる形で静止し、近い場所で、瞳を覗き込んでいた。

沈黙と静寂。

彼のスミレ色の瞳に、自分の姿が映っているのが見えるほど、私たちの距離は近い。

「大丈夫。俺はあなたの味方です」

吐息のわかる、囁くような声がズルい。

「俺はあなたに名前をもらい、生かされた。あなたを守れなければ、俺に生きている価値などない」

だけど同時に、怖くなった。私を大事に思ってくれる騎士の、カノン将軍に対する警戒心が、恐ろしい方向へと向かってしまわないか。

「すみませんお嬢。怖かったですか……？」

「え……？」

私はどんな顔をしていたんだろう。トールはスッと私から離れ、布団をかけ直す。

「少し、昔の話をしましょう、お嬢」

そして、トールはベッドの傍の椅子に、再び座る。

「俺がお嬢に拾われた、一年後くらいでしたっけ。俺を奴隷にしていた海賊が、またカルテッドの港にやってきて、闇市で奴隷を売っていましたね。奴隷たちは随分と酷い目に合わされていて、生きる気力を無くしていた」

ああ、それはよく覚えている。私とトールが、まだ何も知らない子どもで、純粋にお嬢とその騎士だった頃の、一つの事件だ。

「俺はそれが許せなくて、でも俺のような子どもには、何もできなくて……。そんな時、お嬢が言ってくれたのです。トールの敵は私の敵だ、と」

トールは、懐かしいことを思い出しているような目をして、クスッと微笑む。

「あの歳の、男爵令嬢とは思えぬ悪知恵と度胸と得意な魔法で、お嬢は海賊たちをぶちのめしてくれました。海賊船を乗っ取って高笑いするあなたを見た時、俺は思ったものです。この人は絶対、只者じゃない、と」

「そ、そこ……？」

いや、確かにあの頃の私は怖いもの知らずだった。

乗っ取った海賊船の上で高笑いしたのはよく覚えている。確かお父様が写真を撮っていた。

「あの時、俺は本当の意味で、奴隷から解放されたと思ったのです。そして、あなたに一生ついていくと、この胸に誓った」

「……トール」

「だから、今度は俺が、あなたにお返しする番です」

伏し目がちだった顔を上げ、トールは私を見つめた。まっすぐすぎる瞳で。

「カノン将軍については、俺に任せてください。出来るだけ情報を入手してみます。あの男に、どのような目的があるのか」

「ダ、ダメよトール。言ったでしょ、近づいてはダメ。あなたに何かあったら、私……っ」

私は、ベッドの中で何度も首を振り、彼に手を伸ばし、その袖をグッと掴む。

トールの気持ちは嬉しいが、私の前世の因縁などこの際どうでもいい。カノン将軍の目的は気になるが、私はそれより、側にいるトールのことが大切だ。

私たち、お互いが大事すぎて、その思いが破滅を招いてはいけない――

「安心してください、お嬢。俺だって無茶はしません。ルスキア王国の騎士という立場もありますし。お嬢は心配なさらず、魔法学校の授業に集中なさってください。もうすぐ最後の課題と、終了試験があるのでしょう？」

「え……？」

トールはニコリと笑い、袖を掴んで離さない私の手を取り、布団の中に仕舞い込む。

上手く、トールに話を逸らされた気がする。

「一年なんてあっという間ですね。お嬢は優秀で、将来が楽しみだとユリシス殿下がおっしゃっていました。班員のご学友とも結果を出し続け、信頼を重ねられたことでしょう」

「……だけど私、すぐに二年生にはなれないわ。守護者として聖地に赴くことになったら、休学することになると思うの」

それに、あの男は言っていた。

聖地に、私の求める真実がある、と。

「どうでしょう……。アイリ様が救世主を辞退なさるお気持ちに変わりがなければ、俺たちは必要のない存在になりますから。未来のことは、わかりません」

その点に関して、トールは私と違いシビアな見方をしていた。

確かにアイリのあの様子では、私たち守護者の未来がどちらに転ぶかわからない。

アイリは本当に、救世主をやめて、元の世界に帰りたいのだろうか。

だけど、あの世界へ戻る方法は、確かにある。

あの男、カノン将軍が、私たちをあの世界で殺した事実がその証明なのだから。

第三話　魔物の標本

同盟国会議が終わり、各国の代表が帰国した。

カノン将軍と、シャトマ女王陛下の蝶(ちょう)の精霊だけは残っているらしいのだが、同盟国会議以降、私が関わることはほとんどない。

また、救世主を辞めたいと言い出した、アイリについて。

ちょうど救世主の守護者たちに、アイリとの接触禁止と、ミラドリードでの待機が命じられたところだ。今はアイリを刺激せず、そっとしておくのが一番良いと、監督役のユリシス先生が決めたのだ。

第三王子ギルバート殿下は、王宮で外交に関する重要な職務についているので、そちらに集中するように。

騎士団のライオネルさんとトールは、今まで通り騎士団の仕事を。

私はルネ・ルスキア魔法学校での修学を。

アイリには聞きたいこともあったのだが、私自身がアイリの刺激になると思われているので、しばらく会わせてもらえないようだ。当然だろう。

そういう訳で、私たち守護者は、一時その役目から離れるほかなかった。

私は日常を取り戻し、ルネ・ルスキア魔法学校で、ガーネットの9班の面々と共に勉学に励んでいる。

カノン将軍との出会いに心乱されたが、来春には聖地に行くことになっているし、嫌でも私は、そこで様々なことを知るだろう。

世界のあちこちで動きがあり、雲行きが怪しいが、今はできる限りの努力をして備えておくしかないのだと、私は心を切り替えたのだった。


その日は【精霊魔法学】と【魔法薬学】の合同演習で、学園の薬園島に来ていた。

以前、ポンシダを採取し、魔法の目薬を作る課題をこなした場所だ。

ここで各班に分かれ、野外で起こりうる怪我を把握し、緊急時における〝治癒魔法〟と、〝魔法薬〟の処方の仕方を学んでいる。

ちなみに治癒魔法は、精霊魔法学の管轄である。

ちょうど今、私が人形の足にできた仮の切り傷に、初歩的な治癒魔法をかけているところだ。

「メル・ビス・マキア――癒せ。縫い止めよ」

例えばこれは、怪我を負ってしまった時の、応急処置の治癒魔法。傷を塞いだり、血を止める効果がある。

野外であれば、使えそうな薬草を判断し、その場で魔法薬を作ることもあるだろう。そういう時に使える薬草を、この薬園島で見て学ぶのだ。

他にも解毒の魔法や、痛み止めの魔法なんかがある。さらに重い怪我や病を癒す治癒魔法となると、それはとても高度な魔法だ。治癒を司る精霊を複数携え、治癒魔法を専門的に学ぶ必要がある。

ルネ・ルスキア魔法学校では第三学年で各分野の専攻に分かれるのだが、中でも治癒魔法学科の人気は毎年高いと、メディテ先生に聞いたことがある。治癒魔術師は各病院に必要であり、職にあぶれることがなく、食いっぱぐれる心配もないからだ。

ただし治癒魔法は人によって向き不向きもあり、一度の魔力消費は著しい。

治癒魔法を専門にしている人は、総じて優秀な魔術師だとも言われているのだった。

かくいう私は魔法薬を作るのは得意なんだけど、治癒魔法はイマイチ苦手みたい。

傷口の縫い目が雑というのもあるけれど、何より治癒効果が出るまでが少し遅い。これは治癒魔法としては、大きな欠点だ。うちの班だとネロが最も治癒魔法が得意なんだけど、私の十倍速と言えるほど、効果が出るのが速いのだった……

「はあ〜。お腹すいた！」

実習が終わり、薬園島でのお昼休み。魔力を食う魔法なだけあってお腹ぺこぺこだ。

「噂には聞いてたけど、治癒魔法ってしんどいんだな。だいたい魔法薬使ったほうが、自分の魔力も消費せずに便利じゃねーかよ」

フレイは実習ですっかりお疲れモード。治癒魔法の存在意義に疑問の様子。

「ですが、魔法薬が足りなくなったり、持っていない場面もありますから」

「ああ。治癒魔法は、覚えられるだけ覚えておいた方がいい」

レピスとネロは、治癒魔法の必要性を十分に理解しているようだった。二人とも、ルスキア王国のような魔法薬が充実した国とは違って、他国での生活経験があるからだろう。

薬園島の開けた場所の、落ち葉の絨毯になっている場所を陣取り、お昼にする。

顔を上げると、木々はすっかり丸裸だが、今日は清々しい晴天。冬も間近だというのに、この暖かさはルスキア王国の中でも特に南に位置するミラドリードならではだろう。

学校から配布されたお昼のお弁当は、サバとトマトのパニーニだ。

オリーブオイルと塩でこんがり焼いたサバと、分厚く切ったトマトを、少し硬めのパンに挟み込んだもの。

出来立ての状態を維持する魔法の紙袋に包んであるため、まだほんのりと温かい。

一口食べるとサバの脂と旨みがジュワッと溢れ、これが瑞々しいトマトと相俟ってとても美味しい。オリーブオイルと塩だけのシンプルな味付けも素材の味を引き立ててくれるし、硬めなパンもジューシーな具と相性が良く、ひたすら空腹を癒してくれる。

ああ、美味しい。もっと食べたい。

足りない。足りない。お弁当を誰より早く平らげた私、魔法のバスケットの中をゴソゴソ探って、今朝握ったばかりの巨大おにぎりを取り出す。作り置きしているアプリコットの梅干し入りおにぎり。それを食べたかと思ったら、塩林檎を取り出す。真っ赤な塩林檎をローブの袖でゴシゴシ拭いて、齧る。うん、食べ慣れた味。美味しい。

「マキア、最近本当によく食べますね」

「え？」

レピスがいよいよ突っ込んだ。前にも増して、私の食欲が凄いことになっているからだ。

班員たちを見渡すと、私がひたすら食べる様子を、みんなしてじっと見ていた。

「そ、そうなのよね。私、あの舞踏会の夜から、食欲が凄くって……」

多少恥ずかしがりながらも、またバスケットを漁ってポテトチップス（ソルト＆ビネガー味）の袋を取り出し、バリッと開ける。おいまだ食うのかよ、とのフレイのツッコミは聞こえないふり。

そう。舞踏会の夜、さらにはディーモ大聖堂で〈青の道化師〉と対峙して以降、私の食欲が以前よりはるかに増しているのだった。

「ただの育ち盛りだろ～」

フレイが人のポテチをつまみながら。

「……いや。きっと〈紅の魔女〉の魔法を使ったせいで、マキアの中の消費魔力の最大値が上がってるんだろう。それに伴って、魔力を作る魔質を食物から摂取する必要がある」

ネロだけは、真面目に私の増進した食欲について考察していた。

「もしかしたら、今もあの魔法で消費した魔力を、補い続けているのかもしれないな」

「え？　今も……？」

そんなことあり得るのだろうか。普通、魔法というのは魔力切れを起こしたら使えなくなるし、消費した魔力は数日間で回復する。

長期間にわたって、一つの魔法の魔力を補い続けるなど……

「聞いたことがあるんだ。そういう〝リスク〟と〝対価〟のある魔法のことを」

「聞いたって、誰から？」

「……兄さんに」

色とりどりの落ち葉を巻き上げるような、強い、北風が吹く。

ネロは、その風の行方を追うように、ゆっくりと空を見上げた。

葉の落ちた木々の隙間から見える空は、秋の終わりと冬の始まりを感じさせる、白っぽい色。

ネロの精霊である雌鷹のフーガが、悠々と旋回していた。

ネロが自分の兄のことを話す時は、いつもこんな風に、遥か遠くを見ている気がする。


学園島の港に下船したところで、私は精霊魔法学のユリシス先生に呼び止められた。

まさか、アイリを取り巻く状況に、何か動きがあったのだろうか。

他の班員たちに、先にアトリエへと行くようにと告げ、私はユリシス先生に駆け寄る。

「マキア嬢、少しいいですか？」

「マキア嬢。明日の放課後、第二図書館に来ていただけますか？」

「第二図書館ですか？　あそこは生徒の立ち入りを禁止しているのでは？」

「特別に許可を出します。マキア嬢に見ていただきたいものがあるのです」

「……？」

はて、先生が見せたいものとは何だろう。

守護者の役目と、何か関係のあることだろうか。

「わかりました」

不思議に思ったが、私は素直に頷いた。

「ほうほう。きっとあれを目にしたら、マキア嬢は腰を抜かすほど驚かれますぞ。ほう」

ユリシス先生の肩にとまっているフクロウの精霊ファントロームが、唇をカチカチ鳴らして喋り始めた。今まで置物のように静かだったのに、いきなり喋り出すものだから、私は驚いてビクッと肩を上げる。

ていうか、腰を抜かすほど驚くって、いったい何？　一抹の不安……

「ふふ、そうですね。……ではマキア嬢、後ほど」

ユリシス先生は詳しい説明をすることもなく、にこやかで柔らかな笑顔のまま踵を返し、杖を突きながら颯爽と立ち去った。

「……うーん、やっぱり、ユリシス先生の空気って独特だわ」

私は顎に指を添えて、低く唸る。

何というんだろう。森の奥にある静かな湖畔に立って、思い切り空気を吸った時と同じような、澄んだ魔力の匂いがする。

ユリシス先生はルスキア王国最強の魔術師と言われているが、その偉大な力を、私はまだ、はっきりとは見たことがない。学校でユリシス先生が魔法を使う事があるとすれば、生徒たちに何かしらのお手本を見せる時、くらいのものだ。

噂によると、ユリシス先生が本気で魔法を行使したら、このメイデーアの自然界が荒れ狂い、海は割れ、大地は裂けてしまうとか、何とか。

にわかに信じられないが、少し、いやかなり興味がある。

いつか私は、ユリシス先生の本気の魔法に、お目にかかる事があるだろうか。

翌日の放課後。

私はユリシス先生に言われていた通り、学園島の西の外れの林にある〝第二図書館〟へとやってきた。

学園島の中には、様々な時代、様式の建物が乱立しているのが特徴だが、ここ第二図書館はルネ・ルスキア魔法学校創設時の建造物だと言われている。どっしりとした灰色のレンガ造りが特徴的な、六角形の建物だ。

普段、第二図書館への生徒の立ち入りは禁じられている。

中へと入るのは初めてで、緊張してきた。

「うっわあ」

建物の中は思っていた光景と少し違っていて、思わず感嘆の声が漏れた。

中は、広く深くお盆のように窪(くぼ)んだ空間になっており、私は第二図書館の内部を高い場所から見渡しているような感じだった。

空間の上部にふわふわと発光する球体が浮いており、それがじんわりと図書館の内部を照らしている。また中央の空間には、巨大な綿の木が植えられていた。綿の木には綿花がたくさん付いていて、呼吸するように鈍く光っている。ああ、宙に浮いている発光した球体、あれ全部この木の綿花か。

綿の木を中心に、高い本棚が並び立っている。

驚いたことに、天井に至るまでの側面が本棚でびっしりだ。本が床に落ちてこないのは、特別な浮遊魔法がこの空間を満たしているからだろう。

「お目当ての本を探すのが、大変そうだわ、この図書館」

私は半分地下になった空間を階段で下りて、本棚の並ぶ書庫スペースに立ってみた。

シン……

古い紙と埃の匂いが漂う。人気のない図書館は背筋にゾクゾクとくる。

暖房があまり効いておらず、寒いというのもある。光る綿花と、窓から差し込む陽光以外の光源は無く、図書館の中は薄暗い。

何より、誰も居ないのに、妙な魔法の気配だけがあちこちから感じられるのだ。

おそらく古書に記された魔法がそうさせるのだろう。魔法とは、その痕跡や呪文の文字列だけでも、何かしらの力を帯びているものだ。

特に古ければ古いものほど魔力を増長させたりする。魔法の骨董品屋なんかも、似たような気配を感じることがある。

ゆえに、古い本が集まった第二図書館には、先生の許可なく、安易に生徒が出入りできないようになっている。

「ユリシス先生はどこかしら」

キョロキョロと周囲を見渡したが、先生はまだここへ来てはいないようだ。しばらく背の高い本棚を見上げて、館内をうろついていた。

何か、面白そうな本ないかな……

「ん……地震？」

ちょうど本棚の次の列へと折り返した時、何となく体に感じられる程度のぐらぐらとした揺れを感じた。

背の高い本棚が揺れて少し慌てたけれど、多少の揺れで倒れるような本棚ではなく、すぐに転倒防止の魔法が発動する。

その場に止まっていたら、揺れはすぐに収まった。

もともとルスキア王国は火山が多く地震も多いため、この程度の揺れなら誰も大騒ぎしないが……

「あ」

さっきの地震のせいだろうか。

本棚に挟まれた通路にポツンと本が落ちている。気になって、私はそこまで行って本を拾い上げた。分厚い、とても古い本だ。

「……〝古の精霊とその魔法〟……Y・バロメット著」

Y・バロメット？　誰？

だが本の表紙を開いて、私はすぐにこの本の著者の正体がわかった。

そこには、山羊の頭蓋骨のマークが刻まれていたのだ。

これは三大魔術師の一人である〈白の賢者〉のマークで、精霊魔術の教科書でもよく見られる。

「まさか……っ、あの〈白の賢者〉が書いた本!?　しかも直筆の原本だわ！」

心臓の高鳴りが収まらぬ中、その場で、ドキドキしながら本のページをめくった。

さすがはルネ・ルスキア魔法学校。ここは〈白の賢者〉が創設した魔法学校であり、かの大魔術師の残した書物が多く存在するのだろう。きっと、現ルスキア王国が指標とする、精霊魔術の根源が記されている。

ただ〈白の賢者〉の残した書物は教科書にも多数引用されているため、読んだ事のある文面も多い。私は教科書を暗記しているので、何の教科書の、何ページ目に引用されているかなど、無駄にわかる。

「……ん？　ああっ」

夢中になって読んでいたら、後半のページが、何枚か本の間から抜け落ちた。

古いから取れてしまったのか、もともと取れていたのか、私がやっちまったのか。

床に舞い落ちたページを、慌てて拾い上げる。

「ヤバいヤバいヤバい」

勝手に貴重な本を読んだ挙句、破ってしまったなどと知られたら、あの優しいユリシス先生に怒られてしまう。

だが拾い上げたそのページに書かれていた内容に、私の目は止まった。

そこには精霊のことではなく、魔物について書かれていたのだ。

これは、少なくとも私の読んだ教科書には引用されていない、未知のページである。

【第十一章　魔物について】

〆イデーアの南が精霊の加護によって守られているように、〆イデーアの北は魔物の脅威に晒（さら）されている。

精霊と魔物はよく真逆の存在として比較されることがあるが、自然界の概念が意思と形を得た精霊と違って、魔物とは固有の生命体だ。要するに、人や動物と同じ。

私の友〈黒の魔王〉がかつて言った言葉がある。魔物が人を脅かしているのではなく、人が魔物の生息域を侵略したのだ、と。

それでかの魔王は居場所を失った魔物たちに国を与えることで、魔物の統治を実現した。

人類はそれをおとなしく見守っていればよかったものを、強大な魔物を従える〝国〟を人類共通の敵のように認識し、滅ぼす決定をしてしまったのだ。

救世主の出現が、それを後押ししてしまった。

戦争はもう止まらない。魔法は私の与かり知らぬ方向へと進化を遂げる。

私は無力だ。

私たちはこの世界の法則によって、確実に、無慈悲な死神に殺される。

金髪のあの男に、殺される。


目を、大きく見開いた。最後の4行は、後から書き足したのか、それまでの記述とは明らかに異なる、走り書きのようであった。

「死神？……金髪の、男？」

頭によぎったのは、あの男の顔。

だけどこれは、五百年前の手記である。

動悸がしてくる程の、奇妙な不安にかられたが、私は頭をブルブルと振った。

あの男が五百年前から存在していたなんて、そんなはずはない。そんなはずはない。そんなはずは……

「コホン、コホン」

咳き込むような女性の声が聞こえて、私はビクリと体を震わせ、持っていた本を閉じた。

「ああっ、あのこれは、その、ここに落ちてて！」

わざとらしい言い訳をしていたが、いつの間にかすぐ側に立っていたその女性は、私を叱ることなく、瞬きもせずにじっとこちらを見ている。

あ。……人、じゃない。

まっすぐなクリーム色の髪と、貼り付けたような美しい微笑。

本を抱え、司書の格好をしていたが、違和感にすぐ気がついた。

これはおそらく、高位召喚により精霊が人の姿を成している存在だ。

「もし。マキア・オディリール嬢でございますね？」

その女性は、囁くような声で私に問う。

私は大げさに頷いた。

「殿下に、地下へと案内するよう仰せつかっております。こちらへどうぞ」

その女性は、足音なく前を歩む。私はササっと本棚に本を仕舞い、急いで彼女についていった。

第二図書館の司書さんだろうか。彼女は、中央の大きな綿の木を横切る。そして図書館の奥にあった、重そうな扉の前で立ち止まった。

司書さんはそれを軽々押し開ける。

「こちらへお入りください。殿下はこの下におりますので」

言われるがまま進むと、扉の奥には、下へと続く螺旋階段があった。

それをぐるぐる下りて行くと、すぐに地下空間の明かりが見えてきた。

「わあ」

螺旋階段を下りた先は、四角いガラスのケージがずらりと並んだ空間だった。まるで、博物館のような。

いったい何が飾られているのだろうと思って、手前にあった大きなケージを見上げると、

「ぎゃあああああっ！」

恐ろしい姿をした化け物の剥製に、私は度肝を抜かれた。

なにこれなにこれ……っ。もしかして、魔物!?

「すみません、マキア嬢」

別の扉から慌てた声のユリシス先生が現れた。

ユリシス先生の後ろには、他にもう一人いる。

「少し遅れてしまいました。この人が全然捕まらなくて」

「てめー、ちゃっかり俺様のせいにしてんじゃねーよ！」

ユリシス先生のよく通った優しい声と、聞き覚えのあるガサついた声。

だけど私は、いまだ目の前に佇む魔物の剥製に釘付けで、その場でカチンコチンに固まってしまっている。

「マキア嬢？」

ユリシス先生の手のひらが、目の前を往復した。

「おいクソ王子。こいつ、魔物の剝製にビビってフリーズしてるぞ」

「そのようですね」

パチン、と指の鳴る音で、私はハッとした。

「ユリシス先生……？」

そしてユリシス先生の後ろに、なぜか、あのエスカ司教がいる。

「すみませんマキア嬢。驚かせてしまいましたね。僕の精霊が、あなたを早々にここへ案内したようで……」

「もしかして、あの司書さんのことですか？」

「ええ。この第二図書館を管理している綿花の精霊・リエラコトンです。中央に、大きな綿の木があったでしょう？　もともとは、あの木に宿っていた精霊なんですよ」

ああ、なるほど。

それであの司書の女性は、ユリシス先生の精霊だった、と。

「マキア嬢をここにお呼び立てしたのは、魔物についてお話ししたいことがあったのと、あなたに一人、専属のコーチをつけることにしたからです」

「専属の、コーチ？」

「ええ。アイリがどのような決断をするかはわかりませんが、守護者たちはその間、己の苦手を克服し、その力を鍛え上げてもらう必要があります」

嫌な予感がした。だって、ユリシス先生の後ろで、あの男がニヤニヤしてるんだもの。

「ああ、そうだぜ。てめーをビシバシ鍛えるコーチは、この俺様だ」

得意げな顔をして、親指で自分を指すエスカ司教。

「う、うわあああああああ〜〜〜」

終わった。

人生の終了を感じた私は、頭を抱えて唸り声を上げた。

エスカ司教は私の苦しむ様を見てゲラゲラ笑ってるし、ユリシス先生は私の肩にポンと手を置き、早くも慰めにかかってる。

「マキア嬢。お気持ちはとても良くわかりますが、こう見えてエスカ司教は面倒見が良く、指導に優れた教師タイプです。ルネ・ルスキアに欲しいくらいの」

「こう見えてって何だ。俺様はどこからどう見ても、人類を導く聖職者だろうが ー」

「マキア嬢の〈紅の魔女〉の魔法は、おそらくこの先、ルスキア王国の切り札ともなってくるでしょう。ただ、その力はまだまだ不安定と言えます。魔法の本質、使い方を、エスカ司教から学ぶのです」

ユリシス先生がエスカ司教の言葉をぶった切り、やたらと私を持ち上げ、私に何か伝えようとしている。だけどそんなことよりも、この悪魔面した生臭司教に教えを請わなければならないという衝撃が、私を酷く脅かしていた。

「そ、それってユリシス先生じゃダメなんですか……？」

いよいよ、子犬のように目を潤ませて、ユリシス先生に請う。

指導されるならユリシス先生がいい。ユリシス先生がいい。ユリシス先生が絶対にいい。

だけど、ユリシス先生は「うーん」と困った顔をして、

「僕は、トール君の方を見ているので」

う、うわああああああ。トールめ、トールめ。許さん。羨ましい。

私にユリシス先生を譲ってちょうだい！

「では、あとはお二人で方向性など定めてください。ここにはフレジールより寄贈された魔物の剝製もありますし、エスカ司教は歴戦の戦士でもあります。きっと面白い話が聞けますよ。マキア嬢、ファイトです」

「えええええ」

ユリシス先生、ファイトって何ですか。死ねって意味ですか？

あ、行かないで、行かないで。ああああああ。……行ってしまった。

そして、歴戦の戦士とかいう司教とともに、おっかない場所に取り残された、私。

「言っとくが俺は、貴族令嬢だろうが学生だろうが手加減しねーぞ。死んでも鍛える」

「………」

ほらもう、こんなこと言ってるし。

「あの。とりあえず、私が呼び出された場所が、なぜここなのか教えてもらえます？」

「ああ、あの野郎、そんなことも伝えてねーのかよ」

エスカ司教は、すぐそこにあった木箱に腰掛け、片足をもう片方の膝の上にドカッと乗せる。

「ま、オメーも半端な立場で悶々としてるだろうが、今は来るべき時に備えて、伸ばせるもんを伸ばしとこうと思ってよ。魔物の倒し方について、できる限り知識を詰め込んでやれって思った訳だ。それでまあ、歴戦の司教である俺様に依頼が来た」

「ま、魔物の倒し方ですか!?」

——魔物。

それはこのメイデーアの北側に生息する、強い魔力を持った魔法生物のことだ。

非常に獰猛で残忍、かつ醜い容姿のせいで、人類に害をなす敵とみなされている。

かつて〈黒の魔王〉が従えていたことでも有名だ。

このルスキア王国は精霊の加護が強いことで、魔物が侵入できず、国民が魔物に襲われることはほとんどない。

「何をアホ面かましてやがる。同盟国会議で聞いただろ。エルメデス帝国は魔物をかき集めて、魔物の軍隊を作っているってな」

「そもそも、なぜ魔物が人間の言い成りになっているのですか？」

「本来、人間に従属することのない魔物を、何かしらの方法で従えているのだ。ありえねえ話じゃねーよ。かつて〈黒の魔王〉だって、魔物を従えていたんだからな」

言われてみれば、そうだ。

だけどそれは〈黒の魔王〉という大魔術師の力があってのことだと思っていた。

帝国には〈青の道化師〉以外にも、強い力を持った魔術師がいるのだろうか。それこそ、かつての〈黒の魔王〉に匹敵するほどの力を持つ、大魔術師が。

「エスカ司教は、魔物と戦ったことがあるのですか？」

「あるぜ？　そりゃあ、物凄い数の魔物を仕留めた」

「司教が殺生をしていいのですか？」

「ん？　まあ……」

言葉を濁し、どこか明後日の方向を見ているエスカ司教。

彼は木箱から立ち上がると、私の隣にやってきて、私が先ほど度肝を抜かれた魔物の剝製を見上げた。

「こいつは大鬼だ。大鬼は中型魔物で最強を誇る。おそらく、帝国の魔物の軍の多くを占めるのが、この大鬼になるだろう」

私もまた、大鬼の剝製を見上げる。

私の二倍はありそうな、その異形の化け物。

灰色の硬質な皮膚に覆われ、腕や足には、獣のような鋭い爪がある。

この世界の剝製は特別な魔法薬を塗り込まれているので、ほぼ生前の見た目に近い形で保存されている。

見開かれた瞳には、ぎょろついた赤いガラス玉が埋め込まれているが、大鬼の本物の瞳は、もっと鮮やかな朱色だという。

「こいつは本来ルスキア王国に出現するはずのない魔物だ。北の山間に住処を持ち、山村や旅人を襲うことはあっても、わざわざルスキア王国にまでやってきて、人間を襲うことなどありえない。なのに、ここ最近あちこちで出没が確認されている。……これが、どういう意味かわかるか？」

エスカ司教は少し意地の悪い顔をして、私に問う。

「転移魔法で、帝国がわざと、ルスキア王国に送り込んだのですか？」

私は、わざわざ司教がそれを問う意味を考え、答えた。

魔物の脅威にさらされることのないこの国に、魔物が出現し始めた事実。

魔物の軍を従えているという、帝国の噂。

そして、転移魔法を駆使した戦争が、もうそこまで来ているという予測……

「そうだ。そのくらいは、理解できてるようだな」

エスカ司教はベシベシと頭を叩きながら私を褒めた。結構痛い。

「帝国は世界中にスパイを放ち、自国の兵を送り込む準備をしている段階だ。ここルスキア王国も例外じゃねえ。度々魔物を送り込んでは、この国の騎士や魔術師がどう戦うのかを、見極めているに違いない」

「そう言えば、夏にルスキアの国境付近にも、大鬼が出没したと聞きました」

それを、騎士団副団長のライオネルさんが討伐しに行ったのだ。あの時は、無事に討伐し終えて王都へ戻ってきたようだったが……

「大鬼の弱点は、知っているか？」

「い、いえ」

私は当然、ふるふると首を振った。

そもそも、大鬼を倒すということを考えたことがない。

これはもう、魔物の脅威と無縁なルスキア王国の人間ならではの、呑気な感覚かもしれない。

「さすがは平和ボケしたルスキア人だ。魔物の中で最も残忍な種族である大鬼によって、歴史上、どれほどの人間が犠牲になったことか。ああ、メー・デー」

エスカ司教は胸の前で十字をきり、わざとらしい祈りを捧げる。この世界で〝十字〟は世界の形を意味し、メイデーアクロスとも呼ばれており、ヴァベル教のシンボルともされている。

司教らしい姿を見せたかと思うと「で、大鬼についてだが」と、私に大鬼のぶっ殺し方なるものを説明し始める。

「そもそも大鬼とは、コロニーを作って集団で暮らす、知性と社会性のある魔物だ。野生生物と同じように考えてはいけない。小賢しく、残虐で、慈悲のかけらもなく、人里を襲っては一人残さず殺す。しかも、人間の山賊が襲ったように偽装することもある」

ごくり、と唾を飲み込んで、エスカ司教の話を聞く。

「強靭な皮膚に、ただの刃は通らない。だが、熱した刃であれば別だ」

「熱した刃？」

エスカ司教は、司教服の袖の中をガサゴソ探って、使い込まれた小刀を取り出した。

この人は、なぜに当たり前のように司教服に小刀を隠し持っているのだろう？

「あ……」

その小刀が、一瞬で赤く熱を帯びる。

無詠唱だったが、【火】の魔法で刃を熱したのだろう。

「大鬼とは、炎が極めて苦手な種族だ。奴らの皮膚は、このように熱した刃で切り裂くことができる。ゆえに、大鬼退治には【火】の魔法が使える魔術師を連れて行くようになっている。俺は以前、大鬼が襲った後の村で生きた人間がいないか探したことがあるが……無残な死体の山の中に、【火】の申し子の赤ん坊だけが生きて取り残されていたのを見つけたことがある」

「え……」

大鬼は、熱や火が苦手だから、発熱状態にある【火】の申し子にも触れられない、ということ……？

「マキア・オディリール。オメーは【火】の申し子だろう？　オメーが使う〈紅の魔女〉の魔法も火属性が多いようだし、火属性魔法の精度を高め、もっと自在に使えるようになれば、大鬼は怖くねえという訳だ。おら。〈紅の魔女〉の魔法を、俺様にぶっぱなってみろや」

「ちょ、ちょっと待ってください！」

両手を広げて無茶振りしてくる司教様に対し、私は冷や汗ダラダラで首を振る。

「あれっていきなりできるものじゃないですし、めちゃくちゃしんどいんですよ？　使った後はいつもぶっ倒れてるし。それに……あの魔法は……」

私はエスカ司教から視線を逸らした。

エスカ司教は、私のこういう、迷いのある反応を見逃さなかった。

「どうした。先祖の魔法を使うのは、躊躇いがあるのか？」

「当然です。だって、世界の中心に大穴を開けた〈紅の魔女〉の魔法ですよ。私、まだまだ未熟な魔女なのに、考え無しで使って、暴走でもしたらどうなってしまうか」

私は、あの魔法が普通の魔法ではないという事を、身を以て知っている。

それに〈紅の魔女〉の魔法を使っている時、私は意識が半分、誰かに乗っ取られているかのような、ふわふわした妙な感覚に陥るのだ。

誰かが、私を導いて、魔法を使わせているような、そんな感覚。

目の奥に映り込む、ここではないどこか。私ではない誰か。

あれはおそらく〈紅の魔女〉なのではないだろうか。

彼女の想いが、私の感情に重なって、爆発的な魔法を生み出す。

とても私一人の力で成せる魔法ではない。

「あっはっは」

私は深刻な顔をして話したのに、何が面白いのかエスカ司教は豪快に笑っている。

「そりゃオメー、何の自覚も覚悟もなく、その魔法を使っているからだ」

「自覚？」

自覚って、何の自覚だろう。自分があの魔法を使うには未熟すぎる、という自覚は十分に訴えたはずだが。

「魔法の根源ってものを、このルネ・ルスキアでは教わらねーのか？　教科書で習う呪文やテクニック以上に、魔法とは心の力を必要とする。あるいは、願い、とも言うな。ベタな話だが、要するに、強い願望の爆発が、魔法という奇跡を起こす」

何を言い出すかと思えば、確かにベタな話だ。

だけど、願望、か。

当たり前のように魔法が使えるこの世界に生まれたから考えたこともなかったけれど、確かに魔法ってとんでもない奇跡なのよね。

地球では、子どもの夢というか、大好きなおとぎ話の中でしか見つけられない、誰もが憧れた物語の産物だった。

「一つ聞くが、オメー、どういう時に〈紅の魔女〉の魔法を使っている？　何か特定の、感情の高ぶりがあるはずだ。その自覚をもってして、偉大な魔法は完成する」

「……特定の、感情の高ぶり？」

髪を使った糸車の魔法は、トールやアイリを守るためで、とにかく必死だった。

涙を使った石化の魔法は、〈青の道化師〉に私とトールの関係を否定されたから、それが許せないと思った。

……怒り？

いや、何か違う気がする。

両方とも動機は違うと思うのだけれど、その本質は、どこにあるのだろう。

私はそれを何となく感覚では捉えているのだけれど、言葉にしがたい。

「あの。ではお聞きしますが、エスカ司教は何を動機に魔法を使うのですか？」

「俺か？　俺様の場合は〝裁き〟と〝救い〟だな」

「……はい？」

それはとても、ヴァベル教の司教らしい模範解答のよう。だがエスカ司教が言うと、どうにも私の考える意味とは違う気がしてくるのだ。

「自分の正義に則った裁きだ。俺様は自分の信念に迷いがねえから、強い魔法を行使できる。弱きを救い、強きを挫く。なーんて、けったいなことを言うつもりはねえ。俺はただ、気に入らねー奴をぶっ殺すのみ」

「そ、それは司教として……」

今まで何度もこの人に抱いた疑念が、今一層大きくなった。

だがエスカ司教は、思いのほか迷いのない顔で語り続ける。

「迷ったら負けだ。迷った瞬間に、罪のねえ奴が死んでいく。弱い者から犠牲になる。この世にはどうしても、救いようのねえもんが存在するんだ。だけど俺なら裁いてやれる。救ってやれる。俺様は俺様の審判を迷わねえ。自覚と、迷いのねえことが大事だ。周囲が俺様を、何と言おうともな」

とんでもないことを言っているようで、スッと心に落ち着いた、エスカ司教の言葉。

そして彼は、私に指を突きつける。

「何にしろテメーは〈紅の魔女〉の魔法をより深く知り、自在に扱えるよう鍛錬が必要だ。使うたびに体力切れで倒れてもらっても困る。それに、自覚もなく突発的にあの魔法を使い続ければ、いずれガタがきて、心の方がぶっ壊れる。あんな恐ろしい魔法が使える魔女の心がぶっ壊れたら、それこそ、五百年前の再来だろう？」

……ドクン。鼓動が高鳴り、思わず胸元を押さえた。

そうか。そういうことなんだ。

ユリシス先生が、わざわざ私にエスカ司教をつけた理由。

守護者の一人として、鍛えたいだけではない。

五百年前、〈紅の魔女〉は自身の命と引き換えに、世界の中心に巨大な穴を開けるほどの、大魔法を使った。〈紅の魔女〉の魔法は、使いこなせるようにならなければ、とても恐ろしいものなのだ。

私が何かをきっかけに、この魔法に飲み込まれ、暴走でもしたら……

「そうだ。俺は迷わねえ」

エスカ司教は、私の心でも、読んだのか。

ニッと歯を見せ、少しばかり影を落とした強気な笑みで、私に告げる。

「てめーが暴走するようなことがあったら、俺様は迷わずてめーを裁く。それが救いとなるだろう。しかし恐れるな。そうならないよう、俺様がずっと見ていてやる」

「…………」

「だから、ありがたく俺様に師事し、超絶に敬っとけよ、マキア・オディリール」

と言うわけで、今日から私は、生臭司教に教えを請う迷える子羊となったのでした。

第四話　生活魔法道具コンテスト

エスカ師匠の修業。それは意外性など何もなくスパルタだった。

授業の始まる前の早朝や、放課後の夕方に、エスカ司教に預けられていた鬼火の魔物ウィル・オ・ウィスプが、私に修業の時間を知らせる。

私がスヤスヤ寝ていたところ、今日も朝早くから、凄く耳障りな目覚まし時計がわめいていた。

「ギャーギャー、ウガー、ギーギーギー」

鬼火が、ランタンの中で、ガラスの側面に頭を打ちつけながら。

「あああああ、うるさい。わかったわかったから。レピスが起きちゃうでしょ、しーっ、どうどう、よしよし」

慌てて起きて、喚く鬼火を宥めようとしていると、いつの間にかテーブルの上にちょこんといる二匹のハムちゃんが、

「やっぱりあいつは一回シメた方がいいでち……」

「お嬢の眠りを邪魔するなど万死に値するぽよ……」

「よく躾けられた鬼火にしてやるぽよ……」

「教育的指導が必要でち……」

可愛い声で、恐ろしい事をぶつぶつ呟いていた。

私があれこれ言うより、ドン助とポポ太郎が睨みを利かせた方が大人しくなるの、なんでだろ。ガタガタ。

結局その日は学園島の礼拝堂に呼び出され、朝から筋トレのメニューをこなし、なぜか銃器やナイフの初歩的な使い方を教えられた。

ここ最近、毎日こんな感じで今のところ〈紅の魔女〉の魔法に関わることで、教わったことなど一つもない。

なんだこれは。

このままだとムキムキテカテカの魔法兵になれそうな勢いだ。

私は何を目指して王都にやってきたんだっけ？

守護者？　何それ美味しいの？

ここはどこ？　私は誰……

「マキア、マキア」

「……はっ」

意識が朦朧としていたところ、レピスに揺り起こされてハッと顔を上げる。

すでに、魔法学校の授業中であった。

「マキア・オディリール嬢。私の授業で居眠りなど、度胸がおありでございますね」

「え、あ、その」

一瞬にして目が覚め、震え上がる。

魔法世界史のメアリー・エルリッヒ先生が、怖い顔して私を見下ろしていたからだ。

「マキア嬢。ここ最近、何かとうわの空ではありませんか？　この前の小テストでも、あなたにしては珍しいケアレスミスをしておりましたし」

「う……っ」

それで私、小テストの結果で班員のネロと、ライバルのベアトリーチェに負けたのよね。

「あなたには期待しているのです。もうすぐ期末テストもありますし、気を引き締めて授業に挑みなさい」

「は、はい……」

顔を赤く染め、身を縮こめる。授業中に怒られてしまい、周囲からクスクス笑い声も聞こえてくる。

くっそ〜、こっち見てんじゃないわよ。

見せ物じゃないのよ！

「班長が怒られるのってレアで面白かったな」

魔法世界史の授業の後、フレイがいそいそとやってきて私をからかった。

「何ニヤついてんのよフレイ。そりゃあなたは怒られ慣れてるでしょうけど」

私はというと、ちょっと機嫌が悪い。

「確かに最近疲れてないか、マキア。目の下のクマが凄い。何かやっているのか？」

ネロが私の顔を覗き(のぞ)きマジマジと見ている。私はそんなネロから、すーっと視線を逸ら(そ)してしまった。我ながら怪しい。

班員たちには、私が守護者であることをまだ言えてない。

そもそもヴァベル教の司教様に戦闘訓練をしてもらっているなんて、我ながらツッコミどころ満載で、どう話せばいいのか……。

「マキア、最近朝早くにトレーニングに出ていますものね。放課後も……」

同室のレピスは、今まで私の不可解な行動についてこれと言ってつっこんでこなかったが、いよいよ不思議がっている。

「た、ただのジョギングと筋トレよ！　最近ハマってるの。そう言えば、レピスも昨日、部屋に帰ってくるの遅かったわよね。例のバイト？」

「え？　ええ……そうですね」

露骨に話題を逸らした私に対し、レピスもまた、曖昧な返事をした。

秘密は魔術師の嗜みとも言われているため、私たちはお互いの事情にそれほど干渉しないが、それでも少し気になっていることはある。

レピスは、誰かに何かを教えている。それは魔法の家庭教師のようなアルバイトらしいが、詳しいことを私は知らないのだ。

ここ最近、その関係で出かけることが、以前にも増して多い気がするのよね。

一方男子たちは……

「ネロ。お前も昨日、ずーっと起きてたよな。人の寝不足にどうこう言えねーだろ」

「君も夜遊びに行っていたな。朝方に帰ってきた時の、強い香水の匂いが不快だった」

「ふーん。ネロ君はまだまだお子様だな〜」

魔術師の嗜みなんて気にする様子もなく、お互いに好き勝手言ってる。

ネロ君は寝てください。フレイ君はまた留年しないくらいには勉強してください……

さて。班員たちと食堂へ入ったところ、異様にざわついていた。

いつも騒がしい食堂だけれど、なんだろう。生徒たちのザワザワ声が浮ついているというか、沸き立っているというか。

「あ、マキア！」

ガーネットの8班の班長サーシャが、号外新聞を抱えて私の元へと駆け寄ってきた。

班長会議で隣の席に座る、おしゃべりで噂話の好きな女子だ。

「見て見て！　速報よ！　第一王子のディー様がご婚約されたのですって！」

「……へ？　ディー様？」

ルスキア王国第一王子、エドモン・ディー・ルイ・ルスキア。

そう言えば、我が国には第一王子様がいらっしゃった。国民にはディー様とか、ディー王子と呼ばれて親しまれている。

私からしたら全く関わりの無い王子なのだが、それもそのはず。

第一王子は現在フレジール皇国に駐在しており、ルスキア王国とフレジール皇国の架け橋をしている。

そんな我が国の第一王子様と、フレジールの第二皇女ノーラ様がご婚約されたということなのだが、フレジールの第二皇女ということは、あのシャトマ女王の妹君に当たるのだろうか。

これはルスキア王国とフレジール皇国の、さらなる強固な繋がりを誇示するための、政略結婚に他ならない。

ちなみに第一王子の王太子妃候補は、国内にも数多くいた。

私の幼馴染、公爵令嬢のスミルダもまた王太子妃候補の一人であったが、このお妃競争に負けてしまったんだろう。ビグレイツ卿がトールを養子に迎え、守護者として王宮に送り込んだのは、スミルダを王太子妃にするための強力な一手だったのだろうけれど……スミルダ、ドンマイ。気を落としていないか、ちょっと心配だ。

だが、女子学生たちが騒いでいるのは、第一王子の婚約の話題だけではないようだ。

「こっちも見て！　ユリシス先生もご婚約されたらしいの！」

「ええっ!?」

これには私も、雷に打たれたような衝撃を受けた。

思わずサーシャから新聞を奪い取り、食い入るように読む。

第一王子の婚姻にはそれほど興味は無かったのに、ユリシス先生となるとちょっと無視できない。

優しく麗しいユリシス先生には私も少なからず憧れがあるし、他の女子生徒と同様ショックを受けている。そしてミーハー心がくすぐられ、相手がとても気になっている。

「い、いったいどんなご令嬢と!?」

「ヴァベル教国の〈緑の巫女〉様とのご婚約だそうよ。これはずっと前から決まっていたことらしいの」

「……〈緑の巫女〉様？」

意外な名前が上がり、私は目をパチクリとさせた。

──緑の巫女。

それはヴァベル教の最高権威であり、世界樹ヴァビロフォスの声を聞く特別な存在だ。救世主伝説においても、救世主と守護者は聖地にて〈緑の巫女〉の予言を賜ることになっている。

確か〈緑の巫女〉ってもうずっと世襲制で、その特殊能力を娘や孫娘に引き継ぎながら、次代の巫女を生んでいるのよね。故に花婿選びは重要で、できるだけ魔力の高い者を選ぶと聞いたことがある。

ユリシス先生が選ばれていたのも、納得だ。

さらにルスキア王国は、ヴァベル教国との繋がりをも、確かなものにできる。

この国の王子たちは自覚をもって政治の駒となっているのだ。

「……はっ。自由に恋愛もできないなんて、王子ってやっぱいいこと無いぜ」

我がガーネットの9班の第五王子フレイが、後ろの席でボソッと囁いた。

私はそれを聞き逃すことなく、ちらりと後ろを振り返ると、彼は頬杖をついてムスッとしている。

「何よ。あなたも縁談話来たりするの？」

「あー。まあ、最近色々とな。ギルバートはいちいちうるせーしよ」

「……はい？」

いや、確かに以前も縁談話を持ちかけられているご令嬢がいるとか何とか言っていた。

だけどフレイのことだから、上手く逃げているのだと思っていた。

それとも、犬猿の仲であるギルバート王子に、何か言われたのだろうか？

学校の生徒たちは、やんごとなき王子様方の婚約話にトキメキ、きゃっきゃと盛り上がっているが、王子たちが各国に配置されているということの意味を、私は深刻に考えてしまう。

世界を巻き込む戦争が始まる。

そう確信し、できる限りの事をして防衛の準備を整えている気がするのだ。

だけどルスキア王国は長年平和で、帝国の脅威からも、魔物の脅威からも遠かったから、国民に危機感は薄い。戦争だって、遠い国々の話だと思っている。

転移魔法がより発展すれば、そんなことは言っていられない。

間違いなく、魔の手はこの国に伸びるのだから。

その日の精霊魔法学の授業では、ユリシス先生が教壇に上がるだけで誰もがそわそわしていた。先生はそんな空気を感じ取ったのか、目をパチクリとさせている。

「おや。どうしました皆さん。いささか魔力に落ち着きがありませんね」

「……先生ご婚約おめでとうございます」

手前の席にいた8班の班長サーシャが、ポソッと祝いの言葉を囁いた。それを皮切りに教室中で拍手が沸き起こる。

やっと、ユリシス先生は教室のほんわかした空気の意味を知る。

「はああ、なるほど。皆さん知っているのですね。これは参りました」

先生は頰をかいて苦笑い。肩にとまっていたフクロウの精霊ファントロームも、

「殿下もいよいよ新聞やゴシップ誌の餌食ですかな？　ほう」

「ゴシップだなんて。婚約は昔から決まっていた本当のことだよ」

ユリシス先生はゴホンと咳払いをして、

「皆さんありがとう。詳しいことは話せないのですが、そういうことです。しかし今は授業に集中して……」

「先生、教国の巫女様への婿入りということは、ルネ・ルスキアを去るのですか？」

「ユリシス先生が居なくなったら、いったい誰が私たちに精霊魔法学を教えてくださるのです？」

「嫌だー。ユリシス先生がいるからルネ・ルスキアに入ったのにー」

生徒たちはあちこちからユリシス先生に質問を投げ、とにかく落ち着きがない。

私も聞きたいことが山々であったが、ユリシス先生が、

「お静かに」

と、口元に指を当てて唱えたので、教室の誰もが口をつぐんだ。

声を張り上げた訳でもないのに、強制力のある声音だった。

「僕については、おいおい発表がありますので、それまではただのルネ・ルスキアの教員として、君たちを責任持って導いていきます」

そして、先生は一拍を置いて、とても大切なことを告げた。

「つきましては、本日、第一学年の最後の班課題を発表したく思います」

ザワ……ッ。

教室の空気をガラリと変えるにはもってこいの、突然の発表。

「ねえねえレピス。私、そろそろ一対一のデスマッチでもさせられるんじゃないかって思ってきた。そろそろかと思っていたけれど、この学年で行われる、最後の班課題の発表だ。

うのよね」

私は隣のレピスに、こそこそと自分の予想を聞かせていた。

「まあ。それだったら大変です。私とマキアは大丈夫でしょうけれど、ネロさんとフレイさんが死んじゃう恐れが……」

「うちの班、女子の方がバトル系に強いからね」

後ろに座っていたフレイが「聞こえてるんですけど」とか言ってる。

そんな時、ユリシス先生が杖をトンと一度床に突き、

「ユーリ・ユノー・シス――水よ、鏡であれ」

いつも無詠唱なのに、この時ばかりは珍しく呪文を唱え、傍に、巨大な水鏡を作った。

何事かと思って注目していたら、その水鏡からヌッと山羊の顔が現れた。

思わず小さな悲鳴をあげた生徒もちらほら。

鏡の中から顔を出したのは、何を隠そうこのルネ・ルスキア魔法学校の校長である。

「やあやあ。ごきげんよう一年生の諸君。我輩はパン・ファウヌス。ルネ・ルスキアの校長先生でありますぞ」

それはみんな知ってますとも。

誰もが疑問に思っているのは、なぜここで校長先生なのか、と言うことだ。

水鏡から顔を出したパン校長はビー玉のような瞳をギョロつかせ、生徒たちを見渡した。

「いよいよ諸君の第一学年も終盤。誰もが最後の班課題を気にしている様子ですな」

ニッと、パン校長は歯を見せて笑った。怖い。

「なんと最後の課題は我輩が主任として出題し、評価しますぞ。参加学科は、精霊魔法学、エレメンツ魔法学、魔法工学、錬金術、先端魔法学……」

連ねられる学科の顔ぶれに、流石の私も「え」と思った。

第一学年では触った程度である、魔法工学と錬金術、先端魔法学が評価に参加しているからだ。

「題目は『生活魔法道具コンテスト』であります！」

おー、と生徒たちから驚きの声が上がる。

パン校長の言葉を待ち、ユリシス先生が浮遊魔法でプリントを各テーブルに配置する。

私はそのプリントを読み、概要を確認し、予想外の課題に目も口も丸くさせていた。

「生活魔法道具コンテスト、かあ。びっくりねレピス」

「ええ、マキアの予想が珍しく外れてしまいましたね」

「……誰よ、デスマッチとか言い出したの」

「マキアです」

プリントを読むに、どうやらこの課題は、その名前の通り各班で生活に役立つ魔法道具を製作するというもののようだ。

一見地味な課題に思えるが、校長直々に最後の班課題として出された意図を考えてみる。

ここ最近、先端魔法の発達により〝魔法道具〟の重要性は増しているという。

私たち一年生の最後の課題は、我々にそれを自覚させ、何かを生み出す発想力があるか、その適性を見極める授業なのかもしれない。

おそらく、新しい魔法道具を生み出す魔術師の育成が、急務とされているのだろう。

「ふふん。勝ったな」

ガラス瓶のアトリエで、フレイが頭の後ろで指を組み、座っている椅子をふらふら揺らしながら、余裕綽々(よゆうしゃくしゃく)の態度であった。

「うちの班にはその手のものに超強いネロ君と、錬金術が使えるレピス嬢がいるんだぜ？もうぜってー負けることとないだろ」

「…………」

まあ、こう言っちゃなんだけど、ぶっちゃけそうなのよね。

他人の力で余裕ぶっているフレイに、同意したくはないけれど。

「先端魔法の技術を意味もなく盛り込んだところで、コンテストで優勝できるとは思えないが」

しかし天才ネロ君は違う見解を述べ、冷めた目でこっちを見ていらっしゃる。

錬金術の使い手であるレピスもまた、

「あのう。私、実は武器以外、上手く錬成できないのです。武器ならある程度いけるんですけど」

軽く手を挙げ、申し訳なさそうにしつつも物騒なことを申しております。

　まあ、そうですよね。今までと同じように、班員たちで協力しあい、何か良いアイディアをひねり出さなければ、課題の意味はないのだろう。

　生活魔法道具コンテストの概要は、以下の通りである。

・衣食住に関する道具であること。
・現代の非魔術師が日常で使える魔法道具を作ること。
・非魔術師が持ち運べる大きさであること。
＊ミラドリードの非魔術師による試用期間を設け、その意見がコンテストに反映されます。コンテストの結果は終業式にて発表。

　以上である。

　なんにせよ、強調されているのは〝非魔術師〟の生活に役立つ、便利な魔法アイテムを作れ、ということらしい。

「これといった材料や道具の縛りはないのでしょうか？」

　レピスの素朴な疑問。

　私たちは今一度、よくよく課題の概要が書かれたプリントを読む。

「今までの課題の傾向からして、概要に書かれていることを守りさえすれば、それ以外は自由なのだろう」

と、ネロは言う。

「要するに、何を使ってもいいってこと？」

「おそらく。手に入れることさえできれば」

これに今まで余裕ぶっていたフレイがテーブルに身を乗り出し、憤っている。

「はああ⁉　そんなの、金持ちがいる班の方が、ぜってー有利じゃねーか！」

「いや……フレイ、あなた王子なんですけど？」

いつも思うけれど、フレイって王子の自覚がほとんど無い。王子としての権利を、ほぼほぼ行使してこなかったからだろう。

「金持ちが有利になるってことは、まず無いと思う。そんなところを、ルネ・ルスキアの教師が評価するとは思えない。今回の課題の主任は、あのパン校長なんだからな」

ネロの言葉に、妙な説得力を感じた。

あのパン校長が、技術と資金力だけ注ぎ込んだような魔法道具に、高評価を与える気が全くしない。拙くともアイディアの光る魔法道具の方が、頷いてくれそうだ。

また、使う人を非魔術師と限定されている点にも注目したい。

魔法が使えない一般人にとって、使いやすく、役に立つものでなければならない。

ミラドリード市民が評価するとのことなので、そのニーズを考慮し、課題に取り込む姿勢も、おそらく見極められる。観察力やセンスが、試される課題だ。

「これは意外と、難しい課題かもしれないな。結局この課題は、最終的な魔法道具としての完成度より、そのアイディアや過程を重視されるものだと思う。僕らはまだ一年生で、本来、魔法道具を作る専門的な知識は多くないのだから」

と言いつつも、どこか楽しげなネロ。

いや、表情も口調もいつも通り淡白なのだけれど、なんとなくワクワクして見える。

「日常や街中に、アイディアが転がっているに違いない。幸い長期の課題だ。各々来週までに企画を考えてきてほしい。せめて衣・食・住のどれをテーマにするかくらいは、絞りたいからな」

「はーい」

班長の私も子どものように手をあげてネロの指示に従う。

普段、私が偉そうに仕切って、ネロが大人しくそれをサポートしてくれる感じなのだが、今回ばかりはネロに引っ張ってもらい、私がサポートに回ろう。そうしよう。

まあ、ちゃんとサポートできるように、何か良いアイディアを思いつかなければならないわね。

その日の放課後。

学園島の古びた礼拝堂にて、魔法体育用のジャージ姿で座禅を組んでいる私と、いつも通り司教服姿のエスカ司教。

「ほう。生活魔法道具コンテスト、か」

エスカ司教は隣で、今日発表された最後の班課題について、興味がありそうな無さそうな反応をしていた。

「はい。でも魔法道具の課題なんて、あんまりルネ・ルスキアっぽくないっていうか……ていうか何で座禅組んでレモンを浮かせてるんですか？　そもそも、ヴァベル教って座禅組むんですか？」

「無駄口叩くんじゃねえ！　魔力をレモンに集中させろ」

「いや、今の今まで普通に会話してましたよね、私たち」

エスカ司教は、日々ここで私にあらゆる鍛錬を課しているのだが、今日は筋トレでも銃器の扱いのレクチャーでもなく、床で座禅を組んで、そこら辺になっていたレモンの実を目線上に浮かせ続ける謎の修業だった。

浮遊魔法、昔は苦手だったけれど、トールが得意だったから彼に追いつきたくて猛練習したのよね。それで今じゃ、学年の中でもトップクラスで得意な方だと思っている。

まあ、息をするように使えていたトールに比べたら、まだまだなんだけど。

「どうして今になって、魔法道具ってもんが重要視され始めたか知っているか？」

無駄口叩くなと言いながら、無駄に話をし始めるエスカ司教。

いつものことなので、もはやつっこまない。

「魔法道具があれば、非魔術師の誰もが同じ強度の魔法を使えるからだ。今は魔法道具の性能が発達しているし、わざわざ魔法学校に通って修練を積まなくとも、魔法道具があれば誰でも魔法効果を発揮できる。ま、一つの魔法道具でできることは限定されているがな」

「魔術師が、いらなくなるってことですか？」

「そうじゃねえ。魔術師に相当する人員を増やしてーんだよ。どこもかしこも」

どこもかしこも。それは北のエルメデス帝国、西のフレジール皇国、ってことかしら。

そしてここ、ルスキア王国も。

「そもそも帝国が、魔法道具……特に魔法の武具の開発に力を入れているのは、まさに魔法攻撃ができる兵士を増やしたいからだ。魔術師を数多く育てるより、魔法道具が使える非魔術師を増やした方が、ずっと効率的だろう。あっちはどうせ、そういう兵士を使い捨てる気満々なんだからよ」

「……そんな」

だけど、それが真実だ。戦争が始まったら、数多くの兵士が戦場に出ては死んでいく。

魔術師を育てるには限界があるが、魔法道具を与えた非魔術師は、その魔法道具さえ量産できれば、数多く揃えられる。

「とはいえ魔法ってのは恐ろしいもんで、結局一人のハンパねえ凄腕がいたら、何もかもが覆されちまう。数なんて関係ねえ」

「それって、大魔術師……ですか？」

メイデーアにおける、歴史を刻む者たち。

「そうだ。たった一人の大魔術師が、戦況を変えうる。だから、どんなに魔法道具の開発が進んだところで、魔術師が必要なくなるってことはねえ。魔法道具を開発するのだって、結局は魔術師なんだからよ。ようはバランスが重要で、魔術師の育成と、先端魔法や魔法道具の開発が、同時並行で進められるのが好ましい。ルスキア王国は前者には長けていたが、後者にはちと出遅れた形だ。古くさい精霊魔術なんかを、信じすぎたせいでな」

エスカ司教は鼻で笑い、座禅を解いて立ち上がる。

目の前に浮いていたレモンをパシッと手に取り、皮ごと丸かじりしてむしゃむしゃと食べ始めた。レモンを皮ごと齧る人、あんまりいないよね。

「ほら、お前も座禅なんてやめて、自分のレモンを食ってみろ」

「え？」

「……チッ。仕方がねーな」

エスカ司教が舌打ちしつつも懐からナイフを取り出し、レモンを切る。

「おら。果汁を吸うだけでもいい。とにかく食ってみろ」

見るからに酸っぱそうなレモンの果実。見ているだけで唾液が出てくるが、覚悟してパクッと果肉に齧り付く。

「あれ。味がしない」

驚いたことに、レモンの果肉は酸っぱいどころか味がせず、無味無臭であった。

「ほお、お前の場合〝無〟になるのか」

エスカ司教は視線を斜め上に流しつつ、

「魔法で浮かせ続けた物質には、自分の魔力によって何かしらの変化が起こるのだ。てめーの場合はレモンの味が消えたようだが、俺様の場合は、レモンの砂糖漬けかってくらい甘くなる。皮まで食えるぜ」

「へ、へえ」

それで丸かじりしていたのか。

浮遊魔法で浮かせ続けた食物の味が変化するなんて、初めて聞いた。面白いな。

「ところでこれは、いったい何の修業なんですか？」

「魔法の、より根源的なものを知る修業だ。……この礼拝堂の壁画を見てみな」

エスカ司教は祭壇にドカッと腰掛けると、この礼拝堂の少し高い場所に描かれた、古い壁画を指差した。

色褪(いろあ)せ、所々ひび割れがあったり破損していたりするが、このメイデーアの創世神話に関わる十柱の神々が描かれている壁画だ。

――メイデーアの創世神話。

かつてこの世界には世界樹ヴァビロフォス以外何も無かったが、十柱の〈原始の魔法使い〉が降り立ち〝救いの世界・メイデーア〟が形成される。

創造の神　パラ・アクロメイア
時空の神　パラ・クロンドール
戦争の女神　パラ・マギリーヴァ
豊穣(ほうじょう)の女神　パラ・デメテリス
精霊の神　パラ・ユティス
運命の女神　パラ・プシマ
法と秩序の神　パラ・トリタニア
勝利の神　パラ・グランディア
災いの神　パラ・エリス
死と記憶の神　パラ・ハデフィス

「メイデーアの創世神話の中に〝卵の運命（エッグ・プシマ）〟という逸話がある。神々が卵を宙に浮かせて魔力を与え続けることで、誰が一番早く卵を孵（かえ）すことができるかを競う、イカれた遊びだ」

エスカ司教は壁画を見つめたまま、皮肉っぽく笑った。

「だが、卵からひよこが孵るものもいれば、卵の味が変わっただけのものもいたし、卵の中身が空っぽになるものもいた。最悪、卵の中身が化け物に変質したものもいたらしい」

「……化け物？」

私はふと、先日見た魔物の剝製（はくせい）を思い出した。

この世のものとは思えぬ、醜くおぞましい姿を。

「要するに何が言いたいかというと、魔力は十人十色であるということだ。自分の魔力の本質が何かを、オメーは自覚する必要があるのだ。神々はこの出来事から、自分の魔力の特性を知り、それぞれ得意な分野で世界を創造していったんだからよ」

そう。原始の魔法使いたちはそれぞれの魔法を極め、あらゆるものをこの世界に生んだ。

ゆえにこの世界の神となった。

しかし最後はそれぞれが争いを始めて、自分たちの生み出した世界を滅ぼしてしまう。

俗にこの最終戦争を〝巨人族の戦い（ギガント・マギリーヴァ）〟という。

私は改めて、十人の神様が描かれた壁画を見上げた。

「あれ……？　壁画の神様はみんなが横を向いてますけど、一人だけ正面を向いているじゃないですか。あれは一体、なぜですか？」

「ああ……」

エスカ司教は目を細め、どこか低い声音で淡々と語る。

「あれは、死と記憶の神パラ・ハデフィスだ。あの神は、地上を統べる他の神とは違い、地下にある死者の国を管理していた。故に、他の誰とも、見ている方向が違うんだ」

ふうん。要するに、仲間外れということかな。

一人だけ違う場所を見ているなんて、何だか少し、切なくなる話だ。

裏　アイリ、この世界はあたしの世界じゃない。

あたしの名前はアイリ。
メイデーアの救世主として舞い降りた、異世界の少女。

同盟国会議でやらかした日から、自室のベッドの上で頭から布団をかぶって、ぼんやりとしている。

「……はあ、痛い」

ここ最近、あたし、ずっとこんな感じだ。
この世界は、あたしの作った理想の物語の中なんだと思い込んでいた。
信じていた。疑うことなんて無かった。
全てが、あたしの思うがままなんだって。
そう思っていたかったのは、この世界に〝リアル〟を感じたくなかったからだ。
日々、見たい夢を見続けているような、ふわふわした幸せな感覚のまま……
だからあたしは、この世界にいる人たちを、みんなみんな物語の中のキャラクターなんだって思って、接してきた。

だけど、違う。

マキアは言った。この世界は「私が幸せになる物語」の世界じゃないって。

それは、あたしが書き続けていた物語のタイトル（仮）だ。

あたしの願望がそのまま表れているこのタイトルを知っていたのは、あたしの死んだ親友だけ。

マキアは本当に、小田さん……なの？

「……………マキア……………」

マキアの言ったあの言葉を受け止めるのに、少し時間がかかった。

最初は悪い魔女の、まやかしの言葉なんだって思い込もうとしてたけど、意識してしまったせいで少しずつ少しずつ思い知る。

ああ、やっぱりこの世界は現実だ。リアルだ。

だって、物語がどんどん、私の思っていたのと違ってくる。

いや、最初からずっと違った。私が、常に都合のいい解釈をしていただけで。

「アイリ」

自室の扉がノックされ、私を呼ぶギルバートの声が聞こえた。

ギルバート。このルスキア王国の第三王子。

頭が固いけれど王道の美形で、あたしのことが大好きな、大人の男の人。

「来ないで！」

私は彼が部屋に入るのを拒んだ。

ギルだけじゃない。他の守護者たちも、極力遠ざけている。

あんなに大切だと思っていた、あたしの守護者たち。彼らを拒み始めたのは、あの人たちが現実に存在する〝男の人〟であると、理解し始めたからだ。

それは決して、物語に存在する幻想と理想で塗り固めたようなキャラクターではなく、現実の、男であると。

現実の男の人は怖い。気持ち悪い。

そう思ってしまうのは、母が家に連れ込んだ男たちが原因だろう……

同年代の男の子とは楽しく会話することもできたし、表向きは普通に接することができた。だけど、何かがきっかけでふと苦手意識が芽生えたりする。あたしにとって、男とはそういうものだ。

守護者の皆だってそうだ。

今までは、あたしだけを大切にしてくれる物語の理想のキャラクターだったのに、この世界が現実だと知って、彼らの存在が生々しく感じられるようになった。

苦手な、何かに。

「……アイリ、すまない。君がそれほどに思いつめ溜め込んでいるとは知らず、救世主という重荷を背負わせ続けてしまった。君が、救世主をやめたいというのなら、私はそれを否定しない。すべての責任は、私が取ろう」

「…………」

ギルが、扉越しに何か言ってる。とても一生懸命だ。

あたしが救世主をやめたいと言ったら、きっと世界が非難する。守護者であり、この国の王子であるギルが一番、大変な目に遭うと思う。

ギルは扉の向こうで、どこか余裕のない口調で、話を続けた。

「だが、元の世界に返してやる方法は、私にはわからない。そんな方法は、この世に無いのかもしれない。歴代の救世主は、皆、この世界に留まったという。……ヴァベル教国の司教猊下は、歴代の記録により、そうおっしゃっていた」

「…………」

ふうん、そうなんだ。

あたし、別に、心から元の世界に帰りたいと思っている訳じゃないんだよ。あの世界が嫌いなことに、変わりはないから。

だけど、ここに居続ける意味も、もう無いじゃない。だから……

「アイリ。もう一つ、私の話を聞いてくれるか？」

　ギルの口調が、僅かに変わった気がした。緊張しつつも、強い意志を感じる口調だ。

　私はそれを、布団を被ったまま、何となく聞いている。

「私は、たとえアイリが救世主でなくなったとしても……。君がこの世で最も愛おしいという、その想いに、変わりはない」

「………」

「一生、君を守っていくと誓うから、私の妃になってはくれないだろうか」

「……お妃様？」

　僅かに、顔を上げる。

　そのことの意味を、少し考える。

「なにそれ。バッカじゃないの」

　そして、否定の言葉を吐き出した。

　ギルが好きになったのは、救世主のあたしだ。

　異世界から来た、キラキラした特別な女の子だ。

　今のあたしなんて、現実を知って、ふてくされてヤル気を失った女。

　とてもじゃないけど、物語の主人公は務まらない。

「そもそもあたし、ギルより、トールの方が好きだから」

ギルを傷つけるとわかっていて、言ってしまった。

「……そうか」

少しの沈黙が続き、やがて扉の向こうから、それだけが聞こえた。扉越しなのに、ギルの表情がわかるような、声だった。

そしてギルは、去っていった。

変なギル。どうしていきなり、プロポーズなんてしてきたのだろう。

王子様が、扉の向こうから告白なんて、変だよ。とっても。

第五話　ゴミための子どもたち

「さあみんな。生活魔法道具コンテスト、張り切って挑むわよ！」

拠点としているガラス瓶のアトリエにて、私はガーネットの9班の班員たちに向かい、高らかに鼓舞した。班員たちはキョトンとしているけど。

今日は最後の班課題である〝生活魔法道具コンテスト〟の話し合いの続きをすることになっていた。

衣・食・住、に関わる魔法道具。

さあ、どのテーマを選び、何を作ろうか。

「私は断然〝食〟に関わる魔法道具がいいと思うわ。ミラドリードは美味しいものがたくさんあるもの」

私は早速、黒板を前に意気揚々とプレゼンを始めた。

衣食住ならば、断然、食が興味深い。

しかし、

「食、だあ？　つい最近、ポテト・レポートで散々な目にあったばかりだろ。食関係なんて、俺は嫌だね」

などとフレイは言う。確かにあれは、しんどい課題だった。

「今回はポテトを死ぬほど食べなくて結構よ。ポテト蒸し器でも作らない限りはね」

私とフレイが、あーだこーだ言い合いになりそうだったところを、ネロが顎に手を添えて少し考え込み、徐に尋ねる。

「例えば、食に絞るとして、マキアはどんな魔法道具がいいと思っているんだ?」

「えっとね。炊飯器よ」

「……すいはんき??」

誰も彼も、聞き覚えがないと言うような、意味不明な顔をしている。

それもそのはず。炊飯器なんてものは、ルスキア王国に存在しないもの。

だが米を愛する元日本人の私は、黒板に炊飯器の絵を描いて解説する。

「炊飯器ってのは、こんな形をしたお米を炊く専用の機械のことよ」

「…………」

あれ。謎の沈黙。

班員たちは顔を見合わせている。

「だが、鍋で炊くのとどう違うんだ?」

「ぜ、全然違うわよネロ! お米を炊く専用の道具だもの。ポチッとボタンを押したら、あとは勝手にお米を炊いてくれるの。時間を予約したら勝手に炊き始めて、炊き終わったら、保温してくれたり……便利なのよ？」

私の熱烈なプレゼンにも、班員たちはいまいちピンときてない様子だ。

「それって班長が米好きだから、班長に都合がいいだけじゃないのかよ」

フレイの鋭いツッコミが入りました。

私は「うっ」と怯みながらも、必死に訴える。

「そんなことないわよ！　最近、ミラドリードでもお米料理が流行ってるのよ！」

レピスが何か思い出したのか「そういえば」と口を挟む。

「前に聞いたことがあります。お米が東国からたくさん輸入されるようになって、ミラドリード風のお米料理が世間に浸透してきたところで、異世界の救世主様が米料理を好きだと言う噂が広まり、ブームになりつつあるとか」

「ほ、ほら！　レピスもこう言ってるわ」

私は自分をフォローしてくれたレピスの腕を取って、ぎゅっとする。

さすがは私の親友。レピス大好き。

「だが……ミラドリードの米料理はパエリアやリゾットのように、フライパンや鍋で炊いたり煮たりするものだ。具材やスープとともにな。米のみを炊く道具が日常的に必要とされるかは……少し未知数だな」

「う。それはそうかも。白米を日常的に食べる文化は、無いもの……」

ネロの正論に、再び押され気味な私。

日々お米を食べる日本人や、この世界の東国の人々と違って、ルスキア王国では使うことが少ないだろう。炊飯器があったところで、戸棚で埃かぶって眠る羽目になるかもしれない。

結局、米料理を作るのなら、鍋やフライパンでいいんじゃないのってことになりそう。

「じゃ、却下だな～」

「ううう～」

そう言うわけで、私のプレゼンは低空飛行のまま着陸に失敗。

自信満々だっただけに、がっくり。

「ドンマイ、でち」

「夢を諦めないで、ぽよ～」

私の精霊であるドン助とポポ太郎。二匹のハムちゃんが、口にひまわりの種を押し込んで慰めてくれた。せめて、殻を剝いたやつにして欲しい。

「んじゃ、次は俺な。俺は〝衣〟を推すぜ。一瞬で洗濯しちまえる魔法の洗濯機が欲しい。ついでに乾かして畳むまでやってくれるやつ」

おお。フレイが珍しくちゃんとアイディアを用意しているぞ。

しかしネロが真顔で「それはもうあるぞ」と言う。

「ただ高価で一般人には普及していない。王宮なんかは、使ってるんじゃないのか？」

「えっ、マジで!?」

「そもそもお前、自分で洗濯しないだろ」

「俺の場合、綺麗なお姉さんに頼めば全部してくれるから～」

じゃあ結局いらないじゃん。

お前に必要なの全自動洗濯機より、何でもしてくれる綺麗なお姉さんじゃん。

と言うことで、フレイのプレゼンも却下。

「では、次は私が。……私は〝住〟がいいと思います。考えようによっては色々とあるので、役立つもののアイディアが出やすいような気がします。例えば、暖房器具」

レピスは、このアトリエにある魔法の暖炉の前に行く。

「ルスキア王国の一般家庭にはこの手の魔法の暖炉がありますが、煤を払う手間がかかるわりに、暖炉以外の、火を使わない暖房器具がありません。もともと暖かい国なので、いっそ使わなくても問題ない、と言うのが、暖房器具の発展を妨げているものと思います。故に、もっと使い勝手の良い暖房器具を考案するのも、アリでは？」

「おお……。レピスがマジなプレゼンしてきた……」

確かに、ルスキア王国は冬でも極端に寒くなることがなく、山の上に住んでいるとかでなければ、寒さが死活問題になることがほとんどない。

故に、暖炉以外の暖房器具がほとんどなく、少し肌寒いくらいでは暖房をつけることがない。暖炉をつけても、部屋中が暖まるのには少し時間がかかる。

ただ、朝起きた時なんかに、ちょっと寒いな～と思うことはままあるので、暖炉をつけるまではなくても、ピンポイントで素早く暖めてくれる、使い勝手の良い暖房器具があれば、より快適な生活を送ることができると思う。

ネロもこの意見には何度か頷き、感心していた。

「確かに、魔法の暖房器具、と言う線は悪くないかもしれないな。暖炉より暖まる範囲が狭くとも、速度さえ早ければ、それだけで需要がありそうだ」

「いいんじゃねー。確かに、このアトリエも暖炉が暖まるまで、ちょっと寒いしな」

と、フレイ。適当な物言いだが、どうやら企画には賛成のようだ。

「ねえ。コンパクトだったらなおいいわ。持ち運べるやつ。暖炉は持ち運べないもの」

「マキアでも寒いと思うことはあるのですか？」

「そりゃあるわよレピス。熱体質って言っても気張ってないと発熱しないし、少し寒さに強いくらいで、朝はお布団から出るのがちょっと辛いわ」

というわけで、我がガーネットの9班の企画が、いよいよ纏まりそうだ。

「決まりだな。僕たちが作るのは、魔法の暖房器具だ」

ネロの宣言により、私たちは企画の立案者でもあるレピスにパチパチと拍手する。

とはいえアイディアが纏まっても、それを作れるかどうか、と言うのは別の話だ。

技術的な問題もあるが、材料の面の問題もある。学校から支給されている道具や材料以外は、指定された値段の中で購入することができるが、失敗を重ねてしまえばすぐに無くなってしまいそう。

そこでネロが、こんな提案をする。

「魔法ゴミ投棄場に行かないか。あそこには、使い古された魔法道具や、海から流れ着いた異国の魔法道具も数多く投棄されている。使えるジャンク品があるかもしれない」

「え……」

誰もがこの提案に固まった。それってまさか……

「おいおい。まさかこの俺に、ゴミ漁(あさ)りをしろって言うんじゃないだろうな」

「そのまさかだ」

ネロはケロっとして言う。

沈黙したフレイがそろっと立ち上がり逃げようとしていたので、レピスが「フレイさんどこ行くんです？」と彼のローブを摑(つか)み、有無を言わさず着席させた。

「確か……王都の外れに、大規模な魔法ゴミ投棄場があったわね」

私は話を戻す。

魔法ゴミとは、まさに魔法加工された製品のゴミのことだ。

これは一般のゴミと共に捨てることはできず、特別な処理を必要とされており、ミラドリードの外れに投棄場が設けられているのだった。

だけど処理が追いついてなくて、ゴミが山積みになっているのよね。

私は何度か頷きながら、

「最初は少し焦ったけれど、魔法ゴミを再利用するのは悪くないかも。ミラドリードでは魔法ゴミの多さが社会問題になっているって、前にお父様から聞いたことがあるわ。それに魔法ゴミを再利用するのであれば、コンテストでのアピールポイントになるかも……」

「じゃあ早速行こう、魔法ゴミ投棄場に！」

「…………」

どこかワクワク気味のネロ君。

そう言うことなら行くしかない。魔法ゴミ投棄場に。

男爵令嬢として生を受け、十六年。

まさか、ゴミ捨て場でゴミを漁る羽目になるとは、思わなかった。

王都ミラドリードでは、街路樹に魔法のイルミネーションを取り付けている人々が目立つ。

どこか、あちらの世界のクリスマスシーズンを彷彿とさせる。そしてこの季節になると、なぜか街にカップルが目立つようになる。なぜだ……

そんな浮ついた街の傍らで、私たちは魔法ゴミ投棄場を目指しているのである。

ミラドリードの街外れまで、水路を通ってゴンドラに乗って行くと、さっきまでの色鮮やかで賑やかだった雰囲気とは裏腹に、薄暗く空気の重い、だだっ広い魔法ゴミ投棄場にたどり着いた。

「うわあ……」

便利な魔法道具が使い古され、最後に行き着く、墓場のような場所。

小高いフェンスの中に深い穴があり、そこにはおびただしい数の魔法ゴミが投げ込まれている。魔法機器や魔法家具なんかが、山ほど。

私たちは呆気にとられながら、梯子を伝ってそのゴミために降りた。

「あ、見て。３班の連中が居るわ」

広々とした投棄場の向こう側で、魔法学校の制服を着た生徒たちが数人、うろうろしていた。

ガーネットの3班。

確か、王都孤児院で育った少年少女の班だ。3班の面々は私たちに気がつくと、小高い場所に集まって、こちらにガンを飛ばしている。

「ガーネットの9班だぜ」

「どうする？　泣かす？」

「性悪魔女に、無能王子、鉄仮面女に、無口野郎ときた」

お、すごい。悪口めっちゃ聞こえてくる。

そして誰の事を言っているのかすぐにわかる。

「おい、お前たち何をしに来た。ここは温室育ちの嬢ちゃん坊ちゃんが来るところじゃねえ。俺たちの縄張りだ！」

ガラクタ山の上に仁王立ちし私たちを見下ろしているのは、3班班長、ダン・ホランドだ。浅黒い肌をしていて目つきが悪く、明るめの髪をヘアバンドでまとめている。

魔法学校生にしては珍しいストリート系男子というか、何というか。

「縄張りですって？　ここは公共の魔法ゴミ投棄場でしょう」

私はムッとして反論してみた。すると、

「あんたバカなの？　だからこそ、ここはミラドリード育ちのアタイらにこそ所有権があるんだっつーの」

「そうそう。このゴミはミラドリード市民の出したゴミばかりだし。オイラたち、生まれた時からここで遊んでたようなもんだし～」

答えたのは双子の姉弟、キャロライン・マーズと、キタル・マーズだ。

お揃いのベレー帽をかぶっていて、人参色の髪とそばかすがチャームポイント。

嫌みな顔して無茶苦茶な言い分だが、言い返せない勢いがある。

「ねー、喧嘩はやめようよう。あっちには〈紅の魔女〉の末裔と王子様がいるんだよ。僕たち、悪いことしたら紅の魔女に火炙りにされるって言われて育ってきたじゃない」

そして、3班の中では一番気が優しそうなぽっちゃり系男子のフランシス・ダウニーが、控えめながら彼らの喧嘩腰を止めようとしている。

ダン、キャロライン、キタル、フランシスの四人組の班で、彼らは貴族と連まないし、媚びないし、靡かない。むしろ貴族は大嫌いというスタンスだ。

しかし3班の成績は総じて高く、いつもどの課題でも良い成績をおさめているのを私は知っている。温室育ちの貴族学生とは違い、ストイックな雑草根性があり、決して侮れない存在なのだった。

私はちょうど持っていたノートを丸め、メガホンのようにすると、

「えー。ガーネットの3班に告ぐわ。あなたたちの言い分は、イマイチよくわかんないけどわかった。だけどこの場所で、私たちも探したいものがあるの。ここは穏便に事を進め

たいので、何か要求があるなら言いなさい」

「ちょ、おい班長！」

私の言うことにフレイはぎょっとしているが、私は3班の班長であるダン・ホランドをじっと見ていた。ダンは目を細め、腕を組んでニヤリと笑う。

「意外と話がわかるじゃねーか、オディリール。だったらここで、一日10個のグミを探し、俺らに納める事だ。それさえきっちりするなら、ここで好きにゴミ漁りする権利をくれてやらあ」

「……グミ？」

私はと言うと、首を傾げて9班のメンバーを見る。特にネロ君。

「ねえ、グミって何？　お菓子のこと？」

「違う。魔力を溜め込んだ魔法物質のことだ。オールドタイプの魔法燃料で、古い生活魔法道具では必需品だったが、現在は採掘量の減少に伴いほとんど使われていない。……そもそも君たち、使用済みのグミを集めてどうするつもりだ？」

ネロの素朴な疑問にも、キャロラインは「うるせーよ」と悪態をつく。

「お前たちは大人しく、あたいらに納税してりゃいーんだ！」

「……納税」

どうやら相当な数のグミを、3班は欲しているようだ。

我々とはお目当てのものが被ってないため、ゴミを巡った戦争は起きなそうだけど、彼らが何を作ろうとしているのか少し気になる。

「ははっ。お前たちはあたいらの奴隷だ！」

「せかせか働けよ〜貴族ども」

３班の連中は私たちに嫌みを吐きつけながら、またそれぞれゴミ山に散っていく。

言われっぱなしの私たち、しばらくポカンとしてしまったが、

「ちっ。言わせておけば好き勝手な事を。あんな奴らの言うことに従う必要ねーぜ班長。そもそも俺は貴族じゃねえ、王族だ！」

「私なんて貴族ですらないのですが。……どうしますマキア。彼ら、潰しますか？」

フレイとレピスが、３班の連中にイライラを隠せない模様。

気持ちはわかるが、私は「んー」と空を仰ぎ少しばかり違うことを考えていた。

「ここはひとまず、彼らの言い分を呑みましょう」

「はあ!?　俺たちだってこのゴミ山から、目ぼしいガラクタを探さなきゃならねーんだぞ！　あいつらに協力してる暇なんてねーだろ」

「そんなことは言われなくても分かってるわ。だから納税分のグミ探しは私が一人でやる。ガラクタ探しはあなたたちに任せるから。それに……彼らとは、手を組んでいた方がいいと思うの」

私は班員たちに向き直り、ニッと意地の悪い顔をした。

3班は強力なライバルだ。へこへこして見せながら、課題に何を作るのか虎視眈々と情報収拾をする。

最後に出し抜いて、勝てばいい。

そう、私はこの世界で一番悪い魔女の末裔なのだから……

魔法ゴミ投棄場には、確かに多くの魔法道具のガラクタが投げ捨てられていた。

魔導式冷蔵庫、魔導式洗濯機、魔導式自転車、魔導式オーブン……

中には大きな魔導式バスも捨てられていて、確かにここは、子どもにとっていい隠れ家だったり、遊び場になるだろうなと思った。

「マキア。これを見て」

ネロが、手のひらサイズの壊れた魔法カメラを持ってきた。

それを私の前で手際よく分解し、コロンと丸い、黒い石のようなものを取り出す。

「ほら。これがグミだ」

ネロがそれを、私の手に置いてくれた。

「へえ。意外と軽いのね。おもちゃの宝石みたい。……プニプニは、してないのね」

グミって名前のくせに。

しかしそれは美しい半透明で、中に宇宙でも閉じ込めているかのような、キラキラした魔力の流動を目視できる。

私が今まで使ってきた魔法道具は、自分の魔力で充電するタイプのものばかりだったので、使い切りの魔力燃料である〝グミ〟に触れることは無かったのだった。

「ん。ねえこれ、音がするんだけど」

グミの近くで耳を澄ますと、ブツブツこしょこしょ、何か囁(ささや)いているように聞こえるのだ。不気味かつ、不思議。

「グミは大地の魔力を吸収した魔法物質だ。その多くは内陸の地中深い場所で採取されると言う。魔力の貯蓄とは、すなわち記憶の貯蓄でもある」

「……記憶？」

ますます訳がわからない。だがネロは話を続ける。

「この世界は、千年より以前の魔法的記録がほとんど残されていない。だけどグミの採掘ポイントでは、古代の戦争なんかで我々の知らない魔法の衝突があった可能性が高いと言われているんだ。そしてグミとは、メイデーアの古い歴史を知る鍵(かぎ)になると言われている」

なるほど。確かに、見つめていると不思議な心地になる物質だ。

「そんな貴重な物質を、こんな風に使い捨てていいのかしら」

「まあ、最近は使用済みのグミを買い取っている業者もいると聞く。コレクターも多いし、使用済みとはいえ、何かと使い道はあるんだ」

「……へえ～」

魔法道具の発展とともに多くが地中より掘り返され、使い捨てられてしまったらしいが、ゴミというには、確かにとても美しい。

浮遊魔法を駆使して魔法ゴミをひっくり返し、せっせとグミ探しをしていると、

「ね、ねえ。マキア嬢」

3班のぽっちゃり系男子、フランシス・ダウニー。フランシスが声をかけてきた。

「なあにフランシス。私、あなたたちに納税するグミ探しで忙しいんだけど」

「ご、ごめんっ。あの、その……今日は精霊を連れてる？」

「精霊？」

意外な質問で、私は思わず手を止める。

「呼び出すとすぐにくるわよ。メル・ビス・マキア――ドンタナテス、ポポロアクタス、出ていらっしゃい」

召喚魔法陣を、こんなゴミ山で展開し、私は自分の精霊を呼び出した。

ハムちゃんズが魔法陣から飛び出し、チョロチョロと私の体を這い上がってくる。私が

掲げていた手のひらにちょこんと座ると、二匹は愛想よくヘケラッと笑った。

フランシスは顔をほころばせて、腰を屈めて私のハムちゃんを眺める。

「あ～、やっぱり可愛いなあ。僕、ネズミって好きなんだ。ちっこくてもふもふで、コロンとしていて、とにかく可愛い」

おお、その気持ちはよくわかる。同志がいたとは。

「精霊召喚の儀式ではみんな笑ってたけど、僕は少し羨ましかったんだよ。ドブネズミならミラドリードにたくさんいるけど、ドワーフハムスターって希少で、内陸の森の奥にしかいないから」

「へえ。あなた動物に詳しいのね」

フランシスはポケットからビスケットを取り出すと、それを砕いてドンポポに差し出す。

ドンポポはいそいそとフランシスの手にのって、ビスケットの欠片を手に持ち、貪っていた。卑しくも可愛い私のハムちゃんたち。

それを見て、フランシスがますます目尻を垂れ下げている。

ハムちゃんを指先で撫でながら、フランシスがおもむろに問いかけた。

「ねえマキア嬢。グミは見つかったかい？」

「うーん。今の所三つってところね」

私はポケットから三つ、グミを取り出して見せる。

「グミは年代物の魔法道具にしか入ってないからね。これだけゴミがあると、見つけるのも大変なんだ。ごめんよ、貴族のお嬢様なのに。手も服も汚れちゃうよね……」

フランシスは、私の汚れた制服のローブをみて、控え目ながら謝った。

「私は田舎貴族だし、塩の森ではいつも土まみれになってたわ。汚れることに抵抗はないの。……それより、ねえフランシス。あなたたちはどうして使用済みのグミを探してるの？」

ネロは、このグミを買い取る業者もいると言っていた。

まさかとは思うけれど、３班の連中、金稼ぎのためにグミを集めているわけじゃないでしょうね……？

しかしフランシスはパッと明るい表情になって、両手を合わせる。

「ああ、それはね、おもちゃを作るためだよ！　魔法のおもちゃ」

「へ？　おもちゃ？」

あまりに意外な回答だったので、私はとにかく驚いている。

フランシスは「これ言ってよかったのかな？」と首を傾げながらも、ポケットから何かを取り出した。

それは、使用済みのグミが取り付けられた、手のひらサイズの円錐型の何か。

真ん中に鉄の芯が刺さっている。どこかで見たことのあるフォルムだ。

「これ、見てて」

フランシスはそれを親指と人差し指の間に挟み込み、宙に放り投げる。

それは宙に浮いた状態で、光の輪を描きながら、猛スピードで回っている。

やっと私はこれが何だったのかを思い出した。

「ああっ、コマだわ！　魔法のコマ！」

あっちの世界では、お正月に紐を巻きつけて回し、遊ぶやつ。

あれにそっくりなおもちゃだが、紐は必要ないみたい。そして床で回るのではなく、宙に浮いた状態で回る。

「これをぶつけ合って遊ぶんだ。使用済みのグミでも、回転させることで空気との摩擦が起こり、魔力が発生するんだ。それで、コマを浮かせ続けることができるんだよ」

「へえええええっ、すごい！　よく考えついたわね」

思わず拍手してしまう私。

フランシスが口笛を吹くと、魔法のコマが戻って来た。

フランシス曰く、魔法のコマは自分の調整次第でどんどん使い勝手が良くなるそうだ。

愛しいペットのように手のひらで撫でながら、フランシスはどこか物憂げに、この広大な魔法ゴミ投棄場を見渡す。

鈍色の塊が波打つ、ガラクタの海を。

「僕たちね。ダンも、キャロラインも、キタルも……みんなこの魔法ゴミ投棄場に捨てられていた、赤ん坊の捨て子だったんだよ」

「え……？」

そしてポツポツと語った。

3班のメンバーは、皆がここで拾われ、ミラドリードにある王都孤児院で兄弟のように育ったこと。

遊ぶおもちゃも無くて、この魔法ゴミ投棄場に来ては、仲間たちで知恵を出し合い、独自の遊びを開発したこと。

この魔法のコマは、子どもの頃のダンが思いついたおもちゃなんですって。

「昔は荒削りだったけど、今はルネ・ルスキアの魔法工房が使えるし、もっと性能のいい魔法のコマを作れる。だから、できるだけたくさんグミを集めて、たくさんのコマを作って、孤児院に寄贈しようってことになったんだ。孤児院の子どもたち、みんなが遊べるように。昔お世話になった……バチスト先生が、そうしてくれたみたいに」

「え？　バチスト……先生？」

ドキッとした。それは、少し前の騒動に関わっていた、重要人物の名前だからだ。

「ユージーン・バチスト先生。最近、亡くなっちゃったでしょう？　あの人も一時期孤児院にいたらしくて、色んなものを寄贈してくれたんだ。食料とか衣類とか、それこそおもちゃとか」

フランシスいわく、自分たちがルネ・ルスキア魔法学校に入学しようと思ったきっかけをくれたのが、まさにバチスト先生だったようだ。

バチスト先生は孤児院の子どもたちにも、魔法を教えていた。

特に才能のあった3班の彼らに、ルネ・ルスキアへの入学を勧め、受験勉強の面倒も見ていたらしい。

「そうだったの……それで、あなたたちは今、ルネ・ルスキアにいるのね」

いつの間にか、彼の話に聞き入って、目を潤ませている私。

私、何も知らなかった。3班のみんなのことも、あのバチスト先生のことも。

それに、私は彼らのことを酷く誤解していたようだ。きっと私の知らないところで、多くの苦労と努力をしたに違いない。

貴族の多いルネ・ルスキアでは、色んな嫌みも言われただろう。私が悪い魔女の末裔だとか、言われるみたいに……

それなのに、この課題で、バチスト先生の意思を継いで、孤児院に寄贈する魔法のおもちゃを作ろうだなんて。真面目で、いい子たちじゃないか！

「ダンは誰より、バチスト先生を尊敬してた。だから今度は、自分たちがバチスト先生のようになって、孤児院のみんなの力になりたいって……ダンがそう言ったんだ。僕はそんなダンに、ずっとついていくんだ」

フランシスは、向こうの小高いガラクタ山の頂に立っているダンを、強い憧れの眼差しで見つめていた。

私もまた、フランシスの視線を追う。

気性の荒々しい町の不良たちのようだと思っていたが、ガーネットの3班の雑草根性の理由が、なんとなくわかった気がした。

彼らには、この魔法ゴミ投棄場から始まる計り知れないほどの絆があって、それをまとめているのがあの班長・ダン・ホランド。そして今はもういない、バチスト先生の優しさだったのだ。

ユージーン・バチスト先生。

最後は〈青の道化師〉に体を乗っ取られて悲劇的な死を迎えてしまったが、本来の彼は、やはり偉大で尊敬に値する魔術師だった。

死んでもなお、その意思を継ぐ者たちがいることを、私はしみじみ凄いことだと思う。

「おいフラン！　敵と馴れ馴れしくしてんじゃねーぞ！」

と、その時、ダンが口をへの字にしながら、こちらに降りてきた。

そして、私が手のひらに出していたグミを、バッと奪い取る。

「ああっ、何すんのよ！」

「ハッ。どうせ俺たちのものになるんだ。いつ回収しようが、関係ねーだろ」

ダンは、グミを空に掲げて何かを確かめている。その後、それを自分のポケットに入れた。私がムッとしていると、ダンはこちらに顔を寄せて、嫌みったらしく鼻で笑う。

「なに睨んでんだよ。孤児の俺たちにこき使われて悔しいのかい？　おじょーさま」

「別に。感心していたところよ」

私もまた鼻で笑ってやりながら、肩にかかった髪を払う。

「あなたたちガーネットの３班はいい成績をおさめ続けているから、私、ずっと警戒してたのよね。だけどあの魔法のコマを見て確信したわ。３班は強いって」

「……は？」

ダンの表情が思いのほか緩み、どこかキョトンとしている。

しかしすぐに、顔面がギュッと力んだかと思うと、フランシスを睨む。

「フラン、お前……っ、魔法のコマをこいつに見せたのか!?」

「ひーっ。ごめんよダン～」

一見、いじめっ子といじめられっ子に見えなくもないのだが、ダンは諦めたかのように小さなため息をつき、ポンと、フランシスの肩に手を置いた。

「……まあいい。正直者なのは、お前のいいところだからな」

そして、私に向かって宣言をする。

「おい、オディリール。いつもはお前たち９班や、１班の連中に遅れをとっているが、この課題だけは譲らねえぞ。残りのグミも、さっさと集めろよな！」

ダンはフランシスを連れて行ってしまった。

フランシスの話を聞いて感動していたのに、やはり荒々しい不良男子であった……さて。

グミ探しを再開したところ、足元で、キラッと輝く何かを見つけた。

それは折り重なったガラクタの隙間で輝いている。この辺はさっきからずっと探していたのに、今まで全く気がつかなかったわ。

私は折り重なったガラクタを、浮遊魔法を駆使してどかし、光り輝く何かを取り出す。

「これ……」

それは銀の細工が美しい、持ち手のある手鏡だった。

ガラクタの中に埋もれていたにしては、やけに高価そうな代物で、傷や割れもない。

魔法ゴミに捨てられていたと言うことは、魔法の手鏡だと思うのだけれど。

「おーい、これとか使えねーか？」

そんな時、フレイが古い魔法ポットを抱えて、私の方へとやってきた。

「あ……」

しかし、彼はあからさまに顔色を変える。

フレイが見ていたのは、私が手にしていた手鏡だ。

女性のものだし、フレイには縁が無い代物だと思うのだけれど、見覚えでもあるのだろうか。もしかして、フレイの知り合いのお姉様の私物とか？

「ど、どうしちゃったの、フレイ」

「……いや」

フレイは、フイッと顔を背けた。明らかに挙動不審だ。

彼は逃げるように遠くへと行ってしまったので、話を聞くこともできず。

遠くで、ディーモ大聖堂の、夕刻を告げる鐘の音が響いている……

「なんなのよ、いったい」

気になりつつも、私はその手鏡をもとあった場所に戻した。

その日、ギリギリ10個のグミを見つけた私は、３班への納税に成功。

他の班員たちも、使えそうなお古の魔法道具をいくつか発掘し、アトリエへと持ち帰ったのだった。


翌日。フレイが学校を休んだ。

どうせサボりだろうと思っていたが、その次の日も、彼は学校に来なかった。

ルームメイトのネロに聞いても、フレイは部屋に居ないという。

心配になってユリシス先生に聞いてみたところ、先生は苦笑いしながら、

「すみません。フレイは王宮に呼び出されていたのです。それで……ギルバートと殴り合いの喧嘩になりまして」

「えっ！」

「フレイは怪我を負ってしまったのです」

「ええええっ⁉」

予想外の事態に、私はのけぞった。

どれほど激しい喧嘩だったと言うのか。

私の反応が面白かったのか、ユリシス先生がクスクス笑っている。いや、笑い事ではないだろう。

「そ、それで、フレイは無事なんですか⁉」

「ええ。怪我の方はすぐに治癒魔法で治してしまいましたから。フレイはあれから、王宮の一室で籠城しています。まるで、沸騰した感情を静めるかのように」

「フレイ、そんなに怒っていたのですか？」

あのフレイが？

ちゃらんぽらんのフレイが？

「まあ、彼らはお互いに、許せないことがあったのは確かです。だけど、今は喧嘩をして

いる時ではありません」

「……ユリシス先生？」

「王子の不仲は、派閥争いを望む者たちに隙を与え、国を不安定にしてしまいます。今は……五人の王子が力を合わせなければならない時なのです」

ユリシス先生は少し厳しい目をしてそう述べたが、私がじっと見つめているのに気がつくと、柔らかい笑みを作った。

「すみません、マキア嬢。こちらの事情で気を揉ませてしまいましたね」

「い、いえ」

「マキア嬢。今日は午前中で授業が終わるので、放課後、王宮にフレイを迎えに行ってくださいませんか？　あなたの言うことなら、あの子も素直に聞くと思いますので」

そうだっけ……？　私は微妙な顔をして首を傾げる。

ユリシス先生は、くすくすと笑った。

「フレイはなんだかんだと言って、９班の仲間たちを信頼しているのです。僕にはわかります。あの子が、そういった仲間を見つけられたことを、僕は嬉しく思っていますよ」

「…………」

フレイが私の言うことを聞くかどうかはさておき、ユリシス先生の言葉は素直に染み入る。

ただ、フレイの状況はかなり気になる。

あれでも一応、ガーネットの9班の班員だ。

そもそも、いったい何が原因で、ギルバート殿下と殴り合いの喧嘩になったのだろう。

二人は前々から仲が悪く、今まで言い合う姿を何度か見てきたが、殴り合いになることはなかったのに。

お互いに、許せないこと？

そもそもあの二人は、なぜあんなにも、仲が悪くなってしまったのだろう。

第六話　二人の王子の鐘が鳴る（上）

王宮には、ひと月ぶりに入る。

同盟国会議以降、私は王宮へ来る必要も、用事も無かったからだ。守護者たちはアイリとの接触を今もまだ禁止されている。

城内に通され、フレイが籠城しているという部屋の扉を開けた。

フレイはというと、王室仕様のどでかいベッドの上で寝転がり、巷で噂の美人な女優が並んだ雑誌をニヤニヤして眺めている。なぜ、そんな雑誌が王宮に？

「何よ。心配して来てみたら、随分と贅沢な身の上ですこと」

「お。班長じゃねーか。よぉ〜」

私がやってきたことに気がついても、ゴロ寝したまま適当な返事だ。

「ギルバート王子と殴り合いの喧嘩したって聞いていたけれど、その様子だと元気そうね」

「おいおい、なに言ってんだ。あいつに顔を殴られたんだぜ。顔に傷が残ったらどうしてくれる。あのバカ兄貴、ゼッテー許さねえ」

さっきまで雑誌を眺めてニヤついていたくせに、フレイは今になって怒りを思い出したようだ。雑誌を放り投げ、こちらに背を向ける。お子様か……

私はため息をつきつつ、雑誌を拾い上げてベッドの端に座る。

「そもそも、どうして殴り合いの喧嘩になんかなっちゃったのよ」

さりげなく聞いてみた。フレイはこちらに背を向けたまま、

「仕方ねーだろ。あっちから手ぇ出して来やがったんだ」

「どうせまたギルバート殿下を煽るようなこと言ったんでしょ」

「はっ！　俺に向かって、今更王子業に専念しろとか、隣国のお姫さんと婚約しろとか、偉そうに命令してきたから断ってやっただけだ」

「え……？」

少しだけ驚いた。だがよくよく考えると、確かにここ最近、我がルスキア王国の王子たちは政略婚約ラッシュだった。フレイはこの国の第五王子であるのだから、このご時世、政略結婚の話が出てもおかしくはない。

「そういえばあなた、王子としての権限はあまり無いって言ってたわよね。何か特別な制限がかかっているの？」

「まー、そういうこった。七年前、俺は王子としてのあらゆる権利を剝ぎ取られ、この王宮を追放された。今は亡き、正妃アリシア様のご命令でな」

「正妃様の……？」

正妃アリシア様。現国王には第四王妃までいるが、その中で最も尊き位の王妃である。

そして、ギルバート王子のお母君だ。

国民に愛され、慈愛に満ちた方だったと聞いたことがあるが、随分と前に病で亡くなった。そんな彼女が、なぜフレイを……

「それでフレイ。あなた王宮に戻って、政略結婚を受け入れるの？」

「はあ？」

フレイはのそのそと起きあがると、あぐらをかいて頬杖をつく。

「断ったって言ってんだろ？　だが、あとはお前しかいないとかバカ兄貴が言い出すからよお。言ってやったんだ。まだ、ギルバート兄上がいらっしゃるじゃないですかって」

私は目をパチクリさせながら、フレイの話を黙って聞いている。

「兄上はあの救世主ちゃんに惚れてるからって、最近の政略結婚の話を避け続けてんだ。あの野郎、救世主ちゃんに堂々と振られたってのによ」

「え……？　振られたの⁉」

ちょっと待って。その話は初耳です。

「笑えるだろ。あの野郎、救世主ちゃんに自分の妃になって欲しいって告って、撃沈してやんの。バカだぜあいつ。扉越しに女を口説くやつがあるかっての。女心がわかってねー」

「………………」

「で、それを笑いながら指摘してやったら、殴られた」

「まー……殴られるでしょうね、それは」

ギルバート殿下がアイリに惚れていたのは周知の事実だが、結婚を申し込んでいたのには、流石に驚かされた。それを覗き見され、フレイに嫌みったらしく指摘されたら、まあ殴りたくなる気持ちもわかる。

そもそもフレイの腹違いの兄であるギルバート王子は、守護者として救世主に忠誠を誓うため、貴族令嬢であるベアトリーチェ・アスタとの婚約を破棄したばかりだ。

だが、アイリが救世主をやめるということになったら、ギルバート王子は守護者として彼女に忠誠を誓う必要がなくなる。再び別の女性と婚約することも可能だ。きっとそれで、焦ったギルバート王子はアイリに結婚を申し込み、あえなく撃沈したのだろう。

なんだか複雑だけれど、そういうことだ。

だがギルバート王子は、アイリに振られた今も彼女を思っていて、自分にきた政略結婚の話を第五王子のフレイに押し付けようとしている、と。

「ああもうっ、あの野郎！　俺を王宮から遠ざけ続けたくせに、今更王子の自覚を持てとかうるせえことを言いやがる！　ほんとっ、自分の都合で世界が回ってるんですかね、あのバカは！」

フレイはまたむしゃくしゃしたのか、髪を掻きむしって憤っている。

私はこめかみに指を当てて、うーんと唸った。

「フレイの言い分はよくわかったわ。確かにあなたは悪くないかもね」

「……わかってくれるのかよ、班長」

フレイが、なんとも言えないジトッとした横目で私をみている。

王宮では味方や後ろ盾のいないフレイ。心細い、惨めな思いをしているのだろうな。

「まあ、私はあなたの方が付き合い長いし、身内びいきってところね。ユリシス先生に、あなたを迎えに行くよう言われたのよ」

「なんだよそれ。母親かよ班長。……情けねーな、俺」

首の後ろをポリポリ掻きつつ、どこかフレイらしくない、弱々しいセリフ。

ダメンズならぬ、ダメ王子ではあるものの、こういうところが母性本能をくすぐるというか、年上女性に可愛がられる要因なのかもしれない。

まあ、私はこの男より一つ年下なわけだけど。

「ねえ、フレイ。幼い頃に王宮から追放されたというけれど、きっかけは何だったの？」

ギルバート王子とだって、あんなに仲が悪いのには、何か理由があるはずだ。

「前に言っただろ。俺の母親が、王宮で色々やらかしたんだよ」

「それは知ってるけれど……でも、ギルバート王子とあれだけ険悪な理由が、よくわからないのよ。だって、同じ兄上様のユリシス先生はあなたにキツく当たらないじゃない」

「いやいや怖えーぞ、ユリシス兄上は。俺とギルバートは、喧嘩の後あの人にめちゃくちゃ絞られたからな。マジでリアルな雷を落とされたぜ」

「え??」

あの温厚なユリシス先生が怒るなんて、想像できない。リアルな雷って……

フレイはしばらく、難しい顔をして黙り込んでいた。

「はあ。どこから話せばいいんだかな……」

そして、前髪をかきあげながら、長く息を吐く。

「俺の母親は、孤児院の出なんだ」

「それってもしかして、あの3班の子たちがいたって言う、王都孤児院?」

「ああ、そうだと思うぜ」

フレイはポツポツと語り出した。自分の母親の身の上を。

その女性の名前は、ララという。

ララは身よりのない娘だったが、孤児院で育ち、孤児院で働いていた。更には大地や植物に愛された【地】の申し子で、何より美貌に恵まれていた。

たまたま王都を視察していたルスキア王に、壁を伝って歩いていたところを驚かれ、その美貌と潑剌とした性格を見初められ、ララは第四王妃に迎えられたのだ。

孤児から王の妃に上り詰めたその女性に反発する者たちもいたが、一方でミラドリード市民は沸き立った。

もともと、心優しく美しく、街でも評判の娘だった。

だが、王の寵愛を受け贅沢な暮らしを始めたララは、徐々に徐々に、狂い始める。

自分は特別だ。底辺から這い上がった。

誰より王に愛されているのだ――と。

元より愛に飢えていた。

その願望が、歪な形で殻を割って出てきたのかもしれない。

ララは王に愛されることだけを考え、我が子の世話も早々に放棄し、ただその美貌を磨き続けた。

だが王には四人の妃がいて、ララだけが特別愛されていた訳ではない。

ララは、貴族の出である他の妃たちに対し歪んだ劣等感を抱き、彼女たちを邪魔に思い始めたのだ。

当時、放置された幼いフレイの面倒を、ララの代わりに見ていたのは、正妃アリシア様だった。そう、ギルバート殿下の母上だ。

アリシア様は、誇り高く気高い、国民からも慕われていた正妃であったそうだ。

ギルバート殿下がお生まれになるまで、なかなか子に恵まれず、苦労されたともいう。

公爵家の出である高貴な身分や、正妃という立場を鼻にかけることもなく、王のため、

国のため を思い、妃たちを纏め、全ての王子たちを気にかけ、正妃としての役割を全うしていた。

ゆえに、常に王の隣にいたのは、正妃としての立場を持つアリシア様であった。

ララは徐々に、その〝正妃〟の座を欲するようになる。

誰からも慕われ、王からも一目置かれ頼られているアリシア様に、嫉妬するようになる。

自分が最も王に愛されている。

ゆえに、王の隣にふさわしいのは自分なのだ——

ララはアリシア様に対し嫌がらせをするようになった。

直接というのではなく、アリシア様が身分の低い自分を虐めているのだと国王に訴えたり、騒ぎ立てたりして、アリシア様の評判を貶めようとしたのだ。

それに対し、気高いアリシア様は冷静に反論し続けた。しかし国王は、孤児院出身のララの方が味方が少ないだろうと考え、彼女の肩を持つことが多かったらしい。

そのせいで、アリシア様は心労が積もり、病に臥せって亡くなったのだと言われている。

ララが直接手を下した訳ではないが、ララの悪意が、彼女を死に追いやったと言ってもいい。

王はアリシア様の死を嘆き悲しみ、のちに嫌がらせや悪事が明るみとなったララを、王宮から追放した。

悪妃ララ。そう呼ばれる彼女は今、ルスキア王国の北の森の奥で、監視付きの生活を送っているという。

「ギルバートが俺を毛嫌いするのもわかる。悪妃ララによく似た俺を」

フレイは、掠れがちな声で語り続けていた。

「だが、俺だってララには、何の愛情もかけてもらうことなく育ったんだ。ただ俺を生んだ母親ってだけだ。俺だって……俺だって、アリシア様が本当の母親だったらって、何度も思った。死んで、悲しかったさ」

フレイは虚ろな瞳をして、どこでもない場所を、ただぼんやりと見つめていた。

過去のどこか、彼にとって歪みを生み出している、一点を。

「そう……。あれは、ちょうど、アリシア様が病でお亡くなりになる前日のことだった」

「フレイ？」

「アリシア様が、はっきりと俺に言ったんだ。……王宮を出て行け。ここにお前の居場所はない。お前の顔なんて見たくない。とね」

「…………」

ぎゅっと、膝の上で拳を握りしめるフレイ。

「それまでは、たとえ俺が嫌いな女の息子でも、アリシア様は、俺をギルバートと同じように可愛がって下さっていた。だが……いよいよ、我慢できなくなったんだろうな」

そしてフレイは、どこか乾いた笑みを浮かべ、後ろ手をついて顔を上げる。

「嫌われてたってわかった時は、ショックだったなー。なんせ、失恋をわずか十歳で経験したんだぜ？　俺の初恋の人だからなー。アリシア様は」

茶化すようにそんなことを言った。私が強張った顔をしていると、「いやここ笑うところだから」とか言うし。

笑えないわよ。

フレイが年上好きな理由が、わかったんだもの。

年上が好きというより、幼い頃の母親代わりで、初恋の相手であるアリシア様の面影を、今も追いかけてしまうのだ。

「だが、俺がララの息子であることに変わりはない。国王はアリシア様の遺言を聞き入れ、俺からあらゆる権利を剝奪し、王宮から追い出した。そして俺はあちこちの寄宿学校をたらい回しにされた挙句、ルネ・ルスキアに入学させられたんだ。皮肉なことに母親譲りの【地】の申し子で、少しばかり魔法の才能があったからな。だけど俺は、別に、魔法なんてどうでもよかった」

「だから……去年、落第したの？」

特に魔法への憧れも熱意も、執着もなく。

ルネ・ルスキア魔法学校を、自分を閉じ込める檻のように感じて。

フレイと過ごすようになってわかったのだけれど、彼は真面目にやれば全てのことを人並み以上にやりこなす。落第するような落ちこぼれではない。前に、メディテ先生が言っていた通りだ。

だけど大切なところで不真面目だったり投げやりだったりするのは、きっと、幼い頃に大好きだった人に否定され、孤立した経験が、今も彼に影を落としているからだ。

どこかで諦めてしまっている。人生そのものを。

「ま、やる気なんて最初から無かったからな。留年し続ければ、ルネ・ルスキアで適当に生きていけると思ってたし」

「……今は？」

私はフレイの方をちゃんと見て、改めて尋ねる。

「今は、学校嫌い？」

「…………」

フレイもまた、ちらりと私の方を見た。

「別に。今はそこそこ楽しいと思ってるぜ。９班の連中も、別に嫌いじゃないしな」

照れ隠しなのか、わざと淡々と語っているように思える。その言葉を聞いて、私は思いのほかホッとした。

不真面目な時もあるけれど、フレイは確かにこの一年それなりに班の為に頑張ってきた。

私が口うるさく授業に引っ張っていったり、レポートを見てやったり、テスト勉強を手伝ってやったりしたのもあるけれど……

と、その時、俯いていたらハーフアップにまとめていた横髪が、不意にハラリと目の前に流れてきた。

「⁉」

なぜかフレイが、髪留めにしていたリボンを横からスーと引っ張って、解いていた。

「なな、何やってんのあなた⁉」

流石にびっくり。

私は頭髪を押さえながら顔を上げ、フレイの不可解な行動にギョッとしていた。

「いや～。だってなんか、側でリボンがピラピラしてたら解きたくなるっていうか……」

「はあ？」

フレイは悪戯っぽく笑っているけど、意味不明。

なぜか人のリボンで手遊びしてるし。いったい何が楽しいのやら。

「……全く。私の方が深刻に考えすぎちゃったじゃない。人をからかう余裕があるなら、心配ないわね。さ、戻るわよ、ルネ・ルスキアへ」

「おお」

フレイはいつもより素直に返事をし、ベッドから下りる。

だけど、どこか沈みがちに見えるのは、元々の猫背がさらに丸まっているからかしら。

シャキッとなさいと背中をバシッと叩いてやったら、

「ちっ。いってーな」

などと不良息子みたいな反応をする。舌打ちしない、と叱ってやった。

ダメンズだけど、根は悪い子ではないのよ。うちの子は。


「お嬢……？」

「あ、トール！」

部屋を出ると、外の廊下で、トールとばったり出会った。

王宮でトールと出会えるなんて嬉しい。同盟国会議の夜以来、私はトールと会っていなかったから。

フレイをそこに置いて、私はトールに駆け寄った。

「トール、久しぶり！　最近あまり会えなかったから、ずっと会いたいと思っていたのよ」

トールは無言で目をパチクリとさせていた。

そして徐に、私の髪に触れる。

「ト、トール!?」

「お嬢……髪を解いているなんて珍しいですね。いつものリボンはどうしたのです？」

「リボン？　あっ」

トール、私越しにフレイを見る。

フレイというか、フレイが手に握っている私の黒いリボンを。

「あ、これ〜？　おたくのお嬢があんまり無防備なもんで、ベッドの上で解いてやったわけよ。俺リボン解くの得意だからさ〜」

「あんた、リボン解いたくらいで偉そうにしてるの？　そのくらい誰にでもできるわよ」

得意げで意味不明なフレイに、つっこむ私。

トールは貼り付けた笑顔でスタスタとフレイの元まで行くと、その手からパシッとリボンを奪い取り、またスタスタと戻ってきて私の背中に回る。

「トール？」

「お嬢、動かないでください」

そして、私の髪を結い始める。トールが私の騎士だった頃によくやってくれたように。

彼の指は今でもそのやり方をよく覚えているのか、手際がいい。だけど想い人の指で髪を梳かれている私からしたら、何だかこそばゆくて気恥ずかしい。

昔はなんて事なかったのに。昔はなんて事なかったのに！

「あ、あ、ありがとうトールっ！」

おそらく顔が真っ赤なので、俯いたままお礼を言った。

「いいえ。せっかく美しい赤髪なのですから、振り乱してはいけませんよ。お嬢はオディリール家のご令嬢なのですから」

その言葉で「あっ」と思い出したことがあり、私はトールの方にくるりと向き直る。

「そういえばトール、昔から私の髪を綺麗だと言ってくれてたわね。髪だけは綺麗って！」

「…………」

トールが、笑顔のまま固まった。

なぜかフレイがその後ろで笑うのを堪えている。

「お嬢は、すっかりお元気そうですね」

トールの唐突な話題の切り替えに、私は「へ？」と。

ああ、そうだ。前回トールに会った時、私はあの金髪男のせいでガタガタブルブル怯えていたから、トールを随分と心配させたのだった。

あれだけ怖がっていたのに、ここ最近はアイリの救世主辞める事件と、エスカ司教のスパルタ指導と、慌ただしい班課題のせいで、あの男の存在は少しばかり私の中から遠のいていた。わざと忘れようとしていたのかもしれない。

「そ、そうね！　もう元気かも！　最近は学校の班課題で、忙しくしているから」

「……それは良かったです。それにしても、お嬢が王宮にいらっしゃるなんて珍しいですね。今日は何のご用で王宮へ？　というか、どうしてフレイ殿下のお部屋に？」

トールは相変わらず、他人行儀の貼り付けたような笑顔で、そう尋ねた。

どうしたんだろうトール。お面でもつけているかのように、表情がさっきから全く変わらないぞ。

「あ、えっとね。フレイを迎えに来たの。ギルバート王子と殴り合いの喧嘩したらしいじゃない。その後ふてくされてなかなか学校に戻ろうとしないから、ユリシス先生に連れ帰るよう、頼まれたの。ほんと、手のかかる王子様だわ」

「ああ……なるほど」

トールが、どこか安堵したように息をついた。

一方、後ろでフレイが「早く帰ろーぜ」とごねだした。全く。

「それじゃあね、トール。王子様のご機嫌が悪いようだから」

「……あ」

トールが私を呼び止める素ぶりをした。

振り返ると、トールはなぜか騎士団の制服のポケットをゴソゴソと探っている。

彼は何かを取り出すと、私の手を取り、それを置いた。

「これ。あげます」

何かと思えば、黄色くて可愛い紙に包まれた飴玉だ。

これは多分、巷でよく売られている定番の蜂蜜レモンキャンディー。

「え、いいの？　え、トールどうして蜂蜜レモンキャンディーなんて持ってるの？」

「あー。糖分が必要な時に舐めます。副団長……ライオネルさんがよく配っているので」

「へええ〜、ありがとう。私も今度トールにおにぎり作ってくるわね。アプリコットの梅干し入りの！」

「え……？」

私がそう言うとトールは目をパチクリとさせ、少々頬を赤らめゴホンと咳払いをし、

「ありがとうございます。待っています。……最近寒いですから、お嬢も、お体に気をつけて」

立派な青年騎士らしく、胸に手を当てて頭を下げる。

なんだか今日のトールは少しおかしかった。

彼は、怪我や病を隠しがちだから心配だ。守護者の仕事はお休み中だけれど、今は騎士団の任務が忙しくて、疲れているのかしら……

「おーい班長、早く帰ろうぜ。こんな場所もう一秒だって居たくないぜ」

「何よ。ずっと部屋に引きこもってた奴の言うセリフじゃないわね」

フレイが私を、妙に急かす。

そして、普段しないくせに私の肩を抱き、トールの方を振り返る。ニヤニヤしてるし。

トールはと言うと、またあの貼り付けたような笑顔だ。

トールは私の騎士だった特性上、私にくっつく悪い虫に敏感なのよね。きっと私が、フレイの冗談を本気にしてしまわないか、心配なんだわ。

大丈夫、大丈夫よトール。フレイの冗談くらいわかってるから。

「くっ……あのお兄さん、意外と嫉妬深いよな。あと独占欲が超強いと見た」

「ちょっとフレイ。うちのトールをからかうのやめてくれる？　ていうかトールとあなた、多分同じ歳よ。トールはずっと大人びているけれどね」

「え、マジで？」

肩に乗っかったフレイの手を払っていると、ちょうど王宮内の渡り廊下に差し掛かった。

「あ……」

そこから庭園が見えたのだが、見覚えのある人が噴水の端に座り込み、項垂れている。

あれは、ギルバート王子だ。ずいぶんお疲れに見える。

「…………」

あまりギルバート王子には良い印象はない。

私はいつも、あの方に責められているから。

だがあの様子を見るに、彼もまた立場に追い詰められ、様々な葛藤に悩み苦しんでいるのだろう。

王子に生まれ華々しい人生が用意されている一方で、自由などなく、個人の小さな望みや願望は叶いづらい。

ギルバート王子は、確かにアイリのことが好きなのだろう。

アイリを守りたいに違いない。

だけどアイリが救世主でなくなったら、守護者としてより、王子としての選択が問われる事になる。

だからこそ、今一番、私たちの中で立場に揺れている人物なのかもしれない。

王宮を出て、魔法学校への帰り道の途中、私はあることをフレイに提案した。

「ねえ、フレイ、このまま魔法ゴミ投棄場に行かない？」

「げ。まだゴミ漁りするつもりかよ。班長、一応貴族令嬢のくせにアクティブすぎるだろ。俺は嫌だぜ」

「どうしても？」

「どうしても、だ」

フレイはふーんとそっぽを向き、頑なに魔法ゴミ投棄場へと行くのを嫌がっている。

その反応を見て、私は以前、ゴミ投棄場で見せたフレイの不可解な様子を思い出した。

「もしかして、前に見つけたあの手鏡に、何かあるの？　あなた、あれを見た時あきらかに動揺してたわよね」

「…………」

フレイは視線を斜めに流し、しばらくして思いもよらぬことを告げた。

「あれ、昔、アリシア様が持っていたものだぜ」

「え……っ⁉」

驚いた。仮にも一国の正妃様のものが、あんな場所に捨てられているなんて、あり得るのだろうか？

「で、でもなんで。そんなのおかしいじゃない」

「さあな。いったいなぜ、あの方の手鏡があんな場所に捨てられていたのかはわからない。だが、あれは絶対にアリシア様のものだ。俺にはわかる。……あの手鏡は、アリシア様が、いつも大切にしていたものだから」

話を聞くほどに不安になってくる。

私ったら今は亡き正妃様のものだとは知らず、あの手鏡を投棄場に置きっ放しにしてしまった。

いつゴミとして処理されるかわからないし、たくさんのゴミの山の中ではすぐに埋もれてしまうだろう。

「それ、ギルバート殿下にお伝えしなくて良いのかしら」

「は？」

「だって、ギルバート殿下のお母様の形見なのでしょう？　あんな場所にあって良いものじゃないわよ！」

「知るかよ、あんなバカ兄貴のことなんて」

フレイは急に不機嫌になった。

歩道で立ち止まって、舌打ちをして頭を掻き毟り、

「あーあー。やってらんねえ！　俺ちょっと綺麗なお姉さんに癒されてくるから、班長だけでゴミ漁りに行ってきな」

「えっ、何それ酷い！」

「じゃーなー」

フレイは建物の壁を歩き、逃げるようにどこかへ行ってしまった。

「なんて薄情なやつなの。……ったく呆れたわ。ほんと、不良息子なんだから」

でも、フレイがあの手鏡に触れたくない理由は、彼の過去の話を聞いた後だからか、少しだけわかる気がする。

仕方がないので、私は一人で魔法ゴミ投棄場へと向かった。

あの手鏡が正妃アリシア様のものならば、なおさら、ゴミとして処理される前に回収し

て王宮へと届けなければならない。

「確かこの辺だったと思うんだけど……」

私は一人で、魔法ゴミ投棄場へと来ていた。

王宮帰りの貴族令嬢風の格好だったが、この際仕方がない。

だけど、あの手鏡をどうしてももう一度見つけ出さねばという気持ちが大きく、衣服を汚しながらも、必死になって探している。

しかしなかなか見つからない。以前探した場所を重点的に探しているのだけれど。

もしかして、もう処分されてしまったんじゃ……

「ここは探し物が得意なポポ太郎に任せるぽよ～」

「ちっこいドン助ならゴミの世界をどこまでも、でち」

「あ、こら二匹とも！」

ポポ太郎とドン助がスカートの裾からチョロチョロと出てきたかと思うと、やる気ありそうなことを言って、重なり合ったゴミの隙間に入ってしまった。

「潰れちゃうわよ！　戻ってきなさい、ひまタネあげるから～」

ゴミの隙間から顔を覗き込ませ「チッチッチ」とハムちゃんたちを呼ぶ。しかし、ひまタネで釣ろうとしても出てこない。精霊なので大丈夫とは思うけれど……

「おいオディリール。お前、何をしている」

背後から声をかけられ、私は顔をあげた。

いつの間にか、ガーネットの３班の連中が私を取り囲んでいる。

私が一人でここへやってきたからか、不審に思っているようだ。

ていうか、いつもここに居るのね、この人たち。

「ここを利用するんだったら、今日もグミを集めてもらうぞ」

３班の班長ダンが、納税をしろと私に凄む。まるでゴミための国の暴君だ。

「ちょ、ちょっと待って！　ねえ、この辺にあった手鏡を知らない？　持ち手があって、銀色で、古いものだけど縁どりの花の装飾が立派な手鏡よ」

「……手鏡？」

３班の連中は、顔を見合わせて首を傾げた。

「お前、ここに高価な手鏡でも落としたのか？」

「うわっマジ？　ウケる〜」

「だから言ったじゃん。ここは貴族様の来る場所じゃないんだよ！」

班長のダンは白けた顔をしているし、マーズ姉弟は勘違いしてゲラゲラ笑ってる。

「言っとくけれど、手鏡は私のじゃないから。……え、あった!?　あったの!?　うわあああ

「あ、さすがは私のドンポポ!!」

二匹のハムちゃんが魔法ゴミの隙間から、「えいちょ、えいちょ」と手鏡を引きずって出てきた。ちっこい体で一生懸命手鏡を運ぶ様が愛おしく、健気で涙がでてきそう。ていうか涙でた。

手鏡も無事だ。割れていたり、壊れているわけじゃない。

見つかってよかった……っ。

私は手鏡の表面を持っていたハンカチで拭き、曇っていた鏡の表面に自分を映し込む。

ここに捨てられているということは魔法の手鏡なんだと思うけれど、それらしき現象は特に起きない。

「この手鏡、どんな魔法道具なのかしら？」

「ピラピラした服を汚してまで探した割には、それが何なのかもわからねーのかよ」

何を思ったのか、3班の班長ダンが私の前にしゃがんで、手鏡をヒョイと手に取る。

そして、振ったり裏返したり、持ち手を確認したりしていた。

「これ……おそらく、前にミラドリードの貴族たちの間で流行ったミラーレターだぞ」

「ミラーレター？」

私には聞き覚えがないが、3班の班員たちは「あー」とか言ってる。どうやらそれなりに有名な魔法道具らしい。

「ミラーレターってのは、魔法の手鏡が備えている機能の一つだよ」

ぽっちゃり系男子フランシスが、説明してくれた。

「例えば自分の姿をこの鏡に映して、何かを語ったりするでしょう？　そしたらこの鏡は、その姿と言葉を切り取ってこの中に閉じ込め、保管しておけるんだ。気になる異性に恋文として贈ると、手書きの手紙より、ずっと効果があるんだって」

「ああ、なるほど〜。そういうこと」

ちょっとだけ理解した。鏡に映るものを保存できる、ビデオレターに近い感じかしらね。だけど洒落た手鏡というだけで、ビデオカメラよりずっとロマンチックかも。

「しかしミラーレターの機能が動かねーな。何か保存されていると思うんだが」

ダンは顔をしかめつつ、手鏡を私に返した。

「もしかして、壊れているのかしら」

「かもな。もしくは鍵がかかってるとか。何か、やばい事情を抱えた代物なのかもしれねえぞ。盗品とか」

「…………」

確かに、それはあり得る。王宮から、何者かによって盗まれた代物である可能性。

もしこの手鏡の中に正妃様の生前のお姿と、お言葉が記録されていたら、悪用されかねないものだ。

「で、結局、なんでこれを探してたんだ、オディリール」

いよいよそのことについて突っ込まれた。

私はぎゅっと手鏡を抱きかかえ、3班のみんなに頭を下げて訴える。

「お願い！　そこのところは聞かないでちょうだい。私はこれを、本来のあるべき場所に還（かえ）したいだけなの。本来の持ち主は、もうお亡くなりになっているんだけど……っ」

「はあ？」

私は追加でもう一つ、切実なお願いをした。

「あと今日の納税！　もう少し待ってくれない⁉」

「え……？」

「色々と片付いたら、グミを20個でも30個でも探すから！」

少しの間、しんと静まり返った。

あれ、と思って顔をあげると、3班の班員たちがみんなしてぽかんとしている。

常に険しい表情のダンまでもが、眉間（みけん）のシワを解いて口を半開きにしているのだから。

「お前、あれ本気にしてたのかよ」

「え？」

「とんだ天然お嬢様だ。お前、傲慢（ごうまん）そうな見た目の割に、生真面目なんだな」

ダンの言葉に、私もまた目をパチクリ。

いや、だって。さっきまで敵意満々だったじゃないですか。グミを納税させる気満々だったじゃないですか。

「あっはははははは」

他のみんなも、腹抱えて笑ってるし。

「ふ、ふん。何よ。もういいわ。私、行くから。ずっとここで笑ってなさい」

「あっはははははははは」

「…………」

ムッと膨れっ面になって、その場を離れようと3班の連中にくるりと背を向ける。もうグミの納税しないから。脱税しちゃうから。

「おいオディリール！　無茶な案件だったら、あんまり深追いするなよ！」

だが、少し遠くで、ダンが私の背に向かってそう言った。

一応心配してくれているのだろうか。私は振り返り、軽く手を振る。すると3班のみんなが、気ままに手を振り返してくれた。

なんだかんだと言って、人情味のある、小粋な班だ。

やはり今度、ちゃんと今日の分のグミを納税しよう。そうしよう。

私は例の手鏡を持って、一度ルネ・ルスキア魔法学校の、ガラス瓶のアトリエへと戻った。

魔法の手鏡が正妃様のものだったとして、王宮へ行く前に綺麗に磨きたかったし、自分も汚れた衣服を着替えなければと思っていた。

そして、もう一度フレイに確認をしたかった。

これが本当に、アリシア様のものなのか。

しかしガラス瓶のアトリエには、ネロとレピスだけがいて、フレイは見当たらない。

ネロとレピスは前に魔法ゴミ投棄場から持ち帰ったものを、分解しているようだった。

「おかえりなさい、マキア」

「ただいまレピス。ねえ、フレイはここに戻ってきてない？」

私がアトリエ内をキョロキョロしていると、作業をしていたネロが、つけていたゴーグルを上げた。

「フレイ？　君が王宮へと迎えに行ったんじゃないのか？」

「そのはずだったんだけど、途中であいつ、いなくなっちゃったの。ほんっと、逃げ足だけは一流なんだから」

ネロとレピスは真顔のまま「へえ……」と言った。まあ、場面の想像がつくのだろう。

「ところでマキア。手に持っているそれはいったいなんですか？」

レピスが私の持つ手鏡に気がついた。

「私ね、またあの魔法ゴミ投棄場へと行ってみたの。気になることがあって、これを拾ってきたのだけど……」

「ミラーレター機能搭載の手鏡だな」

ネロは手鏡をチラッと見ただけで、すぐにその魔法道具を見抜いた。

「そう！　流石はネロね」

私はネロとレピスに、今までのことのあらましを説明した。

あの魔法ゴミ投棄場で、この手鏡を見つけたこと。

前にフレイが、この手鏡に妙な反応を示していたこと。

魔法ゴミ投棄場で３班と出くわし、これがミラーレターであるとわかったこと。

レピスとネロは目を瞬かせながらも、静かに話を聞いてくれる。

「私、この手鏡の中には、生前の正妃様が残したミラーレターが残っているんじゃないかって思うのよ。でも、壊れているのか、うんともすんとも言わなくて。ねえネロ、これ、やっぱり壊れてるの？」

「……見せて」

ネロは手鏡を持ち、裏返しにしたり鏡の表面を指先で撫(な)でたりして、何かを調べていた。

手鏡の持ち手にはめ込まれていた金具を外し、そこに親指を押し当てて、彼のコンタクトレンズ越しでしか見えない術式を読み解こうとしている。

あ、鏡の表面に、びっしりと術式が表示された。

ネロは何やってるんだろう。もしやハッキング的な、あれ??

「!?」

鏡の表面が水のように揺らぎ、術式が消えたかと思ったら、本来映るはずのないものがそこに現れる。

青紫色のドレスを纏(まと)った、ベージュの巻き毛の美女だ。

「これ……っ、もしかして正妃様!?」

「……私、ルスキア人じゃないのでよくわからないです」

レピスも隣で覗(のぞ)き込んでいたが、私と同じく、正妃様のお顔を知らなかった。

「少なくとも王家の人間だろう。鏡に映り込んだ背後の家具に、ルスキア王家の紋章が描かれている」

ネロもまた正妃様かどうかの判断は出来なかったようだが、彼の言う通り、確かにアリシア様の背後には、ルスキア王家の紋章が描かれた家具などが、いくつかあった。

鏡の美女は優雅に微笑み、時折瞬きをしている。どうやらこれは、ただの静止画ではなく、やはり動画のようだ。

だが、何かを語り始める訳でもなく、ただ鏡を見つめて、自分の姿を確かめるそぶりをしている。本当に、鏡を見て自分の顔やお化粧の具合を確かめているかのように。

「魔法の手鏡とは、本来このように自分の姿を日々記録し続けるものだ。今はそれが、ランダムに流れている状態に違いない」

ネロがそのように言った直後、鏡の表面が揺らぎ、今度は別のものが映し出された。

「これ……何かしら」

天蓋(てんがい)付きのベッドがあって、その周囲を数人が取り囲んでいる様子が、遠く、小さく映り込んでいる。

『消えなさい』

声だけがよく聞こえた。掠(かす)れ気味の、苦しそうな女性の声だ。

『消えなさいフレイ。私の目の前から……この王宮から』

フレイ……？

フレイとは、あのフレイ？

しばらくして、ベッドを取り囲んでいた子どもの一人が、バタバタと走って部屋を出て行った。顔を腕で押さえ、涙を拭(ぬぐ)いながら。

そして、ドアがバタンと閉まる音が響く。

『ごめんなさい、フレイ。もうあなたを……守れそうにないの、私』

女性は、泣いているようだった。

『ギルバート、あの子をよろしくね』

『ええ、母上。フレイは私が守ります』

ベッドに横たわる女性に寄り添い、泣きそうなのを堪え、母を安心させようとしている少年の姿が見える。

これが誰なのか、私にはわかる。

容姿など細かく見えないが、王子であることを自覚している品格と誇りある口調は、紛れもなくあのギルバート殿下のものだ。

そしてきっと、先ほど部屋から飛び出したのは、私たちガーネットの9班のフレイ……。

ただしここで、鏡の表面にドキリとする赤い鍵マークが現れ、先ほどの映像の続きは見れなくなってしまった。

「ダメだ。これ以上は開けない」

ネロでさえ、これ以上は開けないらしい。

「これ以上を開くには、設定されているパスワードが必要だ。しかも二つ」

「二つ⁉」

そもそも一つのパスワードもわからないのに、二つも必要であったなら、この先、私にはお手上げだ。

ただただ手鏡を綺麗に磨いて、王宮へと持って行くほかないようだ。

いや、それはそれで、正しいのかもしれない。これ以上、正妃様の手鏡を覗き見するような真似は、よくないだろうし……

「お話は聞きましたわ！」

突然、凛とした声がアトリエに響き、私たちはビクッと肩を上げる。

いつの間にか、アトリエの出入り口付近に私たちを見下ろす二人組がいた。

「ベアトリーチェ⁉」

と、その執事のニコラス。

ガーネットの１班の班長であるベアトリーチェは、長い金髪を豪快に払いながら、階段を下りてくる。そして、テーブルの上に置いてある魔法の手鏡をじっと見つめた。

どこから話を聞いていたのかはわからないが、彼女は事情を、すっかり理解しているようだった。

「その手鏡は、確かに正妃アリシア様のものですわ」

ギルバート王子の元婚約者である彼女は、そう言い切った。

「やっぱり、そうなの？」

「ええ。確か、国王によって正妃様へ贈られたものです。正妃様の愛しておられた、ラナンキュラスの花の細工が施されていますでしょう？」

ベアトリーチェは、手鏡を縁取る細工を私たちに確認させた。

ラナンキュラスの花を象った細工は、国王が正妃に贈り物をする際、工房で必ず取り入れられたものだったらしい。ベアトリーチェは正妃アリシア様とも関わりが深く、その言葉には説得力があった。

「ねえ、ベアトリーチェ。この手鏡に残されたミラーレターを開くには、パスワードが二つ必要らしいの。何か心当たりはない？」

「……二つのパスワード？」

ベアトリーチェはそこにあったソファに座り、足を組んで顎に手を添え、考え込む。

執事君がどこからともなくティーセットを取り出したので、それで優雅にお茶を始めたかと思ったら、しばらくまたぼんやりと。そして、約十分後。

「簡単なことですわ。二つのパスワードは、きっと王子様方が知っています！」

突如、自信満々な様子で人差し指を立て、宣言した。

そこそこ時間がかかったので、私もネロもレピスも、すっかり別の作業をしていた。

「それって、フレイと、ギルバート王子ってこと？」

私は鏡を磨いていた手を止めて、ベアトリーチェに改めて尋ねる。

「もちろんですわ。あのお二人は今でこそ犬猿の仲ですが、幼い頃はアリシア様の元で、誰より仲の良い兄弟として育ったのです。喧嘩をした際は、ギルバート殿下とフレイ殿下が協力しなければクリアできない〝ゲーム〟を、いつも仕掛けていましたわ」

「ゲーム？　それって……」

私は今一度、手鏡に視線を落とす。

今もその鏡の中で静かに微笑む、正妃様を見つめる。

「きっとこれも、アリシア様があのお二人に残した〝最後のゲーム〟なのだと思いますわ。紛失していたアリシア様の手鏡が、なぜ今になって現れたのかは定かではありませんが……しかも魔法ゴミ投棄場などに。ありえませんわ」

「ええ。私もそれがずっと気になっているの」

ベアトリーチェのお決まりのセリフじゃないけれど、それは確かにあり、えないのだ。

誰かが意図的に、このタイミングで、あそこに捨てたとしか思えない。

「あのう、ベアトリーチェ。つかぬ事をお聞きしますが、何の用事でここに来たのですか？　1班が拠点にしてるのは中心部の新しいアトリエではありませんか？　しかも盗み聞きしてますし」

沈黙が続いたからか、レピスが少々刺々しくベアトリーチェに尋ねた。まあ、レピスは前にベアトリーチェに『班員には要らない』と言われているからね。

「ぬ……っ、盗み聞きだなんて、人聞きの悪いことを言わないでくださるレピス・トワイライト。わたくしは最大のライバルである9班の敵情視察に来たのですわ！」

「敵情視察ってもっと悪いぞ……」

今まで黙っていたネロが、ボソッとつっこんだ。

ベアトリーチェが素知らぬ顔して、お茶を啜っていると、

「ふふ。ベアトリーチェお嬢様は9班に差し入れを持ってきたのですよね。最後の班課題も始まりましたし、お互いの健闘を祈って。それと、マキア嬢に少しお聞きしたいことがあるそうですよ」

執事君ことニコラスが、私に高級焼き菓子の詰め合わせを差し出した。

色々と暴露されたからか、ベアトリーチェが真っ赤な顔をして自分の執事を睨んでいる。

執事君はニコニコしていて全く動じていないが。

「ベアトリーチェが私に聞きたいこと、ねえ。いったいなに？」

私は焼き菓子の詰め合わせの中から、貝殻の形をしたマドレーヌを摘みながら尋ねた。

ところがベアトリーチェは「その、えっと」と視線を泳がせ、なかなか語ろうとしない。

照れているのか、困っているのか。

「どうしちゃったのよベアトリーチェ。ドヤ顔が常のあなたらしくもない」

「その……ギルバート殿下のご様子を、あなたは知っているかもと思いまして」

ベアトリーチェは、やっと気がかりなことを言葉にした。

私は僅かに目を見開く。

「最近、心ここに在らずだとか、お疲れのご様子だとか、やつれたなどと風の噂でお聞きします。何かあったのかもしれないと、思いまして」

先ほど王宮の中庭で見かけた、ギルバート王子の姿を思い出していた。

いつもかっちり着ている服の、首元のボタンを緩め、誰もいない場所で一人項垂れている、あの姿を。

「……確かに、とても疲れているようだったわ。多くのプレッシャーが、あの方にはのしかかっているのでしょうね」

それだけは、私でも何となくわかる。

王子の役目、守護者の役目、同盟国会議での責任……

何よりアイリのこともある。様々な事情ががんじがらめにあの人を絡めているのだろう。

「ベアトリーチェ、あなたは今もギルバート王子が好きなの？」

以前、あんな風に公の場で責めたてられたのに、彼のことを気にしているようだから。

だがベアトリーチェは首を振る。

「長い付き合いでしたから、今も変わらず、お慕いはしておりますわ。ですが、それはもう夢見る少女の恋心ではありません。わたくしはただ、心配しているのです。ルスキア王国を担う王子様方は、それぞれが重責を背負っておられますから」

たとえ、元婚約者で初恋の相手だったとして、あのようなことがあってなおギルバート王子を悪く言わず、心配してしまうベアトリーチェは、凄い。

一方私は、王子としての権限を奪われて育ったのに、この局面で王子としての自覚を求められてしまった、フレイのことも気になっていた。

「マキア。ギルバート殿下が、今まで命を狙われ、死にかけた回数をご存じですか？」

「……え？」

「それは、フレイ殿下の比ではありません。アリシア様とギルバート殿下が、フレイ殿下を王宮から追い出した理由は、そこにあります」

ジワリと目を見開く。

先ほど見た、手鏡に残されたアリシア様の言葉を、思い出していた。

「わたくしはもう、ギルバート殿下とは関わることができない身です。ですがわたくしは、アリシア様がお亡くなりになる前に、彼女から直接、ギルバート様をよろしくと頼まれました。……誰が敵になっても、あなただけはあの子の隣にいて、と」

アリシア様は、ギルバート王子にフレイを託した。

そしてベアトリーチェにギルバート王子を託したのだ。

「ですが、その約束を、わたくしは守れそうにありません」

ベアトリーチェは苦笑した。

「なので、どうか。そのアリシア様の手鏡を、マキアが殿下の元へと持って行ってあげてください。お母上の生前のお姿と、残されたお言葉を聞けば、きっと殿下も励まされるはずです」

「……ええ。そうね。ありがとうベアトリーチェ。あなたのおかげで、色々なことが繋がってきたわ」

私の言葉に、ベアトリーチェは、優雅かつ得意げに微笑む。

「言いましたでしょう、マキア。わたくしは、あなたの味方だと。また何かございましたら、わたくしを頼ってください」

「ええ、必ず。ベアトリーチェ、あなたは本当に頼もしい、私のライバルだわ」

そして、私たちは手をガシッと取り合い、ギュッと握手した。

普段は競い合っているけれど、お互いを信じ合う、その瞳を向き合わせて。

ベアトリーチェのおかげで、私はこの手鏡を王宮へと持っていく勇気が湧いてきた。

正直、少しだけ不安だった。私のような部外者が、この手鏡を王宮に持ち込むことで、二人の王子の、一番触れられたくない部分を暴いてしまいそうなことが。

だけど、この手鏡を見つけてしまったのは、私だ。

まるで私に見つけて欲しいと言わんばかりに、あの時この鏡はキラキラと輝いていた。

それに先ほど見た、鏡に映り込んでいた映像……

ベアトリーチェの言葉で確信した。フレイが王宮から追い出されたのは、正妃アリシア様とギルバート王子が、彼を守ろうとしたからだ。

『消えなさいフレイ。私の目の前から……この王宮から』

その言葉の本当の意味を、フレイは知らない。

知らせてあげなくては。そうでなければ、誰もが前へ進めないのだろう。

裏　フレイ、きっと灰色の人生を望まれている。

俺の名前はフレイ。

フレイ・レヴィ・ル・ルスキア。

悪妃ララの息子、第五王子、王子の自覚のない出来損ない。

王宮に戻ると、ここの人間たちに散々なことを言われてしまうが、まあ、仕方がないのかもしれないな。


『この役立たずのグズ。あんたが陛下に似ていたなら、ちょっとは可愛く見えたのに』


自分そっくりに生まれてしまった息子を、嫌悪し続けた第四王妃、ララ。

多分、ララは自己肯定感に乏しく、自分が嫌いだったんだろうな。

我が母ながら、哀れな女だと、今も思う。

生まれた時から母の愛をもらえず、王宮の人間たちからは半分庶民の血が混ざった王子だと嘲笑われ、見下す者たちの悪意に囲まれながら、俺は育った。あまり王に似ていない俺を、王の子ではないのではと噂する者もいた。
だけど、これでも俺は幼い頃、この国の王子であることを誇りに思っていたのだ。
それは多分、正妃アリシア様が、俺にそう唱え続けたからだ。

『フレイ。あなたは自分を卑下することなどないのですよ。自信を持ちなさい。誇りに思いなさい。あなたは確かに王の子。この国の第五王子なのだから』

この国の王子に生まれたからには、それぞれにきっと、立派な役目があり、この国の民を守るため、宿命が用意されている。

『王宮から、ディーモ大聖堂の鐘の音が聞こえるでしょう？ 迷うことがあったら、あの鐘の音をお聞きなさい。そしていずれは、自分自身で運命の鐘を鳴らすのです』

あの方は幼い俺にそう唱え続け、母代わりの愛情を注ぎ、俺を王子として教育してくださった。

母の温もりを知り、それでも母ではない女性への憧れが転じて、俺は幼いながらに仄かな恋心を知った。アリシア様とは、俺にとって、そういう尊い存在だった。

それに、第五王子という全くうまみのない立場だったとして、俺はいつか兄上たちを支える力となり、この国の一つの柱となりたいと……純粋に、そう思っていたんだ。

特に、ギルバート兄上。あの人の力になりたい。

俺より五つ年上の、第三王子の兄上を、俺は誰より尊敬していた。

幼い頃から悪く言われがちだった俺を、あの人はいつも庇ってくれた。派閥や権力争い、悪意や殺意で満ち満ちた王宮で、俺の前に立ち、俺を傷つけようとする者から、毅然とした態度で守ってくれていた。その姿が、とても、カッコよかったんだ。

だから、俺はずっと思っていた。

アリシア様が本当の母だったなら。

ギルバート兄上が同じ母を持つ兄だったなら、と。

だけど、アリシア様が亡くなったあの日、俺の世界の色が変わる。

信じていたものが、逆転する。

『消えなさいフレイ。私の目の前から……この王宮から』

『お前はこの国の王子に相応しくない。お前は私と違い、下賤で、卑しい、あの女から生まれたのだから！』

この世で唯一、俺が、自分の母よりずっと愛してきた二人に拒否され、あらゆる権利を剝ぎ取られ、王宮から追放されたのだ。

もうずっと、昔から。

アリシア様も、ギルバート兄上も、俺のことを嫌っていたのかもしれない。

俺を追い出す好機をうかがっていたのかもしれない。

幼い頃の俺はそれがショックで、この世のどこにも、自分の味方などいないと思った。

この世の誰もが、俺の不幸を望んでいる。

灰色の人生を、願っているのだと。

その後、俺はあちこちの寄宿学校を転々とさせられた。

王子の身分を晒すことは禁じられていたが、どこへ行っても、何もかも、どうでもよかった。友人なんて作ろうとも思わなかったし、作るのも怖かった。

ただ人肌恋しくて、無意識に、無差別に、年上の女性を求め続けた。

一人に執着することなく、フラフラ、フラフラと。【地】の申し子の力を利用してあちこちを行き渡って、孤独をひと時だけ癒す。

どこかに、多分、アリシア様の面影を求めて。

十五歳の冬、遠くの寄宿学校にいた俺の元に、珍しい来客があった。

それは、第二王子のユリシス兄上だった。

十歳以上歳上の兄だ。俺が幼少の頃、この人はずっとヴァベル教国とかいうところに留学していたし、俺とはほとんど関わりなく生きてきた。

だがユリシス兄上は、何を考えているのかさっぱりわからない微笑みを浮かべ、俺に言ったのだ。

『次の春、ルネ・ルスキア魔法学校へ入学なさい。フレイ、あなたには魔法の才能が備わっている。まあ、騙(だま)されたと思って、僕に全てを委(ゆだ)ねなさい』

この人なに言ってんだ、と思ったもんだ。

そりゃあ確かに俺は【地】の申し子だ。皮肉にも、悪妃ララ譲りのな。

申し子はもれなく魔法の才能を備えているというが、だからって、興味のない魔法を今さら勉強しろってのか。

ユリシス兄上は、とんでもない魔法の天才だと言われている。数百年に一人の逸材だとか、白の賢者の再来だとか、そりゃあもう幼い頃から期待されまくり、愛されまくりの王子様だ。

俺が申し子で、魔法の才能がそこそこあろうとも、この人には絶対に敵わない。

こんな俺に、何を期待して、何をさせようっていうんだか。

ここ数年で卑屈にねじ曲がった俺は、ルネ・ルスキアに兄上のコネで入学したとして、いきなりやる気が出てくる訳もなく。

最初の年は、ただ、勝手に入れられたやる気ゼロの班でダラダラとやっていた。結果、大した技術も知識も身につけることなく、留年していた。

ザマアミロ。俺なんて大したことない。

魔法が俺を救うこともないし、俺が魔法で誰かの助けになることもない。

俺はきっと、ここで一生、燻って、腐って、多くの人間に嘲笑われながら一人で死んでいく。それを、望まれている。

失望され続け、惨めな姿を晒し続ける。

どうだ。満足か。

尊いアリシア様を死に追いやった、悪妃ララの息子は、その罪を一身に背負って、一生この牢獄にいてやる。魔法学校っていう牢獄にな。

『気持ちよく寝ているところ悪いけれど、ちょっといいかしら』

しかしこんな俺を見つけて、求めた奴らがいる。

ガーネットの9班。男爵令嬢で口うるさい班長のマキア嬢、逆に無口でクールなネロ、美人だが手厳しい留学生のレピス嬢。覚えるのに苦労しない、クセのある班員たちだ。

以前はやる気のない班にいたが、ここはその真逆で、班長が有り余る魔法への情熱とやる気で班員を引っ張るもんだから、俺もまたそれに引きずられる形で、なんだかんだと充実した学園生活を謳歌(おうか)している。

魔法も、本気でやってみると面白い。わからないことがあったら、ほかの班員たちに聞けばいいしな。ガーネットの9班は、総じて誰もが優秀で、努力家だった。

それだけじゃない。なんつーか、居心地がいい。

学校の外れのアトリエに、みんなが揃っていると、なぜか安心する。

俺があの場所に帰ると、誰もが「おかえり」と言ってくれる。

班長に叱られても、まあ、悪くないと思ったりする。

それに、俺が王子だと知っても、誰も、態度を変えることがなかった。

多分それは、誰もが、俺と同じかそれ以上に、想像もつかないほどの事情を抱えてこの魔法学校にいるからだ。

そのくらい俺にだってわかる。昔から空気を読むのだけは上手かったからな。
そんな、９班の居心地の良さに浸って、最近は少し忘れてしまっていた。
俺という存在の卑しさと、罪深さを。
誰より虫けらみたいな人生を望まれている、王子のことを。
あの手鏡は、俺にそれを思い出させるため、俺の目の前に現れたに違いない。

大聖堂の、鐘が鳴っている。
俺を責めたてる、あの音がする。

第七話　二人の王子の鐘が鳴る（下）

正妃様の魔法の手鏡を丁寧に磨いて、私はそれを、お母様に持たせてもらっていた紺地の絹の布にくるんで抱え、王宮へと向かった。

もうすっかり夕方だ。

ギリギリまでフレイも探してみたけれど、見つからなかった。

ネロ曰(いわ)く男子寮にも戻っていないし、以前、女子の先輩たちと修羅場してた浜辺にも、フレイが居たような痕跡(こんせき)はなかった。

「あいつったら、どこへ行ったのかしら」

まあいい。それならば、まずはこれをギルバート王子に渡そう。

話はそれからだ。

守護者として王宮への通行手形を持っている。

ただ、王宮でギルバート王子との謁見を希望するのは初めてだった。

私が訪ねてくるなんて思いもしなかっただろう。その後少しだけ待たされ、今まで入ったことのないギルバート王子の執務室へと通された。

覚悟を決めて、扉を叩く。低い声で「入れ」とあったので、入室した。

「お忙しい中、お時間をいただき感謝いたします」

令嬢らしく一礼し、顔を上げた瞬間、ぎょっとした。

ギルバート王子は大きな机についていたが、口元で指を組み、こちらをギロリと睨んでいたからだ。

「よくも、私の前に堂々と顔を出すことができたな。マキア・オディリール」

お、きたぞ〜。

私のことが憎たらしいと言いたげな目をしているが、疲労のせいか精神的なものか、目の下のクマの方が気になって仕方がない。

「アイリに大きなショックを与え、自信を喪失させた、貴様が……っ」

やはりその点を責められるだろうとは思っていた。

私はあまり表情を変えることなく、

「私は本当のことをアイリ様に伝えたまでです。あのままでは、理想と違う現実に、押しつぶされてしまっていたでしょうから」

はっきりとそう断言した。

私が口答えしたからか、ギルバート王子の顔の影と歪みがますます凄いことに。

「わ、私にご不満があるのは承知です！　ですがギルバート殿下には、こちらを見ていただきたく、参上致しました」

私は手鏡を包んでいた絹布を、ギルバート王子の前で広げた。

最初こそギルバート王子は不可解な顔をしていたが、布の中から銀の手鏡が現れた瞬間、わかりやすく顔色を変えた。

「これ……は……」

その反応だけでわかる。やはり、ギルバート王子はこの手鏡をご存じだ。

「この手鏡は、私が魔法ゴミ投棄場で拾ったものです。正妃アリシア様に纏わるものだと伺ったので……」

だが私が説明し終わる前に、ギルバート王子は机を強く叩きつけ、憤りの言葉を吐き連ねた。

「まさか！　そんなはずはない！　正妃アリシアの手鏡は確かに紛失したが、魔法ゴミ投棄場に投げ捨てられていたなど……っ、そのようなありえぬことを！　貴様、この国の王家を、誇り高き正妃を侮辱しているのか！」

信じられないのか、信じたくないのか。

ギルバート王子は机上の手鏡を、まるで自分を惑わすまやかしの産物かのように、勢いよく払い落とす。

「あ……っ」

まずい。鏡が床に落ちて、割れる——

最悪の結果を一瞬で想像したが、その手鏡は床に落ちる寸前に宙にとどまった。

これは、無詠唱による浮遊魔法だ。

「ギルバート殿下。少し落ち着いてください」

いつの間にかトールがこの部屋の扉を開けて、そこにいた。

トールは浮遊魔法によって手鏡を自分の元へと引き寄せ、それを手に取るとギルバート王子に差し出す。

「壊れたものを直すのは、魔法でも難儀なことです。後悔……してしまいますよ」

「……貴様……っ」

だが、ギルバート王子はそれ以上何も言うことなく、ただ拳を握りしめ、俯いた。

どこか顔が青白い。

少なからず、あの手鏡が壊れなかったことに安堵したようだ。

それに自分が混乱しているというのを、誰より自身がわかっているような、複雑な表情だ。彼は一度大きく呼吸し、前髪を掻き上げる。

「……すまない。みっともない姿を晒してしまった。私の失態だ」

おお。ギルバート王子が私やトールに謝るなんて、レアな姿だ。ある意味でまだ混乱しているのかも。

なんて思っていると、王子はトールから手鏡を受け取り、それを改めて確認する。

瞳の色に、じわじわと切なさと懐かしさが滲む。

しばらく沈黙が続いたが、ギルバート王子は小さく息を吐くと、

「ラナンキュラスの花の細工、王室御用達のロラン工房製の魔導式手鏡……。ああ、これは確かに、我が母、正妃アリシアのものだ。間違いない」

そう、落ち着いた口調で答えた。

どこかショックを隠しきれていないが、それでもやはり、その手鏡が彼にとって思い出深いものであることは声音や表情からわかる。

ギルバート王子のこんな顔、初めて見たな。

「これは正妃が……私の母上がお亡くなりになった日に消失したものだった。国王の贈り物で、母上の宝の一つであった。常に部屋の、ドレッサーの上に設置していた立てかけ台に挿してあり、彼女は事あるごとに、この手鏡に自分や私を写し込み、王族たる姿というのを確認していた」

ギルバート王子は顔を上げ私の方に向き直ると、怒鳴るでも疑うでもなく問いかける。

「マキア・オディリール。魔法ゴミ投棄場でこれを発見したと言ったな。どのように捨て

られていたのだ」

私もまた、落ち着いて答えた。

「いくつかの魔法ゴミに埋もれる形で、そこにありました。とても強く輝いていたので、私はそれが気になり、何とか取り出したのです。それで……フレイが」

フレイの名前を出すのを一瞬ためらったが、それでも話を続ける。

「フレイ殿下が、それはアリシア正妃様のものだとおっしゃったので、気になってこちらにお持ちしたのです」

「……フレイが？」

ギルバート王子の眉が僅かに吊り上がる。

大きな喧嘩をした後で、お互いにしこりが残っている状況だ。

「あの、ギルバート殿下。この手鏡には、正妃様が生前に残したミラーレターが、いくつか保存されています。ですが、どうやら、それを開くには二つのパスワードが必要らしいのです」

「……二つのパスワード、だと？」

「殿下は、何か心当たりはありませんか？」

ギルバート王子はまたしばらく黙り込む。顎に手を添え、神妙な面持ちで。

ギルバート王子だってきっと、自分の母が残した言葉を、知りたいに違いない。

動き微笑む、懐かしい姿を、もう一度拝みたいと願っているはずだ。

私とトールは、しばらく黙ってギルバート王子の返事を待ち続けた。

すると突然、ギルバート王子は、

「……〝ラナンキュラスの、咲く、丘で〟」

囁くように、そう唱えた。

ラナンキュラスは、正妃アリシア様の最も好きな花……

この言葉に反応してか、鏡の表面がポウッと淡く光り、今ギルバート王子が唱えた言葉が文字となって書き記されていく。正しく、パスワードの一つだったのだ。

「今のは？」

「これは、魔法が使えぬ体質である私に対し、母上がいつか必ず使える〝魔法〟があると言って教えてくださった呪文だった。私は片時も忘れたことは無かったが……まさか、ミラーレターを開くパスワードだったとは――」

いきなり、手鏡からビービービーと心臓に悪い音が鳴り響き、一同驚いた。

手鏡の表面には注意事項らしく赤文字で、『第二の鍵を開けよ』と出ている。

さらには、デカデカとカウントダウン的数字まで現れた。何これ怖い。

「ど、どういうこと⁇」

五時間からスタートして、一秒一秒、減っていくんですけど。

「まさか、時限式のミラーレターか……っ！」

「時限式⁉」

どうやら一つ目のパスワードが唱えられると、自動的にカウントダウンが始まる仕組みだったようだ。この数字がゼロになるまでにもう一つのパスワードが揃わなければ、この手鏡に封じられた正妃様のミラーレターは、消去されてしまうらしい。

王家に纏わる情報が保存されているのだから、それほど徹底した管理がなされていてもおかしくはないが……。

「な、何ということだ！　私が知っているのは、このパスワードだけだ」

あのギルバート王子が、めちゃくちゃ青い顔してる。オロオロしてらっしゃる。

「恐れながら殿下、これは本当に正妃様の残したミラーレターでしょうか？　それを利用した時限爆弾の可能性は？」

「えっ⁉　時限爆弾⁉」

トールだけは別の意味で手鏡を警戒している。しかしギルバート王子は首を振った。

「いや……いや、これはいかにも、母上のやりそうなことなのだ。制限時間のある、手のこんだゲームがお好きな方だった」

勝手に、儚くおしとやかなイメージを持っていた正妃様だが、そんなトリッキーなことをするお方だったなんて。

ギルバート王子の、手鏡をぎゅっと握るその手と表情から、強い焦りを感じ取る。

無理もない。突然出てきた母上の形見だ。しかも、そこに残されたミラーレターが、拝めないまま失われてしまう可能性があるのだから。

私もまた、ぐっと表情を引き締め、彼に告げた。

「きっと、もう一つのパスワードは、フレイが知っています！」

「……え？」

ギルバート王子は驚いた顔をしていたが、否定はしない。

王子もまた、そうに違いないと思っているような目だ。自分の母のやりそうなことを、彼は今でも、よく分かっている。

私は、今ならばと思い、一つギルバート王子に問いかけた。

「ギルバート殿下。確認させてください。あなたはフレイを守るために、この王宮から追い出したのですよね。それがアリシア様の、あなたに対する最後の願いだったから」

「………」

ギルバート王子は、ぐっと顔をしかめた。

「それを、誰に聞いたのだ……っ」

その返事だけで、十分だった。

もし違っていたら、そんなことは言わないだろうから。

私は詳しいことは聞かず、スタスタと部屋を出て行こうとする。

制限時間までにフレイを探さなくちゃ。ここに連れてこなくちゃ。

「お嬢？」

「どこへ行く、マキア・オディリール！」

トールとギルバート王子に呼び止められ、執務室のドアの前で振り返る。

「ベアトリーチェが言っていたのです。アリシア様はギルバート殿下とフレイ殿下のお二人が喧嘩をなさった折、決まって二人で解決できるゲームをさせていた、と」

「…………」

「フレイと、大喧嘩をなさったのでしょう？　殴り合いの喧嘩だったと聞きました。きっとアリシア様は、何もかもご存じなのですよ」

ギルバート王子は、記憶の彼方に追いやっていたことを思い出したような、ハッとした顔をしていた。

この手鏡が、このタイミングでここにあることを、私は偶然とは思わない。

これは魔法の手鏡だ。正妃様の強い想いが込められていて、それが魔力を帯びていてもおかしくはない。

きっと、ギルバート王子とフレイが向き合うきっかけを与えるために、アリシア様の残した魔法の力が働いているのだ。

以前、あのエスカ司教が言っていたもの。魔法とは、強い〝願望〟の力なのだと――

「ならば……私が行く」

ギルバート王子もまた、何を思ったのか執務室を出て行こうとする。

そんな王子をトールが止めた。

「お待ちください殿下。殿下には今から、フレジールの大使とのお食事会があったはず。フレイ王子の捜索でしたら、我々が致しますので」

「いや、私が行って問わねばならない。フレイはきっと、そうでなければここへは来たがらないだろう。たとえ無理やり連れてきたとて、パスワードを教えるとは思えない。あいつは私が……死ぬほど嫌いだろうからな」

「殿下……」

とはいえ、やはりギルバート王子には重要な公務がある。今ここで王宮を抜け出し、フレイを探す自由は、彼には無い。それに……

「無茶ですよ」

私は、ギルバート王子に断言する。

「ギルバート殿下に、フレイを捕まえることはできません。フレイは【地】の申し子です。あいつの逃げ足の早さは、一級品ですから」

ギルバート王子は魔法が使えない体質だという。

フレイを捕まえるのは、私たち以上に難しいだろう。

「殿下。ここは私とトールにお任せください。絶対にフレイを見つけて、制限時間内に連れてきます。こう見えて私はフレイと同じ班です。長い時間を共に学校で過ごしました。フレイのことは、それなりにわかっているつもりですから」

「……マキア・オディリール」

ギルバート王子は、少し躊躇(ためら)いながらも私に問いかけた。

「なぜだ。なぜ、お前がそこまでする。私はお前を、散々否定して来た。今もまだ、お前のことを、アイリにとって害をなす存在だと思っている。分かっているだろう。それなのに、なぜ」

言われて初めて、ハッとした。

確かに、私が彼らのためにここまでする筋合いは、無いのかもしれない。

自分でも、なぜこうも必死に解決しようとしているのか……

少し考えて、言葉にしてみる。

「もうすぐ、ルネ・ルスキアでの第一学年が終わります。夢にまで見た魔法学校での生活が、私はとても楽しかった。フレイが班員の一人として、仲間として、共にいてくれたからだと思うのです」

言いながら、自分でもなるほど、と思ったりする。

「私だけでなく、ほかの班員たちもそう思っているはずです。だから私は、あなたに感謝すらしているのです、ギルバート殿下」

　ギルバート王子は、じわりと目を見開いた。

　私はそんな彼に向き直り、垣間見たあの映像を通し、灯ってしまった感謝の気持ちを、言葉にする。

「フレイを王宮から追い出してまで、守り続けてくれてありがとうございます」

「…………」

　そしてこの感謝を、手鏡の本来の主人でもある、正妃アリシア様へ。

　さあ、時間がない。

　私はギルバート王子の反応を窺うことなく、ドアを開け、急ぎ足で執務室を出る。

　そんな私にトールがついてきた。

「お嬢は、ギルバート王子のことは、お嫌いかと思っていましたよ」

「え？　ええ、まあ……そりゃあ、好きではないわよ。色々とキッツイこと言われたしね。

　トールが隣まで来て、身も蓋もないことを聞いて来た。

　だけど、そんなこと言ったらトールだって。あなたこそ、こんな厄介な一件に関わる暇なんてないんじゃない？」

「とんでもない。お嬢を、夜のミラドリードに一人で向かわせるわけにはいきませんよ。

危険すぎます！」

「あ、ああ、そっちなのね。嬉しいけど……」

過保護なトールは健在みたいです。

私はというと、久々にトールをお供に連れて出る感覚に、ちょっぴりそわそわ。

「ところでお嬢。フレイ殿下の行かれそうな場所に、目星はついているのですか？」

私はピタッと立ち止まる。そして「うーん、うーん」と唸る。

「フレイの行きそうな場所……綺麗な歳上のお姉さんのところ、とか？」

「………」

あ。トールったら虚無の目を……

今日はどこを探しても学校には居なかったし、フレイは常にふらふらとしていて、逃げ足が早く、捕まらない。

「どうしましょ。ミラドリード中の綺麗なお姉さんに聞いて回る訳にもいかないし」

「いっそやってみますか？　片っ端から聞き込みするってやつ」

「トールが聞けば、綺麗なお姉さんもイチコロよね！」

「………」

私が超自信満々に言うからか、トールはまたしても虚無の目に。

とはいえこの後、私たちは夜の王都を駆け回り、不良王子の足取りに翻弄されることになるのだった。

夜の王都を出歩くことは、学生の私にはあまり無い。

この時期は並木道の葉のない木々を、色とりどりの魔法の光で飾っていて、それはもう美しい光の街を拝むことができる。

しかしそんな表向きの煌めきとは裏腹に、路地裏の陰気臭さといったら。

私とトールは、そんな路地裏の、怪しげな酒場へと来ていた。

聞き込みの中で、フレイがよくここへ来るという情報を得て、トールと共にやってきたのだった。

あいつ、まだお酒を飲んじゃいけない歳のはず……

酒場に入ると私のような貴族令嬢と王宮の騎士なんかは、流石に場違い感が凄い。

誰もが私たちをチラチラと見ている。煙たい。タバコくさい。お酒くさい。

そんな息苦しさと、鋭い視線に耐えながらも、私はカウンターの内側にいた、露出度の高い派手な女性たちに声をかけた。

「フレイ？　ああ、あのタレ目でジゴロの？」

「そうそうそうそう」

まさにそれです。王子なのにジゴロ扱い、まさしくフレイです。

フレイの話とわかったら「何？　何？」とお姉さんたちが興味深そうな顔して集まってくる。どうやらフレイは有名人のようだ。

「さっきまでこの店にいたけど、もう帰っちゃったわよ。一人になりてー、とかボヤいて」

「一人に？」

「なあにあんた、もしかしてあいつに泣かされたクチ？」

パイプをふかす背の高いお姉さんが、私を見て苦笑する。

「いやまあ、ある意味泣かされてますけど……」

真冬の王都の、普段行くことの無い怪しいお店を行き来させられてますからね。

だけどお姉さんたちはキャッキャと笑う。

「あいつはやめといた方がいいって〜。クラゲみたいなやつよ」

「ねー。飽きっぽいし」

「お嬢ちゃんあいつに誑かされてんだよ。火傷する前に諦めな」

「い、いや……その……」

そもそも、そういう話じゃなくて。ただお姉さんたちからは、私がフレイに一途な恋をしている世間知らずなお嬢様に見えるらしい。なんだかんだとフレイに痛い目に遭わされないよう、心配をしてくれるのだった。

「お嬢。そろそろ行きましょう。時間もありません」

「あ……っ、そうねトール」

どうやらトールは、あまりこの店に私を長居させたくないらしい。

彼はお姉さんのテーブルにチップを置くと、騎士然とした営業スマイルを浮かべた。

「お姉様方、有益な情報をありがとうございました。気持ちばかりですがお納め下さい」

「ま、いい男」

お姉さんたちは凛とした佇まいのトールにポウッと頬を染めている。

まあ、フレイとは真逆だけれど、トールも大概モテるからね。

「どうします、お嬢。フレイ殿下の足取りは、ここで途絶えてしまいました。残り時間も、約一時間といったところです」

「そうね。どうしましょう」

このまま聞き込みをしてフレイを探しても、あいつは私たちより早い速度でフラフラ移動するので、捕まらない。本当にクラゲみたいなやつだ。まるで私たちが追いかけていることを知っていて、翻弄しているかのよう。

もっと他に無いだろうか。あいつが行きそうな場所。確実に、捕まりそうな場所。

一人になりたいとボヤいていたらしい。あいつが、一人になれる場所……

「あ……」

私は一つ、思い当たる場所があった。

「もしかしたら、ディーモ大聖堂の屋上にいるかもしれないわ。初めて出会った時も、フレイはあそこにいたもの！」

そう。そこは、フレイを私たちの班に誘い込んだ場所だ。

あの時、私は彼のことをこの国の第五王子様だとは知らずに、ただの不真面目なチャラ男だと思っていた。

「ディーモ大聖堂……ですか」

トールは少々、バツの悪い顔をしている。

トールにとってその場所は、少し前の事件の現場だ。王宮筆頭魔術師であったユージーン・バチスト先生の死んだ場所。

青いピエロと戦った、因縁の場所だ。

ただ、ディーモ大聖堂はここから正反対の、遠い区画にある。

走っても、かなり時間がかかりそうだ。

「それでは俺の出番ですね。グリミンドで、お嬢をディーモ大聖堂までお連れしましょう」

「わっ」

突然トールに抱きかかえられ、彼が呼び出したグリミンドの背に乗せられた。

私たちは空を舞う。冷たい風が顔に吹き付け、思わずトールの腰にしがみついた。

「いいですね。お嬢にくっつかれると、めちゃくちゃ温かいです」

「私、防寒具扱い!?」

寒空の下、王都はキラキラと眩い。

この時期は、いつも以上に魔法のイルミネーションが煌々としているからか、カップルが下界でいちゃついているのが見える。なんだか悔しい。

「あ！　見てトール。フレイだわ……っ！」

ただ、徐々に近づいてきたディーモ大聖堂の屋上では、見覚えのあるシルエットが一人で黄昏ていた。

私はドラゴンから飛び降りる形で、ディーモ大聖堂の屋上に降り立つ。ダイナミックな私の登場に、フレイは「うわあっ」と情けない声をあげたのだった。

「なっ、何やってんだよ班長！　びっくりした〜っ、心臓飛び出すかと思ったぜ」

「ビックリなのはこっちよ！　あなた、全然捕まらないんだもの！」

「は？　どういうことだよ」

何の事情も知らないフレイ。

私はそんなフレイに向き合い、ことのあらましを説明した。

フレイと一緒に見つけた手鏡が、やはり正妃アリシア様のものだったこと。

そのアリシア様のミラーレターを読むには、二つのパスワードが必要で、あと一時間足らずでその手紙が消滅してしまうのだということ……

フレイは何とも解せないというような顔で、私の話を聞いていた。

「……フレイ。パスワードの一つは、ギルバート王子が知っていたわ」

「で？」

「もう一つのパスワードは、あなた、心当たりがあるでしょう？」

「………………」

フレイは覚えがあるからか、視線を横に流す。その後、皮肉っぽく鼻で笑う。

「はーん。なるほどなあ。それでギルバートのやつはお母上のミラーレターを開きたいがために、班長を俺のところによこした、と。俺にした仕打ちのことは、あいつの中では無かったことになってる訳だ。つーか班長！　あれだけあいつに酷いことを言われたのに、こき使われてんじゃねーよ！」

フレイは色々なことが気に入らないようで、クルリとこちらに背中を向けて、またどこかへ立ち去ろうとする。

ここで逃したら、時間内に再びフレイを見つけ出すのは困難だ。私はフレイの羽織っていたローブをガシッと摑む。

「待ちなさいフレイ！　逃げちゃダメよ！」

「……逃げる？」

フレイが、どこか冷めた目をして、私の方を振り返る。私のことを、まるで敵に寝返った裏切り者のように、信じられなくなっている。そんな拒絶の視線。

「班長。お前、いつの間にギルバートの味方になったんだ……」

「違うわよ！　私は、あなたの味方なの！」

「……は？」

私は勢い余って、フレイの襟元に掴みかかったあげく、

「私は、あなたの味方！　アリシア様やギルバート王子のことは、いっそどうでもいいのよ！」

とんでもないことを口走った。

ちょうど、トールがグリミンドを落ち着かせ、隣までやってきた時だった。

トールは黙って、私たちの行方を見守っている。

「あなた、学校での生活は、そこそこ楽しいと言っていたじゃない。なげやりで行き当たりばったりの、くすんだ灰色の人生なんて、本当はあなたも望んでいないのよ。ていうか、ガーネットの9班の一員なんだから、私が許さないわ！」

「は、班長？」

「初恋の人の、最後の言葉に今もまだ縛られているのなら、さっさと更新してしまいなさい。アリシア様のミラーレターを開いて、しっかり向き合って、そのあとはもう、あなた

の自由にしたらいいじゃない！」

今まで通り王子の立場を放棄したまま生きるもよし。

第五王子として覚悟を決めて生きるもよし。

新しい恋をはじめるもよし。

私たちとともに勉学に励むもよし。これが一押し。

「……ハハッ。無理だ」

だがフレイは、乾いた笑い声を上げて、情けない言葉をポツポツと連ねる。

「無理だよ班長。アリシア様のミラーレターなんて、俺に見る資格はねーんだ」

「……フレイ、でも」

「俺はアリシア様に育ててもらったようなもんだ。自分を陥れようとする女の子どもを育てるなんて、相当しんどかったと思うぜ。心の中では、俺を憎らしく思っていたんだから。もしもミラーレターに、俺への本心や恨み言が残されていたら……俺は……」

再び拒絶されるかもしれないと思うと、耐えられない。

フレイは包み隠さず、そう告げた。

どこまでも逃げ腰で、臆病（おくびょう）な男だ。

亡くなる間際のアリシア様に強く拒絶されたことで、彼は自分が嫌われているのだと、憎まれていたんだと思い込んでいる。今もずっと。

それは言葉の呪縛。一種の魔法だ。

「って、なんで!? なんで班長が泣いてるわけ!?」

私は少々、フレイの言葉に感化されてしまったようだ。

ボロボロ、ボロボロと涙が溢れてくる。

「そりゃあ怖いわよね。好きな人に拒絶されるかもって思うと、臆病にもなるわよ」

「……は??」

フレイは意味不明な顔をしているが、私が泣いていることに気がついたトールが駆け寄って来て、ハンカチを差し出した。

「どうしましたお嬢」

「どうもこうもないわ。泣き虫なだけよ」

そしてトールのハンカチでゴシゴシと顔を拭う。トールの匂いでちょっと落ち着く。

一方トールは、フレイをガン見している……

「でもね、フレイ。たとえ複雑な思いがあったとしても、ルスキア王国の立派な王子にすべくあなたを育てたアリシア様は、本当に気高い、立派な正妃様よ。そんな正妃様が、最後にこっそりと、ギルバート王子に託した願いを知っている？」

「……願い？」

「あなたが成長するまで、王宮から遠ざけて欲しいと、言ったのよ」

「………」

フレイは一瞬、ショックそうな顔をした。私の胸が、チクリと痛むほどに。

そして、フイと顔を背ける。

「それは知ってる。俺だって直接言われたんだ！　王宮から出て行けって」

「勘違いしないで！　アリシア様は、あなたの身を案じていたのよ。アリシア様が病で亡くなったのは、ちょうど、ララ王妃の悪事が表沙汰になろうとしていた時だった」

私は、ベアトリーチェから聞いた詳しい話を、一呼吸おいて語り始める。

アリシア様が亡くなる頃、王宮では様々な権力争いが、複雑に渦巻いていた。

ララ王妃の暴走もまた、ある一派がそれをけしかけたからだと、されているらしい。

「当時、ララ王妃の息子であるあなたが、一人になったところで利用しようとしていた勢力と、あなたを亡き者にしようとしていた勢力がいたらしわ。そういう魔の手から逃がすために、あなたの権限を制限して、王宮から追い出したのよ。自分が死んでしまったら、もうあなたを守ってあげられないから……っ」

あの手鏡に残っていた、当時の映像。

――ごめんなさい、フレイ。

彼女のその言葉が、しっかりと記録されていた。

「ギルバート王子はアリシア様の遺志を汲み、しばらくあなたを、王宮から遠ざけ続けたわ。キツイことを言ってでも、あなたの安全を確保するためにね。もしかしたら、母が自分よりフレイの身を案じる言葉を残したことで、あなたへの嫉妬心もあったかもしれないわね。……それでちょっと、当たりがキツかったのかも」

確かにギルバート王子は、気位が高く、偉そうで排他的だ。

私も散々なことを言われてきたので、まだ、彼を好きになれそうにない。

だけど、事実まで否定する訳にはいかない。ギルバート王子は、多分、フレイのことを心底嫌っている訳ではないと思うのだ。

「フレイ。あなたは今も生きてるでしょう？　それが、結果なのよ」

それが、ギルバート王子が正妃との約束を胸に、弟であるあなたを守り続けたという、結果。

「…………」

フレイは絶句していた。

だけど当時、命を狙われた覚えでもあるのか、この話を否定しなかった。

「……なんだよそれ。今更そんなこと言われたって、俺は、どうすれば……っ」

複雑な感情を吐き出すように、フレイは屋上の手すりをガンと叩きつけた。

「だってもう、アリシア様は居ないんだ。鏡の中で何を言われたって、本人がそこに居なけりゃ、意味ねえだろ！」

「フレイ……」

フレイは何より、アリシア様がこの世にもういないという事実に、いまだ絶望し続けているのだ。

何がわかっても、本人に感謝を伝えることなど、二度とできない。きっとそれが堪らなく悲しくて、フレイはあの手鏡を見たくないのだ。

だけど、フレイはどこかでケジメをつけて、選ばなければならない。

この先、アリシア様という存在を乗り越え、王宮で王子として生きるのか、それとも別の道を行くのか。

「ねえ、フレイ。……これを見て」

私は一つ覚悟をして、フレイの前で、自分のブラウスの胸元のボタンを外す。

フレイは多少なりとも、ぎょっとしていた。

だけど、確かに彼は見る。私の胸元に浮かんでいるもの。

「私、実は、救世主の守護者の一人に選ばれてしまったの」

本来の守護者ではなく、繰り上がりの守護者だが、私は選ばれてしまった。

その自覚もなく、できる事も少ない。未熟な守護者だ。

「五百年前の救世主を殺した〈紅の魔女〉の末裔が、新しい救世主の守護者だなんて、笑えるでしょう？　だけど、笑えない人たちがたくさんいて、私のことは、今も、公表されていない」

「……班長、お前」

「これが公表されたら、どうなるかしら、私……。私も時々、逃げたいと思う時があるわ」

だって誰も、私を守護者とは認めないでしょうから。

フレイは、ただこの紋章を見ただけで、様々なことを理解してくれたようだった。

「……なるほどな。それでギルバートのやつ、班長にやたらと突っかかっていたのか」

そして苦笑する。何が面白いのか、クックックッと笑ってる。

「失礼」

その時だ。トールがいきなり、私とフレイの間に割り込んだ。

シュバババッと私のはだけたブラウスのボタンを留めて、リボンを綺麗に結んでしまう。

その間、一秒あったかしら。

「あ、ごめんトール。フレイに紋章見せて、そのままにしちゃってたわ」

「お嬢。あなたは馬鹿ですか？」

「え？」

突然のトールのお叱り。笑顔だけどなんか目元が暗い。私は目が点。

「どうして年頃の乙女が男を前にそんなことができるんです？　ありえなくないですか？　無防備すぎませんか⁉　ていうか、どうして守護者の紋章って、そんな場所にあるんです？　わけがわからない……っ」

「ト、トール……？」

トールがぶっ壊れた……

そりゃあ確かに私は少々恥知らずだったかもしれないが、相手はフレイだし、他にここに居たのはトールくらいのものだし。

だけどトールは、むちゃくちゃ怖い顔している。

私、好きな人に叱られて、ちょっと涙目。

「ブハッ。やっぱその守護者の兄ちゃんおもしれーな。安心しろよイケメン。班長レベルじゃ、俺はなんとも思わねーからよ」

やれやれと首を振るフレイに対し、トールが黒い顔して剣を抜く。

「……王子といえども、お嬢を侮辱するのは許せません。斬ります」

「お、やるのかイケメン。言っとくけど俺はあんまり強くないぞ。ただ俺を斬ったら反逆罪にはなるな、多分」

「ちょ、ちょちょちょ、二人ともやめて！　やめて〜〜っ。時間がないのよ。今すぐ王宮に戻らないと！」

男と男の謎の戦いが始まりそうだったので、私は間に割って入り二人を引き離す。

と、その時だ。

ローブを羽織った何者かが、冬の寒空から天馬に乗ってここに降り立った。その者はすぐにフードを剝ぐ。一つに結った、長いベージュの髪が揺れる。

ギルバート王子だ。

彼は公務を済ませ、すぐにここへやってきたのだ。

「やはりここだったか、フレイ」

「…………」

「迷える時にはこの大聖堂の鐘の音に耳を傾けろと、母上は……いつもおっしゃっていたからな」

ギルバート王子はこの場所に覚えがあったようで、手にはあの正妃様の手鏡を抱えている。

フレイとギルバート王子はしばらく見つめ合う。と言うより、睨み合っている。

特にフレイは、少々複雑な面持ちでいたが、すぐに鼻で笑ってみせた。

「事情は聞きましたよ、ギルバート兄上。それで〜、俺に何か言う事があるんじゃないですかね〜？　顔に傷が残るところだったんですけど〜」

しかも此の期に及んで、ギルバート王子を煽ってる。

ただ、ギルバート王子は表情に焦りを滲ませつつも、ゆっくりと頭を下げた。

「殴ったことは、悪かったと思っている。図星を突かれて、頭に血が上って手を上げてしまった」

驚いた。あのギルバート王子がプライドを捨て、頭を下げ、素直に行いを謝罪したのだ。

フレイにとっても意外なことだったようで、彼は目をパチクリとさせている。

「貴様の言う通りだ、フレイ。私は王子の責務よりアイリへの忠誠心を優先した。いや……これは私のわがままで、叶わぬ恋心だ。それなのに、お前に王子としての責務を、煩わしいことを押し付けようとしたのだ」

淡々と語っていたが、自分自身に言い聞かせるような、言葉の数々だった。

ギルバート王子は、絹の布を剝いで、手鏡をフレイの前に差し出す。

「私を軽蔑しているだろう。それで構わない。だが、今の私は迷い子だ。何が大切で、何を成したいのか、まるでわからなくなっている。導きが必要で、母上のお言葉を賜りたい。生前と変わらぬお姿を、もう一度拝みたい。……フレイ、頼む。お前のパスワードを教えてくれ」

「…………」

ギルバート王子の切実な言葉に、フレイは髪をかきあげ、長いため息をつく。

「なんつーかほんと、調子がいいよな、兄上って」

そして自分の義兄と、真面目な顔をして向き合う。

「一途で頑固でプライドが高い。その代わり言い訳もしない。自分の信じたことを疑わない。俺はそういうあんたが、今でもあんまり好きじゃない。俺たちは水と油のように、まるで正反対になっちまったからだ」

ぐっと拳を握りしめ、フレイは再び口を開く。

「……〝鐘を強く鳴らしなさい　砕け散るほどに〟」

彼が唱えたのは、もう一つのパスワード。それは確かにギルバート王子の持っていた手鏡に吸収され、言葉が光を帯びて書き込まれて行く。

「おいギルバート。班長に感謝しな。班長がいいもの見せてくれたから、これはその報酬なんだぞ」

「いいもの？」

フレイはニヤニヤしながら、自分の心臓の上辺りを親指で指す。ギルバート王子はハッとしていた。

「な……っ、ちょっとフレイ！」

私はというと、頭が沸騰しそうなほど顔が真っ赤になる。

そんなこと暴露しなくてよろしい。

「やっぱり、あいつ、斬ります」

トールなんて、マジな顔して剣を抜き、再び第五王子に斬りかかろうと構えている。

まずいこのままではトールが王子殺しの反逆者になってしまう……っ。

『パンパカパーン！　おっめでとーっ！』

……!?

その時だ。異様に明るすぎる女性の声が響いた。

どうやら手鏡の表面に、正妃アリシア様が映り、動き、語り出したようだった。

今まさにパスワードが二つ登録され、ミラーレターの鍵が開いたのだ。

『ギルちゃんにフレイくん、もう大人？　立派な若者かな？　それとももういいオジさま？　無事にこのゲームをクリアしたんだね～。うんうん、いい子いい子～っ。さっすがあたしの子～やっぱーい超やばい』

「…………」

一同、固まる。

上品に微笑んでおられたはずのアリシア様から、想像もできないほどハイテンションの言動が繰り広げられ、あまつさえ、鏡の向こうで声を上げて笑っておられる。

え、あ、うん？　ちょっと待って？

正妃様のイメージと、全然違うんですけど⁇

「ああ……っ、母上、相も変わらず明るく剽軽でいらっしゃる」

「まるで真夏の太陽のようだ……っ」

ギルバート王子とフレイは、動いて喋る正妃アリシア様に、早くも感涙という感じで、こっちにも驚かされた。

でも、二人にとってはこのアリシア様が、ごく当たり前の、変わらぬ母上なのだろう。

私とトールは、ただただ固まって、横目でアイコンタクト。

う、うん。ここはひとまず静観しましょう。

『うーん、でもこの手紙を開いたってことは、君たち多分、バチバチに喧嘩してると思うのよね〜。大人の喧嘩って仲直りしにくいでしょ？　そういう時にこれを渡してって、私、頼んでたから。お母様そういうのすぐわかっちゃうから。正妃だから。正妃舐めんな』

は、はい。正妃様、バンザイ。

『でも、パスワードはちゃんと覚えてくれてたんだね』

ふと、アリシア様の口調が柔らかく、落ち着いたものになった。

『だったら大丈夫。君たちは、素直な良い子に育った。――だから大丈夫ですよ』

アリシア様は、ふわりと大人びた笑みを浮かべ、その声音もまた、正妃たらしめる慈愛と威厳に満ちたものに変わった。

それこそ、多分、誰もがイメージするこの国の正妃様。

彼女はきっと、理想の母と正妃というものを、見事演じ分けているのだ。

そして今、彼女は正妃として、語りかけている。この鏡を見ている者に。

『ギルバート。幼い頃から勇敢で、一途で、頑張り屋さんで、でも少し頑固なところがありました。あなたは、よく話して聞かせていた救世主伝説が大好きでしたね。だけど、兄様や弟のように魔法が使えなくて、陰でこっそり泣いていたのを私は知っています。たとえ救世主が降臨しても、自分は守護者に選ばれないだろう、とね。でも、お母様は予感しているのです。今、あなたは守護者ではないですか？　お母様の勘はよく当たるのです。幼き日の憧れや、覚悟を、忘れずにいなさい』

鏡の向こうで語る彼女は、まるで、今のギルバート王子を見据えて話をしているかのようだった。七年も前に残したはずの、ミラーレターなのに。

『そして、フレイ。私はきっと、あなたを、深く傷つけて逝ったと思います。あなたは多くの才能に恵まれ、優しく、健気で、でもとても傷つきやすく、繊細な子でした。そして、母の愛に飢えた寂しがり屋でした。いつも私たちの背中にピッタリとくっつき、恐々と甘える姿が、切なくも可愛かったのです。ゆえに、あなたを守らなければと……悪しき大人に利用されてはいけないと、私はあなたに、大きな楔を打ち付けてしまった』

アリシア様は一度目を閉じて、そしてゆっくりと開く。

『ですが、今日限りで、私の言葉も約束も、全部、おしまい』

パン――

彼女は鏡の向こうで手を合わせた。まるで暗示を解くような、解放の音。

『君たちがこの手紙を読む頃には、ルスキア王国はどうなっているかな？』

今は亡き王妃が、当時何を思って、この言葉を残したのだろう。

その憂いの表情からは、今の世界を覆う暗雲すら、予想していたように思う。

『この先が、どのような世界になっていようとも。これからは、あなたたちが自分で道を選び取りなさい。王子という肩書を背負ってなお、なりたい自分におなりなさい』

アリシア様は、太陽のような笑みを浮かべた。

『生きている限り、鐘を強く鳴らし続けなさい。その身が、砕け散るほどに』

その瞬間、零時を告げるディーモ大聖堂の鐘が高らかに鳴る。

まるで正妃が鳴らしたかのような、宿命の鐘の音――

それはきっと、ギルバート王子とフレイの心に強く響き、二人の魂を揺さぶった。

王子たちは、静かに涙を流していた。

『それでは最後のゲームです。五人の王子様がいます。どうしたら、この国を守れるでしょう？　二人で力を合わせて、解くように――』

ラナンキュラスの咲く丘で
鐘を強く鳴らしなさい　砕け散るほどに

あとで聞いた話なのだが、アリシア様が生まれた故郷の町には、ラナンキュラスの咲く丘の上に、教会があったそうだ。

アリシア様は熱心にヴァベル教を信仰し、いつも教会を訪れ、その鐘の音を聴きながら、いずれ王都へ行き王妃として生きて行く覚悟を、自分に刻んでいたという。彼女は生まれた時から、いずれルスキア王国の正妃となる宿命を背負っていた。

生きている間、鐘を強く鳴らし続けた正妃様。

命が砕け散る最後まで、この国と王子たちを思い続けていた。

アリシア様が多くの人に尊敬された理由が、わかった。

彼女はどこまでも、王国の正妃であろうとしたのだ。

そりゃあ誰だって眩しく思う。太陽のような人だと言ったフレイの言葉が良くわかる。

偉大だ。だからララ王妃は、嫉妬したのだろうな。

たとえ王に一番愛されていたとしても、王妃としては絶対に敵わない、と。

「…………え？」

ふと、手鏡の中の正妃様と、目が合った気がした。

彼女がこちらを、見た気がしたのだ。

まるで、私たちが真正面から向き合って、視線を交わしているような……妙な感覚。

そんなはずはない。

このミラーレター自体、七年前の記録だ。これは鏡の中の、映像だ。

しかし確かにそれは、今現在の私という存在を射貫かれ、観測される感覚に等しいと、私は思ってしまったのだった。

この妙な違和感に覚えがある。

以前、図書館の司書に見つめられていた時に感じたものと似ている気がする……

「あ……」

そうか。私はふと、あることに気がついてしまった。

この手鏡には、ミラーレター機能以外に、特殊な精霊魔法がかけられている。きっと、アリシア様の姿と言葉を、この手鏡に残す手伝いをした魔術師がいたに違いない。

その魔術師に心当たりがある。

それで、やっとわかった。繋がった。

ずっと気になっていたこと。

あの手鏡が魔法ゴミ投棄場に捨てられていた謎について。

そのすぐ後の話だ。

手鏡を深く探っていくと、正妃アリシア様の言葉だけでなく、当時の王子たちには扱いきれないような、数多くの遺品の情報が保存されていた。

それは、ゲームが好きだったアリシア様らしく、手書きの地図や、正妃様の肉声ヒント付き。彼女の遺品や日記や、王から贈られたドレスや装飾品やらが、王宮や離宮のあちこちに隠されていたのだ。

ギルバート王子とフレイは、ミラーレターに残された情報をもとに、まるで宝探しのごとく、それらを夜通し探し出す羽目になったが、それすらきっと、アリシア様の策略の一つだったのだろう。

王子二人が協力して、何かをこなす。

それを、天国からニヤニヤして見ているに違いない。

きっと、アリシア様は待っていたのだと思う。王子たちが周囲に惑わされず、自分たちの頭で物事を判断できる歳に成長し、ギルバート王子がその立場を確立し、フレイが王宮に戻ってくる、その時を。

ギルバート王子とフレイの関係は、いまだどこかギクシャクしたもので、正直仲直りしたとも言い難いが、これをきっかけに徐々に変化が生じるかもしれない。時間が解決してくれるのかもしれない。

少なくとも、鐘は鳴った。

あとは、二人の王子次第なのだろう。

私とフレイがルネ・ルスキア魔法学校へと帰ることができたのは、翌日のお昼のこと。

静かな学園島の砂浜を歩きながら、いつもいるガラス瓶のアトリエを目指す。

正妃アリシア様の宝探しゲームに徹夜で付き合ったが、私はなぜか、あまり眠たくなかった。

「これからどうするの、フレイ」

「さあな。まだ分かんねえよ。だが……なりたい自分、か」

隣を歩いていたフレイは、真面目な顔をして、目を細める。

フレイはちゃんと、アリシア様の言葉を受け止めていた。

「アリシア様の想いはわかった気がする。俺は多分、もう、王子としての運命からは逃げられないんだろう。……だけど、今すぐ王宮に戻るのはゴメンだ。結婚もまだ考えられねー。学校をやめたくないしな」

「へえ、意外。あなた、学校やめたくないんだ」

「は？　そりゃそうだろ。班課題も、せっかく順調に結果出してきたのにー……」

そこまで言って、「あっ」って顔して、少し恥ずかしそうに頬を染める。

自分の首の後ろに手を回しながら、もごもごしているフレィ。ちょっと笑える。

「ふふ、いいんじゃない？　あなたにとって学校が大切なら、それでいいじゃない」

そこに、フレィ王子の〝なりたい自分〟というのが潜んでいるのではないだろうか。

彼にしか出来ないことが、魔法学校での日々の果てに、見つかるのでは……

それに、フレィが魔法学校に通い続けるのは、問題ないのではないかと思う。

あの一件を仕掛けた人物が、きっと、許してくださるだろう。

「つーか、その……」

「？」

フレィが後頭部を掻きながら、

「ありがとうな、班長。色々世話になった」

照れつつも、素直なお礼を私に言う。

フレィに感謝の言葉を述べられたことなんて、初めてかもしれない。

なので私は、ニッと笑って、

「いいわ。あなたの世話なんていつものことよ」

髪を払いながら、小気味よく言ったのだった。

一日徹夜で、昨日は夜ご飯も食べてないものだから、お腹がグーと鳴ってしまって格好つかなかったけどね。

「あ、フレイ、マキア。おかえり」

「おかえりなさい、フレイさん。マキアもお疲れ様です」

「…………」

ガラス瓶のアトリエに帰ると、ネロとレピスが当たり前のようにそこにいて、当たり前のように、私たちに「おかえり」と言った。

フレイは口を半開きにしてぽかんとしていたので、私は彼の猫背を叩いた。

「ほうら、大丈夫よフレイ。王子がしんどくなったら、ガーネットの9班のみんなに相談したらいいわ。後ろ盾がなくても、優秀な友人たちがいるのよ。ネロもレピスも、もちろん私も。いくらでも頼ってくれて構わないわよ！」

フレイは真顔で私を見て、そしてアトリエのみんなを見てから、わかりやすく鼻で笑う。

「ま、確かに。居ないよりマシだろうな～」

可愛げのない言い草の割に、嬉しそうな顔してくれちゃって。そういうところが憎めないのよね。

フレイがちゃんと、ここに戻ってきてくれて、よかった。

やはり私たちは、四人揃っていなければ。それが、私の大切なガーネットの9班だ。

「あの、ユリシス先生！」

学校の廊下でユリシス先生を見かけ、私は声をかけて引き止めた。

ユリシス先生は振り返ると、いつも通りの優しい笑顔を浮かべてくれる。

「ああ、マキア嬢。先日はありがとうございました。ギルバートとフレイの仲を、取り持ってくれたようですね」

「私が出来たことなど、ほとんどありません。ただ、正妃様がとんでもなく偉大だったというだけで」

「なるほど、そうですね。アリシア様は、確かに偉大な正妃様でした。王宮魔術院出身の僕の母とも、仲良くしてくださっていたのですよ。僕のこともいつも気にかけてくださり……明るく、聡明(そうめい)な方でした」

ユリシス先生は、今は亡き正妃のことを思い出すのか、どこか懐かしげな表情だ。

「あの、先生」

私はユリシス先生を見上げて、ある問いかけをする。

「正妃アリシア様の手鏡を、あの魔法ゴミ投棄場に置いたのは、ユリシス先生ですよね」

「…………」

ユリシス先生は、ふっと顔色を変えた。

いつもの柔らかい笑みの中に、ピリッとしたものを感じたのだ。

「どうして、そう思ったのですか？」

「ずっと疑問だったのです。あの手鏡があのような場所にあったこと。アリシア様のミラーレターの中で、気になるセリフもありました」

大人の喧嘩って仲直りしにくいでしょ？

そういう時にこれを渡してって、私、頼んでたから。

「あの手鏡はアリシア様がお亡くなりになった後、紛失したと聞いていましたが、実際はアリシア様が、誰かに託したのだろうと私は考えました。そんな風にアリシア様が信頼し、それが出来そうな人物は、もしかしたら、ユリシス先生なのかもしれないと思ったのです」

正妃であり、フレイを育てたアリシア様のような人が、他の王子と何の交流も無かったとは思えない。

それに、ユリシス先生は私に、あらかじめあの二人の喧嘩について伝えていた。

王子たちの喧嘩の兆しを察知できる立ち位置で、なおかつ、私を動かせる人。

それはもう、ユリシス先生以外には考えられなかったのだ。

それに……

「あの手鏡には、特別な精霊魔法が宿っていました。おそらくですが、ユリシス先生に仕える綿花の精霊・リエラコトンのものかと」

一度、図書館で会っているから、気がつくことができた。

あの、司書の姿でルネ・ルスキアの図書館を守る、綿花の精霊の気配。

「ふふ、正解です。僕とアリシア様は、共犯者。あの手鏡を魔法ゴミ投棄場に置いたのは、この僕でした」

ユリシス先生はあっさりと認めた。

「ちょうどギルバートが、フレイに例の婚約話をすると言っていたので、ああこれは、アリシア様が危惧しておられた大喧嘩が勃発しそうだなと思った訳です。……しかし流石ですね、マキア嬢。この僕に辿り着くとは」

先生が褒めてくれたけれど、私は多分、まだ疑問だらけの顔をしていると思う。

「僕の精霊であるリエラコトンが一枚噛んでいることにも、よく気がつきましたね。綿花の精霊・リエラコトンには、紡がれた歴史や記録を守護する力があるのです。万が一にも、アリシア様のミラーレターが破損などしてはいけませんからね」

「あっ、なるほど。だから彼女は、重要な記録の蓄積された〝図書館〟という場所を守っていたのですね」

「そういうことです」

ユリシス先生の説明で、色々なことが繋がった。

だけど、やっぱり解せないこともある。

ユリシス先生は、なぜ、そんな回りくどいやり方をしたのか。

「どうしてギルバート王子やフレイに直接手鏡を渡さず、魔法ゴミ投棄場などに置いていたのですか？　私たちが見つけない可能性だってあったのに。あの場所にはガーネットの3班もいましたし」

手鏡には多くの情報が残されていた。たとえパスワードが必要であっても、他の人が見つけた場合、悪用される危険性は十分にあったのに。

だが、ユリシス先生は目を細め、印象的な声音で語った。

「いいえ。あなただけが、魔法の糸を手繰って見つけられると思っていましたよ」

その言葉が、全てを物語っていた。

ユリシス先生もまた、手鏡を使って私に力試しのゲームをさせていたのだ。

「それはそうと、マキア嬢。アリシア様は、微弱ながら未来視の能力を宿していたのですが、それにはお気づきになられましたか？」

「未来視、ですか？」

私は首を振った。未来視とは、確か女性にしか宿らない能力だと聞いたことがあるが、かなりレアな力だ。それをアリシア様が持っていたなんて、全然気がつかなかった。

「アリシア様のものは、聖地の〈緑の巫女〉ほどの精度ではありませんし、それは勘がいいとか、予感めいたものでしかありませんでしたが……。しかし、その力ゆえに彼女は、自分の病の結末と、フレイの行く末、ルスキア王国の未来まで、悟ってしまったのです」

「………………」

だから、フレイを生かそうとした……？

「そしてアリシア様の未来視の媒介となっていたのが、まさに、あの手鏡だったのです。マキア嬢、あなたは今回〝鏡〟という魔法の原始的アイテムに触れました」

「鏡……」

「鏡とは魔法世界の〝扉〟なのです。その扉を開けば、現在だけでなく、過去や、未来の誰かに会いに行ける。時に、別の場所に繋がっていたりする。扉の向こうの魔法使いも、そこにいる」

――扉の向こうの魔法使い。

古い、民謡の歌詞の中に、そんな言葉があった気がする。

ユリシス先生は、何を言わんとしているのだろう。

もしかしたら、正妃の手鏡にまつわるこの一件を通し、私に気づかせたい何かがあったのだろうか。

「それではマキア嬢。次の授業がありますので、失礼します」

だけど、ユリシス先生は、いつも答えを教えてくれない。

自分で考える時間を与える。優しいが、手厳しい教師の鑑なのである。

裏　ユリシス、ここは美しくも病的な理想郷。

僕の名前は、ユーリ・ユリシス・レ・ルスキア。

ルスキア王国の第二王子である。

自室で魔術師のローブを脱ぎ、愛着のある椅子に座り込んで、僕は温い(ぬるい)ハーブティーを啜り(すすり)ながら、本のページをめくっている。

かつての僕が、書いた手記を。

「ほう。殿下も、お人が悪い」

肩にとまっていたフクロウの精霊ファントロームが、唐突にそんなことを言う。

僕は視線だけ、ファントロームに向けた。

「何のことだい、ファントローム」

「マキア嬢に、一番大切なことを伝えていないのです。ほう」

「そうだね。だけどそれは、アリシア様との約束だから」

——七年前。

正妃アリシア様は、病が悪化する前にこの僕を呼び出し、あることを伝えていた。

とても大切な、未来のことを。


「のちに、このルスキア王国の王になるのは、フレイ……か」


僕は密(ひそ)かに、囁(ささや)いた。

この、アリシア様の未来視が当たるかどうかは分からない。だけど、彼女が見てしまった未来の可能性のため、僕らはフレイをなんとしてでも生かす必要があった。

アリシア様は本当に立派な正妃様だった。

第五王子のフレイが国王になるということは、他の王子はどうしても王になれない事情があるか、もしくは、死に至っているということである。

普通、第三王子の母君であれば、冷静ではいられない。

だけど、彼女はルスキア王国の未来のため、何よりフレイを生かす方法を考えた。

幼いフレイを生かす最も確かな方法は、王子としての権限を一次的に封じ、王宮から引き離すこと。何もさせないこと。

無能な王子であると、周囲に思わせておくことだった。

「アリシア様は、自分が悟った未来の話を僕だけにしていた。僕だけが、この話を信じられると思っていたんだ。勘のいい方だったから、もしかしたら彼女には、僕の正体がわかっていたのかもしれないね……」

さて。ここで一つ、再確認だ。

僕という存在が、何者であるのか。

そう。僕には幼い頃から、前世の記憶というものがある。

五百年前、この世の精霊魔法を確立した〈白の賢者〉としての記憶だ。

大魔術師に至る者の魂が、とある法則により巡り巡る世界——それこそが、メイデーア。

前世の記憶を思い出すこと、覚醒することを、この界隈では〝帰還〟と呼ぶらしい。

◯

僕の〝帰還〟は五歳の時だった。

父が王に即位する際、聖地のあるヴァベル教国に連れて行かれ、この世の全てを司るという世界樹ヴァビロフォスの前に立った時のことだ。

天を貫くほど圧倒的な、巨大な大樹を根本から見上げ、僕はその感覚に至った。

——僕は、前にここに来たことがある。

自分の中でカチッと音がする、記憶のスイッチが押された音。

そう。僕は否応なく全てを思い出した。

遥か昔、〈白の賢者〉と呼ばれていた自分の姿を、思い出した。

白の賢者。精霊魔術界の偉大なる大賢者。

五百年前の三大魔術師の一人。

この世界で最も有名な救世主〈トネリコの勇者〉の師匠だった者。

そして……当時の〈緑の巫女〉の夫であった男。


思い出した。

思い出してしまった！


僕の人格はその時点で、前世の〈白の賢者〉によって１８０度塗り替えられた。

それまでは年相応にやんちゃでわがままな、落ち着きのない五歳児だった。

それなのに、その後の僕は、まるで悟ったジジイが憑依したかのよう。

読書とハーブティーと少しの砂糖菓子を好む、大人びた表情をする子どもとなってしまったのだ。

周囲は何度も首を傾げたことだろう。ある意味で、子どもらしく愛らしかった僕、というのは死んでしまったのだ。

ヴァベル教国にいた、同じ年頃の灰色の髪の子どもだけは、僕のこの現象をよく理解していた。将来の大司教を約束されていた、エスカという子ども。

彼は粗暴な口ぶりで、僕にこんなことを告げた。

「なるほど。テメーが十人のうちの一人か。ま、せいぜい次の死に際まで、使命を全うしてくれや。そしてまた、この世界のために死んでいけ」

その頃の僕は、エスカという少年の言葉の意味が、よくわからなかった。

それは〈白の賢者〉の記憶を以(もっ)てしても。

メイデーアにおける〝十〟という数字の意味するものも。

僕は前世の記憶を思い出してすぐ、白の賢者時代に契約をしていた精霊たちを、ルスキア王宮の召喚魔法陣にて召喚し、呼び戻した。

わずか五歳にして、大精霊を三体、その他の精霊を十二体。僕の大切な友人たちだ。

これは、ルネ・ルスキア魔法学校を守る精霊たちを除いた、白の賢者の使役する精霊の全てである。

王宮の誰もが大騒ぎ。

神童だ。白の賢者の再来だ。

第二王子ユリシス殿下は、大魔術師の逸材だ。

そもそも大精霊の召喚は一体ですら珍しいことなのに、一気にこれだけの精霊を召喚、使役し、なおかつピンピンケロッとしていることこそが異常だった。

そりゃあ、白の賢者時代の魔力を備え、あの頃に契約した精霊を呼び出し、会得した魔法の全てを思い出したのだから、神童どころの話ではない。

言ってしまえば卑怯である。

本来、努力して会得するはずのものを、たった五歳の子どもが前世の記憶を思い出したというだけで身につけてしまったのだから。

ただ、そのおかげで、僕の身に命の危機という文字は無くなった。

今でこそルスキア王宮内は落ち着いているが、まだ王子たちが幼かった頃は、本人や、国王や王妃たちの意思とは関係なく、大人たちの私利私欲にまみれた派閥争いや権力争いに、王子たちは巻き込まれがちだった。

僕もまた、第二王子であるがばかりに何度か暗殺されかけたが、前世の記憶を思い出した僕には、毒殺も、絞殺も、刺殺も射殺も、全てが虚しいほど無意味だった。

毒は効かない。受けた傷には自動的に治癒魔法が働く。

そもそも隙など見せやしない。人心掌握など簡単なことだ。

たとえ遠距離から攻撃を受けたとしても、複数の精霊たちが、ありとあらゆる形で僕を守っているのだから。

絶対に死なない王子、という意味で、誰より王座に近い存在だと思われていたそうだが、僕はヴァベル教国の新たな〈緑の巫女〉が誕生した折に浮上した縁談話を受け入れ、王位争いから早々に離脱した。

まあ、安心するがいい。僕は王座に興味はない。

僕の興味は、執着は、もっと別の次元にある。

「僕が生まれ変わっているのだから、あの二人も、この世界のどこかにいるはず。同じように、生まれ変わっているはず……」

記憶を思い出したと同時に、僕は、願っていた。

現代のメイデーアで〈白の賢者〉と同列に語られる〈黒の魔王〉と〈紅の魔女〉。

五百年前の大魔術師たち。

あの二人と、もう一度巡り合うことを。

歴史上では、僕ら三大魔術師は啀み合い、競い合い、仲が悪かったとされている。

だが僕は、決してそれだけではなかったことを、よく覚えている。

結局これほどの力を備えて生まれた存在とは、誰にも理解されず、孤独の道を歩む運命にある。僕も、彼も、彼女もそうだった。

だけど、同じ壇上に並び立ち、競い合えるほどの力を持つ存在と出会えたならば、僕たちはその出会いを、奇跡だと思わずにはいられなかった。感謝せずにはいられなかった。

僕たちは、確かにこの力の限界を知りたいと思い、競い合った。

競い合うことで、お互いの深みを知り、内面に触れ、それぞれの魔法を極めていった。

決して、憎しみ合っていたのではない。

僕らは解り合っていたはずなのだ。お互いの孤独を。痛みを、苦しみを。

結局、お互いを理解できたのは、僕たちだけだったのだから。

そう。五百年前、異世界より〝救世主〟が現れるまでは――

〇

「……おや。僕の部屋にいらっしゃるとは、珍しい」

物思いに耽っていたら、甘い蜜の香りが鼻をかすめ、顔を上げる。

いつの間にか、黒紫色の蝶々が、部屋中をひらひらと飛んでいた。

その蝶が光を帯び、無数に飛散したかと思うと、再び一点に集結し、人の形を成して目の前に現れる。

フレジール皇国の女王陛下シャトマ様のお姿だ。通例のかっちりした軍服姿ではなく、いかにも寝る前だったというような、緩いネグリジェ姿ではあるが。

彼女は琥珀色の瞳で椅子に座る僕を見下ろし、チェス盤を差し出しながら、ニッと無邪気な笑みを浮かべる。

「カノンが出かけていて、相手がおらぬのだ。妾と遊んでくれ」

普段はあれほど存在感と威厳に満ちているというのに、今ばかりは子どものようなことをおっしゃる。

これはどうやら、女王モードではなく、姫モードの彼女だな。

この時ばかりは女王ではなく姫とお呼びしなければ、彼女はお怒りになる。オンオフがしっかりしているお方なのだ。

「いいですよ。姫も退屈を持て余しているご様子。ここ最近、何事もありませんからね」

僕は姫を、向かいのソファに座るよう促し、浮遊魔法で新しいティーセットをここまで運ぶと、彼女のためのハーブティーを淹れる。

ソファに座り込む姫の頬に、小さなテントウムシが這っていた。

精霊に違いない。他にも、蜂、蛾、甲虫の精霊の気配を感じる。

彼女は蟲纏う姫君だ。

「退屈も悪くない。皇国の本体は寝る暇も無いのでな。こちらの穏やかな日々というのは、妾の精神の休息だ。何よりルスキア王国は、甘い果実や、茶菓子が豊富なのがいい」

「では、何か甘いものを持って来させましょう」

「頼む。蜜入りの桃酒も欲しいな。蝶とは甘い蜜を吸って生きているのだから」

「もちろん。藤姫(ふじひめ)様のお気に召すままに」

僕は、肩に乗っていたフクロウの精霊ファントロームを人形に召喚し直す。彼は僕の執事姿となり、シャトマ様の夜食を用意しに行った。

シャトマ様はというと、ソファに置かれていたクッションを抱きしめ、目の前のチェス盤とにらめっこしている。

「ところでユリシス。そなたの思惑は、首尾よく整っておるか？」

「はて。何のことでしょう」

「とぼけおって。そなたも悪よのう」

そして、お互いにフフフッと笑う。

フレジールの若き女王、シャトマ・ミレイヤ・フレジール。

十八という若さでありながら、あの大国の命運を担っている。

だが決して、国を背負うことに戸惑いや迷いは無かっただろう。

何しろ、彼女もまた、僕と〝同列〟の存在だ。

白の賢者とは生きた時代こそ違うものの、彼女は三百年前の大魔術師〈藤姫〉の生まれ変わり。記憶はとうに取り戻しており、姫としての美貌と品格、王としての資質、国を治めた経験というものを、生まれながらに備えている。何より歴史に残るカリスマ性は健在で、民の信望もすこぶる厚い。

フレジール皇国の幸運は、この時代に、彼女が治世を担っていることだろう。

だがあの皇国には、若い娘に玉座を奪われたのが癪で、今もまだ王位を狙う輩がいるらしいが……

「姫！　シャトマ姫様！」

しばらく姫と楽しくチェスをしていたのに、うるさいのがやってきた。

僕の部屋のバルコニーから堂々と不法侵入してきたのは、ヴァベル教国の大司教であるエスカ司教猊下だ。ここ王宮の最上階なんですけど。

白く清廉な司教服を振り乱しながら、彼はシャトマ姫の前に参上し、ソファに座る彼女の前で膝をつき、口うるさい爺やのごとく注意する。

「あられもないお姿で、こんな腹黒男の元を訪ねるなんて！　しかも大層なおくつろぎモードで、ゴロゴロなさって〜っ！」

「くどくど言うな司教様。妾は夜に甘いお菓子と甘い酒を飲まねばよく眠れぬのだ」

「姫！　そんなものは俺かあいつが用意しますから！」

「嫌だ嫌だー。司教様が用意するお菓子は質素で味気ないものばかりだー」

「…………」

エスカ司教はくるりとこちらに向き直ると、ブチギレ寸前の顔面で僕に指を突きつける。

「オメーのせいだぞ腹黒クソ王子！　聖地の巫女様を長いこと待たせておきながら、藤姫様と真夜中に密会とはいい度胸じゃねーか！」

「あなたは僕を何だと思っているんです？　姫とはただチェスをしているだけですよ」

えらい言われようだが、僕は一応、エスカ司教にもハーブティーを淹れてやった。

エスカ司教猊下。エスカとは洗礼名らしく本名は僕も知らないが、彼もまた、僕やシャトマ様と同じく、前世の記憶を持つ転生者だ。

これでも三百年前に〈聖灰の大司教〉と呼ばれ、聖地にヴァベル教国を設立した偉人。聖人の中の聖人である。

また〈聖灰の大司教〉と〈藤姫〉は、同じ時代を生きた大魔術師だ。

当時、力を合わせて国難を乗り切ったとあり、生まれ変わった今もお互いの信頼関係は強固だ。というより、当時の祖父と孫娘のような関係を、今も引き継いでいるのだとか。

シャトマ様いわく、三百年前のエスカ司教はもっと聖人君子らしい穏やかで人徳のある性格だったらしい。何がどうして、今現在の粗暴で訳のわからないエスカ司教になったのかは、全くの謎である。どこかでネジが外れてしまったのかな？

「それで、腹黒クソ王子よ。あいつらはいつ帰還するんだ？　今のところ、その兆しは全く見えてこないが」

エスカ司教は空いていた椅子にドカッと座ると、ハーブティーを一気に飲んで僕に問う。

「トール・ビグレイツ。マキア・オディリール。お前の言う通り、あいつらが本当に、〈黒〉と〈紅〉ならよう。そろそろ頭をぶん殴ってでも、帰還してもらわねーと」

「そんな。記憶喪失とは、訳が違うんですから」

だが。

そう。

僕はすでに、確信している。

二人にその自覚はまるでないが、僕が彼らを、見間違うはずはない。

一目見たその印象と、魔力の匂い。何よりその瞳が、同じだ。

性格だけは育った環境によるところが大きいので、かつてのものとは少し違う。それでも時々、面影を感じる。

あの〈黒の魔王〉と〈紅の魔女〉の面影を……

「僕も予想外だったのですが……あの二人は、僕たちよりずっと複雑な転生を果たしている。どうやら、その魂は一度、異世界を経由させられているらしいのです。僕らと違って記憶が戻りづらいのは、そのせいかと」

シャトマ様もエスカ司教も、ふっと目の色を変えた。魔力がピンと張り詰める。

「ほう。異世界を経由となな？」

「……チッ。回収者め、なかなかに面倒なことをしてくれる」

おや。あの男に近いお二人でさえ、この話を知らなかったようだ。

マキア嬢の話を聞いて、僕はピンと来た。彼女は意図的にあちらの世界を経由し、このメイデーアに転生させられたに違いない。

あちらの世界とは、このメイデーアに呼び出される救世主が元々住んでいる〝地球〟という世界のことだ。金髪のあの男が、あえてそうした理由は、何なのだろうか……

この世界は、メイデーア。

様々な法則によって縛られた、美しくも病的な理想郷。

原則、前世の記憶を持つ大魔術師たちが、その記憶と規格外な力をもってして、歴史の針を進める世界だ。

その針が急激に進もうとした時に、救世主は異世界より召喚される。救世主伝説も、結局は世界が世界を守るための、自浄作用の一つにすぎない。

だが、今まさに、歴史の針は大きく進もうとしている。

本格的な戦争が何年後に始まるかはわからないが、それは避けようもない未来だ。

これから始まる戦争の恐ろしいところは、国の事情など関係なく、メイデーアという名のチェス盤の上で、各国に配置された大魔術師の生まれ変わりたちと、彼らが見出した駒たちが、世界の覇権を争う〝ゲーム〟であるところだ。

フレジール皇国と同盟関係にあるとはいえ、ルスキア王国としては大きな被害を避けるために、トール君とマキア嬢の〝帰還〟は、絶対に必要不可欠なこと。

「ご心配なく、皇国のお二方。ルスキア王国の駒もすでに揃っております」

そして僕は、シャトマ姫と指していたチェスの駒を動かし、チェックメイトを決める。

「僕が必ず、あの二人に、全てを思い出させてみせる」

僕には、あの二人にどうしても帰還してもらいたい、願いにも似た理由がある。

だから僕は、僕たちが再び巡り合うのを、決して諦めたりしない。

第八話　夜食と展示会、そして初雪

生活魔法道具コンテストの、作品提出期限が差し迫っていた。

我々ガーネットの9班は、毎日夜遅くまでガラス瓶のアトリエに引きこもり、魔法ヒーターを製作中である。

私たちの作る魔法ヒーターは、机の下に貼り付けることのできる薄型パネル式と、温風を広範囲に送ることのできる立体キューブ式の二種類。薄型パネル式は私の考案で、テーブルの下に貼り付けて利用できたら、日々テーブルについて行う食事や勉強、お仕事の時間が、快適に過ごせるのではないかと思ったのだった。

これはまさに、前世で使っていた〝コタツ〟から編み出した発想であり、このルスキア王国には無いものだ。ああ、コタツにみかんが、懐かしい……

トントン、カンカン。

ガラス瓶のアトリエに、モノづくりの音が響く。

あの魔法ゴミ投棄場で拾ったジャンク品を利用して外側を作る作業はもうほとんど終わっており、今ネロが最終調整をしているところだ。魔法ヒーターは、主に【火】と【風】

の魔法を利用するのだが、特殊な薄い魔法金属盤に1265個の魔法式を書き込み、それをこの中に内蔵しなければならない。

ミスを見つけては直し、ミスを見つけては直し、を延々と繰り返しているところだ。

「マキア、これを首につけておいてくれ」

「え？　何これ」

そんな中、ネロが謎の首輪を私に装着しようとする。

「君の【火】の申し子としての力を借りたい。……髪、持ち上げて」

「あ、はい」

どうやら【火】属性の魔力を魔導式バッテリーに補充しなければならないらしいのだが、それ専用の魔力ポートを使うより、私に直接つけておいたほうが【火】の魔力を貯め込む速度が早いらしい。私は充電器か。

「だーっ、もう嫌だ！　腹減った！　何か食わせろ～～」

あっちではフレイが喚いている。

「うるさいですね、真面目に魔法式を書き込んでくださいよ、フレイさん」

「嫌だ嫌だ。俺は集中力が切れると失敗しがちなんだよ。ここで一休みしたいー」

「大の男が駄々をこねている姿ほど見苦しいものはありませんね……」

フレイが目の前でわがままを言うので、レピスがイライラッとしてる。

だが確かに、朝からずっと作業を続けていてまともな休憩を取ってないので、みんな疲労が溜まっている。魔法式を書き込むだけでも魔力を消費するので、そろそろ魔力回復のために、何か食べた方がいいかもしれない。

「じゃあ私、魔力補充しながら夜食を用意するわ！　何が良い？　私はおにぎりとか良いと思うんだけどー……」

「パスタ、パスタ、パスタ、パスタ！」

「ゆで卵。ちょうど塩水に漬けてるのがあったと思う」

「私、ホットサングリアが飲みたいです。塩林檎入りの」

「…………」

残念なことに、おにぎり派は私だけだった模様。

という訳で、できるだけみんなの要望を叶えるべく、私は地下の台所に下りる。

最近はアトリエに引きこもることが多いので、ネロがここの冷蔵庫を使い勝手の良いように魔改良してくれた。食材は色々と揃っているのだった。

みんな、空腹と疲れのせいで訳のわからないことを口走ったり、奇行に走り出しているので、山場を越えられそうなスタミナのつく夜食がいい。

フレイの要望のパスタだと、やっぱりにんにくたっぷりの、ペペロンチーノ？

それともミラドリードの代表的なパスタ、カルボナーラ？

「そうだ……ナポリタンはどうかしら！　ベーコンとケチャップがあったはず！」

ふと思い出された、現世のパスタ。

こっちに転生してからというもの、ナポリタンを食べたことがない。こちらに無いパスタ料理なのかもしれないが、私がまだお目にかかっていないだけなのかもしれない。

いや、そもそもナポリタンって日本独自のパスタ料理だったっけ……？

まあいいや。野菜もとれるし、ナポリタンにしよ。

あとはネロの要望でゆで卵と、レピスの要望のホットサングリアと……

「ねえマキア」

ネロが地下の台所に下りてきた。

「どうしたの？　夜食が待ちきれないのだったら、そこにチーズパンがあるけど」

「いや、違う」

ネロは何かを抱えていた。

丸みのある箱形のフォルムだ。なんだろ、これ。

「君、前に米を炊く魔法道具が欲しいと言ってただろう？　君が作っていたイメージ図をもとに、魔法ゴミ投棄場で集めたジャンク品で、作ってみたんだ」

「ええっ!?　ネロが作ってくれたの!?」

ちょっとした頼まれ物、みたいな感じで、スッと箱形の炊飯器を私に差し出すネロ。

あちらの世界のものと形状や仕様こそ違うが、蓋を開けると中に鉄の釜があって、確かに炊飯器らしい魔法道具だ。

え？　え⁇　どういうことなの？

未来の猫型ロボット並みの働きをする、ネロえもんなの⁇

「ネ、ネロえもん〜〜〜っ！」

「？」

あまりの嬉しさに、号泣しながら盛大にハグ。

ネロは苦しそうな顔をしているが、耐えている。

「使えそうなら、試しに使ってみてよ。まだ改良の余地があると思うから」

「うん。うん！　絶対使う！」

早速ネロに使い方を習い、米を研ぎ、水を入れて、炊飯器のスイッチをポチッと押してみた。あとはしばらく待つだけ……

私がイメージ図に書いていた通りの炊飯器だ。しかしネロったら班課題もあるのに、合間にこれを作ってくれたなんて、本当に寝てないんじゃないかしら？

「ネロ、あなたちゃんと寝てる？　少しは仮眠したら？　アトリエのソファにいい感じの寝床作ってあげるから」

「大丈夫だ。僕、あんまり寝なくていい体質だから」

本人はケロッとして戻って行ったけれど……

せめて元気の出る夜食を作って食べてもらうしかない。そしてそのあと、無理やりにでも少し寝かそう。そうしよう。

ご飯が炊きあがるのを待っている間に、他の夜食の準備に取り掛かった。

ゆで卵は今朝から仕込んでいる。朝どれ卵を茹でたものを、殻付きのまま濃い塩水に漬けておいたのだ。

これが今、我々9班のブーム的おやつなのだけれど、殻を剝いたら程よい塩気がゆで卵全体に染みていて美味しいのだ。

特に、実家から送られてくる塩の森の塩。あの塩で漬けるとマイルドかつクリーミーなゆで卵に仕上がり美味しい。

「……一つだけ食べてみよう。お腹すいたからじゃないわよ。味見よ味見」

ひとりごとを言って罪悪感を紛らわせつつ、お先に一つゆで卵の殻を剝いて、無駄に周囲を気にしながら、大口開けてパクリ。

うん！　いい塩加減。半熟感の残るよう茹で加減を調整して塩漬けにしたので、中の黄身もトロみがあって美味しい。

卵は魔法界隈でも完全食と言われている。栄養もバランスよく豊富で、魔質量も多いので、魔術師はじゃがいも派と卵派に分かれるらしいわ。班員たちも、みんなこれ好きだしね。


「お次はホットサングリア。ブドウジュースは開けてないのがあったはず」

秋の収穫後に作られた、美味しいブドウジュース。

ワインはルスキア王国の一大産業だが、ブドウジュースも負けてない。私たちは学生なので、ノンアルコールのジュースの方で。

使うフルーツは色々とある。ドライイチジク、ドライクランベリー、レーズンに、生の塩林檎。この辺を粗めに切っておく。

ブドウジュースを鍋に入れ、先ほどのフルーツとハチミツ、シナモンスティックなんかを一緒にコトコト煮込むと、美味しいホットサングリアが出来上がる。

お先にお玉で一口する。

うーん。甘くて爽やか。シナモンの香りが効いてて、体があったまる。

塩林檎も入っているし、魔力が整えられて頭と体がスッキリしていくのを感じるわー。

もう一杯……

「マキア、何か手伝いましょうか？」

「!?」

静かにやってきたレピスに驚き、思わずホットサングリアを吹き出しそうになった。

いやいや、これは味見ですから。断じてつまみ飲みではありません！

「どうかしましたか、マキア？　フレイさんが早く早くとウルサイのです」

「な、なるほど。お腹が空くと一段とわがまま王子になるからねえ」

というわけで、レピスにはホットサングリアを班員分のガラスのマグカップに注いでもらった。ゆで卵と一緒にアトリエの方に運んでもらう。

他のお料理ができるまで、みんな、これで空腹を凌いでね……

と、その時、ピーとお米の炊き上がりを知らせる音が鳴った。

「おお……凄いわ。ものの十分で炊けた」

蓋を開けると、ふっくらつやつやの白いお米がお目見えだ。

ゆで卵のボールを持ったレピスも、ちょっとだけ覗きに来た。

「まあ、これがネロさんが作ったという、例の炊飯器ですか？」

「あれ？　レピス知ってたの？」

「ええ。少し助言を求められましたので」

なんと。ネロだけでなく、レピスもこの炊飯器の製作を手伝ってくれていたなんて！

これは【火】と【水】の魔法式を組み込んで作った、鍋で炊くよりずっと早く炊ける魔法の炊飯器。

流石に魔法道具と言うだけあって、もしかしたらあちらの世界の炊飯器より、炊けるの早いんじゃ……

「と言うか、このご飯、どうやって食べる？」

そう。味付け的な意味で。

前にアプリコットの梅干しおにぎりを班員たちに振る舞ったことがあるが、完全に不評だった。馴染(なじ)みのない味で、とにかく酸っぱいものね。

もっと彼らが食べやすいおにぎりにするには、具材を馴染みのあるものにしなければ。

「うん。答えは……ツナマヨ！」

以前テレビで、外国人に一番人気のコンビニおにぎりは、ツナマヨって聞いたことがある。本当かどうかわからないけれど、ツナ缶はルスキア王国でもよく食べられるし、マヨネーズの味付けもみんな大好きだ。

ご飯を蒸らしている間に、ツナ缶を開けて油と水気を取り、マヨネーズとちょっとの塩(しお)胡椒(こしょう)で和(あ)える。ツナマヨペースト。

本当は海苔(のり)もあったら良かったんだけど、流石にどこをどう探しても海苔は見つからない。東の国の行商人に聞いたら、ミラドリードでは海苔がほとんど売れないらしく、商売にならないので持ってこないのだとか。

なるほどなあーと思ったりもする。例えばカリフォルニアロールとか、あちらの世界の外国で生まれたお寿司(すし)があったけれど、あれは海苔が酢飯の内側に巻かれているのが特徴だ。外国の人は海苔に馴染みが無いから、隠していると聞いたこともある。そういう感じで、ルスキア王国の人々にも海苔は不評なんでしょうね。

私は自問自答しながらもツナマヨ入りのおにぎりを握っていた。

海苔はないので見た目はただの白いおにぎり。きっとまた、フレイあたりに奇妙な目で見られるでしょうね。……まあ見てなさい。一口食べて、驚くがいいわ。

「よし、おにぎりは出来たわ。最後にナポリタンを作っちゃいましょ」

最後にチャチャッと、ナポリタンを作ってみる。

パスタを茹でている間に、玉ねぎ、マッシュルーム、ベーコンを切って、バターで炒(いた)め、すり下ろしニンニクと少しのお砂糖、ケチャップを加え、全体を馴染ませる。そこに茹で上がったパスタを加え、全体を絡める。もっちりした太麺(ふとめん)を選んだ。これが、いい感じのケチャップ色に染まる。

「ああ～。いい匂い」

さあ、大皿にどーんと盛り付け、完成だ。

ナポリタンって匂いもいいけど見た目がいい。派手で赤くて食欲をそそる。緑の野菜がないのでドライパセリをふりかけ、出来上がり。好みで粉チーズをかけても美味しいわね。

というわけで、ツナマヨおにぎり&ナポリタンを、班員たちのいるアトリエへと運ぶ。

班員たちは味つきゆで卵をすっかり食べてしまっていたが、まだまだ物足りないようだった。追加のお料理を心待ちにしてくれていたのだが、

「なんじゃああこのパスタは！」

「何って、ナポリタンよ？」

「見たことも聞いたこともねーよ！」

パスタ大好きフレイ君は、ケチャップで炒めたパスタを邪道な目で見ている。

やはりこっちにナポリタンに似たパスタは無いと見た。

「まあそう言わずに。食べてみてよ」

騙されたと思って、さあさあ……

私は大皿からせっせと取り分けてやる。

フレイだけでなく、レピスもネロも、ナポリタンのようなお料理は見たことも食べたことも無いということだった。

「そもそもパスタをケチャップなんぞで炒めるなんて許されな……ん？　あれ……意外といけるな」

「ほら見なさい」

あれだけ文句を言っていたフレイ。

一口食べた先から不思議な顔して、徐々にナポリタンの味の虜になって、食べる速度に勢いが増していく。ガツガツいく。

確かにミラドリード風のパスタではないし、邪道だろうけれど、美味しいものは美味しいのだ。というか、美味しくできて、良かった。

「これはデリアフィールドの伝統的なお料理なのですか？　それとも紅の魔女のレシピなのですか？」

レピスも不思議そうにして、ナポリタンを食べている。

「え？　いやーこれは……そのー」

自分で作っておいて、しどろもどろになる私。オリジナルと言ってしまったら、地球の日本でナポリタンを開発した凄い人に悪いしなあ。

「こっちの米料理は、前にマキアの作ってくれたおにぎりという奴か？」

一方、ネロはおにぎりを興味深げに見ている。自分が作った炊飯器を使ったってのも、あるでしょうけれど。

「おにぎりはおにぎりだけど、あの時とは具が違うの。ツナマヨおにぎりよ。あとネロ、炊飯器、時短もできていい感じだったわ。ほんと、ありがとね」

「……うん」

そしてみんなで、ツナマヨおにぎりを頬張る。

アプリコットの梅干しおにぎりで酸っぱい思いをしているので、彼らは恐る恐る口にする。しかしツナマヨおにぎりをひと口食べた途端、皆の表情がパッと華やぐ。

「どう？　いけるでしょ？」

「これは、美味い！」

一同、誰もが頷いてくれた。私はあからさまにガッツポーズ。

おにぎりリベンジ大成功。おにぎりの名誉挽回だ！

「ツナマヨおにぎりはまったりコクがあって、罪深い味なのよ。最初に考えた人は天才ね。私も一番好きなおにぎりの具は、実はツナマヨなのよね～」

「……前々から思っていたのですが、マキアは一体どこでお米の味を覚えたのですか？」

「え？」

「確かに。やけに米に執着しているよな」

レピスとネロが、今更ながら私の米への執着のきっかけを気にしている。

確かに私は、ルスキア生まれルスキア育ちの人間にしては、パスタやパンよりずっと米を求めている。

私の米への渇望は、みんなにとっちゃ不思議で仕方ないでしょうね。

「えっと……それはー……あー。ほら、デリアフィールドって東端にあるから、東の食材が手に入りやすいの！　東の行商人がやって来て、お料理を振る舞ってくれたり。そういうこと！」

「へえ～」

いいえ、嘘です。デリアフィールドは確かに東端にあるけれど、私はデリアフィールドでお米を食べたことなど一度たりともありません。

前世の世界でよく食べていた食材、なんて話はできないので、出まかせで誤魔化した。

「なんというか、マキアの料理は、魔法の探求に通じるものがあるな」

「ネロの機械いじりと同じよ」

疲れていたけれど、みんなで夜食を食べ、語らい、温め直したホットサングリアをもう一杯飲んで、魔力も回復してやる気も出てきた。

「あと少し、あと少しよ。頑張りましょ」

私たちは再び作業に戻る。

私も頑張らねばならない。私はもっぱら提出用レポート担当だ。

設計図や、この作品の意図を言語化して紙にまとめる役目。おそらく、作品本体よりレポートの方が重視されるだろうと、ネロは言っていたので、責任重大。

作品はあくまでサンプルであり、出来栄えは評価対象ではない。

ただ、作品の完成度は、説得力となる。レポートの説得力を最大限上げるために、サンプルの完成度も高い方がいいって事だ。

失敗することも、立ち止まることもあったが、それでも四人それぞれが、精一杯できる事をした。

こうして私たちは、レポートも作品もギリギリまで事細かに調整し、無事学校に提出したのだった。

ガーネットの一年生最後の班課題〝生活魔法道具コンテスト〟。

その作品たちは、一週間ほど王都の中心部にある会館に展示され、市民が自由に見たり、試しに使ったりできる。

私たちも他の班の作品を見て回ったのだけれど、どこもハイレベルな作品を作り上げているのだった。

「見て、1班は魔法のポーチよ。テーマは〝衣〟になるのかしら」

ベアトリーチェ率いる1班の作品は、女性の多い班らしく、お化粧道具やちょっとした小物を入れる伸縮自在のポーチ。特殊な魔法繊維を使っているため、通常ではありえない大きさになったり、逆に小さく縮んだりするそうだ。私の魔法のバスケットのように、容量以上のものを収納することはできないようだけれど。

とはいえ、そう言った代物は、もうすでに商品として出回っている気が……？

「あーら。ガーネットの9班の皆さんじゃありませんか。ごきげんよう」

私たちがやってきたのをどこからか察知して、ガーネットの1班の班員たちが現れた。

特に先頭で自信満々な顔をしたベアトリーチェったら。

しかし指にはいくつか絆創膏が貼られているぞ。

「如何です、我が班の美しいポーチの出来栄えは」

「素晴らしい出来だわ。ちょっと触ってみたのだけれど、本当に伸縮自在なのね」

「ええ！　我がアスタ家の開発した魔法繊維のなせる業ですわ。きっと非魔術師の女性たちに、爆発的な人気が出るに違いないのですわ」

「だが、すでにこういった商品は、巷に出回っていないか？」

ネロの淡白なツッコミ。するとベアトリーチェは鼻息荒く、

「侮らないでくださいまし！　我が1班の魔法のポーチは、ただ伸縮自在というわけではないのです！」

自分たちの作った魔法のポーチのファスナーを開き、引き手を取り外すと、魔法のポーチは宙でシュルシュルと形を変えた。

「これさえ持ち歩いていれば……っ」

そして、魔法のポーチは細長い布となる。

「緊急時に止血するための布や包帯となるのです」

「な、なるほどー」

パチパチパチパチ。1班も9班もみんなして拍手。

ツッコミどころ満載ではあったものの、ふと、この先のことに思い至る。もしかしたら

ベアトリーチェのような名門魔術師の家柄の者は、先の戦争を警戒し、それを見越した危機感があるのかもしれない。

もしかしたら、この魔法のポーチ、これからとても役立つものになるかもしれない。

「あ、マキア見てください。2班の浮いて走る自転車、暴走してます」

「え？」

レピスが指差す方向には、2班の作品〝ふわふわ魔導式自転車〟が。魔法の力で微かに浮いて走ることで、漕ぐ力がほとんどいらない自転車らしいが、魔法式が間違っていたのか、あちこちを暴走して回っている。2班のみんなが一生懸命追いかけてる。

あ、会場を飛び出してしまった。ドンマイ……

「3班のあれ、なんだ？」

ネロはというと、暴走自転車よりも、3班の作品が気になっているようだった。

3班はやはり、子どもを対象とした魔法のおもちゃを展示していた。

以前フランシスが見せてくれたコマ型のおもちゃだけでなく、ブーメラン型だったり、ヨーヨー型だったりと、色んな形状のおもちゃがある。その展示ブースには子どもがたくさんいて、みんなが楽しそうに遊んでいる。あ、玩具会社の関係者らしき大人もいて、3班の連中ったら、名刺をもらったりしているぞ。もしかしたら凄い商売に発展するかも。

フレイは、因縁のあるガーネットの3班の調子が良いとあって、面白くなさそうだ。

「チッ。3班の野郎ども。だてに魔法ゴミ投棄場に入り浸っちゃいねーぜ。潤沢なガラクタと、班長こき使って集めたグミで、数打ちゃ当たる方式か～？」

「それだけじゃないぞ。意外にも、緻密な魔法式が書き込まれている。おもちゃとはいえ、長年の研究がものをいう洗練された作りだ」

ネロは3班の作品をかなり評価しているようだ。ネロがそう言うのなら、やっぱり3班のおもちゃはレベルが高いのだろう。

他にも、水の上でも立てる靴、形状を自在に変える植木鉢、などなど。

一年生の作るものなので、実際には完成に至らなかった魔法道具も多々あったし、探せば巷に溢れているようなものもあるのだが、それも含め、どういった着眼点でこれらの魔法道具を作ったのかが、問われている。

さて。私たち9班の作品はと言うと、机の下に貼り付けて利用できる薄型パネル式ヒーターと、人々の足元に素早く温風を送る立体キューブ型の魔法ヒーター。

とにかく軽くて、すぐ暖まる。消費魔力も低燃費。

火を使わないので子どもが扱っても安全。

ぱっと見は他の班に比べて地味だが、生活の中で生きる魔法道具であり、シンプルイズベストにこだわった。

「あ、メディテ先生！」

ちょうど、私の叔父様こと、魔法薬学の担任であるメディテ先生が見ていた。

駆け寄ると、メディテ先生は両手を広げて私を迎えようとするので、ちょっと手前で急ブレーキをかけてハグ回避。だって叔父様、タバコ臭いし。

「マキア嬢〜。ここ最近あんまり叔父様に構ってくれなかったじゃないか、んー」

「叔父様、ここは学校よ。姪っ子をむやみやたらと可愛がってはいけません」

叔父様は私に甘い。自分のことは先生と呼べと言いながら、私のことは相変わらず可愛い姪っ子扱いするのだった。

「ところで先生。私たちの班の作品はどう？」

私は早速、メディテ先生の反応を窺う。メディテ先生はこの課題の評価に携わることはないが、先生の意見は手応えを知るために参考になる気がした。

「ウンウン。とても面白いものを作ったと思うよ。この辺り、足元がポカポカしてるからみんな足を止めている。目を止めるのではなく足を止める、いい戦法だよ〜」

確かに、私たちの魔法ヒーターがある場所には、人が結構集まっている。

この展示会場には暖炉がなく、ひんやりとしているので、魔法ヒーターが作動しているこの暖かい一帯には暖を求める者たちがやってきて、なかなか離れようとしないのだった。

「レポートを読んだけれど着眼点が素晴らしい。確かにルスキア王国は、気候が温暖であるがゆえに暖房系の魔法道具の発展が鈍い。今後はどんな状況で寒さにいじめられるかわからないのだから、火を使わない、軽量で持ち運べる暖房器具っていうのは、必要になってくるかもねえ」

おお、ちゃんと私たちの狙いが伝わっているぞ。

これはなかなか、いい評価を得られそうだ。

「だけど一応言っておくと、すぐに空気を暖かくしてくれる〝植物〟ならあるんだよね。これも火を使わずに、息を吹きかけるだけで熱を発する。ホムラホオズキといって、風船みたいに膨れ上がった実を潰すだけで、熱気を発するんだ」

「あ……っ、そう言えば、そんなのあったわね。私、すっかり忘れてた！」

デリアフィールドでも、冬になれば何度か使うことがあったホムラホオズキと言う植物。私ったらどうして忘れていたのかしら。確かにあれがあれば、この魔法ヒーターの存在意義が危うくなる。

「とは言えあれはとても貴重なもので、非魔術師が簡単に手に入れられるほど市場に出回ることはない。やはり非魔術師が対象という意味では、使いやすく量産しやすい魔法道具があるといい。ホムラホオズキの栽培が盛んにならない限りは、君たちの魔法ヒーターに軍配が上がりそうだ」

メディテ先生のその言葉に、私たちガーネットの9班は一同、ホッと胸を撫で下ろす。

「あー良かった。ちょっと叔父様ったら、脅かさないでよ」

「いやー、ほら叔父様、一応先生だしー。マキア嬢最近、叔父様に構ってくれないしー」

「まだ言ってるわ、この叔父様」

メディテ先生は嫌らしくニヤニヤしながらも、「健闘を祈るよ」と言って他の班の作品を見に行った。

それにしても、ホムラホオズキの話が出た時は焦った。

確かにこの世界にはあらゆる魔法の恩恵を授かった植物や鉱物などがある。

しかしこれらは、決して人間に都合よく出来てはいない。

魔法道具のいいところは、完全に人間の都合で作られているところだ。人の営みの中で、痒(かゆ)いところに手が届かず、もっと便利な生活を望む場合、魔法道具が必要とされる。

アリシア様の一件でも学んだことだが、魔法道具は使用する人によってその存在意義を変容させる。アリシア様にとって魔法の手鏡が、我が子の兄弟喧嘩(げんか)を仲裁するアイテムであったり、未来視の媒体であったりと、本来の用途以上の役目を果たしたように。

きっと私たちの作る魔法道具も、使用する人によって様々な顔を見せてくれるに違いない。私たちが想像もしなかったような場面で、活躍してくれるかもしれない。

コンテストの結果がどうなろうとも、いつかどこかで役に立つ、立派な魔法道具に育ってほしいものだ。

「あれ、ネロは？」

班員たちで展示会場を見て回っていたはずなのだが、いつの間にかネロがいなくなっていた。私はキョロキョロと周囲を見渡す。だけどやっぱりネロの姿が見当たらない。

「私たちより、各班の魔法道具をじっくりと見学しているのかもしれませんね」

「そうそう。あいつこういうの好きそうだし。つーか腹減ったし、ここ人多いし、そろそろアトリエに戻ろうぜ～」

レピスやフレイの言うことは、もっともだ。

子どもじゃないので放っておいても大丈夫だとは思うが……。

「あ」

少し向こうで、ネロを見つけた。彼の柔らかなプラチナブロンドが、差し込む天窓の光に照らされ、キラキラしている。彼は立ちすくみ、会場の外を見つめていた。

今まで見たことの無いような、驚いた目をして。

そして、ネロは早足で会場を出て行った。

「マキア？　どうかしましたか？」

「……ごめん、レピスとフレイは先に食堂行ってて！」

なんとなく、会場を出ていく瞬間の、ネロの表情が気になった。

妙な胸騒ぎがして、私はネロを追いかける。

人混みをかき分け会場を出るも、ネロを見失ってしまった。

　空を見上げると、ネロの精霊のフーガが、どこかへと降り立とうとしていた。私はそれを目印に、ネロを探した。

「あ、ネロ……」

　ネロはすぐに見つかった。ただ、彼は誰かと話をしているようだった。

　日陰なので見えづらいが、長いコートを纏い、サングラスをかけた長身の男だ。

　私はネロに呼びかけるのをやめて、思わず壁の裏に隠れる。

　知り合いだろうか。ネロはあまり自分のプライベートを語らないので、外部の人間と話をしているのが新鮮だが、あまり盗み見したり、盗み聞きをしたりするのは、よくないかもしれない。このまま立ち去ろう……

「兄さん。僕はここで、こんなにも平和な場所で、何の心配もなく生活をしていていいのでしょうか。ここには飢えも寒さもありません。そんな日々が、この僕に許されると……」

　だが、ネロの言葉に私は足を止めた。

　兄さん？　話している相手は、ネロのお兄さんなの？

　そもそも、ネロはいったい、何を言っているのだろう。気になって、再び様子を窺った。

「……何も心配するな。ルネ・ルスキアにいること。それがお前の、今できる役割だ」

　ネロが話をしていた相手の男は、そのサングラスを取る。

　私は、目を疑った。

金髪に、柘榴色の……瞳。あれは。

あれは、フレジール皇国のカノン将軍。

「……そんな……まさか」

不意に私を襲った衝撃的な事実に、一瞬、頭が真っ白になった。徐々に、全身が小刻みに震え始める。

ちょっと待って。ネロと、カノン将軍が――兄弟。

信じがたい、信じたくない真実を受け止められず、思わず口を押さえる。

確かに。パッヘルベルという名字が同じだということは知っていた。同じだと、意識だけはしていたはずだった。

だけど、まさか本当に兄弟だったなんて思いもしなかった。考えたくもなかった。

その事実が、私の胸の内側をじくじくと冷やしていく。

どうしたらいいんだろう。大事な仲間が、前世で私を殺した男と兄弟だったなんて。

「…………っ」

もう我慢が出来ず、私は二人の前へと飛び出ていった。

突然私が現れたので、ネロはとても驚いている。

「……マキア？」

私はというと、ネロ越しにそこにいるあの男を睨みつけていた。

恐怖と、疑念と、憎悪を帯びた目で。

「どういうことなの」

私は声を絞り出した。

「どういうことなの……っ！」

ネロが私の側に居ること。

それが偶然のように思えず、恐ろしかった。

疑いたくなんてない。だけど、それでも、この男が前世の私を殺した男であることは、疑いようもない事実なのだ。

カノン将軍は細い路地の影の中で、密かにその赤い瞳を凝らし、ただネロの頭にポンと手を置き、そのままこちらに背を向ける。何も言わず、告げず、去る気だ。

「ま、待って！」

カノン将軍を追いかけようとしたが、ネロが私の腕を取り、引き止める。

「マキア、落ち着いて。兄さんのことは追わないであげて。忙しい人なんだ」

「ネロ、でも！」

「たとえ、君と兄さんにどんな因縁があろうとも」

その言葉を聞いて、私はその場で停止した。動きも、思考も、ふっと止まってしまった。

「ネロ、あなた……」

ネロはいつもと変わらない目をして、私を見つめていた。

ネロは、もしかして知っているのだろうか。

あの男の正体。そして、私の、真実を。

茶色のコンタクトレンズの向こうで、ネロの鮮やかなマゼンタ色の瞳が揺れている。

「大丈夫。一つだけ言えることは、僕はマキアの敵ではないということだよ。僕もまた、この国の駒の一つさ。僕の事情で、このルネ・ルスキアに逃がされてきたんだ」

「……逃がされて？」

いったい、どこから？　何から？

「だけどこれ以上は言えない。秘密は、魔術師の嗜み（たしな）だろう？」

「…………」

こんな時でも飄々（ひょうひょう）としていて、表情にも声音にも変化がないネロ。だけど私を引き止めるその手は、力強かった。

ネロは、常にガーネットの9班を支えてくれた。

寝る間も惜しんで、私が欲しがっていた炊飯器も作ってくれた。

たとえ、私の仇（かたき）のような男と兄弟であっても、ネロは大切なガーネットの9班の班員だ。

私がみんなに話せないことがあるように、ネロにも事情や秘密がある。

もう、それでいいじゃない。

「わかったわ。あなたにも、何かがあるのね。だけど聞かない。いつか……繋がっていくこともあると思うから」

「……うん、僕もそう思う」

今ここにいる9班の班員であるネロを、信じよう。

多分同じように、ネロも私を、信じてくれているのだ。

第一学年の、後期末試験が間近に迫っている。

その日、ミラドリードではこの冬一番の冷え込みとなり、初めての雪が降った。

深く積もるほどではなかったが、なかなか雪の降らない地域であるので、誰もが興奮して雪の降る空を見上げていた。

私もまた例外ではなく、久々に見た雪にはしゃいでしまったが、アトリエへ向かう際の坂道が凍っていて、ステンと転んで尻餅をついてしまったので、それからは慎重になった。

雪に慣れてないお国柄、はしゃぎすぎると、危ない。マジで。

ガラス瓶のアトリエはとても冷え込んでいた。

暖炉だけでなく例の魔法ヒーターも作動させ、部屋を暖める。私たちのヒーターは人間の足を察知して、足元を包むように暖めてくれるので、ほんとに重宝する。

外に出している植木鉢なんかもアトリエの中に運んでしまう。今夜はもっと冷え込み、また雪が降るらしい。枯らしてしまってはいけないから。

部屋を暖めていたら、他の班員たちも集まってきた。

今日は休日ではあるが、後期末試験のための勉強会をしようということになっていた。

「はー。勉強かー、かったりーな」

「最後くらい必死にやってみなさいよ。フレイ、あなたやればできる子なのよ。わからないところは教えてあげるから」

「ケッ。優等生様は余裕でいいねえ。俺の面倒も見てくれるんだから」

「なに言ってんの。私はネロやベアトリーチェに勝たなくちゃいけないのよ。どこにも余裕なんて無いわよ」

そう。第一学年最後の試験ということは、この結果を最後に、ガーネットの特待生が決まるということだ。

この学校に入ってすぐ目標に掲げたのが、この特待生になるということだった。

正直、私はもう特待生になる必要はない。トールとの再会は果たしたし、予想外な形で王宮には自由に入れるようになった。

しかしこの目標が、私に希望を与えてくれたのは事実だ。

故に私はこの一年、ブレずに特待生を目指して頑張ってきたのだ。

最後だからって、決して手を抜かないわよ。ライバルは首席のネロと、いつも張り合っているベアトリーチェ……ッ。奴らに勝つ！

「あのう、マキア。この子、こんな姿でしたっけ？」

私がやる気に燃えている一方で、レピスとネロは全く違うものをまじまじと見ていた。

今朝、私と一緒にここへ連れてきた、鬼火ウィル・オ・ウィスプのランタンだ。

何事かと思って私も見に行くと、なんと、鬼火の見た目が変形している。

「えっ⁉　どういうこと。これって……ハムスター？」

朝ここに連れてきた時は、ランタンの中でシャーシャー暴れている、普段通りの魔物姿だった。だけどいつの間にか、ちっこくて四つん這いで、どこか小刻みに震えた可愛い可愛い（？）青いハムちゃんの姿に変わっている。

「この鬼火……もしかして、擬態してるのか？」

「擬態⁉」

もしや、うちのドンポポたちに影響されたのだろうか？

「ウィル・オ・ウィスプは、環境によって姿形を変えますからね。生き残るために、その場の強者の姿になることがあるのです」

「え？　強者って、ドワーフハムスターが？」

いや、確かにこの子、うちのハムちゃんたちの圧に屈しがちなところがあった。

「……調教の賜物でち」

「……やればできるぽよ」

いつの間にかそこにいたドンポポ。愛らしい顔に、黒い影。

あああ。なんと恐ろしい私の精霊たち。ハムちゃん先輩ズの圧力が、ウィル・オ・ウィスプを変えたというのか……っ。

せっかくなのでひまタネをあげてみたら、殻ごとバリバリと食べてしまった。

ハムちゃんだけど、歯はピラニアみたいだ。

試験勉強もそっちのけで、私たちは擬態した鬼火に興奮しワイワイと賑やかにしていた。

しかし突然、このガラス瓶のアトリエの出入り口の扉が開かれる。

「お嬢！」

そして、本来この魔法学校にいるはずのない人物の声が響く。

なんと、王宮騎士団の制服を纏う、黒髪の騎士である。

「え？　え？　トール……？」

「おいおい。あのイケメン堂々と不法侵入してくるようになったぞ。どうなってんだルネ・ルスキアのセキュリティーはよ」

フレイのツッコミはごもっとも。ネロやレピスも唖然。

だけどトールは、とにかく急ぎの用があるらしく、他の班員たちにきちんと一礼しつつも私を呼ぶ。何事かと思い、私はアトリエから出た。

「どうしたのトール、そんなに慌てて」

「お嬢、大変です。アイリ様が失踪しました」

「……え？」

私は瞬きもできず、しばらく固まる。

「アイリ様が、置き手紙を残して居なくなったのです！」

初雪の日にも事件勃発。そりゃあ、トールが不法侵入してでも私を呼びにくる訳だ。

アイリの残した置き手紙には、彼女の字で、それも日本語のカタカナで、たった一言、このように書かれていた。

『ツナマヨ』

それが読めたのは、守護者の中でも、私だけだったに違いない。

裏　アイリ、思い知る。

「ねえ。田中さんは、ツナマヨ派なの？」

学校の屋上で、一人でお昼ご飯を食べていたあたしに声をかけてきたのは、高校二年生で初めて同じクラスになった小田一華さんだった。

「あ、ごめんね。私も、おにぎりはツナマヨが一番好きだから、つい。だけどあいつは、梅干しばっかりなの」

「あいつ？」

「隣のクラスの斎藤のこと。私たち幼馴染だから……あ、ほら来た。おーい、斎藤ー」

「…………」

「ねえ、田中さん。私と斎藤はいつもここでお昼ご飯食べてるんだ。田中さんも……よかったら、一緒に食べよう」

メーデー。それは、よく晴れた5月の始まりの日。

あたしには、この時の小田さんが、眩い天使に見えた。

だって、クラスの強い女子たちに虐められているあたしなんかに声をかけたら、小田さんだって、何言われるかわからない。

普通、そんなの、怖いじゃない。だから、厄介なあたしのことなんて、見て見ぬ振りをするじゃない。

だけど小田さんは、あたしなんかの、友だちになってくれたんだ。

綺麗で、頭のいい優等生。押しに弱いところもあったけれど、清く正しくまっすぐな彼女は、まるで、あたしの大好きな物語の主人公みたいだった。

あたしは、すぐに小田さんのことが好きになったよ。

この世界の、誰よりずっと。

だけど、小田さんには好きな男の子がいた。幼馴染の斎藤君だ。

確かに斎藤君はカッコよくて、爽やかで、誰とでも仲良くなれる裏表のない男子だった。

時々小田さんをからかって遊ぶことがあったけれど、二人をずっと見ていればすぐにわかる。斎藤君も、小田さんが好きだった。

二人は両思いだったくせに、なぜかお互い、その想いを伝えようともしないで、幼馴染の生温い関係にとどまっていた。

何度か小田さんに、斎藤君への気持ちを確認したことがある。

小田さんは、あたしの執拗な問いかけに屈して、斎藤君が好きだと教えてくれた。だけど告白する勇気は無いんだって。

……わかってる。あたしは、斎藤君には敵わない。

そもそもあたしは、女だもの。どんなに小田さんが好きでも、この片想いが報われるはずもない。小田さんを困らせるだけだ。

いつか、小田さんと斎藤君がくっついたら、あたしはきっと邪魔者になる。弾き出されるのが、とても怖い。

ならばせめて、あたしは恋のキューピッドになろう。この先もずっと、二人をくっつけた親友キャラとして、お側に置いてもらうために……

一見、二人の関係に割り込んだように見えるかもしれないけれど、あたしは小田さんを焦せらせるために、自分も斎藤君が好きなのだと嘘をついて、告白するつもりだと伝えた。

小田さんは、ショックを受けていた。

だけど、そのくらいしないと、二人の関係は動かない。

あたしは斎藤君に、いつもお昼ごはんを食べている学校の屋上に来てもらって、偽りの告白をしてみる。斎藤君の想いを確認するためだった。

当然、斎藤君はあたしを振った。好きな人がいるから、って。

それって小田さんのこと？　とあたしは問う。

斎藤君は口を開いた。きっと、自分が本当に好きな人の名前を告げるために。

そう。この瞬間に、小田さん本人がこの屋上へ来れば、完璧だった。

まるで少女漫画のような、恋と青春の一幕が完成したはず、だったのに――

あんなの、酷いよ。酷すぎるよ。

屋上へ来たのは小田さんじゃなくて、まるで知らない、金髪の殺人鬼だったのだ。

〇

私の名前は、田中愛理。

王宮の一室に引きこもってばかりの、救世主のアイリ。

「……ここ最近、毎日、小田さんの夢ばかり夢の中の出来事のよう。

あちらの世界のことが、もうすっかり夢ばかり見てるな……」

そして、夢みたいなこの世界が、現実だなんてね。

小田さんの夢ばかり見るのは、マキアが自分のことを、小田さんの生まれ変わりだと言ったからだろう。そんなはずないと、心の中で否定しながらも、あたしはずっと気になっている……

時々自分の部屋を出て、あたしの短剣の力で姿を隠し、王宮の中をふらついていた。

それで、一つ気がついたのだけれど、ギルバートの感じが少し変わった。最近疲れて余裕が無さそうだったのに、ある日を境に、なんだかとても吹っ切れたような、いい顔をしているの。

理由は知っている。

マキアが、ギルバートとその弟であるフレイ君を、仲直りさせたからなんだって。

「そっか。まるで、あなたの方が主人公みたいだね、マキア……」

だけど、一方でわかったこともある。

マキアは、やっぱり、小田さんじゃない。

小田さんが、あんなに気が強くて前向きで、積極的なはずないもの。

そもそも、あんなに清らかで天使みたいだった子が、この世界で一番悪い魔女の末裔(まつえい)なんかに、生まれ変わるはずがない。

だからあれは、絶対に、違うんだ。あたしの記憶を魔法の力で読み取って、きっと小田さんの存在を利用したんだ。

「……だから、きっと、悪い魔女に違いないんだ」

あたしはミラドリードに初めて雪が降った日の朝に、たった一人で王宮を抜け出した。

マキアが〝小田さんの生まれ変わり〟であることを否定できる、何かを探しに。

だけど一方で、心の片隅に、真逆の感情があった。

もし、本当に、小田さんの生まれ変わりだったら……

あたしは、部屋に走り書きのメモを残していた。

あの世界を知る人だけが読める文字で、あたしのことを、よく知っている人なら意味がわかる単語を綴(つづ)った。


金色の鞘(さや)に収まった短剣に、紐(ひも)を通してクビからかけている。この短剣があれば、あたしの姿は、誰にも見えなくなる。

この力を使って、今までも何度か一人で王都ミラドリードに降りた。

ミラドリードは、薄く積もった雪にはしゃぐ子どもたちと、商魂たくましいミラドリード市民たちで、今日も賑わっている。

「そうそう。聞いたかい？　救世主様の噂」

「知ってる知ってる。救世主を辞めたいって言い出したんだろう？　無責任よねえ。王宮は頑(かたく)なに隠し通しているけど、もうみんな知ってるよ」

「聞いた話じゃ、ある貴族令嬢に虐められたって話だよ」

「それ本当かい？　王宮はアリシア王妃とララ王妃の事件から、何も学んじゃいないねえ」

みんな、好き勝手なことを言ってる。まるで学校の、意地悪な女子たちみたいに。

やっぱり、どいつもこいつも現実にいる人間なんだ。

あちらの世界もこちらの世界も、結局何も変わらない。

「マキア、探さなくちゃ……」

そして、マキアが何者なのかつき止めなくちゃ。

「あ、そうだ。マキアは学校だ。ルネ・ルスキア魔法学校……」

そういえば、ルネ・ルスキア魔法学校。マキアは魔法学校の学生なんだから。

ミラドリードをうろうろしてたってダメだ。

そこはあたしにとって、いつも部屋のバルコニーから眺めているだけの場所だった。

ルネ・ルスキア魔法学校は、沿岸部から長い橋で繋がった島に作られている。

学校に侵入しても、誰もあたしには気がつかない。みんな、魔法使いっぽいローブを着ているけれど、それ以外は普通の学生って感じで、珍しい雪に浮き足立っている。

マキアはどこにいるんだろう。確か、海岸沿いのガラス瓶の形をしたアトリエによくいると、マキア自身から聞いたことがある。

砂浜に下り、グルッと海岸沿いを歩いていると、すぐにそれが見えてきた。

「あった。あれかな……」

色々な形のガラス瓶のアトリエがあったけれど、その中で唯一、灯りのついているアトリエがあった。
私は姿を隠したまま、そのアトリエの扉を開いて、中に入ってみる。
足が凍ってしまいそうなほど冷たかったけれど、アトリエの中は暖かい空気に満ちてい
て、特に足元を暖かく柔らかな風が包んでくれる。魔法道具の力かな。
それにしても、変な場所だ。
ゆるくアーチを描く一面のガラス窓からは、雪雲と灰色の海が見える。
だけどここは、暖色のふんわりした灯りに満たされて、静かで、暖かい。
薬草と、甘い匂いに満ちていて、なぜか少し、懐かしい気持ちにもなる。
私はアトリエの階段を下りた。
アトリエには男子学生が一人いて、大きな木の一枚板のテーブルについて何かを黙々と
作業している。
あ。この子、前にあたしが攫われた時、あの無人島で会った学生の一人だ……
「誰か、そこにいるんだろう」
その子が顔をあげて、こちらをじっと見ながら、淡々とした声で呟いた。
まさか、そんな。ここにあたしがいることが、バレている⁉
そんなはずはない。だけど、その子は確かにこちらを見ているのだ。
あたしはただ、立ち竦んで、息を潜めていた。

「無駄だよ。僕には、君が見えているんだ」

「……え？」

思わず声を漏らしてしまい、慌てて口を押さえる。

もしかしてもしかして、本当にあたしが見えてるの!?

「君、救世主の人だよね。異世界から来たっていう」

「…………」

ダメだ、完全にバレてる。あたしはプハッと息を吐いて、首から下げていた黄金の短剣を少し抜き、カチンと鞘に収め直した。

消していた姿を、完全に晒すためだ。

「よくわかったね。あたしがここにいるって」

淡いプラチナブロンドと、どこか眠たげな茶色の瞳をした、男子学生。

名前は確か、ネロ君。

「そりゃあ、それだけ特殊な魔力を、包み隠さず垂れ流してればね。姿を隠していたとしても、魔力の流れは隠せていないんだ」

「……君には、それが見えるっていうの？」

「そうだ。そのためのコンタクトレンズをつけている」

それって、瞳につけるあのコンタクトレンズ？　この世界にもあるの？

何が何だかわからないけれど、きっと魔法道具に違いない。王宮にはそんなものを使う人は居なかったから、あたしの姿隠しの力を見破るものがあるなんて、知らなかった。

「どうしたんだい。君のような特別な子が、お供もつれずにこんな場所に忍び込むなんて」

その子は再び視線を下げ、手元で何か作業しながら、抑揚のない声で問う。

あたしは、少しムッとしつつも答えた。

「マキアを探してるんだよ。君、マキアの同級生なんでしょ？　マキアがどこにいるか知らない？」

「さっきまでこのアトリエにいたけど、今は多分、彼女の騎士と一緒だ」

「騎士……？」

「トールと言ったっけ。君の守護者の一人だろう。彼がマキアを呼びに来て、慌てた様子で、二人でどこかへ行ったんだ」

ああ。多分、あたしを探しているんだ。

トールはマキアを呼びに来て、きっとあのメモを見せたに違いない。マキアは、メモの真意に気がつくだろうか……

グー。

「あ……」

堂々とお腹が鳴いた。今日は何も食べずに王宮を抜け出したんだった！

あたしは顔を真っ赤にしてお腹を押さえる。

「何か食べる？」

しかもネロ君は表情も変えずに、しれっと聞いてくるし。

「マキアがよくお菓子を作ってるから、探せば何か食べるものがあると思うよ」

「あ、甘いものより、しょっぱいものが食べたいんだけど！　あたし、今朝から何も食べてないんだもん」

ていうか、マキアのお菓子だなんて、危険すぎる……っ！

ネロ君は小さくため息をついて立ち上がり「こっちにきて」と言って、あたしを連れてもう一つ階段を下りた。半分地下になった場所には、薄暗い厨房(ちゅうぼう)があった。

私たちがそこに下りると、魔法の電球が勝手について、淡い暖色の光で部屋を満たす。

「確か、チーズとクラッカーがあったような。それかパスタ茹(ゆ)でる？　マキアが作り置きしてるバジルソースがあったと思うんだけど」

ネロ君はごそごそと、戸棚や壺(つぼ)やカゴの中を探っている。

次から次に、食料が出てくる。

「君たちって、ここで暮らしてるの？」

「まさか。普段は食堂か寮で食べているよ。でも、課題によっては夜遅くまで作業することもあるから、ここで食べることもあるんだ」

ネロ君が戸棚から取り出すものの中に、一つ、大きなガラスの瓶があった。

その中には見覚えのある、しわくちゃで赤い、紫蘇まみれの丸いものが詰め込まれてある。これって……

「もしかして、梅干し？　なんで？　なんで梅干しが西洋風異世界にある訳？」

「アプリコットの漬物らしいよ。炊いた米と一緒に食べるんだって。酸っぱすぎて、僕はあまり好きじゃないけど……。これ、マキアが作ったんだ」

「……マキアが？」

「うん。確か、彼女の騎士の好物じゃなかったかな。詳しい事は知らないけど」

トールの好物？　トールって、そんなに酸っぱいの好きだったっけ??

梅干しの味なんて、思い出すだけで口の中に唾液が溢れてくるけれど、私はそれが、どうしても食べたくなっていた。

「ねえ、これ食べてもいい？」

「え？　別にいいと思うけど。でも興味本位ならやめた方がいいよ。本当に酸っぱいんだ」

「いいよ。あたしのいた世界では、当たり前のように食べてたものだから。お米もあったらよかったんだけど……」

「米……？　あると言えばあるけれど」

ネロ君は視線を斜め上に流し、何か少しだけ考えて「まあいいか」と適当に頷き、しゃがみこんでごそごそとカゴを探る。そして、袋詰めされていたお米を取り出した。

「ていうか、ここでお米が炊けるの？」

「もちろん。最近、米を炊く魔法道具を作ったばかりなんだ」

「え？　君が？」

あ。どこか見覚えのある、箱形の炊飯器が出て来た。嘘でしょ。

「なんで？　なんでそれを作ろうと思ったの？　君たちの主食ってパンかパスタでしょ？　東の国の人じゃあるまいし」

「だって、マキアが欲しがってたんだ。炊飯器」

「…………」

「マキアって、なぜか米が大好きなんだ。生粋のルスキア人なのに」

ネロ君はいつの間にか、その炊飯器にお米と水を入れて、炊き始めていた。お米研いでない気もするけど、まあもういっか。

この世界で炊飯器を見るなんて思いもしなかった。これも魔法道具なのかな？　ていうか、メイデーアの世界観に全くあってないでしょ、これ。

「……もしかして、ネロ君は、マキアが好きなの？」

「は？」

「だって、マキアのためにこれを作ったんでしょう？」

ネロ君は少し不思議そうな顔をして、眉を寄せた。

「そりゃあ、班員の一人だし、マキアはいつも一生懸命、僕らガーネットの9班をまとめてくれているからね。マキアがいないと、僕らは多分、みんなバラバラのことをしていたと思うんだ。同じ班に集まってもいなかっただろうね」

「…………」

「結構、奇跡的なメンツだと思うんだ。だから、どちらかというと感謝の気持ちだよ。だってもうすぐ、僕は……」

何を言おうとしたのか、ネロ君はそこで軽く口を押さえた。

しばらく、沈黙が続く。私は今一度ネロ君を横目で見て、別の問いかけをする。

「ねえ。マキアってどんな子？」

「どんな子って？　あのままだけど」

「でも、この世界で一番悪い魔女の末裔じゃない。どこかあるでしょ。そういう、魔女らしいところ。嫌いな子を苛めるとか」

私の嫌いな、クラスの、あの女子たちみたいに……

「マキアはそんなことしないよ。毎日の課題が忙しすぎて、誰かを陥れようとか苛めようとか、そんなことを考える暇もないと思う。そりゃあ、多少の毒を吐くことはあるし、同学年のライバルたちとは、積極的に競い合ってはいるけれど……」

そこでふっと、ネロ君は視線を上げ、その目を細めた。

「でも、マキア自身はよく悪口を言われているのかもね。君が言うように、〈紅の魔女〉の末裔に生まれたばかりに。……そのせいだろうか。表向きは自信満々という感じだけど、長く付き合っていてわかったのは、彼女の根底にある、無自覚の自信の無さ……」

「自信の、無さ？」

「何だろうね。ああ見えて、結構、臆病だよ。泣き虫だし」

「…………」

それは、あたしの抱いていたマキアのイメージを大きく覆す言葉だった。

そしてそれは、少しだけ、小田さんのイメージと重なる。

おかしい。おかしいよ、それは……

「ねえ、君。救世主を辞めるんだろう？」

不意に、ネロ君があたしに問いかけた。

「な、何でそんなこと知ってるの!?」

「みんな知ってるよ。ミラドリードじゃ、噂話なんて一日で駆け回る」

私は、わかりやすく視線を逸らした。

「ふん。どうせあたしのこと、無責任だって言いたいんでしょ。この世界は、これから大変なことになるのにね」

投げやりな言葉ばかり出てくる。いつも。

「でもう、知らないよ。別に、守りたいものなんて無いし！　こんな世界……っ」

「守護者たちはどうするの？」

「わかんないよ！　だけど、きっと離れていくよ。酷いこと言ったもん。ライオネルにも、トールにも……ギルバートにも」

誰より、マキアに。

「結局、世界が決めた強制的な絆だもん。自分が見つけて紡いだものじゃない。向こうだってそう。あたしのことなんて、本当に大切に思ってる人なんていない。みんな他に一番の人がいるんだから」

どうしてこんな風になっちゃったんだろう。あたしは、頑張るつもりだったのに。

どこかでスイッチが切れてしまった。そしてそのスイッチを入れる方法が、まるで分からない。

「君だって。あたしみたいな救世主、期待外れでしょ」

「……別に。僕は最初から、救世主に期待なんてしてないから」

その言葉に、俯きがちだった顔を上げた。

ネロ君は、特にあたしを注視することもなく、ただ炊飯器を見つめていた。その魔法道具から、ピーと、お米の炊けた音が鳴り響く。

　そして、炊けたお米を、ネロ君は炊飯器のまま私に差し出す。

「はい」

　私はゴクリと唾を飲み込んだ。

　王宮では、パエリアやリゾットなんかのお米料理は食べることもあるけれど、ただ炊いただけの真っ白なお米を食べるなんてことは、無かった。

「マキアは、どうやって食べてるの、これ」

「確か、おにぎりってやつだよ。アプリコットの漬物をお米のボールに閉じ込める不思議な食べ物なんだ。マキアはなぜか三角形にしてるけど……。あ、でもこの前は、アプリコットの漬物じゃなくて、ツナマヨのおにぎりだったんだ。あれは僕も好きだったな」

「……ツナマヨ？」

　ドキッとした。それは、あたしが毎日見る夢の中にも出てくる、おにぎり。

　あたしと小田さんの、一番好きなおにぎりだ。

「あたし、あたしも。おにぎりにする」

「え、おにぎりわかるの？」

「わかるよ。あたしの世界の料理だもん。鍵っ子だったし、おにぎりくらい握れるよ」

　私は腕まくりをして、手を洗う。

「それに、ツナ缶とマヨネーズもあるなら先に言ってよ。あたし、梅干しよりツナマヨの方が好きだし。梅干しおにぎりが好きだったのは、斎藤君の方――……」

自分の口から出てきた言葉に、ハッとさせられた。

突然の気づきに、ドクンと、鼓動が高鳴った。

「……………」

徐々に手が震え、その手で口元を押さえる。私は何度か瞬きをしながら、恐る恐る、瓶詰めのアプリコットの漬物の方に視線を向け、その蓋を開けた。

ふわっと、懐かしい匂いがした。

その梅干しを一つ取り出すと、そのまま黙って、あたしは梅干し入りのおにぎりを握る。

大好きなツナマヨより先に、その味を、確かめたかった。

おにぎりが出来上がる。震える手で握った、いびつな形のおにぎりだ。

あたしは一口、食べてみる。

「……………」

酸っぱい。そしてしょっぱい。

懐かしい味とともに、あたしは思い出していた。学校の屋上で、あたしたち三人でお昼ご飯を食べていた、かけがえのない大切な時間を。失われた、あの時間を。

そっか。

そっか、マキアは今も、彼が好きなんだね。

だから彼に、これを、食べさせてあげたかったんだね。

「う……っ」

ポタポタと涙がこぼれ、その場にヘタリ込む。

だって、気がついちゃったから。もう、疑いようがないから。

繋(つな)がった。やっとわかった。

前に、マキアとトールの二人が見つめ合う姿に感じた、焦燥感。

マキアは、小田さんだ。

そしてトールが、斎藤君なんだ。

あたしは、あの世界で一番好きだった女の子に、今までずっと気がつかなかった。

あたしを救ってくれた女の子に、気がつかなかった。

「……うっ……うう……」

それだけじゃない。それだけじゃない。

あたしはマキアを、悪い魔女だと決めつけて、今までずっと敵視してきた。

トールから引き離そうとしていた。

あたしは小田さんと斎藤君の間に、もう一度、割り込もうとしたんだ。

救世主とは名ばかりの、救いようのない愚か者。
それを今やっと、思い知らされた。

あとがき

こんにちは、友麻碧です。

早いもので、メイデーア転生物語シリーズも3巻目となりました。

今回、実は第3巻におさめようと思っていたエピソードが思いのほか膨大で、執筆途中でもともと作っていたプロットを半分に切り分け、上下巻にするよう変更いたしました。なので、珍しくサブタイトルも（上）とかついてます。魔法学校編の集大成を2冊にわたって描いておりますので、お楽しみいただけますと幸いです。ちなみに私の一番好きなおにぎりの具は辛子明太子です。だけどこちらの執筆中は異常にツナマヨおにぎり食べていました。

いきなり宣伝です。この第三巻と同時に、『月刊Gファンタジー』にて連載しておりますコミカライズ版の「メイデーア転生物語 この世界で一番悪い魔女①」が発売されます。夏西七先生のセンスが煌めく魔法世界、そして数多くのキャラクターたちが、原作以上に生き生きと描かれております。小説版のエピソードも、よりイメージしやすくなると思いますので、ぜひぜひチェックしてみてください。

担当編集さま。今回は、色々と調子の悪い私の執筆に辛抱強くお付き合いいただきまして誠にありがとうございました。おかげさまで、この第3巻も無事に発売にこぎつけました。

イラストレーターの雨壱絵穹先生。今回は優しげなユリシス先生とマキアの、魔法学校の雰囲気漂う素敵な表紙となりました。個人的にユリシス先生のキャラデザが大好きなので、今回たっぷり拝めて眼福です。本当にありがとうございました！

そして、読者の皆さま。メイデーアシリーズを刊行し始めてからというもの、昔書いていたウェブ版のメイデーアもチェックしてくれた方々がいらっしゃるようで、読者さんたちの間でウェブ版は〝旧メイデーア〟、この書籍版は〝新メイデーア〟と呼ばれているのをみかけます。なんだかシン・ゴジラみたいでカッコいいなと、嬉しくなったり。

様々な形で応援していただき、本当に感謝しております。

今後とも頑張って踏ん張って書いてまいりますので、どうぞよろしくお願い致します。

メイデーア第4巻の発売は、冬の予定です。エピソードの繋がった下巻ということで、意外と早いです。またぜひ、メイデーアの魔法世界に遊びに来てください。

友麻碧

お便りはこちらまで

〒一〇二―八一七七
富士見L文庫編集部　気付
友麻 碧（様）宛
雨壱絵穹（様）宛

富士見L文庫

メイデーア転生物語3
扉の向こうの魔法使い（上）

友麻 碧

2020年8月15日　初版発行
2024年10月30日　10版発行

発行者　山下直久
発　行　株式会社 KADOKAWA
〒102-8177　東京都千代田区富士見2-13-3
電話　0570-002-301（ナビダイヤル）

印刷所　株式会社 KADOKAWA
製本所　株式会社 KADOKAWA
装丁者　西村弘美

定価はカバーに表示してあります。　◆◇◇

●お問い合わせ
https://www.kadokawa.co.jp/（「お問い合わせ」へお進みください）
※内容によっては、お答えできない場合があります。
※サポートは日本国内のみとさせていただきます。
※Japanese text only

ISBN 978-4-04-073658-7 C0193